# Le parent d'Humanité

**Gilberto Schwartsmann**

Traduit du portugais du Brésil
par Emmanuel Tugny

*Pour Leonor,*
*Ma fleur si belle, si cultivée, si généreuse.*
*Pour les inoubliables Nastasya Filippovna et Tatiana Larina.*

*En 1658, Comenius, né Jan Amos Komensky, conclut son ouvrage* Orbis sensualium pictus, *l'un des premiers textes spécifiquement dédiés à l'enseignement des enfants, sur une énième invitation à la lecture. Il recommande de partir du commun, du connu, pour guider vers l'inconnu grâce au pouvoir des images les plus simples. Il déconseille l'usage de la menace et de la punition : à ses yeux de pédagogue, susciter l'enchantement est bien plus efficace. Il prescrit que la compréhension de l'essence des choses prime la mémorisation. Pour finir, il donne à son élève le conseil suivant :
« Tu as pu trouver dans cet abrégé tout ce qui devait t'être montré, tu as appris les lexiques fondamentaux du latin et du castillan. Désormais, fais-toi voie par toi-même : lis avec attention d'autres bons livres afin d'être instruit, sage et pieux ».*

## Note liminaire de l'auteur

C'est à Florence en 1351, au cours d'une épidémie qui mit à mort presque un tiers de la population européenne, que Giovanni Boccace acheva son *Décaméron*. Michel de Montaigne naquit deux siècles plus tard dans le château bordelais de sa famille : dans un rêve que je fis, il me conseilla d'imiter Boccace.

Le philosophe me dit que je devais trouver un fil conducteur pour relater ma « peste » à moi et il sollicita de Laurette et Philostrate, les personnages de Boccace qu'ils quittassent leur confinement pour venir écouter mes histoires. Les deux jeunes gens, ainsi que huit autres Florentins, Pampinée, Flammette, Philomène, Émilie, Néiphile, Elissa, Pamphile et Dionée, avaient résolu de se distraire de l'angoisse et de la tristesse que suscitaient en eux les ravages de l'épidémie. Ils s'étaient installés près de Florence et, dix jours durant, pour passer le temps, ils s'étaient raconté des histoires de mensonges, de manipulations, de trahisons et d'autres aventures du quotidien.

Dans mon rêve, l'idée de Montaigne était de convier Laurette et Philostrate dans son château, plus de deux siècles après leur incarnation — sa façon de procéder ne relevait en rien du hasard — afin qu'ils prissent connaissance des résultats de mes recherches sur mes parentés. Montaigne était membre de la noblesse, il avait étudié le droit à Toulouse, travaillé au tribunal de Périgueux et avait servi à la cour de Charles IX. Il vivait reclus dans le château qu'il avait hérité de son père, château où il rédigea ses *Essais*, un des textes les plus influents de la Renaissance. L'ouvrage subsumait des réflexions sur la religion, la politique, l'amour et d'autres sujets : il l'avait conçu, j'imagine, comme l'outil d'un apprentissage sur son être et sur le monde.

Donner asile à Montaigne dans mon rêve était une façon de lui rendre hommage. À l'abord de ses écrits, j'ai été frappé par sa tolérance. Imaginez : nous étions au XVIe siècle, à une période théocratique, et il osait contester le pouvoir des juges qui envoyaient les sorcières au bûcher, défendant certaines d'entre elles avec passion, affirmant même que dans certains cas, les sorcières pouvaient avoir raison contre les juges. Je tiens cette position pour diablement courageuse.

Bien que Montaigne fût un monarchiste convaincu, ses engagements d'intellectuel sont tout à fait passionnants. À une époque marquée par l'autoritarisme étatique — c'était le siècle de Machiavel — il insistait sur l'importance des droits individuels. Il mourut en septembre 1592, non sans m'avoir raconté en rêve la seconde histoire du premier jour du *Décaméron*, qui, dans l'œuvre, est placée dans la bouche du personnage de Néiphile.

L'histoire parle de deux amis : Giannotto di Civigni, un marchand de tissu très ferventment catholique et Abraham, un riche juif, lui aussi très religieux. Tous deux aiment à causer de religion. Giannotto souligne les défauts du judaïsme. Il affirme que la religion juive a vocation à disparaître. Abraham, pour sa part, réplique à son interlocuteur qu'il continuera à croire, quoiqu'il loue les efforts que fait son interlocuteur pour le convaincre. Cependant, devant l'insistance de Giannotto, qui tente de le convertir au christianisme, il décide d'aller à Rome. Il veut voir comment vivent le pape et ses cardinaux. Il promet à son ami de changer de religion, s'il découvre que leur foi égale la sienne.

De crainte qu'Abraham ne découvre que le clergé vit dans le péché, Giannotto tente de le dissuader d'effectuer ce voyage. Mais le Juif est bien décidé : il se rend à Rome où il est dès le premier jour témoin de la luxure et des habitudes peccamineuses des dignitaires du christianisme romain. Bien sûr, la visite afflige Abraham, homme pieux et vertueux. Il s'en retourne à Paris où Giannotto l'attend très anxieux. Abraham décrit à son chrétien d'ami les actes libidineux des pontifes, tout à fait incompatibles à ses yeux avec la foi en Dieu. Giannotto imagine que son ami va évidemment renoncer à la conversion mais à sa grande surprise, Abraham a conclu de son expérience romaine que seule la force du Saint-Esprit peut maintenir en vie une religion pratiquée dans les conditions qu'il avait observées : il décide d'y aider en se convertissant sur le champ. Giannotto ne comprend pas très bien ce choix mais il le mène à l'église la plus proche et le fait baptiser sous le nom de Jean. La vie poursuit son cours et Abraham passe la seconde partie de son existence en chrétien zélé.

Les critiques que Boccace adressaient à l'Église étaient féroces. Il est un peu curieux qu'il ait choisi le nom de Jean de Patmos, celui qui prophétisa la fin du monde dans son *Apocalypse*, pour nom de baptême d'Abraham. Mais n'oubliez pas que tout ceci n'était que songe. Montaigne me raconta aussi que Boccace avait illustré à la plume nombre des feuillets de son manuscrit. Laurette confia au Bordelais que la forme de mon nez ressemblait diablement à celui du Juif converti de l'histoire. Elle eût juré que je descendais d'Abraham. Le pire est que je crus à cette parenté : pure vanité, sans doute.

Philostrate eut ce commentaire : pour trouver un fil conducteur aux histoires que je voulais raconter, le mieux était de relire *Les Mille et une Nuits*, œuvre d'auteurs anonymes d'origines indienne, arabe, perse, chinoise et, à ce que l'on dit, y compris japonaise. Les récits de Shéhérazade, polis par des siècles de transmission orale, content des histoires d'amour, de trahison, d'aventure, de sorcellerie, de génies et de tapis volants. Dans l'une d'elles, un sultan nommé Shahryar, ayant démasqué sa femme adultère, ordonna son exécution et décida de se marier chaque soir avec une femme différente à laquelle il donnerait la mort le lendemain matin : ainsi ne craindrait-il plus jamais d'être trompé.

Il accomplit ce rituel trois ans durant, tuant ses épouses chaque matin de nuit de noces. Un jour, Shéhérazade, fille du grand vizir, suggéra à son père un plan pour mettre fin à cette boucherie qui terrorisait le royaume. Elle devait, pour le mener à bien, épouser le sultan. La beauté et l'intelligence de Shéhérazade convainquirent bien vite Shahryar de la prendre pour femme. La cérémonie passée, comme ils étaient seuls dans la chambre nuptiale, elle prétendit entendre les pleurs de sa petite sœur Duniazade. Shéhérazade demanda à Shahryar de la laisser raconter à la petite une de ses histoires, juste une, afin qu'elle s'endormît : c'était son habitude avant le mariage. Le roi accepta : la jeune mariée plaça l'enfant à côté de la couche pour lui raconter une histoire.

Shahryar parut d'abord ne pas prêter attention à son récit, mais quand la petite fille s'endormit, il demanda à son épouse de lui en raconter la fin. Au lieu de ça, elle créa une concaténation d'histoires jusqu'à l'aube puis de jour en jour, laissant toujours la clôture en suspens : elle sut de la sorte atiser sans trêve la curiosité du sultan, qui oublia qu'il devait l'exécuter. Au bout de mille et une nuits, Shéhérazade dit au sultan qu'elle était lasse de raconter et qu'il pouvait lui donner la mort s'il le souhaitait. C'est alors qu'ils entendirent des pas résonner dans le couloir du palais : quelqu'un approchait. Contre toute attente, ce n'était pas le bourreau mais Duniazade, devenue une très belle jeune femme, qui venait présenter au roi les trois enfants que Shéhérazade et lui avaient conçu sans presque s'en apercevoir, au long des mille et une nuits de leur union. Alors Shahryar prit conscience qu'il chérissait sa femme : il renonça à son funeste projet et Shéhérazade et lui vécurent heureux pour toujours.

Au début du XVIIIe, Antoine Galland traduisit *Les Mille et Une Nuits* de l'arabe vers le français. C'est ainsi que l'occident connut cette œuvre magnifique, qui s'en fut irriguer l'imagination de tous les enfants du monde. Les histoires de Shéhérazade influencèrent Marcel Proust, Edgar Allan Poe, Jorge Luis Borges et jusqu'à notre cher Machado de Assis. Quand j'étais enfant, ma mère m'en donnait lecture pour m'endormir.

Sans transition, je passai du rêve au cauchemar : c'est là un effet habituel du caprice du diable. Je me retrouvais en pleine *Divine Comédie*, aux portes de l'Enfer. Charon, le nocher des âmes qui leur faisait traverser le Styx, doutait que je fusse bien mort. Comme la Laurette de Boccace, le batelier d'Hadès, le souverain du monde souterrain, jugea que la forme de mon nez n'était pas très catholique : je me retrouvai dans les limbes. Tout comme Dante, je m'évanouis. Ce ne fut ni Horace, ni Homère, ni Virgile qui me réveillèrent, ce ne fut pas davantage Béatrice, désireuse de me mener au Paradis : ce furent Marie, pas la Vierge, mais maman, Margareth, ma sœur, Dona Giselda, mon professeur, et Leonor, pas la reine portugaise, mais ma reine à moi. Mes quatre Méliades déroulèrent leur fil d'Ariane afin que, tel Thésée, je pusse trouver l'issue de mon labyrinthe. Comme Shéhérazade, je me mis à forger une chaîne d'histoires dans l'espoir que mes Shahryar m'épargnassent toujours.

## Petrus Lombardus

Je veux informer le lecteur de ce que depuis quelque temps, de façon parfaitement erratique, j'entends une disparate de phrases sur les démons résonner dans mon esprit.

J'ignore de quelle zone de mon cerveau elles sourdent, mais elles s'emparent tout à fait de moi. Mon unique volonté est de dénicher des parentés et de témoigner de mon goût immodéré des livres et de l'Histoire. J'aime aussi beaucoup raconter des sornettes. Mais j'aurais bien garde de me tenir à distance des démons si je le pouvais. La vérité est que toutes ces intrusions démoniaques me perturbent. Le grand Socrate m'a enseigné une façon tout à fait singulière de raisonner : je le jalouse. Nombre de mes réflexions émanent de *La République* de Platon, qui date des années 380 av. J.-C. Les pensées de ce penseur remarquable furent transcrites par son élève préféré : lui-même n'a jamais rien rédigé. Les deux penseurs allaient par exemple discutant des moyens par lesquels l'homme pouvait administrer les cités. Le chapitre de l'œuvre que je préfère est celui qui nous parle d'un état utopique où des relations harmonieuses entre les citoyens les protégeraient de l'anarchie, de l'intérêt individuel et du désordre social. Nombre de discussions entre Platon et Socrate se tinrent chez Polémarque, le frère de Lysias et d'Euthydème. Les trois derniers, j'en fais mention ici par pur pédantisme, ils ne présentent en effet aucune importance pour le développement du présent récit.

C'est à Socrate que nous devons l'idée suivante : il nous arrive de constater chez une femme les vertus que nous nous ne possédons pas, elle devient notre muse adorée car nous espérons, grâce au complément à notre être issu de cet amour, atteindre une perfection que nous n'avons point. C'est précisément ce que je veux : devenir un meilleur moi-même. Philosophie et littérature nous apportent aussi cet exhaussement. Et c'est pourquoi je veux emprunter le chemin de la lecture. Chose étrange, il y a maintenant quarante ans, nous reçûmes en cadeau de mariage d'un de nos parrains, le docteur Robert Gleen-Jones, une édition rare de *La République*, de Platon. C'était une version d'excellente qualité, datée de 1763, réalisée par Andrew et Robert Poulis sur commande de l'Université de Glasgow. Le préfacier et traducteur en était la grand intellectuel Harry Spens, autant dire une épée ! Dans le numéro de la revue *The Critical Review* paru en 1764 près la *Society of Literature* de Londres et imprimé par Hamilton Editors, c'est lui qui signe l'article sur Platon.

Vous allez sans doute me trouver pesant, mais depuis que je suis jeune homme, j'observe des ressemblances entre Platon et moi : forme du visage, implantation des cheveux, apparence de la barbe quand je la laisse croître. Je me livrai à un examen scrupuleux des représentations picturales ou sculpturales qui avaient été données du philosophe à diverses époques et, en les rapportant à des clichés de la famille de mon père, je notai des ressemblances saisissantes. Les orteils et les mains de feu mon oncle Saul eussent aisément pu remplacer ceux de Platon sur n'importe lequel de ces portraits. Mais ces considérations sont accessoires à l'orée de ce récit. Je reviendrai peut-être sur ce point plus avant, qui sait : depuis la huitième ou la neuvième page, j'ai perdu tout contrôle sur ce texte, semble-t-il.

J'en reviens à Socrate : ce qui sidère, chez lui, c'est son absolue sincérité. Ce qu'il dit, c'est ce qu'il pense. Celle des sophistes était au contraire très sujette à caution : ils étaient souvent prébendés pour se livrer à des jeux philosophiques sur un sujet et dans un but précis. Maître Socrate, pour sa part, s'exprimait en toute liberté et disait sans frein ce qu'il pensait. Il raffolait du jeune Platon qui, non content d'être brillant, était élégant et de noble extraction– cela ne laissa d'ailleurs pas de lui être bien utile tout au long de l'histoire. Les considérations du maître sur la justice étaient passionnantes. Pour Socrate, le sens de la justice était une des qualités les plus fondamentales chez un l'individu et le constituait pour lui la ligne la plus droite guidant au bonheur. Avec Platon il discutait des principes qui peuvent conduire à l'édification d'une société fondée sur le bien commun. Pour accéder au bonheur, une société devait pouvoir compter sur ceux qui veillent à la préservation de son utopie.

Il pouvait s'agir des rois, car les rois recevaient l'onction divine pour exercer cette fonction. Mais ce pouvaient tout aussi bien être les personnes les plus sages de la cité, fussent-ils des gens ordinaires. Il suffirait que leur connaissance les conduisît à manifester l'inutilité d'une vie exclusivement matérielle. Tous ceux-là seraient les dépositaires fidèles des plus hautes valeurs de l'existence, telles l'amour, la bonté, la justice et la compassion. Dans *La République*, Platon utilise également l'allégorie du "mythe de la caverne" où l'obscurité représente l'ignorance. L'homme sans connaissance n'y a accès qu'à des ombres projetées sur les parois par des lueurs : lui manque la véritable lumière du soleil qui équivaut à celle de ce savoir par lequel seul il peut parvenir à la sagesse.

L'œuvre de Platon anticipait malheureusement aussi la décadence des cités que nous constatons tous, en particulier lorsqu'elles se trouvent gouvernées par oligarchies et tyrans. Socrate fondait ses espoirs sur la grandeur humaine. Il prétendait que la philosophie, comme l'amour, nous permettait de transcender les réalisations individuelles, y compris artistiques, et que les philosophes devaient être placés en situation de présider à la destinée humaine. J'ouvre ici une parenthèse : le goût pour la poésie est aussi une vertu inestimable lorsqu'il s'agit d'« ouvrir les yeux ». C'est Borges – à qui je dédierai quelques pages de ce récit – qui dit un jour (à l'occasion d'une interview accordée à un journaliste espagnol, je crois), que l'impression qu'engendre la première lecture d'un poème est la plus authentique.

Dans l'*Horto deliciarum*, (Le jardin des délices), une encyclopédie illustrée du XIIe siècle, dont je parlerai ici plus tard, on trouve une délicieuse illustration des « sept arts libéraux » qui est congruente à la pensée issue de l'Antiquité, et qui fit le miel des universités médiévales. Les arts libéraux, du latin « *liber* » (libre), visaient à la formation d'hommes libres à l'exercice de la science, au sens de la philosophie et de la théologie scolastique. Ils s'opposaient aux « arts mécaniques », relatifs aux intérêts économiques et à la sustentation sociale et individuelle. Les sept arts libéraux étaient répartis en deux section : le « *trivium* », qui concernait l'étude et la production des textes littéraires à travers grammaire, dialectique et rhétorique, d'une part, et d'autre part le « quadrivium » fondé sur les quatre disciplines touchant à la matière et à sa quantification (arithmétique, musique, géométrie, astronomie). Le « *trivium* » – qui désigne en latin l'« embranchement de trois voies »– incluait donc la grammaire, qui permet la communication, la dialectique -ou la logique- qui favorise l'expression adéquate de la pensée et l'accès à la vérité et la rhétorique qui donne aux mots leur forme efficace. Le « *quadrivium* » incluait l'arithmétique, ou l'enseignement des chiffres, la géométrie, incluant du calcul, l'astronomie, qui cultivait la connaissance des astres, et la musique, capable de susciter le plaisir au moyen des vibrations faites de fréquences correspondant aux notes musicales.

Les universités du Moyen Age, avaient une phase préparatoire, dans laquelle étaient étudiées les disciplines supérieures, qui donnaient des subsides à trois principales formations du savoir : la Théologie, la Médecine, et le Droit. Les arts du langage avaient comme piliers la vérité, la correction et l'efficacité. L'éducation était considérée comme le résultat de la communication entre deux personnes ayant quelque chose en commun. Ce qu'elle prétendait, c'était initier l'individu, grâce à un apprentissage qui visait à développer une des "cinq vertus intellectuelles" : la compréhension ou la connaissance des causes probables des phénomènes, le savoir ou la connaissance de ces derniers, la prudence et la cohérence de ses propres actes et l'art d'utiliser la vertu dans ses réalisations.

Il s'agissait que la pratique de ces arts permît à l'âme de s'affranchir du corps, au sens néoplatonicien du terme. Une superbe illustration incluse dans le *Hortus deliciarum* présente d'ailleurs la philosophie comme un centre autour duquel gravitent les autres arts. Elle apparaît en majesté au linteau de l'un des cercles, au centre, assise sur un trône, coiffée d'une couronne ornée de trois visages humains qui symbolisent le passé, le présent et le futur. Les « sept arts libéraux » sont représentés en état de gravitation autour de cette figure pivotale. Ils sont placés en relation avec les objets intellectuels et la connaissance de la vérité et sont discriminés des « arts serviles » qui tendent au bien commun à travers la transformation de la matière sensible et des « arts plastiques », qui favorisent la contemplation du donné. Au sommet du grand cercle apparaissent nos Socrate et Platon.

J'ai souvenir d'une autre allégorie de *l'Hortus deliciarum* qui montre trois femmes — le « trivium » — tirant un petit char tandis que quatre autres — le « quadrivium » — le poussent. Dans le char trône la « Sainte Théologie », tenant entre ses mains la Face du Christ. Un homme, Petrus Lombardus, un fouet à la main, veille à la bonne marche du véhicule. Petrus Lombardus était un philosophe de l'époque, « *magister* » — enseignant — de l'école de Notre-Dame. Il devint par la suite évêque de Paris. C'est à son successeur, Maurice de Sully, que nous devons la construction de Notre-Dame. Lombardus commenta les P*saumes* et les *Épîtres* de saint Paul, mais son œuvre la plus célèbre demeure le *Quatuor libri sententiarum*, *Les Quatre Livres des sentences*, un recueil de textes bibliques qui décrivent par le menu la théologie chrétienne.

L'Antiquité grecque exerça une influence fondamentale sur la philosophie. Pour avoir conféré au travail de la pensée une dimension toute métaphysique, la chrétienté n'en atténua pas l'ardeur. L'Église ne revint pas sur l'idée que les arts libéraux constituaient les stades d'une hiérarchie du savoir, la théologie se substituant à la philosophie antique. Pour en revenir au « mythe de la caverne » de Platon, l'homme y suit un parcours ardu, un parcours sinueux, qui mène de l'obscurité et des ombres à la lumière, où il s'affranchit des illusions. Le moment que je préfère est celui où est évoqué ce désir des élus qui ont vu la lumière de s'en retourner dans la caverne délivrer leurs semblables, les autres, des ténèbres. Voilà ce qu'est la fraternité. C'est à mes yeux moi un degré encore plus noble. J'ai pour ma part un long chemin à parcourir, mais j'espère rencontrer dans la culture, et singulièrement dans l'art, les forces qui me manquent pour remporter le combat intérieur que je mène contre les ténèbres. S'arrêter sur ce chemin afin de mesurer la distance qui nous sépare encore de la lumière constitue un excellent exercice spirituel.

Devenir adulte assuré d'avoir été aimé par ses parents et penser que ses enfants auront une existence heureuse : voilà qui est de première importance pour affronter le long parcours qui mène à l'issue de la caverne. De ce point, je suis assez confiant : j'ai eu des parents aimants qui ont su me transmettre leur bonne humeur. Je n'ai aucun doute sur le fait que l'humanité puisse réaliser des œuvres d'une beauté et d'une importance transcendantale : cela est également de nature à influer sur nous et à nous faire entrevoir la direction de la lumière. Permettez-moi de vous donner un exemple : on nomme « Renaissance » une période de l'Histoire qui s'étend du XIVe au XVIIe siècle et au cours de laquelle la culture, l'intelligence, et les arts ont éclos de façon exponentielle en Italie, en particulier à Florence, puis en Allemagne, aux Pays-Bas, dans le nord des Alpes, et dans d'autres régions européennes. Cette période est caractérisée par la redécouverte de la culture antique gréco-romaine. L'humanité passe presque sans transition du féodalisme au capitalisme et du Moyen Âge à la modernité. La perception de l'univers change et la pensée qui, jusqu'alors, plaçait au centre de tout l'entité divine, commence à y placer l'homme.

Ainsi naît l'humanisme, produit de la monétisation de la condition de l'homme, de ses réalisations, de ses découvertes, du rôle de la connaissance, des arts et de la littérature.

Les Italiens se tournent vers leur antiquité, cette antiquité nourrie de culture grecque. Ils en font leur nourriture et réactualisent ses valeurs, sa mythologie et sa littérature.

Le champ artistique emprunte aux classiques, se nourrissant de leur réalisme, de la symétrie et de la beauté de leurs œuvres.

Le développement du commerce sur l'eau engendre celui du négoce dans les cités, qui se fortifient, et voient naître en leur sein un nouveau type d'individu : le bourgeois. L'émergence de la bourgeoisie engendre pour sa part le mécénat, car la quête de reconnaissance du bourgeois lui enjoint de se mettre en valeur à travers des œuvres. Filippo Brunelleschi, au début du XVe, est l'un des talents éminents de l'époque : il est l'auteur de la coupole harmonieuse et symétrique de la cathédrale Santa Maria del Fiore, à Florence, que nous visitâmes, Leonor et moi, au cours de notre voyage de noces. Brunelleschi influença nombre d'architectes tels Léon Alberti, qui réalisa le projet de la façade, de style romain, de l'église de Santo Andrea, à Mantoue, que nous visitâmes aussi.

Dans le champ littéraire, on voit surgir les géantes figures de Dante, Pétrarque et Boccace. Le lecteur aura noté que dès l'orée de mon récit, j'ai nettement fait part de mon tropisme littéraire. Nul hasard si j'ai choisi une histoire tirée du *Décaméron* de Boccace et si je mentionne certains personnages de la *Divine comédie* dès les premières pages de mon livre. Le goût d'un lecteur ne peut que tirer profit de la lecture des classiques.

À l'orée du XIVe, Giotto mettait déjà en scène des images et des visages bien plus réalistes et l'usage qu'il faisait de la perspective conférait à ses œuvres une profondeur qui tranchait avec le style médiéval. Il n'est, pour s'en persuader, que de regarder *La Lamentation* ou *La Sainte Trinité*, réalisée par Masaccio au siècle suivant, et dont les éléments sont disposés de façon quasi mathématique.

En bref, dans leur quête de la *mimesis* la plus authentique du réel, les peintres et les sculpteurs de la renaissance s'essayaient à entretenir une relation directe au donné. La Renaissance voit s'éveiller connaissance, science et innovation, générant nouvelles techniques et nouveaux matériaux. Le chevalet, par exemple, date de cette période : support inconnu de lui jusqu'ici, il permet au peintre de concevoir de nouveaux mélanges de couleurs. C'est à compter de cette époque, en effet, que s'expérimentent de nouveaux mélanges de pigments issus d'huile végétale.

Tout ceci n'est nullement dû au hasard, il est le fruit d'une ambiance de munificence et de développement du commerce artistique. Les œuvres se font produits consommés par la bourgeoisie nantie qui souhaite tirer son épingle du jeu social et s'y élever. Les artistes, jusqu'ici anonymes artisans, commencent à jouir d'une grande réputation. L'homme est devenu le centre des phénomènes mondains. Il ne manquait plus grand-chose pour qu'éclatât la ferveur provoquée par les autoportraits réalisés au XVIe siècle. C'est à cette époque que naissent Vinci et Michel-Ange, dont je parlerai ici un peu plus loin. Je ne peux ceci dit m'empêcher d'indiquer au lecteur que j'ai un lien de parenté avec ces deux géants, ce dont je m'enorgueillis.

On révère Vinci en tant qu'artiste polydisciplinaire, qu'innovateur, que concepteur de machines. L'anatomie humaine l'emplissait d'une intense curiosité et il passait des nuits entières à en étudier le détail. Quel meilleur exemple d'harmonie artistique paisible, alternant tons clairs et tons sombres, que le *sfumato* de sa *Joconde*, sur laquelle je reviendrai plus tard ? Quant à Michel-Ange, il se disait sculpteur, ce qui n'avait échappé à personne, il était d'ailleurs l'un des meilleurs. Il n'est pour s'en convaincre que d'admirer les formes parfaites de son *David*, à Florence. C'est Jaap van Donge qui me raconta l'aventure de cette sculpture. Jaap était une personne de grande culture qui travaillait au Rijksmuseum d'Amsterdam où l'on peut voir les œuvres les plus célèbres de certains des plus grands peintres flamands, comme *La Ronde nocturne*, de Rembrandt ou d'autres de Franz Hals ou Vermeer.

Je connus Jaap dans un café, au moment où je travaillais sur mon doctorat. Il essaya de régler l'addition mais s'aperçut qu'il avait oublié son portefeuille chez lui. Il me dit que David avait d'abord été un bloc de marbre tiré d'une carrière de Carrare et acheminé jusqu'à Florence sur une nef qui traversa la Méditerranée puis remonta l'Arno. On conserva le bloc des années durant, dans l'attente de la venue d'un artiste exceptionnel. Au milieu du XVe siècle, les directeurs de l'Opéra du Duomo et de l'Arte della Lana de Florence se mirent d'accord sur l'idée d'y sculpter douze images pour décorer l'extérieur de la cathédrale Santa Maria de Fiore.

Plusieurs tentatives avortèrent, le bloc fut oublié dans un dépôt. Mais à l'orée du XVIe siècle, on reprit le projet et on sollicita Michel-Ange. L'achèvement de cette sculpture de presque cinq mètres et de plusieurs tonnes lui prit trois ans. Le *David* original se trouvait sur la Piazza della Signoria. On le transféra au début du XXe, si je ne m'abuse, dans la galerie de l'Académie des Beaux-arts de Florence, près de la Piazza del Duomo, afin qu'il ne fût pas dégradé. Ce que nous pouvons voir sur la place est une copie. Une troisième copie se trouve sur le Piazzale Michelangelo.

Les sculptures de Michel-Ange sont certes très impressionnantes, mais j'aime aussi beaucoup ses peintures sur plâtre et les fresques qu'il a réalisées pour la Chapelle Sixtine. Le nom de la chapelle est un hommage au pape Sixte IV, qui la fit restaurer à la fin du XVe siècle. À l'occasion de cette restauration, on passa commande à un groupe de peintres pour qu'ils y intervinssent. Botticelli en était un, Ghirlandaio un autre. Ils adornèrent l'édifice intérieur de fresques sur la vie de Moïse, côté gauche, sur la vie de Jésus, côté droit. Sur les panneaux, des portraits de papes. Mais l'idée de choisir Michel-Ange pour la décoration du dôme est du pape Jules II. On doit aussi à Michel-Ange *Le Jugement dernier* qui se trouve sur le mur de l'autel. Je me souviens parfaitement des visites que nous rendîmes à la Chapelle Sixtine. La dernière fois que nous y fûmes, ce fut avec Leonor et nos deux enfants, Laura et Guilherme, il y a une vingtaine d'années. De nos jours, il est bien difficile de pénétrer la chapelle : trop de touristes s'y pressent. Si les choses continuent de la sorte, il sera bientôt impossible de la visiter. J'adore regarder la Chapelle Sixtine à la télévision, à l'occasion des conclaves.

Et comment ne pas citer Raphaël, comment ne pas citer ce génie dont les œuvres mythologiques, telles *Le Triomphe de Galatée*, manifestent une façon unique de représenter, qui évite les ombres et le flou et privilégie la netteté du contour, obtenue au pinceau ?

La Renaissance voulut offusquer l'occulte et le mystère, car elle entendait mettre en valeur cette science, cette culture qui triomphent de toutes les magies. Si j'ai décidé de parler un peu des artistes de la Renaissance, c'est que le lecteur ne va pas tarder à découvrir que j'ai des liens de parenté avec un grand nombre d'entre eux. C'est parce que je suis parent d'écrivains aussi prestigieux que Dante ou Boccace que beaucoup jugeront sans doute outrecuidantes les révélations que je fais ici. Mais que voulez-vous, je ne suis pas responsable de mes gènes !

Vois, chers lecteurs : une fois de plus, un démon vient interrompre mon récit. Cette fois, c'est Nachzehrer, une sorte de vampire du folklore allemand, dont le nom signifie littéralement « après la vie ». Je veux vous avertir : de temps à autre, des démons de la pire espèce envahiront mes pensées. C'est mon esprit qui les convoque, aucune autre hypothèse ne saurait convaincre.

Qu'il me soit permis de vous faire une confidence et croyez-moi si bon vous semble : j'avais douze ans, pas encore treize, j'en suis certain, car ce fut juste avant ma Bar-Mitzvah. Je passais mes vacances chez mon ami d'enfance Nicholas Pavlidis, dans la ville d'Ioánnina, au nord de la Grèce. Nick et moi, nous parcourions les salles du vieux musée en compagnie du grand archéologue et historien Pitágoras Pavlidis, son père. Soudain, ayant posé par mégarde le pied sur une large planche de bois, je tombai dans une fosse sombre et profonde, beaucoup plus profonde que je ne saurais vous le dire. Pendant quelques instants, je me trouvai à l'orée d'un sanctuaire oraculaire. Vous n'ignorez pas, mon cher lecteur, que dans l'antiquité les oracles officiaient dans des lieux sacrés où l'on se rendait pour obtenir des réponses divines touchant à l'avenir. Survinrent deux prêtres, un homme et une femme, qui me sourirent. Je leur rendis ce sourire.

Le premier me transporta jusqu'au sanctuaire de Dodone. C'était le plus ancien de tous, il était voué au culte de Zeus. Puis la prêtresse, qui me révéla avoir été enlevée par les phéniciens à Thèbes et vendue aux Grecs, me dit que le roi des dieux de l'Olympe lui parlait par allégories et qu'elle avait charge de les interpréter — comme Borges, elle adorait les allégories. Sur le ton de la plaisanterie, elle me rappela qu'Homère disait que dans les sanctuaires, « les prêtres marchaient pieds nus, ne se les lavaient pas et dormaient par terre ». Elle me confia alors aux bons soins d'un troisième prêtre, à l'entrée du sanctuaire d'Apollon, le plus célèbre de Grèce, sis à Delphes près du Mont Parnasse. C'est alors que je vécus une expérience spirituelle qui me marquerait à jamais.

Le prêtre était mon guide, ses traits ne m'étaient pas inconnus : la forme de ses narines et la position de ses yeux manifestaient, sans qu'il fût possible d'en douter, que nous avions un lien de parenté. Il m'apprit que le sanctuaire avait été érigé après qu'un berger, dont les animaux moururent à cause de la fumée qui sortait par une fissure du Mont Parnasse, l'eut inhalée lui aussi. Il fut alors la proie de plusieurs attaques convulsives. Les autochtones en furent d'autant plus effrayés qu'ils ne saisissaient pas très bien ce qu'il disait pendant ses crises. Ils étaient certains qu'il s'agissait là de tel message des dieux dû à l'inhalation. Ils édifièrent alors en ce lieu un sanctuaire dédié à plusieurs dieux mais qui finit par être connu comme celui d'Apollon.

Le clerc confirma bien vite mon impression de ce que nous eussions des liens de parenté : son nom de famille, « Xuvartidamus », me sembla familier. Il aurait l'honneur de me mener à la Pythonisse, une prêtresse qui respirait les vapeurs et interprétait comme personne les messages des dieux, afin que je conversasse avec elle. J'abrège : elle sut prédire tout ce qui m'arriverait par la suite. Je trouverais l'amour, j'aurais un métier et je perdrais mon père, je lirais de bons livres, j'étudierais l'histoire et les arts et j'éprouverais le désir de quitter l'obscurité de la caverne, en quête du rayonnement du soleil. Des démons et des démons feraient irruption dans ma vie, mais je ne les jugerais jamais hâtivement ni ne les soumettrais au préjugé. La résurrection ne me serait jamais refusée.

Et voilà que je suis ici à vous raconter mon histoire. Mon texte n'est pas un roman, il ne prétend pas l'être. C'est peut-être tout juste, à la rigueur, un très long essai. Il traite de parenté, de livres, de bibliothèques, de guerres, de religions, d'art et d'autres sujets encore. Comme en un « mythe de la caverne », j'y expose ma quête d'un pan de savoir. Leonor, mon épouse, affirme qu'il lui fut impossible d'échapper au sommeil à l'occasion de la lecture de certains de mes passages : elle fut transportée dans un monde parallèle par Hypnos, le dieu du sommeil. Certaines parties de mon récit semblent hypnotiques, singulièrement celles qui détaillent des événements guerriers, la trame narrative de certains classiques de la littérature ou les accomplissements notables de personnages réels ou imaginaires. Hypnos vivait silencieux en son palais creusé dans une caverne, un lieu paisible et propice au sommeil dans la mesure où la lumière solaire n'y pénétrait pas. Il épousa Pasithée et eut de nombreux enfants parmi lesquels Morphée, l'auteur des rêves, Icélos, celui des cauchemars et Phantasos, celui des objets oniriques. Sa fille Phantasos dispensait des songes aux gens éveillés, les contraignant à endurer la vision de monstres imaginaires et à embarquer pour des traversées dans les rêvasseries les plus inattendues.

« J'avertis le lecteur » (comme l'écrit Rousseau dans *Le Contrat social*, à l'orée de son unique commentaire sur *Le Prince* de Machiavel), que ce livre doit être lu avec la plus grande attention. Il est en effet difficile d'en résumer avec clarté le propos à qui ne le lirait pas très posément. À propos, l'œuvre que je viens de citer affirme aussi que « l'intérêt des rois est que le peuple soit faible, misérable et ne puisse jamais leur résister », ce avec je suis en parfait accord.

Mais ce n'est pas mon souhait, s'agissant du lecteur. Je ne veux pas le placer en état de sujétion. Je lui demande même pardon s'il doit affronter avec quelque héroïsme certaines parties de mon récit, si lénifiantes puissent-elles lui sembler. Derechef, mon désir est de devenir un homme meilleur, de me connaître et de trouver le lien qui m'unit à mes semblables afin de me sentir plus en sécurité dans notre univers. Le diable — qui ne me quittera pas d'une semelle, au long de ce texte — jugerait sans doute que je possède une bonne dose de vanité. J'ignore si cet orgueil qui est le mien est normal ou pathologique. Ma vanité me conduit parfois à agréger à mon texte de pures inventions, des éléments littéraires ou historiques incongrus, ce qu'à en croire Sigmund Freud — dont j'ai découvert qu'il était aussi un parent —, je fais par pure présomption. Le lecteur jugera. Ce que nous n'aimons pas dans les œuvres peut à tout le moins nous fournir des certitudes, s'agissant des chemins qu'il convient que nous évitions, des émulations dans lesquelles nous devons nous garder d'entrer.

# Max

C'est ainsi que débutèrent mes « mille et une nuits ». Leonor et moi, nous nous trouvions à Mexico et nous décidâmes de passer une matinée au musée créé en hommage à Léon Trotsky, le grand leader de la Révolution russe de 1917. L'entrée du musée était sise au numéro 410 de l'Avenue Rio Churubusco, dans le district de Coyocan, en périphérie de la ville. Il y avait là un kiosque où l'on trouvait évidemment des ouvrages traitant de la révolution. Je pouvais aussi y compulser des revues et des journaux de l'époque où Trotsky était en exil au Mexique. Campée bien au centre de l'une des salles du musée, une chronologie des événements de cette période attira particulièrement mon attention. Dans le couloir qui menait au cœur de cette maison dans laquelle il avait séjourné, on trouvait illustrés des épisodes significatifs de la vie de ce grand leader révolutionnaire et de sa famille. Un immense panneau reproduisait l'arbre généalogique de Trotsky, où étaient détaillés les liens de mariage de chaque génération, les noms des membres de la famille et l'extension de leur diaspora.

Que le lecteur me pardonne, mais je dois me livrer ici à un excursus indispensable à la mise en perspective de ce que j'éprouvai au long de ma visite au musée Trotsky. Schwartsmann, le nom des miens, est indissociable de l'époque des croisades, ces expéditions militaires organisées par l'Église Catholique entre le XIe et le XIIIe siècle pour reconquérir la « Terre Sainte » — c'est ainsi que les chrétiens appelaient alors la Palestine. Jérusalem était placée sous le contrôle des musulmans depuis le VIIe siècle, époque où le calife Omar ibn al-Khattab avait repris la ville aux Byzantins. Un de nos ancêtres, Mohamed Abgil Xuvart, fils d'un des frères d'Omar, était tombé amoureux d'une esclave juive nommée Esther, qui travaillait au palais. Des années après, Mohamed Abgil deviendrait un grand savant.

Le XIe siècle vit les pays chrétiens européens ébranlés par l'expansion de l'imperium musulman jusqu'à la péninsule ibérique et aux territoires jadis sous tutelle byzantine, où les Ottomans traitaient les pèlerins chrétiens avec dureté. Cette répression explique l'intérêt de l'Église pour la reconquête et la reprise en main de la Terre Sainte. Il faut bien concevoir les tourments de toute nature vécus par les pèlerins au cours de leurs voyages au Saint Sépulcre : naufrages, vols, assassinats et asservissements variés imposés par les Turcs, qui exigeaient des impôts extrêmement élevés des voyageurs désireux de se rendre en Palestine.

À en croire un ouvrage écrit en arabe par Kalil Al-ambr, un des descendants de Mohamed Abgil, et conservé au sein de notre famille depuis des siècles, c'est le pape Urbain II qui incita les fidèles à partir en croisade afin de détourner leur attention des dissensions internes qui déchiraient l'Église, en la déportant vers la lutte contre les musulmans. C'étaient les Byzantins qui avaient le plus à souffrir des agressions du monde turc : les croisades étaient le moyen de réunifier cette Église qui avait vécu, au début du XIe, une scission entre Église Catholique Apostolique Romaine et Église Orthodoxe. Elles étaient aussi le moyen, dans l'esprit de nombreux chrétiens, d'obtenir la rémission de leurs péchés, et surtout de conquérir des terres et des biens à l'occasion du pillage des riches palais musulmans.

Mes ancêtres, les descendants de Mohamed Abgil, souffrirent énormément au cours de la première croisade. En 1095, au cours du Concile de Clermont, Urbain II avait promis que *« ceux qui embrasseraient la noble cause verraient leurs péchés pardonnés et obtiendraient une amnistie totale des pénitences terrestres imposées par l'Église »*. En 1099, lors de la prise de Jérusalem, les armées chrétiennes, composées en grande partie de soldats français, se conduisirent avec une violence extrême. Si l'on en croit un texte de Jubertus, nombre de nos ancêtres furent massacrés, surtout après que les soldats eurent découvert qu'une part de notre famille avait du sang juif.

Nos ancêtres ne jouirent finalement de la paix que presque un siècle plus tard, quand Jérusalem fut reconquise par les armées de Saladin. Durant cette période de reconquête, les chrétiens perdirent tous les territoires qu'ils avaient gagnés. La ville d'Acre fut le dernier d'entre eux : elle fut récupérée par les mamelouks d'Égypte à la fin du XIIIe siècle. Les croisades avaient aiguisé les acrimonies entre chrétiens et musulmans. Néanmoins, toutes ces migrations avaient fini par stimuler le commerce mondial et contribuèrent des siècles plus tard à la mutation de l'Europe médiévale dont les villes crurent et où l'usage de la monnaie se fit courant.

Mais j'en reviens à notre visite au musée Trotsky de Mexico. Le couloir d'entrée donnait accès aux jardins et à la maison où le grand homme avait vécu avec sa femme Natalia et son petit-fils Sieva. Le mobilier avait fait l'objet d'une restauration partielle et beaucoup d'objets ayant appartenu à la famille s'y trouvaient exposés. Passée la chambre de Sieva, on débouchait sur celle du grand révolutionnaire et de sa femme. Puis se succédaient la cuisine, le bureau, et les autres pièces de la maison. On voyait encore sur les murs les impacts des coups de feu qui y avaient été tirés lors de l'attentat perpétré contre Trotsky, attentat au cours duquel Sieva avait été blessé.

Je me mis par curiosité à examiner quelques-uns des documents et des clichés photographiques exposés sur une table. C'est alors qu'un « ange déchu » — l'un de ceux qui étaient entrés en lutte contre Dieu et ses anges, aux côtés du dragon et de Lucifer, pour la conquête des Cieux — fit que tombât entre mes mains une photo sur laquelle Trotsky se tenait debout, au milieu de sympathisants. L'un d'entre eux attira particulièrement mon attention. Il appartenait à la gauche américaine. Il s'appelait Max Shachtman. Lorsque je lus ce nom, mon cœur se mit à battre à tout rompre. L'orthographe de son nom pouvait indiquer que ce Max était mon parent. « Schwartsmann » n'est pas si éloigné de « Shachtman », et l'on imagine sans peine les modifications que peut subir un patronyme au fil de ses voyages sur le globe. Voici posé le thème principal du récit qui va suivre, de ce récit presque toujours lesté d'énumérations littéraires et de descriptions de faits historiques en un style comme contraint. Que le lecteur me pardonne : c'est ma façon à moi d'écrire.

Ce qui ne saurait être contesté, c'est ma volonté de me trouver des liens de parenté avec Max. Ils m'uniront aux grandes figures de l'Histoire. Je veux par exemple attirer l'attention du lecteur sur ma parenté avec Napoléon Bonaparte. On dit qu'il naquit à Ajaccio en 1769 — cette information est contredite par notre famille — et qu'en 1789, au cours de la Révolution, il se rangea aux côtés de la monarchie et s'opposa à la révolte du peuple. Mes oncles issus de la lignée de mon grand-père Jaime Safras, ont toujours affirmé que Napoléon était lithuanien et qu'il était notre parent. Son vrai nom était Jacob Safras et il était né à Vilnius. Lorsque ses parents moururent du typhus, un marchand arabe nommé Abdul Al-Safrun, ami de notre famille, adopta le nouveau-né et conserva la peau de son prépuce pendant plus de soixante ans, comme le veut la tradition chez certains peuples arabes.

À l'occasion du passage à l'an 2000, ma tante Tereza, la plus jeune fille de mon grand-père Jaime Safras, qui vit à Rio de Janeiro, remit au grand rabbin de Paris, Gilles Bernheim, le petit coffret doublé de velours qu'elle conservait précieusement en souvenir de la circoncision de l'Empereur. Je parle ici du rabbin Bernheim qui dut admettre avoir trompé son monde au sujet de son diplôme en philosophie et qui, en 2013, dut renoncer à la direction du Consistoire, institution judaïque officielle de France. C'est aussi lui, Bernheim, qui nous fournit toute la documentation sur la véritable origine de Napoléon et sur les liens de parenté qui l'unissaient à nous.

Il nous révéla les circonstances de son adoption par un beau-père corse et nous expliqua qu'au cours des premières années de la révolution, Napoléon s'était placé du côté des défenseurs des idéaux de liberté, d'égalité, de fraternité et avait même été — déjà général de brigade — emprisonné en 1794 avec une légion de Jacobins. Les années qui suivirent, il commanda la Garde nationale et finit par s'allier aux Girondins et à la grande bourgeoisie pour accéder aux fonctions de consul, ce fameux dix-huit brumaire de l'an VIII qui correspond, sur notre calendrier, au 9 novembre 1799. Qui eût cru que, cinq ans plus tard, il se ferait couronner empereur sous le nom de Napoléon Ier ?

Selon les documents que j'ai pu obtenir dans les registres de la Grande Synagogue de Paris, 44, rue de la Victoire, « Bonaparte » était un nom d'emprunt. C'est un secret qui doit être scrupuleusement conservé : j'enjoins à mes lecteurs d'être discrets. Quelques-uns de mes ancêtres juifs lithuaniens vinrent secrètement lui rendre visite à l'île d'Elbe. Bernheim dit qu'en mars 1815, c'est mon ancêtre Abraam Jaime Safras Ier qui organisa la fuite de Napoléon et sa reprise du pouvoir à Paris. À l'en croire, il s'en fallut de peu qu'il ne fût à l'époque nommé Ministre de la Guerre.

Le *Couronnement de l'Empereur*, ce tableau commandé au peintre David, achevé en 1807, et qui représente l'accession de Napoléon au trône impérial, ce tableau qui est actuellement exposé au Musée du Louvre, appartenait à notre famille. Il mesure presque dix mètres de long sur six de haut. L'Empereur y est représenté comme lors de la cérémonie réelle qui se tint à Notre-Dame, le 2 décembre 1804. Mon arrière-grand-mère décida d'en faire don au peuple français à la fin du XIXe siècle. Ma grand-mère Clara disait que notre aïeul s'était inspiré du couronnement de Charlemagne, célébré à Rome en l'an 800.

Pourtant, contrairement au roi carolingien, notre ancêtre tournait le dos au pape et faisait face au public. Ma grand-mère nous présentait ce détail comme puissamment significatif. Il s'agissait à travers lui pour notre aïeul de manifester la totale indépendance de l'Empire vis-à-vis de l'Église. Le peintre peina à achever son œuvre car Napoléon insista pour qu'il y fît figurer sa mère — sa mère adoptive, car il voulut cacher son origine juive.

Je ne fais mention de Napoléon qu'à titre d'information, pour donner un exemple de mes riches parentés. Je n'avais pas le choix : il fallait que j'enquêtasse sur les origines de Max Shachtman. Ma parenté avec un compagnon en route du chef révolutionnaire russe était chose tout à fait logique. Je ne savais pas par où commencer. Dans le livre du Portugais José Régio, *Poème de Dieu et du Diable*, on trouve un poème intitulé « Cantique nègre » qui dit : « C'est Dieu et le diable qui me guident et personne d'autre ». Il se termine sur ces mots : « Je ne sais pas où je vais, je sais que ce n'est pas par-là ».

Sans savoir quelle direction prendre, je m'en fus à la recherche de mes liens de parenté. Et si le lecteur me demande pourquoi j'ai soudain décidé de m'envoler pour Amsterdam, je ne saurai lui répondre. Ce qui est sûr, c'est que j'y suis allé. Le lendemain, à l'aube, j'atterrissais à l'aéroport de Schipol. Un train me déposa à la Gare Centrale. De là, je me rendis au Leidseplein, au cœur de la belle ville néerlandaise.

Leonor et moi, nous avons vécu sept ans à Amsterdam. C'est là que nous avons élevé nos enfants. L'American Hôtel nous paraissait l'endroit idoine pour nous loger. Je m'assis dans le hall, je jure que ce ne fut là le fruit d'aucune préméditation. Ce n'est sans doute pas un hasard si une femme élégante aux longs cheveux roux, aux beaux yeux verts, aux lèvres pulpeuses, aux seins parfaits, est alors venue s'asseoir à mes côtés. Son parfum m'était une tentation. Elle sourit et me demanda si elle pouvait partager avec moi le petit canapé. Je me présentai à elle. Elle s'appelait Melina Antoniades. Sa beauté était celle de Galatée, la « néréide blanche » de la mythologie, celle qui jouait avec les vagues. Melina m'hypnotisait, tout bonnement. Je lui contai le motif de ma présence en ces lieux : je venais m'enquérir de mon degré de parenté avec Max Shachtman. Pour une raison que j'ignorais, j'avais décidé d'entamer mes recherches à Amsterdam. C'est Melina qui allait me recommander de m'en remettre à Aleksander Akounine. L'enquêteur russe l'assistait dans une affaire de même nature. Elle était à la recherche d'un propriétaire de cirque turc qui, deux cent trente-sept ans auparavant, avait fait du tort à son père. Je souris sans bien comprendre. Un homme arborant un cou quasi aussi épais que sa tête salua Melina depuis la porte de l'hôtel. Elle se leva, m'offrit un baiser de ses lèvres humides qui me frôla presque le lobe, puis sourit et prit congé. Les deux étranges personnages sortirent bras dessus bras dessous. Par la fenêtre, je pus suivre ses pas du regard jusqu'à ce qu'elle disparût au bout de la rue. J'étais épuisé par le voyage, mais je jurerais avoir entrevu la queue d'un bouc sous la gabardine du petit homme. Peut-être s'est-il juste agi d'une illusion. Je pris un bain et m'endormis profondément. Cette femme m'excitait plus que je ne l'avais jamais été. J'en étais fort troublé. Je pensai que Melina était un de mes démons.

Je me risquerai ici à dire qu'il y avait en elle quelque chose de Jézabel. La diabolique épouse du roi Achab, dans la Bible, me revint en mémoire. Le roi convoitait les beaux vignobles d'un pauvre hère nommé Nabot, qui refusait de les lui céder. Pour complaire au roi, Jézabel accusa Nabot d'un faux délit. Il fut emprisonné et condamné à mort. Ainsi le roi put-il s'approprier ses terres. Mais Achab fut châtié par le prophète Elias qui prophétisa la mort de son fils. Elias ordonna aussi aux eunuques du roi de jeter Jézabel par l'une des plus hautes fenêtres du château. Ainsi la femme maudite périt-elle défenestrée et dévorée par les chiens.

Étendu sur le lit de ma chambre, je pensai à la beauté de Melina, mais aussi à l'effroi qu'elle suscitait en moi. Elle avait le visage même de Jézabel, celui que j'épiais lorsque j'étais enfant dans les pages cachées de l'Encyclopédie Mirador que je feuilletais après m'être assuré que toute la maisonnée dormait.

Melina me rappelait aussi beaucoup Mima Renard, une femme qui mourut sur le bûcher à São Paulo, au XVIIe siècle. Les yeux de la diablesse m'avaient fait forte impression, lorsque je les avais croisés des années auparavant parmi les illustrations d'un vieux livre portugais sous couverture dure, à la librairie Leonard de Vinci qui fut, des décennies durant, la meilleure librairie de Rio de Janeiro. Elle se trouvait dans l'avenue Rio Branco, au centre-ville. Je lus quelque part qu'elle avait été fondée par un homme d'origine romaine nommé Duchiade. C'étaient ses descendants qui dirigeaient le négoce. Mima Renard avait quitté la France pour vivre au Brésil avec son mari. Un beau jour, un homme en tomba amoureux et tua le mari. Pour survivre, elle se prostitua. Puis le bruit courut qu'elle avait ensorcelé plusieurs hommes qu'elle avait séduits en usant de ses charmes. Mima mourut brûlée vive sur le bûcher, pour fait de sorcellerie, en 1692.

Une autre femme avait le visage de Melina, une certaine Izabel Pedrosa de Alvarenga, une beauté qui vivait à Ouro Preto au XVIIIe siècle. J'en ai découvert l'existence dans une librairie de la rue du Bac, à Paris, sur un dessin qui illustrait un article consacré à la magie noire, paru dans l'une des éditions du journal *L'Illustration*. Izabel vivait d'aumônes. On l'accusa de sorcellerie et on la brûla en 1750. On raconte qu'elle conservait dans un sac d'étoupe des cheveux d'adultes, des nombrils d'enfants, des chiffons ensanglantés et des becs d'oiseaux.

En y repensant bien, Melina Antoniades avait aussi le regard d'Ursuline de Jésus, brûlée vive à São Paulo en 1754. L'époux d'Ursuline prétendait qu'elle l'avait rendu stérile en usant d'artifices sataniques. J'avais acheté un dessin avec son portrait chez un bouquiniste qui se trouvait au bout de la rue dos Andradas, au centre de Porto Alegre. On donne à la boutique d'un bouquiniste le nom de «*sebo*», en portugais. «*sebo*» *peut dériver de* «*sebenta*», qui désigne une «apostille». En portugais archaïque, «assabentar» signifie «instruire». Il est probable que ces mots dérivent d'un mot latin qui signifie «suif» car les livres que l'on manipule fréquemment sont «ensebados», c'est-à-dire «pleins de suif». Le propriétaire du «*sebo*», disais-je, un vieux monsieur négligé comme on en rencontre d'ordinaire dans ce genre d'endroit, me raconta que le dessin d'Ursuline avait été retrouvé dans la poche cachée de la soutane d'un curé dont elle avait abusé et qu'elle avait ensuite fait assassiner.

Je passai une nuit blanche, à force de penser à Melina et aux curieuses sensations qu'elle avait provoquées en moi. Mais j'étais bien décidé à suivre son conseil et je pris rendez-vous avec cet Aleksander Akounine. Tout indiquait qu'il était l'homme idéal pour enquêter sur ma parenté avec Max. Je fus ravi de le rencontrer à la Bibliothèque du Trinity College, à Dublin, où Oscar Wilde avait étudié. Je lui demandai de prime abord s'il avait un lien de parenté avec l'écrivain Boris Akounine. Il sembla surpris : il n'aurait jamais imaginé qu'un Brésilien pût connaître le nom de son compatriote. Il répondit par la négative.

Akounine était un homme d'une soixantaine d'années. Il portait un costume sombre et fripé et une chemise jaunie. Piquées sur sa cravate au nœud lâche, je reconnus les armes de l'Université d'Oxford et la devise «*Dominus illumination mea*» («le seigneur est ma lumière»). Mon attention fut attirée par le fait que de temps à autre, comme nous devisions, les lettres bordées sur sa cravate semblaient s'animer. C'était tout à fait comme si les mots étaient la proie d'une métamorphose.

« *Seges fertilior est alienis semper in agris* » : voici ce que je pus lire, lorsque les lettres brodées sur la cravate d'Akounine commencèrent à se mêler. L'auteur de cette nouvelle phrase n'était autre qu'Ovide, dont on dit qu'il est né en 43 avant Jésus-Christ. On peut la traduire par : « l'herbe est toujours verte dans le jardin du voisin ». Autrement dit, nous penserions toujours que la vie des autres est plus intéressante que la nôtre. C'est en effet une sensation de cet ordre qu'avait suscitée en moi la découverte de l'existence de Max Shachtman. Il était si proche de Trotsky que j'ai imaginé pendant quelques secondes que je pouvais avoir un lien de parenté avec une figure historique.

Je dis à Akounine qu'Ovide était mort à Constance, en Roumanie, près de la Bessarabie, lieu d'où mes grands-parents paternels étaient originaires. Le russe sourit un peu ironiquement, me révélant l'absence de ses deux incisives supérieures. Quelque chose me disait que nous allions bien nous entendre.

Par pur hasard, j'avais acquis une reproduction d'un incunable daté de 1497 des *Métamorphoses* d'Ovide en latin, lors d'un voyage à Coimbra. Les incunables étaient des livres imprimés au tout début de l'imprimerie, utilisant des caractères d'impression mobiles et qui imitaient les manuscrits — me voilà professeur, à présent ! Il est surprenant qu'une œuvre si pivotale ait fait l'objet d'aussi peu de traductions en portugais. On parle bien d'une traduction datant du XVIIIe siècle qui n'a jamais été publiée. Manuel Maria Barbosa du Bocage, le poète portugais, en traduisit quelques extraits pour une édition de Lisbonne, en 1853. Mais l'édition que je possède est celle de Martin Claret, qui a paru en 2006.

Il n'est pas jusqu'au Père Antonio Vieira, qui dispense des cours de rhétorique à Olinda, dans l'état du Pernambuco, qui ne vante la beauté de l'œuvre d'Ovide.

Dans les quinze livres qui constituent les *Métamorphoses*, le poète latin conte de nombreuses légendes sur l'apparition du monde et de l'humanité, tirées de la mythologie grecque. Ovide mettait lui aussi en musique les quatre époques de ladite mythologie : l'âge d'or, l'âge d'argent, l'âge de bronze et l'âge de fer. Chacun des éléments imageait une ère exceptionnellement heureuse ou tragique. Toutes les religions décrivent une époque de perfection mythique, située au commencement du monde, « l'âge d'or », période de parfaite harmonie entre l'homme et l'univers.

Ces temps dorés auraient vu régner la vraie justice. Les hommes y auraient été purs, naturels et végétariens. Ils n'y auraient pas connu le vieillissement et y seraient toujours morts paisiblement. Ovide détaille aussi les transformations morphologiques des hommes en animaux au cœur de fables qui évoquent la nature profonde des hommes et traitant de thèmes tels que l'amour, la haine, l'inceste ou la jalousie. Les mythes assumaient à l'époque une importante fonction pédagogique : ils constituaient autant de leçons morales qui présentaient les risques encourus par ceux qui osent rivaliser avec les dieux.

J'ai une dilection pour le récit de l'enlèvement de Perséphone — fille de Zeus et de Déméter, déesse de la fertilité — par Hadès, le dieu de l'Enfer qui s'était épris d'elle. Il l'attira jusqu'en Enfer et en fit une déesse. Mais, son départ ayant condamné la terre à infertilité, Zeus ordonna qu'Hadès la lui rendît. À quoi Hadès répondit que cela lui était impossible : Perséphone avait mangé une grenade défendue. Pour que la fertilité des sols fût néanmoins assurée, Zeus résolut de laisser Perséphone en Enfer avec Hadès une partie de l'année et de la faire séjourner l'autre partie avec sa mère, sur terre. Cette décision aurait été à l'origine du printemps : lorsque Perséphone est loin d'elles, les fleurs sont contristées et elles meurent, mais lorsqu'elle s'en revient auprès d'elles, au printemps, elles refleurissent de bonheur. J'ai toujours trouvé cette histoire du plus haut poétique. Ovide conte aussi le mythe de Pygmalion et Galatie. Pygmalion était un talentueux sculpteur et il vivait reclus parmi ses sculptures. Il sculpta dans l'ivoire une femme si belle qu'il en tomba amoureux. Chaque jour, Pygmalion pare sa maîtresse en secret. Une fête est donnée, il ne peut s'empêcher de demander à Aphrodite de l'aider à trouver une femme aussi parfaite que sa création. Dans sa grande sollicitude, la déesse exauce sa demande et le surprend en donnant vie à l'effigie tant aimée, qu'elle nomme Galatie. De retour dans son atelier, Pygmalion l'embrasse et constate avec surprise qu'elle lui rend son baiser : elle est devenue humaine. C'est Dona Giselda, mon professeur d'Histoire, qui me conseilla cette lecture lorsque j'étais adolescent.

Dona Giselda changea ma destinée. C'était en 1968. Elle entra dans la salle de classe et ne put contenir ses larmes en nous annonçant, à nous ses élèves, que les chars soviétiques étaient entrés dans Prague. Son souci du destin de l'humanité m'émut infiniment. Avant de la connaître, je n'avais jamais vu quelqu'un compatir autant aux douleurs de ce monde. Par ce geste, Dona Giselda conquit mon respect pour toujours. Elle me donna à entendre que si je le désirais, je pourrais prendre ma part à la construction d'un monde meilleur. Elle m'enseigna que même un enfant né à Porto Alegre pourrait un jour jouer un rôle significatif sur cette immense planète. Mon cher professeur avait clairement perçu ce qui se tramait en moi. Elle commença alors à me prescrire les bonnes lectures. Livre sur livre. Dona Giselda me fit lire tout ce qu'il y a de mieux. Ce n'est pas Italo Calvino, ce n'est pas son *Pourquoi lire les classiques*, c'est elle qui me fit appréhender l'importance des grands livres.

Ce 19 août 1968, Jean Leclerc, correspondant de l'AFP, relata l'invasion de Prague par l'armée soviétique : « des coups de feu assourdissants » ne parvenaient pas à disperser la foule qui haranguait les chars ennemis aux cris de « Longue vie à Dubcek ! ». En quelques jours, les Russes vinrent à bout de l'utopique « Printemps de Prague » qui désignait l'ensemble des réformes démocratiques proposées par Alexander Dubcek, le chef du Parti Communiste Tchèque. Leclerc rapportait en détail les événements qui se déroulaient devant le siège de Radio Prague, symbole de l'émancipation du peuple tchèque. Au moment où les canons des chars soviétiques étaient pointés sur le siège du Comité Central, Dona Giselda entra dans la salle de classe. Les larmes aux yeux, elle dit toute son indignation devant l'intervention soviétique et son angoisse de l'avenir humain. Son attitude eut sur moi un effet magique. Jamais plus je ne serais le même.

Mais j'en reviens à Aleksander Akounine : il avait les dents pourries et sentait fort mauvais. Mais il était cultivé et aimable, ce qui compensait son aspect physique. Il m'expliqua que Boris Akounine avait en réalité pour nom Grigori Chkhartishvili et qu'il n'avait aucun lien de parenté avec lui. Akounine connaissait bien l'écrivain géorgien d'origine juive, ayant vécu à Tbilissi plusieurs années. Boris Akounine devait avoir plus ou moins mon âge : il avait dans les soixante ans. Il se fit connaître par ses romans policiers et ses fictions historiques de haute facture.

Certaines de ses œuvres connurent un vif succès en Russie, telles *Les Aventures d'Erast Fandorin*, que j'ai lu il y a des années. Il a publié, je me le rappelle, une série de quatre romans qui mettent en scène un détective nommé Nicholas Fandorin, et que mon cousin Zalmir a lus, pas moi. Fandorin va à Moscou enquêter sur un certain Cornelius von Dorn, un mousquetaire hollandais qui, au XVIIe, s'était rendu dans la capitale russe pour découvrir les origines de sa famille.

Akounine me dit sur le ton de la plaisanterie que cette histoire de détectives ressemblait à la mienne : n'étais-je pas moi aussi à la recherche de personnes avec lesquelles j'aurais eu des liens de parenté ? Nous évoquâmes brièvement ses honoraires qui étaient très élevés, mais que j'acceptai. Nous finîmes notre café. Le Russe s'engagea à entrer en contact avec moi dès qu'il aurait planifié ses premières investigations. Prenant congé, il me demanda si j'avais apprécié son choix du lieu de notre première rencontre, la bibliothèque du Trinity College, fondée en 1712 et la plus ancienne d'Irlande.

Je lui répondis que j'avais vécu en Grande-Bretagne quand j'étais jeune, que je m'étais marié avec Leonor à l'étude notariale de Camden Town, à Londres, et que j'avais eu souvent l'occasion, à l'époque, de visiter cette bibliothèque. Il me confia qu'il avait un plan en tête, s'agissant de son enquête sur Max Shachtman, qui, pensait-il, devait déboucher sur des pistes intéressantes. Avant de partir, il me suggéra de retourner visiter la fameuse « Long Room » de la bibliothèque, une salle tapissée de bois sombre qui abritait un fonds de plus de deux cent mille livres. Je lui répondis que je n'oublierais jamais le *Livre de Kells*, un manuscrit rédigé par des moines celtes, datant de douze siècles, qui faisait partie de ce fonds. Il acquiesça : il s'agissait bien d'un témoignage unique sur le christianisme irlandais. Bien qu'inachevé, c'était l'un des manuscrits médiévaux les plus importants encore accessibles.

De par son raffinement et sa beauté, le *Livre de Kells était représentatif de l'art religieux médiéval et subsumait le texte des quatre évangiles en latin, ainsi que des illustrations et de magnifiques enluminures. Comme il prononçait cette dernière phrase,* Akounine exhala une odeur extrêmement désagréable, comme un relent de soufre. Il crut bon rappeler que les enluminures étaient des peintures décoratives appliquées sur les lettres capitales des parchemins médiévaux. Au Moyen Âge, elles adornaient la plupart du temps des textes religieux enclos dans des couvents et des abbayes. Pour finir, Akounine me demanda si je m'intéressais à la littérature d'Edgar Allan Poe. Je souris et lui répondis qu'aucun lecteur de bon goût ne saurait répondre négativement. Akounine se rassit. Très obséquieusement, il m'informa qu'il était le demi-frère de Poe. Je ne pus m'empêcher d'éclater de rire : c'était tout à fait impossible, les dates ne concordaient pas, deux siècles les séparaient !

Il répondit que les choses n'étaient pas si simples, exhalant de nouveau par la bouche une haleine méphitique. Un jour je comprendrais : Poe était bel et bien le fils de sa mère. Allan Poe était né à Boston en 1808, et, à en croire Akounine, c'était bien sa mère qui lui avait donné naissance. Le père de Poe, David, avait eu un fils avec sa mère puis était allé vivre avec une femme nommée Elizabeth. Tous deux étaient acteurs de théâtre. Poe fut élevé par sa belle-mère qui mourut jeune. Il fut ensuite adopté par une riche famille de Baltimore, qui lui donna une bonne éducation. Poe se consacra aux lettres et entama une carrière militaire à West Point, mais il fut réformé pour indiscipline. Il publia des contes, des poèmes et des essais littéraires, mais l'alcool lui fit perdre la bonne situation qui était la sienne chez un éditeur. Considéré comme le créateur du conte policier, il influença des générations d'écrivains et mourut d'éthylisme en 1849.

De Poe, j'ai lu *Double assassinat dans la rue Morgue*, traduit par William Lagos. Deux femmes sont assassinées de façon extrêmement brutale à Paris. Les deux cas sont élucidés par le personnage d'Auguste Dupin, un précurseur de Sherlock Holmes, créé des décennies plus tard par Conan Doyle. « Le corbeau », le plus connu des poèmes de Poe, a été traduit dans plusieurs langues. Baudelaire est l'auteur de sa traduction en français. Machado de Assis et Fernando Pessoa le traduisirent en portugais. C'est un poème triste. Je me souviens que lors d'un déjeuner à la maison auquel nous avions convié un groupe d'amis, l'un d'entre eux, lorsqu'il fut présenté à ma femme Leonor, récita ce poème de mémoire.

Le poète décrit le désespoir de ce lui qui a perdu sa bien-aimée. Il dit : « Léonore, une femme plus belle que l'aurore ». Puis il évoque un corbeau qui s'est posé sur le buste d'Athéna, déesse de la sagesse et des arts. On dit que la nuit où Poe l'a écrit, il pleuvait abondamment. C'était en décembre, à l'orée de l'hiver nord-américain : l'atmosphère ne pouvait être plus sinistre. Le corbeau et le narrateur dialoguent et ce dernier finit par s'exclamer : « Dis-moi quel est ton nom dans les ténèbres infernales ! », et le corbeau de répondre : « Jamais Plus » — c'est la mort.

Monsieur Akounine prétend être le demi-frère de Poe. Qui sait s'il fait référence à telle parenté avec le diable… En tout cas, il a le regard et l'odeur du diable. Je notai qu'Akounine détestait l'ail et l'oignon. Une légende turque nous conte que lorsque Satan fut expulsé du Paradis, il tomba debout sur la terre. Là où le diable ficha sur le sol sa patte gauche naquit l'ail. Là où il planta la droite, l'oignon. L'oignon, en particulier, exsude une essence sulfureuse qui évoque l'odeur du « règne des ténèbres ». L'ail et l'oignon sont de proches parents, ainsi de l'asperge, de la ciboulette et du poireau. Au XVIIIe siècle, le taxidermiste suédois Carolus Linnaeus décrivait déjà ces « consanguinités ». Mon interlocuteur m'assura d'ailleurs que le Suédois avait également un lien de parenté avec moi.

## Les Rothe

Le sieur Aleksander Akounine avait peut-être des défauts, mais à tout le moins n'avait-il jamais cherché à offusquer sa vanité, surtout lorsqu'il évoquait ses liens de parenté avec des hommes illustres. À l'en croire, il était aussi descendant de Voltaire par la lignée maternelle. L'écrivain s'appelait en réalité François Marie Arouet. Voltaire était un pseudonyme. Né à Paris en 1694, il était issu d'une famille aristocratique et avait étudié le latin, le grec et la théologie au collège Louis-le-Grand, le fameux collège jésuite parisien. Il fut l'un des plus imposants penseurs du « mouvement de la raison », au temps des Lumières.

J'ai toujours été fasciné par l'œuvre de Voltaire. J'ai lu deux fois *Candide* : à l'adolescence, puis adulte. Voltaire avait fait siennes des idées progressistes et avait foi en la science. Il promouvait tolérance et liberté. C'était ce qu'on nommerait aujourd'hui un « agitateur d'idées ». Il composa des vers sarcastiques et satiriques sur les hautes figures de la politique française. C'est ainsi qu'il fut embastillé, et adopta le pseudonyme de Voltaire. Par la suite il s'exila en Angleterre ; il fut l'auteur de nombreuses œuvres de premier plan : essais, romans, poèmes, pièces de théâtre. Mais *Candide, ou l'optimisme* demeure son chef-d'œuvre, à mes yeux.

Voltaire goûtait de dauber sur la stupidité des philosophes et l'insoutenable légèreté des puissants. Le protagoniste éponyme de *Candide* est un jeune homme qui vit avec sa bien-aimée, la belle Cunégonde, jusqu'au jour où il est expulsé d'un superbe château de Westphalie. Le personnage reçoit journellement l'enseignement de son maître Pangloss, pour qui tout ce qui advient résulte d'une parfaite conjonction d'effets positifs, dans le « meilleur des mondes possible ». Candide traverse d'innombrables tourments et va d'adversité en adversité, il est exilé du château, abandonné par son aimée et torturé par les Bulgares.

Il survit à un naufrage, manque périr dans un séisme et assiste à la pendaison de son maître sans jamais se départir de son optimisme. Il est dupé à de nombreuses reprises et ce n'est qu'alors que le monde s'effondre devant lui qu'il voit vaciller sa foi aveugle en la doctrine de Pangloss. L'œuvre constitue une satire de l'époque ; elle mentionne des faits historiques, tels le tremblement de terre, qui faillit détruire Lisbonne en 1755, ou la guerre de Sept Ans, qui débuta l'année suivante.

La noblesse de cet éminent représentant des Lumières à la française l'autorisait à moquer l'intolérance religieuse et la justice sanglante de la Sainte Inquisition. On dit que le personnage de Pangloss est inspiré de Gottfried Leibniz, un philosophe allemand de la seconde moitié du XVIIe siècle. Leibniz est l'auteur des *Principes de la philosophie* et des *Discours de la métaphysique*, mais il est surtout connu pour ses études sur le calcul différentiel et intégral, études qu'il mena de façon indépendante, à la façon de son contemporain Isaac Newton.

Akounine m'expliqua que les aristocraties russe et française vivaient dans une grande proximité. C'est à ce fait que devait être attribué son lien de parenté avec Voltaire. Avec un sourire malicieux, le Russe ajouta que sa mère aimait voyager et nouer toutes sortes de relations. Pour dire la vérité, Akounine me fit une excellente impression générale, et je ne parle même pas de sa parenté avec Poe et Voltaire, qui me fit forte impression beaucoup : l'homme que j'avais engagé était sans nul doute de la meilleure des lignées.

Me vint soudain à l'esprit l'image de Lucifer, l'un des diables de la Bible. Son nom vient du latin et signifie « qui illumine », « qui porte la lumière » ou « étoile du matin ». Lucifer est le chef des sept « anges du mal » de l'enfer, il est le « maître de l'orgueil ». Il est intéressant de constater que ce terme était utilisé par les Romains pour désigner la planète Vénus. Mais laissons là les démons : mes pensées s'en retournèrent à Max Shachtman et à la maison de Trotski. Pour je ne sais quel motif, Akounine sur me donner espoir. S'il était au monde quelqu'un qui pût mettre au jour un lien entre Max et moi, c'était sans aucun doute l'enquêteur russe. Il sentait le soufre à plein nez, mais sa capacité de raisonnement était des plus vives.

L'atmosphère de la bibliothèque du Trinity College et mon désir d'y dénicher tels noms me rappelèrent une œuvre de José Saramago, premier Portugais à avoir obtenu le prix Nobel de Littérature. Ce livre s'intitule *Tous les noms*. J'y reviendrai plus avant. Pour ma part, si la chronologie était sans importance, j'aurais accordé auparavant le prix à deux autres écrivains portugais, Camões et Pessoa.

Ma mère me déclamait les œuvres lyriques de Camões pour m'endormir. Je me souviens d'elle, assise à mon chevet et susurrant : « l'amour, ce je ne sais quoi qui vient de je ne sais où et fait souffrir je ne sais pourquoi ». Le Nobel ferait justice au Camões des *Lusiades*, œuvre dans laquelle il se fait le chantre de « la grande âme lusitanienne », une saga qui décrit l'expansion du Portugal, conquise par les mers. Ma passion pour Camões, je la tiens de là. Je ne puis m'empêcher de déclarer mon amour de sa poésie, qui, en sus du lyrisme, manifeste son goût de cette « vérité que je conte, nue et crue ». Au temps des grandes traversées, le Portugal était sis en cette partie du monde que nous disons « eurocentrée ». Camões parlait des « armes et des illustres barons qui, des rives occidentales de Lusitanie, par des mers jamais empruntées, s'en furent bien au-delà de Taprobane ».

Taprobane est le nom latin de l'antique Ceylan, l'actuel Sri Lanka, un pays qui a la forme d'une larme et où, au tout début du XVIème siècle, les Portugais furent les premiers Européens à débarquer. Mais toutes ces conquêtes furent payées au prix fort, ce que Camões rappelle en évoquant les « dangers et les guerres qui outrepassaient la force des hommes ». Ces premières lignes du chant I des *Lusiades* préfigurent le parcours des grandes navigations. Elles dressent l'éloge du peuple portugais, qui vient à bout des dangers et des guerres pour faire croître son empire et affermir sa foi religieuse. *Les Lusiades* sont aussi d'un intense lyrisme dont je trouve qu'il se fait bien jour au chant IV, lorsque le «vieux du Restelo» interroge le départ des navires qui abandonnent derrière eux ceux qui restent à terre et se consument en adieux souvent définitifs.

La beauté des vers de Pessoa, sise en la voix de ses hétéronymes, me fascine depuis l'adolescence. Dès que je le puis, je cite Alberto Caeiro, quand il dit : «un midi de fin de printemps, j'ai fait un rêve : comme sur une photographie, j'ai vu Jésus descendre sur terre et il était redevenu un enfant». Je me souviens aussi des vers d'un poème intitulé «Le Tabac», d'Alvaro de Campos, dont je garde encore dans ma bibliothèque une copie de l'édition originale parue à la page 39 du magazine *Présence,* en 1933. Le poète y gémit : «je ne suis rien, ne serai jamais rien, il n'est rien que je puisse désirer être, et cela à part, j'ai en moi tous les rêves du monde».

Je l'avoue : je porte aussi en moi «tous les rêves du monde». J'imagine qu'il en est ainsi du lecteur. Et je ne parle pas de Ricardo Reis, de Bernardo Soares et d'autres hétéronymes de Pessoa, moins connus. Bien qu'il vécût dans la première moitié du XXème siècle, Pessoa portait en lui beaucoup de l'héritage de Camões. Dans son «Mer Portugaise», ce poème que je connais par cœur, il écrit : «Ô mer salée, combien de ton sel sont des larmes du Portugal». J'aime cette idée de «connaître par cœur», qui vient du français : c'est une expression bien ancienne, du XVIème, qui signifie «savoir dans tout le cœur, depuis l'intelligence, la pensée et l'expérience».

Comme Camões, Pessoa pleure ceux qui restent : «parce que nous te traversons, tant de mères pleurèrent. Tant de fils en vain prièrent, tant de promises ne purent se marier, ô mer, pour que tu sois nôtre». Et lorsque Camões écrit que pour accomplir leurs prouesses, les navigateurs « allèrent au-delà de Taprobane », Pessoa lui fait écho : « Nul sacrifice n'est vain à qui a de la grandeur d'âme » car « qui veut passer le Bojador doit passer la douleur ».

Dans l'imaginaire portugais, le cap du Bojador est la limite du monde connu. Les deux poètes révéraient ces grandes traversées qui firent que les mers devinssent portugaises, qui redessinèrent la carte du monde. Les conquêtes réalisées sur des galions qui ne mesuraient pas plus de trente mètres, par les océans, équivalent un peu à l'épopée de nos astronautes qui marchèrent sur la lune. Sous le règne de João I, son fils, l'Infant Dom Henrique, manda les Portugais dominer les mers et découvrir le monde. En ces temps, l'on pensait que l'Afrique s'achevait au sud du Maroc : les Portugais entreprirent d'étendre les limites du monde en poussant vers le sud du continent, jusqu'à la côte du Sénégal, au « cap du Non ».

Cet accroc géologique était démesuré et protégé par des récifs : la brume y obstruait donc la vue des navigateurs. Aucun de ceux qui avaient voulu le passer n'était revenu : on prétendait que des vents très violents soufflaient toujours vers le sud, qui interdisaient toute navigation vers le Nord et, partant, le retour au Portugal. La brume y était à couper au couteau et « les eaux bouillonnaient, exhalant des effluves de l'Enfer qui remontaient de l'abîme ! ». En 1434, Gil Eanes y lança son escadre, désireux de démontrer que le monde ne se terminait pas au Cap du Non, que la mer s'étendait bien au-delà, et il baptisa son point d'arrivée le « cap du Bojador ». Le terme vient de « *bojar* », lui-même issu du hollandais « *bojen* » qui désigne la manœuvre des navires contournant la côte. C'est ce sentiment de dépassement de l'inconnu que Pessoa évoque lorsqu'il écrit : « qui veut passer le Bojador doit passer la douleur ». Un explorateur, en somme, ne peut se permettre de redouter la douleur.

Pessoa publia un seul livre de son vivant, un an avant sa mort. Il s'intitule *Message*, je ne l'ai pas lu. Sa prose et ses vers furent publiés dans des journaux et des magazines de l'époque ou dans des recueils édités à titre posthume. *Le Livre de l'intranquillité*, par exemple, est le résultat d'une compilation posthume, réalisée à partir de manuscrits découverts dans un coffre qui faisait partie de ses biens.

« Brouillard » est un splendide poème de Pessoa que ma mère récitait encore de mémoire au cours des fêtes de famille quand elle avait 95 ans. Une strophe dit : « nul ne sait ce qu'il veut, nul ne sait quelle est son âme, ni ce qui est mal, ni ce qui est bien, tout est incertain et ultime, tout est dispersé, rien n'est entier, aujourd'hui le Portugal n'est plus que brouillard ».

Connaissant Akounine, je gage qu'il va juger que mes commentaires divers sur les faits historiques, les livres, les poèmes et la signification de certaines expressions sont purement les fruits de ma vanité. Je me souviens que nous avions à peine commencé à nous entretenir, la séduisante Melina Antoniades et moi-même, assis sur le canapé de l'American Hotel d'Amsterdam, le jour où nous nous sommes connus, quand elle me dit quelque chose de ce genre. Elle murmura à mon oreille qu'elle me trouvait vaniteux, ce qui m'excita énormément. L'haleine de Melina, chargée d'une humidité qui évoquait une liqueur doucereuse, hérissa les poils de mon oreille. Je résolus que le couple étrange que formaient Akounine et Melina, qui me faisaient penser à deux démons, serait le fil conducteur de mon histoire. Je voulais connaître mes origines et traiter de livres et de faits ; je voulais y mêler les démons et, qui sait, offrir au monde un avenir alternatif.

Il serait très injuste de parler de Fernando Pessoa sans mentionner « Autopsychographie », poème dans lequel il atteint l'acmé de son art poétique lorsqu'il écrit « le poète est un simulateur, il feint tellement qu'il en arrive à feindre la douleur, cette douleur qu'il éprouve réellement ». Mon lecteur devra se montrer charitable et tolérer mes abus de commentaires parenthétiques. Je juge qu'un auteur ne doit pas offusquer sa vanité ou réprimer ses envies. Quant au lecteur, il me semble qu'il doit s'immerger dans le récit sans jugement hâtif. Mon enquêteur russe entama ses recherches de façon fort fructueuse. Il soupçonna d'emblée que Pessoa était descendant de « nouveaux chrétiens », comme les appelaient les Juifs, c'est-à-dire de gens qui avaient été convertis au catholicisme par l'Inquisition. Il étudia toute une série de documents, datant essentiellement de l'époque où la famille de Pessoa vivait en Afrique du Sud. Quelle ne fut pas ma joie quand j'appris que les informations qu'il avait obtenues dans un centre culturel de la ville du Cap attestaient ces liens de parenté ! Selon Akounine, les Schwartsmann, comme mon père originaires de Bessarabie, et les Pessoa du Portugal, étaient bien parents. Je fus transporté à la découverte de cette consanguinité avec l'illustre poète.

Mais j'en reviens à *Tous les noms* de Saramago : le protagoniste de l'histoire est un homme d'âge mûr, fonctionnaire aux archives de l'état civil de la ville. Il s'appelle José, comme Saramago. Il consacre sa vie à son travail dans un endroit présenté comme une construction qui jouxte des espaces d'habitation où jadis étaient logés les fonctionnaires. On avait conçu l'ensemble immobilier de sorte que ces derniers pussent se lever tôt et se rendre sans transition sur leur lieu de travail. Le temps passant, les logements avaient tous été déclarés inhabitables : José était le dernier résident. On l'avait autorisé à demeurer là à condition qu'il n'utilisât jamais la clef d'accès direct à l'édifice.

José collectionne les coupures de journaux consacrées aux personnalités. Un beau jour, il décide de fouiller dans les données confidentielles consignées sur les fiches des registres. Il entre dans son bureau à l'heure du loup à la recherche de documents et tombe par hasard sur la fiche d'une inconnue. Il eût pu ne pas s'y intéresser : il s'agissait en effet d'une personne sans importance. Mais il ne parvient pas à en distraire sa pensée : il décide de partir en quête de cette femme qui commence à l'obséder et dont il veut tout connaître. C'est une obsession de nature semblable qui m'enjoint de partir à la recherche de mes liens de parenté avec Max Shachtman.

Le « José » de Saramago pourrait tout aussi bien être celui du Drummond de « E agora, José ? ». Dans son récit, l'auteur montre que les noms revêtent toujours une signification spéciale. C'est la quête de cette signification qui alimente son récit. Je viens de mentionner Carlos Drummond de Andrade : il ne serait pas correct que je ne le citasse pas au rang de mes auteurs favoris. Drummond est l'un des plus grands poètes brésiliens du XXème Siècle. Il tire son inspiration du quotidien, de la politique, de la société et du langage des gens du commun. Je suis toujours entré en sympathie avec lui. Il tenait une grande place au sein des dilections de Dona Giselda. Ses poèmes évoquent la mélancolie des exilés provinciaux venus vivre dans les métropoles, ils parlent de leur solitude, de leurs souvenirs d'enfance, bref, des émotions humaines les plus ancrées.

Un de ses poèmes s'intitule « Au milieu du chemin, il y avait une pierre ». Une pierre, il y en eut une sur son chemin comme il y en eut une sur celui de chacun d'entre nous, je pense. Dans un autre beau poème, le « Poème à sept faces », il se souvient : « Lorsque je suis né, un ange tordu, de ceux qui vivent dans les ténèbres, dit : "Carlos sera gauche dans la vie !" ». Il y en a un autre que j'adore et qui s'achève ainsi : « la mer battait contre ma poitrine, elle ne battait déjà plus contre les quais ».

Au long de mon récit volubile et outrancièrement didactique, je me garderai de singer l'écriture cursive de Saramago, cette écriture sans point, sans exclamation ni trait d'union qui fut aussi celle de James Joyce dans la dernière partie de son *Ulysse*. Je note que depuis ma rencontre avec Akounine, ma vanité s'est aiguisée : je suis un peu plus outrecuidant qu'avant. Dans la Bible, Isaïe condamne le fat en ces termes : « le seigneur des armées abattra la vanité et humiliera tous ceux qui recherchent la renommée dans le monde ».

Un après-midi d'hiver, je m'en souviens fort bien, Akounine me téléphona de Rio de Janeiro. Il me demanda si je pouvais venir le retrouver au *Real Gabinete Português de Leitura*. Je répondis par l'affirmative. M'enquérir du produit de ses recherches sur mes liens de parenté avec Max m'était une priorité. Mais j'avais une autre idée en tête. Le *Real Gabinete* est l'un des trésors de Rio. Cette bibliothèque accueille plus de 300 000 ouvrages. Ses rayonnages semblent atteindre le ciel. Akounine m'expliqua que le *Real Gabinete* était une des plus belles bibliothèques du monde et qu'elle fut fondée, peu après l'indépendance du Brésil, par des émigrants portugais de Rio. L'édifice emprunte au même style architectural que le Monastère des Jerônimos et la Tour de Belém de Lisbonne.

J'ai retrouvé Akounine à l'entrée. « Nous voici vraiment dans les bras de Camões ! » : nous avons ri de mon trait d'esprit. Le nom de la rue rend hommage au poète. J'étais heureux de retrouver Akounine. Il me confia qu'il était venu à Rio à la demande d'un de ses clients qui avait acquis une édition ancienne des *Lusiades* dans une vente aux enchères à Coimbra. Akounine m'avait demandé de le rejoindre au Real Gabinete afin que nous examinions l'édition de 1572, qui avait appartenu à la Compagnie de Jésus. La bibliothèque possédait d'autres éditions très précieuses de l'œuvre, une de 1670, notamment. Le Russe évoquait irrésistiblement le diable. Il me faisait une impression étrange. On eût dit qu'il lisait dans mes pensées. Je le mettais au défi en réfléchissant alternativement en anglais, en français, en portugais, en espagnol : il suivait toujours parfaitement mes pensées.

J'avais vécu quelques années en Hollande et je voulus pousser l'expérience plus loin en pensant aussi en néerlandais. Mais là encore, il me donna la sensation d'entendre tout ce qui traversait mon esprit. On m'a toujours dit que le diable dominait toutes les langues. Mais je songeai aussi à ce que Jésus avait dit aux fidèles : « en mon nom, vous expulserez les démons et parlerez des langues nouvelles ». Quoi qu'il en soit, même si le diable parle toutes les langues, ce dont il n'a pas le monopole, il est bon que le lecteur sache que les exorcistes catholiques optent toujours, lorsqu'il s'agit de s'adresser à lui, pour le latin. J'espère bien ne pas me découvrir, dans le cours de l'analyse de mes liens de sang, que je suis apparenté à Méphistophélès ! Dieu m'en préserve ! En revanche, être parent de Goethe : quel bonheur !

À dire vrai, depuis que j'avais rencontré Melina et Akounine, mes cauchemars commençaient à me paraître plus réels. Je perdais le contrôle des déplacements de mon corps dans le temps et l'espace. Ainsi, un jour, sans l'avoir voulu, je me réveillai à Londres. Un autre jour, je me retrouvai à dos de chameau, bavardant avec un Bédouin, au beau milieu du Sahara. Ou bien je m'éveillai dans une chambre d'hôtel dans une ville que je n'avais jamais visitée, Casablanca, par exemple. Je dialoguais avec Humphrey Bogart et Ingrid Bergman ou avec telles gens qui avaient vécu des siècles plus tôt. Mais je veux être juste : mes rencontres avec l'enquêteur étaient toutes mémorables, extrêmement enrichissantes sur le plan culturel. Quant à celles avec Melina, elles étaient chargées d'érotisme.

Je riais tout seul en pensant à la réaction de mon épouse Leonor, que j'aime follement, le jour où elle lirait le récit de mes adultères, purement littéraires, je le jure, avec ma Jézabel. Akounine ne prenait jamais de repos. Il découvrit qu'un oncle de mon père vivait en Transylvanie et que son nom était Avram Rothe. Il fit l'hypothèse que tous les Juifs du nom de « Rothe » qui avaient émigré en Amérique étaient devenus « Roth » à la suite de l'élision du «e» final. Voilà qui était de fabuleuse conséquence : cela signifiait que j'avais un lien de parenté avec l'écrivain Philip Milton Roth. Roth naquit en 1933, à Newark, une ville de l'État du New Jersey. Il est mort récemment, en 2018. Son premier livre, que je n'ai pas lu, *Goodbye, Columbus*, publié en 1960, a reçu le «National Book Award».

Il a ensuite publié *Portnoy et son complexe*, l'histoire d'une jeune érotomane, que j'ai lu. Dans le film tiré du roman, qui porte le même titre et dont Richard Benjamin interprète le rôle principal, une séquence voit le protagoniste débarquer dans sa chambre d'hôtel, épuisé par un long voyage, ouvrir sa valise et respirer un fort relent de nourriture. Sa tante, la typique Juive maternante, a caché un sandwich dans ses vêtements, au cas où il aurait faim pendant le voyage.

En 1997, Roth reçut le Prix Pulitzer pour *La Pastorale américaine*. Son *Complot contre l'Amérique* fut désigné livre de l'année par le *New York Times*. J'ai lu ce livre-là aussi et je l'ai adoré. Il réfléchit à ce qui serait arrivé aux États-Unis et à Charles Lindbergh si le célèbre pilote au tropisme nazi avait battu Franklin Delano Roosevelt aux élections de 1940.

Mais si je devais choisir une seule œuvre de Roth, ce serait *Le Théâtre de Sabbath*, avec ses histoires d'adultère, de tromperie, son récit du parcours décadent du personnage de Mickey Sabbath qui, ayant passé le cap des soixante ans, doit faire face à la perte progressive de ses facultés sexuelles. La découverte de mes liens de parenté avec Roth suffirait, je le confesse, à justifier pleinement à mes yeux l'engagement du Russe. Je me souviens d'avoir passé une nuit blanche à songer à ce lien de parenté.

Note liminaire de l'auteur

C'est à Florence en 1351, au cours d'une épidémie qui mit à mort presque un tiers de la population européenne, que Giovanni Boccace acheva son *Décaméron*. Michel de Montaigne naquit deux siècles plus tard dans le château bordelais de sa famille : dans un rêve que je fis, il me conseilla d'imiter Boccace.

Le philosophe me dit que je devais trouver un fil conducteur pour relater ma « peste » à moi et il sollicita de Laurette et Philostrate, les personnages de Boccace qu'ils quittassent leur confinement pour venir écouter mes histoires. Les deux jeunes gens, ainsi que huit autres Florentins, Pampinée, Flammette, Philomène, Émilie, Néiphile, Elissa, Pamphile et Dionée, avaient résolu de se distraire de l'angoisse et de la tristesse que suscitaient en eux les ravages de l'épidémie. Ils s'étaient installés près de Florence et, dix jours durant, pour passer le temps, ils s'étaient raconté des histoires de mensonges, de manipulations, de trahisons et d'autres aventures du quotidien.

Dans mon rêve, l'idée de Montaigne était de convier Laurette et Philostrate dans son château, plus de deux siècles après leur incarnation – sa façon de procéder ne relevait en rien du hasard – afin qu'ils prissent connaissance des résultats de mes recherches sur mes parentés. Montaigne était membre de la noblesse, il avait étudié le droit à Toulouse, travaillé au tribunal de Périgueux et avait servi à la cour de Charles IX. Il vivait reclus dans le château qu'il avait hérité de son père, château où il rédigea ses *Essais*, un des textes les plus influents de la Renaissance. L'ouvrage subsumait des réflexions sur la religion, la politique, l'amour et d'autres sujet : il l'avait conçu, j'imagine, comme l'outil d'un apprentissage sur son être et sur le monde.

Donner asile à Montaigne dans mon rêve était une façon de lui rendre hommage. À l'abord de ses écrits, j'ai été frappé par sa tolérance. Imaginez : nous étions au XVIème siècle, à une période théocratique, et il osait contester le pouvoir des juges qui envoyaient les sorcières au bûcher, défendant certaines d'entre elles avec passion, affirmant même que dans certains cas, les sorcières pouvaient avoir raison contre les juges. Je tiens cette position pour diablement courageuse.

Bien que Montaigne fût un monarchiste convaincu, ses engagements d'intellectuel sont tout à fait passionnants. À une époque marquée par l'autoritarisme étatique – c'était le siècle de Machiavel – il insistait sur l'importance des droits individuels. Il mourut en septembre 1592, non sans m'avoir raconté en rêve la seconde histoire du premier jour du *Décaméron*, qui, dans l'œuvre, est placée dans la bouche du personnage de Néiphile.

L'histoire parle de deux amis : Giannotto di Civigni, un marchand de tissu très fervemment catholique et Abraham, un riche juif, lui aussi très religieux. Tous deux aiment à causer de religion. Giannotto souligne les défauts du judaïsme. Il affirme la religion juive a vocation à disparaître. Abraham, pour sa part, réplique à son interlocuteur qu'il continuera à croire, quoi qu'il loue les efforts que fait son interlocuteur pour le convaincre. Cependant, devant l'insistance de Giannotto, qui tente de le convertir au christianisme, il décide d'aller à Rome. Il veut voir comment vivent le pape et ses cardinaux. Il promet à son ami de changer de religion, s'il découvre que leur foi égale la sienne.

De crainte qu'Abraham ne découvre que le clergé vit dans le péché, Giannotto tente de le dissuader d'effectuer ce voyage. Mais le Juif est bien décidé : il se rend à Rome où il est dès le premier jour témoin de la luxure et des habitudes peccamineuses des dignitaires du christianisme romain. Bien sûr, la visite afflige Abraham, homme pieux et vertueux. Il s'en retourne à Paris où Giannotto l'attend très anxieux. Abraham décrit à son chrétien d'ami les actes libidineux des pontifes, tout à fait incompatibles à ses yeux avec la foi en Dieu. Giannotto imagine que son ami va évidemment renoncer à la conversion mais à sa grande surprise, Abraham a conclu de son expérience romaine que seule la force du Saint-Esprit peut maintenir en vie une religion pratiquée dans les conditions qu'il avait observées : il décide d'y aider en se convertissant sur le champ. Giannotto ne comprend pas très bien ce choix mais il le mène à l'église la plus proche et le fait baptiser sous le nom de Jean. La vie poursuit son cours et Abraham passe la seconde partie de son existence en chrétien zélé.

Les critiques que Boccace adressaient à l'Église étaient féroces. Il est un peu curieux qu'il ait choisi le nom de Jean de Patmos, celui qui prophétisa la fin du monde dans son *Apocalypse*, pour nom de baptême d'Abraham. Mais n'oubliez pas que tout ceci n'était que songe. Montaigne me raconta aussi que Boccace avait illustré à la plume nombre des feuillets de son manuscrit. Laurette confia au Bordelais que la forme de mon nez ressemblait diablement à celui du Juif converti de l'histoire. Elle eût juré que je descendais d'Abraham. Le pire est que je crus à cette parenté : pure vanité, sans doute.

Philostrate eut ce commentaire : pour trouver un fil conducteur aux histoires que je voulais raconter, le mieux était de relire *Les Mille et une Nuits*, œuvre d'auteurs anonyme d'origines indienne, arabe, perse, chinoise et, à ce que l'on dit, y compris japonaise. Les récits de Shéhérazade, polis par des siècles de transmission orale, content des histoires d'amour, de trahison, d'aventure, de sorcellerie, de génies et de tapis volants. Dans l'une d'elles, un sultan nommé Shahryar, ayant démasqué sa femme adultère, ordonna son exécution et décida de se marier chaque soir avec une femme différente à laquelle il donnerait la mort le lendemain matin : ainsi ne craindrait-il plus jamais d'être trompé.

Il accomplit ce rituel trois ans durant, tuant ses épouses chaque matin de nuit de noces. Un jour, Shéhérazade, fille du grand vizir, suggéra à son père un plan pour mettre fin à cette boucherie qui terrorisait le royaume. Elle devait, pour le mener à bien, épouser le sultan. Le beauté et l'intelligence de Shéhérazade convainquirent bien vite Shahryar de la prendre pour femme. La cérémonie passée, comme ils étaient seuls dans la chambre nuptiale, elle prétendit entendre les pleurs de sa petite sœur Duniazade. Shéhérazade demanda à Shahryar de la laisser raconter à la petite une de ses histoires, juste une, afin qu'elle s'endormît : c'était son habitude avant le mariage. Le roi accepta : la jeune mariée plaça l'enfant à côté de la couche pour lui raconter une histoire.

Shahryar parut d'abord ne pas prêter attention à son récit, mais quand la petite fille s'endormit, il demanda à son épouse de lui en raconter la fin. Au lieu de ça, elle créa une concaténation d'histoires jusqu'à l'aube puis de jour en jour, laissant toujours la clôture en suspens : elle sut de la sorte atiser sans trêve la curiosité du sultan, qui oublia qu'il devait l'exécuter. Au bout de mille et une nuits, Shéhérazade dit au sultan qu'elle était lasse de raconter et qu'il pouvait lui donner la mort s'il le souhaitait. C'est alors qu'ils entendirent des pas résonner dans le couloir du palais : quelqu'un approchait. Contre toute attente, ce n'était pas le bourreau mais Duniazade, devenue une très belle jeune femme, qui venait présenter au roi les trois enfants que Shéhérazade et lui avaient conçu sans presque s'en apercevoir, au long des mille et une nuits de leur union. Alors Shahryar prit conscience qu'il chérissait sa femme : il renonça à son funeste projet et Shéhérazade et lui vécurent heureux pour toujours.

Au début du XVIIIème, Antoine Galland traduisit *Les Mille et Une Nuits* de l'arabe vers le français. C'est ainsi que l'occident connut cette œuvre magnifique, qui s'en fut irriguer l'imagination de tous les enfants du monde. Les histoires de Shéhérazade influencèrent Marcel Proust, Edgar Allan Poe, Jorge Luis Borges et jusqu'à notre cher Machado de Assis. Quand j'étais enfant, ma mère m'en donnait lecture pour m'endormir.

Sans transition, je passai du rêve au cauchemar : c'est là un effet habituel du caprice du diable. Je me retrouvais en pleine *Divine Comédie*, aux portes de l'Enfer. Charon, le nocher des âmes qui leur faisait traverser le Styx, doutait que je fusse bien mort. Comme la Laurette de Boccace, le batelier d'Hadès, le souverain du monde souterrain, jugea que la forme de mon nez n'était pas très catholique : je me retrouvai dans les limbes. Tout comme Dante, je m'évanouis. Ce ne fut ni Horace, ni Homère, ni Virgile qui me réveillèrent, ce ne fut pas davantage Béatrice, désireuse de me mener au Paradis : ce furent Marie, pas la Vierge, mais maman, Margareth, ma sœur, Dona Giselda, mon professeur, et Leonor, pas la reine portugaise, mais ma reine à moi. Mes quatre Méliades déroulèrent leur fil d'Ariane afin que, tel Thésée, je pusse trouver l'issue de mon labyrinthe. Comme Shéhérazade, je me mis à forger une chaîne d'histoires dans l'espoir que mes Shahryar m'épargnassent toujours.

# Byblos

J'ai de nouveau rêvé de Melina. Notre rencontre fut à ce point nourrie d'érotisme, que j'en ai complètement refoulé le contenu. Quand je m'éveillai, j'eus la sensation d'avoir circulé dans le métro de Moscou. Cela me semblait tout à fait inouï. J'étais dans l'un de ses wagons luxueux, sinuant au cœur de la splendide architecture de l'époque stalinienne. Le plus étonnant, c'est que je ne me suis pas du tout posé la question de savoir comment j'avais bien pu arriver là. Peu m'importait que ce fût un tour du diable. Mon wagon parcourait les 207 stations et mon désir était d'y rencontrer des noms qui me ramèneraient en Bessarabie, région limitrophe de la Moldavie, de la Transylvanie et de la Roumanie, aux marges de la mer Noire. C'était au début du XXe siècle une région sous domination russe, mes grands-parents paternels en étaient originaires : j'y rencontrerais sans doute quelques « Schwartsmann » ou bien, sait-on jamais, un « Shachtman », comme Max.

La beauté du métro de Moscou me ravissait, ses larges couloirs marmoréens, ses sculptures de bronze. Les Russes appellent leur métropolitain le « Palais Souterrain ». Ses stations relatent la geste du peuple soviétique. S'il est un lieu où la présence du diable est utile, c'est bien le métro de Moscou. Rien n'est déchiffrable en ces lieux, pour celui qui ne maîtrise pas la langue de Pouchkine. Sur les panneaux qui ornent les parois des wagons, j'ai compté douze lignes de couleurs différentes, une circulaire et onze transversales. Les stations les plus belles et les plus importantes, indiquées en rouge, ponctuaient la ligne circulaire qui formait une cicatrice au cœur de la ville et déversait chaque jour, de plus de deux cents points de suture, neuf millions d'humanités. Je descendis à Mayakovskaya, station construite en 1938 par l'architecte Alexeï Douchkine, la plus belle, art déco, avec arches, parois et dalles de marbre rosé, mosaïques au plafond dépeignant la vie quotidienne des Soviets.

Comme elle était creusée à 33 mètres de profondeur, la station Mayakovskaya servit d'abri antiaérien pendant la Seconde Guerre mondiale. Mon oncle Joseph y trouva refuge. Inaugurée en 1952, la station Koltsevaya, sur la ligne brune, incarnait en majesté la grandeur du stalinisme. C'était merveille que d'examiner ses élégants lustres de bronze, ses arcades de marbre, ses colossales mosaïques, ses colonnades et ce plafond jaune couvert de fresques murales qui relataient les combats pour l'indépendance et la liberté du peuple en lutte.

La station Smolenskaya est creusée à cinquante mètres de la surface. Elle est réputée pour son interminable escalier roulant et ses colonnes de marbre où sont représentés des soldats de la glorieuse armée rouge. Comme le train approchait de la station Arbatskaya, l'une des plus belles à mes yeux, j'entendis une voix qui semblait émaner d'un autre monde. Un petit homme mal rasé, vêtu d'un épais manteau de laine et le cou ceint d'une écharpe qui ne concordait pas avec les chaleurs de l'été moscovite, m'offrit des «varenikes» serrés dans une petite gamelle. On nomme «varenikes» de petits beignets farcis de fromage et de pomme de terre, un mets délectable typique de l'art culinaire ukrainien. Le vieillard entama la discussion, changeant six fois de langue jusqu'à aboutir au portugais et très vite, à adopter mon accent brésilien. Il disait adorer les «varenikes» cuisinés par sa femme Vania. J'acceptais par éducation d'en goûter un. Irrésistible : j'en avalai deux de suite. L'homme riait très fort : j'avais vite compris pourquoi il faisait l'éloge des beignets de sa femme ! Le métro s'arrêta station Arbatskaya, son plafond en voûte était orné de splendides candélabres. Elle avait été projetée dans les années cinquante pour remplacer une ligne plus ancienne qui avait été détruite au cours des bombardements de la Seconde Guerre. Je m'endormis profondément. Me revenait tout juste le souvenir de la bouche édentée du vieil homme qui m'avait offert les « varenikes » de sa Vania.

Quand je me réveillai, il était allongé sur le fauteuil qui me faisait face et me regardait d'un air étrange. On aurait dit Satan en personne, grimé en être humain. Je ne puis affirmer que ce fut l'effet de la consommation des beignets, mais j'eus l'impression que son corps avait subi une métamorphose. Le haut de son corps était celui d'un être humain et le bas celui d'un animal. Sa peau s'était nuée de rouge sang et il empestait le soufre. Le pire était que ses jambes s'étaient muées en pattes terminées de sabots de bouc. « Ne faites pas confiance aux étrangers », m'avertit-il en éclatant d'un franc rire. J'avais compris. Le vieillard aux beignets devait être le diable en personne grimé en être humain.

Les « varenikes » contenaient un simple qui me fit remonter plusieurs décennies en arrière. Incroyable : je me retrouvais à l'époque où Mikhaïl Boulgakov avait écrit *Le Maître et Marguerite*, œuvre dans laquelle il se livre à une satire du stalinisme. Elle décrit l'apparition du diable à Moscou dans les années trente. Un après-midi, Satan et sa suite visitent la capitale russe. Ils rencontrent des poètes, des éditeurs, des bureaucrates et tous ceux qui essaient de survivre à l'âpreté du régime communiste. Le diable est accompagné d'une sorcière nue, d'un homme chaussant un monocle cassé et vêtu d'un justaucorps et d'un énorme chat noir. Boulgakov ne concéda rien à Staline qui offrait des commodités aux écrivains qui se conformaient aux exigences du régime. Ses œuvres théâtrales, ses feuilletons et ses romans étaient tous censurés et il était « persona non grata » pour les Soviétiques. Il daubait dans ses livres sur les artistes officiels qui soumettaient leur production à la bureaucratie d'état. Ce diable qui hantait Moscou figurait sans doute Staline.

Salman Rushdie, qui dut vivre de nombreuses années dans une retraite inconnue, au fin fond de la province anglaise, afin d'échapper à la fatwa prononcée par le leader de la révolution iranienne qui tenait pour sacrilège ses *Versets sataniques*, dit un jour que *Le Maître et Marguerite* avait été l'une de ses inspirations. Boulgakov n'ignorait pas qu'il mettait sa vie en danger en publiant son livre. Il l'écrivit donc dans le plus grand secret. On dit qu'il avait brûlé la première version du livre de peur d'être châtié par le régime, gardant juste en réserve la fameuse phrase prononcée par le diable : « les manuscrits ne brûlent pas ». Dans le livre, Marguerite donne un bal pour les damnés. Le diable et ses complices organisent un spectacle de magie dans un théâtre de Moscou. Boulgakov était impitoyable.

Le vieillard aux beignets m'abandonna dans le wagon puis, aussitôt, se métamorphosa en une canne reposant à côté de mon siège. J'eus à peine le temps de regarder par la fenêtre : lorsque je repris conscience, je la vis sauter du train et disparaître parmi les rails en lançant de grands éclats de rire. Avant de disparaître, la canne qui sautillait m'enjoignit de descendre à la station Teatralnaya, qui conduisait au Théâtre du Bolchoï, à la Place Rouge et au Kremlin, puis de prendre un train jusqu'à la station Novokuznetskaya, où m'attendait une surprise. Cette station était l'une des plus luxueuses de toutes celles qui avaient été construites pendant la Seconde Guerre. On y voyait de formidables bancs de marbre dont les bras étaient sculptés en style renaissance, des médaillons de bronze, des écus, des armes et les effigies de grands chefs de guerre de l'histoire russe. L'un d'eux était Alexandre Nevski, héros de la lutte contre les chevaliers teutoniques au XIIIe siècle, un autre Mikhail Koutouzov, maréchal des luttes contre les invasions napoléoniennes au début du XIXe siècle.

Je compris très vite pourquoi le « dragon rouge » avait voulu que je descendisse à cette station. Près d'une issue, je vis une vieille femme assise par terre en compagnie d'un enfant qui pouvait avoir six ans. Elle buvait du thé dans une tasse de porcelaine anglaise : cela détonnait. Je lui proposais l'aumône, elle me remercia en me faisant signe de laisser les pièces dans une soucoupe qui se trouvait à ses côtés. Comme je prenais congé d'un geste, elle me fit signe de m'approcher et me susurra à l'oreille quelques mots en latin. Elle me dit qu'elle connaissait tous les morts de la Bessarabie, ceux de la famille de mon père compris.

Cette nuit-là, je dormis mal. Je me réveillai en sueur, le cœur battant. Campé près de la fenêtre d'un hôtel dont j'ignorais tout de la localisation, une petite créature, ses bras croisés, m'observait d'un air sarcastique. Elle ne mesurait pas plus d'un mètre de haut, son corps était moitié humain, moitié animal, des jambes étaient noueuses et velues, ses bras tronqués, sa peau était d'un rouge sombre et elle arborait deux énormes cornes sur le front. Elle évoquait un bouc.

Agrippée aux rideaux, elle me regardait de travers, paraissant rire de ma vanité et de ma quête de liens de parenté. Sa queue, collée au corps, avait la forme d'un fouet. Ses cuisses devenaient des pattes à partir du genou, elles s'achevaient sur de gros sabots fendus en leur milieu.

Mais le pire était l'odeur de soufre qu'elle exhalait. Je ne me trouvais plus dans le métro de Moscou. J'avais la sensation d'avoir été transporté ailleurs. Le diable, qui me voyait rechercher fiévreusement des parents de renom, me regardait avec quelque ironie. Ma pérégrination par les stations du métro, le diable qui se muait en canne, les « varenikes », la vieille à l'enfant, tout cela pouvait n'avoir été qu'un cauchemar. Le fait est que comme je me réveillai, nous nous trouvions, Leonor et moi, dans une élégante suite de l'Hôtel Meurice, rue de Rivoli, à Paris — surtout ne me demandez pas comment j'étais arrivé là. Ce matin-là, Leonor descendit plus tôt qu'à l'habitude pour marcher un peu. Comme j'entrai tout seul dans le restaurant, une tasse de thé et un délicieux « sonho da vovó » fourré de confiture, m'attendaient. Je fus surpris de rencontrer là une friandise si peu française. J'imaginai que ce devait être une surprise de ma femme, car s'il est une pâtisserie qui me rappelle mon enfance, c'est le « sonho da vovó », une sorte de bottereau que nous dégustions sur le chemin de la plage, à l'orée de l'été. Je pensais in petto : « c'est une gentille attention de ma femme » et je poursuivais ma dégustation à belles dents, je dévorais ce gâteau que je trempais dans le thé, accomplissant ce rituel si simple et si spécial pour moi. Lorsque revint Leonor, je la remerciai : elle parut surprise. Ce n'était pas à elle que je devais cette « madeleine » toute proustienne. À qui la devais-je donc ?

Tout « réalisme » bu, mon désir était de me découvrir une consanguinité avec le reste du monde. C'était là le sens de ma recherche d'une parenté avec Max. Débouchant de nulle part, Monsieur Akounine surgit devant ma table. Je ne me souvenais pas avoir pris rendez-vous avec lui. Peut-être bien... Le fait est que le vieil homme dégageait une odeur semblable à celle du vieux aux « varenikes » croisé dans le métro de Moscou. Je me souvins des *Physiciens* de Friedrich Dürrenmatt. Il y fait référence à Ganymède, l'un des astres de l'univers, « une masse de méthane qui empestait et planait au-dessus de nous ». Qu'Akounine me pardonne : il fleurait l'Enfer. Pourtant, dans la mythologie grecque, Ganymède revêtait un tout autre aspect. C'était un prince troyen d'une grande beauté. Pour l'emmener à l'Olympe, Zeus se transforma en aigle et l'enleva.

Homère raconte que Zeus avait choisi Ganymède pour servir le vin aux dieux. Il finit par en faire un nouvel astre de la constellation du Verseau. Vous aurez noté que ma mention de Dürrenmatt est totalement vaine. Je pense qu'elle ressortit à cette perturbation psychologique qui me conduit à inclure sans raison précise des parenthèses savantes au cœur de mon récit, juste pour complaire à ma vanité. « Diabolisme », oserai-je dire.... Cependant, j'étais bien curieux de savoir où allaient me conduire mes liens de parenté avec Max : n'avait-il pas entretenu des relations intimes avec Léon Trotski ? Akounine et Melina, avec leurs airs surnaturels, étaient les personnes les plus susceptibles, comme Virgile Dante dans *La Divine Comédie*, de me guider en Enfer et au Purgatoire, et, comme Béatrice, pour me mener au Paradis.

La vérité est que je profitais de la compagnie de mes deux démons pour en savoir un peu plus long sur Dieu et le diable. Akounine stimulait ma vanité avec un art consommé. Il le faisait en exaspérant l'enchantement qu'éveillait en moi le fait d'en savoir toujours un peu plus sur mes parents illustres, tels Poe et Voltaire — certes, le Russe savait comment m'enchanter. Ainsi, en une autre occasion, il m'affirma avoir découvert, grâce à certains parents chiliens de ma mère, que j'avais des liens de parenté avec Pablo Neruda. Cette hypothèse me rendit totalement fiévreux. Moi, parent de Neruda ? Voilà qui eût été proprement ineffable ! Le poète s'appelait en réalité Ricardo Eliecer Neftalí Reyes Basoalto, il était né en 1904 dans la ville de Parral, au centre du Chili.

Il vécut dans la ville de Temuco, au sud, où son père épousa en secondes noces Trinidad Candia Marverde, à qui le poète dédia le sublime poème « La mamadre ». Encore étudiant, il connut Gabriela Mistral, l'une de ses plus grandes influences littéraires, lauréate du prix Nobel de Littérature en 1945 — de cette dernière, Akounine me jura aussi qu'elle était la cousine de mon grand-père Albert, le bessarabien.

De Mistral, je garde en mémoire *Désolation*, œuvre de 1922, imprégnée d'une poétique élégiaque suscitée par la perte d'un fiancé suicidé, et « Les sonnets de la mort », un des poèmes les plus saisissants de ce recueil. Le premier livre de Neruda fut *Crépusculaire*. Aussitôt après, il publia le fameux *Vingt poèmes d'amour et une chanson désespérée,* l'un des livres les plus importants du champ poétique contemporain, puis *Résidence sur la terre*. En 1936, au début de la guerre civile en Espagne, suite à l'assassinat de Federico García Lorca, Neruda publia son poème dramatique *Chant pour les mères des miliciens morts*. Lorca fut lâchement exécuté d'une balle dans la nuque par les franquistes. J'ai assisté à une mise en scène de sa pièce *Les noces de sang* à São Paulo, il y a de cela quelques années.

Mon parent Pablo Neruda s'engagea dans la lutte pour les droits de l'homme. Son soutien aux républicains espagnols lui valut l'éviction de son emploi consulaire. Il fut membre du Parti communiste chilien et poursuivi pour raisons politiques. En 1949, il passa clandestinement la cordillère des Andes pour gagner l'Argentine et de là, s'enfuir vers l'Europe. Neruda reçut le prix Nobel de Littérature en 1971.

Jeune garçon, je récitais par cœur les poèmes de mon aïeul :

« Je ne t'aime pas, parce que je t'aime, et de passer de t'aimer à ne pas t'aimer, et de t'attendre lorsque je ne t'attends pas, mon cœur glacé soudain s'enflamme ».

Une nuit nous flirtions, le grand psychanalyste allemand Ferdinand Leydermann et moi-même, avec deux superbes Suédoises sur le pont d'un bateau. Elles ne comprenaient goutte à mon espagnol. Le navire faisait le trajet Buenos Aires-Montevideo et j'y déclamai du Neruda : « Je peux écrire les vers les plus tristes cette nuit, écrire par exemple la nuit est étoilée et les astres d'azur tremblent dans le lointain ».

Dommage : à l'époque, j'ignorais mes liens de parenté avec le grand poète, cela m'aurait permis de charmer encore davantage l'accorte « Britta », une jeune Suédoise que j'avais connue pendant le voyage et dont le nom est le diminutif de « Brigitta », prénom que l'on donne en hommage à sainte Brigitte de Suède.

Ainsi que je l'ai déjà dit, mon détective russe savait réifier mes sentiments comme personne et mes liens de parenté avec

Neruda me le rendirent encore plus proche. Parallèlement, au fil de nos recherches sur Max et mes autres liens de parenté, j'avais été impressionné par les connaissances d'Akounine sur la religion et j'en tirais profit en me plongeant dans les textes bibliques, ceux, en particulier, qui relataient la création du monde.

Melina, de son côté, m'entraînait dans des voyages totalement délirants. Au cours de l'un d'eux, je me vis agrippé au cou de ma belle Grecque, transformée en une sirène aux yeux d'or. Dans la mythologie grecque, les sirènes étaient moitié femme, moitié poisson. Plus rarement, la partie poisson se voyait substituer une partie oiseau. Elles ravissaient tout un chacun. Elles peuplaient une île de Méditerranée et séduisaient les hommes de leur chant. Les marins devenaient fous et perdaient tout contrôle sur leurs nefs qui finissaient par faire naufrage. Dans *L'Odyssée*, Homère conte que leur chant était irrésistible. Ulysse parvint à y résister en s'amarrant au mât de son navire : il ordonna à ses marins de se boucher les oreilles avec de la cire.

Kafka écrivit un conte intitulé *Le Silence des sirènes*, une allégorie dans laquelle ces êtres fabuleux deviennent muets et où Ulysse feint de devenir sourd. L'épisode mythique est réinventé : les sirènes y font arme du silence. Ma sirène à moi, Melina Antoniades, m'emmena à Byblos, une ville située au nord-est de Beyrouth. C'est là que furent conçus les premiers papyrus sur lesquels on écrivait ces textes sacrés qui étaient ensuite envoyés en Grèce.

Le mot « bible » est dérivé de Byblos, il a pris le sens de « rouleau », en référence à la manière dont étaient confectionnés les livres de papyrus depuis la haute époque égyptienne. Melina m'expliqua que la Bible consistait en la collection des livres sacrés du judaïsme et du christianisme, livres dans lesquels se trouvent consignés les descriptions de la création du monde et les fondements religieux qui guident nos conduites depuis toujours. L'Ancien Testament aurait été élaboré par des sages et des clercs jusqu'au Vème siècle avant Jésus-Christ. Le Nouveau Testament, pour sa part, naîtrait cinq cents ans plus tard, au Ier siècle de notre ère. Les chrétiens et les Juifs sont convaincus que le *Pentateuque*, l'ensemble constitué par les cinq premiers livres de la Bible, fut écrit sous l'égide de Moïse, après l'exil des Juifs de Babylone.

Dans le *Livre de la Genèse*, le premier de tous les livres, on trouve une description de la création du monde et de l'homme par Dieu. Aucun livre n'est aussi diffusé que la Bible : on voit l'homme y naître de la poussière. Durant l'antiquité et le Moyen Âge, à en croire Melina, la Bible n'était pas accessible au peuple. Les récits bibliques se construisirent au fil du temps par répétition et contamination orale. Pendant des siècles, l'Église n'autorisa pas les fidèles à posséder un exemplaire de la Bible, s'allouant le monopole de la transmission des prescriptions divines. À Byblos, ma Jézabel me présenta Monsieur Raymond Al-Kassell, un homme très sympathique et très chic, propriétaire de l'une des plus prestigieuses maisons d'édition du Liban.

L'homme me fit connaître les meilleurs auteurs de la littérature arabe de notre temps, tel Naguib Mahfouz, premier écrivain de langue arabe à recevoir le prix Nobel de Littérature, en 1988. De Mahfouz, j'ai lu *Le Voleur et les chiens*, œuvre dans laquelle le personnage de Saïd vole pour se faire justice. Le livre constitue une réflexion éthique sur le cours des choses du monde. Saïd découvre le fonctionnement profond de la société égyptienne à travers les évènements qui ébranlèrent le XXe siècle. Comment ne pas percevoir l'influence du *Crime et châtiment* de Dostoïevski dans l'œuvre de Mahfouz ? Sa *Trilogie du Caire* fut à bon droit comparée aux grands classiques de la littérature mondiale. Raymond, le propriétaire de la maison d'édition, se prétendait grand expert en l'art culinaire arabe.

Il est bien vrai que l'assaisonnement de ses «falafels» était délicieux.

Melina me surprit beaucoup quand elle m'apprit que selon certains passages des livres sacrés de l'antique Palestine, Raymond et moi étions de la même lignée. J'en fus ravi! Avant que le troisième «falafel» eût quitté mon œsophage, un démon s'empara de mes pensées. Cette fois, c'était Asmodée, l'un des sept anges de l'Enfer et l'un des soldats de Lucifer dans sa lutte pour la domination du ciel et contre Dieu, l'archange Michel et les «bons anges». Les écrits judaïques appellent Asmodée le «roi de la luxure de Sodome». Le lecteur va devoir s'accoutumer à ces apparitions subites. Sigmund Freud, dont je parlerai un peu plus loin, apportera sans doute telle explication psychiatrique pertinente à ces phénomènes.

# Les Hexapla d'Origène

Depuis que Melina et Akounine ont fait leur entrée dans mon récit, j'ai complètement perdu mon autonomie de mouvement dans le temps et l'espace. Ne me demandez pas ce que cela donne, c'est juste merveilleux. Par exemple, par une nuit froide où régnait un épais brouillard, je me trouvai auprès de Melina à Glasgow. Nous discutions avec un prêtre français nommé Urban Grandier, dont le passé était peuplé d'histoires impliquant le démon.

Il avait séjourné dans le couvent de Loudun, au début du XVIIe siècle. Grandier évoqua devant nous les sept anges de l'enfer qui assistèrent Lucifer dans son combat contre Dieu. Il les nommait « les princes » : ils étaient invention d'un évêque allemand appelé Birnsfeld, au XVIe siècle. Notre ami ne nous cacha pas qu'il jalousait l'évêque d'avoir eu l'idée d'associer chacun des démons à un péché capital. La luxure était l'affaire d'Asmodée, la paresse, celle de Belphégor, la gourmandise, celle de Belzébuth. L'envie était l'attribut de Léviathan, la cupidité, celui de Mammon et, cela va de soi, l'orgueil celui de Lucifer. Les désirs sexuels de Grandier étaient insatiables. Je fis la découverte d'un document dans ses appartements : il décrivait, en langue latine, le pacte passé par l'abbé avec le diable. Il lui avait vendu son âme en échange de la possibilité de posséder toutes les femmes qu'il voudrait. Il viola des dizaines de religieuses et finit sa vie sur un bûcher de l'inquisition. Grâce à Dieu, ma conversation avec Grandier s'interrompit lorsqu'il décida de suivre les pas d'une jolie dame qui entrait dans la cathédrale High Kirk de Glasgow. Nous ne le revîmes pas. Un grand coup de vent me réveilla et me projeta dans l'espace. Un certain Gilles de Rais me tira d'affaire, issu on ne sait d'où. J'ai appris plus tard que ce Gilles était un des lieutenants de Jeanne d'Arc et l'un des plus cruels criminels de son époque. À la mort de la Pucelle, il s'en retourna à Nantes.

Gilles de Rais tenait salon dans son château avec des adeptes de la goétie. Il révérait le diable et infligeait à ses victimes les plus atroces tortures. Il fut condamné au bûcher en 1440. En dépit de ses vices, Gilles connaissait la Bible par cœur : il m'expliqua que la langue dans laquelle elle avait été écrite était tout allégorique. On y trouve des faits historiques, bien sûr, mais le caractère doctrinal du texte domine tous les autres.

D'après Gilles, Galilée aurait peut-être connu un destin plus heureux s'il avait fait sien un regard moins factuel et plus herméneutique sur les textes sacrés. Les biais interprétatifs portant sur les textes bibliques peuvent avoir de terribles conséquences historiques. Freud, qui naîtrait bien plus tard et qui, selon Akounine, était aussi mon parent, disait que la religion avait été utilisée comme moyen de contrôle du comportement humain.

Vu sous l'angle anthropologique, ce fut un mal nécessaire pour la survie de notre espèce. La répression de l'inceste et la stimulation de la reproduction entre individus sans relations de sang assurèrent une plus grande viabilité et finalement la survie à « l'Homo sapiens ». Malgré son itinéraire démoniaque, Gilles de Rais me semble une figure digne d'intérêt. Je partage sa vision de l'Histoire. Il affirmait par exemple qu'étudier l'Histoire de la religion revenait à étudier l'Histoire dans son entier.

Le Moyen Âge est une période où vie et grands principes étaient sacrés. Tout se rapportait à Dieu. Les plus anciennes des universités européennes ont été fondées par des religieux et, les plus récentes à part, elles sont très rarement des établissements laïques. Il n'est que d'observer les grandes universités pour noter qu'elles ont été placées sous l'influence de l'Église. C'est au sein de l'Église qu'est apparue la connaissance conçue comme systématique, les premières bibliothèques, puis les universités. Les premières d'entre ces dernières furent créées à Bologne à la fin du XIe siècle puis il s'en construisit à Paris. Leurs fondements étaient au nombre de trois : théologie, philosophie, sciences naturelles ou relation entre Dieu, l'homme et la nature.

Les écoles de médecine s'agrégèrent naturellement à ces établissements : il s'agissait d'y mieux comprendre les maladies et les souffrances et de les soigner. Ainsi des facultés de droit, car l'organisation humaine avait besoin de règles regardant la vie sociale et la propriété.

Il est intéressant de remarquer que jusqu'à nos jours, au sein de nombreuses universités européennes, le terme d'«école de médecine» et non de «faculté» se maintient. Un bon exemple de l'influence de la religion sur l'émergence universitaire nous est donné par Oxford, dont les collèges portent les noms d'icônes religieuses telles Magdalen, Christ Church, Corpus Christi, Saint John, etc.

Gilles était un très brillant sujet. Il énuméra devant moi les principales problématiques historiques. La plus sensible est celle du rapport de l'événement : ce dernier est en effet toujours relaté pour un individu. Voilà qui est de nature à contaminer la vérité, car celui-là interprète l'événement au regard de la connaissance qu'il a de ses conséquences. Selon Gilles, le narrateur aurait dû se tenir à distance des faits, de sorte que sa connaissance des suites de tel ou tel n'interférât point avec son appréciation. Une gageure…

Voici défini l'«anachronisme» : celui qui rapporte un fait sait, sans pouvoir l'occulter, ce qui en est issu, et il met en danger la capacité de la véritable Histoire à faire l'objet d'une libre analyse. Gilles me proposa de considérer l'Histoire comme un globe terrestre avec lequel joue un sujet et d'imaginer que chaque fait historique était un point où convergeaient un méridien et un parallèle. L'angle d'observation était le méridien, où le fait se jaugeait à l'aune de la politique, de l'économie, de la religion, de la sociologie, etc. Mais le parallèle venait influencer ce niveau d'observation en y ajoutant les dimensions de réalité objective et de durée, prenant en compte la structure de l'événement, ses conditions objectives de réalisation et sa vraie nature. Pour que l'historien parvînt à l'essence du fait, ce qui était son seul objet, il devait prendre en compte ces deux dimensions.

Akounine commença d'envisager que Gilles pût être un de mes parents, mais il se tut et laissa le sujet en suspens. Sans que je susse comment, je me trouvai catapulté à Gênes, en Italie, tel un boulet issu de ce canon que le turc Mehmed fit construire par les Hongrois pour la prise de Constantinople de 1453. Une erreur de balistique voulut que je fusse projeté dans l'espace par 37 degrés d'inclinaison sur la droite, et retombasse dans les premières années du XIXe siècle, pour tomber nez à nez devant Niccolo Paganini, ce compositeur italien qui révolutionna l'art du violon.

Paganini exécutait son *Caprice, numéro 24 — rapido, virtuoso e intenso*. À ma grande surprise, il était assis dans un carrosse en forme de citrouille. Il se plaignait d'une voix d'enfant de ce que son père l'eût obligé à jouer du violon pendant des heures, sous la menace des pires châtiments. Des années plus tard, on avait commencé à l'appeler le « violoniste diabolique », à cause de son aspect hâve et de la longueur de ses doigts, dus à une maladie dégénérative qui lui donnait un aspect fantomatique. Je pris congé de lui les larmes aux yeux.

Melina m'apparut alors de nouveau dans un rêve érotique. Elle me caressait le dos de la pointe des ongles de ses longs doigts, puis oignait ma peau d'une sorte de gel sacré. Je lui demandais ce que symbolisait ce rituel et elle m'expliquait qu'en contexte religieux certains gestes allégoriques faisaient lien entre Dieu et les hommes. « L'onction » est un très ancien cérémonial, qui consiste à badigeonner le corps des élus avec des huiles sacrées. Elle était l'apanage des rois, des prêtres et des prophètes ; elle leur conférait un caractère divin et leur assurait une plus grande proximité avec le seigneur. La paume droite de Melina était très délicate, mais la main avait un doigt de trop : j'en comptai six. Ma maîtresse onirique était polydactyle. J'en eus froid dans le dos — au Moyen Âge, les doigts et les mamelons surnuméraires étaient très souvent associés au démon.

Melina prétendait que les hommes avaient très souvent fait un usage inapproprié des enseignements bibliques et même dénaturé leurs messages au nom d'intérêts particuliers. Un bon exemple en est donné par l'interprétation d'un passage consacré à Noé et à la condamnation des descendants de son fils Cham à un esclavage éternel. Cette malédiction est décrite dans la *Genèse*. Noé se dévêt après s'être enivré. Cham, son plus jeune fils, voit la nudité de son père sans la recouvrir, commettant en cela un lourd péché. Il rapporte l'épisode à ses frères Sem et Japhet, qui le font savoir à leur père. Noé ne punit pas son fils, mais maudit ses descendants qui seront pour toujours les « esclaves de leurs frères ». Ce passage de la Bible a suscité une interprétation erronée, intéressée et raciste visant à légitimer de par Dieu l'asservissement des noirs d'Afrique.

Jugez du ridicule de la situation. Comme s'il existait un précédent biblique qui autorisât l'exploitation brutale du corps des autres à son bénéfice propre ! La Bible porterait les germes de la politique esclavagiste menée des siècles durant, de la déportation forcée et de l'esclavage des noirs aux Amériques ! Cette politique fut extrêmement lucrative pour l'Église romaine, pour l'Église réformée, pour les Jésuites et pour les nombreux explorateurs qui firent fortune avec le travail humain gratuit des « noirs maudits par Noé ».

Melina mentionna un tableau du début du XXe siècle, du peintre espagnol Modesto Brocos, alors installé au Brésil, réalisé peu après l'abolition de l'esclavage et la déclaration de la république. Cette œuvre, dont le titre est *La Rédemption de Cham,* évoque ce même épisode biblique. Elle illustre la politique dite de « blanchissement » que le Brésil fit sienne à l'époque. La main-d'œuvre d'esclaves noirs était jusque-là le plus important facteur de croissance économique de l'empire portugais en Amérique, mais l'abolition eut pour conséquence de faire de l'esclavage une souillure d'infamie et d'arriération sur le blason des classes les plus aisées. Il fut alors décidé de mêler populations noire et blanche, pour « éclaircir » le « prolétariat ». La toile constitue une représentation de cette politique — à mon humble avis tout à fait grotesque. Lors du Congrès Universel des Races qui se tint à Londres en 1911, le médecin et directeur du Musée National, João Batista de Lacerda, cita cette toile pour illustrer un article sur le « succès » de la politique de blanchissement.

Lacerda alléguait que, grâce au croisement des races, les noirs deviendraient blancs dès la troisième génération. Le tableau représente une femme noire, pieds nus, probablement une vieille esclave, élevant les mains et regardant le ciel. À ses côtés se tient sa fille, plus claire de peau, qui porte dans ses bras un nourrisson blanc. À sa droite, un homme aux traits européens, sans doute le père de l'enfant. Au bout de trois générations, le Brésil aurait « blanchi » sa population, rendant les noirs « invisibles ».

Melina remémora un prospère fermier noir du Minas Gerais, qui fut aussi banquier à l'époque de l'Empire, Francisco Paulo de Almeida. Comment l'avait-elle connu ? J'aime mieux que le lecteur ne me le demande pas. Francisco était propriétaire d'une immense plantation de café et il possédait des centaines d'esclaves, des palais et des chemins de fer. Vers le milieu du XIXe siècle, il reçut de la Princesse Isabel le titre de baron. Néanmoins, la pensée d'être propriétaire d'esclaves de sa couleur le bourrelait. Il confessa posséder un patrimoine de quelque sept cent mille contos de réis et vivre dans un hameau sis près de São João del Rei, dans l'état du Minas Gerais. Son père était commerçant et sa mère était une esclave nommée Paolina. Il prétendait s'être entretenu avec Martin Luther dans la sépulture même du chef de la Réforme, à Eisleben, en Allemagne. Luther lui aurait alors dit que de nombreuses interprétations des enseignements de la Bible devaient être à toute force révisées. À cet instant précis, un éclair me traversa la poitrine. Je tombai, mais ne péris point.

C'était Quasimodo, le bossu de Notre-Dame : il avait surgi de je ne sais où pour me sauver. Je connaissais le personnage : j'avais lu l'œuvre de Victor Hugo au cours de mon adolescence. Je suis très reconnaissant à l'écrivain : je lui dois d'être tombé amoureux de la belle cathédrale de style prérenaissant. Dans l'œuvre, Quasimodo est né difforme et c'est pour cette raison que sa famille l'abandonne. Il grandit caché aux yeux du monde et travaille comme sonneur de Notre-Dame, selon les ordres de l'archevêque.

L'autre personnage central est Esméralda, une gitane qui danse sur le parvis. L'archidiacre Frollo est attiré par elle : il ordonne à Quasimodo de la séquestrer. Au cours de ses allées et venues, le bossu s'éprend secrètement d'elle. Esméralda tombe amoureuse du soldat Phoebus. Frollo rejeté le tue et accuse Esméralda qui est condamnée. Mais Quasimodo parvient à la cacher dans l'église. Elle est finalement capturée et exécutée. Ivre de rage, le bossu jette Frollo du faîte de la cathédrale et disparaît. Longtemps après, son corps reparaît à côté de la tombe d'Esméralda.

Melina reparut pour me révéler que la Bible avait été traduite à partir de 250 avant notre ère : l'Ancien Testament hébraïque fut à cette époque traduit en grec. Cette traduction princeps est la fameuse « Septante », encore en usage aujourd'hui. Ce nom évoque les soixante-douze rabbins responsables de la traduction, il vient du latin « soixante-dix ». La version porte donc les chiffres romains « LXX ». Dès le Ier siècle, c'est cette forme classique de la Bible hébraïque qu'utilisent les chrétiens de langue grecque. C'est elle qui servit également de source aux traductions ultérieures. Comme j'évoquais l'époque alexandrine, où l'on utilisait déjà la « Septante », Akounine apparut, venu de nulle part. Notre détective demanda la parole et affirma à voix haute à qui voulait l'entendre, qu'Alexandre le Grand, ce phare de l'Histoire universelle, pouvait être un aïeul de ma mère.

Je le remerciai, très ému, et Melina poursuivit son récit. Elle rappela que la Septante avait été adoptée dès l'époque alexandrine. Elle rappela que les armées du grand homme étaient passées par l'ouest de la mer Baltique, dans cette partie du nord de l'Europe où se trouvent actuellement l'Estonie, la Lettonie et la Lituanie. Le grand conquérant y avait plusieurs fois engrossé une très belle femme, aux yeux pareils à ceux de ma grand-mère Clara : j'étais donc apparenté à Alexandre le Grand !

La « Septante » faisait jadis l'objet d'un considérable respect. Philon d'Alexandrie s'y reportait comme à une inspiration transcendante. Il fut l'un des philosophes les plus réputés du judaïsme hellénique. Il interprétait la Bible en usant d'éléments tirés de la philosophie de Platon. Philon disait que la foi judaïque et la philosophie grecque communiaient dans la quête de la vérité. En voilà encore un avec qui Akounine jurait que je devais avoir des liens de parenté. Son profil, retrouvé à l'occasion de fouilles archéologiques, renforçait fortement cette hypothèse.

La Septante connut de nombreuses traductions. L'une d'elles est l'« *Hexapla* » d'Origène. L'« *Hexapla* », ou « sextuple », en grec, est l'édition de la Bible conçue par le grand Origène d'Alexandrie. Origène vécut au II siècle de notre ère, il fut l'un des plus grands théologiens et écrivains du début du christianisme. C'est lui qui initia le dialogue entre la philosophie et la foi chrétienne. Selon Akounine, Origène était un autre de mes ancêtres. Je fus ébaubi en apprenant ce lien de parenté. Les Hexapla de mon ancêtre Origène était constitué de six versions différentes de la Bible, présentées comme un ensemble. Cette compilation subsumait un original en hébreu. On y trouvait aussi ladite « Seconde », translittérée en caractères grecs, ainsi qu'une troisième version due à Aquila de Sinope, traducteur turc adepte de Rabi Akiva, et une quatrième version réalisée par Symmaque l'Ebionite. Cette dernière est une version grecque de l'Ancien Testament datant du IIe siècle. Il existe une cinquième version modifiée de la Septante, réalisée par Théodotion, un académicien grec juif, probablement un de mes ancêtres, à en croire Akounine, qui vécut à Éphèse, aux environs de l'an 150 après Jésus Christ. Enfin, on trouve une sixième version immodifiée de la Bible, élaborée par Théodotion en personne, traduite depuis l'hébreu en grec ancien. Ainsi arrivons-nous à six versions : c'est « Les Hexapla ».

Quasimodo repartit comme il était venu — dans quelles circonstances, je l'ignore. Tel hallucinogène que Melina ajouta au verre de lait de brebis que nous partageâmes nous fit chevaucher un tapis volant semblable à celui des *Mille et une nuits*. Nous cinglâmes vers Sumer, au sud de la Mésopotamie, où se trouvent aujourd'hui l'Iraq et le Koweït. Nous visitâmes la maison d'Uz, qui était le cousin de Milca, la femme de Nahor, le frère d'Abraham. Milca me remit la copie d'un document ancien dans lequel se trouvaient des éléments indiquant que Paul de Tarse n'était pas un apostat.

Uz était inarrêtable : il affirmait que Paul était l'un des écrivains les plus influents du christianisme primitif et qu'il n'était rien moins qu'un apostat. Cependant, la raison principale de notre visite à Sumer était que mon enquêteur russe affirmait avec insistance que je devais avoir un lien de parenté avec Paul. Le même après-midi, dans le même état de délire, Melina me présenta les jumeaux bien distincts évoqués par la Bible, Esaü et Jacob, fils d'Isaac et de Rebecca, petits-enfants d'Abraham, selon la Genèse. Les jumeaux se tenaient assis devant la porte de la Galerie degli Uffizi de Florence.

Jacob était le protagoniste d'un beau poème de Camões qui nous conte que lorsqu'il se rend dans la maison de Laban pour fuir son frère Esaü, il tombe amoureux de sa fille «Rachel, une belle paysanne». «Il la voulait à tout prix». Le poème dit que, par méchanceté, Laban «ne lui accorde pas Rachel mais Léa». Jacob a alors déjà travaillé sept ans chez Laban : il n'a pas d'autre choix que d'y travailler sept ans de plus pour pouvoir enfin épouser sa bien-aimée.

Dans le poème, il soupire : «Une vie si courte, pour un si grand amour!» Il devra bien attendre quatorze ans. Esaü m'informa de ce que, selon la Genèse, Isaac avait prié le Seigneur de concéder à sa femme d'enfanter. Dieu exauça son vœu et elle donna naissance à deux enfants. Le premier était roux et on l'appela Esaü. Puis vint le second, agrippé à son talon, qu'on appela Jacob. C'est Esaü lui-même qui me décrivit les collections du musée florentin. C'est là que se trouvait *La Naissance de Vénus* de Botticelli, avec sa déesse en majesté, aux longs cheveux dorés, debout dans un coquillage.

Jacob intervint, m'expliquant que l'édifice datait de 1560 et avait été construit par Giorgio Vasari, suite à une commande de Côme Ier de Médicis, qui voulait en faire le siège des bureaux administratifs de la ville. Aux XVIe et XVIIe, on y agrégerait la «Salle des Cartes de Géographie», qui présentait les possessions domaniales des Médicis à Florence, Sienne et à l'Ile d'Elbe, ainsi que la «Salle des mathématiques», qui contenait des instruments scientifiques tenus pour novateurs.

Esaü, jaloux de l'éloquence de son frère, surenchérit : Vitória de Urbino, épouse du Grand-Duc Francesco III, avait ajouté à la collection les œuvres sublimes du Titien, de Rafael et d'autres. Puis Cosme III l'avait abondée de plusieurs œuvres de Rubens et d'une sculpture grecque : la *Vénus de Médicis*. À la fin de la dynastie des Médicis, la Galerie degli Uffizi conserva sa collection grâce à Anna Maria Luisa de Médicis, qui la laissa aux soins de la famille Lorena. Les Lorena y ajoutèrent à leur tour des œuvres de Giorgione, Dürer et Dupré.

En voyant les deux jumeaux assis à l'entrée du Musée, je me souvins du grand Machado de Assis, notre « Sorcier du Cosme Velho », fondateur de l'Académie Brésilienne des Lettres. Mon degré de parenté avec Machado sera précisé par Akounine un peu plus tard dans ce récit. Il composa *Esaü et Jacob* un peu avant de mourir. Machado y évoquait les jumeaux de la Bible, ennemis dès avant l'accouchement de Rebecca, ce qu'on peut lire dans la Genèse. L'histoire se passe au XIXe siècle. Le protagoniste se nomme « Conselheiro Aires ». Il est à la fois le narrateur et le personnage central de la chronique d'une famille bourgeoise, dont il est le confident et le conseiller. Comme le lecteur s'en doute pour avoir été averti, c'est par pur pédantisme que je parle de cette œuvre.

Les deux sœurs de la famille, Natividade et Perpétua, se rendent en cachette au Morro do Castelo, à Rio de Janeiro, pour y faire consulter une voyante métisse de renom. Elles s'inquiètent pour l'avenir de Pedro et Paulo, les jumeaux de Natividade, âgés d'un an. « L'entité » invoquée prophétise que les deux « seront grands ».

En fait, ils grandissent physiquement de la même manière et tous deux sont grands, mais tout à fait différents. Ils sont leurs pires ennemis. Tout ce qu'ils ont commun est leur rivalité pour l'amour de Flora, la fille d'un couple d'amis de la famille. Flora, pour sa part, aime les deux frères. Son amour pour Paul et Pedro est sincère, comme l'attestent ses conversations avec le « Conselheiro Aires », qui fait le lien entre les personnages.

Le texte est captivant. Je me souviens que je l'avais étudié de près pour une dissertation, au collège. Le père des jumeaux dirige une banque. Machado est attentif aux événements politiques de l'époque, il décrit le Brésil du passage de la monarchie à la république. Pedro est une sorte de conservateur pessimiste alors que Paulo nourrit de grandes espérances à l'endroit de la république. Flora, de son côté, est indécise en la matière, comme la majorité des Brésiliens, sans doute. La fin du livre est très intéressante, qui porte une réflexion sur le sens de l'existence.

Mais j'en reviens à la visite du musée : Jacob, toujours plus doux et serein que son frère, me montra la « Salle de la Tribune », la plus ancienne de la Galleria, richement ornée d'émaux et de coquillages symbolisant les quatre éléments : la terre, l'air, l'eau et le feu, en un ensemble typique de l'art de la Renaissance. Jacob m'expliqua que les « Salles médiévales » abritaient des œuvres de Giotto et de Buoninsegna et d'autres merveilles de Sienne et de Florence, telle *L'Adoration des mages*, de Gentile da Fabriano. Il y avait aussi les « Salles renaissantes » et la « Salle de Botticelli » où se trouvaient *Le Printemps* et *La Naissance de Vénus* susmentionnée.

Esaü et Jacob se souvinrent de concert que la Galleria accueillait aussi une « Salle Leonard de Vinci », avec son *Annonciation* et son *Adoration des mages*, sans oublier les œuvres de Michel-Ange, Tintoret et du Caravage. Melina éclata de rire, rappelant aux jumeaux qu'ils n'étaient pas là pour entrer en compétition, mais pour m'expliquer la Bible. Ils me dirent alors que les textes sacrés sont répartis en deux tomes, le Nouveau et l'Ancien Testament.

Le premier tome, dit Esaü, contient une Histoire du monde depuis sa création jusqu'au retour d'exil des Juifs, au IVe siècle avant notre ère (au IIe, croient catholiques et orthodoxes). Jacob compléta son propos : le Nouveau Testament relatait la vie de Jésus Christ, ses enseignements, sa mort et sa résurrection, le tout au Ier siècle.

Tous deux nous apprirent que la Bible n'avait pas été divisée en chapitres avant le XIIIe siècle. C'est un cardinal nommé Stephen Langton qui décida de la subdiviser. Au XVIe siècle, Robert Stephanus mit le texte en versets. Ces commentaires achevés, Esaü et Jacob disparurent : ils explosèrent et partirent en fumée tels deux ballons. Melina ignora tout à fait le phénomène et poursuivit.

Ma Jézabel affirme que l'histoire des jumeaux n'a rien à voir avec celle de Caïn et Abel. Leur histoire est une allégorie qui enseigne la nécessité du contrôle de notre violence animale, de cet instinct de désunion qui menace la subsistance de l'espèce. Pour Melina, l'histoire de Caïn et Abel intègre un projet éthique général pour l'humanité conçu par la religion. Voici leur histoire rapidement brossée : expulsés du Paradis, Adam et Eve ont un fils nommé Caïn puis un autre nommé Abel. Un beau jour, Caïn et Abel présentent des offrandes à Dieu, Caïn des fruits de la terre qu'il a cultivée et Abel une brebis de son cheptel. La Bible dit que Dieu préféra le présent d'Abel. Fou de jalousie, Caïn le tue. Dieu le condamne alors à errer par le monde. Il s'en va vers l'est d'Eden, emmenant son épouse. Étrangement, le terme «Abel» signifie «fumée» en hébreu.

Un grand nombre de ces allégories bibliques sont des instructions de survie émanant de l'*homo sapiens* primitif. Elles visent à réprimer l'instinct agressif et à instituer un contrôle sexuel des femmes du clan. Il fallait régler la question de la rivalité de la mère et des sœurs pour le père. Il fallait aussi atténuer les tensions entre mâles, la chasse et la sécurité du groupe dépendant du travail en bonne entente des hommes.

Je me souviens que, dans son *Totem et tabou*, Freud décrit en détail les différentes dynamiques psychiques auxquelles durent faire face les premières communautés humaines et qui subsistent dans notre inconscient. J'ai totalement oublié le reste de notre conversation, à Melina et moi. Lorsque je me réveillai, je brûlais de fièvre dans un hôtel de Medina, une ville de la région d'Hedjaz, en Arabie Saoudite.

Melina arborait son corps de sirène et me prescrivait une tisane de silicium. Elle manda deux cochons qui parlaient couramment arabe appeler un médecin. Ils ramenèrent le fameux Cesare DeSanti, avec sa longue chevelure et sa barbe également grises. Apparemment honteuse, Melina se dissimula sous mes couvertures.

Me vint alors en tête le nom d'« Iblis », utilisé dans le Coran pour évoquer le diable. Il y a des mois que ces images démoniaques avaient cessé de m'apparaître. DeSanti m'examina de la tête aux pieds, palpa mes aisselles et mes aines et me recommanda un repos complet. Il posa son diagnostic : j'étais épuisé par les vols exténuants de la veille.

Melina et moi, nous avions survolé toute la région de Biscaia, au Pays basque. C'est dans cette région que se trouvait la ville de Guernica que les nazis avaient impitoyablement bombardée en 1937, pendant la guerre civile espagnole. La destruction de la ville avait inspiré à Picasso sa fameuse fresque noir, blanc et gris, ponctuée de quelques traits quasi marron, dénonçant le fascisme. L'œuvre montrait Guernica après les bombardements, des restes humains éparpillés par tout son espace. Un officier nazi demanda un jour à Picasso : « C'est vous qui avez fait ça ? » « Non, c'est vous ». À l'écoute du diagnostic de DeSanti, Melina sourit, se souvenant aussi de ce qu'elle avait fait avec moi, sans que personne le sût. Quant à mes aines, leur affection résultait de ma proximité avec ma Jézabel.

Lorsque ma fièvre fut sous contrôle, c'est Ferdinando Innocenti, l'inventeur de la « *Lambretta* », qui parut. Il voulait m'inviter à faire un tour avec lui sur son étrange petit véhicule. Son invention fit sensation en Italie à l'issue de la Seconde Guerre mondiale. En pleine crise, il vit tout le profit qui pouvait être tiré de la production de ce genre de motocycle. Melina fut simultanément sa maîtresse et celle de deux autres inventeurs, Pier Luigi Torre et Cesare Pallavicino.

Innocenti me déposa à l'entrée du Petit-Palais, à Paris : je m'aperçus que Melina roulait de son côté complètement nue avec Pallavicino, qui l'avait prise en stop. Akounine m'attendait pour l'ouverture de l'exposition en hommage aux frères Lumière, pour le centenaire de la création du cinéma. Comme nous bavardions dans l'un des salons, Akounine reconnut Jacques de Gheyn.

Retour à l'Hôtel Daniel, rue Frédéric Bastiat, nous bûmes un thé de *Camélia sinensis*. C'est alors que je découvris que de Gheyn n'était pas de notre temps, qu'il vivait au XVIIe siècle. J'appris par le Russe qu'il se transformait de temps à autre en un monstre cornu dont les yeux clignotaient et qu'il obligeait les gens à lui cuisiner des cadavres. Ce jour-là au Petit-Palais, de Gheyn était accompagné d'une jeune fille fort sympathique qui s'appelait Chrétienne et qu'il avait déflorée en 1624. Au cours de notre brève rencontre, Akounine me murmura à l'oreille que de Gheyn en savait long sur l'Ancien Testament. En réponse à mes questions, il m'apprit que la Torah des Juifs incluait seulement les cinq premiers livres de la Bible hébraïque — la Genèse, l'Exode, le Lévitique, le Livre des Nombres et le Deutéronome.

Aux environs du VIe siècle, un groupe de scribes juifs réunirent des fragments sacrés en un seul texte. Ils étaient de l'École de Massore, qui signifie « tradition » en hébreu. Ils les examinèrent et les comparèrent. Le résultat de leur travail est appelé « Texte Massorétique ». Cette discussion s'achevant, Vasco de Gama entra dans le hall de l'hôtel.

Cet homme qui, à la fin du XVe siècle, commanda la grande expédition qui partit des mers portugaises pour trouver un chemin vers les Indes, se joignit à notre conversation. C'était des Indes que provenaient toutes les épices, les soieries, les pierres précieuses que l'Europe convoitait. L'explorateur était venu à l'invitation de Melina, qui lui avait proposé de se diriger avec nous vers d'autres destinations.

Notre aventure alternait voyages sur mer, sur terre et dans les airs, ce qui m'enchantait. Vasco gouvernait un énorme ballon à gaz. Son colossal dirigeable n'était pas de son temps. Dans sa partie centrale soufflait ce gaz qui, comme je le découvris plus tard, s'appelait « hélium » : c'est grâce à lui que le ballon s'élevait. Les frères Montgolfier, qui ne naquirent qu'au XVIIIe siècle, l'avaient prétendument prêté au Portugais.

Le ballon suscita la violente jalousie de deux autres augustes personnages. Le premier était Jacques Charles, concepteur d'un véhicule semblable, mais mû par un autre gaz, le fameux « hydrogène », qui survolait les environs de Paris. L'autre répondait au nom de Joseph Gay-Lussac et n'a pas sa place dans cette histoire. Vasco de Gama n'ignorait pas que les fameux « zeppelins » n'apparaîtraient qu'au début du XXe siècle, il aurait rêvé d'y promener les rois du Portugal et leur cour, mais à l'époque, il n'était pas encore né.

Bien lui en fut, car en 1937, le zeppelin *Hindenburg* explosa, mettant un point final à la carrière de ces fameux ballons, si beaux à regarder mais si dangereux. Le ballon de Vasco de Gama planait avec une grande ductilité. Il le manœuvra en pleine place des Vosges, à Paris, me laissant tomber dans les bras d'une femme étrange. Elle se nommait Iblis. Je l'avais connue lors d'une visite à la sépulture de Marc Chagall, au cimetière provençal de Saint-Paul de Vence. Iblis me conduisit jusqu'à une suite du Pavillon de la Reine, 28, Place des Vosges. Elle avait des cheveux roux et la peau couverte de taches de rousseur.

C'était certes une belle femme, mais à l'instar de Melina, elle provoquait en moi une sensation de peur. Les ongles de ses mains étaient retournés et sa tête semblait être plantée en sens contraire du corps, comme si elle eût subi un des châtiments du huitième cercle de l'Enfer de Dante. Iblis était d'une folle sensualité. Sa voix, pour être rauque, n'en était pas moins excessivement féminine. Le Coran en faisait un démon : je compris enfin pourquoi.

Elle me lança l'invitation la plus inouïe de ma vie : je devais partager avec elle un calice de sang de chèvre, de sang-froid, à minuit, au sommet de la tour Eiffel. En haut de la tour, elle me révéla qu'elle était ce que les écritures védiques de l'hindouisme nommaient une « asura », un de ces démons qui s'opposent aux « dévas », les bons anges. Elle me dit aussi que le terme « démon » venait de « *daimon* », un mot désignant un esprit de la religion grecque qui pouvait être bon ou mauvais, mais dont la Bible avait fait une force maligne.

Je ne sais si ce fut l'effet du sang caprin, mais Iblis se mua lentement en un serpent d'une couleur tirant entre le vert et le mauve. La bête m'apprit que les Hébreux donnaient au démon le nom de « Satan » qui signifie « ennemi » en hébreu. Les Arabes l'appellent « *shaitan* ». Elle me dit que le démon était aussi désigné par le mot « *diabolos* », qui signifiait « le diffamateur » ou « celui qui désunit ».

Nous finîmes par nous étendre dans une immense baignoire. Elle m'expliqua que « Belzebuth » (« le seigneur des mouches », en hébreu) était le nom d'une ancienne religion de la Palestine. Elle ajouta que « Bélial » était le prince des ténèbres, que son nom était dérivé de « Belili », une déesse mésopotamienne. Iblis résuma le tout en m'expliquant que dans la Genèse le serpent figurait le diable en personne. La créature équivalait au « grand dragon rouge », le démon de l'Apocalypse. Tous deux trouvaient leurs avatars dans « l'esprit immonde » de l'évangile de saint Marc et dans « l'esprit de mensonge » de saint Paul. Cette glose sur les démons m'ennuya tant que je m'endormis dans les bras d'une Iblis redevenue femme, mais qui ne tarda point à se métamorphoser à nouveau en un affreux reptile verdâtre qui rampa avec lenteur jusqu'à un trou sis entre sol et mur pour disparaître tout à fait.

# Hortus deliciarum (Le Jardin des délices)

Je m'éveillai dans les bras de la Grecque Melina Antoniades. Elle était totalement nue, comme à son habitude. Elle m'assit sur une de ses cuisses, j'étais nu, moi aussi. Sur son autre cuisse reposait une bassine de porcelaine aux rebords dorés, ornée de nymphes bleu ciel. Dans la bassine, un épais liquide rappelait le venin d'un serpent.

Melina alla plus avant dans ses explications du symbolisme du serpent. Cet abject reptile fut la première manifestation du diable, selon l'Ancien Testament. Le diable apparaît pour la première fois dans les Évangiles quand Jésus, des années après son baptême par Jean Baptiste, se recueille dans le désert quarante jours et quarante nuits. Le diable le suit pour le convaincre de renoncer à mourir pour la rédemption de l'humanité. Il dit à Jésus : « Si tu es bien le fils de Dieu, commande à cette pierre de devenir pain ». Jésus répond : « l'homme ne vit pas que de pain ». Il mène Jésus sur une cime et lui montre tous les royaumes du monde, lui offrant pouvoir et richesse. Jésus lui répond qu'il ne servira que Dieu. Le diable le guide jusqu'à Jérusalem et sur le toit du Temple : il lui enjoint de sauter. Mais Jésus dit : « ne tente pas le seigneur ton Dieu ». Quand il est à bout de tentations, le diable s'éloigne du Fils de Dieu. Dans les Évangiles, on trouve une description de l'origine du diable, qui serait « un ange déchu » expulsé du ciel après s'être rebellé contre Dieu. Il prendrait la forme d'un dragon.

Une bataille aurait eu lieu pour la possession des cieux, au cours de laquelle l'Archange saint Michel et d'autres anges du bien auraient dérouté le dragon, Lucifer, et sa troupe « d'anges déchus ». Le dragon et le serpent qui figurent à la fois diable et démon s'évertuent toujours à séduire les êtres humains, mais la Bible enseigne que le bien triomphe du mal. Le diable qui a été expulsé du ciel avec les anges malins erre par l'univers, tentant de pénétrer le corps et l'esprit de quelque infidèle.

Dans l'histoire des entités divines et des démons, le diable est représenté sous la forme d'un dragon couleur de feu cornu portant sept têtes. Le diable veut allégoriquement tuer Jésus et faire de nous des pécheurs. Lorsque naît le fils d'Eve, qui gouvernera le monde, le dragon veut le dévorer. Il est notable qu'au Moyen Âge, à l'occasion du rite de crémation des sorcières sur le bûcher, le feu est compris comme un instrument de purification.

Dans l'imaginaire populaire, l'image du diable est celle d'un être hideux, rouge et cornu, portant barbiche et sabots de bouc. Il sent le soufre et porte un trident. Satan apparaît pour la première fois dans le *Livre de Job* comme une puissance de négation, bien qu'il entretienne une certaine intimité avec Dieu. Il peut entrer et sortir du ciel en toute liberté.

*Le Livre de Job* date de l'époque où les Juifs retournèrent en Israël, après l'exil de Babylone. À cette époque, à peu près cinq siècles avant notre ère, Cyrus le Grand, roi de Perse, accorda aux Juifs la liberté de culte. C'est en ces temps que le Judaïsme subit l'influence d'une religion persane, le «zoroastrisme». Le dieu suprême en est «Ahura-Mazda», l'esprit malin «Angra Mainyu», ou «Ahriman». Ces deux esprits ennemis s'affrontent, le bien l'emporte et les méchants sont punis.

La figure de Satan naît en Perse et elle est incorporée au judaïsme. C'est la raison pour laquelle la tentation d'Eve et d'Adam au Paradis n'est pas l'œuvre de Satan mais d'un serpent. Les sages juifs évoquent «l'Ange Samuel» comme un serpent qui possède le don de subornation. Samuel est issu du terme hébreu «*sam*», qui signifie «venin» et de «*el*», «Dieu»: Samuel est donc «le venin de Dieu».

Samuel est un ange malin et un séducteur. Dans la tradition mystique juive, il est l'un des sept anges de Dieu qui décidèrent de se placer au service du démon, comme le raconte *L'Apocalypse*. Melina m'expliqua que les anges faisaient le lien entre ciel et terre et entre Dieu et les hommes. Les anges sont toujours bons. En revanche, les démons sont des « anges déchus », des « anges du mal ».

Impossible d'aborder la question de la lutte entre Dieu le tout puissant et les forces du mal pour la domination des cieux sans consacrer quelques lignes à l'un des plus importants de mes ancêtres, le poète John Milton. Mon détective russe me convainquit de ce que ses origines puritaines n'étaient qu'une fiction. Il provenait d'une lignée de Schwartsmann qui vécut incognito sur le territoire anglais pendant plusieurs générations. *Le Paradis perdu*, ce classique qui relate en vers les combats contre les « anges déchus », est de sa main. Cette œuvre unique nous offre une vision littéraire sans égale du personnage de Satan. Elle est conduite par Milton de façon tout à fait magistrale, il y représente le serpent qui convaincra Eve de mordre dans le fruit défendu, en contravention de la prescription du pouvoir divin.

Milton est, avec Shakespeare, son presque contemporain, l'un des auteurs les plus réputés de la littérature anglaise. Il fut le ministre d'Oliver Cromwell à l'époque où l'Angleterre déconfit la monarchie et inventa le parlementarisme. Nous étions entre 1649, année où Charles Ier fut déchu et décapité, et 1660, qui vit le retour de la monarchie. Milton était d'une érudition inouïe, il parlait couramment le latin, le grec et l'hébreu. Ma grand-mère Clara disait que Milton était tellement en avance sur son époque qu'il était même allé jusqu'à défendre le divorce.

*Le Paradis perdu* sortit en 1667. L'œuvre usait d'une langue extrêmement sophistiquée et chargée de références. Son contenu très original abordait la vision chrétienne de la création, de la rébellion et de la chute des anges, de la mésaventure d'Adam et Eve au Paradis, de la tentation par Satan, de l'expulsion de l'Éden et de la promesse de rédemption. S'inspirant de la Genèse, premier livre de la Bible sacrée, son ouvrage se livrait à une description détaillée des anges déchus qui eurent le front de s'en prendre à Dieu et le firent aux dépens de l'homme, une de ses créations. À l'*explicit*, Dieu punit les anges rebelles en les transformant en serpents et en les jetant en enfer, le fief du diable, pour mille ans.

L'évocation du thème du diable et de ses démons me laissa un peu en suspens. Je m'installai plus confortablement et comme elle l'avait promis, Melina projeta au plafond des images de la lutte qui origina l'expulsion des démons du ciel. Le *Livre de l'Apocalypse* est le dernier du canon biblique : ce livre sacré des Chrétiens fut écrit par Jean dans l'île de Patmos. Il contient la «révélation» divine de ce qui frappera les humains s'ils désobéissent à Dieu.

Il met au jour le plus grand secret, celui qui n'a eu que Jean, prophète élu par Dieu, pour confident. Le mot «apocalypse», est d'origine grecque et signifie d'abord «dévoiler», mais il désigne vite l'idée d'annonce de «la fin du monde». *L'Apocalypse* est une révélation de Jésus Christ destinée, il y a vingt siècles, à ses disciples. Le Seigneur y prédit ce qui adviendra au monde s'il se voit dominer par les incrédules.

Jean fut en quelque manière le scribe de Jésus : il consignait la parole de Dieu révélée par les anges. Il ordonna que les lettres contenant ses écrits fussent envoyées aux «sept principales Églises de ce temps». Melina, en bonne maîtresse, organisa à mon intention une projection qui illustrait le symbolisme du texte. Chaque Église y représentait une période de l'Histoire générale de l'Église.

Une autre hypothèse était que les sept Églises de l'Apocalypse désignassent, sur le mode métaphorique, les événements itératifs qui font leur «éternel retour» à divers moments de l'histoire de l'Église. Ma Jézabel projeta au plafond des images du combat final, au cours duquel toutes les armées de la terre se réunissent dans une plaine proche de la colline de Megiddo.

Le « Har-Megiddo » était un chemin réel qu'empruntaient les peuples anciens qui faisaient route dans la région centrale d'Israël. C'est un lieu stratégique, car il procure un bon ravitaillement en eau et un poste facilitant les mouvements des soldats. Dans la vision des saintes écritures, c'est le lieu élu par Dieu pour la bataille de l'Armageddon, la lutte finale entre les armées du Christ et celles de Satan, l'Antéchrist, celui où se réaliseront les prédictions eschatologiques de la Bible.

Le nom « Megiddo » est lié dans la Bible à l'expression « Armageddon » : le grec « Har-Magedone » signifie « Mont Megiddo ». C'est en effet dans la vallée de Megiddo que s'avéreront les prédictions de *L'Apocalypse*. Melina m'en décrivit les quatre cavaliers. Elle ajouta que la périphrase « l'agneau de Dieu » était la manière dont Jean le Baptiste faisait référence à Jésus, le Messie à venir.

Dans le livre généreusement imagé, l'animal sacré retire un à un les sceaux du livre sacré. Le son des trompettes se fait assourdissant, car c'est lui qui sauvera les infidèles en « ôtant les péchés du monde ». En latin, c'est la périphrase *« Agnus Dei »*, qui renvoie à Jésus Christ, le sauveur de l'humanité qui fit le sacrifice de son corps en rédemption du péché originel.

La trajectoire de Jean le Baptiste constitue la plus belle profession de foi de l'Histoire : il reconnaît en Jésus le Messie, non seulement figure de Dieu sur la terre, mais rédempteur de l'humanité. Les quatre cavaliers de l'Apocalypse, que « l'Agneau de Dieu » fait apparaitre, sont inspirés de l'Ancien Testament, ils symbolisent les quatre fléaux, qui menaçaient Israël — la conquête, la guerre, la famine et la mort.

L'Agneau ouvre un à un les sept sceaux, gardant le dernier pour plus tard. Alors surgit le premier cavalier, monté sur un cheval blanc. Il tient un arc et reçoit une couronne. Lorsqu'il ouvre le premier sceau, Jésus se fait juge du passé de l'humanité depuis sa mort jusqu'à la fin des temps. Le cavalier blanc symbolise le pouvoir des armées. En lui se manifestent la cupidité et la lutte pour le pouvoir.

Il ouvre le second sceau et voit arriver un cavalier monté sur un cheval roux. Le cavalier reçoit une grande épée, pour ôter la paix de la terre. Il commande aux hommes de se tuer les uns les autres. Ce passage évoque les révoltes populaires contre les romains qui eurent lieu en Palestine en 63 avant notre ère. L'épée est le symbole de ce pouvoir romain qui pensait pouvoir obtenir la paix en faisant la guerre.

Le troisième sceau libère un cheval noir : celui qui le monte tient une balance à la main, qui symbolise par métonymie l'huile, les vins, les aliments, c'est le cavalier de la famine. L'ouverture du quatrième sceau fait surgir un cheval jaune monté par la mort qui reçoit le pouvoir de tuer un quart des hommes qui vivent sur terre. C'est la peste, c'est la maladie qui sont ici personnifiées. Le passage renvoie au siège de Jérusalem par la Xème légion romaine qui décima le peuple de Dieu. La population, affamée, périt en masse de maladies contagieuses. Le texte dit que Jésus Christ leur fournira une issue au jour du Jugement. La venue de Jésus Christ, messager ou « Messie », révèle au monde les conséquences de sa désobéissance à Dieu.

Néanmoins, ces anticipations malheureuses sur l'Armageddon peuvent ne pas s'avérer si prévaut au monde la foi en Jésus et en Dieu. Melina fit disparaître les images de l'Apocalypse qu'elle avait projetées au plafond. Les Hébreux offraient un animal en sacrifice pour demander à Dieu la rémission de leurs péchés. Selon la Bible, afin de prouver sa foi, Abraham aurait accepté de sacrifier son fils unique, Isaac.

Sa soumission attestée, Dieu ne voulut pas qu'il le sacrifiât. Alors Abraham offrit au Seigneur un agneau à la place de son fils. Au plan métaphorique, la mort de Jésus, « l'Agneau de

Dieu », rend tous les autres sacrifices inutiles. Jésus est pur comme l'était Adam avant le péché originel, il symbolise le sacrifice suprême concédé à l'humanité et la preuve la plus sublime de l'amour de Dieu. Sur ce, Melina et moi, nous nous endormîmes profondément.

*L'Apocalypse* fut écrite vers 95, à la fin du règne de Domitien. L'idée de salut fut fondamentale pour la consolidation du christianisme et sa substitution aux antiques croyances païennes gréco-romaines. Selon mon ancêtre, l'historien Danius Xuvartismus Ricardus, la foi est une façon de s'assurer une place au ciel aux côtés du Seigneur. Émana alors l'idée d'un Dieu unique, le même que celui des Juifs, dont le représentant est son fils Jésus.

Quand je m'éveillai, le matin suivant, je trouvai un message d'Akounine sur une valise en cuir brun foncé ornée de deux rubans dorés, qu'il avait laissée à mon intention à la réception. Il me fut remis par deux sœurs siamoises, Abigail Loraine et Brittany Hensel. C'étaient des jumelles atteintes de dicéphalie, dont les têtes étaient séparées, mais les corps réunis. Leurs corps donnaient l'impression de n'être qu'un seul, mais leurs organes vitaux étaient presque tous séparés, cœurs, poumons, estomacs et moelles épinières. Je fus en état de choc lorsque je constatai que chaque jumelle contrôlait la moitié de son corps, commandant l'un des bras et l'une des jambes de l'ensemble.

La valise contenait des documents sur Origène d'Alexandrie, documents qui attestaient la vertu nonpareille de cet homme qui fut l'un des plus importants théologiens de l'Antiquité chrétienne. Sa réputation, qui avait franchi les limites géographiques et temporelles, son martyre terminal, faisaient qu'il était quasi vénéré comme un saint. Les pèlerins visitaient la ville de Tyr ou étaient enterrés ses restes mortels. La valise contenait d'ailleurs aussi les ossements complets du pied droit d'Origène, calcanéum compris, parfaitement conservés.

Origène avait été injustement accusé d'hérésie pour ses interprétations de certains des épisodes de la Bible. Son hétérodoxie pouvait peut-être expliquer l'absence de son nom sur la liste des saints de l'Église Catholique. Le pape Clément VI qui, au milieu du XIVe siècle, apporta son appui au roi Philippe VI de France dans sa lutte contre son cousin, le roi Édouard III d'Angleterre, pendant la guerre de Cent Ans, me raconta qu'Origène était d'un tempérament plus amène que saint Jérôme.

C'est pourtant le second qui fut canonisé. Ce fut là une considérable injustice faite à ce grand théologien. Origène était l'auteur d'une formidable glose, comprenant plus de six mille titres, dont un grand nombre ont été perdus. Mais le plus intrigant, c'est que parmi les ossements d'Origène envoyés par Akounine, se trouvait aussi une molaire. L'analyse génétique comparée, réalisée sur les os et un échantillon de mes cheveux par les scientifiques russes Maria Reginova et Luish Jobinovich, attesta une parfaite compatibilité.

C'était là la preuve absolue de ce qu'Akounine avait avancé : je descendais aussi du grand Origène d'Alexandrie ; cette information m'émut profondément. Le Russe me certifia aussi que Philon, Neruda et je ne sais qui encore, avaient aussi un lien de parenté avec moi : ce me fut une information de premier ordre. En bref, nous étions tous de la même famille. Songeant à cette possibilité, j'avais passé de nombreuses nuits blanches. Par lettre, le détective suggéra que je partisse immédiatement pour les Pays-Bas pour le retrouver à la bibliothèque de l'Université de Leyde, où se trouvaient aussi des informations qui m'intéresseraient concernant une encyclopédie théologique et morale écrite à la fin du XIIème siècle et dont le titre était « *Hortus deliciarum* » (*Le Jardin des délices*).

L'Université de Leyde est la plus ancienne des Pays-Bas. Elle fut fondée en 1575 par Guillaume Ier, Prince d'Orange. Sa réputation et ses traditions parlent pour elle, elle a formé seize

Prix Nobel, dont Albert Einstein et Enrico Fermi, qui fréquentèrent ses bibliothèques et ses laboratoires. L'institution connut un formidable développement au cours du XVIIème siècle, le « Siècle d'or » des Pays-Bas, quand des intellectuels éminents venus de toute l'Europe y commerçaient. Son atmosphère de tolérance et sa haute réputation y attirèrent des figures aussi prestigieuses que Descartes, Rembrandt ou Spinoza.

Comme je l'ai déjà indiqué au début de mon récit, *Le jardin des délices* est une enluminure médiévale réalisée par Herrad de Landsberg pour l'abbaye de Hohenburg, en Alsace. Elle avait fonction de support d'enseignement pour les novices des couvents. Il est intéressant de noter que cet ensemble d'enluminures est considéré comme la première encyclopédie écrite et conçue en priorité pour des femmes.

Herrad de Landsberg était une abbesse née en Alsace à la fin du XIIème, au château de Landsberg, je crois, où vivait une famille noble dont on ne sait si elle est issue. Elle entra très jeune à l'abbaye de Hohenburg, dans les Vosges. Elle est connue pour être l'auteur de l'*Hortus deliciarum*.

Dans le cloître de l'abbaye, elle conçut cette œuvre superbe qui constituerait un ample manuel scientifique. Les illustrations en sont splendides et brossent le tableau des connaissances acquises au XIIème : on y trouve poèmes, chansons, images, musique et textes patrimoniaux. Le manuscrit original du *Jardin des délices* fut conservé des siècles durant dans l'abbaye, puis il fut transféré à la Bibliothèque Municipale de Strasbourg au cours de la Révolution Française. Par chance, au début du XIXème, les belles enluminures furent reproduites par Christian Moritz Engelhardt. Je dis « par chance » car pendant la guerre Franco-Prussienne de 1870, qui vit les Français battus à plate couture par les Prussiens durant le siège de Strasbourg, un incendie détruisit la bibliothèque de la ville, occasionnant la perte d'une grande partie de l'ouvrage d'art.

Je demandai pour plaisanter à Akounine s'il avait déjà goûté les fameux biscuits au beurre de Strasbourg, qui font partie du patrimoine culturel de la région. Il répondit par l'affirmative, même si les biscuits n'étaient pas son mets favori. Akounine leur préférait de loin les boudins portugais ou espagnols, fabriqués avec le sang frais de certains animaux, surtout le porc. Selon Platon, le boudin fut inventé par un Grec du nom d'Aphtonite. Le Russe en ingérait d'un trait des tronçons de vingt-cinq centimètres, les faisant passer au moyen de cette vodka que l'on produit clandestinement en Géorgie.

L'*Hortus deliciarum* compile des éléments d'une grande valeur symbolique et détaille l'arbre généalogique de Jésus. La première question que je posai à Akounine fut la suivante : comment les gens de l'époque de Jésus se référaient-ils à lui ? Le nommait-on « Jésus », « Jésus-Christ » ou « Jésus de Nazareth » ? Il est impossible de savoir comment les gens de cette époque nommaient les individus d'origine modeste. Peut-être l'appelaient-ils par le nom de son père, celui de sa profession ou de son lieu de naissance. Le plus probable est que le mot « Christ » n'était pas intégré à son nom : ni Joseph ni Marie n'utilisaient ce nom. Les traductions prennent en compte non seulement la signification du mot mais aussi les sons de sa prononciation originale. C'est ce qu'on nomme la « translittération ». Comme nous le verrons plus tard, « christ » est probablement une translittération. Akounine m'indiqua que le terme trouvait son origine dans les rites d'onction.

Il prit congé et me confia un message : je devais me rendre à Anvers. Il y avait là une chose très importante dont je devais m'empresser d'entrer en possession : elle se trouvait chez un vieil antiquaire juif qui était sans doute un parent. Son nom était Neie van der Istarost, il tenait un petit négoce d'antiquités au cœur de la seconde ville de Belgique.

Anvers se situe au nord du pays, tout près de la Hollande, dans la région des Flandres. Lorsque j'y arrivai, je me présentai à Van der Istarost et lui remis le message d'Akounine. Il me pria de l'excuser et disparut au fond de la vieille boutique poussiéreuse. Quelques minutes plus tard, il revint portant une caisse qui semblait plus grande que lui. Il l'ouvrit et me dit que ce qu'elle contenait était une relique que seules des personnes telles que Monsieur Aleksander Akounine pouvaient acquérir. C'était l'original du premier globe terrestre, créé en 1492 par Martin Behaim, un navigateur qui fabriquait des cartes et entretenait des liens d'amitié avec le peintre Georg Glockendon. Van der Istarost m'expliqua que si j'en faisais bon usage, le globe me guiderait vers de nombreux endroits fort intéressants.

Behaim avait travaillé à Nuremberg en Allemagne et avait appelé son globe le « *Nurnberg Terrestre Globe* », ou l'« *Erdapfel* ». Le mot « *Erdapfel* » signifie « pomme terrestre » : le monde y était représenté en deux moitiés. Il était constitué de boules de fil laminé renforcées par du bois sur lequel une carte avait été peinte. Les Amériques n'y figuraient pas, car Colomb n'était pas encore revenu en Espagne pour y faire part de ses découvertes. Le continent euro-asiatique y était démesuré, l'océan était vide entre Asie et Europe, l'île légendaire de São Brendan y était reproduite.

Avant que je partisse, Van der Istarost me dit que le Japon — ou « Cipango » — y était aussi surdimensionné et placé trop au sud. Behaim avait beaucoup voyagé avant de concevoir son globe, y compris en compagnie de Diogo Cão, avec qui il était allé jusqu'à la côte de l'Afrique Occidentale. À son retour, en 1490, il construisit cette mappemonde qui fut exposée dans la salle de réception de la préfecture de Nuremberg jusqu'au XVIème siècle. Au début du XXème, ce globe fut transféré au Musée Allemand de Nuremberg. Il y a quelque vingt ans, il avait été donné à l'Université de Technologie de Vienne.

Akounine avait demandé au Belge de le subtiliser et de me le vendre. L'« *Erdapfel* » de Behaim était une rareté absolue, d'une valeur inestimable. Pourtant, le Russe insista pour que je l'acquisse : il allait me mener dans des lieux invraisemblables. Alors parut Mammon, dont l'image m'assaillit. Je pris peur : n'était-ce pas l'un des sept anges de l'enfer, séides de Lucifer ? N'était-ce pas le « prince de la cupidité », l'un des sept péchés capitaux ? Comme à l'habitude, l'image de ce démon envahit mon esprit de façon parfaitement impromptue.

# L'œuf

Je suis juif et Hitler est un de ces démons indissociables de mon être que je suis voué à combattre toute ma vie. Il m'est impossible d'échapper à cette réalité. Un grand nombre de mes ancêtres lui doivent d'avoir connu une mort atroce. Je ne puis taire ma révolte devant les actes diaboliques qu'il perpétra. Elle se manifestera dans ce chapitre et sans doute dans ceux qui suivront.

Retour d'un voyage, je ne sais déjà plus lequel, Akounine me téléphona. Il me demanda si j'avais bien rapporté mon « *Erdapfel* » de Behaim. Le Russe me demanda de fermer les yeux et de pointer mon index vers une région quelconque du globe. Je me retrouvai aussitôt installé dans un fauteuil club de l'une des suites chic de l'Hôtel Bonerowski Palace, à Cracovie. Le Roi Ludwig II de Bavière m'apparut sous la forme d'un rossignol. Il était passionné d'opéra et d'œuvres de l'époque pharaonique. Ludwig était à l'origine de la construction du château de Neuschwanstein. À dix-huit ans, il commémora son couronnement en faisant donner un concert de Richard Wagner.

Malheureusement, la construction du château greva totalement les finances du gouvernement et, en 1886, une fausse déclaration médicale décréta la démence du monarque. Le lendemain matin, son corps apparut flottant sur les eaux d'un lac sis à proximité du château. Ludwig se posa sur ma fenêtre, m'apportant dans son bec un morceau de sponge cake. Il me demanda d'y goûter et me révéla que l'Alfeizerão était une petite région du Portugal où le géologue Léon Choffat avait trouvé le fossile d'un œuf de « dacentrus », un dinosaure de cinq mètres de long qui y vivait il y a quelque cent millions d'années. Mais je m'égare, revenons au sponge cake, qui semble issu d'une tradition culinaire portugaise antérieure au XVIIIe siècle, initiée au Couvent de Coz, et dont la recette fut ensuite copiée par une famille d'Alfeizerão qui parvint à découvrir le secret de fabrication de sa pâte.

Quand on nous dit ce que nous voulons entendre, c'est comme si nous avalions un «pão de Ló» — «gâteau éponge» en français — : c'est ainsi que ce gâteau en est venu à symboliser cette vanité dont profite le diable. Ludwig connaissait par cœur les sortilèges du malin. Le fameux gâteau n'avait rien à voir avec «Lot», le nom d'un confiseur allemand qui devint célèbre pour avoir prétendu, possédé par le diable, l'avoir inventé.

«L'œuf de dacentrus» m'en rappelle un autre, qui a un rapport avec les démons : celui du serpent. Ce dernier a une coquille si fine qu'elle permet de voir le reptile en formation à l'intérieur. C'est de ce fait naturel que provient le titre du film d'Ingmar Bergman, *L'Œuf du serpent*. Le personnage d'Hans Vergerus y prévoit les conséquences de l'ascension d'Hitler.

Bergman chercha dans l'image du Brutus du *Jules César* de Shakespeare le meilleur moyen d'évoquer ce démon nommé Hitler et ce qui découlerait de sa prise de pouvoir. *L'Œuf du serpent* de Bergman, sorti en 1977, est l'un des meilleurs films consacrés à l'irrésistible ascension du nazisme. Le scénario raconte la chute de la monarchie après la déroute de la Première Guerre, lorsque Weimar, la ville où mourut Goethe, devint le siège de la république qui tomberait aux mains du parti national-socialiste en 1933.

Melina me demanda si je ne voyais pas d'inconvénient à m'entretenir un peu avec elle de l'ascension du nazisme — elle soupçonnait que ce sujet était de première importance pour moi. Elle avait très bien connu Hitler. Je découvris qu'elle avait côtoyé ce démon pendant très longtemps. Elle commença à évoquer la République de Weimar.

Le régime avait souffert d'une crise d'une exceptionnelle gravité, caractérisée par l'effondrement de l'industrie, une inflation incontrôlable, l'impunité des corrompus et des séditieux, des coups d'État répétés contre le gouvernement, une «crise morale» provoquée par l'humiliation du Traité de Versailles, le fanatisme politique, la xénophobie et l'antisémitisme. Ce fut paradoxalement à cette époque qu'émergèrent des phénomènes culturels extrêmement significatifs : l'avènement du «Bauhaus», la publication de *La Montagne magique*, le grand classique de Thomas Mann, la sortie du *Metropolis* de Fritz Lang, et la représentation de *L'Opéra de quatre sous* de Bertolt Brecht, sur des compositions de Kurt Weill.

L'antisémitisme et la haine des bolchéviques constituaient les ingrédients d'une quête frénétique des responsables des calamités nationales. Le film de Bergman montre clairement la rapidité avec laquelle la haine se répandit en Allemagne. *L'Œuf du serpent* préfigure la mise en scène d'Hitler en démon. À neuf heures, le 2 août 1934, mourait le Président de la République Paul von Hindenburg et il ne fallut pas attendre plus de quelques heures pour que la population apprît qu'une nouvelle loi avait été votée, qui fondait les fonctions de chancelier et de président.

Hitler était déjà chancelier et de la sorte, à quarante-cinq ans, il devint de surcroît chef de l'État et commandant des forces armées. Le 19 août, un référendum populaire scella sa prise de pouvoir. Ce fut une victoire retentissante. Sur quatre-vingt-quinze pour cent de votants, quatre-vingt-dix pour cent votèrent en sa faveur. Trente-huit millions contre quatre millions et demi.

Il exigea que les forces armées lui prêtassent un serment de fidélité. Le texte en était le suivant : «Je prête devant Dieu ce serment sacré : j'obéirai de manière inconditionnelle au Führer du Reich allemand et du peuple, Adolf Hitler, commandant suprême de la Wehrmacht et je suis prêt, en tant que soldat valeureux, à engager ma vie pour ce serment». Un serment de cette nature, prêté devant un chef d'État, était inédit dans l'Histoire de l'Europe : on en découvrirait plus tard la redoutable portée.

Adolf était le fils d'Alois « Hiedler », dont le nom fut mal orthographié par l'officier d'État civil et devint « Hitler ». Sa mère s'appelait Klara Pölzl. Ils étaient originaires de Linz en Autriche, et moururent alors que leur fils était encore adolescent. À dix-huit ans, en 1907, celui-ci partit vivre à Vienne. Il rêvait de devenir peintre, mais ne parvint jamais à intégrer l'académie des Beaux-Arts. Il survivait tant bien que mal en vendant des cartes postales et des peintures de paysages viennois.

À l'époque, l'antisémitisme était déjà très virulent chez les catholiques de ces régions du sud de l'Allemagne. À Vienne vivaient de nombreux Juifs venus de Lituanie, de Bessarabie et de Pologne. Hitler était encore très jeune quand il vit son antisémitisme et son anticommunisme prendre un tour frénétique. En 1913, il alla s'installer à Munich afin d'échapper au service militaire obligatoire. Néanmoins convoqué, il fut considéré inapte lors de l'examen médical.

Pendant la Première Guerre, il intégra les troupes bavaroises en tant que courrier, mais il ne fut jamais davantage qu'un simple soldat. Il reçut néanmoins deux fois la Croix de Fer pour son courage au combat et fit sien un patriotisme exaspéré. L'Allemagne vaincue, il se mit en quête des coupables fantasmés de la reddition du pays. Il accusa la diaspora juive mondiale, les communistes et les politiciens.

Dans le premier texte qu'il publia, *Compte rendu sur l'antisémitisme*, il proposait de mener un combat institutionnel destiné à supprimer les « privilèges des juifs » et préconisait leur « expulsion irrévocable » d'Allemagne. Il adhéra au parti nazi, le « *National Sozialistische Deutsche Arbeiterpartei* », c'est-à-dire le « Parti National Socialiste des Travailleurs Allemands » ou

Parti « Nazi » — le diminutif contrastant avec « Sozi », celui qui qualifiait les sociaux-démocrates.

Le symbole des nazis était la croix gammée et leur salut singeait celui des Romains, comme celui des fascistes italiens. La milice du parti était connue comme la « SA », ou « *Sturmabteilung* ». La « SA » se vouait au combat urbain contre les communistes et les minorités, surtout religieuses. C'est à cette époque qu'Hitler se rapprocha de Julius Streicher, le directeur du journal antisémite *Der Stürmer*, qui commença à lui apporter son soutien.

Il attirait les adeptes avec ses imprécations contre Juifs, communistes, libéraux et capitalistes. Il élit pour ses complices en chef Rudolf Hess, Hermann Goering, Ernst Röhm et Erich Ludendorff. En 1923, les tristes sires avaient tenté un putsch en Bavière-le « putsch de la brasserie » —, mais l'entreprise avait lamentablement échoué et Hitler et ses comparses avaient fini en prison. Lors de son procès, Hitler avait fait feu de tout son bois de rhétorique pour séduire plus d'adeptes et ses discours fanatiques avaient paru dans la presse. Il avait été condamné à cinq ans de prison, mais avait été amnistié quelques mois plus tard. En prison, il avait écrit la première partie de son *Mein Kampf*, avec l'aide d'Emil Maurice et de Hess, prêchant la désobéissance au Traité de Versailles et la remilitarisation de l'Allemagne.

La seconde partie du livre, dans laquelle il définissait son idéal national-socialiste, Hitler la rédigea après sa libération. Il y développait sa vision politique ultraradicale, opposée aux alliances partisanes, en tant que les « coalitions fragilisaient les idéologies ». La traduction du titre original du livre serait la suivante : *Quatre ans et demi de lutte contre les mensonges, la stupidité et la lâcheté*, mais il reçut pour finir un titre plus court, *Mein Kampf*. Le message d'Hitler était clair : il s'agissait d'en finir avec les communistes et les Juifs. C'est dans ce texte qu'il définit la race aryenne comme «supérieure», les «inférieures» étant la juive, la polonaise, la russe, la tchèque et la gitane. Pour Hitler, les discours des Juifs sur l'égalité entre les peuples visaient à affaiblir la race aryenne. Son discours s'alimentait des frustrations des Allemands vaincus et de l'effondrement économique et social du pays.

Melina me raconta qu'une nuit, elle avait décidé de rendre visite à Hitler en prison. Pour le provoquer, elle entra sournoisement, tel un serpent, et se coucha à ses côtés. Elle ne portait que le «dirndl», la partie inférieure du costume traditionnel des paysannes autrichiennes du XIXe siècle. L'absence de la chemise de dentelle, qui constituait la partie supérieure de ce vêtement, laissait apparaître ses seins énormes. Elle en avait quatre : c'est chose courante chez les diablesses.

Hitler en fut si excité qu'il se mit à hurler : «Satan! Satan!». Elle éclata de rire. Elle m'apprit qu'Hitler et ses plus proches complices, Hess et Goering, avaient un orteil de trop. Lors de la crise de 1929, Hitler créa la «*Schutzstaffel*», la «SS», ou «Unité de Protection», une sorte de garde prétorienne vêtue d'un uniforme noir que dirigeait Himmler, celui qui se chargea plus tard du règlement de la «question juive», pendant la Seconde Guerre.

Hitler suscita aussi la création de nombre d'organisations telles que la jeunesse Hitlérienne et plusieurs associations de femmes, entre autres. Alors le parti nazi crut inexorablement. L'homme savait fort bien instrumentaliser le sentiment d'orgueil national, à qui avait été porté un coup fatal avec la signature du Traité de Versailles et la perte de certains territoires au bénéfice de la France, de la Pologne, de la Belgique et du Danemark.

Le fait d'avoir dû admettre la responsabilité du pays dans le déclenchement de la guerre, renoncer aux colonies, limiter la dimension de l'armée et payer trente-deux millions de marks au titre des réparations était considéré par les Allemands comme un outrage excessif. L'instabilité sociale et politique atteignit son acmé avec la grande crise économique des années 30. Les nazis profitèrent de la situation pour imposer leur propagande antisémite et multiplier les attaques contre les politiciens libéraux et démocrates. Les partis traditionnels se montrant pour leur part incapables de résoudre la crise, ils finirent par représenter un cinquième de l'électorat et le Parti devint la deuxième force politique du pays. Les votes émanaient en partie de la classe moyenne, qui souffrait de l'inflation incontrôlable et du chômage, mais aussi des paysans et des anciens combattants. Il apparut inéluctable d'associer les nazis à la coalition de droite qui concourut à l'élection présidentielle de 1932.

Le gouvernement sollicita leur appui pour maintenir Hindenburg au pouvoir. Mais Hitler refusa : il se présenta et termina en deuxième position. Comme nazis et communistes étaient irréconciliables, une alliance de gouvernement entre les deux forces d'opposition n'était pas viable. Alors Hitler exigea le poste de chancelier et fit entrer Goering et Wilhelm Frick dans son cabinet avec le consentement d'Hindenburg.

Lors des élections de 1933, dans une atmosphère de violence et de peur, les nazis obtinrent presque la moitié des votes. Le vote de la loi accordant à Hitler les pleins pouvoirs qui suivit ne fut assuré que grâce à l'exclusion des députés communistes et à l'intimidation des centristes.

En août 1934, Hindenburg mourut. Le chancelier Hitler assuma alors la fonction présidentielle et devint le « *Führer* », ou le « guide », la loyauté à sa personne ayant été obtenue par le biais du serment prêté par les forces armées. Il avait gagné le contrôle total du pays et le régime nazi avait installé son pouvoir en Allemagne. Le monde civilisé ne se soucia pas de tuer dans l'œuf l'embryon de serpent qui paraissait pourtant à la vue de tous au cœur de sa coquille translucide.

# Mensonge

Cet après-midi-là, nous fumâmes, Melina et moi, une copieuse dose d'un délicieux cannabis d'Uruguay qu'elle avait acquis en toute légalité. En quelque instants, sans que j'en prisse conscience, nous nous trouvions attablés dans un bar de Marseille. Melina dit que le nazisme constituait une leçon vivante sur Satan et la diablerie humaine. Elle me rappela que le mot « démon » était dérivé du grec « *daimon* », « pouvoir divin » ou « génie », du mal, en l'espèce.

Dans la tradition judéo-chrétienne, le diable est vu comme une force qui s'oppose au bien et à Dieu. Dans la tradition chrétienne, le mot « Lucifer » est l'un des noms du diable : il est issu du latin « lux », « la lumière » et de « ferre », « apporter ». Lucifer est littéralement « celui qui apporte la lumière » ou « l'étoile du matin ». Le nom n'apparaît ni dans la Bible hébraïque ni dans sa traduction en grec. Lucifer est une figure plus récente qui correspond à l'un « des anges déchus » ou à Satan, dans la conception de saint Jérôme, développée dans la Bible latine, la « Vulgate », au IVe siècle après Jésus Christ. Lucifer est un ange de « l'Ordre des Chérubins », il est beau et proche de Dieu, mais il est expulsé du Paradis pour s'être tenu supérieur au reste de la création.

Dans *L'Apocalypse*, on rencontre la fameuse bataille menée par l'archange saint Michel contre le dragon, Lucifer et ses « anges déchus », bataille au cours de laquelle le mal est défait par Dieu et par les anges, et les méchants jetés en Enfer. Lucifer est le guide de ces anges déchus, il préside à la lutte du dragon contre Dieu. Le passage renvoie allégoriquement à la lutte entre le bien et le mal qui se disputent le destin du monde.

Nous ayant entendus converser, Akounine vint se joindre à nous. Il en profita pour m'informer que ses recherches sur les origines de la famille de Martin Heidegger étaient bien avancées. Selon le Russe, il était sans le moindre doute d'origine juive et un parent de ma mère. Je lui demandai s'il avait de quoi étayer cette hypothèse. Il sourit et répondit que tout ce qu'il m'apportait s'appuierait toujours sur des fondements juridiques et des légions de preuves. Je le remerciai. Il partageait sa puanteur soufrée avec un nain russe qui l'accompagnait, une petite créature dont la main gauche portait six doigts.

Nous fûmes ensemble au cimetière de Freiburg afin d'y rendre hommage à Heidegger, qui m'était désormais un parent. Le nain jurait avoir été l'amant d'Hanna Arendt et disait avoir longtemps été le rival du philosophe allemand. « *Cose d'amor* », chantonnait le nain polydactyle. J'ignore si ce furent les bonbons à l'anis qu'il m'offrit comme nous nous promenions parmi les des tombes, mais je m'endormis derechef profondément.

Je m'éveillai auprès de la tombe de Júlio Cortázar, écrivain que j'adore, mort en 1984 et considéré comme l'un des maîtres du « réalisme fantastique ». Il naquit à Bruxelles, en Belgique, où son père travaillait à l'ambassade d'Argentine. Cortázar étudia les Lettres et professa dans des écoles de campagne. Il revint à Buenos Aires où il participa activement à l'opposition au Péronisme. En 1946, il publia son conte *La Casa tomada* (*La maison envahie*) dans *Les Annales de Buenos Aires*, parrainées par Jorge Luis Borges. Ce conte est pour moi inoubliable. Je me souviens du jour où mon professeur Dona Giselda nous recommanda de le lire en salle de classe. Elle dit que c'était un édifice textuel que nous n'oublierions jamais : elle avait raison. Ce conte marqua profondément mon esprit de lecteur. J'entends encore les pas qui provenaient des autres pièces de la maison, ces pas que Cortázar décrit dans son récit. Cortázar publia ensuite *Bestiario*, publié en français sous le titre de *Gîtes*, premier opus d'une série de contes fantastiques que j'ai eu le plaisir de lire aussi pour les cours de lettres du lycée, adolescent.

Il partit vivre à Paris et s'y installa définitivement. En 1960, il publia *Los Prêmios* (*Les Gagnants*) puis, en 1963, *Rayuela*, *La Marelle*. Ce dernier livre fut son premier succès international.

La lecture de *Rayuela* enfiévra les esprits des amis de mes frères aînés, qui se mirent à s'échanger des cartes postales et des messages où ils citaient des passages entiers du roman. Je ne me souviens plus très bien, mais on parlait aussi de tels chapitres dont le rythme était celui-là même du tango. C'était comme si l'auteur avait réformé le processus de lecture en allouant au lecteur la possibilité d'intervenir au sein de son récit. *Rayuela* m'avait été offert pour mon anniversaire par l'une de mes petites amies. C'était une édition du roman publiée à Buenos Aires.

C'est Melina qui lança la conversation sur Cortázar. Elle affirma qu'il descendait en réalité d'une famille de juifs convertis, réputés dans la tradition pour avoir traduit en arabe des textes persans et hindous, et qui vécurent à Cordoue, à l'acmé de l'activité de sa « maison de la sagesse », dans l'Espagne du Xème siècle. Ma belle diablesse avait acquis une traduction complète des *Mille et une nuits* du persan vers le latin, œuvre d'un ancêtre de Cortázar, un Juif dont je serais parent du côté de mon père.

Je fus loin d'être indifférent à cette information : je suggérai à Akounine et Melina que nous sabrassions le Champagne pour fêter la nouvelle. Pour Carlos Fuentes, « Cortázar fut une sorte de Bolívar de la littérature latino-américaine » et *Rayuela* un chemin vers la liberté. Melina semblait jalouse des éloges que j'adressais à Cortázar et railla que les plus mauvais passages de *Rayuela* lui évoquaient un livre de moi.

Comme lui, mais sans le moindre talent, je persistais à imposer au lecteur d'innombrables excursus et une foule d'explications inutiles, de rêvasseries, de phrases évasives et pénibles, brisant toute linéarité narrative. Je confesse qu'à vingt ans, la nuit, il m'arrivait parfois de rencontrer quelques « magiciennes ». À l'époque de la faculté, j'allais récitant des paragraphes entiers d'Horace pour impressionner les filles.

Cependant, rien ne surpasse le livre qui viendrait ensuite, *Todos los fuegos el fuego*. Cortázar reçut le Prix Médicis pour son roman *Libro de Manuel*, publié en français sous le titre *Livre de Manuel*, dont j'appris que les droits d'auteur avaient été reversés à l'aide aux prisonniers politiques argentins. J'ai dans ma bibliothèque plusieurs livres de mon parent Cortázar, traduits en portugais, ainsi qu'un exemplaire de *Aulas de literatura* (*Leçons de littérature*), une transcription de ses conférences à Berkeley, en 1980. Cortázar est mort à Paris, en 1984.

Un peu plus tard, je fus de nouveau pris de court surpris par un message d'Akounine. Il m'informait que le nain polydactyle avec qui nous avions bavardé au cimetière avait des liens de parenté avec Max Shachtman. Il fallait que je patientasse pour avoir plus de détails sur ce point. Voici qui me laissa bien pensif, mais j'avais déjà des doutes concernant ce nain. Je me souvins d'avoir connu enfant une tante de mon père prénommée Esther qui avait six doigts à une main : il me semblait donc plausible que Max et le nain fussent parents.

Comme d'habitude, Melina apparaissait et disparaissait avec la même facilité. Un jour, elle m'envoya une caisse d'œufs en chocolat, accompagnée d'un billet prescrivant que je les fisse fondre dans la bouche avant de les avaler. Ce fut une bonne surprise. J'en fus tout engourdi, Leonor aussi, à qui j'avais donné quelques œufs. Lorsque nous nous éveillâmes, nous embarquions dans un avion pour Lisbonne.

Le lendemain matin, dans la capitale portugaise, nous commençâmes, Akounine et moi, à étudier les originaux de différents textes littéraires en quête des origines de Max et de nos liens de parenté. L'idée était née de ma brève conversation avec la vieille sorcière du métro. C'est elle qui m'avait conseillé de commencer par la « Mecque » de la vanité humaine, le *Who's*

*Who*, qui détaille la biographie des personnalités en vue. Dans sa version anglaise, cet annuaire, publié sans discontinuer depuis 1849, contient les biographies de personnages réellement importants ou bien tout à fait insignifiants, mais richissimes. On en trouve qui demandent à figurer dans les pages du *Who's Who*, et qui usent de l'influence de parents ou d'autres proches : bien souvent, les éditeurs exploitent leur vanité et leur soutirent des sommes exorbitantes.

Quelque chose en moi adorait la sensation que provoquait le fait de chercher un parent qui fît partie de l'Histoire. C'est ce qui me poussa à poursuivre mes recherches dans cet annuaire. Je me souvins de cet individu moitié homme et moitié bouc qui m'était apparu dans un cauchemar au Meurice, à Paris, et qui m'avait suggéré de partir à la recherche des gens qui avaient avec moi un lien de parenté. Il avait raison. J'étais tout à fait par hasard tombé sur le nom de Max Shachtman au Musée consacré à Trotski, à Mexico. L'horrible petit monstre m'avait enjoint de compulser tous les documents utiles, les annuaires et les originaux. Feuilleter des originaux fut d'un grand amusement : j'y trouvai les réponses de célébrités aux questionnaires du *Who's Who*. Les documents que je lus, ceci dit, concernaient des gens sérieux et d'une grande valeur pour l'humanité.

Dans les années 1930, après le succès de son *Adieu aux armes*, Ernest Hemingway répondit à l'annuaire de sa main, précisant que ses passe-temps favoris étaient les suivants : « skier, pêcher, tirer et boire ». Pour ma part, j'aurais indiqué : « lire et écrire ». *L'Adieu aux armes* décrit l'horreur de la Première Guerre, qui horrifiait les soldats condamnés à s'entretuer lors des terribles batailles de tranchée.

Comme le conflit s'achève, le protagoniste, Frederic Henry, qui se bat sur le front italien, tombe amoureux de l'infirmière Catherine Barkley qui le soigne pour un genou ruiné par un mortier. La guerre menace, mais les deux personnages n'ont d'autre choix que de vivre leur amour dans l'espérance. Voilà qui me rappelle une phrase du plasticien britannique David Hockney, qui prétendait que si quelqu'un rencontrait l'amour de sa vie le premier jour d'une guerre, la force de l'amour pourrait lui permettre de relativiser la crudité du réel. Il y a bien du vrai dans cette remarque. Dans son texte, Hemingway décrit l'impuissance des soldats devant la peur du châtiment réservé aux déserteurs. Le personnage, pour son bonheur, rencontre l'amour en Catherine.

La guerre ignore concession et pitié, la haine s'y répand et il vaut mieux la fuir que d'essayer d'y faire face. Les personnages se bercent de l'illusion que vaincre n'est pas tuer et vont en quête de l'amour, où qu'il soit. J'ai commencé par compulser des «autographes», c'est à dire des écrits, lettres, photographies, certificats, n'importe quel document portant une signature. Je me suis régalé en voyageant dans la «collection Corrêa do Lago».

J'y ai par exemple découvert une lettre de Karl Marx, datée du 14 octobre 1871, qu'il adresse à Edward Spencer Beesly (leader travailliste britannique et l'un des fondateurs de la Première Internationale Socialiste). Marx rédige les premières lignes en anglais, les quatre suivantes en français et les deux dernières en anglais. Et la photographie qui accompagne le message porte une dédicace en allemand.

Marx taquinait ses amis en changeant de langue au sein d'un même message. Lorsqu'il parlait sérieusement, il utilisait l'anglais, comme lorsqu'il dit à Beesly que «les travailleurs paient très cher le fait d'être entre les mains de la classe moyenne». Akounine me demanda si j'avais été impressionné par L'«*Erdapfel*» de Behaim : je confirmai. Il sauta de sa chaise comme un enfant et fondit sur le globe du XVe siècle. Il me fixa et lança : «Paris XIVe!» Il pointa son doigt sur la mappemonde et je me retrouvai près de la tombe de Cortázar, au Cimetière du Montparnasse. Cette fois, j'étais éveillé, j'en suis certain. Nous rencontrâmes un nain. Il ressemblait beaucoup à l'autre — le polydactyle — il présentait la même difformité : je comptai sept doigts à sa main droite. Si le premier nain était un de mes parents, le second l'était peut-être également.

Curieuse chose : Melina avait, elle aussi, un doigt de plus au pied gauche. Le nain numéro deux me prit à part et entama la conversation en slalomant entre les tombes : il était, comme Akounine, d'origine russe. Il me confia avoir été l'amant de Melina : elle adorait lui oindre l'aine avec du beurre de lait de chèvre. Cela l'excitait au plus haut point. À l'instar de l'autre nain, il me révéla qu'elle semblait parfois avoir deux paires de seins. Cela pouvait être, comme on dit, un « tour du diable ». Je n'en suis pas certain, mais je crois que le nain m'a hypnotisé. Il me dit que c'était lui qui, jadis, s'était emparé de l'âme de Pausanias pour, en 336 avant Jésus Christ, assassiner d'un coup de poignard Philippe II de Macédoine, le père d'Alexandre le Grand.

Mais j'en reviens aux autographes de la collection Corrêa do Lago. Un autre joyau me tomba entre les mains : la page 22 d'un cahier Baber, sur lequel l'écrivain Jorge Luis Borges avait écrit les originaux de *La bibliothèque de Babel*. Les cahiers Baber étaient très populaires en Argentine chez les fonctionnaires des bureaux de comptabilité. Ils les utilisaient pour faire des calculs financiers. Leurs pages étaient idéales pour établir des listes de chiffres. Ces cahiers établissaient un lien étrange entre réalité prosaïque et tourments de l'âme : ils étaient en effet aussi les supports préférés des écrivains. Lorsque les romanciers, les conteurs et les poètes rédigeaient la première version d'une œuvre, le degré zéro de leur entreprise créative consistait à acquérir un bon crayon et un cahier Baber aux pages numérotées.

Les cahiers Baber étaient idoines pour identifier repérer les corrections à faire. Les « remords », les mots à ajouter, à remplacer ou à supprimer y apparaissaient à la relecture de la version finale. Les feuilles pouvaient être utilisées recto verso, ce qui constituait de surcroît une économie. Les lignes rouges verticales étaient inutiles aux poètes, mais les horizontales facilitaient l'alignement. Les mots posés avec le plus d'enthousiasme et qui tendaient à fuir la ligne y étaient sommés de se tenir en ordre. La page était un original de Borges. Comme s'il se fût agi d'un don d'Apollon, le dieu des arts, le fils de Jupiter et le frère jumeau de Diane, j'avais accès au manuscrit d'un des contes les plus remarquables de Borges, *La Bibliothèque de Babel*.

Borges était bibliophile : non content d'être écrivain, il fut aussi directeur de la Bibliothèque Nationale de Buenos Aires de 1955 à 1973. Il semble obvie que cette expérience inspira son œuvre. L'original de *La Bibliothèque de Babel* incluait, en haut à droite, l'épigraphe d'une œuvre du XVIe siècle signée Robert Burton, intitulée *Anatomie de la mélancolie* : « cette œuvre d'art consiste en la variation de vingt-trois lettres ». Comme les atomes qui se combinent pour produire les molécules, les lettres se combinent pour engendrer les mots. Robert Burton avait raison. Tant de mots naissent d'un alphabet! Et ces mots, nous pouvons les transformer en un univers illimité de phrases, de pages et de livres.

La bibliothèque de Babel est infinie, elle est constituée d'innombrables étagères de livres contenant d'innombrables combinaisons de symboles, leurs lettres. Dans la bibliothèque imaginaire de Borges, on détruit les livres sans intérêt et on préserve les livres sacrés et ceux qui s'y rapportent. Pour Borges, cette façon de procéder a ses limites, car un livre qui n'a pas de sens dans telle langue peut en avoir un dans une langue plus rare.

La bibliothèque contient des livres sur le futur, toujours incertain, mais aussi des romans, des récits nourris de toutes les aventures et de tous les désirs humains imaginables. Il nous suffisait de nous y immerger pour trouver réponse à n'importe quelle question. Le problème est que la présence dans la bibliothèque de livres qui induisent en erreur la rend totalement inutile. Cela me la rend, à moi, humaine et sympathique. Borges prophétisa la disparition de l'humanité. Mais la bibliothèque de Babel, elle, demeurerait, illuminée, immobile, inutile, incorruptible et secrète, hospitalière de ses livres ouverts et de ses univers peuplés de mots. Au premier paragraphe, Borges parle de la bibliothèque comme d'un univers composé d'un nombre indéfini, peut-être infini, de galeries hexagonales déchirées d'espaces ouverts.

Comme j'observais le manuscrit de la première page, quelque chose y attira mon attention. Les corrections de Borges produisaient sur moi un effet prodigieux. Je notai qu'au moment d'évoquer ces « espaces ouverts », Borges avait eu un doute sur l'adjectif à utiliser. Il avait griffonné trois versions : « variés », « divers » et « ouverts ». Il avait finalement résolu d'utiliser « ouverts ». C'est cet adjectif qui est pour toujours demeuré dans le texte.

Ce synonyme d'« immense » allait partir à la conquête du monde à la première page de *La Bibliothèque de Babel*, passant de main en main, de librairie en bibliothèque, de foyer en foyer, sous le regard de milliers de lecteurs. Qu'est-ce qui avait donc décidé Borges à choisir cet adjectif plutôt qu'un autre ? Cela m'intriguait. C'était là peut-être une affaire de précision dans la représentation, de sonorité ou une combinaison des deux. Ce qui est de nature à fasciner, c'est que le lecteur qui lit ce conte, dans l'état où il se trouve sur les étagères des librairies, ne connaîtra jamais ce menu détail. Borges évoquait la Bibliothèque de Babel en usant du « B » majuscule. Il jugeait peut-être que si toutes les bibliothèques sont uniques et belles, celle-ci en était l'épitomé. Je me risquerai même ici à dire que j'y sens régner une atmosphère d'adieu, comme si elle était la porte de la mort.

Je me pris à imaginer ma réaction si Akounine m'apprenait que Borges était mon parent (qui a lu « Pierre Menard, auteur du *Quixote* », dans *Fictions*, comprendra pourquoi je tiens Borges pour l'un des plus grands auteurs). Ceci finit par arriver un peu plus tard, comme nous étions, le Russe et moi, installés dans l'une des salles de la Bibliothèque Britannique à Londres. J'étais en train de feuilleter un catalogue de la collection quand Akounine se mit à me parler du grand écrivain argentin.

Il me rappela un apophtegme de Borges où il affirme n'avoir jamais créé de personnages, sa littérature étant tout autobiographique. Il usait de fables et de symboles pour exprimer ses sentiments. Borges était né à Buenos Aires, mais il était bilingue depuis son enfance. Sa grand-mère maternelle était anglaise. Il lisait l'anglais bien avant d'avoir appris la grammaire espagnole. Sa famille vécut à Genève pendant quelques années, puis rentra en Argentine. Sa vue déclina de façon progressive de l'enfance à l'âge adulte.

Il était poète, essayiste, conteur et romancier. Il dut affronter sa cécité tout au long de sa vie d'adulte, comme Beethoven sa surdité, Van Gogh ses angoisses, Aleijadinho sa lèpre. Mais elle n'affecta jamais sa haute capacité créative. Akounine me raconta avoir consacré beaucoup de son temps à étudier les causes génétiques de la dégénération de la rétine qui affectait la famille de l'écrivain.

Il avait utilisé l'argent d'un de mes versements pour prendre part à une vente aux enchères clandestine dans le quartier de San Telmo, à Buenos Aires. Mû par une folle impulsion, il misa ses propres économies pour acquérir un lot de mèches de cheveux de l'écrivain. Les larmes aux yeux, mon Russe m'annonça que plusieurs marqueurs de l'ADN de Borges coïncidaient avec les miens. Oui, Borges et moi, nous étions bien parents.

Akounine et moi, nous pleurâmes dans les bras l'un de l'autre en pensant aux *Yeux noirs*, une belle chanson du folklore russe qu'il aimait et que ma grand-mère Clara nous chantait pour nous endormir, mes frères et moi. Il n'y avait pas meilleur endroit que la Bibliothèque Britannique pour accueillir une information de cette importance. Le Russe savait ce que cette nouvelle représentait pour un amoureux des livres comme moi.

Au bout de quelques minutes, je recouvrai mes esprits et suggérai de continuer notre visite. Nous n'étions qu'à l'orée de la Bibliothèque Britannique dont les collections retracent plus de deux mille ans d'histoire. D'une voix rauque, mais tendre, il me dit qu'il commencerait par cet endroit-là : la collection comprenait presque deux cents millions de livres, manuscrits, cartes de géographie, timbres, brevets, photos et partitions. Akounine m'expliqua que la bibliothèque s'était d'abord installée en 1753 dans une partie de l'édifice du Musée Britannique, mais qu'elle avait un siège autonome depuis les dernières années du XXe siècle, sis près de la gare de saint Pancras, dans de quartier de Camden, à Londres. Il sourit malicieusement, me rappelant que c'était chez un notaire de ce quartier que ma femme et moi nous étions mariés, en 1983. Il se moqua de moi : j'étais le diable, c'est pourquoi je savais tout de tout. Il se mit à parler du nom de la gare : il lui avait été donné en hommage à un jeune martyr romain nommé Pancrace, qui fut décapité à quatorze ans, au début du IVe siècle. Pancrace s'était converti au christianisme et perdit la vie pour sa foi. En grec, « Pancrace » signifie « celui qui garde tout ».

J'ajoutai ce commentaire : on trouvait une statue de ce garçon dans une église de Vranóv, en Moravie, que j'avais visitée quelques années plus tôt. On avait coutume de célébrer Pancrace au cours de cérémonies qui se tenaient le 12 mai. Il était fils de Romains. Sa mère s'appelait Cyriada et mourut en couches. Quand son père mourut, le garçon fut confié à son oncle Dionisio et tous deux se convertirent au christianisme. Il se consacra à la religion avec une grande opiniâtreté. En l'an 303 de notre ère, quand les chrétiens furent persécutés par l'empereur Dioclétien, on intima l'ordre à Pancrace de réaliser un sacrifice en l'honneur des dieux, ce à quoi il se refusa. L'empereur fut très impressionné par sa détermination et voulut mettre sa foi à l'épreuve : il lui promit pouvoir et argent, mais Pancrace déclina l'offre. Il fut alors décapité en pleine via Aurélia, en ce 12 mai qui deviendrait une date consacrée.

Une Romaine récupéra son corps, l'oignit de baume, puis l'enveloppa dans un linge fin. Elle l'enterra dans une sépulture récente des catacombes de Rome. Sa tête aurait été conservée dans un reliquaire qui se trouve encore dans la basilique qui porte son nom. Le culte de saint Pancrace existe depuis le Vème siècle. Le pape Symmaque fit construire une basilique qui porte son nom sur les lieux mêmes où avait été enterré son corps.

Sur le chemin de la bibliothèque, Akounine me confia qu'il avait engagé le premier des deux nains pour l'aider à creuser la tombe de saint Pancrace afin d'y faire des recherches. Ce petit saint était peut-être mon parent, qui sait ? Le Russe m'informa que la Bibliothèque Britannique acquérait environ trois millions de livres et d'objets par an.

Je veux ici conseiller au lecteur de ne pas manquer l'opportunité de visiter la section des « trésors et reliques » scientifiques, littéraires, musicaux, religieux et relatifs à la politique du monde occidental. Là, vous trouverez « La Grande Charte », plusieurs manuscrits de Leonard de Vinci, la Bible de Gutenberg, les premières impressions des œuvres théâtrales de Shakespeare et des partitions musicales de Mozart et de Beethoven. On y rencontre aussi des documents plus récents, tels les manuscrits de Sigmund Freud, les lettres de Charles Darwin et même un carnet de notes littéraires de Jane Austen.

Aucun doute à ce sujet, le contrat passé avec Akounine pour retrouver mes liens de parenté avec Max Shachtman m'offrit la merveilleuse opportunité de visiter les lieux les plus extraordinaires. Mieux encore, grâce à l'«*Erdapfel*», nos déplacements ne connaissaient plus de bornes. Nous pouvions voyager librement dans toutes les époques de l'Histoire humaine.

De Londres, nous partîmes, Leonor et moi, pour Washington DC, la capitale des États-Unis. Là, nous visitâmes la Bibliothèque du Congrès, la plus grande du monde (la Britannique vient en second). Sa collection est faramineuse. Elle comprend plus de cent cinquante millions de livres, de manuscrits, de magazines, de cartes, de vidéos et d'enregistrements. Elle a été créée au XIXe siècle, lorsque le siège du gouvernement d'Amérique du Nord fut transféré de Philadelphie à Washington.

Dans le grand Hall sont exposées les Bibles de Mainz et de Gutenberg, la première écrite à la main et la seconde imprimée, toutes deux en Allemagne, au XVe siècle. La salle de lecture principale offre un spectacle inoubliable, avec ses «Mosaïques de Minerve», réalisées à partir de verre, de feuille d'or et de marbre.

Akounine téléphona à notre hôtel et laissa un message m'enjoignant d'entrer en contact avec lui : il avait fait une importante découverte, une découverte qui allait changer ma vie. Inutile de dire que cette nuit-là fut sans doute la blanche de ma vie. J'y fis même un cauchemar impliquant Belphégor, un des sept anges de l'enfer, séide de Lucifer et surnommé «le roi de la gourmandise», l'un des sept péchés capitaux.

Le lendemain matin, dès potron-minet, je descendis à la réception et demandai à utiliser l'une des cabines téléphoniques de l'hôtel. Leonor dormait encore. À la manière dont il parlait, Akounine me sembla gris. Je lui demandai quelles informations il voulait me communiquer. Le Russe se perdit dans quelques commentaires décousus sur Satan. Il balbutia notamment que les démons ressemblaient à «l'âme d'artiste». Rien ne nous permettait d'approcher plus de Dieu que la religion et l'art.

Akounine répéta le mot «art» à plusieurs reprises, sur un ton obséquieux et professoral. Il était complètement ivre. Il tonitrua que l'art et la religion étaient par essence des mensonges nécessaires à l'homme, en tant que produits de son imagination. Je lui donnai raison, respectueux de son ivresse. Mais j'ajoutai qu'il n'y avait pas de rapport entre ses considérations et les recherches pour lesquelles je l'avais engagé.

Il prononça «Oscar Wilde», d'une voix pâteuse. «Qui?» «Votre cousin Max est parent d'Oscar Wilde». Avant que je pusse faire le moindre commentaire, Akounine entama un monologue sur le grand écrivain, comme si c'était nécessaire...

Ce Dublinois était né à au milieu du XIXe au sein d'une famille protestante qui se convertit au catholicisme. Wilde avait fréquenté le Trinity Collège puis était parti étudier au Magdalen Collège d'Oxford. Il s'en fut plus tard vivre à Londres. Akounine dit qu'il allait m'envoyer, par l'intermédiaire d'un émissaire, une série de documents sur un individu nommé Jacob Vild, un Juif roumain, qui, sur les clichés dont il disposait, était, sans exagérer, un véritable montage du corps de Wilde et du visage de Max.

Il s'aventura plus loin : il était certain que le grand Oscar Wilde était un cousin de Simon Vild (devenu «Wilde»), un ancêtre de mon grand-père Albert Schwartsmann, qui avait fui la Bessarabie pour devenir palefrenier dans une ferme située à la frontière de la Roumanie. Je l'interrompis abasourdi et mentionnai un essai de Wilde intitulé *La Décadence du mensonge*, qu'il faut à mon avis absolument lire. Le Russe en fut d'accord. Il avoua que c'était aussi son texte de Wilde préféré. Cet essai est composé comme un dialogue socratique, il réunit deux personnages, Vivian et Cyril. Wilde le publia en 1891. Les deux personnages dialoguent sur l'art. Vivian commente avec son ami Cyril un article qu'il est en train d'écrire.

Nous oubliâmes quelques instants notre mutuelle stupéfaction d'avoir découvert ce nouveau lien de parenté et nous continuâmes à causer de *La Décadence du mensonge*. Je rappelai au Russe que le dialogue se développait dans la bibliothèque d'une maison de campagne sise dans le Comté du Nottinghamshire, en Angleterre. Cyril conseille à son ami de ne pas passer tout son temps enfermé dans la bibliothèque de la maison car la nature lui offre de belles journées ensoleillées et un air excellent. Cyril suggère qu'ils s'allongent dans l'herbe, fument une cigarette et jouissent simplement de ce que Mère Nature peut offrir de meilleur aux hommes de bonne volonté.

Mais Vivian le surprend en se lançant à corps perdu dans une diatribe contre cette nature qu'idolâtre son ami. Il va même jusqu'à dire qu'il tient tout son bonheur de sa volonté de s'en éloigner. Vivian allègue que l'art lui a révélé le désordre qui prévaut dans la nature, cette nature qui, même quand ses projets sont bons, ne parvient jamais à les mener à bien.

Pour Vivian, la nature est un désordre âpre et monotone. C'est là que réside la raison d'être de l'art. Dans son article, Vivian s'ingénie à remettre la nature à sa place. Akounine s'enthousiasma et me demanda de continuer. Vivian affirmait que la diversité de la nature était un mythe, un produit de notre imagination. Vue depuis une tête froide, la nature est avant tout inconfortable. Il suffit de se coucher dans l'herbe pour le constater. Le moins habile des menuisiers saura fabriquer une chaise beaucoup plus confortable pour un dos d'homme que l'herbe que conçoit la nature et dans quoi pullulent des insectes importuns. Vivian soutenait que les artistes s'étaient éloignés de l'essence de l'art, qui était de produire du mensonge. À ses yeux, le mensonge était merveilleux car il n'appelait aucune perte de temps destinée à prouver quoi que ce fût.

Le mensonge était pur, facile, franc, courageux, léger, comme l'art devait l'être. L'homme avait perdu la vertu du bon usage du mensonge, en créant un art fondé sur les vérités de la vie, toutes sérieuses et monotones. Il dit à son ami Cyril qu'il avait décidé de militer en faveur du mensonge dans l'art dans la mesure où sa décadence était due à la disparition de ces délicieux mensonges insignifiants, originaux, inconséquents, qui jadis en illustraient la vertu. Un bon menteur, par exemple, disposait seul du savoir rythmique.

La jeunesse, par exemple, possédait un don naturel pour l'exagération, et c'était là une précieuse aptitude. Mais si elle entendait écrire, la société lui imposait d'adopter une tendance morbide à rechercher la vérité, ce qui l'empêchait d'écrire ces romans improbables infiniment plus beaux qu'elle concevait naturellement. Sans le mensonge littéraire, prétendait Vivian, les personnages étaient invariablement monotones car la simple reproduction de la vie réelle des gens éloigne le lecteur, pour qui la vérité ne présente aucune espèce d'intérêt.

Le mieux pour le lecteur était de lire le produit du flux imaginaire et non celui de l'asservissement à la vérité. Les véritables personnages sont ceux qui n'ont jamais existé. Le meilleur conseil qu'on puisse donner à un artiste est de toujours mentir. Tout élément utile et réel devait être ostracisé du champ artistique. La vie ne devait être pensée que comme une matière première remodelée dans le but de créer des formes nouvelles hermétiques au fait, de pures inventions instaurant entre l'art et la réalité une barrière impénétrable appelée beauté.

Vivian considérait que la vie réelle avait malheureusement un énorme avantage sur le mensonge et qu'elle entraînait l'art vers sa décadence. En réalité, l'art était un voile, pas un miroir. Il recélait « des fleurs qu'aucune forêt ne connaît et des oiseaux qu'aucun bosquet n'a jamais abrités. » L'art était capable de « construire et de démanteler des mondes, de produire des miracles, de convoquer des monstres issus des profondeurs de l'abîme. » Seul l'artifice pouvait « faire fleurir l'amandier en hiver et faire neiger sur le champ de maïs prêt à être moissonné. » D'un seul mot, l'art pouvait faire que « le givre posât son doigt argenté sur la bouche ardente d'un chaud mois de juin. »

Pour Vivian, les artistes devaient tenter de faire renaître le vieil art du mensonge, avec sa légèreté et sa grâce, non pas à leur bénéfice propre, mais à celui de la vie. Nous demeurâmes quelques instants silencieux, protégés par la distance physique qui nous séparait. Akounine ne manifestait plus aucun signe d'ébriété. Le thème était d'une telle importance qu'il avait déjà cuvé. Il rompit le silence, me demandant si ma nuit blanche avait été profitable. Je répondis par l'affirmative : être le parent d'Oscar Wilde, n'était-ce pas un plaisir ineffable ?

## Hybris

Nous nous nous trouvions à La Cupola, un gîte qui voisine le Vatican. Leonor descendit pour prendre son petit-déjeuner, je me sentais transfiguré. Elle me demanda pourquoi j'étais si allègre et décontracté. Je lui répondis tout bonnement que la décision d'engager mon détective russe avait été une fameuse idée.

La nuit précédente, Leonor avait relu *La Bibliothèque de Babel*, comme le lui avait suggéré son amie, professeur d'université à Bologne, Lea Dorotea Masina. Elle m'avoua qu'elle avait été fascinée quand je lui avais montré la première page des manuscrits originaux du conte de Borges dans sa version définitive.

Je répondis que selon moi, cet examen était extrêmement intéressant et fort révélateur. C'est un singulier privilège que d'accéder aux manuscrits d'une œuvre littéraire avant son impression. On y observe les phases successives d'élaboration, les hésitations, les options retenues ou non pour l'éternité dans la version finale. La magie du raturage, de la substitution d'un adjectif à un autre, de la suppression d'une expression, de l'addition d'une autre, de la biffure d'un paragraphe, de son remplacement, c'est assurément elle qui fonde la beauté de la création littéraire.

Leonor me dit qu'elle avait remarqué que la quête d'un lien de parenté avec Max et mon commerce avec Akounine et Melina stimulaient mon écriture. J'ajoutai que j'en étais en effet content et qu'ils me permettaient de rendre hommage à des personnes aussi spéciales comme mon si cher professeur Dona Giselda. J'en reviens à Borges : j'ai assisté à un documentaire sur sa cécité précoce et son souvenir de la couleur jaune. Métaphoriquement parlant, sa foi inconditionnelle en l'humanité faisait de Dona Giselda mon « souvenir vert ». Elle m'avait prêté des livres de Borges que je ne lui avais jamais rendus et me taquinait en rappelant que Machado de Assis disait qu'il acceptait de prêter n'importe lequel de ses livres pourvu qu'on le lût dans sa bibliothèque. Je n'ai jamais compris pourquoi l'Académie Nobel n'a jamais fait de Borges un de ses lauréats. Pour moi, les textes contenus dans *Fictions* l'auraient à eux seuls justifié. *Fictions* est un recueil de contes et d'autres récits publié en 1944, qui valurent à Borges une reconnaissance universelle. Il contient un conte, *Funes, le mystérieux*, dans lequel il décrit un personnage qui a « plus de souvenirs que tous les hommes depuis que le monde est monde ». On y trouve aussi des récits déjà mentionnés ici : *La Bibliothèque de Babel* ou *Pierre Menard, auteur du Quichotte*, qui soumet au regard d'un écrivain contemporain le classique de Cervantès.

Il y a aussi une autre œuvre de lui que j'adore, *Le Livre des êtres imaginaires*, un bestiaire de cent seize monstres qui apparaissent dans la mythologie et dans les religions de différentes parties du monde, et dans lequel sont colligées des histoires de gnomes, de fées qui nous transportent dans le monde imaginaire d'Homère, de Shakespeare, de Flaubert, de Kafka etc. ; Borges nous recommande d'aborder ce livre comme on s'amuserait avec un kaléidoscope.

Les histoires fantastiques de Borges sont un peu semblables à l'apparition des démons qui hantent mon esprit. C'est pour cela que j'ai décidé d'entrer en écriture : je désirais à toute force imiter cet art qu'ont certains écrivains de nous confronter avec des êtres surnaturels. Ils créent des univers où nous rencontrons davantage que ce que la nature nous propose. *L'Aleph*, par exemple, l'une des œuvres les plus importantes de Borges, inclut *L'immortel*, un conte qui parle de l'inutilité de la quête de l'immortalité.

Le texte nous montre que sans la mort la vie perdrait toute sa saveur. Pour les personnages, ne pas mourir reviendrait à ôter tout son prix à l'existence. Et puis quand j'ai lu *L'Histoire universelle de l'infamie*, une autre œuvre formidable de Borges, j'ai observé combien l'idée de dénaturer les textes écrits par d'autres auteurs me divertissait.

Je confesse mon impatience de découvrir les archives de l'Académie Suédoise le jour où elles seront ouvertes au public. Je fus émerveillé quand Akounine découvrit que les Borges d'Argentine comptaient en leur sein de Nouveaux Chrétiens et que l'un de mes ancêtres était un cousin de l'auteur. L'information m'ôta le sommeil. Imaginez ce que je pus éprouver lorsque les résultats des tests génétiques commandés par le Russe confirmèrent mes liens de parenté avec Borges. On dit que les archives de l'Académie Suédoise sont ouvertes au public une fois tous les cinquante ans : il me tarde de découvrir les secrets des choix des lauréats et de comprendre pourquoi Borges se vit refuser le Nobel de Littérature. En 1967, l'année où l'Argentin semblait devoir être couronné, le prix fut décerné au romancier guatémaltèque Miguel Ángel Astúrias, auteur de *Monsieur le Président* et d'*Hommes de maïs*, entre autres œuvres. Cet auteur méritait sans doute le Nobel mais quoi, c'était l'année de Borges.

Miguel Angel Asturias est né au Guatemala et mort à Madrid en 1974. J'ai lu *Monsieur le Président*, c'est une satire de la dictature, de la corruption, de la violence, de l'arbitraire et des persécutions politiques en Amérique Latine. Le livre ne fut publié qu'en 1946, au Mexique. Dans son œuvre, Asturias ne cite pas le nom du président, ni celui du pays qu'il gouvernait, mais il aurait pu s'agir du Guatemala de Manuel Cabrera, ou de tout autre pays soumis à une dictature.

Le journal suédois *Svenska Dagbladet* spécula qu'Anders Osterling, alors président du jury du prix Nobel, considérait Jorge Luis Borges trop « élitiste » et qu'il préféra décerner le prix à Asturias. Ce même Suédois avait refusé l'année précédente de sacrer Samuel Beckett, l'auteur d'*En attendant Godot*.

Le journal prétendait que le président du jury avait récusé Beckett en raison de ses « tendances nihilistes », trop éloignées de l'esprit de l'Académie. L'Irlandais recevrait néanmoins le Nobel en 1969. Malheureusement, Borges mourut en 1986 sans avoir reçu cette distinction qu'il méritait tant.

Alors que Melina, Akounine et moi nous terminions de savourer d'un délicieux vin portugais, dans un petit restaurant du quartier de Chiado, à Lisbonne, le Russe me demanda si je croyais en l'existence d'autres vies. J'hésitai et répondis que je ne serais pas autrement surpris qu'il en existât. Melina plongea alors dans une divagation psychiatrique, suggérant que Max et Dona Giselda pourraient être des avatars de ma personne.

Mon professeur serait dans ce cas une forme idéalisée de ce que je désirerais être en mon for intérieur. Quant à Max, il serait une forme plus mondaine et plus soucieuse de notoriété et de proximité avec les grands de ce monde, de mon être. Ma Jézabel ajouta que cette hypothèse expliquerait pourquoi je parsème mes textes de commentaires sur les grands classiques de la littérature. Elle dit que c'était là une façon pour moi de faire ostentation de ma culture quand les personnes réellement cultivées n'ont pas besoin de passer leur temps à citer des auteurs et des œuvres. Ce n'était pas la première fois qu'elle et le Russe fourraient leur nez dans mon écriture.

J'entendis sa critique mais je n'y répondis pas. Elle avait sans doute un peu raison : ma quête frénétique de liens de parenté, en particulier avec des individus qui avaient marqué l'Histoire de l'humanité, était un combustible de premier ordre pour entretenir le feu de ma vanité. Mais si quelque chose me ravissait dans nos relations, c'était le don d'ubiquité qu'elles m'offraient, celui-là même du Christ. Plaisantant avec Melina et Akounine, je leur dis que je le devais à « mes deux démons », à leurs hallucinogènes et à l'incroyable *Erdapfel* de Behaim. Peu m'importait ce qui se cachait derrière nos voyages dans le temps et ce qui se produisait quand nous nous fréquentions.

Je crois que le jour ne s'était pas encore levé quand je me vis en rêve retourné en enfance. Dona Giselda était devenue Jeanne d'Arc. Elle se plaignait de ce qu'au Moyen Âge la fragilité des femmes était trop souvent induite de ces accès de transe durant lesquelles elles étaient possédées par le diable et par les démons, offensant Dieu et l'Église.

Dans la scène rêvée, Dona Giselda était vêtue d'un uniforme militaire masculin, le même que celui que la Pucelle d'Orléans portait lorsqu'elle remporta ses victoires à la tête de l'armée française pendant la guerre de Cent Ans. En 1431, deux décennies avant la fin de la guerre, à dix-neuf ans, elle fut brûlée vive en place publique, comme une sorcière possédée. Plusieurs années plus tôt, Jeanne avait révélé qu'elle entendait des voix et qu'elle avait des visions depuis l'enfance. Elle aurait vu l'Archange Saint Michel, Sainte Catherine d'Alexandrie et Sainte Marguerite d'Antioche, qui lui avaient demandé de venir au secours du roi Charles VII dans la guerre qu'il menait contre l'Angleterre.

Elle insista longtemps pour se placer à son service et finit par se voir allouer un cheval et une escorte pour aller lui rendre visite. Elle coupa ses cheveux et se vêtit comme un homme. Le roi crut en ses pouvoirs divins et la laissa prendre le commandement d'une partie de son armée durant la guerre sanglante contre les Anglais qui le voyait alors en franc désavantage. Les raisons qui poussèrent le roi à croire en Jeanne sont restées inconnues jusqu'à nos jours. Même bien plus tard, lors de son jugement, elle refusa de révéler le contenu de ses conversations avec le roi de France.

L'armée française avait subi de nombreuses défaites. En désespoir de cause, Charles décida de croire que Jeanne avait réellement entendu la voix de Dieu et lui enseigna comment commander l'armée pour obtenir la victoire. Elle fut d'abord interrogée par le clergé et soumise à un examen de virginité, puis elle partit pour Orléans afin d'y affronter les Anglais. Certains disent que son influence sur les troupes, qui crurent qu'elle disposait de pouvoirs divins, fut toute psychologique. Quoi qu'il en fût, l'armée française remporta plusieurs batailles sous son commandement.

Avant son arrivée, le moral des Français était au plus bas : grâce à elle, les Anglais se retirèrent, abandonnant l'Orléanais aux troupes de Charles. Aux yeux des Anglais, les victoires de l'ennemi étaient l'œuvre d'une sorcière possédée par le diable, ce qui pouvait laisser accroire que Dieu lui-même luttait aux côtés de la France.

Les victoires remportées accrurent considérablement la popularité de Charles VII, qui fut couronné en 1429 à la cathédrale de Reims, de nouveau aux mains des Français. Jeanne l'embrassa et lui dit : «gentil roi, la volonté de Dieu fut respectée, qui voulut que le siège d'Orléans fût levé et que le roi fût à Reims pour son couronnement et son sacre afin qu'on sût qui est le seul vrai souverain du royaume de France!»

Pour légitimer son couronnement, Charles VII devait marcher sur Paris. C'était le désir de Jeanne et de ses généraux mais la cour préféra conclure une trêve avec les Bourguignons. Le duc de Bourgogne en profita pour renforcer son armée, attaquer les Français par surprise et les défaire à Paris.

Dona Giselda, vêtue à la façon de Jeanne, ajouta que ses assauts ultérieurs étaient demeurés vains. Privée de l'appui du roi, elle continua sa lutte à la tête d'une armée très réduite. En 1430, elle fut capturée et vendue pour dix mille livres à l'armée anglaise. Jeanne tenta de mettre fin à ses jours en se jetant du haut de la tour d'un château, mais elle survécut par miracle. Dona Giselda, Jeanne, veux-je dire, fut accusée d'hérésie et de possession diabolique. Lors de son jugement, sa virginité fut aussi remise en doute : à cet instant du rêve, Dona Giselda me parut clairement gênée.

Étrangement, le roi Charles VII ne fit rien pour l'aider. Jeanne d'Arc fut brûlée vive aux cris de « sorcière », de « menteuse », mais elle répéta « Jésus ! Jésus ! Jésus ! » jusqu'à ce que, ses forces l'ayant quittée, elle pérît. En entendant résonner les cris de Dona Giselda, qui avait incorporé l'esprit de la Pucelle, je m'éveillai terrifié. Je m'assis sur le bord de mon lit et me souvins de ce que, des décennies plus tard, elle fut innocentée par le pape Calixte III puis, cinq siècles plus tard, béatifiée et canonisée par l'Église Catholique.

Me vint à l'esprit une œuvre assez ancienne d'Erico Verissimo, intitulée *La Vie de Jeanne d'Arc*. Elle faisait partie d'une collection de douze livres destinés aux jeunes lecteurs. Mes parents m'avaient offert toute la collection pour mon anniversaire. Je me souviens d'avoir trouvé ce livre intéressant : il racontait la courte vie de Jeanne et sa mort sur le bûcher, évoquant plus généralement l'Histoire de la France pendant la guerre de Cent Ans.

Dans cet hôtel, sis dans une charmante ruelle de Lisbonne, où nous avions pris notre petit-déjeuner, Melina me raconta qu'à la fin du XVe siècle, les rituels de sorcellerie et les pactes passés avec le diable faisaient l'objet de prescriptions dans des manuels de l'inquisition qui indiquaient aux fidèles comment déconfire Satan. Akounine connaissait quelqu'un qui avait toujours dans sa serviette quelque édition ancienne du *Pythonicis mulieribus* de 1489, et du *Malleus malificarum* de 1486. C'étaient là de ces manuels que je viens d'évoquer.

C'est alors que Melina me proposa de faire avec elle un bref voyage en Pologne. Il s'agissait de résoudre une question qu'Akounine avait laissée pendante. J'acceptai et pointai immédiatement de l'index la capitale polonaise sur mon fantastique

*Erdapfel*. Nous nous retrouvâmes instantanément attablés à la terrasse d'un élégant hôtel de Varsovie. Melina me parlait de Jean Bodin, un juriste français qui au cours de la seconde moitié du XVIe siècle, avait publié un opuscule sur la sorcellerie, intitulé *De la Démonomanie des sorciers*.

Dans ce livre, il détaillait les cérémonies nocturnes des sorciers et leurs rituels démoniaques. Melina me parla de l'existence de petits démons appelés incubes et succubes, qui avaient des rapports sexuels avec les êtres humains et les entraînaient vers les pratiques sataniques. Dans de nombreuses cultures, c'étaient les démons qui venaient à la rencontre des femmes et des hommes pendant leur sommeil afin d'abuser d'eux. Les incubes prenaient une apparence masculine pour s'en prendre aux femmes, les succubes une apparence féminine pour séduire les hommes : incubes et succubes, ivres de sexe, absorbaient l'énergie vitale de leurs proies.

À en croire Melina, « incube » venait du latin « *incubare* », qui signifiait « se coucher sur ». « Succube » était issu de « *succumbere* », « se coucher sous ». Ces entités spirituelles auraient d'abord été mentionnées en Mésopotamie, environ 2400 ans avant notre ère, et se seraient popularisées au Moyen Âge. Elle demanda deux verres de Porto au garçon qui nous servait dans le Palais da Brejoeira, situé dans la freguesia de Pinheiros, dans le quartier de Viana do Castelo.

Puis l'*Erdapfel* de Behaim nous transporta jusqu'au couvent de Loudun, en France. On dit que c'est là qu'au XVIIe siècle, les nonnes furent possédées par le démon et apparurent en public en blasphémant contre la Vierge Marie. Un démon du nom d'Asmodée, que nous y rencontrâmes, me confia qu'à l'intérieur de ce couvent se tenaient des séances collectives d'exorcisme qui impliquaient plus de deux mille personnes. Les gémissements et les hurlements des nonnes possédées pouvaient s'entendre à grande distance.

Asmodée adorait *Faust*. Ce serait grandement outrager le diable que de ne pas dédier quelques lignes au classique de Goethe. Dona Giselda disait que qui aime la littérature ne peut pas s'abstenir de lire *Faust*. Goethe est né en 1749 à Francfort-sur-le-Main, il est l'un des plus grands écrivains de tous les temps.

Il fit des études de droit pour complaire à son père mais sa grande passion fut toujours la littérature. Goethe se distingua aussi comme philosophe, comme homme d'État, comme scientifique et même comme critique de théâtre. Il fut, je n'exagère pas, le Vinci allemand. À vingt-cinq ans, il écrivit *Les Souffrances du jeune Werther*. On dit que l'Histoire de la littérature allemande peut être divisée en deux périodes : celle qui précède la publication de cette œuvre et celle qui la suit.

Parmi les écrivains lyriques du XVIIIe siècle, on compte aussi Klopstock, auteur de *La Messiade* et des *Hymnes à l'amour, à l'amitié et à la nature*, pour le théâtre, Lessing, auteur de la tragédie *Emília Galotti*, qui plaça la dramaturgie allemande à un degré supérieur. Mais c'est Goethe qui installa le roman allemand au Panthéon de la littérature universelle, et d'abord avec *Les Souffrances du jeune Werther*, œuvre qui, dit-on, lui fut inspirée par un dépit amoureux.

Goethe s'était en effet épris pour son malheur de la fiancée d'un ami. Il n'imita pas les romans épistolaires en vogue, tels *Pamela* de Richardson ou *La Nouvelle Héloïse* de Rousseau. Il créa un roman à partir d'un sien drame intime, dans lequel Werther, un personnage extrêmement vigoureux, dialogue avec le lecteur à travers des lettres adressées à Guilherme, qui est censé être son éditeur.

Ces lettres émanent en droite ligne de son cœur. Dona Giselda eut la hardiesse d'affirmer que c'était là le premier roman de la littérature universelle dans lequel un personnage nous livrait entièrement, à cœur ouvert, la description de ses expériences émotionnelles. L'œuvre fit de Goethe un écrivain célèbre dans toute l'Europe. Tels prétendent même que la fin tragique du protagoniste fut la cause de nombreux suicides.

Dans la vie réelle, Goethe était passionnément amoureux de Carlota Buff, l'épouse de Johann Kestner, jeune homme de sa connaissance : cela lui inspira la première partie du roman. Dans sa seconde partie, le récit semble s'inspirer de Karl, un adolescent qui, comme Werther, s'était épris de la femme d'un ami et qui, comme lui, avait fini par mettre fin à ses jours.

*Faust* est tenu pour son chef-d'œuvre, sa dernière partie ne fut publiée qu'en 1832, quand Goethe était déjà très âgé. C'est un poème tragique qui traite de l'amour comme planche de salut des infortunés. L'action se déroule au XVIe siècle. Le protagoniste, Heinrich Faust, veut à toute force connaître le sens de la vie et décide de passer dans ce but un pacte avec le diable.

Ce fut sans doute là un tour d'Asmodée : Melina et moi, nous nous retrouvâmes soudain dans la chambre d'un vieil hôtel du centre de Damas dans laquelle Goethe en personne nous apparut. Je le répète, Goethe était bien là, devant nous. Depuis que je fréquentais Melina et Akounine, je ne me posais plus de questions sur les événements, sur ces voyages impromptus dont j'ignorais au juste à quels moyens de transport nous les devions, pas davantage sur ces apparitions d'êtres venus d'autres époques ou sur celles des démons.

Je saluai donc la plus haute des figures littéraires aussi cérémonieusement que je le pus. Goethe s'adressa à nous pour nous dire qu'il était venu là pour mettre au jour les circonstances réelles qui avaient présidé à la conception de son chef-d'œuvre. Il en profita pour me féliciter de mon enquête sur le diable : c'était là un thème d'un grand intérêt à ses yeux.

Je me levai et, d'un ton fort obséquieux, je l'informai que je possédais dans ma bibliothèque une copie de la traduction de *Faust* par Jenny Klabin Segall, qu'il me dit connaître de nom, ainsi qu'une édition bilingue plus récente, parue au Brésil en 2004. S'il me permettait cette confidence intime, je tenais pour sûr qu'au cours du long processus d'élaboration de son œuvre, plusieurs événements d'ordre personnel l'avaient inspiré.

Goethe en fut d'accord et nous poursuivîmes notre conversation. Il me donna l'impression d'être un homme aux intérêts universels, dont l'appétit de connaissance ne se bornait pas aux humanités. Ses commentaires touchaient aussi à la botanique, à la minéralogie et à bien d'autres sujets. Il évoqua tels aspects de la mythologie grecque et romaine, les sciences dites « occultes » et acheva son propos en disant que *Faust* était inspiré d'une légende médiévale qui impliquait déjà le fameux docteur.

Melina l'interrompit pour évoquer la figure du médecin Georg Faust, qui avait sans doute existé dans la deuxième moitié du XVe siècle. Il aurait vécu jusqu'à la première moitié du siècle suivant, en pleine période de transition entre Moyen Âge et Renaissance. C'était une époque de profonds changements, s'agissant de connaissance. Comme le docteur Faust était devenu célèbre, ceux qui le jalousaient s'étaient empressés de répandre le bruit qu'il avait passé un « pacte avec le diable ».

J'alléguai que les innovations de cette époque mettaient en échec nombre des conceptions religieuses en vigueur jusque-là et que la science avait commencé alors à fragiliser l'idée d'un Dieu omnipotent. J'ajoutai que ceux qui défiaient les dogmes de la religion étaient considérés en ces temps comme pécheurs et accusés de « pactiser avec le diable » : cela avait été le cas pour Paracelse, Nostradamus, Bacon et pour Galilée lui-même.

Goethe confirma mes dires : aux yeux de l'Inquisition, les innovateurs étaient des ambassadeurs du diable. C'est dans ce contexte qu'émergea le mythe du « Docteur Faust » qui allait prophétisant par toute l'Allemagne. Ses dons curatifs s'alliaient à un don de voyance : cela l'avait rendu riche et célèbre. À la fin du XVIe apparut une publication anonyme d'origine populaire qui décrivait la trajectoire de ce médecin. C'était une époque où croyances diaboliques médiévales et science en plein développement se juxtaposaient.

Goethe nous conta que le livre décrivait un pacte de vingt-quatre ans entre Faust et le diable. Le personnage était présenté comme insatiablement assoiffé de savoir, ce qui était considéré à l'époque comme un péché : la connaissance, prétendait-on, détournait l'homme de Dieu et le rapprochait du doute. Je rappelai que le mot « *hybris* » désignait le péché de présomption qui porte à la remise en question de l'ordre naturel, de l'œuvre de Dieu, qui incite en somme à chercher à égaler Dieu. La commission de ce péché était de nature à valoir la damnation.

Melina tint à dévoiler la partie supérieure de son corps, comme sa partie inférieure se transformait en une queue de poisson. Goethe fut envoûté de sa beauté. Elle se mit à expliquer avec une grande sensualité, en regardant fixement l'Allemand dans les yeux, qu'à la fin du XVIe siècle le livre consacré au docteur Faust avait été traduit en anglais, ce qui l'avait rendu encore plus populaire.

Puis elle révéla avec malice qu'elle avait été la maîtresse de Christopher Marlowe, le dramaturge contemporain de Shakespeare qui, au début du XVIIe, avait écrit *The Tragical History of doctor Faustus*. Le théâtre de Marlowe allait conférer une grande visibilité au mythe de Faust, non seulement en Grande-Bretagne, mais aussi en Allemagne et dans d'autres pays. La pièce courut l'Europe et fut représentée par des troupes de saltimbanques, des théâtres de marionnettes et même par des mimes.

Goethe confessa à Melina que les textes de Marlowe l'avaient fasciné, car il avait une grande admiration pour ce Prométhée qui osait défier Dieu et aller en quête de la connaissance ultime. Ma Jézabel et Goethe me semblaient très épris. De mon côté, j'étais convaincu de ce que Melina était un avatar du diable, notamment en ce qui regardait sa capacité à rendre fou tous les hommes qui se présentaient à elle, jusqu'à ceux qui venaient du temps jadis.

Elle demanda à l'écrivain s'il était vrai qu'enfant, il avait assisté à la mise en scène du docteur Faust par un théâtre de marionnettes sur une place publique. Goethe opina de la tête. Avant lui, Lessing, le grand auteur allemand de l'*Aufklärung*, s'était plongé dans le mythe du docteur Faust et avait fait sienne cette idée du salut qui lui avait inspiré la rédemption de son propre protagoniste.

Au début du classique de Goethe, on trouve un monologue dans lequel le poète se livre à un résumé général de l'œuvre. Puis Goethe enveloppe d'une atmosphère céleste l'action terrestre qui se développe en mettant en scène un dialogue entre Dieu et le diable, dans lequel la terre et l'homme forment le moyen terme entre le ciel et l'enfer. Faust personnifie l'homme que se disputent Dieu et Méphistophélès, une représentation du diable.

Dieu juge l'homme un être intrinsèquement bon, en dépit de ses erreurs, qui peut être guidé vers la lumière. Méphistophélès, pour sa part, considère l'homme une créature divisée entre le doute, l'instinct et la raison, et parie avec Dieu qu'il subornera Faust. Faust veut découvrir l'essence de la vie et doit, par son exemple, en tentant de comprendre l'univers, mettre au jour la fonction du mal et la destinée véritable de l'homme.

L'action de la pièce, sise dans l'enceinte terrestre, montre la tentation incessante de Faust par Méphistophélès qui veut contenter l'humanité de sa proie et l'entraîner à vivre confiné dans les expériences du monde réel. Au long de sa quête sans terme, Faust est persuadé que le diable ne parviendra jamais à ses fins. Du point de vue religieux, le pari est gagné par Dieu : la quête de réponses ontologiques guide bien l'homme vers le ciel et la rédemption ; Dieu ne doutera jamais de sa créature.

C'est du diable que procèdent ses tentations et ses remises en question. L'homme est éternellement inquiet, en quête de réponses sur la génération du monde, sur le maître de la destinée de l'humanité, sa vie n'a en effet de sens que dans la quête de soi, c'est-à-dire de l'œuvre divine. *Faust* est une étude sur le rôle de l'homme dans l'univers et sur la nécessité du châtiment de sa curiosité et de ses passions premières.

Dieu semble avoir confiance en l'homme et penser que l'essence humaine est tournée vers le bien. C'est l'angoisse congénitale à l'homme qui le pousse à se questionner sur le monde à travers la philosophie et les sciences. Il est notable que cette œuvre a influencé des auteurs de tous les temps. Machado de Assis explore le mythe de Faust dans *Esaü et Jacob*, *Quincas Borba* et même dans sa nouvelle *Le Miroir*.

La conversation avec Goethe se déroulait paisiblement mais lui et Melina semblaient plus intéressés par son progrès que moi. J'imagine qu'elle eut envie que j'allasse voir ailleurs si elle y était, puisqu'elle transporta mon corps jusqu'à une chambre d'hôtel en Albanie où je m'éveillai. Leonor et moi, nous dormions tranquillement, quand une femme avec un visage de sorcière et des traits semblables à ceux de la vieille du métro de Moscou se mit à me déshabiller et à m'oindre de miel.

Elle se coucha à mes côtés et me murmura que la figure du diable existait aussi dans ma religion, celle des Juifs, dans laquelle on le nommait «*dibbouk*». La sorcière se mit à me raconter une histoire parfaitement inouïe. Le plus incroyable est que Leonor, qui dormait à mes côtés, ne s'aperçut point de sa présence.

L'histoire évoquait Schloime Rappaport, qui, dans la seconde moitié du XIXe siècle, reçut une considérable somme d'argent du baron Naftali Herz Günzburg pour réaliser une importante mission. Il devait faire en sorte que fût sauvegardée la mémoire de l'inventivité des traditions populaires de ceux qui, comme moi, descendaient des familles juives d'Europe orientale.

Rappaport et un groupe d'intellectuels parcoururent les régions de Podolia, de Volinia et de Kiev, en Ukraine. Kiev, à la fin du IXe siècle, fut envahie par les Vikings du nord de l'Europe qui en firent la capitale de leur royaume et lui donnèrent le nom de « *Rus* ». Trois siècles plus tard, elle fut détruite par les Mongols, puis reconstruite et, à la fin du XVIIIe, elle passa sous domination moscovite. Elle est traversée par le Dniepr et réputée pour son architecture religieuse, ses monuments et ses musées d'Histoire.

Le Monastère Kiev-Pechersk, sis en son cœur, date du XIe siècle et comprend plusieurs églises coiffées de coupoles dorées. On trouve aussi à Kiev des catacombes et les chambres funéraires de moines orthodoxes. C'est dans villages et villes de la région de Kiev que Rappaport et ses collaborateurs allèrent quérir des informations sur les Juifs qui y avaient vécu. Ils avaient élaboré un questionnaire auquel les habitants devaient répondre.

Ils découvrirent qu'en sus de la Torah existait une riche mémoire orale qui reflétait la beauté et la profondeur de la pensée juive. Des milliers de photographies, de manuscrits, d'histoires et de traditions populaires, de proverbes, de mélodies et de légendes furent collectés : un véritable trésor documentaire. Tous les éléments issus de la tradition orale, transmis de père en fils, étaient imprégnés de la religiosité d'un puissant mouvement culturel apparu au début du XVIIIe siècle. Ce mouvement se répandit depuis Podolia dans toute l'Europe orientale, et conquit les masses populaires juives, diffusant une conception du religieux où s'exprimait l'imagination des gens de peu.

La croyance en le « *dibbouk* », le diable, était attestée par les recherches de Rappaport : elle faisait bien partie de l'imaginaire populaire. On le constatait dans l'histoire fictive d'Eidel, la fille d'un des rabbins de Belz, en Galicie, Shalom Rokeach, qui vécut dans la seconde moitié du XIXe siècle. Le père d'Eidel désirait qu'elle lui succédât mais la coutume l'obligea à désigner son fils Joshua. Le bruit courait qu'Eidel avait été possédée par le dibbouk : le démon qui la hantait était l'âme tourmentée de son père ; elle ne pouvait se délivrer de la voix masculine qui s'était emparée de son âme : il fallait l'exorciser. Selon une vieille sorcière, ce ne fut pas là l'unique preuve de la présence au monde du dibbouk. Hanna Rochel Verbermacher, par exemple, la « demoiselle de Ludmir », était devenue célèbre pour sa sagesse et avait conquis de nombreux disciples.

Elle fut possédée, à la suite d'une apparition sur la tombe de sa mère, par l'esprit d'un religieux du temps passé. Elle abandonna sa famille. Elle opéra de nombreuses guérisons miraculeuses. Quand apparaissait l'esprit qui l'adombrait, sa voix se faisait masculine. Lorsque la pièce *Le Dibbouk* fut représentée, le 9 novembre 1920, au Théâtre Elyseum de Varsovie, sous la direction de David Hermann, personne n'imaginait le retentissement qu'allait avoir cette œuvre d'inspiration judaïque. La pièce fut traduite en hébreu et mise en scène à Moscou par un groupe appelé « *Habima* ». Elle ne tarda pas à être traduite en d'autres langues. Un jour, ma mère m'emmena assister à une représentation du texte, interprété par un groupe de théâtre amateur, au Clube de Cultura de la rue Ramiro Barcelos de Porto Alegre. Oui, le dibbouk existe. Parfois, j'ai l'impression de m'entretenir avec lui la nuit. Je n'oublierai jamais la fois où il me dit que l'un des moyens d'exorciser l'angoisse était l'écriture.

Comme je tournai le regard, je découvris que Melina s'était glissée dans mon lit : elle était couchée à mes côtés et dormait profondément, superbe et nue. Un arôme de miel émanait d'elle, presque irrésistible. Leonor n'a jamais fait aucun commentaire à ce sujet : peut-être ne s'en était-elle tout bonnement pas rendu compte. Melina s'éveilla presque aussitôt et commença à me parler à l'oreille des Strigoï qui sont, dans le folklore roumain, les esprits tourmentés de morts qui quittent leur tombeau et s'emparent de l'âme des vivants, leur conférant des pouvoirs magiques. Vois, cher lecteur, combien les démons me poursuivent…

## Leon Davidovich Bronstein

Le nain polydactyle avait disparu depuis plusieurs mois. Je parle ici de celui que j'avais rencontré au cimetière à Paris, mais il aurait pu s'agir de n'importe quel autre nain du même acabit. Je me souvins de lui lorsque je pensais aux mythes roumains. Il parlait comme un Strigoi : il ressemblait à l'une de ces âmes tourmentées. Je me rappelai ce que m'avait enseigné mon professeur Dolores Santo Viccenti, rectrice de l'Université de Rome, à l'occasion de ses conférences. Mais la petite créature avait bien d'autres talents. Avec ses doigts surnuméraires, non seulement elle écrivait et dessinait, mais elle gesticulait, chatouillait et excitait les femmes les plus célèbres de l'histoire de l'humanité. Un jour, il caressa, sans retenue et devant moi, la reine Vitória d'Angleterre qui régna soixante-trois ans durant et mourut en 1901.

Mais la reine ne fut pas la seule dont il essaya d'abuser, il fit aussi une tentative qui tourna très mal avec l'écrivain et philosophe française Simone de Beauvoir et, en plein boulevard Saint-Michel, reçut un soufflet magistral de la part de cette féministe qui fut l'une des représentantes les plus éminentes de l'existentialisme et mourut en 1986. Certains intellectuels attestent que son compagnon, le philosophe Jean-Paul Sartre, qui la connaissait bien, assista à la scène sans broncher et se borna à esquisser un sourire. De Simone de Beauvoir, j'ai lu *Le deuxième sexe*, sans beaucoup de conviction, je l'avoue. On dit que c'est une œuvre qui eut un immense impact sur les normes sociales et religieuses de l'époque. Dona Giselda adorait ce livre qui marqua des générations de défenseurs de l'indépendance de la femme dans la société. La première partie est plus philosophique, incluant des réflexions sur l'existentialisme et l'inégalité entre les hommes et les femmes dans la société. La seconde est celle où elle écrivit le fameux : « On ne naît pas femme, on le devient ».

Revenons au nain : comme nous marchions dans le cimetière, il dit qu'il était spécialiste en mythes roumains et me donna des détails sur le Strigoï, qui était apparu dans mes pensées. C'était un ancêtre des personnages des histoires de vampires venues de Transylvanie, région du monde dans laquelle Dracula s'était rendu célèbre. C'était une âme perturbée qui sortait de sa tombe pour aller s'alimenter du sang des êtres vivants pour recouvrer ses forces. Le Strigoï pouvait rester invisible ou se transformer en animal. Je ne me suis jamais retrouvé face à face avec lui, mais avec un bon ange, je garantis que ce fut le cas. Prêtez bien attention à ce que je vais vous raconter : il s'agit d'une entité venue du ciel, laquelle je l'ignore, peut-être Dieu en personne.

C'était le matin du 18 décembre 2000 et ce fut pour moi un épisode fondamental. Mon père était mort subitement la nuit précédente et mes deux frères, ma mère et moi, nous étions en train d'apprêter le corps du mort qui était allongé sur le canapé du salon, dans l'appartement du 353, rue Fernandes Vieira, à Porto Alegre, dans lequel j'ai passé toute mon enfance et mon adolescence. L'un d'entre nous allait devoir aller quérir son certificat de décès au bureau de l'État civil. À l'époque, ce dernier était situé face à la Faculté d'Architecture, dans l'avenue Osvaldo Aranha, coin de la rue Sarmento Leite. Les deux côtés de l'avenue étaient séparés par deux rangs d'immenses et magnifiques palmiers.

J'étais très fier de remplir cette tâche, j'arrivai sur les lieux avant même l'ouverture des portes et j'y rencontrai un homme au regard très doux, les cheveux grisonnants et vêtu d'une gabardine beige. Me voyant marcher de long en large en sanglotant, il s'approcha de moi.

Il me demanda pourquoi je pleurais, je lui répondis que mon père bien aimé venait de nous quitter, lui qui avait été mon meilleur ami. Alors l'homme m'embrassa si tendrement que je ne l'oublierai jamais de ma vie. Il me tranquillisa, me dit que mon père était bien là où il était, et que dès qu'il m'avait vu, il avait su qu'il s'agissait de quelqu'un qui nous avait quittés et qui m'aimait beaucoup.

Je pleurai un peu dans ses bras, et nous restâmes tous deux plantés au milieu de la rue, ce matin solitaire et triste. C'est alors que j'entendis le bruit des grilles qui s'ouvraient. Un fonctionnaire ouvrit la porte et nous fit signe d'entrer. Il y avait là un petit guichet et, côté gauche, un petit escalier métallique en spirale qui menait à la mezzanine.

J'entrai et expliquai aussitôt à la jeune fille que mon père était décédé et que je venais enregistrer son décès et chercher le certificat. J'étais si ému que je ne pris pas congé du monsieur si gentil qui venait de me consoler en m'assurant que mon père se portait bien au ciel et que tout se passerait bien pour nous puisqu'un puissant amour nous unissait. Je l'avais perdu de vue : il s'était tout simplement volatilisé.

Je le cherchai des yeux devant l'entrée, dans la mezzanine, dans la rue. Je m'enquis auprès de la fonctionnaire de ce qu'était devenu ce si gentil monsieur. Il me fallait le remercier pour son geste. Il n'était plus là. Personne ne l'avait vu ni entrer ni sortir. Ni la fonctionnaire qui tapait les documents dans la mezzanine ni le petit garçon qui entra derrière moi pour servir le café et les biscuits aux fonctionnaires de l'État civil.

J'étais décidément le seul à l'avoir vu. Si le lecteur ou qui que ce fût d'autre me le demandait, je dirais que ce fut un ange descendu du ciel. Un jour, une amie me demanda s'il existait des anges dans le judaïsme. En hébreu, il existe le mot « *malachim* », qui signifie « émissaire ». Les malachims sont des créatures divines, différentes des êtres humains et des autres créatures que nous connaissons. Elles ont été créées par Dieu, mais elles sont dotées d'une autre substance corporelle. Nous, les êtres issus du monde physique, nous sommes constitués des quatre éléments basiques, la terre, le feu, l'air et l'eau, les anges, pour leur part, ne sont constitués que des deux éléments les plus légers : le feu et l'air, et vivent dans d'autres mondes, le «*yetsirah*», le monde de la formation ou dans le «*briya*», qui lui est supérieur, celui de la création. «L'ange de la guérison» des Juifs est Raphaël celui de la défense est Michel et celui de la rigueur est Gabriel.

Il existe de nombreux anges dans la littérature mystique judaïque. Maimonide énuméra dix catégories d'anges ; les uns plus élevés que les autres, selon leur mission et leur degré de pureté. Les «séraphins» louent Dieu avec une telle force qu'ils sont presque consumés par l'intensité de leur amour pour le créateur. Les «*ofanim*» et les «*chayot-hakodesh*» sont des animaux sacrés qui aiment Dieu, de cette compassion innée propre aux animaux.

Les anges les plus proches des hommes sont les «*ishim*», qui nous transmettent les prophéties. Dans le judaïsme il y a deux types d'ishim, ceux qui furent créés par Dieu entre le deuxième et le cinquième jour de la Genèse et ceux qui sont créés par l'homme par ses bonnes actions. Maimonide prétendait que l'homme pouvait créer des anges bons ou mauvais. Et, l'«Éthique des Parents» du judaïsme dit que qui réalise une bonne action acquiert un «ange défenseur», alors que qui commet une faute crée un «ange accusateur».

Voilà les anges du judaïsme. Je suis convaincu de ce que la littérature est peuplée des anges et des «*dibbouks*» qui erraient dans les âmes des écrivains. Ils hantent les profondeurs de leurs cœurs et doivent être exorcisés à travers l'art. Dona Giselda disait que les livres sont de petits entrepôts de sentiments humains. Ils ont toujours servi à nous convaincre que nous, les humains, nous faisons partie d'un même corps d'humanité.

Si tel n'était point le cas, il ne nous serait pas si facile, à vous, chers lecteurs, et à moi, de comprendre la douleur, l'ironie, l'envie, la colère, la tristesse, ou la joie des personnages. En réalité, de quelque époque qu'ils soient, les personnages des livres ne sont autres que nous-mêmes. L'humanité n'a pas beaucoup changé depuis que nous sommes connus en tant qu'espèce des « *Homo sapiens* ». On dit que notre espèce a émergé il y a quatre cent mille ans, comme l'attesteraient les ossements humains de cinq individus, découverts sur une colline au Maroc en 1917.

Métaphoriquement, je dirais que nous sommes humains depuis que nos cœurs ont commencé à exprimer des émotions et à les comprendre. Et ces sentiments sont toujours les mêmes. *La Divine Comédie* de Dante a été écrite à la fin du Moyen Âge, mais nous la comprenons encore de nos jours.

Il me faut cependant diriger à nouveau mes pensées vers Max Shachtman. C'est sur son nom et sur son passé que nous devons concentrer nos recherches. Qui sait si cela n'apportera pas réponse aux questions que je me pose.

Max est un Juif né à Varsovie, en Pologne, en 1904 et qui émigra à New York, avec ses parents, alors qu'il était encore enfant. Si la généalogie aidait à prouver notre degré de parenté, je serais très content. Il serait mon lien au reste de l'humanité.

Non seulement je fais perdre un temps précieux au lecteur avec des conjonctures qui lient mon nom au sien, mais je ne puis certifier que cela soit la vérité. Peu importe. J'ai la sensation que nous avons tous quelque chose à voir les uns avec les autres. C'est ce qui est important et, ce qui me rend heureux, c'est de savoir que l'analyse la plus poussée de la pensée de ce livre peut nous mener à la découverte de liens de parenté a priori inconcevables. Les destins d'individus totalement différents, aux trajectoires apparemment parallèles, peuvent être reliés par des nœuds historiques de consanguinité ou par de simples coïncidences.

Trotski s'appelait Lev Davidovitch Bronstein. Il était le fils de David et Anna Bronstein. Son père mourut du typhus en 1922, comme nombre de mes ancêtres venus de Bessarabie ou de Lituanie. J'ai connu plusieurs Bronstein, certains présentant des similitudes physiques avec ma famille. Ce qui me fait plaisir, c'est qu'au cours de ses recherches, Akounine fit mention d'un probable lien de parenté entre Trotski et moi. Il découvrit qu'une dame de sa famille se maria avec un Chwarzmann issu de la ville d'Edinet, en Bessarabie. Cette découverte m'excita beaucoup. Trotski est né le 7 octobre 1879, à Ianovka, en Ukraine. Ses parents étaient agriculteurs, c'étaient des Juifs peu religieux. Ils ne parlaient pas le yiddish à la maison. Ils élevaient des poules et des cochons, plantaient du blé et possédaient un peu de domesticité.

À 9 ans, Léon s'en fut vivre chez son oncle à Odessa pour étudier. Il y apprit la littérature, la musique et le théâtre. À 17 ans, il fut transféré dans un autre lycée à Nikolaïev. Attiré par le marxisme, il se rapprocha d'un groupe qui militait contre le tsar. À 18 ans, il devint le leader de l'une des branches du Syndicat des Travailleurs du sud de la Russie. Ce syndicat regroupait des serruriers, des menuisiers, des électriciens, des couturières et des étudiants.

À 20 ans il fut arrêté pour militantisme et fut incarcéré à Kerson et à Odessa puis transféré à Moscou. Il épousa sa première femme, Alexandra Sokolovskaia, une marxiste qu'il avait rencontrée à Nikolaiev. Tous deux furent envoyés en déportation en Sibérie, où ils vécurent à Ust Kut, eurent deux filles et approfondirent leur connaissance des œuvres de Marx et Engels.

En 1902, Léon abandonna Alexandra et ses filles et s'enfuit sous une fausse identité. C'est alors qu'il adopta le nom sous lequel il serait connu pour toujours, « Trotski », celui d'un geôlier d'une prison d'Odessa. Il se réfugia à Londres où il écrivit des articles pour l'« *Iskra* », journal dirigé par Lénine. Il fit la connaissance de Natalia Sedova, dont il tomba amoureux. Il l'épousa et en eut deux autres fils. Deux ans plus tard, il retourna en Russie et prit la direction du Soviet de Petrograd.

Il prétendit qu'une « révolution permanente » se préparait. En 1905, la police envahit le siège du Soviet et arrêta Trotski et tous les leaders du parti. Il fut renvoyé en Sibérie, mais feignit d'être malade pendant le trajet et s'enfuit. Il se réfugia à Vienne, puis à New York. Là, il reprit une vie de journaliste et se joignit aux mencheviks, qui interprétaient le marxisme de façon plus souple.

À 37 ans, en 1917, il rejoignit officiellement les bolcheviks qui, sous la direction de Lénine, pensaient que le gouvernement devait être placé sous le contrôle direct des travailleurs. Apprenant le début de la révolution, Trotski rentra en Russie et s'établit à Petrograd, dont il prit à la tête du Soviet. Grâce à son influence et à son prestige, il conspira contre le gouvernement provisoire et prit très vite le commandement du Comité Militaire Révolutionnaire.

Sa première décision fut de recruter des paysans et d'ex-tsaristes dans l'Armée rouge afin de disposer de forces contre-révolutionnaires. Durant trois ans, Trotski commanda des soldats contre les forces étrangères et l'Armée blanche de la majorité menchevique. Il se déplaçait dans son fameux train rouge blindé, son quartier général, qui disposait d'un poste télégraphique, d'une radio, d'une bibliothèque et même d'un garage. Entre 1918 et 1921, il est probable que le train a parcouru plus de cent mille kilomètres, transportant des soldats, des armes et des provisions.

Il était acclamé par les foules. Un grand nombre de militants le considéraient comme un véritable héros de la révolution.

Toutefois, tels le trouvaient autoritaire et sans pitié. Pour dire vrai, Trotski justifiait la terreur en plaçant le Parti Communiste avant tout et tous. Parallèlement, au sein du comité militaire, il dirigeait le « *Politburo* », un organisme exécutif chargé des décisions immédiates. Il finit par devenir le commissaire aux Relations Extérieures.

Son obsession était de répandre le mouvement communiste dans le monde entier. Mais son rêve n'était pas partagé par tous les leaders du parti et la tension qui existait entre eux s'accrut après l'avènement de l'Union Soviétique, en 1922. Après la mort de Lénine, en 1924, la situation empira. Staline prit le pouvoir, le destitua de sa charge de commissaire et lui interdit de parler en public. En 1927, il fut jugé pour trahison *in absentia*, expulsé du Parti Communiste, et exilé pour la troisième fois.

Au sujet du rêve de dissémination du communisme dans le monde entier, j'ai fait un cauchemar impliquant Max, rêve dans lequel apparaît aussi *La Divine Comédie*. En voici plus ou moins le contenu : Max et Trotski accompagnent Dante lors de son voyage en enfer et au purgatoire puis le quittent lorsqu'il suit sa bien-aimée Béatrice sur le chemin du Paradis.

Dante, également auteur d'autres œuvres, mit quatorze ans pour écrire sa *Divine comédie*, ou sa *Commedia*, qu'il acheva peu de temps avant sa mort, en 1321. Il l'écrivit sous forme de poème, en dialecte florentin. Dante est le protagoniste de l'histoire. Il est d'abord guidé par Virgile, puis mené au Paradis par Béatrice, post-mortem.

*La Divine comédie* est un de mes livres préférés. J'ai lu les trois volumes qui la composent. C'est un des grands classiques de la littérature, l'œuvre la plus importante après la Bible et les Évangiles. Les plus grands peintres, de Botticelli à Dali en passant par Michel Ange, y font référence dans leurs toiles.

Schumann et Rossini s'en inspirèrent pour composer. Liszt en fit le thème de ses poèmes symphoniques.

Rodin aussi exploita très souvent ce thème et on dit que son *Penseur* est un hommage à Dante. Quant à son merveilleux *Le Baiser*, il est inspiré de la relation de Paolo et Francesca présentée au Chant V de *L'Enfer*. Quant à son œuvre monumentale *La Porte de l'enfer*, elle brosse un portrait de l'œuvre de Dante. Jean Baptiste Carpeaux, un autre grand sculpteur français, s'inspira lui aussi du récit pour créer son œuvre *Ugolin entouré de ses quatre enfants* qui raconte la tragédie du comte Ugolino, exposée dans l'un des chants.

Dans mon rêve, Trotski accompagne Dante lorsque soudain il se voit perdu au milieu d'une forêt obscure et pense que le cours de sa vie a perdu son cap. Puis tous deux se retrouvent en bas d'une montagne qui peut représenter leur salut, mais, comme dans *La Divine comédie*, ils se voient empêchés de la gravir par un léopard, un lion et une louve.

Lorsqu'ils sont sur le point de renoncer et de s'en retourner dans la forêt obscure, Trotski et Dante sont surpris par l'esprit du grand poète Virgile et par celui de Max Shachtman, qui l'accompagne. Tous deux leur proposent de les guider sur un autre chemin. C'est Béatrice qui, du ciel, a appelé Virgile, car voyant Dante en difficulté, celle qui fut sa passion de toute une vie décide de lui venir en aide.

Comme dans *La Divine comédie*, Béatrice descend chercher Virgile dans les Limbes. Ce dernier, assisté par les conseils de Max, leur propose de faire le même voyage par le centre de la Terre, en entrant par les portes de l'enfer puis en traversant le monde souterrain jusqu'à parvenir aux pieds du Mont du Purgatoire. Virgile et Max guident Dante et Trotski jusqu'aux portes du ciel. L'écrivain échange quelques idées avec le grand révolutionnaire russe et ils décident de suivre Virgile et Max qui guideront leur longue marche au fil des neuf cercles de l'Enfer.

Pour qui connaît la diablerie de Staline, *L'Enfer* de Dante est bien doux pour Trotski.

Max et le révolutionnaire russe montrent aux deux autres où sont châtiés chacun des péchés, les punitions appliquées aux condamnés, les rivières infernales, les villes, les monstres et les démons jusqu'à leur arrivée à la demeure de Lucifer, au centre de la Terre. Trotski rappelle à Dante que Staline et les démons ont des traits identiques. Après avoir vaincu l'étape luciférienne, ils s'échappent de l'Enfer par un chemin souterrain qui mène de l'autre côté de la Terre.

Max sourit en voyant de nouveau le ciel et les étoiles. Après avoir laissé l'Enfer derrière eux, Dante, Trotski, Virgile et Max continuent à marcher jusqu'à une très haute montagne : c'est le Purgatoire. Comme dans le second volume de *La Divine comédie*, la montagne est si haute qu'elle s'élève au-delà de l'atmosphère même et pénètre dans la sphère du feu avant d'atteindre le ciel.

Dans mon rêve, Trotski demande à Virgile si ce chemin peut être celui des terribles neiges sibériennes où Staline envoyait tant d'écrivains. Mais Virgile répond par la négative : c'est là « l'avant-purgatoire », un endroit où ceux qui se repentent tardivement de leurs péchés attendent l'opportunité d'entrer au Purgatoire proprement dit.

Après l'avoir traversé, tous quatre passent un portail et entament une nouvelle odyssée qui les mène toujours plus haut. Ils passent par sept plateaux, chacun toujours plus élevé que l'autre, où sont purgés les sept péchés capitaux. Trotski et Max demeurent pensifs et font une autocritique de leur conduite sur terre.

Parvenu au dernier cercle du Purgatoire, Dante prend congé de Trotski, il embrasse Virgile, puis adresse un salut ému à Max. Il quitte tous ses compagnons en larmes. C'est ainsi que s'achève mon demi-cauchemar. Mais un très beau rêve suit le premier : j'aperçois Dante accompagné d'un ange qui lui fait traverser un feu qui sépare le Purgatoire du Paradis terrestre.

Sur les rives du fleuve Léthé, Dante rencontre Béatrice. Il se purifie en se baignant dans les eaux du fleuve, avant de poursuivre son voyage vers les étoiles. À ce stade de mon rêve, je me dis : si seulement Hitler pouvait passer par le même processus de purification. Le troisième volume de l'œuvre, *Le Paradis*, est divisé en deux parties, l'une matérielle et l'autre spirituelle. La partie matérielle se fonde sur le modèle cosmologique de Ptolémée : y apparaissent neuf cercles, formés par la Lune, Mercure, Vénus, le Soleil, Mars, Jupiter et Saturne, sans compter un ciel d'étoiles fixes, le « *Primum Mobile* », un ciel cristallin, le dernier cercle de la matière. Dans ce rêve sublime, Béatrice fixe le soleil, Dante l'accompagne et tous deux s'élèvent vers le ciel après avoir subi une transformation que je qualifierais de métaphysique.

Béatrice guide Dante par divers cieux du Paradis. Ils rencontrent Saint Thomas d'Aquin, l'empereur Justinien et d'autres éminences humaines. Béatrice et Dante arrivent tous deux au ciel des étoiles fixes où les Saints interrogent Dante sur ses opinions politiques, philosophiques et religieuses, avant de lui donner la permission de poursuivre.

Dans le ciel cristallin, il commence à distinguer le monde spirituel, dans lequel neuf cercles angéliques, concentriques, gravitent autour de Dieu. Il voit là de ses propres yeux -et moi aussi, dans mon rêve —, la « Rose Mystique ». Le poète dit adieu à son grand amour, Béatrice, pour ressentir la plénitude qui émane de Dieu, et clame aux derniers vers du poème : « vive l'amour qui meut le Soleil et les autres étoiles ».

C'est à cet instant que je m'éveillai. Un papillon bleu se posa sur mon oreille droite, m'informant de l'arrivée d'un nouveau message d'Akounine, qu'il valait mieux que j'ouvrisse aussitôt. Il y dévoilait des informations qui reliaient des membres de la famille de Max avec certains de mes ancêtres. L'investigateur russe affirmait aussi — le lecteur en sera surpris — que Max et moi étions descendants du grand Dante Alighieri. Et devinez de qui encore ? Eh bien… de Sigmund Freud !

Akounine et moi prîmes rendez-vous en urgence à l'entrée principale de la Bibliothèque Nationale d'Autriche à Vienne, une des plus belles bibliothèques du monde. Il me rappela qu'elle avait été fondée au Moyen Âge par les Ducs Autrichiens de la Maison des Habsbourg. Jusqu'en 1920, elle avait été le siège de la Bibliothèque du Tribunal de Justice. Auparavant, le fonds se trouvait dans ce qu'on appelle là-bas le « *Hofburg* », mais certaines collections étaient conservées dans le Palais Mollard-Clary.

Avec plus de sept millions de documents, dont près de quatre millions de livres, cette bibliothèque est l'une des plus intéressantes d'Autriche. Elle abrite des documents historiques, des livres d'auteurs nationaux et étrangers, des travaux académiques, des incunables, des cartes et quelques atlas en papyrus. C'est l'Empereur Charles VI, Archiduc d'Autriche, Roi de Hongrie, de Croatie et de Bohème, et responsable de la grande expansion de l'empire autrichien, qui a fait construire la salle d'apparat de cette magnifique bibliothèque.

J'ouvre ici une parenthèse, car j'ai pour cet empereur une sympathie très spéciale. Il a introduit à la cour autrichienne le cérémonial espagnol et a créé la fameuse École Espagnole d'Équitation, avec ses chevaux « Lippizans » — en référence à Lipitza, une ville qui se trouve maintenant en Slovénie. Leonor et moi, nous avons visité cette ancienne école d'équitation, qui se trouve à Vienne. C'est là que s'effectue le dressage des « Lipizzans », ces pur-sang dont les origines remontent au XVIe siècle, et dont les Habsbourg importèrent les poulinières d'Espagne.

Nombre d'édifices baroques de Vienne ont été érigés sous le règne de Charles VI. Il adorait la musique, jouait du clavecin et du piano et dirigeait parfois l'orchestre royal. Avant de parler de mon lien de parenté avec Freud, Akounine m'emmena visiter la Salle impériale, la « *Prunksaal* », longue de plus de soixante-dix mètres et ornée de colonnes de marbre.

Mon émotion fut intense. Nous flânions entre les statues de marbre, les peintures, les fresques, les étagères en bois précieux qui contenaient plus de deux cent mille livres imprimés entre 1500 et 1850. C'est là qu'était conservée la collection du Prince Eugène de Savoie, avec plus de quinze mille volumes et de livres issus des bibliothèques monastiques fermées à l'époque de la réforme religieuse de Joseph II.

Le Musée du Papyrus et le Musée du Globe terrestre me passionnèrent. Akounine me demanda de m'asseoir dans un fauteuil qui se trouvait près de l'entrée. Si se confirmait mon lien de parenté avec Freud, cela pouvait être de très grande conséquence.

Comme d'habitude, Akounine se perdit dans telles conjectures sur l'œuvre du père de la psychanalyse, son importance pour la compréhension du rôle de la religion et évidemment sur l'importance de ses études sur la sexualité humaine. Ma nervosité était telle que je me surpris à discourir sur l'œuvre de Freud et sur le rôle de la religion dans la structuration des premières sociétés humaines : n'allions-nous pas nous découvrir parents ?

S'agissant de sa possible origine russe, je fis remarquer à Akounine que dans *Les Frères Karamazov*, Dostoïevski, tout comme Freud, faisait de la religion un instrument de contrôle social. J'évoquai brièvement à ce titre les discours du personnage Ivan, le fils cadet de Fiodor Karamazov, le patriarche autoritaire et répressif. Mais voilà un sujet sur lequel je reviendrai plus tard.

Akounine voulut en premier lieu parler de l'œuvre intitulée *Le Futur d'une illusion*, publiée en 1927, dans laquelle Freud s'attaque à la religion, suggérant que la science est une alternative intellectuelle à la foi religieuse et que la religion, menteuse par nature puisqu'elle se passe de preuves, est un pur outil de contrôle social.

Freud ne méconnaissait pas le rôle de la foi dans l'histoire humaine et l'efficacité de l'illusion comme antidote contre la déréliction des êtres humains sur terre. En 1930, il publia *Malaise dans la civilisation*, où il faisait de la religion une tentative de protection contre notre « inévitable malaise ». Aux yeux de mon illustre parent, la civilisation agit comme un facteur d'inhibition des impulsions humaines, à travers les dogmes et les lois. La religion faisait pièce à cette inhibition en nous donnant l'illusion d'une protection divine garantissant une récompense ultérieure justifiant le renoncement aux plaisirs sexuels et aux impulsions les plus primitives.

J'évoquai pour ma part devant Akounine *L'homme Moïse et la religion monothéiste*, œuvre publiée en 1939, dans laquelle Freud met en scène un lien entre fantasme de l'assassinat du père primitif et tradition judéo-chrétienne. Assumant son rôle d'inhibition morale et d'usage du fantasme, la Bible sacrée nous dit que Moïse est mort avant d'arriver à la Terre Promise, sise sur le Mont Nebo, dans l'actuelle Jordanie.

Dans le *Deutéronome*, la mort de Moïse est présentée comme un châtiment. La Bible sacrée dit : « *tu m'as été infidèle, près des eaux de Meriba-Cades, en ne reconnaissant pas ma sainteté auprès des Israélites. C'est pourquoi tu contempleras la Terre qui est devant toi sans pouvoir y accéder* ». Selon l'Ancien Testament, Moïse avait alors cent-vingt ans. Le récit de sa mort demeure lacunaire. Dieu ordonne qu'il soit enterré, mais jusqu'à aujourd'hui personne ne sait où se trouve sa sépulture.

Selon Freud, lorsque surgit la religion juive, elle fut capable de faire oublier l'assassinat de Moïse. La religion rend compte des pulsions destructrices vis-à-vis du père du clan, car, en offusquant ces pulsions, elle en atténue la culpabilité. Plus avant, dans le cadre chrétien, la foi donnerait aux « hommes de bonne volonté » l'opportunité de la rédemption pour les fautes commises. Selon Freud, le péché originel serait en réalité un désir inconscient du fils de tuer son père et de dominer les femelles du clan.

Cette discussion passée sur le rôle de la religion dans l'œuvre de Freud, Akounine et moi, nous commençâmes à parler des évidences qui attestaient notre consanguinité. Sigmund Schlomo Freud est né en 1856 dans une famille juive de Freiberg dans le Mähren, une région qui à l'époque appartenait à l'Empire autrichien et qui a désormais pris le nom de Pribor, en République tchèque.

Son père était un marchand de laine issu de Galice et sa famille s'était installée à Vienne où Freud étudia le Droit à l'Université avant d'opter pour la carrière médicale. Il y a un buste de lui à l'Université de Vienne. Durant le nazisme, Freud perdit quatre de ses cinq sœurs. Il vécut à Vienne jusqu'en 1938, mais après l'annexion de l'Autriche par l'Allemagne nazie, il se réfugia en Angleterre où il mourut d'un cancer de la gorge.

Selon mon détective russe, la grand-mère maternelle de Freud était née dans un village situé près de Jotín, bien au nord de la Bessarabie, près de la frontière avec l'Empire austro-hongrois. Elle aurait été la cousine d'une ancêtre de ma famille et aurait connu le grand-père de Freud dans une synagogue qui fut incendiée par les Cosaques. Peu de temps après cette tragédie, ils s'enfuirent vers une région qui se trouve au nord de Vienne et commencèrent à y vivre comme des Juifs de tradition germanique. Je fus très ému de cette information.

L'étude assez poussée que je fis de son œuvre au cours de mes années de faculté me conduit à formuler quelques commentaires à son propos. Je vivais un moment d'une singulière importance pour ma famille. L'on n'est certes pas indifféremment parent de Sigmund Freud. J'imaginai la réaction du grand recteur de mon université lorsque je lui révélerais ce secret. On organiserait sans doute une cérémonie commémorative. Akounine se moqua de ma vanité.

À la fin de *Trois essais sur la théorie sexuelle*, publié en 1905, Freud créa l'expression «complexe d'Œdipe», pour décrire deux des trois étapes de sa théorie sur la formation de la sexualité chez l'enfant. Il y décrivait les sentiments du petit garçon pour sa mère, les impulsions sexuelles qu'elle provoque en lui et sa jalousie pour son père qu'il voit comme un rival avec lequel il entre en émulation pour l'attention et l'affection de sa mère. Dans son texte, Freud commente le développement psychosexuel de l'enfant et le divise en trois phases : orale, anale et phallique. Le «complexe d'Œdipe» joue un rôle dans cette dernière phase et se résout dans le processus d'identification de l'enfant avec son père qui le conduit à développer une identité sexuelle normée et adulte.

Une phase analogue au «complexe d'Œdipe» existe chez les petites filles, que l'on appelle «complexe d'Electre» : il décrit le désir d'une petite fille pour son père et la jalousie qu'elle éprouve de sa mère. En vérité, la description du phénomène et le terme «complexe d'Œdipe» apparurent bien avant, dans son œuvre *L'interprétation des rêves*, de 1899. Néanmoins, le terme, inspiré de la tragédie grecque de Sophocle, est utilisé par lui plus abondamment une décennie plus tard. Dans *Œdipe Roi*, le personnage d'Œdipe tue accidentellement son père puis se marie sans le savoir avec sa mère. Il souffre alors d'un puissant sentiment de culpabilité. Dans *Totem et tabou*, publiée plus tard, Freud analyse le rôle de la religion dans la formation des premiers groupes sociaux humains.

De façon naturelle, mus par des instincts sexuels principiels, les garçons ressentiraient un désir réprimé de tuer leur père et d'assumer le contrôle des femelles du clan, y compris de leur mère et de leurs sœurs. L'inceste fut vite perçu empiriquement par l'Homo sapiens comme une menace à la stabilité du clan. Nous savons aussi désormais que les croisements entre personnes d'une même famille augmentent les risques de défauts génétiques.

Les sociétés humaines les plus primitives eurent raison de ces risques majeurs en instituant des formes violentes de coercition, s'agissant d'inceste. La religion, symboliquement figurée par le « totem », fut le puissant instrument de cette coercition. Elle créa, par son caractère mystique, les conditions d'instauration du « tabou » de l'inceste. La religion, ordonnatrice des peurs, garantissait la continuité de la culture répressive instituée par le clan.

Or, « *derrière la peur, il y a toujours un désir* », disait Freud : ainsi persistait l'impulsion inconsciente de détruire le totem, de désobéir au tabou. Mais religion et société ne permettaient pas la désobéissance et formulaient des règles visant à la punition de cette impulsion native. Le rapport de l'homme avec l'univers du châtiment m'évoque *La Divine comédie*, et en particulier *L'Enfer*.

Melina se déclarait spécialiste de cette partie de l'œuvre. Il est fascinant d'observer comment le poète ordonne les punitions appliquées aux pécheurs. Mais sur cela, je reviendrai plus tard. Selon Melina, ce fut Boccaccio qui, le premier, nomma la « Divine Comédie » la *Commedia*. Elle m'expliqua qu'à l'époque de la formation du théâtre grec, les œuvres étaient divisées génériquement, en comédies et en tragédies.

Son exhibitionnisme naturel conduisit ma Jézabel à nous abreuver de détails sur les origines du théâtre grec qui était apparu dans la Grèce Antique en tant que manifestation d'adoration à la figure de Dionysos, le dieu du vin. Les rituels servaient de nourriture aux tragédies et aux comédies. C'est pourquoi Dionysos était aussi appelé le « dieu du théâtre ». À l'époque, en somme, pratiquer le théâtre, c'était l'adorer.

Au cours du « siècle d'or » grec, entre le VIe et le Ve siècle avant notre ère, la culture grecque et la puissance d'Athènes atteignirent leur apogée : c'est au cœur des festivités qui s'y donnaient que le théâtre vit le jour. Melina prétendait que les tragédies étaient apparues quelques décennies avant les comédies et que les deux genres s'étaient perfectionnés de cérémonie en cérémonie. Dans les tragédies, les personnages étaient toujours des héros, des demi-dieux ou des représentants de la noblesse grecque.

Les comédies, pour leur part, décrivaient des individus communs, très souvent représentés avec ironie ou de manière caricaturale, sous l'apparence d'escobars, de fou du roi ou de clowns. Des jurys étaient constitués : ceux qui jugeaient les tragédies étaient des nobles, tandis que ceux qui jugeaient les comédies étaient tirés au sort parmi les gens du peuple. Les auteurs des pièces de théâtre soumettaient leurs représentations à leur appréciation lors de concours. Le public se distrayait avec des thèmes du quotidien dans les comédies, qui faisaient passer des messages d'ordre moral, religieux ou philosophique et qui se distinguaient des intrigues plus intenses et chargées d'émotion des tragédies.

La comédie antique, telle celle d'Aristophane avec ses satires politiques et sociales, apparut au début de la démocratie athénienne, entre 500 et 400 avant Jésus-Christ. Parmi les œuvres d'Aristophane, citons *Lysistrate*, *La Paix* ou *Les Cavaliers* et *Les Guêpes* que nous mîmes en scène lorsque j'étais au lycée. Il s'agissait d'une satire féroce du pouvoir judiciaire athénien, avec sa corruption et sa démagogie. J'y jouais le rôle de Philocléon, dont le nom signifie « *Ce qu'aime Cléon* » — un vieux paysan, dont le vice est de juger, père de Bdélycléon, qui signifie « ce que déteste Cléon », un garçon de bon aloi qui veut que son père se délivre de sa manie de juger. Bdélycléon enferme son père chez lui, qui se met à juger de menus délits domestiques sans importance, comme le cas dérisoire d'un chien qui a volé un fromage dans la cuisine.

Puis, entre 400 et 330 avant Jésus Christ, à l'époque d'Antiphane, auteur de textes comiques très prisés, apparaît la « comédie moyenne ». Quant à la « nouvelle comédie » elle correspond à la période de décadence de la démocratie athénienne. C'est l'époque de Ménandre, auteur de *Le Héros* et *Le Misanthrope*. Cette dernière œuvre, qu'il ne faut pas confondre avec celle de Molière, met en scène la vie quotidienne, les souffrances, les joies et les plaisirs triviaux des citoyens issus des familles les plus communes, celles des soldats, des paysans et des classes les plus ordinaires.

Ménandre était encore jeune à l'époque où il écrivit sa pièce et il fut élu vainqueur d'un concours théâtral. Il y raconte l'histoire de Cnémon, un homme solitaire, qui vit avec sa fille. Sa femme, qui l'a abandonné en raison de son mauvais caractère, avait déjà un fils d'un autre mariage, nommé Gorgias. Le jeune Sostrate s'éprend de sa demi-sœur et la demande en mariage, mais Cnémon s'y oppose.

Sostrate se lie d'amitié avec Gorgias et lui demande de l'aider à convaincre Cnémon de l'accepter comme gendre. Cnémon tombe dans un puits et c'est son beau-fils Gorgias qui le sauve de la mort. Le misanthrope s'émeut de l'aide du jeune homme et suit son conseil de laisser sa fille épouser l'humble Sostrate. Il se rachète ainsi de ses mauvais comportements. Cette histoire symbolise la tentative de rapprochement entre les gens de différentes classes sociales.

La tragédie était l'un des genres théâtraux les plus populaires en Grèce antique. S'y distinguèrent de grands dramaturges tels Eschyle, Sophocle ou Euripide. Elle racontait des histoires dramatiques ou tragiques, dont les protagonistes étaient des héros ou des demi-dieux de la mythologie. Son moteur interne était simple. L'intrigue, qui assurait une tension continue, se terminait par une fin tragique et malheureuse. Elle produisait une sorte de *catharsis* sur le public, fonctionnait sur lui comme une « purgation » des sentiments qui y étaient fictionnellement vécus.

À l'occasion d'une de ces rencontres que nous arrosions de boissons alcooliques des origines les plus diverses et les plus rares, Akounine m'affirma, sur un ton cérémonieux, qu'il avait découvert des preuves solides de ce que, du côté de mon père, je descendais d'Eschyle, le grand dramaturge grec du Vème siècle avant Jésus-Christ. Je l'embrassai et nous pleurâmes longuement. Eschyle est l'auteur de *Prométhée enchaîné*. Sa mère était une parente d'Euripide, l'auteur de *Médée*, dont j'ai assisté à une mise en scène à São Paulo, au début des années 2000, placée sous la direction d'Antunes Filho. C'est une œuvre triste qui nous montre un personnage plein de haine et capable de commettre les pires vilénies pour se venger de Jason, qui l'a trahie pour se marier avec la fille de Créon, roi de Corinthe.

Créon est le frère de Jocaste, le même que celui d'*Œdipe Roi*, le grand classique de Sophocle. Dans la pièce, Médée tente de se venger de Jason. Créon, roi de Corinthe, sait qu'elle est une sorcière et la fait exiler, de peur qu'elle ne trame quelque chose contre sa fille et contre son royaume. Médée l'implore de lui laisser un jour avant de prendre la route. Elle feint de demander pardon et envoie des cadeaux, qui sont en réalité autant de fétiches. Dans la tragédie, elle vole quatre vies pour se venger de la trahison de son mari, et deux d'entre elles sont celles de ses enfants.

Ainsi, selon mon détective russe, Euripide, Eschyle et moi-même, nous étions parents. Melina me rappela que le mot « tragédie » dérivait de « *tragos* », « le bouc », et qu'en grec « tragédie » signifiait « chant du bouc ». Au cours des cérémonies rendues en hommage à Dionysos, il n'était en effet pas rare d'assister à des sacrifices d'animaux, en particulier de boucs.

Akounine rappela que les « satyres » étaient des figures de la mythologie grecque, moitié-hommes et moitié-boucs, et que ce type de représentations étaient fréquemment utilisées durant ces festivités. Les satyres étaient l'équivalent des faunes de la mythologie romaine. J'ai assisté au *Prométhée enchaîné*, un soir à Juiz de Fora, il y a quelques années, comme j'étais allé participer à la soutenance d'une thèse de médecine. C'est un tableau de la trilogie qui inclut *Prométhée libéré* et *Prométhée porteur du feu*.

Cette tragédie décrit la punition infligée par Zeus à Prométhée qui vola le feu de l'Olympe afin de le donner aux hommes. Prométhée est enchaîné à un rocher du mont Caucase, debout et sans pouvoir dormir. Zeus le punit pour son désir de donner à l'homme la connaissance, symbolisé par le vol du feu de l'Olympe, et envoie un aigle pour le surveiller et lui dévorer le foie. Comme Prométhée est immortel, son foie se régénère chaque nuit. Il avait été fait immortel pour voir combattu auprès de Zeus. Dans la mythologie grecque, c'est lui qui a créé l'homme à partir de la terre et lui a donné la connaissance à travers le feu. *Prométhée enchaîné* nous montre la lutte contre l'autorité et la supériorité de l'esprit sur le corps : Prométhée surmonte en effet sa douleur grâce à sa pensée.

Ce mythe est celui de la naissance de l'intellectualité humaine. Il y a une toile d'Heinrich Füger, datant du début du XIXe, qui représente Prométhée remettant le feu à l'humanité. Mieux : le titan était appelé le « dieu des arts et des sciences ». Melina m'avait montré un parchemin sur lequel étaient résumées les punitions appliquées en enfer selon *La Divine Comédie*. Elle se prétendait spécialiste en la matière.

Le poète, dans son récit, devait traverser trois stades avant de voir son corps enterré, c'est-à-dire passer de l'Enfer au Purgatoire avant de parvenir au Paradis. Je me souviens que lors d'une conversation avec le nain polydactyle, le second, je crois, il me raconta qu'aux côtés de Virgile il avait descendu les sept cercles de l'Enfer. Là, il connut le sens de chaque péché et sa punition propre. Je ne le crus pas, mais je l'écoutai attentivement. Selon lui, les punitions augmentaient en intensité du premier au neuvième cercle. Le nain et Dante auraient passé ensemble les portes de l'Enfer et se seraient présentés au juge, Hadès, comme le faisaient tous les pécheurs qui se voyaient signifier leur châtiment et se dirigeaient vers le cercle correspondant pour y demeurer à jamais.

Le premier cercle était celui des « Limbes ». C'était là que s'amoncelaient les âmes des non baptisés, qui ne pouvaient être accueillies par Dieu. En d'autres termes, l'absence de baptême était punie d'un manque absolu de considération pour le défunt. Dans le second cercle, nommé « vallée des vents », Minos jugeait les différents péchés commis par le mort sur la terre et distribuait les punitions adéquates.

Minos fut roi de Crète et construisit le fameux labyrinthe destiné à emprisonner le Minotaure. Après sa mort, il devint l'un des juges de l'Enfer. Le lecteur se souvient sans doute de l'histoire de Thésée et du Minotaure, qui traite des périls liés à la trahison et de l'importance de se connaître soi-même. Thésée fut l'un des grands héros grecs et, à Athènes, un mythe naquit autour de son nom. Il était fils d'Égée et roi d'Athènes.

Un jour, Poséidon, dieu de la mer qui prit le nom de Neptune chez les Romains, lui fit don d'un taureau pour qu'il le sacrifiât. Mais Minos désobéit à Poséidon et lui sauva la vie. Sa femme Pasiphaé s'éprit de l'animal, ce qui peut être interprété comme une vengeance de Poséidon ou d'Aphrodite, la déesse de l'amour, pour la désobéissance de Minos.

L'inventeur Dédale aida Pasiphaé à attirer le taureau en se faisant passer pour une génisse de bronze. C'est du fruit de cette relation sexuelle adultère que naquit le Minotaure, qui avait un corps d'homme et une tête d'animal. Minos, honteux, demanda à Dédale de construire un labyrinthe pour y cacher «l'enfant-taureau». Le labyrinthe fut conçu de sorte que ceux qui y entrassent n'en trouvassent jamais la sortie, fussent-ils les plus savants.

Le temps passa et le Minotaure grandit confiné au cœur du labyrinthe. Des années plus tard, alors qu'il venait de gagner une bataille contre les Athéniens, Minos exigea que, tous les neuf ans, le roi Égée y envoyât sept garçons et filles pour y être dévorés par l'homme-animal. Mais lorsque Thésée, le fils d'Égée, qui avait décidé de se mêler au groupe de jeunes gens qui allaient être sacrifiés au Minotaure, arriva en Crète, il s'éprit d'Ariane, la fille de Minos et Pasiphaé.

La jeune fille n'accepta pas que Thésée affrontât le Minotaure et mourût. Elle demanda alors à Dédale de lui confectionner une bobine de fil que Thésée déroulerait dans le labyrinthe afin de pouvoir trouver la sortie après qu'il eût tué le Minotaure. Ariane donna aussi une épée à Thésée afin qu'il vînt à bout du monstre d'un seul coup. C'est ainsi que Thésée trancha la tête de «l'homme-monstre» et sortit victorieux du labyrinthe, après avoir sauvé ses compatriotes.

À l'image du héros du mythe, n'étais-je pas moi aussi à la recherche de ce «fil d'Ariane» qui me permît d'échapper à un «labyrinthe», celui de mon for intérieur? Il faudrait pour ce faire que j'affrontasse mon propre Minotaure, que j'en susse davantage sur moi-même, sur mes origines et sur mes parents.

# Addis Abeba

J'en reviens au troisième cercle de l'enfer de Dante : je ne me souviens plus lequel des deux nains disait qu'il se trouvait au « Lac de boue », endroit où étaient emprisonnés les gourmands, dont le péché était considéré de seconde importance. La boue du lac était très dense et séparait le pécheur des autres, le laissant aux prises avec de constantes tempêtes. Le quatrième cercle, la « Colline de la Mort », voyait s'amasser les avares et les dilapidateurs. Leurs richesses étaient transformées en d'énormes lingots d'or qu'ils se renvoyaient les uns aux autres.

Dans le cinquième cercle, le « Styx », se trouvaient les haineux, ou ceux qui éprouvaient un désir de vengeance. La haine figurait au rang des sept péchés capitaux de l'Église Catholique avec l'orgueil, l'avarice, la luxure, la gourmandise, l'envie et la paresse. Selon le nain polydactyle, il ne fallait pas la confondre avec la « sainte colère », que Dieu avait manifestée en expulsant les pharisiens du temple.

Sa punition, dans *La Divine comédie*, était la lutte constante des pécheurs les uns contre les autres sous la surveillance de Lucifer, chef des démons, caché au fond d'une boue obscure. C'est dans ce cercle que Dante réagit impulsivement pour la première fois, y rencontrant quelques-uns des bourreaux dont il avait toujours voulu se venger. C'est le lieu de sa première épreuve : il doit y contrôler ses impulsions pour être reçu au Paradis.

Dans le sixième cercle se trouvait le « Cimetière du feu » où sont punis les hérétiques, c'est-à-dire ceux qui ne reconnaissent pas l'existence de Dieu. Ces pécheurs y étaient confinés dans une tombe ouverte dans laquelle brûlait le feu éternel : l'allusion à la punition terrestre utilisée par l'Église Catholique qui brûlait les hérétiques sur le bûcher y était manifeste.

Dans le septième cercle se trouvait le « Val du Phlégéthon », utilisé pour punir ceux qui avait fait usage de la violence de trois façons différentes : violence contre son prochain, contre soi-même, c'est-à-dire suicide, ou violence contre Dieu. Les pécheurs y étaient immergés dans un lac de sang bouillant.

Dans le huitième cercle se trouvait le « Malebolge », un trou séparé en deux fosses où étaient châtiés divers types de pécheurs, les voleurs, les hypocrites, les fraudeurs, les souteneurs, les séducteurs, les gens de mauvais conseil et les corrompus. On y rencontrait également les simoniaques, ceux qui, au cours de leur vie, avaient vendu de fausses faveurs divines, des indulgences, des bénédictions, des promesses de prospérité matérielle ou des objets sacrés. Ce cercle était divisé en dix compartiments concentriques : dans chacun d'eux était puni un type de péché. Les démons fouettaient les entremetteurs. Dante y rencontra Venedico Caccianemico et Jason. Dans un autre, les flagorneurs étaient recouverts de fumier. Là, il reconnut Alessio Interminelli et un autre de ses adversaires du nom de Lucca.

Le neuvième cercle était celui du « Lac Cocyte », un abîme glacé où régnait Lucifer et dans lequel étaient punis les traîtres, ceux qui avaient trahi la confiance de leur patrie, de leur famille ou de leurs semblables. La haine des habitants de ce cercle était accrue par le fait que chacun en alimentait l'esprit de l'autre. À ce point de la lecture, on ne pouvait s'empêcher de penser aux sentiments de Dante à l'endroit de ces Florentins qui tournaient le dos à la patrie et entretenaient son exil provoqué par les luttes incessantes pour le pouvoir entre les différentes familles et factions.

Puis Dante parvenait à une partie plus basse et plus proche du centre de la Terre, plus distante de Jérusalem, où vivait Lucifer, avec ses trois visages et ses trois bouches qui déchiraient Judas, Cassius et Brutus, traîtres toute leur vie durant. C'était le point le plus bas de l'enfer. J'indique ici au lecteur qu'à l'orée des cercles de l'Enfer se trouvait le « pré-enfer » ou son « antichambre », lieu où les esprits inertes ou « neutres » se voyaient récusés à la fois par Dieu et par le diable.

Entre le premier et le cinquième cercle, se trouvait le « Haut Enfer » qui accueillait depuis les non baptisés des limbes jusqu'aux haineux et le « Bas Enfer », où séjournaient depuis les hérétiques du sixième cercle jusqu'aux traîtres du neuvième et dernier cercle. Dante se libérait là de ses péchés. Sa description de Lucifer, de ses trois têtes et de ses trois ailes plongées dans cet univers glacial et privé de vie, émarge à un Enfer fort distinct de celui des croyances populaires.

Après avoir triomphé des épreuves rencontrées dans les neuf cercles, il sent en lui-même qu'il a mérité d'accéder à la voie divine. In fine, après avoir connu les supplices du Purgatoire, il s'achemine vers le Paradis où s'achèvera son pèlerinage de purification. En vérité, *La Divine comédie* peut être considérée comme l'allégorie de la rédemption d'un homme qui, mû par la crainte de Dieu, l'implore de lui pardonner ses péchés et de l'autoriser à rester à ses côtés, au Paradis.

Le nain traita brièvement de tels aspects géographiques de l'Enfer. C'était un endroit souterrain où allaient les âmes après la mort et où elles recevaient le châtiment mérité. Pour les Grecs, la terre rencontrait sa limite au fleuve Océan, l'Enfer, quant à lui, avait pour frontière le « Règne de la Nuit ». Pour nous expliquer tout ceci, le nain monta sur un banc d'où il pointait avec un bâton les divers espaces d'une carte qu'il avait lui-même générée.

On entrait en Enfer par une région proche du Cap Ténare, en Grèce, au sud du Péloponnèse. Les Romains, eux, jugeaient que son entrée s'effectuait par le lac d'Averne et les grottes voisines de Cumes. L'Érèbe était la partie de l'Enfer la plus proche de la terre, puis, plus en profondeur, venaient successivement « l'Enfer du mal », L'Hadès, le Tartare, et, enfin, les Champs

Élysées. C'est dans l'Érèbe que vivait Cerbère, le monstre à trois têtes. C'est là que devaient errer pendant cent ans les âmes sans sépulture.

C'est dans « L'Enfer du Mal » qu'on subissait les châtiments. De là fusaient plaintes, gémissements et lamentations des pécheurs bourrelés. L'on y trouvait des régions gelées, des lacs de soufre pleins de poissons brûlants, des marécages méphitiques, des boues pestilentielles et toutes sortes d'éléments naturels abjects. Le Tartare, lui, était une prison des dieux ceinte d'énormes murailles de bronze et de fossés d'une profondeur égale à la distance entre la terre et le ciel. C'est là qu'étaient emprisonnés les géants, les titans et les anciens dieux de l'Olympe.

Là s'élevait le palais d'Hadès, le dieu des Enfers. Le nain mentionna bien le « Lac Cocyte », sis au neuvième cercle, dont je veux dire, afin de satisfaire la curiosité du lecteur, qu'il est un affluent du fleuve Achéron qui baignait les profondeurs de l'Enfer. Le « Phlégéthon », dont la vallée est mentionnée comme un espace du septième cercle, en était un autre affluent qui exhalait une terrible odeur de putréfaction.

En revanche, les Champs Élysées, avec leur éternel printemps, leurs verts pâturages, leurs champs de fleurs, leurs arbres lourds de fruits, leurs terres fertiles arrosées par le fleuve Léthé, étaient la demeure des âmes bonnes. Au beau milieu de la description du nain, je fus pris d'une de mes crises impromptues, que vous connaissez bien, désormais, d'hallucinations diaboliques. Se présenta à mon esprit l'image de Shaitan, cet esprit malin de la foi islamique qui incite le cœur des hommes à commettre le mal : j'étais sans doute un peu las d'entendre évoquer les péchés de notre Enfer. Sans que Melina ou le nain ne le remarquassent, je posai mon index sur l'*Erdapfel* et disparus.

Je réapparus au centre d'un groupe en train de bavarder dans un petit bar fiché sur le sable blanc du littoral uruguayen. Un restant de cannabis que partagèrent avec moi mes commensaux me fit un considérable effet : je fus transporté dans une cuisine médiévale au centre exact de laquelle se trouvait une immense table en bois. Une soupe y mijotait dans un chaudron en cuivre : l'arôme n'en était pas du tout désagréable. Pourtant, plus que par son goût, je fus plus intéressé par le fait qu'à sa surface se dessinaient des scènes curieuses. Y apparaissaient des images issues de différents classiques de la littérature et en sourdait la voix toute professorale de quelqu'un qui, autant que je pusse en juger, était un fin connaisseur de ces œuvres. La discussion portait à cet instant précis sur *Pourquoi je ne suis pas chrétien*, du philosophe, mathématicien et écrivain Bertrand Russell. La scène me surprit.

Imaginez-moi, cher lecteur, en train de discuter avec une image reflétée à la surface d'un chaudron de soupe ! Le son était d'excellente qualité, car les casseroles qui se trouvaient sur les étagères faisaient caisse de résonance. La voix était sans aucun doute celle de Russell, ou c'est que la soupe l'imitait bien. Il commentait ses essais sur la religion et sur d'autres thèmes qu'il avait abordés à la fin du XIXe siècle et au cours de la première moitié du XXe.

Quelques jours plus tard, lorsque je rencontrai Akounine sur un banc de pierre des jardins du Palais National de la Pena, dans la villa de Sintra, au Portugal, je lui racontai ce qui m'était arrivé avec ce chaudron de cuivre où le visage de Russell tremblait au rythme de mes mouvements. Le Russe éclata de rire en imaginant le grand philosophe défendant ses idées animé par les mouvements d'une soupe. Le Palace, ou Castelo da Pena, se situe dans la freguesia de São Pedro de Penaferrim et est un exemple de l'Architecture Romantique du XIXe siècle. Ce fut le premier palais européen construit dans ce style, presque trois décennies avant le château de Neuschwanstein, en Bavière.

Je décrivis en détail à Akounine ma vision du philosophe exposant sa théorie selon laquelle la religion exerçait un rôle funeste sur la vie des individus. Le Russe me rappela que Russell avait été accusé en 1949 de prôner des concepts immoraux en remettant en question l'existence de Dieu et s'était vu retirer le droit d'exercer sa charge de professeur invité à New York. Russell était un athée convaincu et prétendait que son corps pourrirait lorsqu'il serait mort. Son athéisme n'altérait en rien son amour pour la vie, les gens et les choses. En 1950, il reçut le prix Nobel de Littérature pour l'ensemble de son œuvre.

Il fut emprisonné pour pacifisme pendant la Première Guerre mondiale et ostracisé pour ses conceptions libérales en matière de sexualité. Un grand nombre de ses conférences sont réunies dans le livre *The Analysis of the mind*, publié en 1921. Il mourut en 1970. Aleksander Akounine me révélerait plus tard une chose bien surprenante : il avait découvert qu'une des grands-mères de Max avait changé de nom. Il tenait cette information d'un curé portugais de famille juive, qui s'était converti de force au christianisme pendant l'inquisition.

La grand-mère de Max aurait été une fausse Polonaise, non seulement parente de Russell, mais aussi de Freud, de Jung et de Melanie Klein. Son vrai nom aurait été « *Pereira* », celui d'une famille de commerçants juifs qui avaient fait fortune aux Açores. Un membre de cette famille aurait été un ancêtre du fameux chirurgien des Açores, mon ami Luiz Pereira-Lima, devenu célèbre dans le monde entier pour avoir extrait, en cinq minutes, la vésicule biliaire de la Reine Marguerite II du Danemark.

Selon Akounine, cette lignée des Pereira avait aussi un lien de parenté avec la famille Pessoa, ce qui permettait de supposer que Max pût être parent du grand écrivain portugais Fernando Pessoa, sur lequel je me suis déjà livré à quelques rapides commentaires. En d'autres termes, un réseau de parenté des plus surprenants semblait avoir été porté au jour. Prenant congé, Akounine ajouta que l'on pouvait tenir l'hypothèse selon laquelle Max était bien un parent de Freud, Jung, Klein et de Pessoa pour vraisemblable, car il disposait déjà assez d'éléments pour attester ses liens de parenté, et par conséquent les miens, avec eux : preuve était sans doute faite que nous ressortissions tous à un même clan familial. Ma vanité me trahit toujours aux moments les plus inattendus. Je demandai discrètement à Akounine s'il avait réellement trouvé des indices de parenté entre Bertrand Russell et moi.

Il me répondit qu'il eût pu parier que Russell et moi fussions parents. L'idée fabuleuse d'une consanguinité entre tant de personnalités importantes et moi produisit sur mon âme un effet extraordinaire : je manquai tomber du haut des portes cochères du Castelo da Pena. Akounine me demanda aussi, un peu gêné et obséquieux, de lui transférer dans les plus brefs délais une somme équivalente à dix-sept mille dollars américains sur un mystérieux compte bancaire seulement identifié par une longue série de chiffres qui rappelait le nombre « Pi ». Il était hébergé par une agence de la Banque Héritage, en Suisse. Le nombre Pi, si je me souviens bien, représente la valeur du rapport entre la circonférence de quelque cercle que ce soit et son diamètre. Pour qui aime l'histoire, c'est la plus ancienne constante mathématique connue. C'est un nombre irrationnel, avec une infinie suite décimale, un nombre aussi irrationnel que la méchanceté.

Un autre thème qu'Akounine désirait aborder était celui de notre rencontre précédente à Rio de Janeiro. Il m'informa qu'en 1935, le gouvernement portugais avait décrété que le Real Gabinete Português de Leitura allait recevoir gratuitement tous les livres édités au Portugal. Cela s'appelait le « dépôt légal », un mécanisme dont bénéficièrent aussi les ex-colonies, telle Macao. Le Real Gabinete Português de Leitura de Rio de Janeiro était pourtant le seul à maintenir cette tradition jusqu'à nos jours. Je le remerciai de cette importante information, mais je dus lui avouer que j'étais encore sous le coup de ses révélations sur mes liens de parenté avec le grand Sigmund Freud et mon poète préféré Fernando Pessoa et que la possibilité que cela fût aussi le cas avec Bertrand Russell était tout bonnement bouleversante.

Je m'étais penché au-dessus de l'une des portes cochères du Castelo da Pena et j'étais tombé dans un précipice qui me mena, par l'effet du cannabis, le croirez-vous, chers lecteurs, jusqu'au troisième cercle de l'Enfer de Dante. Je m'étais payé le luxe de manger plusieurs tranches de morue en compagnie d'Akounine et de l'écrivain portugais Eça de Queiroz, auteur du classique *Les Maia*, et je rêvais que j'étais embourbé dans le « Lac de boue » du troisième cercle, lieu assigné à ceux qui avaient commis le péché de gourmandise.

Quelques jours plus tard, Akounine me contacta pour me remercier d'avoir effectué le paiement, avouant que notre conversation sur le *Livre de Kells* l'avait un peu laissé sur sa faim. Il m'affirma, dans une lettre de plusieurs pages, que le *Livre de Kells* avait été rédigé en lettres majuscules, dans un style typographique insulaire, rappelant donc les écrits sous influence de la Grande-Bretagne, utilisant les encres noire, rouge, violette et jaune. Le manuscrit comportait 340 pages, toutes sur parchemin : les fameux « folios », lesquels étaient pour la plupart une partie de plus grandes feuilles nommées « bifolios », pliées et cousues en volumes formant les « cahiers » du livre. Il semblait aux chercheurs que cette œuvre était inachevée, car les illustrations en paraissaient de simples esquisses. À en croire Akounine, en plus de textes introductifs, le livre incluait l'intégralité des Évangiles de Mathieu, Marc et Luc. Quant à celle de Jean, elle n'y était reproduite qu'en partie. La lettre de mon Russe me troubla. Il était, sans l'ombre d'un doute, la personne la plus indiquée pour mener sereinement et avec responsabilité les investigations nécessaires.

Me vint tout à coup à l'esprit l'image d'un démon, Le Léviathan, un des sept démons de l'Enfer, le « roi de l'envie ». De retour à la question des livres, j'eus une excellente discussion avec le nain polydactyle qui me rendit visite en compagnie de Melina. Il dit que, bien avant que l'être humain n'appliquât des lettres ou des codes écrits sur des fibres végétales ou des tissus, les anciens utilisaient déjà la terre cuite comme support pour rendre leurs pensées éternelles. À Rome, les « *acta diurna* » ou « faits du jour », sortes de gazettes faites de plaques de pierre sculptées, permettaient aux Romains de s'informer sur l'actualité. Jusqu'au XVe siècle, les livres étaient réservés aux savants, aux penseurs et aux ecclésiastiques et bénéficiaient d'une diffusion limitée, au sein des espaces privés et des monastères.

La Bible, les livres religieux, les traités de pharmacopée et les fables étaient les titres les plus recherchés. Ils étaient conçus individuellement *motu proprio* ou sur commande. Le nombre de copies était limité et ils étaient richement décorés. Dans les bibliothèques, peu de gens : ce n'est qu'à compter des XVIe et XVIIe siècles que les commerçants et les bourgeois commencèrent à découvrir l'univers des livres. Avec Gutenberg et les reproductions mécaniques sur papier, le livre cessa d'être le privilège de quelques-uns et devint accessible à un plus grand nombre. C'est alors qu'apparut progressivement une nouvelle forme de littérature nationale, expression culturelle de groupes sociaux et géographiques. Enfin, au XIXe, le livre commença à jouer un rôle de diffusion des modifications de la donne sociale, culturelle et économique.

L'idée que le livre pût être un outil permettant d'accéder à la connaissance et à la liberté conférée par le témoignage de l'expérience individuelle devint peu à peu naturelle. Les plus forts tirages apparaissent lors de la Première Guerre mondiale, au moment où les romans, les feuilletons et les livres didactiques deviennent plus accessibles et où le prix du livre s'effondre à proportion de la croissance du nombre d'exemplaires publiés. Au XXe siècle, les éditions de poche et les impressions rotatives conduisent le livre jusqu'aux kiosques à journaux, où il est vendu à des prix bien inférieurs à ceux des livres conventionnels, sous couverture entoilée ou cartonnée. Ce que je prétends faire de ce récit, vous l'avez déjà compris : il s'agit pour moi d'y célébrer le livre comme portrait de l'humanité. Le livre est en effet l'expression des pensées du moment historique et culturel où l'auteur l'a conçu. Le livre est un vestige de son temps.

Ce samedi matin, lorsque le téléphone sonna, j'étais en train de lire le journal. C'était Akounine. Il évoqua des liens très étranges entre Max et certaines familles russes. Je lui demandai quels étaient ces liens, mais il m'interrompit : ce sujet ne pouvait être abordé au téléphone. Il me demanda si j'avais prévu de venir en Europe. Je répondis que je devais y aller avec ma femme pour assister au mariage de la petite fille d'un ami. Nous décidâmes que nous nous y retrouverions. Il mentionna le nom d'« Ivan Bounine » et me demanda si ce nom m'était familier. Je répondis par l'affirmative. Vous et moi, nous n'ignorons pas qu'Ivan Bounine reçut le prix Nobel de Littérature en 1933. En France, j'eus l'occasion de visiter un cimetière russe, à proximité de Sainte-Geneviève-des-Bois, où est enterré le grand écrivain.

Bounine naquit en 1870. Il était originaire de la province centrale d'Orel, en Russie. Il était très connu des grandes personnalités de la littérature russe comme Anton Tchekhov, Léon Tolstoï ou Maxime Gorki. En 1903, il reçut le Prix Pouchkine de l'Académie Russe et, en 1915, il publia son chef-d'œuvre, un recueil de nouvelles intitulé *Le Monsieur de San Francisco*.

Je me souviens que quand j'ai lu la nouvelle qui a donné son titre au livre, j'étais en vacances avec ma famille, à Théoule-sur-Mer, un petit village de Provence situé près de Cannes, sur la Côte d'Azur. Cette nouvelle est mémorable, elle décrit le voyage d'un millionnaire nord-américain qui vient de San Francisco sur un transatlantique avec sa femme et sa fille.

Il avait consacré sa vie au business et planifié un luxueux voyage d'agrément autour du monde qui devait durer deux ans. Le conte décrit, de manière très raffinée, le comportement de la haute bourgeoisie des grandes villes lors d'une croisière vers l'Europe. Cette famille et les autres riches passagers réunis sur ce navire font escale à Naples, puis à Capri, où ils sont hébergés dans des hôtels de luxe et fréquentent des restaurants hors de prix. Comme le « Monsieur de San Francisco » attend sa famille pour un élégant dîner, à l'hôtel où ils sont hébergés à Capri, il est pris d'un malaise subit et meurt. Il est immédiatement transporté dans l'une des chambres les plus discrètes de l'établissement, loin du regard des autres clients. Le gérant craint que sa mort puisse porter préjudice à la réputation de l'hôtel. En un clin d'œil, le personnage change de condition : c'était un millionnaire en vacances flatté par les employés, le voilà devenu l'objet de leur dédain. Son épouse et sa fille sont invitées à quitter les dépendances de l'hôtel chic aussitôt que possible. Comme le temps manque pour lui offrir une sépulture appropriée, le « Monsieur de San Francisco » est remisé dans une cuve de soude anglaise dans laquelle il repart vers son point de départ, sur ce même navire de luxe qui l'avait transporté en Europe avec sa famille. Son corps voyage littéralement comme un « poids mort ». Je recommande vivement la lecture de ce texte.

Comme d'habitude, un coup de téléphone d'Akounine me réveilla au milieu de la nuit. Il m'enjoignait de le retrouver à Lisbonne. De Lisbonne, nous irions à Coimbra, où il me communiquerait des informations très significatives. Quelques jours plus tard, il m'accueillit à l'entrée principale de la Bibliothèque de l'Université de Coimbra. Tout à trac, il me confia qu'il voyait en moi un bon partenaire pour discuter de questions littéraires.

Il affirma qu'il était sans fausse modestie un fin connaisseur des secrets des bibliothèques et qu'il prenait beaucoup de plaisir à discuter avec moi de religion, de littérature et d'autres thèmes d'ordre culturel. Akounine m'apprit qu'il existait des documents attestant l'existence de certaines « librairies d'étude » à caractère public, qui avaient fonctionné dans ces locaux, bien avant que l'Université de Coimbra ne s'y installât, en 1537.

Par décret de Dom João IV, le fonds s'enrichit de donations et d'acquisitions d'ensembles biographiques, tel celui qui vint de Flandres, par l'intermédiaire d'un homme nommé Pedro Mariz, un libraire et imprimeur. Pendant le règne de Philippe IV et les Guerres de Restauration, l'enrichissement du fonds s'interrompit, mais dès son arrivée au pouvoir, Dom João V donna l'autorisation officielle de construire un bâtiment affecté en propre à la bibliothèque. En 1772, avec la réforme de Pombal, l'université connut une grande phase d'expansion, en particulier de ses bibliothèques. Mais en 1834, ayant souffert des invasions françaises, des luttes progressistes et de la suppression des ordres religieux, les bibliothèques durent de nouveau faire appel à un soutien financier. Bien heureusement, le XXe siècle fut plus précautionneux à l'endroit des ouvrages de la cité universitaire de Coimbra : on y transforma l'ancienne faculté des Lettres de sorte qu'elle accueillît une nouvelle bibliothèque.

En sus, le dépôt légal, dont j'ai déjà fait mention ici à l'occasion d'une conversation sur le Real Gabinete Português de Leitura, de Rio de Janeiro, entré en vigueur dans les années 1930, ainsi que les acquisitions, donations et inclusions de sources documentaires, permirent au fonds de la Bibliothèque Générale de l'Université de Coimbra de s'enrichir notablement. Il est aujourd'hui loisible d'admirer ses deux édifices qui abritent la Bibliothèque Joanina, d'une beauté architecturale et décorative que je qualifierais d'exceptionnelle, et qui recèle une collection d'œuvres imprimées entre le XVIe siècle et la fin du XVIIIe.

La « Joanina » fut en grande partie construite grâce à l'or venu du Brésil, son fonds comprenait des ouvrages d'une extrême rareté. Aux dires d'Akounine, les plus précieux étaient l'édition des « Lusiades » et une Bible hébraïque d'Abravanel dont il existe à peine vingt exemplaires au monde. Akounine me décrivit avec enthousiasme la construction qui, au XVIIIe siècle, occupait la cour de la faculté de droit. Bien qu'ancienne, elle était remarquablement conservée : c'était une des plus prestigieuses bibliothèques au monde.

J'indiquai que je m'y étais rendu quelque vingt ans auparavant, en compagnie d'un professeur de la faculté de médecine de l'université. À l'époque je m'intéressais à la conservation des œuvres littéraires anciennes. J'avais pris la liberté de m'informer, auprès d'un des employés de la Bibliothèque de Coimbra, sur les techniques de conservation de ses livres anciens. L'homme afficha un grand sourire et me décrivit le rôle joué en la matière par les chauves-souris qui peuplaient les lambris du plafond et qui s'alimentaient des insectes et des moisissures susceptibles de dégrader papier et parchemin. Il suffisait, quand elles avaient accompli leur office, de retirer chaque matin les couvertures en peau de vache et de les battre au soleil afin de les débarrasser des déjections nocturnes des chauves-souris.

Akounine adora cette histoire de chauves-souris ; il m'invita à prendre un café dans une petite salle fort sympathique située près de la bibliothèque et m'y montra un classeur contenant plusieurs copies de documents. Ils contenaient de nombreuses preuves de ce que Max Shachtman était le petit-fils d'Ivan Bounine. Les recherches du Russe avaient attesté que Bounine avait résidé à Kharkov avec son frère : il y était fonctionnaire. À l'époque, il écrivait déjà des poèmes et commençait à rédiger en prose. C'est à cette période qu'il publia son premier livre et fut engagé comme éditeur adjoint au journal *Orlovskiy Vestnik*. Il fut ensuite bibliothécaire dans la ville de Poltava.

Son frère était le père d'une petite fille qui s'appelait Valeska, fruit d'une aventure avec Sonya, la fille de la cuisinière d'une auberge de la région, fréquentée en ces temps par de jeunes intellectuels. Selon les découvertes d'Akounine, Valeska se maria avec un commerçant juif nommé Jacob, le vrai père d'Ivan Bounine, qui émigra avec elle dans une région qui, de nos jours, correspondrait à la zone frontalière joignant Pologne et Russie.

Je me souviens d'avoir passé plusieurs nuits blanches à la pensée que Max pût descendre d'Ivan Bounine. Quel honneur pour Max et pour moi, que cette consanguinité! Comme la généalogie me fascine! Le Russe s'en fut ensuite mener l'enquête sur certains documents qui se trouvaient au centre de la France. Après avoir passé quelque temps dans ce pays, il s'était rendu à Alger.

Suivre la piste de Max au nord du continent africain me semblait chose extraordinaire. Je me souvins de ce que les pays européens avaient colonisé l'Afrique pendant de longues années : l'entreprise du Russe n'était donc pas dépourvue de sens. Pour ma part, j'avais remarqué la présence d'un crapaud, un jour que j'étais enfermé dans les toilettes de ma chambre, au Grand Hostel Kraków de Cracovie. Ce crapaud avait un aspect étrange. Il arborait une épaisse tignasse rousse, divisée parfaitement en deux rangées comme par un peigne, et qui lui descendait presque jusqu'aux fesses. Quand je l'eus fixé dans le blanc des yeux une dizaine de fois, il décida de se présenter. Il me confia, dans un anglais impeccable, mais non sans gêne, qu'il avait été l'amant de Melina Antoniades.

Il venait d'une région de l'intérieur de la Croatie, plus précisément située à quelque vingt kilomètres de Zagreb. Il m'expliqua que Melina et lui s'étaient disputés au sujet de l'origine des chevaux berbères. Quand elle avait allégué qu'ils étaient issus du sud de l'Afrique, il lui avait très humblement expliqué qu'ils étaient originaires du territoire berbère, qui s'étend de la Lybie au Maroc, et qu'ils y vivaient depuis des siècles. Pour le punir de son insolence, elle l'avait transformé en crapaud.

Je profitai de cette anecdote pour lui indiquer que cette race équine remonte à l'époque de la conquête islamique. Quoi qu'il en fût, le crapaud se présenta à moi comme le descendant du Roi Lalibela, qui, au XIIe siècle, avait fait construire en Éthiopie plusieurs églises monolithiques sculptées dans la roche et inspirées de Jérusalem. Il me demanda de répéter neuf fois «Adis Abeba», qui signifie «nouvelle fleur» en amharique et qui est le nom actuel de la capitale éthiopienne.

L'amharique est la langue officielle des Éthiopiens, c'est une langue d'origine sémitique, souche des langues afro. Comme je prononçai «adis abeba» pour la neuvième fois, le crapaud se transforma en un beau jeune homme. Il m'avoua qu'il était mort à l'occasion d'un duel dont le motif était la propriété d'un chameau, 250 ans auparavant. Il habitait le mausolée de Te'eka Negist, dans le Palais de Ménélik, à Addis Abeba. Il était mon ancêtre. Mon cousin Jaime Ades, qui vit actuellement à Rio de Janeiro, a gardé son nom de famille, cet «Ades» est en effet une variation d'«Adis».

Il me révéla qu'il avait assisté personnellement à plusieurs périodes de la colonisation de l'Afrique par les Européens à partir du début du XVe siècle, quand le Portugal avait commencé à s'emparer de territoires sis sur la côte Atlantique. En quête d'une route vers les Indes, les Portugais installèrent des comptoirs sur le littoral, où ils pourraient développer l'exploitation des métaux précieux, de l'ivoire et des produits agricoles. Il affirma que c'était l'esclavage qui avait stimulé l'économie portugaise en Afrique, pour ne pas dire dans le monde. Le trafic des indigènes, échangés contre des marchandises européennes comme le tabac, l'eau de vie ou tels produits manufacturés, prospéra considérablement à cette époque.

Le jeune homme parlait comme quelqu'un qui n'ignorait rien de la cupidité et de la cruauté. Chose curieuse : il répéta plusieurs fois que mes traits étaient fort semblables à ceux d'une personne qu'il connaissait, mais dont il ne se souvenait pas au juste de l'identité. Il raconta que les esclaves noirs étaient d'abord déportés vers des plantations de canne à sucre des îles du nord de l'Afrique, puis vers le Portugal. À partir du XVIe siècle, ils furent tous envoyés au Brésil, région où se perpétrait le plus grand trafic d'esclaves de toutes les Amériques. J'ouvre ici une parenthèse pour dire que j'ai reçu des informations sûres de l'anthropologue et photographe brésilien Milton Guran, un grand homme, sur le « *Cais do Valongo* ». Selon Guran, il n'y a aucun doute sur le fait que le centre historique de Rio de Janeiro fût le point de débarquement principal des esclaves en Amérique.

Ce lieu est l'un de ceux que les spécialistes en archéologie nomment « lieux de mémoire », comme Auschwitz, Hiroshima et Nagasaki, tous endroits qui rappellent ce qui ne doit point être oublié. Le Cais do Valongo fut découvert durant les excavations réalisées dans le centre de la capitale carioca à l'occasion des travaux d'aménagements réalisés pour l'organisation de la Coupe du Monde de football 2014.

Quand nous nous fûmes présentés, Guran m'avoua être impressionné de ma ressemblance avec Ganga Zumba, un grand leader noir né au Congo : nous ne pouvions qu'être parents ! L'idée me traversa l'esprit que tous ces liens de parenté pouvaient être le fruit d'un complot tramé par le russe de sorte que j'aie l'impression de faire partie d'une manière de clan universel : mais il n'était pas temps d'envisager cette hypothèse.

C'est à la capitainerie de Pernambuco, actuellement située dans l'État d'Alagoas, qu'eut lieu la « *guerra dos Palmares* », après une longue tentative des Portugais pour en finir avec le noyau de résistance rebelle qui s'y était formé au XVIIe siècle et qui menaçait le système esclavagiste : le « quilombo ». Ce dernier était situé à grande distance des fabriques qui régnaient sur le commerce du sucre au sein de la colonie. Les esclaves fugitifs des plantations étaient en majorité des Africains venus du Congo et d'Angola qui s'étaient réunis en « quilombos », au sein desquels ils avaient établi des règles de vie commune, constituant un espace de totale autonomie noire. Palmares compta jusqu'à vingt mille habitants qui vivaient du commerce et des pillages commis dans les hameaux des environs de la sucrerie. Pendant l'occupation hollandaise, la Compagnie des Indes Occidentales attaqua le quilombo à plusieurs reprises, sans succès. En 1678, un accord de paix fut proposé par les Portugais à mon parent, Ganga Zumba, le chef des rebelles.

En vertu de cet accord, les fugitifs devaient être rendus à la couronne portugaise. Les natifs du Quilombo, pour leur part, seraient affranchis et deviendraient propriétaires des terres du Quilombo. Ganga Zumba accepta la proposition portugaise, mais ni Zumbi ni Dandara ne le suivirent, ce qui rompit l'unité du Quilombo. Zumba fut empoisonné et Zumbi prit la tête de la lutte contre les Portugais. La fin de la guerre fut tragique. Les Portugais attaquèrent Palmarès à plusieurs reprises et Zumbi mourut dans une embuscade le 20 novembre 1695. Selon Guran, avant de mourir, il avoua être lui aussi mon parent. Les Portugais sortirent vainqueurs des combats et Palmarès fut détruit. Dandara, qui avait toujours préféré combattre et mourir plutôt que de redevenir esclave se suicida. Depuis cette époque, le 20 novembre est le jour de la « conscience noire ».

S'agissant du quai du Valongo, j'en dirai que c'est là qu'ont débarqué en Amérique, au long des siècles, près d'un million et demi de noirs africains asservis. Afin que vous puissiez mesurer l'échelle de ces événements, sachez que le total des esclaves noirs déportés d'Afrique au Brésil atteignit les quatre millions. Au cours de toute leur histoire, les États-Unis n'en reçurent pour leur part que quelque quatre cent mille. En d'autres termes, le Brésil, qui fut le dernier pays d'Amérique à abolir l'esclavage, reçut dix fois plus d'esclaves noirs que les États-Unis. Sur le continent africain, zone géographique immense, la mobilité des peuplades était extrêmement limitée. C'est ainsi que ceux qui se trouvaient arrachés de force à leur territoire n'avaient pas véritablement conscience d'une « identité africaine ». C'est sur le Quai du Valongo, à Rio de Janeiro, de l'autre côté de l'Atlantique, au lieu même de leur débarquement d'Afrique, que ce sentiment identitaire se fit jour, grâce aux échanges entre esclaves noirs de cultures et de traditions différentes, mais que liaient des éléments anthropologiques communs.

L'esclavage détruisit l'économie des peuples africains : ainsi, les routes commerciales vers le Sahara disparurent presque totalement. Les produits et les esclaves furent alors destinés au commerce des capitaineries installées par les Européens sur la côte Atlantique. Guran pouvait être sûr de lui lorsqu'il affirmait que l'esclavagisme africain constituait l'activité économique la plus maligne jamais connue dans l'Histoire de l'humanité.

Prenant congé, le jeune Éthiopien que j'avais aidé à se défaire de son état de crapaud me laissa un petit souvenir, que je devais remettre personnellement à Melina Antoniades. J'étais curieux de savoir de quoi il s'agissait. Je vis qu'il s'agissait d'un dessin tracé sur une pierre noire, sous lequel était inscrit le « Mont Entoto », ce lieu où, au début du XVe siècle, aurait été bâtie la capitale impériale médiévale connue sous le nom de « Barara », résidence à plusieurs empereurs. Sur la pierre était gravée une carte, irisée de plusieurs nuances de vert, qui semblait de la main même du cartographe italien Fra Mauro et était datée de 1450. Elle constituait la preuve de l'existence d'une ville sise face à Addis Abeba, entre Washa Mikael et l'église d'Entoto

Maryam. Quelques semaines plus tard, je reçus dans ma boîte aux lettres un petit paquet envoyé en remerciement par Melina. Je l'ouvris : c'était une bouteille d'alcool.

Sur le billet qui l'accompagnait, elle m'écrivait que la boisson contenait un ferment conçu par les Vikings à l'époque médiévale. La boisson était à base d'orge. C'était sans doute, au XIVe siècle, l'unique grain cultivé en Islande, le gel y rendant impossible la culture de quelque autre graminée que ce fût. La plus grande partie de la récolte était utilisée pour préparer la bière. Les enfants en buvaient chaque jour. Les premiers Européens du nord maîtrisaient parfaitement les techniques de production des boissons obtenues à partir de la fermentation du grain. En 77 après Jésus-Christ, l'*Histoire naturelle*, cette encyclopédie romaine de Gaius Plinius Secundus, aussi connu sous le nom de « Pline le Vieux », mentionnait déjà la bière comme une production aux noms divers des tribus du nord de l'Europe.

Melina me conseilla de la boire bien glacée, comme si j'étais sur un grand glacier du Nord, et de goûter les rêves inénarrables suscités par ce « nectar des dieux ». Elle avait raison : je fis cette nuit-là un rêve fantastique dans lequel un guide spirituel africain m'emmenait dans différentes régions de son continent superbe. Ses commentaires touchant à la domination européenne dans les différentes régions d'Afrique étaient passionnants. Il disait qu'à la fin du XVIIIe siècle, la colonisation africaine se limitait encore au littoral.

À l'époque, la cartographie exacte de l'intérieur de l'Afrique était inconnue. Mais au début du XIXe siècle, l'indépendance des colonies d'Amérique du Sud acquise et la révolution industrielle en cours, les grands entrepreneurs européens, avec l'appui des gouvernements, tournèrent leurs yeux vers le continent noir. Les Européens se mirent à se disputer l'occupation du territoire africain. Ils y installèrent des empires fondés sur la domination européenne. Cette vague de colonisation en direction du continent africain et des pays asiatiques était encouragée par les innovations en matière de transports et de communication qui convoquèrent des techniques de production impliquant de nouvelles sources d'énergie telles que le pétrole ou l'électricité. Les produits résultant de la croissance économique devaient aussi aller à la conquête de nouveaux. Il devint impératif pour les puissances européennes d'absorber de nouveaux espaces pour répondre aux exigences d'un capitalisme en plein essor.

Le guide me rappela l'immensité des territoires concernés : les grandes puissances durent en tenir compte en apportant tout leur appui politique à la conquête en menant de grandes opérations militaires et administratives au sein des régions convoitées et conquises. Au XIXe siècle surtout, l'idéologie qui promouvait la domination de l'Afrique était ancrée dans le racisme scientifique ou dans le darwinisme social qui se renforça lorsque les idées originales de Charles Darwin se trouvèrent gauchies pour justifier l'idée de supériorité naturelle des Européens sur les autres peuples.

Soudain apparut Melina qui intervint en toute pertinence. Elle raconta que nombre d'éminents représentants de l'Église Catholique mésusaient d'un passage célèbre de la Bible pour justifier l'esclavage, passage que j'ai déjà évoqué ici : l'extrait dit de la « Malédiction de Cham », dans lequel Cham, fils de Noé, et tous ses descendants, se voient infliger un anathème qui les condamne à l'esclavage jusqu'à la fin des temps. On utilisa ce « précédent » biblique pour exploiter le corps d'autres êtres humains et pour les réduire à l'esclavage. Le plus terrible est que de nombreux prédicateurs firent eux-mêmes usage de ce faux argument pour justifier leurs menées esclavagistes. Il n'était pas rare d'entendre dans les églises, aux États-Unis par exemple, que l'utilisation de noirs en tant que main-d'œuvre était prônée par la Bible.

En conquérant l'Afrique, les Européens prétendaient y apporter le progrès en « civilisant » les peuples « sauvages ». Le darwinisme social s'alliait alors au christianisme évangélique : des centaines de missions catholiques et protestantes commencèrent à recouvrir l'Afrique, dont la visée était d'évangéliser les peuples natifs.

Dans le délire où m'avait plongé par la boisson viking, je vis Jomo Kenyatta, ex-président du Kenya mort dans les années 1970 me lancer, sarcastique : « Quand les blancs arrivèrent, nous avions des terres et eux la Bible ; ils nous apprirent à prier et quand nous rouvrîmes les yeux, nous avions la Bible et eux les terres ».

Je vous prie de nouveau de me pardonner, chers lecteurs : je vais devoir ouvrir une nouvelle parenthèse pour décrire un événement dont je me suis souvenu et que je ne peux éviter de mentionner. Je me trouvais dans un bois nommé Stužica, en compagnie de Melina. Elle était magnifique dans cette jupe courte qui mettait admirablement en évidence les formes superbes de ses hanches. Nous nous trouvions en pleine forêt des Carpates, cette région de l'Europe centrale commune à l'Ukraine, à la Slovaquie, à la Pologne, et à d'autres. On rencontre là une réserve génétique, un parfait exemple de ce que fut l'écosystème postérieur à la dernière ère glaciaire : ainsi figure-t-elle sur la liste des « patrimoines de l'humanité » de l'UNESCO.

Nous nous promenions par les sous-bois quand j'entendis des gémissements qui ne me parurent rien moins que douloureux. M'écartant des rangs d'arbustes, je surpris en fâcheuse devinez qui, je vous le donne en mille : notre nain polydactyle, le premier, et Marie-Antoinette, la dernière souveraine de France ! Elle était réputée pour ses extravagances et considérée comme l'un des éléments détonateurs de la Révolution française : elle fut accusée de trahison et, après la mort de son mari, guillotinée.

Ce fait mentionné, je referme la parenthèse pour en revenir à mes considérations sur ce splendide continent africain qui a tant souffert et j'affirme que, passé le début du XIXe siècle, la division de l'Afrique s'opéra de façon graduelle. Sur la côte occidentale, la dispute opposa surtout Anglais et Français. Au sud, au début du XIXe, la Guerre des Boers fit rage.

La région où se trouve actuellement l'Afrique du Sud, était initialement occupée par les Hollandais, puis la Grande-Bretagne conquit la Colonie du Cap, obligeant les « Boers » à émigrer dans la région du Transvaal. Mais, selon mon guide spirituel, l'or et les diamants firent que les Anglais se précipitèrent aussi sur ces richesses. Les pays européens durent se réunir à l'occasion de la conférence de Berlin qui se tint entre 1884 et 1885 afin de répartir l'occupation de l'Afrique entre France, Grande-Bretagne, Portugal, Allemagne, Belgique, Italie, Espagne, Autriche-Hongrie, Pays Bas, Danemark, etc. Selon Melina, la Conférence de Berlin dessina les frontières en accord avec les intérêts des puissances impérialistes, sans respecter la géopolitique préexistante et en plaçant les tribus rivales sous la même administration.

Les ethnies furent séparées par des frontières artificielles et après la Conférence, les grandes puissances furent même sur le point de s'affronter : ce fut le cas de l'Allemagne et de la France au début du XXe. Ces rivalités impérialistes furent l'un des détonateurs de la Première Guerre mondiale. Mes commentaires regardant le le continent africain sont aussi le fruit de raisons très personnelles. Le détective russe m'informa qu'il avait découvert un important lien de parenté entre une éminente personnalité du champ culturel africain et votre serviteur.

J'attendis avec une grande impatience qu'Akounine me révélât qu'il s'agissait de John Maxwell Coetzee, lauréat du prix Nobel de Littérature en 2003 : mon cœur manqua flancher.

Coetzee est né au Cap en 1940 : le Russe apprit qu'il était le fils d'un cousin de mon père, Salomon Kutzy Chvartman.

Je n'ai eu la chance de lire qu'une seule page de *Déshonneur*, l'une des œuvres de mon illustre parent. Ce livre raconte l'histoire d'un professeur de littérature durant la période qui suivit l'apartheid, en Afrique du Sud. Je referme cette parenthèse concernant ma parenté avec le prix Nobel sud-africain et j'en reviens à mes considérations sur les colonies africaines. Elles étaient des sources de richesses pour l'économie européenne, qu'elles alimentaient au début du XXe siècle. Mais les Africains furent loin d'accueillir toujours les colonisateurs de manière pacifique. Dans certaines régions, des conflits armés se déclenchèrent. Dans d'autres se manifesta une résistance pacifique, on s'enfuit dans la brousse ou on détruisit l'outil de travail. La perte de souveraineté entraina des dizaines de révoltes en Afrique du Nord, au Maroc, en Algérie, en Tunisie et en Égypte, où la population n'accepte pas la soumission au gouvernement étranger chrétien.

Melina relata que dans la région où se trouve actuellement la Tanzanie, un mouvement armé, connu comme la «révolte des Maji-Maji» entra en sédition : plusieurs groupes ethniques réagirent à la domination allemande, et finirent massacrés. Oui, la résistance africaine fut très aiguë dans certaines régions. L'Afrique, considérée par les européens comme une région barbare, fut le témoin de la barbarie qui s'abattit sur ses autochtones.

Après la Second Guerre mondiale, des conditions plus favorables permirent aux colonies de conquérir leur indépendance : de nombreux pays qui avaient lutté au nom de l'idée de liberté continuèrent de s'en inspirer.

C'est ainsi qu'en 1948, une «Déclaration Universelle des Droits de l'Homme» fut adoptée par l'ONU, qui garantissait le droit des peuples à l'autodétermination. De nombreuses puissances européennes perdirent leur pouvoir économique et s'endettèrent. De surcroît, les luttes des colonies pour l'émancipation gérèrent des frais supplémentaires. Les Etats-Unis et l'URSS influencèrent le processus de décolonisation en concédant une aide économique et militaire et en apportant leur appui aux pays africains.

Mon guide insinua que cela n'était peut-être pas là le fruit de telle bonté d'âme des grandes puissances, mais plutôt la manifestation de leurs projets expansionnistes et de leur volonté de parvenir à un contrôle géopolitique de la région. La polarisation du monde eut un impact significatif sur le processus d'indépendance dans certaines régions d'Afrique. En Angola, une terrible guerre civile opposa des groupes qui recevaient qui l'appui des Américains, qui celui des soviétiques. La France et l'Angleterre sont les pays d'Europe qui eurent le plus de colonies en Afrique. La première opta pour une administration plus violente : en Algérie de plus de deux millions de personnes furent assassinées. Les Anglais cherchèrent des solutions transitoires plus pacifiques, bien que des conflits ensanglantassent le Kenya. Quant aux Belges, ils furent extrêmement violents dans leurs colonies africaines et laisseront dans les mémoires les mains de noirs mutilées par la soif d'or de leurs rois au Congo.

Le Portugal fut le dernier à abandonner ses colonies. La dictature de Salazar, qui s'acheva en 1968, perpétra une terrible oppression en Angola, au Mozambique et en Guinée-Bissau. Heureusement la chute du régime, lors de la «Révolution des Œillets» de 1974, marqua le début d'un processus de libération des colonies qui étaient en guerre depuis le début des années 60.

Chers lecteurs, vous aurez peut-être jugé mon récit sur l'Afrique coloniale un peu monotone, mais il répondait à une commande de Melina. Elle avait une dilection pour ce thème : moi aussi. De mon côté, j'en fais un point de justice pour le continent africain, victime de la plus grande exploitation humaine jamais vue. Melina, pour sa part, avait des raisons beaucoup plus intimes : elle avait été la maitresse d'un des leaders révolutionnaires de Tanzanie. Elle en parlait comme d'un jeune métis extrêmement intelligent, fils d'un colonisateur juif allemand et d'une Africaine. Il s'appelait Nassor Simba Zuartiman : Akounine affirmait que sans l'ombre d'un doute, nous avions des liens de parenté du côté de mon père.

# La Septante

Un aspect étonnant de ma relation avec Melina et Akounine était le fait que je ne me sois jamais demandé comment ils me transportaient dans tous ces lieux incroyables. J'avais décidé de me plonger corps et âme dans cette aventure sans me poser beaucoup de questions sur la rationalité des événements. La preuve, c'est qu'à l'heure où m'extirpai du délire provoqué par la bière des Vikings d'Irlande, me demeura en mémoire un souvenir très agréable de ce voyage. Quelques jours plus tard, Akounine me pria de l'accompagner à Bagdad. Il m'assurait que c'était très important pour moi. J'acceptai sa proposition et pris un vol de la Turkish Airlines qui décollait de São Paulo à quatre heures du matin et faisait escale à Istanbul.

Notre rencontre se tint dans un café situé dans un endroit modeste dans lequel, à en croire Melina, à l'époque du Califat des Abbassides, étaient sis la Maison du Savoir, une bibliothèque et un centre de traduction. La Maison du Savoir fut une institution fondamentale pour le dit « Mouvement des traductions » et était considérée comme le plus grand centre intellectuel de l'âge d'or de l'Islam. Elle fut fondée par le calife Harune Arraxide, mais atteignit son apogée culturel sous le règne de son fils Almamune, au IXe siècle.

C'est Almamune qui guida vers la Maison du Savoir de Bagdad le plus d'érudits de l'époque, afin qu'ils y échangeassent des idées. De nombreux maîtres musulmans participèrent aux activités de cet important centre éducatif, où les livres étaient traduits du persan vers l'arabe et où de nombreuses œuvres fondamentales de la culture arabe, indienne et grecque, furent conservées.

Almamune créa aussi un observatoire pour le développement de la science qui regroupait l'astrologie, les mathématiques et l'alchimie et dans lequel les chercheurs accumulèrent une ample collection, témoin de la connaissance mondiale. Akounine indiqua qu'à l'époque, Bagdad était la ville la plus riche du monde et un centre de développement intellectuel sans précédent dans la région : la ville comptait une population de plus d'un million d'habitants.

De nombreuses œuvres chinoises, grecques ou rédigées en d'autres langues telles que le sanscrit, furent à l'époque traduites en arabe. Almamune fit aussi construire de grandes bibliothèques et de nombreux intellectuels poursuivis par les empereurs byzantins y reçurent le meilleur accueil. On y lisait des textes de Pythagore, Platon, Aristote, Hippocrate, Galien, Charaka, Sushruta, Brahmagupta et de beaucoup d'autres.

Plusieurs savants avaient déjà émigré en Orient à l'époque de Justinien, au VIe siècle. Le calife Almançor, qui régna au milieu du VIIIe siècle, avait fondé un palais-bibliothèque et créé le concept de « catalogue » bibliothécaire, qui prévalut au siècle suivant à la Maison du Savoir et dans d'autres bibliothèques islamiques, et qui classait les livres par genres et par catégories spécifiques. En ces lieux, les traducteurs, les chercheurs, les scribes et les hommes de lettres se regroupaient pour lire, traduire, écrire, débattre et dialoguer. Les activités de l'institution étaient sponsorisées par ces papeteries qui allaient devenir des librairies et se lancer dans la vente de millions d'ouvrages.

Comme il faisait très chaud, Melina ouvrit de son propre chef les deux boutons supérieurs de sa chemise blanche, dévoilant sa superbe poitrine, tandis que sa jupe en jean bleu assurait la parfaite visibilité de ses cuisses sculpturales. C'est certes dans ces moments-là qu'elle révélait sa possession par le diable.

Près la Maison du Savoir, on traduisait des œuvres en grec. Ce travail était effectué par des savants comme le poète et astrologue Sal ibne Harune ou les frères Banu Muça. Melina rappela que cette véritable industrie du livre avait été rendue possible par l'invention du « warraga », le papier de l'époque. Un érudit chrétien nommé Hunaine Ibne Ixaque fut promu par le calife responsable de la coordination des opérations de traduction.

Ainsi la Maison du Savoir acquit-elle la réputation d'un grand centre d'apprentissage : à cette époque, il n'existait pas encore d'universités, selon l'idée que nous en avons aujourd'hui, la connaissance se transmettait directement du maître à l'élève. La Maison du Savoir et les autres bibliothèques furent détruites par les Mongols lors du siège de Bagdad de 1258. Par chance, près de quatre cent mille manuscrits purent être sauvés par Nácer Aldim al-Tuci et furent transférés à Marãgheh, en Iran.

L'émotion suscitée par les informations que Melina et Akounine m'avaient fournies sur la culture arabe me submergea : je ne pus m'empêcher de pleurer. Comme nous savourions un café turc, le Russe se mit à m'expliquer que le café était aussi une boisson traditionnelle dans d'autres contrées jadis conquises par l'Empire ottoman : la Grèce, le Moyen-Orient, une partie de l'Afrique du Nord et la région des Balkans. Aussitôt après, Akounine déploya sur la table en bois une série de copies de documents, de cartes et de dessins dont je ne compris pas très bien la signification. Tous se référaient à Abu Ali Almançor Taricu Aláqueme, aussi connu sous le nom d'« Aláqueme Biamir Alá » (« Chef d'État sur ordre d'Allah »), le seizième calife ismaélien qui vécut lors de la première partie du XIe siècle.

Aláqueme fut le premier chef d'État de sa dynastie né en Égypte. Il était le fils du calife Alaziz dont il hérita du titre à la mort de son frère aîné Mohamed. Il succéda à son père à à peine onze ans, sous la tutelle du vizir Barjauá jusqu'à l'an mille. Il deviendrait une importante figure pour nombre de tribus de la région : on en avait fait une incarnation d'Allah. Dans la littérature occidentale, on l'appelle « le calife fou » : on l'y accusait en effet d'avoir profané la sainteté de l'église du Saint Sépulcre et la ville de Jérusalem.

Ce que Akounine voulait m'annoncer, c'est qu'Alaziz, le père d'Aláqueme, avait eu deux épouses. L'une d'elles était chrétienne et s'appelait Alaziza. Alaziza aurait été la mère de Sital Mulque, l'une des femmes les plus célèbres de l'histoire de l'Islam, qui eut des relations très conflictuelles avec son demi-frère. Aláqueme fut peut-être le commanditaire de sa mort. Mais il avait aussi une autre concubine, Rinat Malcun dont, selon les recherches d'Akounine, procédait peut-être un fait surprenant. Elle pouvait être l'un des maillons de la lignée maternelle de la famille Schwartsmann et une des ancêtres de Max. Je passai la nuit entière hanté par l'idée qu'il était possible que Max et moi fussions parents d'Aláqueme !

Dans ces conditions, mes liens de parenté avec Max devenaient secondaires : tant de parentés possibles s'étaient déjà annoncées... Par un bienheureux hasard, mon vol de retour quittait Bagdad le lendemain matin à sept heures trente-six. La Turkish Airline décolla à l'heure prévue. Mon vol passait par Istanbul où j'avais une connexion pour São Paulo. Je pris ce dernier vol pour rentrer chez moi.

Je ne peux conclure cette partie de mon récit sans mentionner l'histoire d'un de mes ancêtres. Cette histoire me fut contée par Melina et elle me fit frémir. Elle était celle d'un juif converti au christianisme qui fut puni pour hérésie à l'époque de la troisième croisade de Richard Cœur de Lion, souverain d'Angleterre. Cette croisade constituait une réaction des chrétiens à la conquête de Jérusalem par Saladin, le chef musulman, à la fin du XIIe siècle. Elle fut nommée la « Croisade des rois » : en effet, y prirent part, outre Richard, le roi de France, Philippe Auguste, et l'Empereur d'Allemagne Frédéric « Barberousse ».

Malgré l'ampleur de leur armée, les croisés ne parvinrent pas à réaliser leur objectif. Richard Cœur de Lion tomba malade à Jérusalem et supplia qu'on lui apportât un peu de viande de porc. Comme il n'y avait pas de porcs disponibles, ses cuisiniers décidèrent de sacrifier un infidèle et servirent au roi la chair d'un Juif converti. Richard adora le mets. Ici et là, Melina m'infligeait d'atroces histoires à propos de mes ancêtres.

Cette fois, ce furent les incubes et les succubes qui hantèrent mon esprit de leur terrible obsession d'absorber l'énergie sexuelle de leurs proies. Une semaine plus tard, je reçus un message d'Akounine, me demandant de le rappeler. Il était au Caire, au grand hôtel « Nile Tower », situé près du Musée égyptien, le plus grand du pays. La collection du musée était composée d'un immense fonds de plus de cent vingt mille antiquités égyptiennes, découvertes lors d'excavations. Il avait été inauguré en 1858, grâce à une donation de l'archéologue français Auguste Mariette. Avant son inauguration, le gouvernement avait créé le service des antiquités égyptiennes afin d'enrayer le pillage des chantiers archéologiques.

En 1900, le fonds fut transféré place Tahrir, dans un palais de style éclectique, où il se trouve encore aujourd'hui, œuvre de l'architecte français Marcel Dourgnon. En 1902, on inaugura la bibliothèque, une des merveilles de ce monde, consacrée à la civilisation de l'Égypte ancienne. Le Musée est connu pour abriter les trésors de Toutankhamon.

Nulle inquiétude : le célèbre pharaon n'a pas de liens de parenté avec moi. Cependant, son père, Akhénaton ou Amenhotep IV eut, selon Akounine, une relation extraconjugale avec une esclave juive du nom de Miriam Safras, qui était sans doute une ancêtre de ma grand-mère Clara. Le détective russe avait réalisé des examens génétiques sur des matières prélevées sur une momie trouvée lors d'une expédition secrète dans une région proche de la pyramide de Gizeh. Akounine m'informa de surcroît au téléphone qu'il avait identifié des éléments surprenants lors de ses recherches, mais que ces informations étaient très sensibles et susceptibles de me perturber. Il me demanda s'il me serait possible de prendre un avion et de venir le retrouver au Caire. Dans le cas contraire, nous pourrions nous retrouver à Alger dans une semaine.

Certes, Akounine ne m'eût pas proposé d'effectuer un si long et si coûteux voyage s'il quelque chose d'extrêmement important ne devait faire l'objet d'une décision touchant à notre enquête. Le lundi suivant, mon vol Air France atterrit au terminal I de l'aéroport international Houari Boumediene.

L'aéroport était situé à dix-sept kilomètres au sud-est d'Alger, le vol arrivait à sept heures vingt-cinq du matin. Le nom du nouvel aéroport était un hommage au regretté président Boumediene. Dans les livres sur la guerre d'Indépendance de l'Algérie, on apprenait que l'aéroport était connu comme « La Maison Blanche », surnom que lui donnaient les Français de la région de Dar El Beida, à l'époque de l'occupation française.

Monsieur Aleksander Akounine me reçut à Alger d'un air un peu préoccupé. Nous prîmes un taxi jusqu'à l'hôtel et il ne tarda pas à me conter le contenu de ses recherches. Il avait en main un certificat de naissance émis par le service d'état civil de Mondovi, à l'époque de l'occupation française : elle était datée du 7 novembre 1913. Le titulaire du document était un enfant de sexe féminin, enregistré par son père, un paysan du nom de Dedieya Meyer qui, selon les recherches d'Akounine, mourut quelques années plus tard, pendant la bataille de la Marne, durant la Première Guerre mondiale. Bien, la fille de ce paysan et d'une jeune femme d'une humble famille de la région, mais d'origine polonaise et probablement juive, était la mère de Max Shachtman. Je me levai et complimentai Akounine. Je fis servir une bouteille du meilleur champagne afin de le sabrer à cette nouvelle.

Le Russe me demanda d'attendre : l'histoire ne se terminait pas là. Il avait encore beaucoup de choses à me dire. Il tira alors une enveloppe de la poche de son veston et me montra deux feuilles de papier dont l'aspect était ancien. C'étaient là des certificats de naissance portant plusieurs signatures et plusieurs cachets. Il m'enjoignit d'être bien attentif à ce qu'il allait me révéler. Ces documents contenaient des preuves concrètes de ce que Max était le frère d'Albert Camus, du côté de sa mère.

Oui, nul doute : Max et Camus étaient bien frères du côté de leur mère. Akounine se mit à me donner des détails sur les difficultés financières par lesquelles passa la mère d'Albert Camus à cette époque. C'est à ce moment de sa vie qu'elle connut le père de Max dans une gare à Marseille : ils se marièrent dans la foulée. Le père trouva un emploi dans une compagnie française qui réparait des moteurs. Plus tard ils partirent s'établir en Afrique du Nord.

Camus est né à Mondavi en Algérie. Il partit vivre à Alger lorsqu'il était jeune pour y poursuivre ses études. Il préparait son baccalauréat en philosophie, mais sa carrière académique fut interrompue par la tuberculose qui allait l'empêcher de passer son examen. Camus devint écrivain et journaliste. En 1934, il entra au Parti Communiste Français, puis au Parti du Peuple en Algérie. Il fonda sa compagnie théâtrale et certaines de ses pièces furent censurées, comme *Révolte dans les Asturies*, en 1936. Il rompit avec le Parti Communiste en 1940, puis partit vivre à Paris, mais fut obligé de fuir face à l'invasion nazie. Plus tard, de retour en France, il s'engagea dans la résistance et commença à collaborer au journal *Combat*. C'est alors qu'il connut le philosophe Jean-Paul Sartre, avec qui il se lia d'amitié.

J'ouvre ici une parenthèse. En 1942, durant la Seconde Guerre mondiale, Camus publia son roman le plus important, *L'Étranger*, qui raconte l'histoire de Meursault, un homme qui a commis un assassinat gratuit et est jugé. L'histoire se passe en Algérie, où l'auteur a passé une grande partie de sa jeunesse, à l'époque où le pays était une colonie française. Dans ce livre, ses idées philosophiques sont élaborées de façon captivante.

Il s'agit d'un récit à la première personne, dans lequel Meursault nous raconte sa vie depuis la mort de sa mère. Le personnage a une personnalité peu commune. Bien qu'il assiste à l'enterrement de sa mère, la mort de celle-ci ne paraît pas signifier grand-chose pour lui. Camus avait conscience du manque de sens de nos efforts face à la mort. Son personnage se lie d'amitié avec Raymond, un de ses voisins, un proxénète.

Meursault l'aide à se débarrasser d'une de ses maîtresses. Raymond se bat au couteau, sur une plage, avec le frère de sa maîtresse, «l'Arabe». Il est blessé. Meursault revient sur la plage et, sous l'effet du soleil écrasant, comme un automate, tire sur l'Arabe et le tue. Il adresse même d'autres coups de feu au corps déjà mort.

Il est jugé et l'accusation met l'accent sur sa froideur, celle d'un homme qui ne pleure pas à l'enterrement de sa propre mère. Pour le jury, le crime semble moins important que son manque de remords. Il est considéré comme un homme dangereux qui doit être exécuté. À l'heure de sa mort, il refuse la visite de l'aumônier qui vient lui faire don du salut.

Le personnage est résigné, sans ambition et indifférent aux autres. Camus montre comment la société tente de donner un sens aux actions perpétrées contre Meursault. Le roman porte une réflexion sur la liberté et sur la condition humaine. Camus publia ensuite *Le Mythe de Sisyphe* et *L'État de siège*. En 1947, il écrivit *La Peste*, récit symbolique sur la lutte d'un médecin qui tente de vaincre une épidémie puis, en 1951, *L'Homme révolté*.

Les œuvres de Camus sont toujours teintées de nihilisme et offrent une vision désespérée de la condition humaine. Camus n'adhère pas à l'existentialisme et rompt avec Sartre. Il reçoit le prix Nobel de Littérature en 1957 et meurt en France, en 1960, d'un accident de voiture. Camus, le demi-frère de Max ? J'en fus ébaubi. Il est un de mes auteurs préférés. S'il est bien le parent de Max, cela induit très vraisemblablement une consanguinité avec moi.

Les jours qui suivirent, Melina m'informa qu'elle était à Uppsala, en Suède, à la recherche de données sur certains monstres de la mythologie nordique, dont il était souvent fait allusion dans les textes littéraires. Les textes étaient écrits par un auteur, inconnu en occident, nommé Swen Zvarzman. La mythologie nordique, ou Viking, se caractérise par la présence de dieux, de sorciers, de nains, de géants, de loups et de serpents. Ses légendes tentent d'expliquer l'origine de l'homme, la vie après la mort et les phénomènes naturels. Melina émit la possibilité que le nom de l'écrivain suédois pût être une translittération du nom de Max ou du mien. Ce n'était pas dépourvu de sens. Shachtman, Schwartsmann, Zvarzman… De nombreuses familles juives s'étaient réfugiées en Scandinavie pendant les pogroms, ces persécutions contre les propriétés juives du territoire russe, de la seconde moitié du XIXe siècle et de la première partie du XXe. L'hypothèse de Melina selon laquelle Zvarzmane avait un lien de parenté avec moi me parut très plausible.

Melina avait aussi rendu visite à des amis de Montevideo : elle avait reçu en cadeau un paquet de marijuana produite sur place. La drogue avait été légalisée dans le pays pour une consommation personnelle. C'est la comtesse Kristana van der Runstat qui la lui avait fournie. L'herbe était une compagne idéale pour le voyage imaginaire qu'elle avait planifié, surtout si le cannabis était mélangé à la bière viking qu'Akounine m'avait offerte.

Après avoir consommé le mélange d'hallucinogènes, nous imaginâmes comment les Schwartsmann avaient bien pu se transformer en Svarzmans de Scandinavie. Melina et moi, nous nous vîmes au milieu des combats, dans les neuf mondes distincts de la mythologie nordique. Nous étions en chair et en os sur les terres de Midgard, l'équivalent mythologique viking de notre planète Terre, le règne des humains. Là, nous nous retrouvâmes face à la déesse Jord.

Puis, nous nous envolâmes, Mélina, Akounine et moi, vers Asgard, dans les cieux d'un monde séparé des hommes par d'énormes murs où vivaient les dieux. Comme d'habitude, Melina, totalement nue, affronta le dieu Heimdall. Puis Odin, le plus puissant de tous. Pour ma part, je fus littéralement possédé par Frigga, la déesse de la fertilité. À Niflheim, il faisait un froid terrible : c'est la contrée des glaciers où vivent les géants et les nains gelés gouvernés par Hel, la déesse de l'enfer, fille de Loki. Puis nous naviguâmes, Melina et moi, sur les mers déchaînées de Vanaheim, ballotés par des vagues gigantesques, dans le monde du dieu Vanir où naquit Njord, le dieu protecteur des navigateurs, qui nous sauverait d'une tempête. Melina et lui firent l'amour pendant des heures, puis s'endormirent sur un nuage blanc. Dans mon cauchemar, Akounine était aspiré vers le fond de Svartalfheim, un autre monde où habitaient des dieux souterrains et Hoder, dieu aveugle et protecteur.

Nous arrivâmes pour finir à Jotunheim, le règne des Jotuns, des géants, dont le roi, Thrym, était très accort. Il nous conduisit sains et saufs à Nidavellir, le royaume des nains, dans les souterrains de Midgard, où Vidar, le dieu de la vengeance, promit de nous détruire. Ce fut alors que je m'éveillai, mon pyjama trempé de sueur, dans un hôtel suédois, auprès de Melina, vêtue, cette fois, d'un pyjama de satin noir.

Mais la partie inférieure de ma Jézabel n'était déjà plus humaine, elle avait à présent des pattes de bouc terminées par deux sabots fendus en leur milieu. À cette vue, je m'évanouis de nouveau — j'ai déjà oublié le nombre de fois où j'ai perdu la tête au cœur de ce récit. À Muspelheim, juste avant mon réveil, comme j'étais avec Melina, Akounine surgit de nulle part, retour de l'endroit où vivent les géants de feu, où il s'était entretenu avec Surtr, leur chef.

Il nous mena à Álfheim, dont les habitants étaient des elfes, des êtres magiques à l'aspect humain et d'une grande beauté. Là, j'appris que Bifrost était un chaînon magique entre les dieux et les hommes, c'est-à-dire entre Asgard et Midgard. Après m'avoir fait découvrir ce lien entre la réalité et l'imaginaire, Melina et Akounine m'accompagnèrent dans l'ascension vers Yggdrasil, l'arbre sacré de la vie, dont les racines unissent les neuf mondes.

Au cœur de cette manière de délire, Akounine mourut à Valhalla, le domaine des Dieux où sont reçus les êtres morts au combat. Mais il ressuscita immédiatement : les démons ne meurent pas. Le plus intéressant fut d'apprendre que Ragnarök était la destination finale des dieux, celle où faisait rage la lutte entre le bien et le mal. Contrairement à ce qu'on pouvait voir dans la mythologie grecque, dans la mythologie nordique, les dieux peuvent mourir et ne pas ressusciter où même être à l'origine de nouveaux dieux.

De tous les dieux, mon préféré était Odin, le plus puissant des dieux nordiques et leur père à tous. C'était un dieu chenu, très musclé, doté d'armes extrêmement puissantes. Il était à la fois le dieu du savoir, de la guerre et de la mort. Je notai que certains dieux le vénéraient sous le nom de Wotan. Odin offrit l'un de ses yeux à Mimir pour qu'il s'emparât du savoir, et demeura neuf jours pendu à l'arbre Yggdrasil, le corps transpercé d'une flèche. Au cours des batailles, Odin montait un cheval à huit pattes nommé Sleipnir.

Thor était son fils. Vidar et les Valkyries étaient ses filles : elles étaient chargées de recueillir les corps des héros morts au cours des combats. Les légendes nordiques content que les héros morts recueillis par les Valkyries sont destinés à une vie heureuse au Valhalla, jusqu'à la bataille de Ragnarök, au cours de laquelle Odin sera tué. La terre renaîtra alors, fertile, et naîtront les fils des êtres humains qui vivront dans le plus achevé des bonheurs.

Cette expérience surréelle vécue pour les besoins de notre enquête avait en résumé attesté que Svartalfheim, le pays des dieux souterrains et d'Hoder, le dieu aveugle et protecteur, était la région de Suède par laquelle avaient transité mes parents de la lignée des Zvarzman. L'une des premières conclusions d'Akounine fut que je descendais peut-être de nombreux dieux scandinaves. Je le remerciai, très ému.

Après toutes ces informations, le lecteur mérite un petit intermède : moi aussi. Je ne me souviens plus si j'ai déjà mentionné qu'à l'occasion d'une expédition dans les îles d'Amérique Centrale, j'avais rencontré un chercheur nommé Michele Di Lucca. C'est de lui que je vais vous parler à présent. Di Lucca revenait d'une expédition au Nouveau-Mexique, où il avait étudié les coutumes des Indiens Kiowa. Il découvrit là-bas une pâte à l'arôme très caractéristique qui se mastique et qui, selon Akounine, aurait été utilisée lors des rituels de plusieurs tribus préhispaniques. C'est Di Lucca qui me suggéra d'en ingérer un soir avant de dormir : elle contenait une substance qui ressemble à la mescaline, bénéfique au corps et à l'esprit. Il ajouta que dans les années 60, cette même substance était devenue célèbre grâce à l'œuvre de Carlos Castaneda et qu'elle était aussi utilisée par les Indiens Yaquis.

Lorsqu'il mourut chez lui, à Los Angeles, en 1998, Castaneda devint l'un des auteurs les plus lus du monde. On disait qu'il était né à Cajamarca, au Pérou. On disait aussi qu'il était né à Juqueri, dans l'État de São Paulo, au Brésil. D'autres soutenaient qu'il était d'origine italienne et qu'il était né en 1931.

Adolescent, j'ai lu avec beaucoup de curiosité *L'Herbe du diable* puis *Le Voyage à Ixtlan : les leçons de Don Juan*. J'ai expérimenté plusieurs fois l'ingestion de la pâte dont Di Lucca m'avait assuré que ses effets étaient miraculeux. C'était vrai.

Aussitôt que je l'eus avalée, mon entendement se transforma. Je me sentis l'un de ces guides spirituels indiens. La pâte avait des pouvoirs comparables à ceux de l'*Erdapfel*. Dans un demi-délire, avec l'aide du gourou Swami Vivekananda, mort en 1902, je parvins à reprendre mes études sur l'origine du mot «Christ». Dans l'Ancien Testament, le mot «Christ» n'était pas mentionné comme un nom. Il faisait seulement allusion à «l'onction». Le mot subit une translittération en «messie», terme issu de l'hébraïque «*mashiyach*», désignant un être sacré, roi, prêtre, ou entité spirituelle.

«*Mashiyach*», qui apparaît dans l'Ancien Testament, était utilisé pour désigner les rois hébreux. Les rois étaient oints, c'est-à-dire qu'ils étaient rituellement enduits avec d'huile avant de prendre le pouvoir. Il est fascinant que dès l'Ancien Testament apparaisse une allusion à une prophétie mentionnant la venue au monde d'un «*mashiyach*» ou d'un «messie».

Dans la «Septante», les traducteurs utilisaient un mot grec de sens équivalent, sans doute à l'origine du mot «Christ», et qui, j'imagine, vient du verbe «*chrio*» qui signifie «enduire rituellement avec de l'huile» ou «oindre». Le mot «Christ» dérive en effet probablement d'une traduction fondée sur le sens et non d'une translittération de «*mashiyach*».

Postérieurement à la traduction grecque, les auteurs de textes bibliques commencèrent probablement à adopter le mot «Christ» dans leurs écrits pour désigner Jésus, le «Messie». L'idée d'un «Christ» était notoire. On en fait mention dans la Bible et Hérode et ses conseillers la connaissaient. Avant même la naissance de Jésus, le terme «Christ» était utilisé au sens de «celui qui a reçu l'onction», comme traduction de l'hébreu vers le grec. L'Ancien Testament était lu par les Juifs depuis le premier siècle : «Christ» y était un titre, pas un nom.

Cent ans avant la naissance du christianisme, «Christ» était un titre prophétique. Il apparaît dans les psaumes de David, des décennies avant l'avènement de Jésus, dans des formules du type «le Seigneur et celui qu'il a oint». Il est intéressant de rappeler ici que lorsque je me suis rendu à Saint-Pétersbourg, j'ai entendu un des guides de l'Hermitage évoquer l'existence d'une œuvre religieuse russe du XVIe siècle intitulée *La Généalogie de Jésus*.

J'ai poussé plus loin mes recherches et découvert que cette œuvre, réalisée avec des pigments dorés, présente de somptueuses figures allégoriques qui illustrent symboliquement l'ascendance de Jésus. Les Évangiles dessinent deux généalogies bien distinctes de Jésus, celle de Mathieu et celle de Luc. Mathieu décrit une lignée descendante qui va d'Abraham à Jésus, le «Christ». Quarante et un noms s'y succèdent dans un ordre symbolique, du temps Abraham à celui de David, de celui de David à celui de l'exil à Babylone, de celui de Babylone à celui de Joseph, l'époux de Marie. Il prend en compte trois époques généalogiques comprenant chacune quatorze générations. Mathieu intitula sa grande généalogie «La généalogie de Jésus Christ, fils de David, fils d'Abraham», corroborant les origines hébraïques de Jésus, fils d'Abraham, en préservant son caractère messianique. De son côté, Luc promeut une généalogie ascendante: il part de Jésus, fils de Joseph, pour remonter non pas jusqu'à Abraham, mais jusqu'à Adam, mentionnant soixante-dix-sept noms. Cette immense chaîne généalogique s'achève sur la mention de Dieu lui-même, dont Adam est le fils biblique.

Les généalogies de la Genèse ressemblent à celles des anciens rois de Babylone, des civilisations orientales, ou même des Bédouins et des nomades: les «générations» n'y ont pas nécessairement une signification historiographique. Elles visent plutôt à définir l'identité tribale ou familiale, consacrant les valeurs spirituelles et les traditions. Mathieu et Luc firent avant tout œuvre de reconstruction théologique, mais ils ne négligèrent pas pour autant le recours à l'histoire biblique et aux traditions juives.

Les images des démons envahirent de nouveau mes pensées. Cela semblait devenir une obsession. Cette fois, c'était Belial, dont le nom est dérivé de « *belili* », « Prince des ténèbres » et renvoie à une déesse de Mésopotamie, qui prit en charge ma relation avec le démon. Je pointai par erreur l'index de la main droite, en contravention du protocole, pour actionner l'*Erdapfel* de Behaim : au lieu d'aller au Groenland, comme prévu, je me rendis en Argentine, tout près de la Patagonie où, selon tels, avait vécu le fameux Adolf Schutelmayor, dans la campagne de Bariloche.

En réalité, Schutelmayor était Adolf Hitler. Du moins était-ce là la théorie de la journaliste argentine Abel Basti qui publia *Sur les pas d'Hitler*, fruit d'une enquête sur l'exil supposé du Führer en Amérique du Sud. Bien que l'Histoire officielle voulût qu'Hitler se fût suicidé dans son bunker berlinois d'une balle dans la tête, certains assurent qu'il s'était enfui de Berlin, escorté par des soldats de l'Armée rouge et qu'il s'était établi en Argentine.

Selon Basti, Hitler n'aurait pas vécu confiné, mais il se serait librement déplacé, non seulement en Argentine, mais dans d'autres pays comme le Brésil, la Colombie ou le Paraguay. Cette hypothèse n'est pas toutefois pas retenue par la majorité des spécialistes ; Basti maintenait cependant que, durant les deux premiers mandats de Juan Domingo Perón, Hitler avait vécu dans une ferme sise près de Bariloche. Elle citait plusieurs témoins qui avaient confirmé la présence du Führer dans la région. L'une d'elles s'appelait Eloísa Luján, et elle était chargée de tester tous les plats servis au chef nazi, pour garantir qu'ils ne fussent pas empoisonnés. L'auteur prétendait qu'à la chute de Perón, en 1955, de nombreux nazis avaient quitté l'Argentine et s'étaient installés au Paraguay et dans d'autres pays voisins. Hitler avait adopté le pseudonyme très suggestif de « Kurt Bruno Kirchner ».

Quoi qu'il en fût, j'en profitai pour m'installer dans l'élégant hôtel Llao Llao et me préparai à savourer le bel ouvrage *La Magie du manuscrit*, de Christine Nelson, qui décrit les « autographes » appartenant à la Collection de Pedro Corrêa do Lago. En 1934, Patagonie et région andine étaient presque inhabitées. Avec la création du parc national Nahuel Huapi, il avait été décidé de construire cet hôtel qui est vraiment sans égal. Son architecte, Alejandro Bustillo, avait choisi la région de Porto Pañuelo, pour son port de plaisance et la beauté de ses paysages.

Le Llao Llao fut inauguré en 1938 et détruit par un incendie en 1939. L'hôtel fut réinauguré à la fin des années 40 et il attire depuis ce temps membres de l'aristocratie et diplomates. Il ferma de nouveau ses portes en 1978 pour quelque vingt ans, mais il est aujourd'hui plus beau que jamais.

Par respect pour ma chère professeure Dona Giselda, je dois signaler ici que le passionnant *Autographes* de la Collection Corrêa do Lago me parvint par le courrier du Llao Llao que je recevais périodiquement. L'employé de l'hôtel chargé de me remettre les commandes, journaux ou courrier, était un garçon tout à fait intéressant. Il devait avoir dans les cinquante ans. La coupe de ses cheveux et de sa barbe était très soignée : il avait les cheveux roux et la raie au milieu, un peu comme le Führer et ce crapaud que j'avais transformé en un beau jeune homme éthiopien, amant de Melina. Lorsqu'il prenait congé, le fonctionnaire de l'hôtel claquait l'un contre l'autre ses deux brodequins et abandonnait dans l'air des relents camphrés. Son espagnol était parfait et il utilisait la seconde personne du pluriel, le « *vosotros* », avec un chic impressionnant.

La première fois que je lui concédai de m'aborder avec quelque familiarité, il me défia aux échecs. Nous nous lançâmes dans une série de dix parties : il les gagna toutes, à une rapidité incroyable. Lorsque je lui demandai son nom, après ma première défaite, il sourit et me dit qu'il s'appelait Anatoly Karpov. J'eus un terrible fou rire : il ne manquait plus que ça. Il me dit qu'il était un Argentin de la province de Buenos Aires, mais que sa mère avait décidé de rendre hommage au grand joueur d'échecs russe. Anatoly m'expliqua que l'autre Anatoly avait défendu le titre de champion mondial dix ans de suite. Mais lui, l'Argentin, avait gagné autant de fois le titre national consécutivement. Il ajouta que le Russe était propriétaire d'académies d'échec dans quinze pays et que pour sa part, il avait prévu de faire la même chose dans seize villes d'Argentine.

Il m'expliqua que, si le Karpov original avait battu Lev Polugaevsky, Boris Spassky et Viktor Korchnoï, il aurait dû affronter aussi le champion d'alors Bobby Fischer, ce qui n'eut jamais lieu. Quant à lui, il avait battu les quatre derniers champions argentins. En sus, si le Russe avait été battu une fois par Kasparov, en 1993, lui ne fut jamais battu par aucun de ses compatriotes et par nul autre sur ses terres d'Amérique latine. D'ailleurs, sa famille et lui considéraient ses exploits supérieurs à ceux d'Anatoly Karpov, l'original. Je l'écoutai avec attention et ne lui lançai plus aucun défi. À compter de ce jour, nos relations se limitèrent à la remise du courrier susmentionnée. Mon séjour à l'hôtel Llao Llao fut globalement plutôt agréable. J'en profitai pour me régaler avec la collection d'autographes de Corrêa do Lago. Quelques jours après que j'eus quitté l'Argentine, Akounine m'affirma qu'Anatoly, le réceptionniste joueur d'échecs, n'était autre que le fils d'Adolf Hitler.

À qui a pu les toucher ou les admirer, les autographes de la collection de Corrêa do Lago apportent, des décennies ou des siècles plus tard, la sensation magique de s'être senti en présence de la personne qui les a signés. C'est comme si, pendant quelques instants, un personnage historique revenait dans le monde des gens du commun, des êtres humains du quotidien. Je tiens à mentionner cette œuvre parce qu'elle contient les « autographes » de très hautes personnalités de notre Histoire. En la feuilletant, nous constatons que ces gens ont bien existé et ont vécu des vies faites de matins, d'après-midis et de nuits, comme n'importe lequel d'entre nous.

Il y a là un parchemin du XIIe siècle qui reconnaît l'autorité de l'évêque Grimaldo de Penne et de ses successeurs sur trente-deux villes et églises. Il a été signé par le pape Anastasio IV, deux cardinaux-évêques, huit cardinaux protoptères et quatre cardinaux-diacres. Parmi eux, trois devinrent papes : Alexandre III, Lucius III et Célestin III ainsi que São Guarino da Palestrina, un cardinal-évêque italien qui, en 1159, fut canonisé par le pape Alexandre III, en tant que saint de l'Église Catholique Romaine. Je me souviens d'une autre lettre, un document sensationnel qui fait aussi partie de *La Magie du manuscrit* : elle porte l'initiale « K » et est adressée à Ludwig Hardt le 1er février 1924. Ce « K » est celui de Franz Kafka. Il évoque dans la lettre sa dernière passion, Dora Diamant, une émigrante juive polonaise qu'il avait connue lors d'une visite dans un camp de réfugiés où il travaillait comme volontaire. Kafka était très affaibli par la tuberculose et tous deux vécurent à Berlin. Dans la lettre, il informait Hardt que Dora le représenterait lors de la lecture qui serait organisée le soir suivant. Son état de santé empirait beaucoup et depuis un voyage qu'il avait fait à Prague pour visiter sa famille, il était interné dans un sanatorium en Autriche, veillé jusqu'à ses derniers instants par Dora.

Il mourut en 1924. Je juge impossible de priver le lecteur de quelques commentaires sur son *La Métamorphose*, composé entre 1912 et 1915. J'avoue mon immodestie, mais, face aux différents documents que Monsieur Akounine m'avait montrés, qui révélaient mes liens de parenté avec tant d'auteurs de classiques de la littérature, je conclus de moi-même qu'il existait sans doute une possibilité qu'il y eût des liens de parenté entre Kafka, Max et moi. Mes conclusions sont claires : Franz Kafka est sans aucun doute notre parent. L'analyse comparative, réalisée à partir d'une série de photographies, de l'implantation de nos cheveux, de la coloration de nos yeux et de la forme de nos oreilles, de nos narines et de notre menton, m'a conduit à cette conclusion.

Akounine, se disant grand connaisseur de l'œuvre de Kafka, en particulier de *La Métamorphose*, se mit à discourir sur le personnage de Gregor Samsa, un ouvrier ordinaire, qui, se réveillant un beau matin, s'aperçoit qu'il a été transformé en cafard. Selon Akounine, cette œuvre est caractéristique de l'esthétique du « réalisme fantastique », cette école littéraire qui mêle la réalité au fantastique, au magique, à l'inenvisageable au champ du réel.

La relation de Gregor Samsa avec son père est très semblable à celle que Kafka entretenait avec le sien. Sa profession est aussi en rapport avec celle de l'auteur : il est représentant en assurances et inspecteur d'usines. Samsa a abandonné ses rêves pour nourrir sa famille et rembourser une dette contractée par ses parents. Un jour, sans nulle raison apparente, il se réveille confronté à une situation ahurissante : il a été transformé en un « monstrueux insecte vermineux ».

Tels considèrent que c'est là l'allégorie de l'isolement que causent les maladies mentales — en particulier la dépression — qui entraînent une stigmatisation sociale. Pour des raisons financières, les Samsa décident de louer une partie de leur maison à trois locataires d'une autre famille. Mais ces derniers jugent très vite incommodante la présence du protagoniste et décident de s'en aller. Le père de Samsa décide de les retenir et d'isoler Samsa comme s'il n'était plus un être humain, mais un pur parasite. Il n'est pas jusqu'à sa sœur, son dernier lien avec le monde humain, qui ne se mette à le rejeter. Il meurt, sa famille déménage et mène alors une vie à peu près normale. Si Dona Giselda était encore parmi nous, elle recommanderait au lecteur la lecture de *La Métamorphose*, cette œuvre de portée universelle.

# Ézéchiel

Après qu'Aleksander Akounine se fut livré à une l'analyse approfondie de l'œuvre de mon parent Franz Kafka, je lui demandai si le nom « Corrêa do Lago » pouvait être issu de quelque « nouveau chrétien ». Le détective, qui fleurait le méthane à plein nez, sourit et dit que c'était justement là une autre bonne surprise qu'il nous réservait, à Melina et à moi, et qu'il nous en parlerait lors de notre prochain dîner aux chandelles.

Cela eut lieu deux semaines plus tard : Akounine nous invita à dîner au restaurant du Corinthia Hotel de Budapest. Après avoir savouré le dessert, nous trinquâmes au Château d'Yquem 1975 et le Russe nous révéla que la famille Corrêa do Lago était composée de juifs convertis depuis l'époque de l'inquisition. La réponse à ma question était donc affirmative. C'étaient de nouveaux chrétiens et ils étaient non seulement parents de Max, mais aussi de ma grand-mère maternelle Clara.

Nous passâmes un certain temps sans nous rencontrer. Akounine n'entra à nouveau en contact avec moi, que quelque trois mois plus tard. Son silence me préoccupa. Je pensai même qu'il avait reçu des menaces à cause de ses découvertes. C'est alors que je reçus un message d'un fonctionnaire de l'ambassade du Pérou qui disait que lors de l'une de ses visites au quartier des ambassades à Brasilia, Monsieur Akounine avait laissé la copie d'un livre qui devait m'être remis en main propre.

Ce messager répondait au nom de Ricco Gutterrez, avec deux « t » et deux « r ». Lorsque je le rencontrai, au cours d'un déjeuner organisé par l'ambassade de France, à l'Hôtel Copacabana Palace, à Rio de Janeiro, ce qui attira mon attention fut son élégance et sa parfaite éducation. À un moment de la réception, Monsieur Gutterrez me demanda de l'accompagner jusqu'à la pergola de l'hôtel, près de la piscine, pour y prendre un café. Nous nous y rendîmes en bavardant de choses et d'autres. Il me remit alors un petit paquet, disant que c'était un cadeau de Monsieur Akounine. C'était une édition très ancienne, de 1861, d'un livre traduit en portugais et intitulé *De L'Amour des femmes pour les sots*, signé d'un écrivain belge nommé Georges-Victor Hénaux. La traduction était attribuée à Machado de Assis et avait été éditée dans une imprimerie appartenant à un certain Paula Brito.

Dans sa dédicace, Akounine écrivait : « *Pour mon ami Schwartsmann, un petit joyau que j'ai trouvé, et qui date d'une époque à laquelle Machado ne payait pas son entrée au théâtre* ». J'éclatai de rire. Il s'agissait d'une rareté. C'était une copie d'un exemplaire de la première œuvre dont la traduction fut signée par notre grand écrivain national. Akounine avait fait cette plaisanterie sur les entrées gratuites parce qu'à l'époque, Machado était censeur de pièces de théâtre, et pouvait donc entrer gratuitement dans les salles. Me la remettant, Gutterrez m'apporta, outre un document, un message de vive voix. Il disait être un ami très proche d'Akounine, dont ses parents avaient été amis durant toutes les années qu'ils avaient passées en Europe. Je trouvai ma foi sa conversation un peu étrange.

Gutterrez commença à me raconter différents aspects de la vie personnelle de l'écrivain péruvien Mario Vargas Llosa. Je trouvais cela intéressant, mais je ne voyais pas ce que cela avait à voir avec notre enquête. Il m'informa que Jorge Mario Pedro Vargas Llosa était né le 28 mars 1936, à Arequipa, une ville du sud du Pérou. Il n'était pas nécessaire de rappeler qu'il était un écrivain, journaliste et essayiste renommé au Pérou.

D'un ton respectueux, mais avec bonne humeur, je pris la liberté d'ajouter que Vargas Llosa était membre de la Real Academia Española da Língua et qu'il avait reçu le prix Nobel de Littérature en 2010. J'expliquai à Gutterrez que je connaissais en détail la trajectoire de Vargas Llosa. Il parla de l'enfance de l'écrivain, de l'absence de son père dans les premières années de sa vie, et de son postérieur et traumatisant retour au sein de la famille, qui lui causa de nombreuses contrariétés émotionnelles enfant. C'était de là que venait sa relation silencieuse, profonde et intime, avec les bibliothèques.

Vargas Llosa devint célèbre en 1963, avec son roman *La Ville et les chiens*, puis ensuite, bien sûr, en 1969, avec *Conversation à la cathédrale*, un de ses livres majeurs, dans lequel il décrit un temps de dictature vécu par son pays. Puis viendront successivement *Pantaleon et les visiteuses*, *La Tante Julia et le scribouillard* et bien d'autres œuvres de renom. L'auteur s'affirme dans un premier temps admirateur de la révolution cubaine et sympathisant du socialisme. Mais sa position évolue après son voyage en Union soviétique de 1966.

Vargas Llosa condamna aussi la censure imposée à Cuba. En 1990, il se présenta à l'élection présidentielle au Pérou, avec une coalition de centre droit. Mais, au second tour, il fut battu par Alberto Fujimori. En 2013, il publia *La Civilisation du spectacle*, critique du mode de vie contemporain. Plus récemment, en 2019, parut une œuvre qui, à mes yeux, reste la plus marquante de toutes, *La Llamada de la Tribu*, dans laquelle il se livre à une réflexion sur les changements des opinions politiques, la maturité acquise au fil du temps.

Son rapide compte-rendu de la vie et de l'œuvre de Vargas Llosa achevé, je demandai à Gutterrez quelle était la relation de l'écrivain avec Akounine. C'était tout à fait confidentiel : depuis plus de dix ans, le Russe était en affaires avec l'écrivain. Le détective s'était vu confier une enquête dont les suites pouvaient être de la plus haute conséquence.

Un peu avant de mourir, une tante de Vargas Llosa du côté de son père, dame d'un âge avancé qui vivait à Arequipa au Pérou, lui aurait révélé un secret de famille. L'histoire était liée à un de ses ancêtres qui avait travaillé dans la résidence d'une famille portugaise qui avait quitté le Portugal et était arrivée à Rio dans les bagages de la famille royale au début du XIXe siècle, en raison des menaces d'invasion de la péninsule ibérique par Napoléon Bonaparte, mon parent.

Le bruit court qu'aux environs de 1830, dans la propriété ou vivait la famille portugaise mentionnée par Gutterrez, l'ancêtre supposé de Vargas Llosa, alors jeune adulte, s'était épris d'une jeune fille qui était la fille d'une jeune esclave noire débarquée à Rio sur le quai du Valongo de l'un des nombreux navires négriers qui traversaient l'Atlantique pour venir au Brésil.

Machado de Assis, fondateur de l'Académie brésilienne des Lettres, est né à Rio de Janeiro, à la même époque, le 21 juin 1839. Il occupa ensuite, durant plus de dix ans, la présidence de l'Académie, à laquelle les gens finiront par se référer comme à « la maison de Machado ». Il était le fils du peintre et doreur Francisco José de Assis et de Maria Leopoldina Machado de Assis, venue des Açores. Il perdit sa mère très tôt et l'on sait très peu de choses sur son enfance et son adolescence. Pourtant, certains chercheurs défendent l'idée qu'il fut élevé sur le Morro do Livramento, à Rio de Janeiro, dans une grande pauvreté. Akounine avait été engagé par des parents de Vargas Llosa pour éclaircir un point : existait-il, oui ou non, des liens de parenté entre Machado et l'écrivain péruvien ? Selon le Russe, l'ancêtre de Vargas Llosa dont je viens de parler était cousin, du côté de sa mère, de l'activiste de gauche américain Max Shachtman, avec lequel je tentais moi aussi de mettre au jour des liens de parenté. Face à ces nouvelles hypothèses de liens de parenté nous conjoignant tous, je perdis tout à fait la tête.

L'œuvre de Machado est immense et de très haute qualité. Elle subsume plusieurs styles littéraires. Ses chefs-d'œuvre font de lui le plus grand écrivain de langue portugaise de tous les temps. De lui, j'ai lu *Quincas Borba*, *Ésaü et Jacob*, *Mémoires posthumes de Brás Cubas*, entre autres. Mais selon moi, son livre le plus marquant demeure *Dom Casmurro*, publié en 1899, qui décrit la société de son époque, et fait de la jalousie de l'un des principaux personnages féminins de la littérature brésilienne, Capitu, son thème central.

Une de mes faiblesses, je l'avoue, ce sont ces cauchemars affreux qui parfois me terrassent. Dans l'un d'eux, je participais en plein à une intrigue qui me parut similaire à celle de *Dom Casmurro*. Dans le rêve, ce n'était pas Bento Santiago, l'homme mûr, qui contait l'histoire, mais moi, et je me mettais à expliquer l'origine du sobriquet « Dom Casmurro ».

Il fut inventé par un jeune poète qui crut bon lire ses vers à Machado dans un train. Comme ce dernier somnolait sans trêve, le jeune homme se mit à l'appeler ainsi. Je me souvins de ma vie et de mon enfance, semblable à celle de Bentinho, dans une grande demeure de la rue Fernandes Vieira, à Porto Alegre, qui ressemblait beaucoup à la rue de Matacavalos de Machado.

Karl Jeder Faldman vécut pendant des années dans cette rue, c'était un grand collectionneur d'œuvres d'art, qui devint célèbre pour avoir acheté aux enchères trois des quatre originaux du *Cri* de Munch, pour une somme faramineuse. Peu d'œuvres dépeignent l'angoisse et la solitude, comme celle-là. J'entendis Faldman dire que l'expression du visage, sans aucun détail, avait été inspirée par une momie péruvienne exposée au musée de l'homme de Paris.

Dans *Dom Casmurro*, Bentinho entend la conversation de sa mère, Dona Glória, et découvre qu'elle veut l'inscrire au séminaire suite à une promesse qu'elle a faite avant sa naissance. La mère avait perdu un autre fils et juré qu'elle ferait de lui un prêtre. Il est furieux qu'on ait parlé à sa mère de son amour pour Capitolina : cette dernière décide de trouver un moyen pour qu'il échappe au séminaire.

Dans mon rêve, la situation était quasi identique, mais, en ce qui me concernait, j'étais envoyé au séminaire Rabbinique Schechter de Jérusalem pour y être ordonné rabbin puis pour y effectuer un troisième cycle consacré au Talmud et aux lois judaïques. C'était affreux. Dans l'œuvre de Machado, Bentinho embrasse Capitu et jure qu'un jour il l'épousera. Moi, c'est Leonor que j'embrassai.

Au séminaire, Bentinho rencontre son meilleur ami, Escobar. Il présente Capitu à son ami et, pendant qu'il est au séminaire, sa bien-aimée se rapproche de Dona Glória. La mère de Bentinho ne sait comment revenir sur sa promesse et Escobar lui suggère une solution. Il argue de ce qu'elle avait promis à Dieu que quelqu'un de la famille serait prêtre, mais sans spécifier qui. Escobar suggère que Dona Glória envoie un esclave pour être ordonné prêtre en lieu et place de son fils.

Dans mon cas, c'est René Malcon, un de mes amis qui occupait un poste honoraire à l'Ambassade du Liban, qui était mandé au rabbinat à ma place. Bentinho étudie le droit à São Paulo et devient le Docteur Bento d'Albuquerque Santiago, puis il se marie avec Capitu. Escobar, lui, se mariera avec Sancha, une amie de collège de Capitu. Malheureusement, le bonheur de Bentinho et Capitu est menacé par leur difficulté à avoir un enfant. Escobar et Sancha ont une fille, qu'ils appellent Capitolina. Des années plus tard, Capitu est enceinte, et ils rendent hommage à Escobar en appelant leur fils Ézéchiel, prénom de leur ami. Dans mon rêve, les choses se passent un peu de la même façon, mais aux personnages de Machado s'y substituent des figures bibliques.

Les couples se rencontrent souvent et s'entendent bien jusqu'à ce que Bentinho remarque une ressemblance marquée entre le petit Ézéchiel et Escobar. L'ami meurt noyé, mais Bentinho continue à être obsédé par l'idée que l'enfant puisse être le fils de son ami décédé et pas le sien. Il est convaincu qu'il a été trahi par Capitu et tente même de se suicider. Dans mon rêve, je n'en arrive pas à cette extrémité : je prends juste une cuite au vin rouge qui manque me mener à l'hôpital.

Bentinho est sauvé par son fils Ézéchiel, mais persiste à jurer au gosse qu'il n'est pas son fils. Capitu, qui écoute tout, déplore cette jalousie selon elle sans fondement. Le couple décide de se séparer. Pour éviter les commentaires déplaisants, ils partent en voyage en Europe. Bentinho rentre seul au Brésil et devient peu à peu l'amer «Dom Casmurro», sobriquet du jeune homme du train.

Capitu meurt à l'étranger. Ézéchiel tente de faire la paix avec son père, mais Bentinho le rejette jusqu'à la fin. Il meurt de la fièvre typhoïde. Dans le livre, le doute sur la paternité demeure et le lecteur ne saura jamais si Capitu et Escobar commirent réellement l'adultère. Mon cauchemar se termine un peu avant : j'imagine que mon subconscient ne supporterait pas une trahison de Leonor... Une chance, les mimiques de mon fils Guilherme sont les mêmes que les miennes.

Ma conversation avec Gutterez se poursuivit. Elle avait été planifiée par Monsieur Aleksander Akounine dans le but d'évaluer les risques de ce que fussent communiqués à Vargas Llosa les résultats de ses recherches attestant les liens de parenté qui existaient entre lui, Machado de Assis, Max et moi. Akounine affirmait ne pouvoir évaluer les répercussions de telles informations sur l'état psychologique de l'écrivain. Il avait demandé à Gutterez de bien vouloir discuter de cette question avec moi en personne. L'éthique de Monsieur Aleksander Akounine comme enquêteur spécialisé en généalogie était une fois de plus comprouvée. Les examens génétiques et la documentation ne trompaient pas, mais comment évaluer les conséquences de telles révélations ? Après mûre réflexion, je suggérai que toutes les pièces fussent incinérées et que leur contenu ne fût jamais divulgué. Mais en mon for intérieur, j'étais immensément fier de compter Vargas Llosa dans ma longue liste de parents.

Je rencontrai Akounine quelques jours plus tard, dans la bibliothèque du Monastère Beneditino de Admont, en Autriche, l'une des plus fascinantes que j'aie eu la chance de visiter. Elle est tout bonnement éblouissante. C'est une bibliothèque admirable de par son architecture baroque, qui abrite d'importantes collections d'art et de manuscrits extrêmement rares. C'est la plus grande bibliothèque monastique du monde.

L'abbaye accueille plus de mille manuscrits antiques et plus de neuf cents incunables, ces livres imprimés au tout début de l'imprimerie, au XVe siècle. Le salon de la bibliothèque date de la seconde moitié du XVIIIe siècle et mesure soixante-dix mètres de long, quatorze mètres de large et treize mètres de haut. Le projet architectural est l'œuvre de Joseph Hueber.

Le toit comprend sept coupoles, toutes décorées de fresques de Bartolomeo Altomonte, ornementées de scènes du parcours de la connaissance humaine jusqu'à la révélation divine. Son éclairage est assuré par quarante-huit fenêtres, les reflets de la lumière y offrent des effets de couleurs blanches et mordorées. C'est dans cette ambiance extravagante que Monsieur Aleksander Akounine me reçut avec son sourire habituel.

Il avait jugé bon que nous nous rencontrassions en Autriche, car, selon ses recherches, c'était là que le grand-père paternel de Max, Nachman Shachtman, avait connu sa première femme, Helga Schulzberg. Le détective avait passé plusieurs jours à effectuer des recherches sur les ancêtres de Max qui avaient émigré en Autriche et il était tombé sur les copies de certains registres dans une vieille synagogue de Vienne.

Comme il consacrait ses efforts à la recherche de pistes sur la lignée autrichienne de la famille de Max, l'un de ses assistants, un Monsieur très sympathique et athlétique, Cliomarius Limius, se plongeait dans une analyse scrupuleuse de documents qui appartenaient à la collection de la Bibliothèque Clementinum de Prague. Selon le Russe, ce Cliomarius, avait été l'un des meilleurs athlètes qu'il ait connus, il avait participé à des tournois dans diverses disciplines sportives, en Grèce, en

Russie, et même dans la région du Bosphore et en Turquie. Il avait porté dix-neuf fois la torche symbolique d'Athènes.

L'assistant chauve paraissait un guerrier étrusque, avec ses larges épaules, ses bras et ses jambes robustes. Mais le plus sympathique chez lui était son grand sourire. J'ai adoré connaître Limius. Il m'expliqua que cette majestueuse construction qui se trouve actuellement dans la République tchèque était considérée comme l'une des plus belles bibliothèques du monde. Sous les fresques de son toit peintes par Jan Hiebl, ce bâtiment de style baroque, édifié en 1722, abrite près de vingt mille livres et est un des principaux collèges jésuites du monde.

Pardonnez-moi : il va m'être impossible de poursuivre ce récit sans placer en son cœur la figure d'un des plus grands artistes de tous les temps, Léonard de Vinci, l'un des génies du XVe siècle. Mais auparavant, je dois préciser que ce n'est pas par hasard qu'un génie de cette envergure se fit jour à cette époque et dans cette région du monde.

Bien des siècles plus tôt, lorsque des hordes venues du nord envahirent l'Empire romain, entre le Vème et le VIIIe siècle, les voies commerciales furent pratiquement paralysées. Mais les Italiens n'en furent pas intimidés et connurent une importante croissance dans des villes comme Gênes et Venise : leur commerce avec l'Orient byzantin et les peuples islamiques s'était en effet beaucoup accru. Au XIIIe, Marco Polo alla jusqu'en Chine et au Japon. Et au XVe siècle, de nombreux commerçants et banquiers s'enrichirent et devinrent souvent plus puissants et plus influents que les aristocrates. Cliomarius avoua être parent de Léonard de Vinci ; d'ailleurs, sur le fameux autoportrait peint dans les premières décennies du XVIe et qui fait partie de la collection de la Bibliothèque de Turin, le visage de Vinci est identique à celui de Limius.

La vie de Vinci s'étend sur près de six décennies de la Renaissance, période de grandes découvertes et de notables inventions, dont jouit le nord de l'Italie qui connut alors une grande prospérité. Vinci est né en 1452 à Anchiano, un an avant la conquête de Constantinople, capitale de l'Empire byzantin, par les Ottomans et quasi concurremment à l'invention du caractère mobile d'imprimerie par Gutenberg, à Mayence.

Gutenberg est né à Mainz, en Rhénanie, ville dont l'université a été inaugurée en 1477 et qui porte désormais son nom. Léonard de Vinci vécut aussi à une époque où le Nouveau Monde se dévoila grâce aux aventures maritimes de Christophe Colomb. À la chute de Constantinople, savants et artistes byzantins comme Albitrique, Alajaje ibne Matar, Hubaixe Alaçam, d'autres, n'eurent d'autre choix que de s'exiler en Occident, principalement vers les régions de langue et de culture italiennes.

Dans leurs bagages parvinrent à Florence, à Venise, à Mantoue et dans d'autres villes italiennes, de précieux documents, des manuscrits de l'Antiquité et les textes fondateurs de la culture grecque. L'arrivée de ces humanistes fut saluée avec enthousiasme : les conditions étaient réunies pour qu'on en terminât avec cette période que les historiens nomment le Moyen Âge. Semblable phénomène avait eu lieu quelques siècles plus tôt, lorsque, suite aux persécutions politiques et religieuses et aux conflits guerriers, de nombreux philosophes, scientifiques et savants s'étaient réfugiés à la Maison du Savoir d'al-Ma'Mûm de Bagdad.

Comme de coutume, Akounine avait su manipuler mes sentiments et mon imagination. Il me révéla posséder en main propre des documents de la plus grande importance, attestant que Leonardo da Vinci et moi-même avions des parents communs, descendants d'une famille originaire de l'agréable petite ville de Fiesole, sise face à Florence. Ce que j'ai le plus apprécié, en l'espèce, c'est que cette parenté induisait celle du charmant Cliomarius Limius.

La confirmation de ma parenté avec de Vinci méritait bien qu'on la célébrât dignement. Melina et Akounine m'invitèrent à déguster un Romanée-Conti de 1997 que ma Jézabel avait reçu en cadeau d'un admirateur bulgare. Un peu gris, nous voyageâmes mentalement vers le XVe siècle. Notre imagination nous mena face à tels représentants de grandes familles, Medici de Florence, Gonzaga de Mantoue, Este de Ferrare. Ils me dirent leur enthousiasme à l'idée de financer les projets d'embellissement architectural des espaces publics de leur ville. Ils admiraient beaucoup de Vinci. L'un d'entre eux — Melina ne se rappelait pas si c'était Luigi Gonzaga ou Antonio d'Este — affirma que le profil de Vinci était typiquement sémite et très semblable au mien. Nous trinquâmes allègrement. J'avais déjà entendu prononcer ce jugement à Laurette, le personnage du *Décaméron* de Boccace, dans un autre rêve : je remerciai son auteur pour son commentaire.

La vague humaniste qui déferla à partir du XVe siècle dota l'homme d'une nouvelle manière d'aborder la connaissance. La culture de la Grèce et de la Rome antiques tint lieu de source à cette révolution. Si auparavant tout gravitait autour des conceptions théologiques, à partir de ces temps, l'homme et sa connaissance commencèrent à prendre une importance nouvelle. En outre, tout pouvait désormais circuler de façon très rapide, grâce à la magie des livres imprimés par Gutenberg. Je pris congé de Melina, d'Akounine et des influents mécènes de Florence, de Mantoue et de Ferrare et m'en fus me coucher. Je n'imaginais pas une seconde ce qui allait se produire…

## Léopold

Une fin d'après-midi pluvieuse, je marchais dans une ruelle de Dublin, emmitouflé dans une gabardine claire, abrité sous mon parapluie geai. D'un regard, en passant, je reconnus l'écrivain James Joyce et Molly, la femme de Léopold Bloom, le protagoniste d'*Ulysse*, qui me croisaient. Il était temps de m'en retourner à mes recherches sur l'onomastique, discipline d'une importance fondamentale pour qui désire connaître la généalogie de sa famille.

Voyez : « *schwartz* » signifie « noir » et « *man* » « homme », « *blat* » « feuille », « *rose* » « rose », « *holz* » signifie « bois » et « *blum* » « fleur », comme dans le nom du critique littéraire Harold Bloom, décédé il y a peu de temps. Bloom a établi la théorie du « canon littéraire », qui dans les années 70, généra tant de controverses entre ses pairs, les conservateurs américains.

Le « Bloom » d'Harold, peut-être une variante du mot signifiant « floraison ». D'après le Larousse, il peut aussi être un rectangle de métal, comme ceux qui des lingots d'or et d'argent. Mais plus intéressant est encore le « Bloom » du personnage de James Joyce, Léopold Bloom, dans son *Ulysse*, œuvre complexe, inouïe qui est censée être une recréation moderne de *L'Odyssée* d'Homère. Ce « Bloom » de Joyce, j'imagine qu'il est peut-être un hommage de Joyce à tous les Bloom égaillés sur la planète, ceux de la diaspora forcée des Juifs. Inutile de préciser que la famille Bloom est entièrement composée de parents éloignés de ma famille. *L'Iliade* et *L'Odyssée* sont les œuvres les plus importantes d'Homère et furent fondamentales pour le rayonnement de la culture grecque. Le mot « Odyssée » dérive du personnage principal de l'épopée, « Odisseu », l'« Ulysse » de la traduction latine.

Contrairement à *L'Iliade*, *L'Odyssée* ne décrit pas des conquêtes guerrières et ne se focalise pas sur un soldat spécifique : elle raconte les voyages et les luttes d'un héros de la Guerre de Troie à l'occasion de son retour chez lui, à Ithaque, où il doit retrouver Pénélope, sa bien-aimée. Akounine, mon détective russe, se prétendait spécialiste de ce thème. Personne n'aurait lu ce livre autant de fois que lui. Il disait l'avoir lu douze fois. Bien sûr, j'imagine que c'était plausible : n'avait-il pas vécu de nombreux siècles ? J'ai souvent pensé qu'il était un descendant du démon. Il disait que pour participer à la Guerre de Troie, Ulysse avait laissé derrière lui sa femme et son fils Télémaque, qui n'avait alors qu'un mois.

La Guerre de Troie est un conflit militaire sanglant qui dura très longtemps et dans lequel, finalement, l'homme mit en cause sa relation aux dieux. Si une chose ne s'est pas vérifiée durant le carnage qui opposa Grecs et Troyens, c'est la neutralité de l'Olympe. Les dieux y prirent parti. Zeus lui-même se comporta de manière ambivalente. Après une guerre de près de dix ans, Ulysse prit le chemin de retour avec ses compagnons. Pénélope, son épouse, avait toujours cru à son retour. Mais elle était constamment harcelée par ses conseillers qui insistaient pour qu'elle se mariât avec un des prétendants au trône, pensant qu'Ulysse était mort. Télémaque, le fils d'Ulysse, qui selon Melina, avait été un des amours de sa vie, se rend à Sparte et dans d'autres villes, à la recherche de pistes menant à son père.

Tout au long de ses pérégrinations, Ulysse est soumis aux épreuves les plus variées. Dans l'île de la nymphe Calypso, par exemple, ses marins sont faits prisonniers par de belles enchanteresses. Lorsqu'il s'affronte à Éole, le dieu du vent, son navire est projeté dans des lieux encore plus distants de sa destination, comme l'île de la sorcière Circé, qui transforme les marins en porcs. Ulysse et ses compagnons sont faits prisonniers par les cyclopes, dans une caverne, sous la surveillance du terrible Polyphème, l'un des monstres à un seul œil. Il leur est ensuite conseillé de se mettre de la cire dans les oreilles afin de résister à l'irrésistible chant des sirènes mangeuses d'hommes. Dans l'édition que j'ai dans ma bibliothèque, de Barnes & Noble, parue à New York en 2013, les deux œuvres d'Homère sont jointes. *L'Iliade* est divisée en vingt-quatre livres, *L'Odyssée* aussi.

Dans les éditions occidentales, le premier livre de *L'Odyssée* raconte la prise de décision des dieux, qui s'accordent sur le fait qu'Ulysse doit rentrer chez lui. Athéna fait appel à Télémaque pour qu'il parte en quête de pistes sur la localisation de son père. Au deuxième livre, Télémaque part en direction de Pylos sans en parler à Pénélope. Au livre trois, Télémaque est reçu par Nestor et participe à la fête de Poséidon, mais n'obtient aucun renseignement sur son père. Il part alors pour Sparte.

Ainsi se succèdent les livres qui vont relatant les aventures d'Ulysse et les défis qu'il a affrontés, jusqu'au livre vingt-trois, où Pénélope embrasse son mari et écoute son récit. Au livre vingt-quatre, le dernier, les esprits des censeurs se réunissent. Ulysse part à la recherche de son père Laërte. Les hommes d'Ithaque essayent de l'attaquer, mais Athéna les en empêche et ordonne que tous fassent la paix. Ainsi s'achève le récit.

Pour éviter une crise de jalousie d'Akounine, je commenterai plus tard dans ce récit *L'Énéide* de Virgile, qui me paraît — que ceux qui en disconviennent me pardonnent — d'une qualité poétique inférieure à celle de *L'Iliade* et de *L'Odyssée*. Passé ce bref résumé de *L'Odyssée*, j'invite le lecteur à embarquer avec moi dans une analyse de l'œuvre de Joyce, où Bloom figure un Ulysse du XXe siècle, en quête de sa Pénélope.

L'un des nains m'a préparé pour ce faire un bon synopsis. Je me réfère au premier d'entre les nains : le lecteur ne doit pas confondre, ils sont deux. Selon le nain, l'œuvre décrit une journée de ses personnages, tout s'y passe en l'espace de vingt-quatre heures, chacune représentant une des scènes créées par Homère. Mais ici, le personnage principal est un simple correcteur d'annonces de journal, un Juif qui vit dans l'Irlande catholique, sans doute inspiré, comme je le mentionnai précédemment, de certains de nos parents d'Europe Centrale.

Ma si chère Dona Giseldadisait que si je parvenais à triompher de la lecture d'*Ulysse*, à en atteindre la dernière page, je pourrais m'attaquer à n'importe quel livre. L'édition de 1966 que je possède est une traduction d'Antônio Houaiss publiée par les éditions Civilização Brasileira. À la fin de cette édition, il y a un guide très utile pour comprendre les différentes parties de l'œuvre qui sont au nombre de dix-huit, de « Télémaque », premier chapitre de la première partie, « Télémachie », à « Pénélope », chapitre final de la dernière, « Nostos ». Leonor, ma chère épouse, plaisantait en disant que s'agissant de littérature « barbante », j'étais le seul qui battisse Joyce, en certains des paragraphes de ce livre.

Leopold Bloom apparaît au quatrième épisode, qui équivaut au premier des douze de la partie équivalente de *L'Odyssée*. Après avoir préparé le petit déjeuner, Bloom, le correcteur d'annonces, le sert au lit à sa femme. Puis il joue avec le chat, va chez le boucher acheter des rognons de porc. Puis il jette un coup d'œil sur le courrier. L'une des lettres émane de l'entrepreneur Blazes Boylan. Bloom sait que ce jour-là, un peu plus tard, Molly sera au lit avec lui : cela le tourmente. L'autre lettre est de la main de sa fille.

Le chapitre se termine quand Bloom va déféquer : cet épisode, par son mauvais goût, soit dit en passant, choqua énormément les lecteurs et la presse de l'époque, ce qui provoqua l'interdiction du livre aux États-Unis et dans d'autres pays, durant quelques années. Je ne décrirai pas les autres épisodes de l'*Ulysse* de Joyce afin de ne pas lasser mon lecteur.

Juste peut-être, à titre de curiosité, le huitième épisode, « Les Lestrygons »... La scène en débute à trois heures. La Lestrygonie est une région peuplée de géants dévoreurs d'hommes, très présents dans la mythologie grecque. Dans cette région que l'on imagine située près de la Sardaigne vivaient ces géants qui, dans *L'Odyssée*, dévorent presque tout le monde, n'épargnant qu'Ulysse et quelques hommes de son équipage.

Le cerveau de Bloom est occupé par le menu du déjeuner. Il rencontre une femme qui fut un de ses grands amours et qui l'informe de l'accouchement de l'une de ses amies, Mina Purefoy. Bloom entre dans le restaurant d'un hôtel et se sent pris de nausées en voyant un homme manger comme un cochon. Il va au bar, mange un sandwich et boit un verre de vin.

Il se souvient alors de ses premiers jours avec Molly et songe qu'avec le temps son mariage a perdu de son charme. À la sortie, il aperçoit Boylan de l'autre côté de la rue, mais évite de le croiser. L'épisode final, le dix-huitième, intitulé « Pénélope », nous présente les pensées de Molly, couchée à côté de son mari.

Joyce y utilise la technique du fameux « flux de conscience », sans ponctuation. Bloom s'endort. Molly demeure entre veille et sommeil. Son esprit retourne à son enfance à Gibraltar, à l'après-midi de sexe avec Boylan, à ses anciennes amours, à sa carrière de chanteuse et à Stephen Dedalus. Ses pensées sur Bloom se superposent à des souvenirs de moments intimes et l'épisode se termine sur le souvenir de la demande en mariage de Bloom et sur son consentement. L'année où se situe la journée détaillée dans l'œuvre est 1904, année où Joyce connut sa femme : ce choix constitue peut-être un hommage.

L'œuvre inouïe de James Joyce se déroule sur une seule journée. Joyce y crée des mots et utilise un vocabulaire extrêmement riche. À chaque page on y rencontre une surprise, car Joyce invente de façon systématique des situations qui n'ont rien à voir avec les faits antérieurs. *Ulysse* est une prouesse langagière et imaginative sans précédent. J'ai mis du temps à la comprendre. Dans son texte, nous voyageons en sa compagnie en Irlande et en Europe. Nous parlons plusieurs langues. Notre imagination se libère. Les personnages de Bloom et Dedalus conversent de manière hallucinée et commercent avec d'autres personnages dans les circonstances les plus improbables. Le texte est fragmenté, presque à la façon des pensées d'un schizophrène : c'est pour cela que beaucoup renoncent à le lire en entier ; j'y ai moi-même renoncé maintes fois.

Il y a tellement de citations dans le texte qu'il est impossible d'en dresser la liste. Comme je l'ai déjà mentionné, il utilise des termes explicites et choquants pour la société européenne de la première moitié du XXe siècle. Dans son *Faust*, Goethe utilise des figures mythologiques et imaginaires avec une grande liberté. Joyce en fait de même dans *Ulysse*. Entre nous, je pense que Guimarães Rosa utilise les mêmes procédés et crée des mots dans *Grande sertão : veredas*. Pour lui faire justice, je veux dire ici que notre cher Simões Lopes Neto avait fait cela bien avant lui : l'on dit que Rosa lisait ses textes et qu'il les appréciait.

Si le lecteur se plaint des paragraphes presque interminables de certaines œuvres de Saramago, qu'il sache que Joyce biffe presque tous les points et virgules dans le dernier épisode d'*Ulysse*, lorsque Bloom retrouve sa femme Molly. Il faut avoir du souffle pour lire cette partie finale, car Joyce y ignore tout simplement l'usage de la ponctuation. Il prétend avoir créé un texte obscur pour assurer son immortalité. Tenter d'expliquer cette œuvre, qui est presque un dictionnaire ouvert, est une tâche en effet impossible.

Je n'ai souvenir d'aucune lecture aussi douloureuse. J'ai lu un jour que Jung était le psychiatre de la fille de Joyce, je ne sais pas si c'est vrai. Elle était schizophrène et Jung se disait intimidé par *Ulysse*. Je vous confesse que l'unique raison qui m'a fait m'attaquer à sa lecture intégrale fut la confirmation de nos liens de parenté, qu'Akounine prouva par le truchement d'une incommensurable documentation issue de divers Services de l'État civil irlandais. Joyce était l'arrière-petit-fils de Paula

Gerson, la bibliothécaire de Vilna, en Lituanie, tante de ma grand-mère Clara : Gerson était son nom de jeune fille.

Les images troublantes de démons qui m'avaient laissé en paix pendant quelques mois me harcèlent de nouveau, je dois le confesser. Cette fois c'est le dragon, image du diable, monstre fabuleux doté d'une queue de serpent, de griffes, d'ailes et qui souffle le feu. C'est lui le chef des anges déchus à l'occasion du combat pour la conquête des cieux contre Dieu, l'Archange Michel et les anges protecteurs.

J'ignore si on l'a noté, mais l'un des aspects les plus agréables de ma relation avec Akounine et Melina est leur totale absence de jugement sur mes élans de vanité. J'avais beaucoup de mal à cacher mon euphorie quand j'apprenais un nouveau lien de parenté. Melina prenait toujours cela avec humour, elle ne me critiqua jamais. Elle parlait juste de la « vantardise » de son nouvel amant. Quant au détective russe, on ne pouvait être plus discret : je ne me souviens pas de la moindre raillerie venant de lui. Akounine ne prononça jamais de commentaire dépréciatif. Au contraire, ses interventions furent toujours drôles et respectueuses. Melina a été un objet constant de surprise pour moi, surtout lorsqu'elle faisait usage de sa séduction.

Une nuit, par exemple, comme je dormais calmement avec Leonor, je sentis que quelqu'un me léchait les orteils. Encore à moitié endormi, je pensai d'abord que c'était un chien, mais la situation prit un tour érotique : j'y éprouvai un plaisir croissant. Lorsque j'en pris pleine conscience, je vis que c'était elle, Melina, qui s'amusait avec moi. Elle était à quatre pattes au bord de notre lit et jouait avec mes doigts de pieds. Elle me rassura en disant qu'elle avait mis près des narines de Leonor des vapeurs gothiques qui provoquaient une profonde léthargie. Pour nous, ma diablesse avait préparé une liqueur de cerise contenant une herbe dont je ne pus identifier l'arôme, mais qui donnait le fou rire et libérait totalement l'imagination.

Lorsque j'ouvris les yeux, elle me faisait signe de me lever, car elle voulait partager quelque chose avec moi. Nous allâmes tous deux à pas feutrés jusqu'au salon où j'eus une merveilleuse vision. Sur le mur le plus large, là où étaient d'ordinaire accrochées quelques toiles et où était posé un meuble décoratif, se trouvait à présent l'original de *La Dernière Cène* de Léonard de Vinci, tout à fait comme dans le réfectoire de l'Église Santa Maria delle Grazie de Milan.

Melina ricana : elle avait volé l'œuvre pendant la nuit, mais elle la restituerait le lendemain. Elle me confia qu'elle avait été la maîtresse du duc de Milan et la patronne de Leonardo de Vinci, et qu'il ne lui en voudrait certainement pas. Je notai cependant que qui regardait la fresque de face voyait évidemment, parmi les apôtres assis à la table, Jésus au centre et Judas, Pierre et Jean à sa gauche, mais qu'il y avait toutefois là quelque chose de nouveau.

Ma diablesse séductrice avait substitué au visage de Judas, qui était à l'origine celui du père Girolamo Savonarola, gouverneur de Venise exécuté en 1498 sur ordre du pape Alexandre VI, celui d'Akounine, mon détective russe préféré. Je ris beaucoup. Ce fut cette nuit-là qu'eut lieu l'incroyable épisode de la *Joconde*. Ce fut un rêve magnifique dans lequel Melina et Akounine vinrent me faire une demande très spéciale : je devais transporter jusqu'aux archives du Louvre une œuvre très spéciale commandée à de Vinci en 1503 par Francesco Del Giocondo, propriétaire d'une soierie florentine. Melina avait les seins nus, ce qui conférait à la scène un érotisme inexorable.

L'œuvre que je devrais acheminer au Louvre était le portrait de la jeune épouse de Del Giocondo. Son nom de jeune fille était Lisa di Antonmaria Gherardini. Elle avait vingt-cinq ans à l'époque. Elle fut appelée « Madona Lisa » puis « Mona Lisa ». Del Giocondo, veuf de ses deux premières femmes, se maria avec Lisa en 1495. La peinture était relativement petite, soixante-dix-sept centimètres de haut sur cinquante-trois de large. Mais elle devint célèbre.

Je me souviens d'une histoire drôle que nous conta une tante de Leonor. Une femme peu cultivée, qui possédait une boutique d'encadrement au centre-ville, s'inscrivit à un voyage touristique en Europe. Au retour, elle confia le plus naturellement du monde à ses amies que lorsqu'elle se trouva face à « *Monalisa* », elle ne put cacher sa déception en s'apercevant qu'il ne s'agissait que d'un « soixante-dix-sept sur cinquante-trois ».

Une théorie voulait que la femme au sourire énigmatique ne fût pas Lisa, mais une protégée de Julien de Medicis. Comme pour ajouter encore à son mystère, l'œuvre s'était laissé dérober au Louvre, au début du XXe, par un italien nommé Vincenzo Peruggia, qui voulait la restituer à l'Italie. Suite à cet épisode, sa célébrité atteignit son zénith.

Après avoir remis l'œuvre au commissaire général du Louvre, je m'éveillai. Akounine était assis dans le fauteuil qui jouxtait mon lit, l'air étonné. Il venait m'informer de ce qu'il avait découvert des éléments sur une famille de faussaires juifs du nom de Schwartzmann. Jusque-là, rien d'anormal : mais il se trouve que c'était là le nom du vrai voleur de la *Joconde* !

Il descendait d'un de ceux de mes parents qui avaient quitté la Bessarabie, il était originaire de la même région que mon grand-père paternel. Le Russe me raconta que l'un de mes ancêtres avait vécu une tragique histoire d'amour : j'allais comprendre le rapport avec la fameuse toile. À l'occasion d'une fête de mariage à l'air libre, sous les très belles arcades du centre de Turin, ledit parent connut une jeune fille issue d'une puissante famille vénitienne : tous deux s'éprirent passionnément. Cela se passait en 1920. Au Moyen Âge, Turin faisait partie de la région du Piémont qui s'appelait alors le « duché de Lombardie », lequel duché passa aux mains des Savoie au XIe siècle. En 1720, Turin devint la capitale du Royaume de Sardaigne. La ville fut la capitale de l'Italie au cours de la deuxième moitié du XIXe siècle. C'est là que se trouve le fameux suaire de Turin.

Mon parent craignait de ne pas être accepté par la famille de la jeune fille et, pour montrer quelques signes de richesse et les impressionner, il décida de produire douze copies pratiquement identiques à la «*Mona Lisa*». De ces douze copies, onze furent vendues à prix d'or dans diverses capitales européennes. Les fraudes finirent par être découvertes et les jeunes gens, désespérés, résolurent de s'empoisonner comme dans *Roméo et Juliette*, dont je parlerai plus avant.

Le double suicide eut lieu au fond de la Biblioteca nazionale Marciana, la bibliothèque de saint Marc, le saint patron de Venise. Je trouve cela fantastique. Je serais donc, moi, parent d'un faussaire, auteur de douze copies de la toile la plus célèbre du monde, qui les aurait vendues comme originales à des familles importantes de son temps. Cette histoire méritait une vérification urgente. Pour éclaircir ce mystère, je pris un avion pour Rome et de là je m'en fus à Venise. Suivant ses plans, Akounine avait fixé un rendez-vous avec un certain Bernard Schwartzmann, susceptible de me parler du suicide de nos ancêtres communs impliqués dans le vol et la falsification.

Notre rencontre devait avoir lieu à la «Marcienne» qui est, disons-le en passant, l'une des plus grandes d'Italie et abrite une des plus riches collections de manuscrits du monde. Elle occupe une grande partie des édifices de la Place Saint-Marc et de la Piazzetta dei Leoncini, à proximité du Grand Canal. On raconte qu'en 1362 Pétrarque proposa de construire une bibliothèque publique à Venise. Malheureusement, l'administration publique ne donna pas suite au projet et le poète décida alors de faire don de ses livres à la ville. Plus tard, en 1468, le Cardinal Bessarion fit, lui aussi, don de sa collection personnelle à la bibliothèque, y incluant près de mille manuscrits.

Les archives de la bibliothèque s'enrichirent alors d'innombrables legs et donations et incorporèrent les fonds d'autres bibliothèques de la région. C'est aujourd'hui une bibliothèque publique qui contient une collection riche de millions d'œuvres imprimées, antiques et modernes, parmi lesquelles on compte près de vingt-cinq mille œuvres du XVIe siècle. Les plus souvent mises en exergue sont deux codex de *L'Illiade*, *L'Homerus Venetus A*, datant du Xème siècle, et *L'Homerus Venetus B*, du XIe.

Jusqu'au Moyen Âge, les codex étaient des manuscrits sculptés dans le bois. Ceux du Nouveau Monde datent du XVIe siècle. Ils furent des innovations qui éclipsèrent les parchemins. Il est important de noter que les archives de la bibliothèque San Marco incluent la *Cronologia magna* de Fra Paolino, premier livre imprimé à Venise. Elle consiste en une collection de cartes et d'atlas et inclut une copie du *Mapa-múndi* de Fra Mauro.

Akounine et moi, nous attendîmes en vain Bernard pendant près de deux heures. En dépit de l'absence de mon parent, notre conversation des plus intéressantes. Le Russe me pria de l'excuser de m'avoir fait venir de si loin pour un rendez-vous manqué. Quelque temps plus tard, il me téléphona pour me dire qu'il avait rencontré Bernard qui lui avait présenté ses excuses pour son comportement inacceptable. Mon parent m'avait laissé un souvenir et avait avoué au Russe être le descendant de Vincenzo Peruggia, en réalité Victor Schwartzmann, originaire de Bessarabie, mon ancêtre. Ayant pris connaissance de notre parenté, il avait renoncé volontairement à nous rencontrer, pour éviter tout type d'ennui. Pourtant, à ma grande surprise, il m'avait laissé en souvenir l'unique copie restante de la fameuse série de faux réalisés par son grand-père, ce jeune homme qui s'était suicidé par amour derrière la bibliothèque Marciana.

Sous le choc de la nouvelle, je me refusai à conserver le faux et le rendis à Akounine. Quelque temps plus tard, la presse internationale spéculait sur une des négociations les plus onéreuses des dernières décennies dans le domaine des arts plastiques. Les revues et journaux spécialisés écrivaient que le prince saoudien Alwaleed bin Talal avait acquis auprès d'un « marchand » russe le véritable original de *Mona Lisa* pour un prix jamais atteint par une œuvre d'art. Il souhaitait l'exposer dans une salle de son palais. Le prince se prit à douter de l'authenticité de l'œuvre actuellement exposée au Louvre.

Jusqu'aux années 1990, l'œuvre la plus chère vendue aux enchères avait été le *Portrait du docteur Gachet* de Van Gogh. Puis ce fut le *Portrait d'Adele Bloch-Bauer II*, de Gustav Klimt, en 2006. Plus récemment, ce fut la vente pour des millions de dollars de la magnifique sculpture *L'Homme qui marche* d'Alberto Giacometti. D'autres œuvres atteignirent des sommes titanesques, telles l'une des quatre versions du *Cri* de notre cher Munch, ou l'immense photographie de quatre mètres de large sur deux de haut d'Andy Warhol, *Silver, Car Crash*, d'un goût douteux, qui montre un corps prisonnier d'une voiture accidentée de la route, mais rien de comparable avec le prix de la fausse *Joconde* que j'avais offerte à Akounine.

Melina m'informa que depuis cette négociation, le Russe vivait des moments de rare bonheur. Il allait réaliser l'un de ses plus grands rêves, qui était de se lancer dans l'élevage de dragons de Komodo, ces « *Varanus komodoensis* », reptiles géants capables de morsures fatales qui peuvent mesurer jusqu'à trois mètres de long et peser près de soixante-dix kilos. Les dragons de Komodo sont considérés comme les plus grands lézards du monde. Ils peuvent tuer un animal de la taille d'un cerf, d'un porc ou d'un buffle. Leur salive est très venimeuse et pénètre les blessures qu'ils causent de leurs dents extrêmement effilées. Ils furent découverts dans une île lointaine de l'Indonésie.

Quand elle m'eut informé de l'amour d'Akounine pour le *Varanus komodoensis*, Melina m'invita à boire une boisson à l'anis que lui avait offerte l'un de ses amants, le maharaja de

Kapotala. Elle était très fière de parler du maharaja, et me révéla qu'à une certaine époque, le vieil homme avait eu jusqu'à cent sept concubines avec chacune desquelles il avait chaque jour des relations sexuelles. J'acceptai le fait sans discussion.

Du Saint Suaire, Melina me raconta qu'Akounine avait été engagé par le Vatican pour l'étudier de près. Elle m'indiqua que le matériel était entre les mains du Russe, que c'était une pièce de lin portant l'image d'un homme qui avait souffert de traumatismes compatibles avec ceux d'une crucifixion. La controverse liée à cette pièce de tissu dans laquelle le corps de Jésus aurait été enveloppé fit l'objet d'un examen scrupuleux de la part d'Akounine et de son collaborateur Cliomaruis Limius. Limius — mon parent — défendait la thèse que Jésus y avait bien laissé la trace de son corps, mais le sujet faisait l'objet de discussions sans fin.

Le suaire avait été confectionné avec une fibre de coton nommée « *gossypium herbaceum* », son authenticité fut confirmée par le pollen qu'on y retrouva. Le botaniste Avinoam Danin, ancêtre du grand chirurgien brésilien Daniel Damin, confirma il y a deux décennies que le Suaire contenait des vestiges de plantes qui n'existent qu'à Jérusalem, telle la « *Gundelia tournefortii* », qui fut aussi utilisée pour la confection de la couronne d'épines de Jésus.

Certains spécialistes jugent que l'image du visage du Christ qui apparaît sur le tissu est le fruit de la réaction chimique dite « de Maillard » : les gaz émanant du cadavre réagissent, en vertu de ce phénomène particulier, au contact de la cellulose du tissu. Pour Limius, le fait que les taches n'eussent pas été recouvertes devait être lié à ceci que le corps de Jésus eût été retiré de son linceul avant de se décomposer, peut-être du fait de la résurrection évoquée dans la Bible.

Au XIVe siècle, le pape Clément VII prétendit que les taches étaient une reproduction picturale du véritable suaire du Christ.

Mais il ne s'agissait pas là de pigments, mais bien de sang, de sang du groupe AB, rare chez les sujets européens, mais commun chez les Juifs de la région de Jérusalem, mon groupe sanguin, au demeurant. Dès lors, que le lecteur me passe mon outrecuidance, mais même si la question de l'authenticité du Saint Suaire reste en suspens, cette coïncidence des groupes sanguins ne peut que m'induire à penser que je pourrais descendre de Jésus Christ.

Que ce soit une création tardive médiévale, ou une pure falsification historique, le Saint Suaire continue à être analysé par Akounine à la demande du Saint-Père. Il était conservé dans la Cathédrale de Turin depuis le XVe siècle et appartenait à la Maison de Savoie, mais il fut cédé au Vatican il y a quelques décennies. Il est rarement exposé en public.

Je tiens à être bien clair devant le lecteur : le Russe s'est juste borné à *envisager* que Jésus et moi fussions du même groupe sanguin : il voulait pousser plus loin son analyse. Je me refuse donc à poursuivre cette discussion. Il y a des limites à la vanité humaine, fût-ce au cœur d'un texte de fiction.

Je suis allé à Turin avec Leonor il y a dix ans et nous n'avons pas eu la possibilité d'examiner le Saint Suaire : j'ai reçu une lettre d'excuses du Vatican à ce sujet. À propos, lors de notre visite à la belle capitale du Royaume de Savoie, nous avons visité le Musée national du Cinéma qui n'est pas à proprement parler un musée, mais dont la richesse des archives est impressionnante. Il est sis à l'intérieur de la Mole Antonelliana, un monument qui est le symbole de la ville de Turin.

« *Mole* », en Italien, signifie « édifice imposant » et « Antonelliana » rend hommage à l'architecte Alessandro Antonelli, l'auteur du projet. C'est un immeuble de cent-soixante-dix mètres de haut qui fut le plus haut d'Europe. L'intéressant est que le projet initial était celui d'une synagogue. En 1863, la communauté juive de Turin engagea un architecte pour construire son temple, mais l'ouvrage fut interrompu faute de moyens financiers ad hoc. La mairie signa alors un accord avec la communauté juive et assuma l'achèvement des travaux, lui accordant en échange un terrain pour la construction d'une synagogue. Dans les années 1990, l'immeuble fut refondu pour accueillir le Musée national du Cinéma, susmentionné. C'est réellement quelque chose d'incroyable que ce « musée » : les cinéphiles ne doivent pas manquer de le visiter. On y voit d'abord un parcours de l'histoire du cinéma, constitué d'une série d'expositions de cinématographes, de tubes cathodiques et de tous types d'équipements utilisés pour la reproduction de films depuis les origines du cinéma.

Puis l'on aborde l'exposition d'objets originaux du cinéma mondial, une exposition pleine de références, d'articles consacrés au cinéma italien. La reproduction des situations est tellement réaliste qu'on a l'impression de se retrouver au milieu d'un tournage. Puis vient l'exposition d'affiches du monde entier. Mais la principale attraction est le finale de la visite : on y est invité à se détendre dans d'énormes fauteuils inclinables pour savourer les images des plus fameux baisers du cinéma italien, chose absolument inoubliable. C'est à ce terme de la visite qu'un petit garçon de douze ans tapa sur mon bras et me dit qu'un monsieur du nom d'Akounine lui avait demandé de me remettre une boîte en carton et de me préciser que je devais l'ouvrir avec précaution.

Je fus très ému : elle contenait des dizaines de photographies anciennes. On y voyait des clichés de membres de ma famille pris dans le Nichelino, une région proche de Turin. Nombre d'images portaient des commentaires écrits au crayon, indiquant le nom de ceux qui y apparaissaient. On y reconnaissait divers parents, l'oncle Jacobo, la tante Miriam, et des membres de la famille de mes grands-parents maternels. C'était la famille de l'architecte qui avait été engagé pour dessiner le projet de l'ancienne synagogue au lieu même où je me trouvais, au début du XIXe siècle. Il s'appelait Zalmon Safras, c'était mon trisaïeul. C'était le père de mon arrière-grand-père maternel. La délicate attention du Russe nous émut beaucoup, Leonor et moi : il savait assurément à quel point nous aimions le septième art.

## Cum nimis absurdum

Akounine m'appela quelques jours après notre retour à Paris. Il me dit que l'*Erdapfel* de Behaim que je lui avais confié l'avait conduit par accident de Ségovie, en Espagne, aux égouts de la « ville lumière ». Pas le Paris contemporain, mais celui du XIXe siècle, et dans la maison du grand écrivain français Victor Hugo encore, où tous deux eurent une conversation très intéressante sur Jean Valjean, le personnage central des *Misérables*.

Le Russe me dit que Victor Hugo lui avait raconté en détail comment il avait créé le personnage. Valjean était un homme du commun qui s'était abandonné à la tentation de voler un pain pour alimenter sa famille et qui fut arrêté. Ce personnage fut construit à partir d'une histoire réelle racontée par sa marraine. Dans le livre, Valjean est condamné à cinq ans de prison. Il est orphelin de père et de mère et a été élevé par sa sœur, qui a sept enfants. Lorsqu'elle perd son mari, il devient soutien de famille et est emprisonné pour ce larcin banal qui change de fond en comble le cours de sa vie.

En prison, Valjean est plusieurs fois puni pour mauvais comportements et il est condamné à quelque vingt ans de travaux forcés. Libéré, mais affligé d'une réputation d'individu violent, il est expulsé des auberges et des maisons des particuliers quand il cherche un toit et à chaque fois qu'il frappe à une porte pour demander du travail. Il est finalement accueilli par un évêque, mais vole les candélabres et les couverts en argent du clerc qui l'hébergeait.

Il est capturé par la police, mais très vite relâché : l'évêque ment et prétend que les objets dérobés sont à lui. Il décide alors de changer de vie et de devenir un homme honnête. Il change de nom, connaît des succès financiers et achète une fabrique à Montreuil sur Mer. Là au moins, personne ne connaît son passé. Mais sa conscience le torture : quelqu'un pourrait le reconnaître à tout instant. Ce quelqu'un, c'est l'inspecteur Javert, un policier obsédé par la justice qui le poursuit où qu'il aille, depuis des années, pour le renvoyer derrière les barreaux.

Dans sa fabrique, Valjean fait connaissance de la pauvre Fantine. C'est une pauvresse abandonnée par son amoureux lorsqu'elle tombe enceinte. Elle met au monde une petite fille, Cosette, qui sera élevée par une autre famille. Tous les mois, Fantine remet l'argent de son travail à la famille, imaginant qu'ils prennent bien soin de l'enfant : en réalité, c'est tout le contraire.

Par méchanceté, et parce qu'il pense qu'elle le méprise, le superviseur de l'usine met au jour le passé de Fantine et la licencie. Elle va jusqu' à vendre ses propres cheveux pour survivre. Puis elle se voit obligée à se prostituer. Valjean découvre tout et décide d'adopter Cosette, qu'il va élever comme sa propre fille. Elle grandit et devient une jeune femme d'une excellente éducation et se marie avec le jeune idéaliste Marius. L'histoire suit son cours et lorsque Valjean meurt, sa fille adoptive fait graver un bel hommage sur sa tombe.

Selon moi, ce que l'auteur cherche à montrer dans ce livre, c'est que la grandeur d'un être humain n'a rien à voir avec sa richesse. Le plus souvent, ceux qui ont le plus de dignité sont ceux qui vivent en miséreux. Métaphoriquement, les misérables sont ceux qui jouissent de tous les biens matériels, mais qui mènent une vie de pauvre sur le plan humain. C'est en ce sens que cette œuvre renvoie à Platon et à son idée du caractère misérable d'une vie purement matérielle.

Valjean meurt en paix, car il est récompensé de ses efforts pour retrouver sa dignité et devenir un être meilleur : le lecteur comprend à travers son exemple qu'il y a de bonnes raisons de croire en l'humanité. En humaniste, Hugo décrit, dans le même temps, l'existence de la classe la plus pauvre de la société française du XIXe siècle. Dona Giselda, mon cher professeur, nous incita tous à lire cette œuvre durant notre troisième année de collège.

Toujours à la recherche de mes liens de parenté, Akounine mentionna qu'il analysait la véracité d'une information selon laquelle l'un des descendants de Victor Hugo avait épousé une veuve juive originaire de Vienne. Elle avait de la famille en Lituanie et le Russe assurait qu'ils pouvaient être des membres de la famille de mon grand-père Jaime Safras. Cette nouvelle affaire me plongea dans un abîme d'excitation. Peut-être ferai-je mention, dans un prochain livre, de ma réelle consanguinité avec le grand Victor Hugo. J'imagine que la littérature peut permettre de sauter d'un livre à l'autre sans restriction éditoriale, ne fût-ce que pour complaire aux auteurs.

Akounine évoqua aussi l'existence d'un possible lien de parenté entre Max Shachtman et un rabbin du nom de Judah Löw Ben Betzalel. Le « *löw* » germanique est la traduction littérale de « lion ». Löw Ben Betzalel avait été rabbin à Prague. En possession des documents voulus, je me rendis avec Leonor dans la belle ville tchèque, où nous bûmes plusieurs bières locales – j'ai adoré aller au U Flaco –, puis nous allâmes sur la tombe du rabbin, dans le vieux cimetière juif de Josefov. Son tombeau est demeuré intact.

Betzalel était un grand spécialiste du Talmud, texte central du judaïsme dans lequel sont consignées les discussions rabbiniques sur les lois, l'éthique, les coutumes, l'histoire et la philosophie. Le mot « talmud » signifie « apprentissage ». Si vous avez un jour le privilège de visiter la Bibliothèque d'État de Bavière, vous y trouverez plus de cinq cents manuscrits hébreux antiques, dont le Talmud babylonien, le plus précieux.

L'œuvre contient un grand nombre d'opinions rabbiniques, écrites dans cette Babylone qui est devenue l'Irak, entre le IIIe et le Ve siècle. Cet ensemble de manuscrits fournit, à l'exception de deux feuillets manquants, le texte le plus complet du Talmud accessible aujourd'hui. Il aurait été écrit en France, en 1342. À la fin du XVIIIe siècle, cette œuvre était la possession d'une famille de commerçants juifs. Puis elle fut acquise par le Prieuré des Augustins de Polling, en Haute Bavière.

J'ai bien aimé l'idée d'Akounine, qui envisage que Max pût avoir un lien de parenté avec le rabbin Betzalel : s'ils sont bien parents, alors je partagerai cette parenté ! Je vais vous faire un aveu : pour le Russe, le rabbin Betzalel était laid et boiteux. Physiquement, il ressemblait à Héphaïstos, un dieu de la mythologie grecque, fils de Zeus et d'Héra. On dit de ce dieu que quand il naquit, il était si laid qu'Héra le jeta hors de l'Olympe, provoquant la torsion de son pied. Il devint le forgeron des dieux et se maria avec la belle Aphrodite, pour des raisons d'ordre mythologique que j'ignore. Si je ne m'abuse, le fameux bouclier qu'Achille utilisait pendant la guerre de Troie était son œuvre.

Aux les pages suivantes, je dirigerai l'attention du lecteur vers un exercice de réflexion que j'ai réalisé dans l'intimité de mon cabinet de travail, où je suis libre de penser et d'imaginer des liens entre des gens qui ne sont pas nécessairement de lignée royale. J'essaierai de prouver que tout peut être objet de pardon.

Je n'ai pas eu le plaisir de le connaître personnellement, mais un autre personnage entrera impromptûment en scène un peu plus loin dans ce récit : le rabbin David Akselrod, qui vit actuellement aux États-Unis. Max et moi, nous avons peut-être un lien de parenté avec David, on verra pourquoi plus tard. En pensant à Max, je me suis souvenu qu'il était né à Varsovie en 1904. Sa famille émigra à New York lorsqu'il avait deux ou trois ans. Voilà ce qui justifie les quelques conclusions d'Akounine.

Lorsqu'il était adolescent, Max, qui s'intéressait déjà à la politique, s'inscrivit au Parti socialiste américain. Il créa *Le Défenseur du travail*, journal qui prit position en faveur de Nicola Sacco et Bartolomeo Vanzetti. Je me vois ici contraint d'interrompre de nouveau le récit principal et de produire quelques commentaires sur cette affaire que j'ai étudiée bien à fond. Vous verrez, un peu plus loin, que ce que je m'apprête à dire atteste bien des liens de sang entre Max, Vanzetti et le rabbin. Nous sommes en 1920, Nicola Sacco et Bartolomeo Vanzetti viennent d'être arrêtés et condamnés à mort dans l'État du Massachusetts. Le jury manifestait son hostilité aux deux inculpés bien avant que les arguments de la défense ne se fussent tous exprimés. En cet après-guerre, le procès de Sacco et Vanzetti était l'image même de la société nord-américaine, qui confondait les aspects factuels du procès avec les questions politiques liées aux accusations portées contre ces deux émigrants italiens.

Nicola Sacco était le fils d'un pauvre paysan italien, il émigra aux États-Unis en 1908, alors qu'il n'avait que dix-sept ans. Il connut la famine, le chômage, la misère, en somme toutes les difficultés d'existence. Il travailla dans une usine de chaussures, où il connut sa femme, avec qui il eut deux enfants. Il adhéra à la Fédération socialiste italienne et au syndicalisme révolutionnaire anarchiste. Bartolomeu Vanzetti, lui, émigra aux USA à vingt ans, ce qui causa de profondes transformations dans sa vie. Dans sa jeunesse, il s'engagea dans des mouvements fondés sur la religion et l'humanisme. C'était un étudiant appliqué qui perdit très vite la foi. Il commença à se plonger dans les théories anarchistes et communistes en lisant Bakounine, Marx, Gorki, Mazzini, Kropotkine, entre autres, et prit la tête du mouvement ouvrier. Le chômage, la misère et la criminalité, qui sévissaient à l'époque aux États-Unis, générèrent de grandes tensions entre les groupes de sympathisants communistes ou anarchistes et ceux qui défendaient le capitalisme. Les confrontations étaient d'une telle violence qu'en une seule journée, en janvier 1920, des descentes de police eurent lieu dans trente-trois villes, délivrant plus de mille mandats d'arrêt et inscrivant plus de trois mille étrangers sur la liste de déportation.

Je dois admettre qu'à certains moments, Melina me surprend par son intelligence et sa sensibilité. Comme nous parlions de l'affaire Sacco et Vanzetti, elle avoua que l'analyse de la biographie de Max lui faisait penser que nous verrions se confirmer nos liens de parenté avec Vanzetti. Elle disait que Max était un homme juste et courageux. Ses articles avaient beaucoup de vigueur et il y défendait inconditionnellement les deux Italiens. Mais il y avait plus du côté intime : Melina disait que Max, Vanzetti et moi, nous avions des traits extrêmement semblables ; elle pariait que nous avions des liens de parenté. Elle savait être sensuelle, mais, si besoin était, faire aussi ostentation d'intelligence et de connaissance.

Elle considérait que la présence juive en Italie ne devait pas être négligée par les historiens. Me manifestant tout son respect, elle commença à me raconter l'Histoire des Juifs de Rome. Elle rappela au préalable que de nos jours, plus de quinze mille Juifs y vivaient et que tous n'étaient pas les descendants de ceux qui y avaient vécu dans la Rome Antique. Différentes vagues migratoires avaient eu lieu plus récemment. On trouve en Italie, par exemple, des Juifs issus de l'émigration libyenne expulsés par Kadhafi et qui ont été naturalisés.

La prise de Jérusalem par Titus, en 70 après Jésus-Christ, est racontée dans certains bas-reliefs qui se trouvent sur l'arc dédié à l'empereur romain, un monument sis près du forum, à Rome. L'ouvrage fut érigé pour commémorer la victoire contre les Juifs et certains de ses bas-reliefs, gravés dans la pierre, montrent des prisonniers juifs, des esclaves portant la « menorah » du temple, ce candélabre à sept branches qui symbolise la dévotion religieuse.

Les Juifs vécurent donc à Rome juste après le premier siècle de notre ère. Virgile, par exemple, chante dans *L'Énéide* : « *Toi,*

*Rome, tu es prédestinée à commander aux nations.* » De façon fort ironique, la Rome Antique et son Empire disparurent et les Juifs s'en retournèrent à Jérusalem, porteurs de la même ménorah. Les historiens et les juifs de Rome disent non sans raison en plaisantant qu'ils sont les véritables Romains.

Les descendants des Hébreux vivaient là depuis plus de deux mille ans, bien avant l'avènement de l'Empire romain, des papes et du christianisme. Les Juifs romains survécurent aux empereurs, aux autorités papales, au fascisme et à l'occupation nazie de la Seconde Guerre mondiale. Deux ponts relient l'île Tibérine de Rome au centre-ville et au Transtevere où se trouve une synagogue qui remonte au Moyen Âge.

On trouve un centre culturel de la même époque Via Arco dei Tolomei, qui possède des archives, une bibliothèque et un espace où sont organisés des concerts et des expositions sur le ghetto de Rome et sur le rôle des Juifs dans la résistance italienne. On y présente des pièces de théâtre en dialecte judéoromain, langue parlée dans le ghetto historique qui se situait autrefois de l'autre côté du fleuve. C'est là que se trouve la principale synagogue de Rome, que l'on appelle le Grand Temple. Tout près se trouve le Musée de l'Histoire des Juifs italiens. Derrière, des ruelles étroites formaient l'ancien ghetto. Cette synagogue, qui est l'une des plus grandioses d'Europe et me rappelle le théâtre de l'Opéra, est la preuve de la présence juive dans la ville.

Des excavations réalisées dans le port d'Ostie, principal port de Rome au cours des premiers siècles de notre ère, où se trouve actuellement l'Aéroport de Fiumicino, portèrent au jour trois cent quarante mille mètres carrés témoins de la vie quotidienne de la Rome Antique. Une autre synagogue fut découverte accidentellement dans les années 1960, au cours de la construction de l'autoroute qui mène à l'aéroport : elle serait la plus ancienne d'Occident.

De nombreux monuments historiques de la Rome Antique sont étroitement liés aux Juifs qui y vécurent. Le Talmud, le livre qui régit la conduite des Juifs, dit que par respect, aucun d'entre eux ne doit passer sous l'Arc de Titus. Tout près de là se trouve la Prison Mamertine, où les rebelles juifs étaient exécutés publiquement durant le triomphe de Titus.

Plus loin se trouve le Colisée, dont une partie a été construite par dix mille prisonniers juifs. Sur le trajet de la Via Appia, qui relie Rome au sud de l'Italie, il reste des fondations et des catacombes juives. Durant l'occupation de Rome par les Allemands, plus de trois cents Italiens furent massacrés dans ces catacombes en représailles de la mort de trente-trois officiers de la SS tués par les partisans de la Résistance italienne : un grand nombre d'entre eux étaient juifs.

Les connaissances de Melina sur l'histoire du judaïsme m'impressionnaient. Elle affirma que, bien qu'elles eussent existé auparavant et se fussent aggravées depuis le début de l'ère chrétienne, c'est au IVe siècle que les coercitions religieuses, économiques et sociales contre les Juifs prirent toute leur ampleur. Au cours de ce siècle, l'Empereur Théodose promulgua l'Édit de Thessalonique, qui faisait du christianisme la religion officielle de l'Empire romain. Une série de persécutions furent alors perpétrées contre les juifs, sous alibi doctrinal. Des décrets pontificaux spécifiquement dirigés contre les juifs et leur retirant toute liberté de profession et de libre circulation furent alors établis. Cela restera gravé à jamais dans l'Histoire de l'antisémitisme pontifical.

Cet antisémitisme put aussi être à l'époque du nazisme et du fascisme : la papauté s'y garda de condamner la persécution des Juifs. Le ghetto de Rome est l'un des lieux exemplaires de l'oppression chrétienne à l'endroit des Juifs. Il fut créé en 1555 par le pape Paul IV, à l'époque de la Contre-réforme, par la bulle « *Cum nimis absurdum* », qui prescrivait la réclusion des Juifs de la tombée de la nuit au lever du jour.

Au rang de ces humiliations figurait aussi l'usage d'un « *contrassegno* » c'est-à-dire d'un signe d'identification, chapeau ou écharpe jaune, et l'interdiction de posséder des biens ou d'exercer un métier. Les Juifs se virent contraints d'exercer des activités prohibées comme le prêt d'agent, ou exerçaient de petits métiers précaires dont la maigre rétribution les contraignait à ne se vêtir que de vieux vêtements fripés. Melina était très émue quand elle ajouta qu'il était inutile de dire que le quartier du ghetto était surpeuplé, sale, insalubre et connaissait d'innombrables éboulements et inondations.

Malgré tout, en dépit de toutes ces brimades, l'étude de la Torah et du Talmud était florissante, et la culture judaïque ne cessait de se développer. Entre la piazza dei Campitelli et le Tibre se trouve le Grand Temple construit par les juifs de Rome en 1904, de style néoclassique. Jusqu'en 1870, la majorité des Juifs furent confinés dans le ghetto ; toutefois, ils furent ensuite affranchis et purent s'intégrer à la vie romaine.

Mais en 1922, les fascistes conquirent le pouvoir et en 1938 ils promulguèrent des lois raciales antisémites. Les Juifs vivent à Rome depuis aussi longtemps que les premiers Romains : au XIXe, ils participèrent activement au processus d'unification de l'Italie fondé sur les idéaux de la Révolution française. Napoléon Bonaparte fut acclamé par les Juifs comme un sauveur : il leur avait rendu leurs droits civiques et commerciaux, faisant d'eux des citoyens de première classe.

Melina indiqua que lorsque Napoléon fut défait, en 1814, le Congrès de Vienne, avec l'appui du Vatican, essaya de rétablir la situation antérieure à la révolution. En 1842, l'Aria « *Va pensiero* », de *Nabucco*, l'opéra de Verdi, devint un hymne de résurrection, avec son chœur des esclaves juifs aspirant à la liberté sur leur terre natale, allégorie du rêve de liberté des Italiens.

Ce rêve se réalisa en 1870, quand le pape perdit le contrôle de Rome, devenue la capitale du royaume d'Italie. Le nouveau gouvernement anticlérical accorda aux Juifs la plénitude de leurs droits civiques et l'égalité avec le reste de la population. L'encyclique « *Humani Generis Unitas* », « *L'Unité du Genre Humain* » fut l'œuvre du pape Pie XI, mais elle ne fut pas publiée avant sa mort, en 1939. Son successeur, Pie XII, était un ultraconservateur qui soutenait les nazis dans leur lutte contre le communisme : il décida de l'abroger.

Pendant l'occupation allemande, de septembre 1943 à juin 1944, près de quatre mille Juifs vivaient dans l'ancien ghetto ; et près de trois mille d'entre eux vivaient dans le Trastevere. Presque un tiers de cette population juive fut déportée. Les Juifs étaient restés à Rome, la marche fasciste de Mussolini sur la ville ne les avait pas fait fuir : leurs chefs ne surent pas évaluer la gravité de la situation. Ce n'est au demeurant que sous la pression de l'Allemagne que les fascistes promulguèrent tardivement, en 1938, des lois raciales.

Melina rappela en souriant une boutade qui illustrait les sentiments des Italiens pour les Juifs au cours de la Seconde Guerre mondiale : lorsqu'un touriste demandait où se trouvait le *Moïse* de Michel Ange, on lui répondait : « il doit être caché chez des amis depuis belle lurette ! ».

Bien que le pape n'eût pas condamné l'Holocauste, de nombreux prêtres protégeaient les juifs et leur fournissaient des papiers, de l'argent et des refuges. Couvents et monastères devinrent des lieux d'asile. Les catholiques italiens furent l'un des groupes humains les plus courageux face aux attaques qui visaient les Juifs. La guerre achevée, le pape Jean XXIII, le concile Vatican II et l'Église tout entière exclurent officiellement l'antisémitisme et condamnèrent toute allusion au prétendu meurtre de Jésus pendant la messe. Le pape Jean Paul II fit une visite historique à la synagogue de Rome afin de promouvoir le dialogue entre les religions et demanda pardon, au nom de l'Église, pour les souffrances infligées aux Juifs.

Le fascisme et l'occupation allemande mirent à bas les espérances de liberté des Juifs et s'il y eut bien une période dorée pour les Juifs de Rome, ce fut celle qui succéda à leur sortie du ghetto et à la construction du Grand Temple. Les Juifs romains vécurent isolés des autres juifs pendant des siècles et créèrent une gastronomie particulière qui exerça une grande influence à Rome. Celui qui visite la ville éternelle ne saurait la quitter sans avoir goûté aux fameux « *Carciofi alla Giudea* ».

Akounine ne perdait jamais une minute : il compléta le long exposé de Melina : il nous confia que l'un de ses assistants était un Japonais qui boitait de la jambe gauche parce qu'il avait marché sur une bombe pendant la guerre du Pacifique. Il avait découvert au Vatican des documents secrets qui indiquaient que le pape Pie XII était en réalité un Juif, et qu'il était membre de ma famille. Quoi qu'il en fût, l'amant italien que Melina avait plusieurs fois évoqué et qui avait été l'une des passions de sa vie était un neveu de Vanzetti. Elle jurait que nous étions cousins, car, comme le disait la Laurette de Boccace à propos de l'Abraham de la seconde histoire du premier jour du *Décaméron*, elle trouvait mon nez identique aux leurs.

J'en reviens à Sacco et Vanzetti : à Boston, cinq cents émigrants marchèrent enchaînés jusqu'à la prison. Tremblant à l'idée de perdre ses privilèges, la bourgeoisie la plus aisée incita la classe moyenne à accuser les émigrants des tensions qui sévissaient dans les rues. Ces derniers étaient en majorité des Italiens, mais il y avait aussi des Espagnols, des Portugais et des gens originaires d'autres pays. Non seulement ils avaient des physionomies différentes et parlaient des langues étrangères, mais ils étaient considérés comme les porte-voix de nouvelles idées comme l'anarchisme et le socialisme qui remettaient en question l'ordre et le mode de vie américains.

Le 15 avril 1920, une attaque à main armée eut lieu dans une fabrique de chaussures à South Braintree, dans le Massachusetts. Un employé et un agent de sécurité furent tués durant l'agression. Cela semblait n'être qu'un crime de plus perpétré par les innombrables gangs de la région. Les citoyens, effrayés par l'escalade de la violence, demandèrent l'intervention des autorités. Quelques jours plus tard, deux suspects furent arrêtés près de Boston. Ils étaient armés, ce qui était commun à l'époque. Mais il y avait contre eux d'autres motifs aggravants : ils étaient étrangers, anarchistes, et ouvriers : c'étaient Nicola Sacco et Bartolomeu Vanzetti.

Ils furent accusés de port d'arme illégal et puis des assassinats de la fabrique de South Braintree. Le retentissement de l'affaire en Europe fut énorme. La grande presse américaine diffusa la nouvelle de l'incarcération de deux « bandits italiens » et leur commerce avec les anarchistes fut utilisé comme preuve de leur tendance à la délinquance et au crime. En vérité, la multiplication des actions criminelles de la mafia aux USA aida à alimenter le climat de combat contre l'anarchisme. Le juge de l'affaire était dépourvu de toute impartialité et le procureur du district était un bourgeois typique, fidèle aux traditions des familles bien pensantes du Massachusetts.

Le jugement se tint le 31 mai 1921. Il fut très difficile de constituer un jury, car de nombreux jurés craignaient les représailles des amis des accusés. Les uniques preuves produites par l'accusation étaient une casquette et les balles utilisées pour le crime. Ces preuves étaient en elles-mêmes très insuffisantes, mais des circonstances inattendues suggérèrent que les armes de Sacco et Vanzetti avaient pu être celles qui avaient été utilisées pour les crimes. Les deux hommes furent incarcérés. Pendant ce temps, la police avait associé les crimes à un supposé cambriolage auquel ils furent tous deux également accusés d'avoir participé. Sacco prouva qu'il travaillait à l'heure du crime et fut acquitté. Vanzetti resta muet, ce qui fut interprété comme la preuve de sa culpabilité. Il fut condamné pour ce second crime. Lorsque commença le jugement de la première affaire, les anarchistes liés aux accusés étaient en état de panique.

Trois des témoins seulement confirmèrent avoir vu Sacco à South Braintree. L'un disait qu'il avait assisté à toute la scène. Les autres déclarèrent l'avoir vu dans l'automobile après les crimes. En ce qui concernait Vanzetti, tout comme pour Sacco, ceux qui disaient le reconnaître ne pouvaient pas apporter un témoignage fiable de leurs dires. Les expertises en balistique ne donnèrent rien. Les jurés durent fonder leur décision sur des témoignages peu convaincants et des éléments de preuve douteux. Tout au long de l'interrogatoire, Sacco, déjà épuisé, déclara tout le mal qu'il pensait de la société américaine.

L'assistance en fut choquée : Sacco et Vanzetti furent condamnés à mort. « Vous allez tuer des innocents. N'oubliez pas : vous allez tuer deux hommes innocents », tonna Vanzetti. Quant à Sacco, il écrivit à son fils : « ils peuvent bien crucifier nos corps, mais ils ne peuvent pas détruire nos idées ».

Après leur condamnation à mort, Celestino Madeiros, un Portugais, avoua avoir participé au braquage de South Braintree et nia la participation des Italiens. Un policier affirma même que le crime avait été commis par un gang qui pratiquait des braquages de camions dans le secteur. La défense demanda un nouveau jugement, mais elle fut déboutée par le juge. Sept ans de prison passés, la sentence de mort fut promulguée. Une nouvelle vague de protestations déferla alors sur le pays et par le monde. La pression internationale augmentait. Mussolini écrivit au gouverneur pour demander la clémence.

À New York, cent mille ouvriers se mirent en grève. Le gouverneur nomma une commission d'avocats chargée de procéder à une nouvelle analyse de l'affaire. La commission confirma la sentence de mort et la Cour suprême et le président des

États-Unis refusèrent la grâce. Le 23 août 1927, un peu après minuit, Sacco puis Vanzetti mouraient sur la chaise électrique.

Le jour suivant, en France, *L'Humanité* titrait : « Assassins ! ». Une foule d'ouvriers indignés dévasta les boutiques et s'en prit aux forces de l'ordre. Dans diverses capitales européennes et dans d'autres régions du monde, des foules manifestèrent contre la mort de deux innocents, accusés d'un crime qu'ils n'avaient pas commis, juste pour avoir été des anarchistes aux USA.

L'affaire devint le sujet de films et de livres. J'ai vu le film sur Sacco et Vanzetti à Porto Alegre. Gian Maria Volonté y jouait Vanzetti. La bande originale était du grand Ennio Morricone. Rien ne m'émut autant, dans ma vie de jeune adulte, que l'interprétation par Joan Baez de la *Ballade de Sacco et Vanzetti*. Le film fut interdit au Brésil sous la dictature militaire.

Des années après l'exécution des deux Italiens, le juriste Edmund Morgan, de l'Université de Harvard, conclut à l'erreur judiciaire. Il affirma que Sacco et Vanzetti avaient été les « victimes des préjugés d'une société chauvine et perverse ». En 1977, cinquante ans après leur mort, le gouverneur du Massachusetts, Michael Dukakis, publia un document qui absolvait à titre posthume les deux leaders syndicaux italiens. En tant que parent de Vanzetti, j'en sais gré au gouverneur.

Je me souviens tout à coup d'une anecdote pittoresque : il y a quelques années, lors d'une réunion mondaine où je rencontrai le consul d'Italie au Brésil, je mentionnai l'observation de Melina sur ma parenté avec Bartolomeo Vanzetti. Il me regarda bien en face et me confia qu'il avait remarqué depuis un certain temps mon incroyable ressemblance physique avec le syndicaliste italien : il aurait juré que Vanzetti et moi étions parents. Il me fit part de sa sympathie pour l'idéologie anarchiste et dit avoir lu tout ce qu'avait écrit Bakounine. Il ajouta que je pouvais compter sur son appui si je désirais créer une cellule anarchiste à Porto Alegre. Six mois plus tard, le consul fut retrouvé mort noyé dans le romantique fleuve Arno de Florence. Je me souvins alors de l'aria « *O mio babbino caro* » (« Ô mon petit papa chéri ») de l'opéra *Gianni Schicchi* de Puccini, chanté quand la jeune Laurette – le personnage porte le même nom que celui de Boccace –, éprise de Rinuccio, implore son petit papa chéri, son *babbino caro* de l'aider, menaçant de se jeter du Ponte Vecchio et de disparaître pour toujours, comme aussi le Lorenzaccio de Musset, dans les eaux de l'Arno.

Que le lecteur me pardonne : il y a longtemps que je n'avais pas souffert de mes hallucinations démoniaques. Il semble que c'est Satan que j'aperçois cette fois, oui, Satan, le diable des religions monothéistes, la personnification du mal. Cette fois, le visiteur indésirable de mon délire, c'est bien lui, « *Satanas* », dont le nom, issu du latin, signifie « l'ennemi » ou « celui qui piège ».

## Schwarzbigz

Une nuit froide d'hiver, à près de onze heures du soir, comme je dormais, je fus réveillé par un coup de téléphone en anglais. C'était la téléphoniste d'un hôpital de Toronto. Elle m'informait de ce qu'un patient du nom d'Aleksander Akounine était interné dans son hôpital et prétendait me connaître. Il avait dit aux infirmières que je devais le contacter le plus vite possible, au numéro direct de sa chambre. Le soir même, je lui téléphonai en accord avec les instructions reçues.

Akounine répondit à mon appel et me dit de ne pas m'inquiéter. Il était en parfaite santé et m'expliqua qu'il avait simulé un malaise pour être interné à l'hôpital afin de ne pas éveiller les soupçons sur l'enquête qu'il était en train de mener dans les archives de l'institution. Il avait manigancé avec un employé de l'hôpital de ses amis l'accès aux fichiers d'anciens patients de l'établissement.

Le Russe avait reçu des informations confidentielles d'un de ses collègues, engagé pour l'aider dans ses investigations. Cet informateur était un descendant du duc Leopold V, celui qui, au XIIe siècle, avait taché sa tunique de sang au cours d'une bataille et avait eu l'idée de retirer son ceinturon pour imprimer de sa boucle le drapeau autrichien sur l'étoffe.

L'auxiliaire d'Akounine avait découvert que Max Shachtman pourrait être le frère d'un écrivain juif polonais, naturalisé américain, nommé Isaac Bashevis Singer. Singer était né en Pologne le 21 novembre 1902 dans la région dont Max était originaire. Tout du moins était-ce ce que suggéraient les documents obtenus par l'assistant d'Akounine.

La famille de l'écrivain émigra aux États-Unis où Singer publia plusieurs livres et commença à se faire une place au sein de la communauté littéraire. Il appartenait à une famille de rabbins hassidiques qui s'introduisit aux USA via New York en 1935. Les juifs hassidiques constituaient un mouvement orthodoxe qui promouvait la spiritualité à travers la popularisation et l'incorporation du mysticisme comme un aspect fondamental de la foi.

Les hassidiques ont existé tout au long de l'histoire des Juifs, mais le terme désigne de nos jours la tendance qui s'est développée dans la première moitié du XVIIIe siècle en Europe orientale grâce au rabbin Israël Ben Eliezer, qui s'opposait au judaïsme talmudique, plus «intellectuel». Ses adeptes étaient éduqués dans une ambiance d'intense religiosité, fondée sur des éléments qui émargeaient à l'univers des petits villages juifs polonais. Je fus enchanté de cette hypothèse. Singer n'était pas un écrivain quelconque. Il avait écrit des œuvres classiques et était extrêmement respecté. Je restai dans l'expectative des nouvelles que le russe et son assistant autrichien allaient me révéler.

C'est alors que le nain polydactyle, le premier, pas le second, qui n'apparaissait pas depuis des mois, me téléphona, pour m'informer qu'il voulait me raconter une histoire. Il avait entendu dire de source sûre que Max était le fils illégitime du père de Singer, mais qu'il avait été caché chez un rabbin dès sa naissance. Akounine, l'assistant autrichien et le nain avaient raison. Max aurait été confié en secret par sa famille officielle, lorsqu'il était encore tout petit, à ce couple de Polonais qui ne pouvait pas avoir d'enfant. Ils émigrèrent aux USA. Un ami du nain l'informa que le père de Singer fut hospitalisé à Toronto, confirmant les doutes de l'investigateur russe. C'est pour cette raison qu'Akounine s'était fait interner à l'hôpital en tant que faux patient.

Au cours de ses séances de psychothérapie chez le psychologue canadien Jordan Peterson, le père de Singer avait raconté qu'une voix le harcelait : c'était celle de son défunt père, qui le critiquait en permanence en raison de ses préférences sexuelles douteuses. Peterson avait la réputation d'être un conservateur et de persécuter les lesbiennes, les homosexuels, les bisexuels, les travestis et les transsexuels. C'est pourquoi le descendant du Duc Léopold V fut emphatique et sollicita qu'on lui retirât l'affaire immédiatement, faute de quoi il donnerait sa démission. J'ai trouvé son attitude extrêmement appropriée : j'étais d'accord avec lui. Il nous informa aussi qu'au cours de sessions médiumniques, il avait demandé au professeur Carl Jung, le grand psychiatre, créateur du concept de la psychiatrie analytique, d'émettre une seconde opinion. Comme Jung était mort au début du XXe siècle, comme le père de Singer ne l'était pas moins, l'unique alternative fut que les sessions eussent lieu sous forme de contact métaphysique. L'Autrichien organisa tout cela avec une grande compétence au sein d'un centre d'umbanda du quartier de la Cidade Baixa, à Porto Alegre.

Le vieux Jung était un Suisse ossu, aux cheveux blancs, à moitié chauve et avec une petite moustache grisonnante. Il portait des lunettes sur le bout du nez et conversa avec le vieux Singer, le père de l'écrivain, au sujet de la psychologie analytique qu'il avait lui-même fondée. Jung disait : « aucun individu n'est totalement introverti ou extroverti » : c'est cela même qu'il avait écrit dans son œuvre *Types psychologiques*. Il y avait des modèles de personnalité et de comportement qui composaient la personnalité de chacun. Pour lui, toutes ces caractéristiques étaient le résultat de la manière dont chacun utilise ses capacités. Il affirma que le vieux Singer pouvait adopter des « attitudes » opposées, d'extroversion ou d'introversion, ce qui expliquait l'éclectisme de ses préférences sexuelles. Il conclut que le patient était plus à l'aise avec ses pensées et ses sentiments propres. Il posa aussi que ses quatre principales fonctions psychologiques étaient intactes — sensation, pensée, sentiment et intuition — : le vieux savait en somme identifier les choses qui existent, leur signification, de même que ses pensées, ses sensations, ce qui convient ou non et enfin les produits de son intuition.

Son diagnostic fut que les problèmes du père de Singer étaient tout à fait solubles et fort communs. Il en induisit que la cause probable de son déséquilibre était sa courte période d'allaitement et une relation amoureuse mal résolue avec une Polonaise hommasse et de surcroît non juive, jadis en Pologne.

Sa famille, qui était très religieuse, en eut honte : elle n'aurait jamais accepté qu'il se mariât avec une femme qui ne fût pas issue de leur communauté. Ils eurent pourtant un fils caché qui fut confié à une famille juive de la région. Des années plus tard, le père de Singer tomba malade et demeura impotent le reste de sa vie. Aleksander Akounine, le nain et le descendant du duc étaient certains que ce bébé n'était autre que Max Shachtman. L'internement d'Akounine à l'hôpital de Toronto avait pour objet l'accès aux dossiers médicaux les plus anciens de l'institution, dans lesquels se trouvaient des informations sur l'internement du vrai père de Max. Akounine supposait que le patient avait pu parler à quelqu'un de ses traumatismes émotionnels, abandonnant, qui sait, quelques informations utiles dans les verbatim des séances de psychothérapie.

Isaac Bashevis Singer était le frère de Max : il était donc aussi mon parent. Il devint un écrivain très respecté. Son œuvre est très réputée et étudiée dans les universités américaines et européennes. Singer reçut le prix Nobel de littérature en 1978. Son premier succès littéraire, paru en 1932, s'intitulait *Satan in Goray*. Je ne sais si vous avez eu la chance de lire cette œuvre qui est pour moi un immense roman. L'histoire se passe dans la Pologne du XVIIe siècle, après les massacres commis par les cosaques contre les communautés juives. Un jour, un étrange personnage, Sabbadai Zevi, apparaît dans le petit village de Goray, s'y présentant comme le messie. Tout le village se réjouit et le reçoit à bras ouverts : Zevi est un grand séducteur.

Le seul qui semble ne pas croire au messie est le rabbin. L'histoire montre que lorsque l'être humain est en proie au désespoir et que la foi est la seule chose qui lui reste, il devient une proie facile pour les opportunistes. Ce livre fut publié durant l'ascension du nazisme en Europe. En 1964, Singer fut élu membre du National Institute of Arts and Letters, devenant l'unique membre américain de l'institution écrivant dans une autre langue que l'anglais. Il disait que le yiddish était une langue savante et humble, la langue d'une humanité effrayée et pleine d'espoir.

*A Friend of Kafka*, un recueil de contes dont il est l'auteur, parut en 1970 et fut publié en France sous le titre *La Coquette*. Une version portugaise d'un autre de ses livres, intitulée *Histórias reunidas de Isaac Bashevis Singer*, qui collige ses meilleures nouvelles, fut également diffusée au Brésil. Singer est mort en 1991. Bien sûr, en l'espèce, le travail réalisé par Monsieur Aleksander Akounine et par son assistant particulier, le descendant du duc Léopold V d'Autriche, me coûta les yeux de la tête : qu'à cela ne tînt, cela valait la peine.

En sus des dépenses de routine, je dus assumer les frais de près de sept jours d'internement hospitalier, le coût de la vie à Toronto étant comme chacun sait extrêmement élevé. Mais quoi : savoir que j'avais des liens de parenté avec Max et Singer m'était fondamental.

Je ne sais si je l'ai déjà dit ici, mais lors de cette étape de l'enquête, moi qui avais toujours été si sceptique et incrédule, j'ai assumé ouvertement ma foi totale dans les séances médiumniques que nous tenions avec une « mère des saints » dans le quartier de la Cidade Baixa de Porto Alegre. La valeur de ces rencontres était inestimable. La « Mãe Duza », comme on l'appelait, me mettait en contact avec qui je voulais, n'importe où et à n'importe quelle époque. C'était proprement incroyable.

Je me suis ainsi trouvé plusieurs fois en présence de mon célèbre ancêtre, Napoléon Bonaparte. C'est un être humain qui dans l'intimité se révéla extrêmement aimable et compréhensif.

Durant une session spirite au cours de laquelle, accidentellement, je me plaignais des coûts exorbitants du contrat passé avec Akounine et son équipe, Caligula, l'empereur romain, mon petit cousin, me suggéra de contacter le Britannique Ronald Biggs, l'auteur du « casse du siècle ».

Biggs, idole des membres du groupe punk « *Sex pistols* » avait participé à l'assaut du train postal entre Glasgow et Londres, en 1963, il avait vécu au Brésil, et avait d'ailleurs épousé une Brésilienne. Il mourut à 84 ans dans un asile de vieux à Carlton Court, au nord de Londres. Biggs fut repéré en public au cours d'une cérémonie au cimetière d'Highgate, lors d'un hommage au mentor de l'assaut, Bruce Reynolds. Le groupe de braqueurs de banques était composé de dix-sept membres, il amassa plus de deux millions six cent mille livres sterling de l'époque, ce qui équivaut de nos jours à quatre millions et demi de dollars.

L'assaut eut lieu le 8 août, le jour de son anniversaire. Lorsque le conducteur du train postal qui effectuait le trajet Glasgow-Euston arriva à Ledburn, dans la région nord-ouest de la ville, un feu rouge le fit s'arrêter. Les bandits assommèrent le chauffeur, firent dérailler les deux premiers wagons et déchargèrent les cent vingt sacs d'argent liquide. Tout se passa sans que les employés présents dans les autres wagons s'en aperçussent.

Ronald Biggs fut arrêté et condamné à trente ans de prison, mais il s'enfuit quatorze mois plus tard, en descendant par une échelle de corde : il disparut à bord d'une camionnette. Il erra par plusieurs pays, attirant l'attention de la presse sur la manière audacieuse avec laquelle il avait échappé à la justice britannique et à Interpol. Il vécut confortablement à Rio pendant plus de trente ans avec l'argent du casse : son aventure fit l'objet de livres, de films et de reportages. Caligula suggéra que je contactasse Biggs et sollicitasse un prêt.

Biggs n'aurait pas pu être plus accort. Il me dit exactement où creuser pour prendre les billets et me demanda évidemment de garder le secret. Nous nous liâmes d'affection au cours des séances spirites et je dirais que nous devînmes de bons amis. Il me confia qu'il adorait les histoires enfantines. Il disait que le monde enfantin était violent et cruel, principalement lorsqu'il ressortissait à la misère. Selon Biggs, qui tenait cette information du jeune champion d'échec moldave Alec Priveon-Bronstein, mon lointain cousin, fils puîné de Pascale Bronstein, poétesse érotique injustement méconnue, l'histoire d'Hansel et Gretel, si populaire parmi les enfants, est fondée sur des faits réels.

Elle raconte l'histoire de la marâtre d'une famille si pauvre qu'elle décide d'abandonner les enfants dans la forêt, n'ayant pas de quoi les nourrir. Les enfants errent dans la forêt et arrivent devant la maison d'une vieille qui a décidé de les manger. Le Britannique me dit que selon les frères Grimm, ce genre d'histoires étaient inspirées de faits réels : au XIXe siècle, il n'était pas rare de voir des enfants abandonnés dans une forêt par leurs parents nécessiteux. La sorcière mangeuse d'enfants n'était pas une pure fiction : les recherches qu'il avait faites en prison sur le cannibalisme de nos ancêtres et les marques de dents humaines sur les ossements d'êtres humains l'attestaient. On trouvait même des traces de sang humain dans des casseroles et dans les excréments de nos ancêtres.

Mes conversations avec Biggs étaient très intéressantes. Pour lui, les preuves génétiques étaient sans équivoque : les hommes pratiquent le cannibalisme depuis toujours. Il me parla aussi des marâtres connues dans l'Histoire. Elles furent toujours les méchantes idéales des contes pour enfants : cela est dû au fait que de nombreux enfants étaient élevés par des femmes qui n'étaient pas leur vraie mère.

La mortalité en couches est aussi due en partie à la taille outrée de notre cerveau dont le poids représente quelque deux ou trois pour cent de notre poids total. Il est bien plus grand que celui des autres animaux. Or, comme nous marchons sur deux pattes, le bassin a dû subir des adaptations au cours de l'évolution de l'espèce. En fait, disait Biggs, le bassin de la femme est trop étroit pour laisser passer la tête du fœtus humain. Je me souviens que le fameux docteur Cesare DeSanti, neveu du professeur Geronimo Coué-Schachtman, le fameux spécialiste du bassin et mon cousin, disait que les accidents de couches sont beaucoup plus communs chez l'homme que chez les autres animaux. L'Anglais me raconta que son passe-temps consistait à étudier l'accouchement des dinosaures, aux temps où ces animaux régnaient sur terre, entre l'époque triasique et la fin du crétacé, moment où une catastrophe inconnue causa leur extinction. Il affirmait que seules avaient subsisté quelques espèces emplumées, ancêtres des oiseaux que nous connaissons aujourd'hui.

Biggs m'expliqua que le taux de mortalité élevé des mères durant l'accouchement était la cause de la multiplication des marâtres présentes dans les contes pour enfants. Les veufs se remariaient et leur nouvelle femme devait élever des enfants qui n'étaient pas les siens. Au XVIIe siècle, quatre Français sur cinq étaient veufs et se remariaient. Dans la mesure où la nourriture était précaire, il n'était pas rare que les épouses privilégiassent leurs enfants biologiques à l'occasion de la distribution des aliments. C'est ainsi que les contes de fées reflètent de manière exagérée et fantaisiste une situation réelle et que s'élaborent des histoires telles que celles de Cendrillon ou d'Hansel et Gretel.

Lors de mes conversations avec Biggs, j'eus la nette sensation qu'il me manifestait une tendresse un peu outrée. Comme nous buvions quelques gorgées de whisky écossais qu'il cachait dans la poche de son manteau, il me confia qu'il avait un secret pour moi. Son vrai nom n'était pas « Biggs », mais « Schwarzbigz ». Les bras m'en tombèrent. Il descendait d'une lignée de la famille de mon père qui avait fui la Bessarabie vers l'Angleterre pendant la guerre de Sept Ans.

En bref, le voleur et moi nous étions très proches parents. Il me demanda de garder le secret : sa réputation était déjà établie dans le monde du crime. J'encaissai bien l'argent de Biggs, mais il me fut un peu difficile de rémunérer le professeur Jung : il était mort depuis des années. La situation s'aggrava quand l'assistant d'Akounine, le descendant de Léopold V, me demanda de régler le duc soi-même : il avait vécu au XIIe... Par chance, grâce à mon entregent spirite, je pus faire en sorte que les sommes dues leur parvinssent en main propre par le truchement d'un fossoyeur du cimetière de Hietzing sis 15, Maxingstrasse, dans le troisième district de Vienne : mes obligations vis-à-vis des deux consultants étaient remplies.

# Le grand schisme

Dona Giselda ne me pardonnerait pas d'omettre qu'Akounine me fit cadeau d'une édition du *Décaméron* de Giovanni Boccace, imprimé en 1492. Montaigne en profita pour me suggérer d'acquérir une édition plus récente, finement illustrée, issue de «La Petite Collection» éditée par Diane de Selliers. La traduction en français était de Marthe Dazon, Catherine Guimbard et Marc Scialom et avait été publiée en 1999, et comportait des illustrations absolument magnifiques, dont une série de dessins de Boccace en personne. L'histoire se passe à l'époque de la peste noire ou «mort noire», l'une des pandémies les plus dévastatrices de l'histoire.

C'est une maladie causée par une bactérie transmise à l'homme par les puces des rats noirs et autres rongeurs. On disait qu'elle venait d'Asie Centrale et qu'elle s'était propagée par la route de la soie, arrivant en Crimée au milieu du XIVe siècle. L'œuvre de Boccace parle de cette période. Akounine me confia que l'auteur était en réalité, un juif converti, ce que peu de gens savaient. Et que, sans le moindre doute, il était notre parent, à Max et à moi.

Ses traits physiques étaient très proches de ceux de ma famille : son nez avantageux et busqué était la marque de fabrique de nos origines communes. Et Laurette, un des personnages de l'œuvre de Boccace, et le nocher du fleuve Achéron de la *Divine comédie* l'avaient constaté. Lorsqu'ils émigrèrent dans la région orientale de l'Europe, au XVIIe et XVIIIe siècle, puis se concentrèrent dans la région de la Bessarabie, au début du XXe, de nombreux Juifs venus d'autres régions changèrent de nom.

Dans le cadre de ses études sur la consanguinité, Akounine se fond sur les résultats positifs des analyses d'échantillons d'acides nucléiques obtenus sur des restes humains retrouvés dans les catacombes, au sud de l'Italie. Des historiens égyptiens de confiance affirmaient qu'il y avait là des ossements de Boccace. L'intéressant est que, selon les études de l'équipe du fameux couple de généticiens Luish et Reginova Jobinovich, engagés par le Russe, comme toujours à prix d'or, les molécules découvertes étaient identiques à celle d'une molaire de mon grand-père paternel Albert Schwartsmann.

Le *Décaméron* de Boccace est une collection de quelque cent contes, écrits par l'écrivain italien durant la peste et, comme je l'ai indiqué dans ma « Note de l'auteur », sa cohésion est assurée par un cercle de sept jeunes filles et de trois garçons réunis dans une maison près de Florence. En sus de sa valeur littéraire, cette œuvre, écrite en langue florentine, est un classique qui inaugure la prose dans la littérature occidentale. Elle rompt avec la morale médiévale qui exaltait l'amour spirituel, faisant place au réalisme d'une peinture des valeurs et des plaisirs terrestres qui préface l'humanisme.

Dans le *Décaméron*, le divin le cède au naturel. Les sept jeunes filles représentent les quatre vertus cardinales — la prudence, la justice, la force et la tempérance — et les trois vertus théologales — la foi, l'espérance et la charité. Les trois garçons, de leur côté, symbolisent la division de l'âme entre raison, haine et luxure, comme dans la tradition hellénique. Tous sont des jeunes gens de moins de trente ans.

Les jeunes filles sont belles, nobles et droites. Les trois garçons ont été éduqués pour conquérir leur bien-aimée. Boccace décrit minutieusement le fléau de la peste en Europe et la maladie, dans toutes ses manifestations et dans son évolution clinique, mais aussi la réaction de la population face à cette mort horrible. Il montre avec clarté la désillusion de l'homme face à l'inefficacité de la religion catholique, impuissante à vaincre la peste. Florence et ses environs comptèrent près de cent mille morts.

Boccace illustre les principaux types de conduites des gens : luxure effrénée, alcool et dépravation ou bien recueillement, confinement par petits groupes, prière… Le premier conte qui parle du faux « Saint Ciappelletto » fut traduit en latin par Olímpia Fulvia Morata et par Voltaire. Étrangement, c'est de lui que Molière se serait inspiré pour créer son personnage du Tartuffe.

Pour ma part, je ne suis pas surpris qu'après l'hécatombe dévastatrice de la peste, les individus aient cessé de croire aux pouvoirs divins. Où étaient donc Dieu et l'Église, où était la prestigieuse médecine si l'on assistait à une mort par minute, sans la moindre interposition humaine ou divine ? Cette désillusion conduirait à la Renaissance où l'hédonisme du quotidien, l'érotisme, l'homme en tant que tel, allaient commencer à prendre possession de l'art. *La Naissance de Vénus*, de Botticelli, en est un très bon exemple.

Dans le deuxième conte du *Décaméron* — comme je l'ai déjà dit plus haut en détail — le Juif Abraham se convertit au catholicisme après être allé à Rome et avoir observé la corruption de l'Église Catholique. Luther utilisa cette histoire pour signifier son indignation contre le Vatican lors de ses prêches. Le troisième conte est « La parabole des anneaux », qui inspira une œuvre à Lessing, à la fin du XVIIIe siècle, et qui constitue un appel à la tolérance religieuse.

Jonathan Swift en fait de même dans sa satire religieuse *Un Conte pour une baignoire* écrite en prose et destinée à défendre l'Église anglicane, mais qui fut interprétée comme une attaque contre toutes les religions. Swift était un pasteur anglican : le conte fit obstacle à sa promotion. Le titre vient de la pratique des marins consistant à jeter à la mer une baignoire vide quand ils voyaient une baleine s'approcher afin de dévier sa course loin du navire et de conjurer son attaque. Le conte de Swift fut publié sans nom d'auteur. Il ne reconnut jamais en être l'auteur.

On prétendait que la baleine représentait le « Léviathan », terme hébraïque pour nommer le terrible poisson cité dans l'Ancien Testament. C'est là une figure très présente dans l'imaginaire des navigateurs européens des temps bibliques et du Moyen Âge. Il est brièvement mentionné pour la première fois dans le livre de Job. Selon l'Église Catholique, il était le démon représentant le cinquième péché, l'Envie, et il était considéré l'un des sept princes de l'enfer. On dit que les Phéniciens le présentaient sous la forme d'un terrible crocodile.

Quant à *Frederico de Jennen*, autre conte du *Décaméron*, il fut traduit en anglais par Shakespeare et on dit qu'il a peut-être influencé *Le Marchand de Venise*. *Griselda* de Vivaldi est inspiré d'un autre conte du « Décaméron ». Molière, Lope de Vega, Shelley, Tennyson et d'autres écrivains furent influencés par les œuvres de Boccace.

Boccace lui-même reçut l'influence d'autres auteurs, pas seulement des Italiens, mais des Français, des Espagnols, des Perses et des Indiens. Dans le cinquième conte de la deuxième journée consacré au personnage d'Andreuccio, on retrouve ainsi des éléments des *Contes éphésiens* de Xénophon d'Éphèse. Quant à la description de la peste, elle s'inspire de *L'Histoire des Lombards* écrite par Paul le Diacre au VIIIe siècle.

Très habilement et sans essayer d'entrer en émulation avec mon exhibitionnisme historique, Melina prit la parole et fit ce commentaire : une œuvre comme le *Décaméron* ne pouvait avoir été écrite qu'à Florence ou Venise. Ces villes étaient des centres d'excellence grâce à leur intense activité économique. De surcroît, c'étaient des républiques, qui n'étaient pas soumises à la main forte de monarques, et à qui personne ne pouvait imposer quoi que ce fût. En d'autres termes, seules des cités pluralistes de ce type pouvaient favoriser l'émergence d'une œuvre aussi novatrice et libre esthétiquement. Ma Jézabel jugeait que ces villes étaient disposées à accueillir cette nouveauté que l'on ne rencontrait que dans des contextes cosmopolites. Le *Décaméron*, fait ouvertement la critique de l'Église et des coutumes du temps. C'est une œuvre qui doit absolument être lue, un véritable classique. Cette œuvre de mon parent Boccace fait partie de ces ouvrages dans lesquels, comme le disait Italo Calvino, nous découvrons à chaque lecture une nouvelle interprétation.

La peste eut une telle répercussion dans la vie des gens que, durant le XIVe siècle, l'Église Catholique modifia le texte original du « Je vous salue Marie » afin de tranquilliser les fidèles et de les assurer que mourir de cette maladie ne les priverait pas de la protection de Jésus Christ. Jusque-là, la prière comportait deux parties. La première se rapportait à l'Annonciation, ce moment où l'ange Gabriel salue Marie : « Je vous salue Marie pleine de grâce, le Seigneur est avec vous ! ». La seconde touchait à la « Visitation », quand Isabelle dit à Marie : « Vous êtes bénie entre toutes les femmes et le fruit de vos entrailles est béni », ainsi que le relate Luc. Le « Je vous Salue Marie » consistait en la réunion de ces deux vers, mais durant la peste noire, la partie « Sainte Marie, Mère de Dieu, priez pour nous pauvres pécheurs, maintenant et à l'heure de notre mort » fut rajoutée, afin que fût sollicitée la protection de la très Sainte Mère.

Pour en revenir aux démons, en sus du diable, de la peste, des Turcs et d'autres menaces bien réelles, l'interminable guerre de Cent Ans déchirait l'Europe, qui subsumait une série de conflits déclenchés entre le milieu du XIVe et le milieu du XVe siècle entre l'Angleterre et la Maison des Valois pour la succession du trône français. Après la mort de Charles IV, en 1328, la dynastie s'était éteinte. Édouard III d'Angleterre, le petit-fils de Philippe le Bel, réclama ses droits sur le trône de France. Derrière l'affaire de succession, il y avait la dispute pour les Flandres, un important pôle commercial où se trouvait la manufacture de laine produite en Angleterre, un négoce contrôlé par les nobles.

Ce fut l'un des plus longs conflits guerriers du Moyen Âge, qui attira des alliés des deux partis. Cinq générations de rois et deux dynasties rivales luttèrent alors pour le plus grand royaume d'Europe occidentale. La guerre de Cent Ans se termina en 1453. Avant elle se produisit l'avancée des Ottomans, avec les défaites du Kosovo, en 1389, et de Nicopolis, en 1396.

La Bataille du Kosovo opposait les forces menées par le prince Lazare de Serbie et les envahisseurs ottomans. La défaite des chrétiens détermina l'occupation des Balkans par les Turcs pour les cinq siècles suivants. Les deux armées furent anéanties. Lazare et le sultan Mourad perdirent la vie sur le champ de bataille. Au cours des décennies suivantes, les principautés conquises devinrent vassales de l'Empire ottoman.

Si j'ai mentionné ces événements historiques, ce n'est pas par vanité. La généalogie dominait dans cette partie de l'enquête d'Akounine, qui bénéficiait en l'espèce de l'aide d'un de ses assistants, un Japonais boiteux nommé Iroshi Shivasmaki. Ce dernier pensait que le prince Lazare cachait un secret de famille. Lorsqu'elle était adolescente, sa grand-mère maternelle s'était trouvée enceinte d'un jeune artisan juif qui vivait à Sarajevo. C'était lui qui cousait à la main les robes de presque toutes les dames de la cour de Serbie. De cette idylle occulte naquit une jolie petite fille aux yeux bleus qui allait devenir une ancêtre de ma mère. Akounine et Iroshi, étaient, sans aucun doute, extrêmement compétents — et pour moi, tous ces liens de parenté étaient une pure délectation. D'ailleurs, le Russe me confia, beaucoup plus tard, je confesse que ce fut après la conclusion de ce livre, dans un rêve que je fis de lui, que « Shivasmaki » était le fruit d'une longue altération par translittération de « Schwartzman », nom original d'un samouraï.

Les démons vinrent de nouveau troubler mon esprit. Cette fois c'était Méphistophélès, ce personnage satanique du Moyen Âge qui séduisait des âmes innocentes. « Méphistophélès » dérive de l'hébreu et du grec et signifie «celui qui n'aime pas la lumière». Dans le *Faust* de Goethe, c'est la personnification du démon à qui le médecin a vendu son âme.

La possibilité qui m'était donnée d'avoir accès à des gens issus de n'importe quelle époque de l'histoire via des médiums ou l'*Erdapfel* de Behaim fut déterminante pour la continuité de ce livre. Je devins un visiteur assidu des centres spiritistes, des temples d'umbanda et des cabinets de médiums, en groupe ou en séance individuelle. C'était formidable de pointer son doigt sur le fameux globe terrestre et de pouvoir voyager par tous les hémisphères. Je fus en mesure d'aller converser personnellement avec les sources historiques «primaires», comme les appelait Leonor, ma femme, ma muse, qui est une grande historienne.

Ma curiosité pour l'Histoire de la religion catholique et mon désir de la comprendre me permit d'échanger directement des idées avec le pape Léon IX qui, au XIe siècle, fut à l'origine de la fameuse polémique portant sur le fait que l'empereur était un être supérieur élu par Dieu pour gouverner l'Église. Il m'expliqua que l'Empire romain fut divisé en 286 après Jésus-Christ. La capitale impériale était Rome. Bien que l'Église Chrétienne constituât une seule institution, elle eut alors deux sièges, situés chacun dans un endroit différent. Le Saint-Siège de l'Église occidentale demeura à Rome et celui de l'Église orientale s'installa à Constantinople.

Selon Léon IX, ceci provoqua un éloignement progressif entre les deux Églises. Le Pape représentait l'autorité suprême sur le continent européen, l'Église orientale, pour sa part, reconnaissait deux autorités : le patriarche d'Alexandrie et celui de Constantinople. Lorsqu'Alexandrie fut annexée à L'Empire musulman, il ne resta à l'Église orientale que Constantinople, l'ancienne Byzance qui allait devenir Istanbul. Mais une série de malentendus opposèrent l'Église de Rome et celle de Constantinople. Du Vème au IXe siècle, les désaccords entre les deux Églises sur certains aspects liturgiques et réglementaires se multiplièrent, menant à leur éloignement définitif.

Les Occidentaux accusaient les Orientaux d'hérésie, à cause de leur opposition à l'adoration des images. De son côté, l'Église orientale était mue par des options plus spirituelles, typiquement asiatiques et d'influence grecque, qui assuraient le maintien de la cohérence de l'Empire byzantin, mais qui l'éloignaient de Rome. L'Église occidentale subit l'influence germanique et celle des envahisseurs barbares du Vème siècle qui furent à l'origine de la chute de l'Empire d'occident, en 476 après Jésus-Christ. Cela provoqua, à la fin du IXe siècle, une crise d'autorité qui conduisit l'Église de Constantinople à cesser de se soumettre aux ordres de Rome.

Papes et patriarches commencèrent à diverger sur de nombreux points. Au XIe siècle, Léon IX lui-même allait susciter une polémique provoquée par sa décision de placer l'Empereur à la tête de l'Église. En 1043, autre impasse : le patriarche Miguel Cerulário prit la tête de L'Église byzantine. Le Pape envoya le cardinal Humberto à Constantinople pour résoudre les problèmes théologiques qui les opposaient. Mais le cardinal décida d'excommunier le patriarche byzantin. L'Église orientale réagit en excommuniant mon cher ami et mon interlocuteur, le Pape d'Occident Léon IX.

Cette rupture fut appelée le « Schisme d'Orient », ou le « Grand Schisme ». C'est ainsi que naquit l'Église Orthodoxe ou « Église Catholique d'Orient », qui se sépara de l'Église romaine ou « Église Catholique d'Occident ». Il y eut ensuite plusieurs tentatives de réunification des deux Eglises. En 1274, un Concile œcuménique se tint à Lyon, puis un autre en 1439, à Florence, qui rétablirent temporairement l'union entre les deux Églises. Profitant de ces divisions et de cet affaiblissement, les Ottomans envahirent Constantinople et décrétèrent finalement la chute de l'Empire romain d'Orient en 1453.

En 1965, le pape Paul VI et le patriarche Athènagoras I tentèrent de rapprocher de nouveau les deux églises catholiques. Les excommunions furent abrogées en 1966. Jusqu'à aujourd'hui, les catholiques orthodoxes pratiquent les sacrements typiques des catholiques occidentaux, mais ils ne croient ni à l'infaillibilité du pape, ni au Purgatoire. Les deux parties sont donc toujours séparées.

Après que nous nous fûmes rencontrés plusieurs fois grâce à des médiums, nous éprouvâmes, le Pape Léon IX et moi, une grande sympathie l'un pour l'autre. Il me posa des questions sur les origines de ma famille et je répondis que ma mère était originaire de Lituanie et avait émigré au Brésil à trois ans, dans la première moitié du XXe siècle, et que mon grand-père paternel avait quitté la Bessarabie en 1910. Le Pape sourit et me dit qu'il allait me confier un secret. Il me révéla que lui et moi, nous avions peut-être des liens de parenté, car il savait que des descendants de sa famille avaient émigré au Brésil et s'étaient mariés avec des Juifs plus ou moins à la même époque. J'ai trouvé cette hypothèse incroyable! Avoir un lien de parenté avec le Pape! Quand je racontai cela à Akounine, il opina plusieurs fois de la tête.

Lors de l'une de nos conversations organisées par un centre d'umbanda bien connu sis rue Lima e Silva, dans la Cidade Baixa, à Porto Alegre, le Pape Léon IX, un peu honteux, m'avoua que, peut-être à cause d'interférences dans notre système de communication médiumnique, un exemplaire d'un livre intitulé *Don Quichotte*, d'un certain Miguel de Cervantès, il lui était tombé entre les mains. Le Pape me demanda si je connaissais l'existence de cette œuvre : l'écrivain, sauf erreur, devait être d'origine espagnole et certainement un bon Chrétien. Je lui répondis que c'était une excellente lecture — un classique — et que puisque ce livre lui était tombé entre les mains par hasard, venu de quelque part de l'espace céleste providentiel, il ne pouvait manquer de le lire. Je lui dis que j'avais bien lu *Don Quichotte*, que c'était une œuvre qui m'avait profondément marqué, que l'auteur en effet espagnol, Miguel de Cervantès y Saavedra, avait vécu au XVIe siècle et au début du XVIIe et qu'après la publication de cette œuvre gigantesque, la langue espagnole avait commencé à être appelée « langue de Cervantès ».

*Don Quichotte* conte l'histoire d'un homme d'âge moyen qui, après avoir lu des romans de chevalerie, décide de devenir un Chevalier errant. Il se procure alors un cheval et une armure afin de prendre la route et de mener guerre pour prouver son amour à une femme. Le pape Léon IX s'intéressa à mon propos et me demanda de poursuivre. L'amour de Quichotte est une femme imaginaire, une grande dame du nom de Dulcinée del Toboso, version littéraire idéalisée de la paysanne Aldonza Lorenzo, son grand amour de jeunesse.

Son écuyer est Sancho Pança et ses relations avec Quichotte manifestent une étrange harmonie entre des points de vue opposés sur le monde. Quichotte est spiritualiste et idéaliste, alors que Sancho est matérialiste et réaliste. Mais tous deux se complètent grâce à leur vive amitié. J'expliquai calmement au Pape que Sancho incarnait la voix de la raison, qu'il cherchait à faire face aux événements avec bon sens et réalisme, mais qu'il ne pouvait résister tout à fait à la folie contagieuse de son maître. D'abord motivé par l'argent, il abandonne tout pour accompagner le chevalier Don Quichotte dans ses délires.

À notre rencontre suivante, le Pape avait déjà lu l'œuvre tout entière. Il m'avoua qu'il lui semblait que le personnage de Quichotte confondait fantasme et réalité : les obstacles, tels un moulin à vent ou un groupe de brebis, se transformaient dans son esprit tourmenté en géants ou en armée hostile.

Je complétai : le « Chevalier à la triste figure » est mille fois dérouté, mais il ne se décourage jamais. Son ami Sansón Carrasco invente les péripéties les plus folles pour le ramener chez lui et le libérer de ses délires de chevalerie, mais notre Quichotte ne rentre chez lui que lorsque, vaincu lors d'une bataille, il doit abandonner la chevalerie. Il tombe malade et meurt.

Aux derniers moments de son existence, il reprend conscience et demande pardon à ses amis. Le Pape restait coi. Je crois que la fin de l'œuvre l'attrista.

J'ajoutai que *Don Quichotte de la Manche* est une œuvre qui mêle la tragédie et la comédie, ainsi que des registres de langages populaires et érudits. Dans la première partie, l'auteur prétend que son texte est la traduction d'un manuscrit arabe, dont l'auteur est Cid Hamete Benengeli. Dans la partie suivante, le protagoniste et son écuyer découvrent l'existence d'un livre intitulé *L'ingénieux Hidalgo Don Quichotte de la Manche*, dans lequel figurent tous les épisodes relatés.

Le pape fut enchanté de sa lecture, il fut séduit par les nobles valeurs illustrées par l'œuvre : la gloire, l'honneur et le courage.

Le livre fait de la passion, de la perte de la raison qu'elle engendre, une folie permise. Il est intéressant de noter la rationalité des conseils touchant à la responsabilité morale que Quichotte donne à son ami Sancho Pança. Ce qui devrait être une plaisanterie fonctionne. Sancho se révèle ensuite juste et compétent. Pour finir, il s'aperçoit que l'argent et le pouvoir ne sont pas synonymes de bonheur — autre conclusion platonique.

La scène la plus connue est celle des moulins à vent, symbole de l'impossible pour les rêveurs idéalistes. À cet instant, le pontife m'interrompit et dit qu'à son avis, Don Quichotte pourrait être vu comme un portrait lyrique de l'homme prêt à tout pour courir après son rêve. Même sans être un vrai chevalier errant, il vit son utopie à travers ses fantaisies et les aventures qu'il crée à sa propre intention. J'ai eu du mal à croire que ce commentaire venait du pape Léon IX. Il ajouta une chose importante : tout au long de l'œuvre, Don Quichotte transforme la réalité de ceux qui lui font cortège.

Un prêtre qui écoutait notre conversation s'excusa auprès du Saint-Père et dit que la supposée folie de Don Quichotte lui avait permis de vivre des aventures que nulle autre ne vivrait. Le clerc interrompit le pape et évoqua une liste qui lui était tombée entre les mains. D'après ce que je compris, il s'agissait d'un document signé par l'un des membres les plus importants de l'inquisition espagnole, Torquemada. J'étais pétrifié. Le fameux inquisiteur demandait la permission de pratiquer une série d'exécutions d'hérétiques et de sorcières. Torquemada fit tuer des millions de Juifs : par peur de lui, beaucoup s'étaient convertis au christianisme. Un peu gêné, le prêtre murmura au Pape qu'un certain Saavedra figurait dans sa liste. C'était le nom de Cervantès, qui s'appelait aussi Saavedra.

J'avais entendu : je dis à Léon IX que ma famille maternelle était celle des Saavedra-Safras — Safras était le nom de famille de mon grand-père maternel — qu'ils étaient des Juifs marranes et que le grand écrivain espagnol Miguel de Cervantès y Saavedra était l'un de mes ancêtres. Je lui demandai, par respect pour le grand écrivain, d'épargner le Saavedra de la liste. Il accepta ma demande, s'excusa, et demanda ce que signifiait « marrane » : il ne connaissait pas ce mot. Je lui expliquai que « marrane » était le nom que l'on donnait dans la péninsule Ibérique aux Juifs et aux maures qui, bien qu'ils pratiquassent le christianisme pour éviter les persécutions, continuaient à rester fidèles à leur religion de manière occulte. Mais le mot était aussi utilisé dans le sens d'« excommunié ». Dans ma région d'origine, le Rio Grande do Sul, il avait aussi le sens de « mauvais bétail », ce qui évidemment émanait d'un préjugé.

Je remerciai Léon IX au nom de ma parente et amie Maria Saavedra, l'une des plus belles femmes d'Argentine qui, dans sa jeunesse, reçut d'ailleurs le plus haut prix de beauté des plages uruguayennes. Il ne comprit pas très bien le sens des mots « Argentin » et « Uruguay » : je me rendis compte que de son temps, ces pays n'avaient pas encore été découverts.

Le Pape me demanda si j'avais déjà eu par hasard des conversations avec des religieux d'autres époques à travers notre système habituel de communication. Je lui répondis que si, que j'avais échangé des informations avec un curé né au XVIe siècle. Ma conversation avait roulé sur le diable. Il m'expliqua que l'acmé de son pouvoir avait été atteint lors de la crise du féodalisme et du surgissement de la Renaissance, aux XIVe et XVIe siècles. Il connaissait le sujet de très près.

À l'époque j'appris que l'Église affectée par une vague de tragédies et de calamités, recherchait des causes globales et une conception rédemptrice de son activité. La figure du diable apparut comme celle d'un élément symbolique corrupteur des hommes. Dieu représentait le bien et le salut qui passe par la foi et le respect des prescriptions de l'Église.

Je demandai à Léon IX s'il avait entendu parler d'un certain Max Shachtman. Je lui contai ma visite au Musée Trotski de Mexico et comment j'avais découvert son nom sur une des photographies du leader révolutionnaire. Il fut fasciné par mon histoire. Il dit que sans aucun doute Max était un parent à moi. Je lui détaillai la carrière politique de Max et lui dis qu'en 1928, lui et d'autres membres avaient été expulsés du parti pour avoir pris position contre l'Union soviétique en se fondant sur des témoignages et des critiques faites par Léon Trotski. Le Pape ne comprit pas de quoi je parlais, mais je continuai. Au début des années 1930, Max, James Cannon, Martin Abern et d'autres sympathisants de Trotski créèrent la « Ligue Communiste d'Amérique » et, dans la foulée, Max partit vivre en France, pour être plus près du leader révolutionnaire russe, puis devint son secrétaire. Le Pape ne comprit goutte.

Je demandai alors à Léon IX si lors de ses rencontres médiumniques, il avait entendu mentionner le nom d'Hitler. Léon IX répondit : « vaguement ». Je mentionnai un livre sans couverture évoquant une figure du diable et lui dis que l'expression de Satan était la même que celle d'Hitler. Il se souvint du livre, commenté par un prêtre des années 1970. Le livre semble avoir été publié à une époque où le diable fut appelé « la beauté du mal », son image fut dépeinte dans une œuvre littéraire de 1667 intitulée *Le Paradis perdu*, signé par John Milton. Léon IX confessa qu'une nuit Hitler avait surgi dans l'un de ses cauchemars, vêtu d'un manteau de satin noir bordé de feutre rouge. Le plus effrayant, c'était que ses pieds n'étaient pas des pieds, mais des sabots de boucs, comme ceux de Satan. Il en avait été horrifié. Ils tentèrent de l'exorciser, mais en conclurent que le diable était vraiment Hitler, qu'il n'était point dissociable du corps du leader nazi.

À propos d'Hitler (je m'adresse au lecteur), je veux signaler qu'à l'époque qui suivit la Première Guerre, il répandit en Allemagne l'idée que la guerre était une faute universelle et qu'il n'était pas juste que seul son pays en fût châtié. En 1935, en dépit des édits du traité de Versailles, il commença à accroître la dimension de son armée. Les alliés réagirent, probablement parce qu'ils jugeaient impensable une nouvelle effusion de sang en Europe. Hitler gagna de la sorte une plus grande popularité et un meilleur soutien intérieur. Il est aisé de comprendre ce phénomène : l'orgueil national allemand avait été profondément blessé et la crise économique faisait rage. Hitler exploita ce sentiment. Il créa une machine de propagande qui vendait au peuple allemand l'idée qu'une puissance industrielle et territoriale comme l'Allemagne ne pouvait endurer les restrictions imposées par les prétendus vainqueurs.

À ce point de ma conversation avec le pape, un vieil ami, un général qui avait commandé l'un des principaux régiments d'élite de l'armée argentine pendant la guerre du Paraguay, fit son entrée, Manoelito Ramon Vega. Rami, comme je l'appelais, était un spécialiste de la Seconde Guerre mondiale. Je découvris que Chamberlain l'avait consulté à travers un système psychographique élaboré par un médium argentin connu de notre médium national Chico Xavier.

Rami expliqua à Léon IX qu'en 1936 Hitler avait avancé sur la Rhénanie, une zone démilitarisée située entre l'Allemagne et la France. Les alliés ne firent rien pour l'en empêcher. En 1938, les Allemands marchèrent sur l'Autriche, prétextant que c'était un pays germanique qui faisait partie intégrante de leur nation. L'annexion fut acceptée par le peuple autrichien et de nouveau tolérée par la France et la Grande-Bretagne, qui se justifièrent en excipant de la volonté du peuple. Ces violations flagrantes du Traité de Versailles donnaient à Hitler de bonnes raisons de penser qu'en vérité les alliés redoutaient avant tout qu'une nouvelle guerre eût lieu en Europe.

Le Satan germanique fit savoir qu'il allait s'emparer d'une partie de la Tchécoslovaquie, la région des Sudètes, selon lui de peuplement allemand et injustement séparée, ce qui conduisit le chancelier Chamberlain à se rendre plusieurs fois en Allemagne. Les Britanniques refusèrent cette invasion irrédentiste. Daladier, président du conseil français, et Mussolini, le Duce italien, participèrent aux rencontres d'Hitler et Chamberlain. Un accord fut signé, qui reconnaissait la prise des Sudètes sous condition d'indépendance du reste du territoire tchécoslovaque. Parallèlement, Chamberlain et Hitler signèrent un traité de non-agression qui fut commémoré par les Anglais qui redoutaient par-dessus tout un conflit armé avec l'Allemagne — douce illusion. L'appétit des nazis était insatiable et en 1939, ils envahirent le reste de la Tchécoslovaquie. Ce fut la goutte d'eau qui préfaça le déclenchement de la Seconde Guerre mondiale. La Grande-Bretagne et la France avisèrent

Hitler qu'une nouvelle invasion à l'est, plus précisément en Pologne, serait considérée comme un acte de guerre. Une fois encore, le diable nazi paria que les alliés n'entreraient pas en guerre dans une région distante de leurs zones d'influence en Europe. Le problème était que l'URSS avait des intérêts dans la région et avait perdu une partie de son territoire, incorporé à la Pologne après la Première Guerre.

Que le lecteur me pardonne, je suis fasciné par l'histoire des deux grandes guerres. Hitler résolut alors le problème des prétentions soviétiques en signant un pacte de non-agression avec Staline qui, pour sa part, désirait s'approprier une autre partie du territoire polonais : l'Allemagne voulait l'Ouest, les Soviétiques l'Est. Début septembre 1939, la non-opposition soviétique étant garantie, Hitler envahit la Pologne. Aussitôt, la Grande-Bretagne et la France déclarèrent la guerre aux Allemands. Alors qu'il semblait qu'ils ne tiendraient pas plus de deux ou trois jours face à l'attaque des nazis, les Polonais résistèrent héroïquement à l'invasion vingt jours durant. Deux semaines après l'invasion allemande, Staline envahit l'est de la Pologne. Je m'arrête ici pour ne pas lasser le lecteur.

Il y avait déjà un certain temps que je soupçonnais l'existence d'une relation amoureuse entre Rami et Melina. J'avais déjà surpris à plusieurs reprises leurs échanges de regards. Je pus confirmer l'intimité du général argentin avec ma Jézabel lorsque je laissais tomber exprès un foulard de soie afin d'épier ce qui se passait sous la table. Alors qu'au-dessus de la table nous discutions Melina, Rami, le pape Léon IX et moi, sur les détails des mouvements de troupes nazis durant la Seconde Guerre, en dessous, leurs doigts de pieds s'aimaient en cachette. Ayant noté l'expression de ma jalousie, elle dit qu'il était déjà tard et que nous avions d'autres problèmes de travail à résoudre.

Nous nous rendîmes donc, elle et moi, grâce à mon *Erdapfel*, dans un restaurant très romantique posé sur une plage de

Normandie. Ma diablesse fit tout son possible pour m'être agréable, quoique rien ne la fît jamais culpabiliser. Nous mangeâmes une fricassée de canard mariné dans des liqueurs et des épices qui, m'avoua-t-elle, avaient des propriétés hallucinogènes. Je ne saurais dire comment, mais les couverts commencèrent à se mêler à notre conversation, soudain comme humanisés. Le couteau affirmait être français et dit qu'au moment du déclenchement du conflit, les puissances alliées avaient été pathétiques : les forces armées avaient été regroupées en France et leur réaction militaire avait été inexistante. La fourchette, elle aussi française, mentionna le fait que ses compatriotes avaient construit la « Ligne Maginot », une immense zone de blocage qui courait tout le long de la frontière avec l'Allemagne, dont la France était aussi protégée par la zone démilitarisée de Rhénanie. Dans notre délire, les deux couverts de plaignaient de ce que la première réaction des Français et des Britanniques avait consisté en un regroupement de leurs forces. Ils menèrent alors une « drôle de guerre » au cours de laquelle ils attendaient les mouvements à venir d'Hitler sans tirer le moindre coup de feu.

Cependant, en avril 1940, les nazis envahirent le Danemark et la Norvège, territoires considérés comme stratégiques en raison de la richesse de leurs ressources naturelles, le fer, en particulier, indispensable pour alimenter une industrie de guerre. Le couteau ajouta qu'aux yeux des Allemands le contrôle maritime de cette région était fondamental pour une future invasion de l'Angleterre. Ainsi, avec l'invasion de la Norvège, Chamberlain, qui était jusque-là considéré comme un héros par les Britanniques pour avoir réussi à éviter une guerre avec les nazis, fut contraint de démissionner.

Winston Churchill — mon parent, comme on le verra plus tard — prit sa place et prononça son premier discours : « Je n'ai à offrir que du sang, du labeur, des larmes et de la sueur ». Il entendait signifier que les alliés, à tout le moins les Britanniques, ne capituleraient jamais. Melina interrompit la conversation pour m'être agréable : elle m'assura qu'Akounine lui avait confié que Churchill était aussi un de mes parents. Je m'en doutais déjà, j'avais déjà fêté cette nouvelle in petto, mais, afin de ne pas décevoir mon petit démon, je simulai l'alacrité. Mais ma curiosité allait être attisée par ce qui allait venir : l'histoire d'Hitler et de sa nièce Geli Raubal.

# Geli Raubal

Hitler ne s'arrêta pas là. Profitant des hésitations de l'armée française, plus équipée à l'époque, mais lente et sans volonté réelle de mener une nouvelle guerre en Europe, les Allemands entamèrent une série d'attaques intenses, rapides et bien coordonnées, dans l'air et sur terre. Cette stratégie naquit dans l'esprit du général von Manstein, qui proposa le concept de « *blitzkrieg* », c'est-à-dire de « guerre-éclair » : intenses bombardements aériens, pénétration en force des troupes avec tanks et infanterie. Cela ne fut réalisable que grâce à l'efficacité de Guderian, autre général allemand qui maîtrisait comme peu d'autres l'usage des nouvelles technologies militaires, alliant temps, rapidité et audace. Je veux ici signaler que, selon Akounine, « von Manstein » était à une variation du nom juif « Melstein ».

Les Melstein faisaient partie de notre famille, grâce au mariage de la tante Malke Schwarzman, grand-tante de mon père, avec un officier de l'armée de Munich, dont la mère était chrétienne et le père un juif, fils d'un boucher du nom de Meir Schwarzman qui prospéra très vite et arriva même à posséder sept boucheries dans la région. On dit que Von Manstein avait changé de nom adolescent. Il aurait souffert de graves crises d'épilepsie à la suite d'un traumatisme vécu dans l'enfance : il n'avait pas eu droit à une cérémonie pour sa « Bar Mitzvah », à sa majorité judaïque. Il s'était d'abord transformé en jars. Akounine m'indiqua que ces métamorphoses étaient décrites depuis l'époque d'Ovide. De jars, il redevint à peu près humain. Ainsi, ce fameux général, créateur de la terrible « *blitzkrieg* », n'était autre qu'un juif mué en jars qui subit ensuite une nouvelle métamorphose en général nazi. En l'apprenant, Melina pleura beaucoup. Et la raison de ces pleurs était prévisible. Elle avait été la maîtresse de Von Manstein lorsqu'il était un jeune soldat, juste après avoir été un jars juif. Je prie le lecteur de m'excuser : j'ai oublié de parler de l'autre général, Guderian, l'homme des nouvelles technologies. Il n'était pas juif, mais il était aussi le produit d'une métamorphose il était passé directement de l'état de hanneton à celui de soldat allemand.

Les nazis décidèrent d'attaquer la Belgique, les Pays-Bas et le nord de la France, attirant les forces alliées dans cette région. Secrètement, Hitler allait constituer concurremment un puissant front plus au sud en passant par les Ardennes et Sedan, afin d'isoler les forces alliées. Les Allemands avaient constitué un colossal front d'attaque par terre dans cette région, sans que les alliées ne montrassent la moindre réaction. C'est curieux comme dans une guerre on paie souvent des erreurs de conduite primaires d'une défaite.

Melina s'indigna lorsque je racontai que le Général Gamelin, commandant des forces françaises, avait été informé par son service d'espionnage de l'existence d'une énorme concentration de tanks et d'appareils militaires nazis dans la région frontalière située près des Ardennes. Cette agglomération de matériel militaire fut considérée comme la plus grande agrégation militaire de l'histoire des guerres européennes. Mais Gamelin ignora tout simplement cette information. Une attaque aérienne des alliées sur les lieux aurait pourtant été fatale à la puissance militaire terrestre des nazis. Les spécialistes prétendent que le fait que Gamelin n'ait pas utilisé cette information atteste son incompétence. Ce même général prit une autre décision absurde en temps de guerre. Il décida de ne pas utiliser le téléphone pour communiquer avec les chefs de ses troupes, car il craignait que ses appels ne fussent interceptés par les nazis.

Il est inimaginable qu'un général puisse se passer de communications téléphoniques durant une guerre. Gamelin refusa d'utiliser cette technologie fondamentale de communication et paya très cher le prix de l'invasion nazi et la défaite de l'armée française. À ce stade de la conversation, les hallucinations qui voyaient les couverts devenus des êtres humains avaient déjà cessé. Cette nuit-là, je décidai de dormir seul dans ma chambre.

Melina revint par l'une des fenêtres, elle sauta sur mon lit. Elle était vêtue d'un déshabillé de soie transparent et tenait à la main une énorme pastèque, coupée longitudinalement. Ma Jézabel pointa du doigt la pulpe rouge du fruit, où apparaissaient des images des généraux de confiance d'Adolf Hitler, tout à fait comme sur un écran de télévision. La pastèque projeta des images du suicide d'Hitler dans son bunker, en avril 1945, qui advint lorsqu'il lui sembla évident que les Allemands allaient perdre la guerre et que les Soviétiques allaient le capturer. Hitler n'était pas seul lorsqu'il se tira une balle dans la tête. Les images qui se reflétaient dans le cœur rouge de la pastèque reproduisaient, de manière parfaite, les événements qui avaient eu lieu aux derniers jours de la guerre en Europe.

Eva Braun, sa femme, épousée la veille, se suicida avec lui en ingérant une capsule de cyanure. L'histoire d'Eva avait ses singularités. Elle vécut avec l'un des plus grands scélérats de l'histoire et alla en effet jusqu'à l'épouser. Elle connut Hitler à dix-sept ans, lorsqu'il en avait quarante, c'est-à-dire avant qu'il prît le pouvoir en Allemagne et, selon Melina, il se présenta à elle sous le faux nom de Wolff. Elle s'était sentie attirée par lui et Hitler avait eu le béguin pour elle. Il commença à l'inviter au cinéma, à l'opéra, à des dîners. Eva se prit de passion pour le futur dictateur. À l'une des extrémités de notre pastèque, apparaissaient aussi des scènes de l'époque où Hitler eut une histoire d'amour avec sa nièce Geli Raubal. Malgré leurs liens de parenté, il laissait entendre qu'il l'aimait, cependant tout indiquait que cette attirance n'était pas réciproque. Geli voulait se marier avec un autre homme et partit vivre à Vienne. Melina frottait son corps contre le mien, me montrant les images qui révélaient que Geli Raubal s'était suicidée après une violente discussion avec Hitler. Eva profita de la situation pour se rapprocher de lui de façon plus intime.

Geli Raubal n'était pas la seule relation amoureuse d'Hitler qui se fût suicidée. La moelle de la pastèque montrait clairement huit femmes qui avaient eu une liaison avec Hitler et qui s'étaient donné la mort. Parmi elles, je reconnus le visage de la fameuse actrice allemande Renate Müller, morte à l'apogée de sa carrière. Eva tenta plusieurs fois de se donner la mort, la première lorsqu'elle découvrit qu'Hitler avait une liaison avec Renate et une autre fois, avec un revolver qui appartenait à son père, lorsqu'elle eut la confirmation que cette relation était bien réelle. Elle survécut à ses blessures et appela elle-même le médecin. Hitler aurait été lui rendre visite à l'hôpital, un bouquet de fleurs à la main et lui aurait juré un amour éternel.

Quelque temps plus tard, Eva perdit le contact avec Hitler et découvrit qu'il avait une aventure avec une autre femme. Elle ingéra alors une grande quantité de pilules pour dormir. Hitler lui demanda pardon de nouveau. En réalité, bien qu'elle vécût avec lui, Eva ne pouvait être vue en sa compagnie que par leurs amis les plus proches. Il la nomma sa secrétaire particulière, pour justifier sa présence constante dans son bureau.

Lorsqu'Hitler recevait une autorité, elle restait cachée. Ils se marièrent seulement la veille de leur mort. Eva resta à ses côtés jusqu'à la fin. Lorsque la Seconde Guerre parvint à son terme et que la défaite de l'Allemagne devint évidente, les Soviétiques envahirent Berlin. Il était évident que lorsque Hitler serait découvert, ses adeptes mourraient aussi. Mais Eva ne pensa jamais à l'abandonner. Henriette von Schirach, l'épouse du leader des Jeunesses hitlériennes, offrit à Eva une possibilité de fuir du bunker d'Hitler, mais Eva refusa son offre. En 1944, elle rédigea un testament dans lequel elle affirmait que si Hitler mourait, elle se suiciderait et demandait que personne ne l'en empêchât.

Akounine avait omis de me fournir une information très désagréable. Il avait découvert qu'Eva Braun s'appelait en réalité Evelina Braunstein et qu'elle était la petite fille de Rachel Gerson, une cousine éloignée de ma grand-mère Clara. Cette cousine avait eu une fille avec un soldat prussien qui avait fui d'une tranchée sur le front, lors d'une bataille de la Première Guerre. Il s'était fait passer pour un Russe et avait embarqué sur un navire marchand qui, peu de temps après, l'avait déposé dans un village près de Vilna, en Lituanie. C'est là qu'ils s'étaient rencontrés.

En vertu de ces informations, Eva Braun, ou Evelina Braustein, qui fut la maîtresse, puis la femme d'Hitler, était donc juive et avait avec moi de ces liens de parenté qui n'ont jamais enchanté personne. Cette histoire me rappela le dessin de Leonardo da Vinci de la Collection royale du Château de Windsor intitulé *Étude d'une tête de Juda pour la dernière cène*. L'image représente Juda, le visage tourné vers la gauche et le regard perdu, semblant en somme vouloir ignorer ce qui se passe : c'était en l'occurrence mon cas.

Je propose que nous nous accordions à présent, le lecteur et moi, un moment de réflexion. Pour mieux comprendre les aléas du pouvoir et de la politique vous devez lire une œuvre classique que Dona Giselda m'avait recommandée et que j'ai adorée : le *Léviathan* de Thomas Hobbes, un éminent philosophe et mathématicien anglais qui vécut en Angleterre au début du XVIIe siècle. Cet ouvrage est l'un des livres politiques occidentaux les plus importants. Il transcende les limites des différentes réalités politiques et des époques historiques. Il se livre à une analyse de la période du gouvernement d'Oliver Cromwell, qui arriva au pouvoir après une période de grandes crises et exerça le pouvoir avec une main de fer. La situation de l'Angleterre de ces temps était très complexe, surtout aux plans religieux et politique. Le titre renvoie à l'un des sept anges de l'enfer, au démon biblique déjà mentionné au cours de ce récit, représenté de différentes manières, au fil du temps, et qui est l'une des créatures les plus redoutées du monde mythique.

Dans son œuvre, Hobbes explique comment il perçoit les structures de la société : pourquoi les hommes font-ils ce qu'ils font ? Comment fonctionne la politique ? Il y pose que l'homme naît égoïste et cherche à satisfaire ses propres besoins pour « persévérer dans son être ». Mais le monde ne parvient pas à satisfaire les besoins de chacun. L'homme naturel méconnaît la loi et la justice, il juge ces idéaux inexistants ou purement coercitifs. C'est pourquoi il vise la domination par la force ou la ruse. Cette domination génère un état de conflit permanent.

Pour que n'advienne pas la destruction sociale, compléta Akounine, qui m'écoutait avec attention, il est nécessaire qu'un pacte soit passé entre l'individu et la société, un accord général instituant une limitation des droits, sous la houlette d'une autorité souveraine, qui organise la société, distribue les ressources et garantit harmonie et paix. C'est la pensée de Hobbes qui conféra leur légitimité aux gouvernements centralisés des souverains de l'absolutisme, établissant leur système sur des fondements rationnels. Les rois faisaient usage du droit divin, justifiant leurs actes par la bénédiction ou le choix de Dieu, et faisaient en sorte que les décisions du souverain ne pussent être remises en question par les individus du commun. Le Léviathan biblique était la métaphore parfaite du pouvoir absolu des rois du début de l'ère moderne de la monarchie. L'œuvre de Hobbes est fondamentale : elle nous permet d'analyser le comportement humain en ce qui concerne le pouvoir, son organisation, sa compréhension, les piliers fondamentaux indispensables au maintien des régimes centralisés. Les leaders imposés issus de la société commune qui viendraient plus tard substitueraient la force au droit divin, usant de la peur et de la violence.

Déboulant sans préavis de l'espace sidéral, mon nouvel ami, le pape Léon IX, se joignit de nouveau à notre conversation, cette fois accompagné d'Allan Kardec, le chef des spirites français. Il me demanda de ne pas oublier de lui envoyer *Os Sertões* d'Euclides da Cunha à l'occasion d'une de nos prochaines rencontres médiumniques. C'est le pape Urbain, connu pour sa participation à la Première Croisade, à la fin du XIe siècle, et pour avoir établi la Curie romaine sous sa forme actuelle, qui lui avait suggéré cette lecture.

J'ai trouvé étrange cet intérêt des papes pour l'œuvre brésilienne. Publiée en 1902, elle relate l'expérience unique vécue par Euclides da Cunha, correspondant du journal *O Estado de São Paulo* alors qu'il couvrait les mouvements de l'armée brésilienne qui réprimait la Révolte de Canudos de 1896, cette rébellion qui dura presque un an. Son compte-rendu du conflit est un mélange de relation historique et d'essai scientifique, incluant des nuances littéraires. L'action se déroule dans le sertão da Bahia, on y voit s'opposer les troupes républicaines et la population qui vit dans le village de Canudos et dont le leader est un religieux dénommé Antônio Conselheiro, ce qui explique peut-être l'intérêt des papes pour le sujet. L'œuvre est divisée en trois parties : « La terre », « L'homme » et « La lutte ». La première fait la description des traits naturels de la région, de la campagne bahianaise environnante et du village, le personnage principal en étant la sécheresse. Euclides présente les hommes du pays comme « plus résistants que les autres ». On voit d'un côté la barbarie des paysans brutaux et de l'autre la violence de ceux qui devraient agir comme des agents civilisateurs.

Dans la seconde partie, Euclides se focalise sur la formation ethnique et sociale des autochtones, plaçant au centre le jésuite, le sbire et le vacher. Le jésuite utilise la religion comme instrument civilisateur. Le sbire, de caractère rustre et rebelle, est l'exploiteur pauliste type : il n'est pas venu pour peupler, mais pour exploiter, ce qu'il fait dans les mines. Le vacher se situe entre les deux et se consacre à l'élevage. Léon IX me dit être intéressé par cette partie. Le métissage créé n'est pas un produit de l'intégration, mais des tensions existantes entre le mulâtre, le noir et le blanc. Sa parfaite synthèse est le personnage d'Antônio Conselheiro. Il est le représentant des croyances ingénues, du fétichisme barbare et des aberrations religieuses imputables à l'église qui s'abattent sur une population dans laquelle se mêlent diverses races censément inférieures.

La troisième partie est l'explicit de l'œuvre. Antônio Conselheiro s'oppose au progrès de la nouvelle république factice fondée en 1889. C'est le moment où se confrontent civilisation et nature, progrès et barbarie. L'armée incarne la rationalité républicaine qui veut éliminer un réduit sauvage ancré au cœur du pays. La communauté de Canudos existait depuis le XVIIIe siècle, mais elle vécut son apogée au XIXe, avec l'avènement d'Antônio Conselheiro, dont le nom de baptême était Antônio Vicente Mendes Maciel, qui errait dans la campagne en prêchant tel un Christ. Le prophète s'opposait à l'instauration de la république qui avait rompu avec l'Église et qui non seulement ne faisait rien pour améliorer la vie des paysans, mais les accablait d'impôts dans une région où la terre est improductive et où règne la sécheresse. Avec son discours d'espérance, Antônio Conselheiro attirait des foules à Canudos, appelé Belo Monte, où la population vivait selon des règles toujours plus éloignées de celle des gouvernants. Cela dérangeait les gros propriétaires fonciers qui incitaient l'opinion publique à croire qu'Antônio Conselheiro voulait organiser une armée pour restaurer la monarchie : c'est dans ce contexte que se déclencha la Guerre de Canudos.

Antônio Conselheiro avait commandé du bois à Juazeiro pour construire une église. Il avait payé, mais le bois n'arrivait pas. Une rumeur enflait : les paysans allaient finir par le prendre de force. Les troupes de Bahia furent envoyées sur le terrain pour les attendre. Ils n'arrivaient pas, et les soldats s'apprêtaient à attaquer Canudos. La confrontation eut lieu à mi-chemin. Les soldats furent vaincus et l'armée recula. Trois autres attaques visèrent Canudos : l'armée finit par venir à bout des rebelles. Plus de vingt mille personnes, hommes, femmes, enfants, furent tués par l'armée républicaine. D'aucuns se rendirent, qui furent tout de même massacrés. Les maisons de Canudos furent détruites et brûlées et, l'attaque terminée, Antônio Conselheiro fut décapité et sa tête promenée comme un trophée. Ainsi se révéla l'infamie de l'État, son opportunisme politique, son incompétence technique et ses abus d'autorité.

Euclides manifeste sa perplexité face à cette contradiction : comment se peut-il qu'une société comme celle de Canudos, qui croît dans une ambiance inhospitalière, doit-elle avoir à subir le joug des forces dites civilisatrices d'un gouvernement qui prêche le progrès, mais se révèle brutal et criminel? L'œuvre cherche à comprendre un Brésil contradictoire et qui ne se reconnaît pas comme nation. Il dépeint un sertão très différent de celui qu'il décrivait dans les journaux de la capitale. Il avait en effet défendu la théorie selon laquelle le mouvement de Canudos était monarchiste et visait à en finir avec la république. Mais après avoir observé le mode de vie des habitants du sertão et l'organisation de la communauté dirigée par Antônio Conselheiro, il revient sur ses positions. Il ne renonce pas pour autant à ses conceptions déterministes, positivistes et même indéniablement racistes, comme on le voit quand il réaffirme que les métis sont une « race biologiquement inférieure », mais il flétrit sans détours l'armée nationale et cette république qu'il accuse d'avoir voulu assassiner des milliers d'habitants et d'y être parvenue en exterminant la population de Canudos. C'est là un portrait étonnant du Brésil.

Je referme ici la parenthèse : je suis conscient que ceux qui ne s'intéressent pas à ce sujet, nombre de lecteurs de mon œuvre, presque tous mes parents et amis, ont déjà vu mon livre leur tomber des mains face à ces descriptions détaillées et très souvent fastidieuses. J'ai appris de Dona Giselda que la majorité des écrivains vivent cette désaffection, surtout les débutants médiocres. Mais je dois à l'honnêteté de le confesser : ma vanité me dit que la qualité de cette œuvre ne saurait être reconnue que par des Philon d'Alexandrie ou des esprits de la farine des oracles de Delphes, mais telle n'est pas la question.

Ils sont bien rares, ceux qui ont le privilège d'écrire un livre qui capte l'attention du lecteur tout son long, et c'est pourquoi les histoires vraies sont les plus émouvantes : elles génèrent une sensation de complicité. Pour moi, je n'y parviens pas. Dans mon livre, mensonges et fausses informations suintent en abondance des faits historiques. Mon cas est clair, dirait Dona Giselda : je cherche compulsivement à m'unir par le sang aux grands noms de la littérature et de l'Histoire et cela m'interdit à jamais toute prétention littéraire. Tiens, voilà un autre mensonge : il n'en est rien, je veux évidemment être un écrivain et j'entends bien être admiré.

# Josef Vissarionovitch

Cette fois, ce fut Diabolos qui m'apparut en pensée, un démon d'origine grecque évoqué dans la *Septante* et dont le nom a la même signification que «diable». Dans le Nouveau Testament, il est l'équivalent de Satan. Je me souvins alors de la conversation que nous avions eue, le nain polydactyle — le premier —, Akounine et moi, avec le nostalgique Luís Alves de Lima e Silva, le «duc de Caxias», devant le «Panthéon», édifié sur cette place qui mène au centre de Rio de Janeiro.

Le nain prétendait que Caxias et lui étaient très amis. En effet, lorsque nous arrivâmes sur place, Lima e Silva en personne descendit de son socle, vêtu de son uniforme de maréchal. Sans qu'on le lui eût demandé, il se mit à nous raconter en détail la prise du pont d'Itororó et l'intrusion de l'armée à Asunción, durant la Guerre du Paraguay. J'entendis alors une voix féminine qui sourdait de l'intérieur du Panthéon. C'était la femme du maréchal, Dona Ana Luísa, qui l'interrompait pour nous parler de la fonderie parisienne Thiebot, lieu où le monument avait été fondu. Puis, elle fit part de ses constantes disputes avec l'artiste, Rodolpho Bernardelli, auteur de la pièce.

Le duc et sa femme parlaient en même temps. Lui tenta de nous expliquer que lors de l'invasion de la péninsule Ibérique par Napoléon, l'empereur du Portugal et sa cour avaient dû s'enfuir sous la protection de la flotte anglaise et étaient venus se réfugier au Brésil. Le nain me murmura à l'oreille qu'Akounine lui avait demandé de ne pas oublier de mentionner que Bernardelli était un juif italien, parent de Max et qu'il était originaire de Russie. Caxias discourut durant presque une demi-heure sur l'histoire de l'invasion par Napoléon de la péninsule ibérique. L'unique empereur qui ne succomba pas aux Français fut le Portugais. Selon Caxias, l'empereur avait astucieusement transféré le pôle de décision de son empire dans sa plus grande colonie, le Brésil, ce qui, selon les historiens, engendra une crise et joua un rôle fondamental pour le devenir de la métropole portugaise et de sa colonie américaine.

Les Brésiliens comptaient alors au sein de leur colonie un empereur portugais, Dom Pedro I : sa cour, sise à Rio de Janeiro, devint le centre de l'empire portugais. Les pressions internes qui se firent jour par la suite en firent le protagoniste d'un mouvement d'indépendance très particulier : une rupture sans rupture. Il suffit d'analyser le tableau du « le cri sur les rives de la rivière Ipiranga », peint par Pedro Américo. Ce commentaire, ce n'est pas le duc qui l'a élaboré, c'est moi qui en fais état : je le tiens du professeur Fernando Novais. La toile montre Dom Pedro poussant le cri « l'Indépendance ou la mort ! », devant des sujets guidant leurs vaches, des noirs avec des charrettes et des paysans qui arborent tous un visage contrarié. Ces gens du peuple ne sont pas indignés par tel haut fait historique, ils n'acclament pas non plus la vaillance de l'empereur. Au contraire, ils observent avec dédain le haut personnage qui gêne le passage de leur troupeau qui doit traverser la rivière : à leurs yeux, la vie doit continuer.

Bien qu'étranger, Akounine fut d'accord avec moi : le tableau révélait que le peuple était demeuré à l'écart de l'Histoire de l'indépendance. Le mouvement historique qui mena à la naissance du Brésil indépendant ignora en réalité cette conquête populaire de la liberté qui s'est inscrite dans l'imaginaire collectif. Akounine voulut absolument émettre une opinion sur un sujet précis : lorsqu'en 1886 le conseiller brésilien Joaquim Inácio Ramalho engagea le peintre Pedro Américo, le délai d'exécution normal d'un tel ouvrage était de trois ans. Il devait montrer sur sa toile le « geste » éminent que représentait ce cri du prince régent Dom Pedro qui, nous le savons tous aujourd'hui, ne fut poussé plus fort à sa suite que par deux ou trois personnes. Le Russe obtint des informations confirmant que Pedro Américo avait étudié le mouvement indépendantiste et interviewé les rares témoins de l'évènement. Chose intéressante, le Russe découvrit au cours de ses investigations que Pedro Américo était le fils d'un ancêtre de mon père, tué en duel à São Paulo à la fin du XIXe siècle. Il descendait d'un Juif d'Utrecht et émigra au Brésil avec Maurice Nassau. C'était l'oncle de la mère de Domitila qui entra dans l'histoire du Brésil sous le nom de « marquise de Santos », maîtresse de Dom Pedro. L'Empereur l'appelait « Titília » dans ses lettres intimes. Pedro Américo était donc un membre de ma famille.

Pour en revenir à l'indépendance, dans la mesure où le pôle de décision de la Couronne portugaise avait été transféré au Brésil, le Portugal se retrouva décapité pendant très longtemps : personne n'était resté à Lisbonne pour y prendre les décisions. Se firent alors jour en métropole des tensions politiques causées par ce vide politique, tensions qui allaient aboutir à la révolution libérale. L'idée initiale avait peut-être été que l'Empereur demeurât un peu au Brésil pour se distraire, puis pour revendiquer la couronne du Portugal et ne faire des deux couronnes qu'une bouchée. J'eus à cet instant, derechef, une vision du démon, mais lequel d'entre eux... ? Aussitôt après, Akounine, le nain et moi, nous nous rendîmes dans le centre historique de la ville pour y boire un café dans un bar près du Petit Trianon, le bel édifice dans lequel se trouve le siège de l'Académie Brésilienne des Lettres.

Mais revenons à l'histoire de Max Shachtman, mon parent. Comme je l'ai déjà dit, aux États-Unis, Max s'était rallié au Parti des Travailleurs d'Amérique d'où il émigra en 1936, comme beaucoup d'autres membres, vers le Parti Socialiste. Puis il édita le journal *New International* et écrivit un livre sur les massacres de politiciens perpétrés par Staline, intitulé *Por trás dos julgamentos de Moscou* et traduisit l'œuvre de Léon Trotski intitulée : *The Stalin school of Falsification*. Cette même année, Trotski obtint l'asile politique au Mexique. En raison de l'importance de ce qui allait s'y nouer, je raconterai en détail le séjour du leader révolutionnaire russe au Mexique : vous comprendrez très vite pourquoi. Fin 1936, le General Lázaro Cárdena, alors président du Mexique, octroya l'asile au leader soviétique banni, à la demande du peintre Diego Rivera. À l'époque, Trotski, était le révolutionnaire le plus recherché. Le président Cárdenas fit preuve d'une grande fermeté en ouvrant les portes de son pays au leader révolutionnaire russe, en dépit des réactions d'un grand nombre de staliniens mexicains. Cárdenas venait d'une génération de populistes, comme Giulio Vargas, au Brésil, et Juan Perón, en Argentine. Il était entré en politique durant la Révolution mexicaine. En 1913, il avait adhéré à l'armée révolutionnaire, puis avait présidé le Parti Révolutionnaire National. Il gouverna le Mexique de 1934 à 1940.

Il tenta de moderniser la société mexicaine et de concéder ce qui avait été revendiqué pendant la révolution, la réforme agraire, par exemple, qui permit la distribution de terres aux paysans. Il apporta son appui au mouvement ouvrier et aux requêtes des classes sociales les plus basses, mais, en même temps, il rechercha l'appui des grands capitalistes. Cárdenas encouragea la formation de syndicats : durant son mandat fut fondée la Confédération des Travailleurs Mexicains, incorporant la Centrale Générale des Ouvriers et des Paysans Mexicains et d'autres centrales syndicales. Il nationalisa les richesses du sous-sol mexicain et nationalisa l'exploitation du pétrole, en créant les Petróleos Mexicanos.

Le gouvernement de Cárdenas se distingua en acceptant d'accueillir au Mexique nombre d'exilés, tels des combattants de la guerre civile espagnole. Il fut l'unique président à ouvrir les portes de son pays à Trotski, qui n'avait d'autre arme contre Staline que son stylo, du papier et une ferme opinion sur le cap que le dictateur russe faisait prendre à la Révolution de 1917.

Mon admiration pour le courage de ce président mexicain me conduisit à demander à Melina de vérifier les origines de sa famille à l'insu d'Akounine. Après quelques semaines d'enquête, elle revint porteuse d'une information un peu curieuse. Cárdenas était né à Jiquilpan de Juárez le 21 mai 1895, il était mort le 19 octobre 1970 à Mexico. Melina n'avait rien trouvé, aucun lien de parenté qui m'unît au président mexicain. Mais ma Jézabel avait en revanche découvert que sa femme, Dona Amália Solórzano, était d'origine juive et parente éloignée de ma mère. Je fus ravi d'apprendre cette nouvelle : indirectement, Cárdenas et moi étions bel et bien membres de la même famille.

Selon Trotski, Staline avait transformé l'Union soviétique en une bureaucratie inopérante et en une dictature violente qui éliminait tout dissident. Certains jours, plus de mille personnes étaient sommairement exécutées. Le matin du 9 janvier 1937, le «Ruth», un navire pétrolier venu de Norvège, accosta dans le port mexicain de Tampico, sur la côte Atlantique. Parmi les rares marins du navire se trouvait Leon Davidovich Bronstein. C'était le nom sous lequel s'était enregistré Léon Trotski qui, deux décennies plus tôt, avait été, auprès de Lénine, l'un des grands mentors de la révolution d'Octobre, cette révolution qui avait changé le cours de l'histoire de la Russie et de l'humanité.

Expulsé d'Union soviétique en 1929 avec sa seconde épouse, Natalia Sedova, il s'exila en Turquie, en France, puis en Norvège, où il demeura jusqu'en décembre 1936. Durant son exil, Trotski n'eut de cesse de défendre et d'illustrer les principes originels du bolchevisme, combattant férocement l'idéologie et la politique de Staline. Le héros révolutionnaire se consacra avec ténacité à l'organisation de ce que l'on appela «l'Opposition Internationale», par le truchement de laquelle il prêchait l'internationalisme prolétaire et la démocratie des travailleurs : il avait en effet perdu toute foi en l'Internationale Communiste et en le Parti Communiste d'Union soviétique.

À partir de 1933, Trotski fonda une nouvelle Internationale qui défendait le développement d'une révolution ouvrière visant à abolir la «décadence bureaucratique» et à empêcher le retour du capitalisme en Union soviétique. En 1936, Staline lança les fameux «procès de Moscou», parodies judiciaires qui condamnèrent tous les opposants au régime. Trotski fut jugé coupable par contumace pour complot terroriste contre le gouvernement et intelligence avec la police secrète allemande et l'empire japonais. C'était là une farce orchestrée par Staline. Léon Sedov, le fils de Troski — né d'un premier mariage avec Alexandra Sokolovskaya — et son collaborateur furent aussi jugés coupables. Plusieurs autres révolutionnaires des premiers temps furent aussi condamnés.

Akounine me rappela à mon devoir : mon œuvre ne pouvait manquer d'inclure quelques paragraphes sur Staline au motif que peu d'individus dans le monde avaient tué autant de gens. Même si nous l'avions en horreur, il restait une figure majeure de l'histoire du XXe siècle. Le Russe avait adopté cette manie de passer parfois sans transition du rôle de personnage à celui de conseiller littéraire. Il adorait intervenir dans mon travail. Je n'ai jamais eu la moindre sympathie pour Staline, mais je me dois d'être exhaustif : j'ai donné des détails sur Trotski, je dois aussi évoquer son bourreau. Josef Staline se nommait en réalité Josef Vissarionovitch. Il naquit en 1879 à Gori, petite ville de Géorgie. Son surnom «Staline» signifie «homme d'acier» et est amplement justifié par le nombre d'opposants que notre homme envoya dans les camps de travail en Sibérie ou qu'il élimina tout bonnement. Politicien et révolutionnaire communiste, Staline gouverna d'une main de fer et autocratique l'URSS jusqu'à sa mort en 1953. Il était d'origine modeste : son père, Besarion Jughashvili, était cordonnier et sa mère, Ketevan Geladze, couturière.

Il étudia quelques années au collège religieux de Tiflis, mais en fut expulsé pour diffusion d'idées marxistes. En 1901, sa carrière prit un tour radicalement nouveau. Il tenta de se faire élire chef du Parti ouvrier social-démocrate russe, mais sans succès. Il finit par être exclu du parti par les mencheviks, «groupe minoritaire». Il se mit alors à fomenter des grèves ouvrières et à se rapprocher des bolcheviks, ou «groupe majoritaire». Staline fut plusieurs fois arrêté, mais il parvint toujours à s'enfuir. En 1903, il se maria avec Ekaterina Svanidze, dont il eut un fils, Yakov Dzhugashvili. Cinq ans après la mort de sa femme, il épousa Nadezhda Alliluyeva, dont il eut deux autres enfants : Vasily et Svetlana. Il devint le directeur du journal du parti, la *Pravda* – «La vérité» —, fondé par Trotski. Quelques années après la révolution de 1917, il devint secrétaire général du Comité central, se rapprochant des cimes du pouvoir.

Ses manières d'agir préoccupaient Lénine qui laissa une lettre posthume, le fameux «Testament de Lénine», où il s'élève et met en garde contre les attitudes et le caractère de Staline. La lettre fut détruite par les staliniens après sa mort, qui advint en 1924. La mort du père de la révolution d'Octobre engendra une lutte de pouvoir entre partisans de Trotski et de Staline. Trotski finit par être exilé et implacablement traqué par Staline, qui planifia et finança plusieurs plans visant à l'assassiner. Staline mourut à Moscou le 5 mars 1953 d'une hémorragie cérébrale. Son corps est enterré à côté du Kremlin, sur la place Rouge de Moscou.

Mes liens de parenté avec des leaders de la Révolution russe ont déjà été mentionnés. Mais ma consanguinité avec Staline ne fut portée au jour qu'après une enquête minutieuse réalisée par Akounine et deux détectives qu'il avait engagés, des aveugles qui maîtrisaient parfaitement le braille. Akounine avait justifié l'engagement de ses acolytes en m'expliquant que jamais le contre-espionnage soviétique n'imaginerait pouvoir être berné par deux détectives amateurs handicapés.

Ils se plongèrent dans les archives confidentielles du KGB et découvrirent que Staline était l'oncle de mon père. J'eus l'occasion de visiter son tombeau lors de l'un de mes voyages en Russie. Son pouvoir fut marqué par une absolue centralisation politique et par l'élimination des dissidents qui discutaient ses méthodes. Il se fondait sur le culte de la personnalité. Staline instaura le stalinisme, nullement l'utopie socialiste.

En 1928, Staline entama un programme d'industrialisation intensive et de collectivisation de l'agriculture qui provoqua l'asthénie de l'activité agricole, conduisant le pays à une famine qui coûta la vie à près de quatre millions de Soviétiques. À partir des années 1930, Staline assit une dictature fondée sur le culte de la personnalité et l'ostracisme des opposants, qui se voyaient déporter et emprisonner dans des camps de travail en Sibérie, quand ils n'étaient pas éliminés sans autre forme de procès par les sbires du régime, tel le terrible Blokhine.

Toutes les familles ont leurs secrets : la mienne n'échappait pas à la règle. Mon père conservait, dans le piano demi-queue de la salle à manger, une photo de famille où, debout à l'extrême droite de l'image, on voyait Staline donnant l'accolade à son oncle Zalmon Chwartzman. Je fus surpris que le monstre se fût positionné à droite de l'image : même sur les clichés d'ordre privé, ce n'était pas son habitude.

## Pema Jigme

L'épisode que j'aborde ici est certes peu vraisemblable, mais je vais tout de même tenter de le relater. Que vous me croyiez ou non, je voyageais à la demande de Monsieur Aleksander Akounine dans un train qui devait me mener à Zvarzmin, un petit village dans lequel le Russe avait découvert qu'il existait des membres éloignés de la famille de mon père. Un moine tibétain entra soudain dans mon compartiment. Il me demanda la permission de s'asseoir à mes côtés. Contrairement à ce qui se produit dans le fameux poème de Camões sur l'amour, où l'on « surgit je ne sais d'où » et où l'on est « douloureux je ne sais pourquoi », le lama et moi savions pertinemment, comme de tout temps, que nous allions traverser la Russie pour nous rendre en Mongolie.

Cette ligne de chemin de fer est impressionnante : depuis son point de départ jusqu'à la Corée du Nord, elle parcourt neuf mille deux cents kilomètres et traverse huit fuseaux horaires. Cette mention de distance explique pourquoi, durant le XIXe siècle, le manque de voies adéquates et sûres obéra le développement de la Sibérie, relativement à celui des autres régions constitutives de l'Empire russe. La situation s'améliora un peu en 1891, lorsqu'Alexandre III entama la construction de cette incroyable voie de chemin de fer, qui fut achevée en 1916. La ligne classique, celle que j'empruntai, partait de Moscou et se dirigeait vers Vladivostok, une métropole portuaire sise au bord du pacifique. En Russie, un tiers des produits de la terre destinés à l'exportation prennent la mer depuis ce port.

La ligne se divise en deux bras : le Transmandchourien et le Transmongolien, mais tous deux arrivent à Pékin. Nous étions forcément aux alentours du mois de juillet : en fin et en début d'année, il est impossible d'assurer le bon fonctionnement du réseau. Le moine allait à Oulan Bator, moi à Vladivostok. Il fut ravi lorsque je l'invitai à déguster des plats typiques de la cuisine régionale au wagon-restaurant : il vida une bouteille de vodka. Retour au compartiment, je lui demandai son nom. Il éclata de rire : « Ah alors comme ça, monsieur est en quête de noms ? » Je répondis que c'était en effet le but de mon voyage : je cherchais des liens de parenté.

Il m'expliqua qu'il y avait plusieurs manières d'identifier les gens au Tibet. Dans de nombreuses cultures, on inclut des références familiales entre le prénom et le nom, comme le font les Russes, par exemple, lorsqu'ils disent « Ivanovich » pour « fils d'Ivan ». « Mais chaque culture a sa manière propre d'identifier les enfants », compléta-t-il. Au Tibet, les noms de famille sont très peu usités. Les gens s'appellent par leurs prénoms qui sont souvent drôles. Dans la région centrale, on utilise deux prénoms, chacun comportant deux syllabes. À Lhassa, par exemple, « Tsering » et « Yangchen » forment le prénom d'une petite fille, tandis que celui d'un petit garçon peut être formé de « Dawa » et « Tsering ». Dans les régions d'Amdo et de Kham, les règles peuvent être tout autres. Les prénoms de trois syllabes doivent venir d'Amdo. Dans la région centrale, à Llasa, on connaît le sexe grâce au second prénom. « Pema Dolkar » est une femme, parce que « Dolkar » est exclusivement féminin, « Pema Wangchuk » est masculin, parce que « Wangchuk » est un élément masculin. Mais nombreux sont aussi les prénoms neutres comme « Dawa », « Pasang », « Karma » ou « Sonam ». Les noms typiquement féminins sont « Wangmo », « Yudron », « Lhamo », « Chokyi », « Yangchen » et bien d'autres. Les noms masculins peuvent être « Jamyang », « Jigme », « Dorjee », « Phuntsok », « Wangyal » et ainsi de suite. On trouve de surcroît des formes plus complexes. Il s'appelait Pema Jigme.

Les parents peuvent demander à un moine ou à un cacique de choisir le prénom de leur enfant. Si c'est un moine, il choisit en général un prénom étroitement lié à la tradition religieuse.

Mais quand ce sont les parents de l'enfant qui choisissent, cela peut devenir très amusant. Très souvent, les enfants reçoivent des prénoms votifs qui traduisent des attentes, des espoirs : « Tsering », « longue vie », « Sherab », « savoir », « Jigme », « courageux », ainsi de suite. Il y a des parents qui donnent à l'enfant le nom du jour de la naissance, comme « Dawa », qui signifie « lundi », ou « Penba », « vendredi ». Le prénom peut traduire un désir fervent des parents. S'ils désirent que l'enfant soit le dernier, ils peuvent l'appeler « chungdak », qui signifie « benjamin » ou « petit », ou bien, « chokpa », qui signifie littéralement « baste ! ». Lorsqu'un enfant tombe malade, il peut recevoir un nouveau prénom, dans l'espoir qu'il lui donnera une chance de guérison. Comme dans toutes les langues, il existe des surnoms, en tibétain. Dans ce cas, les tibétains contractent deux prénoms en un seul, en conservant la première syllabe du premier avec la première du second, comme dans « Tsering Yangchen », qui devient « Tseyang ».

Le moine m'apprit enfin que tels n'utilisaient que le premier ou le second prénom, comme quand « Nyima Wangdu » devenait « Nyima ». Je lui avouai que j'avais trouvé sa description des noms du Tibet fantastique, que je voyageais autour du monde en quête de liens de parenté et que c'était la raison pour laquelle j'accordais tant d'importance aux noms. Il me demanda : « Mais pourquoi donc, puisque nous formons une seule famille ? ». Dieu, que j'ai aimé cette remarque du lama !

Ce qui m'étonna le plus fut de voir mon ami Pema Jigme s'installer de son côté du compartiment et tirer de son sac en tissu *Vidas secas* de Graciliano Ramos, roman publié en français sous le titre de *Sécheresse*. J'en pleurai presque. Je lui confiai que j'étais très ému de voir quelqu'un qui vivait si loin de chez nous lire un auteur brésilien. Je me souvins que Léon IX, ce pape avec qui j'avais eu plusieurs rencontres spirituelles, s'était aussi montré intéressé par cette œuvre. Le moine me répondit que nous étions plus proches que je l'imaginais, puis il m'offrit une tasse de thé et reprit sa lecture. Je me souvins alors du premier chapitre du livre, dans lequel Graciliano livre un résumé de *Vidas Secas,* la saga de la petite chienne Baleia, de la mère Sinhá Vitória, du père Fabiano et de leurs deux enfants. C'étaient là des gens sans nom, ni prénom, des anonymes victimes du mépris et de l'exploitation à l'œuvre dans notre pays. Il y a une phrase du livre qui dit : « les malheureux avaient marché toute la journée, ils étaient fatigués et affamés. Il y avait des heures qu'ils cherchaient de l'ombre ». Ce n'était pas à proprement parler une œuvre sur la sécheresse, mais sur les « Vies sèches ». L'ouvrage, publié en 1938, a été écrit de telle sorte que nous puissions le lire en commençant par le début, le milieu ou la fin. Ainsi va la vie dans l'aridité du sertão. Chaque chapitre de l'existence y a sa vie propre et forme avec les autres une sorte de « tourbillon sériel » de vie âpre.

J'ai certes lu *Sécheresse* dans le cadre de mes devoirs de classe mais le récit de la vie de ses personnages, Fabiano, Sinha Vitória, la petite chienne Baleia et les deux petits garçons, m'a rendu solidaire de cette famille en proie à la violence sociale. En effet, en sus de la sécheresse et de la quasi-impossibilité de mener une vie normale à laquelle condamne l'adversité destructrice de la nature, Fabiano et sa famille sont victimes de l'oppression, des relations de domination établies par les êtres humains, ce qui rend le tableau de l'auteur encore plus douloureux. Graciliano montre la « vie minuscule » de sujets soumis à un faisceau diabolique fait d'exploitation, d'humiliation et d'aliénation. Il met à nu les plaies des miséreux issus d'un pays où les gouvernants se fichent éperdument de la survie de la population abandonnée à la sécheresse.

S'adressant à moi avec une douceur que je n'avais encore jamais connue, le moine m'invita à jouer aux échecs sur la tablette du train. C'était sans doute un passe-temps, mais il me garantit qu'il constituerait en outre une expérience singulière : tel fut bien le cas. J'observai l'échiquier : les pièces s'y mouvaient d'elles-mêmes. Je me trouvai soudain dans une région d'Afghanistan frontalière du Pakistan. Tout s'était transformé comme par magie en un immense échiquier peint sur le sable avec du sang de chameau. Les pièces avaient pris vie : le cheval hennissait et les pions causaient. Les deux tours, de leur hauteur, murmuraient des conseils au roi et la reine discutait avec ses sujets et semblait avoir barre sur le souverain. La passivité du roi était confondante. Mon adversaire du jour n'était point le moine : c'était Staline. Nous nous trouvions au cœur de la République islamique d'Afghanistan, ce merveilleux, cet étrange pays souverain sans littoral, sis en Asie Centrale. Des hommes aux longues barbes, vêtus de costumes typiques de la région, assistaient à la partie, parlant très fort et tous en même temps, comme s'ils disputaient sur le parti à soutenir. C'était des individus du commun d'âges divers, Pakistanais, Iraniens, Turkmènes, Ouzbeks, Tadjiks, et, dans mon dos, Chinois. Le site était superbe : j'avais l'impression d'être sur la route de la soie, à l'endroit même où un groupe d'archéologues découvrit les vestiges de la présence humaine au Paléolithique, aux environs de 50 000 ans avant Jésus-Christ.

C'était par le centre de l'échiquier que passait la ligne imaginaire qui liait le Moyen-Orient à l'Asie Centrale et au continent indien. Depuis la position de la tour de droite, je pouvais sentir s'exhaler les effluves sanglants des soldats tués pendant les batailles d'Alexandre le Grand, Chandragupta Maurya et Gengis Khan. J'entendais le vacarme du passage des troupes des différentes dynasties qui dominèrent la région, Gréco-Bactriens, Kouchans, Sépharades, Mongols. L'Histoire moderne de l'Afghanistan commença au début du XVIIIe siècle, avec l'ascension des Pachtouns, et l'établissement de la dynastie des Hotakis, à Kandahar, puis avec le règne d'Ahmad Shah Durrani.

La capitale ne fut transférée à Kaboul que des décennies plus tard. L'empire afghan succomba aux forces des empires voisins à la fin du XIXe siècle. Tout paraissait clair sur cet échiquier dont les limites étaient marquées avec du sang. Tel un spectateur privilégié de l'histoire, je revivais l'époque à laquelle la région faisait l'objet de la convoitise des Anglais et des Russes. Tout ce pan d'Histoire s'acheva avec la révolution marxiste de 1978. L'année qui suivit la révolution, les Soviétiques envahirent le pays. Puis ce fut le temps de l'intervention américaine : les conflits avec les moudjahidines se soldèrent alors par la mort de plus d'un million d'Afghans. Avec la victoire des forces rebelles, en 1992, commença une guerre civile au terme de laquelle le pays tomba aux mains des talibans. En l'observant de plus près, je m'aperçus que l'échiquier n'était pas seulement tracé sur du sable, mais aussi sur les crânes innombrables des soldats morts sur les champs de bataille.

Après le fatidique 11 septembre 2001 et la destruction des tours jumelles de New York, de nouveaux combats firent rage en Afghanistan, causés par l'intervention punitive des États-Unis. Une « force internationale » fut constituée afin de garantir la stabilité de la région. Le bilan de toute cette affaire fut la transformation de ce beau pays en l'endroit le plus dangereux du monde et en le plus important fournisseur de réfugiés et de demandeurs d'asile politique. Des groupes terroristes comme le Haqqani et le Hezbi Islami utilisent le même uniforme que les pions noirs de l'échiquier et sont toujours actifs de nos jours, provoquant instabilité, assassinats et attaques suicides. La partie d'échecs achevée, je continuai à fixer l'échiquier, l'échiquier géant, l'échiquier vivant, le sanglant l'échiquier. Il semblait nous ramener à l'époque du stalinisme, exhibant les visages des indésirables du régime, des envoyés au goulag. Je pus apercevoir Soljenítsin marchant péniblement dans la neige. C'est en direction des vents froids et des prisons glaciales que partaient les condamnés des années 1934 à 1938, les soi-disant « contre-révolutionnaires », les ennemis putatifs du stalinisme, victimes des jugements de masse expédiés par Staline.

Le moine darda son regard sur moi et rangea l'échiquier dans sa besace. Comme nous prenions congé, il m'embrassa affectueusement et me dit qu'il avait quelque chose de très intime à me confier. Il n'était pas du tout tibétain. Sa mère venait de Bessarabie, zone occupée par les Russes. Au cours d'un voyage en train, elle s'était éprise d'un Chinois et ils avaient décidé de demeurer ensemble. Je répondis que je savais fort bien où se trouvait la Bessarabie. Mon grand-père en venait. Je compris que Pema Jigme était le fruit de cette belle histoire d'amour. Sa mère s'appelait Sara, mais elle changea son nom pour celui de « Liu Kyak ». Ses parents furent très heureux dans ce Tibet où il avait vu le jour. Le train avait sifflé depuis un bon moment, je fus contraint de sauter en marche. M'adressant ses adieux par la fenêtre, le moine me cria qu'il avait été ravi de rencontrer un de ses parents. Je hurlai : « que voulez-vous dire ? » Le moine fit porte-voix de ses mains et tonitrua le surnom de sa mère… c'était quelque chose comme « Chuatsemen », mais cela aurait très bien pu être « Schwartsmann » : comment savoir, avec la distance ?

# William de Baskerville

Akounine peut avoir bien des défauts, mais il s'est toujours montré courtois et attentionné avec moi s'agissant des informations généalogiques concernant Max et ma famille. Il avait une pleine conscience de l'effet que certains liens de parenté pouvaient produire en moi. Je veux ici relater un épisode dans tout son détail. Le Russe avait une haute conscience professionnelle. Comme je visitais la Bibliothèque de l'Université de Bologne, sise Via Zamboni 33, je reçus un message.

C'était Akounine : il me demandait instamment de faire étape à Bologne deux jours de plus, car il avait en main une série de documents susceptibles de m'intéresser. J'acceptai. Au fond, ce n'était pas un bien grand sacrifice que de demeurer deux jours de plus dans la ville qui abrite la plus ancienne université d'Occident. Au contraire, c'était un plaisir. L'université de Bologne fut fondée en 1088 et les poètes italiens les plus fameux, Dante, Boccace et Pétrarque — les deux premiers sont de ma famille et le dernier est un ancêtre de Leonor — y ont enseigné.

C'est la première institution qui utilisa le terme « université » pour désigner un espace occupé par des étudiants. Cela justifierait à soi seul ma présence à Bologne. Lors de la fondation de cette vénérable institution, les diverses facultés étaient disséminées dans différents quartiers de la ville. En 1563, le Palazzo dello Archiginnasio fut érigé, qui permit la réunion de toutes les unités académiques au sein d'un même bâtiment. La visite de l'université de Bologne est un vrai rêve. L'ancienne salle d'anatomie et la « Stabat Mater » sont immanquables.

La salle d'anatomie fut construite comme un amphithéâtre et possède en son centre une table d'autopsie. On l'appelle le « théâtre » : son ornementation imposante accueille des rangées de statues. L'une d'entre elles rend hommage à douze médecins fondamentaux pour l'histoire de la médecine : Hippocrate, Galien, Bartoletti, Sbaraglia, Malpighi, Fracassari, de Liuzzi, da Varignana, d'Argelata, Varolio, Aranzio et Tagliacozzi. Une autre rend hommage aux vingt-deux anatomistes de l'école bolognaise. Varolio, soit dit en passant, était un cousin de mon grand-oncle.

Sur le mur principal, une allégorie féminine représente l'anatomie : un petit ange lui tend un fémur. Le plafond est orné de représentations symboliques des quatorze constellations, il a Apollon en son centre. C'était la tradition de consulter les astres avant de réaliser une chirurgie ou de prescrire des médicaments : cette pratique est peut-être issue de la médecine arabe de la péninsule ibérique. Il est intéressant de noter que l'astrologie était associée à la médecine et que les différentes parties du corps étaient protégées par les signes du Zodiaque. La salle des anciens juristes de l'Université de Bologne se nomme « Stabat Mater », en hommage, dit-on, à la première représentation de l'orchestre du même nom qui, en 1842, y joua une pièce de Rossini. Le « Stabat Mater » (« La mère se tenait là », en latin) évoque une couple de prières du XIIIe siècle. Il y a d'une part la « Stabat Mater Dolorosa », qui décrit la douleur de Marie voyant agoniser Jésus sur la croix, et d'autre part la « Stabat Mater Speciosa », celle qui décrit la naissance de Jésus. Cette salle est la plus représentative de l'université, avec sa décoration d'écussons de félicitation exposés là, au fil de l'histoire, pour rappeler les prix reçus par les étudiants les plus illustres. Les couloirs de l'immeuble de « l'Archiginnasio » dévoilent des fresques dont certaines ont été endommagées par les attaques aériennes des alliés durant la Seconde Guerre mondiale, en 1944. Le siège actuel de l'Université de Bologne est disséminé tout au long de la fameuse Via Zamboni.

J'avais bien hâte de rencontrer Akounine : il m'avait informé qu'il me délivrerait une information surprenante et sans doute fort bouleversante. Avec force obséquiosité, il me dit que ma mère était parente du grand écrivain, sémiologue, philosophe et linguiste Umberto Eco. Je ne pouvais qu'en pleurer d'émotion. Eco est né le 5 janvier 1932 à Alexandrie, dans le Piémont. Il est le fils de Giulio et Giovanna Eco. Akounine découvrit que Giuseppe, le cousin de Giulio, le père d'Eco, s'était marié avec une sœur de ma grand-mère Clara, qui s'appelait Anna Gerson, lors d'une cérémonie privée, le matin du 6 février 1929, à Vilnius, la capitale de la Lituanie.

Comme Eco, Giuseppe étudia la philosophie et la Littérature à l'Université de Turin, mais il abandonna la carrière universitaire pour se consacrer à la taxidermie, l'art de disséquer les animaux afin qu'ils gardent l'apparence de la vie. On dit que son salon avait en son centre un hippopotame adulte. Giuseppe et Anna Gerson furent présentés par le rabbin Moishe Litvin, un ami de notre famille et ils tombèrent instantanément amoureux. Ils se marièrent peu de temps après en Lituanie où ils restèrent et travaillèrent dans un petit musée d'histoire naturelle. Elle aussi était taxidermiste.

J'évoquai avec Akounine le fait qu'Eco avait été titulaire du Siège de Sémiotique et le Directeur de l'École Supérieure de Sciences Humaines de l'Université de Bologne. Il enseigna aussi dans de grandes universités comme Yale, Harvard, et au Collège de France. Je l'ai connu à Cambridge, à l'occasion d'une conférence sur *Le Nom de la rose*, l'une de ses œuvres littéraires les plus fameuses. J'ai aussi lu son livre *Le Pendule de Foucault*. Lorsque nous avons été présentés et que j'ai mentionné que Gerson était le nom de famille de ma grand-mère maternelle, Eco m'a sauté au cou. Il m'a dit qu'un cousin de son père s'était marié avec une dame d'origine juive du nom de Gerson. Akounine et moi, nous lui posâmes quelques questions sur *Le Nom de la rose* et je fis également mention du film avec Sean Connery qui a été tiré du livre.

L'histoire est extrêmement intéressante. Elle se déroule en 1327 en Italie, dans un monastère bénédictin où se trouve une bibliothèque contenant une grande collection de livres chrétiens, mais aussi de classiques grecs considérés comme païens par les religieux. Peu de gens avaient accès à la bibliothèque. À l'époque, en effet, l'Église exerçait une énorme influence sur le savoir et l'éducation, mais aussi sur le gouvernement, par son alliance avec les pouvoirs monarchiques. Qui s'enhardissait à remettre en cause le pouvoir du clergé pouvait être jugé et puni par l'inquisition. Les femmes subissaient de nombreuses persécutions et étaient souvent accusées d'être démoniaques, d'être des pécheresses ou des sorcières. Les souverains eux-mêmes redoutaient l'Inquisition. De grands personnages de l'histoire comme Galilée, Giordano Bruno et Jeanne d'Arc, souffrirent dans leur chair de la répression de l'Église.

Revenons au roman : William de Baskerville, un moine franciscain, y est appelé à démasquer l'auteur de crimes qui frappent un monastère italien. Il observe que plusieurs religieux ont été trouvés morts, victimes d'empoisonnements, après avoir manipulé certains livres. L'un d'eux est un classique d'Aristote qui parle du rire, considéré dangereux par Jorge le vénérable, moine responsable de la discipline du monastère. William de Baskerville, lui, est un humaniste qui fait usage de la raison, à rebours qui d'un monde guidé par la foi. Il est une manière d'incarnation de la pensée renaissante. Son enquête débouche sur la mise en place d'un tribunal de la Sainte Inquisition présidé par un personnage bien historique, quant à lui : l'inquisiteur Bernardo Gui. L'œuvre porte au jour les conflits médiévaux caractérisés par l'abus de pouvoir, l'ostentation et la démagogie, au sein d'un monde dominé par l'Église Catholique, qui monopolisait la connaissance et empêchait les citoyens du commun d'avoir un accès critique aux dogmes religieux à partir desquels fut fondée l'Église. Les chrétiens pouvaient commercer avec la philosophie grecque païenne au besoin, mais uniquement si leur intérêt se portait sur les mythes anciens. Les gens ordinaires n'avaient accès, s'agissant de modernité, qu'aux concepts de base d'une doctrine qui alimentait le mysticisme et la peur. L'œuvre d'Eco vaut la peine d'être lue.

Mais le monde connut de profonds changements. Au fil des années, les méthodes d'études se perfectionnèrent, on assista à l'introduction de nouvelles disciplines, à la création d'écoles paroissiales puis monastiques et épiscopales et à celle des écoles palatines et des écoles cathédrales. Les premières structures académiques libérales du Moyen Âge finirent par émerger, à Bologne, Paris, Salerne, Oxford, Coimbra, entre autres pôles universitaires. Je confiai au professeur Eco que j'avais eu le plaisir de lire *Apocalittici e integrati*, l'œuvre qui le fit connaître pour ses études sur la culture de masse, et où il critiquait la position « apocalyptique » de ceux qui croient qu'elle est un défi mortel lancé aux hautes valeurs artistiques. Eco croit pour sa part à une culture « intégrée », fruit de la rencontre démocratique des divers groupements sociaux et sociétaux.

Il reçut le titre de Docteur Honoris Causa de mon université. Il ne put être présent, mais prononça un discours par visioconférence. J'eus accès à l'enregistrement. Il rappela à cette occasion la visite qu'il avait rendue à notre Porto Alegre, encore jeune, évoquant les nuits trépidantes de notre ville. J'ai toujours aimé le fait que des gens illustres mettent leurs aspects les plus ordinaires. Le grand intellectuel alla jusqu'à évoquer une maison close qu'il avait fréquentée. Eco mourut d'un cancer du pancréas, à Milan, il y a quelques années : c'est bien triste. Soudain, je fus de nouveau la proie d'hallucinations démoniaques. Cette fois, c'était Belzébuth dont le nom hébraïque est utilisé pour désigner le démon, et qui a le sens de « seigneur des mouches », en référence à une antique religion des peuples de Palestine. Comme pour ajouter à mon épouvante, Melina déboula de nouveau dans ma chambre à l'improviste, complètement nue. Ma diablesse préférée se débrouillait toujours pour endormir Leonor afin qu'elle ne surprît pas ces rencontres où se mêlaient érotisme, histoire, littérature et culture, dans un sens plus général. Cette fois, elle mit le feu dans la bassine de porcelaine chinoise qui contenait un liquide bleu turquoise dont l'odeur rappelait l'anis. Elle affirma que je pouvais être tranquille : Léonor dormirait comme un bébé. Je fus diablement rassuré.

Sa visite n'avait rien de sensuel. Elle aborda un thème de la plus haute importance. Melina désirait s'entretenir avec moi des raisons pour lesquelles de nombreuses personnes craignaient le monde surnaturel. Elle plaisanta : « Si j'étais un démon, est-ce que tout serait différent ? » Je répondis par la négative. Comme tous les êtres humains normalement constitués, j'avais une certaine curiosité à l'endroit des mondes parallèles. J'ajoutai que ce tropisme transcendait les cultures : de même que les Occidentaux connaissent les légendes du loup-garou, ce maudit qui devient loup les nuits de pleine lune, les Chinois, par exemple, connaissent la légende de l'homme-tigre. Ils prétendent qu'en raison d'imprécations anciennes, tel peut devenir la victime de cette créature moitié humaine, moitié animale, qui les hantera pendant des générations, puis, pour finir, les dévorera.

Melina me demanda de lui parler d'apparitions dont je me souvenais. Je répondis que la seule qui me venait à l'esprit, c'était celle d'Adolf Hitler brûlant des livres en Allemagne en 1933. Pour un féal de la littérature, rien de plus monstrueux que ce représentant du diable ordonnant dans plusieurs villes d'Allemagne, temple de la culture et de la philosophie occidentale, que fussent brûlées en public des œuvres d'auteurs censément ou non en désaccord avec les orientations du régime nazi ! Hitler avait pour objectif une « épuration culturelleb » à travers la littérature, mais pas seulement. Un ami de ma grand-mère fut témoin, enfant, des événements de la Bebelplatz, à Berlin. Ce jour-là, un 10 o la terrible persécution des intellectuels par les nazis atteignit son apogée.

Dans toute l'Allemagne, mais surtout dans les villes dites universitaires, des milliers de livres furent brûlés en place publique. Tout écrit critiquant le régime ou s'éloignant de ses modes de pensée fut impitoyablement détruit. On pratique l'autodafé sur les œuvres d'auteurs de l'envergure de Stefan Zweig, Thomas Mann, Sigmund Freud, Erich Kästner, Erich Maria Remarque, d'autres. Hanns Johst, un poète nazi, justifia cette destruction en affirmant qu'elle ressortissait à une « nécessité de purification radicale de la littérature visant à la libérer des éléments étrangers susceptibles d'aliéner la culture allemande ». C'est à cause de son pouvoir mythique de purification que le feu fut utilisé par Joseph Goebbels comme instrument de cette abomination : il s'agissait de mettre à bas tout ce qui rappelait les fondements intellectuels de l'utopique République de Weimar.

Ce qui peine à s'expliquer, c'est que ni l'opinion publique ni les intellectuels n'aient manifesté de résistance véritable face au nazisme. C'est d'autant plus inconcevable que les Allemands forment un peuple qui peut se prévaloir d'une éminente tradition culturelle et philosophique. Les éditeurs réagirent avec opportunisme et la bourgeoisie garda le silence, laissant la responsabilité retomber sur les épaules des étudiants pyromanes. Les voisins européens assistèrent à ces brutalités sans protester, les imputant à tel fanatisme estudiantin. Cependant, Thomas Mann, Nobel de Littérature 1929, réagit en émigrant en Suisse puis aux États-Unis. Lorsqu'il apprit que la faculté de philosophie de l'université de Bonn lui avait retiré son titre de Docteur Honoris Causa, Mann écrivit ceci au recteur : « durant ces quatre ans d'exil involontaire, je n'ai jamais cessé de méditer sur ma situation […] si j'étais resté en Allemagne ou si j'y étais retourné, je serais peut-être mort». Il ajoutait toutefois qu'il n'avait jamais songé à mourir en apatride.

L'écrivain Ricarda Huch s'éloigna elle aussi de l'Académie Prussienne des Arts et, dans sa lettre à son président en date du 9 avril 1933, elle critiqua «la centralisation, l'oppression, les méthodes brutales, la diffamation de ceux qui pensent différemment, l'autosatisfaction et tout ce qui n'est pas compatible avec ma vision des choses». En 1934, plus de trois mille œuvres émargeant à la plus haute littérature furent interdites par les nazis. Comme le dit le poète Heinrich Heine, «où l'on brûle des livres, on finit par brûler des gens». Chaque fois que j'entends parler d'Hitler et du nazisme, mes pensées l'associent «librement» au diable. Une «association libre», c'est, pour le dire simplement, une mise en relation qu'effectue instinctivement l'analysant sans se préoccuper de son sens ou de son caractère provoquant. Freud affirme que grâce à l'association libre, il peut porter au jour ses conflits les plus ancrés.

Le mot «Hitler» est pour moi synonyme de démon ou d'extrême cruauté. Selon Akounine, Thomas Mann se nommait en réalité «Thomas Schwartzmann» : il avait, pour plus de commodité, décidé d'abréger son nom. Il était évidemment un membre de ma famille. En l'espèce, point n'était besoin que le Russe poussât très avant son enquête… C'était là, répondis-je, une nouvelle de nature à me faire oublier quelques instants le mépris que m'inspirait le démon nazi.

# L'Évangéliaire de Lorsch

Je ne reçus pas de nouvelles de mes deux démons pendant quelque quatre mois. Je parle bien entendu d'Akounine et Melina. Une nuit, cette dernière apparut seule, chez nous. Cette fois, Leonor était réveillée et Melina se comporta comme si nous venions tout juste d'être présentés l'un à l'autre. Elle raconta qu'elle avait été emprisonnée pendant treize jours au dans la forteresse d'Édimbourg. L'édifice est situé sur le haut d'un volcan éteint depuis trois cents millions d'années, « Castle Rock », d'où on peut admirer la superbe cité. On trouve des textes datant du XIIe siècle sur cette construction maintes fois restaurée. C'est au début du XVIIIe siècle que la structure principale du château a été érigée. C'est là que demeuraient rois et reines d'Écosse.

Melina tenta de s'enfuir par la fenêtre d'une des plus hautes tours du château, mais, regardant en bas, elle vit ce que l'on appelle dans la culture brésilienne populaire une « mule sans tête ». Elle trouva l'image étonnante : n'était-elle donc pas en Écosse ? Cela me rappelle une histoire de notre folklore. La « légende de la mule » faufile l'imaginaire du peuple brésilien sans qu'on sache au juste d'où elle vient. Dans le fin fond des provinces brésiliennes, la « mule sans tête » est appelée « femme du curé », « mule du curé », « mule noire », ainsi de suite. La métamorphose en mule s'opérait chez les femmes qui avaient des relations sexuelles avec un curé : les prêtres ne pouvant être considérés comme des hommes normaux, ils ne peuvent pas être convoités sexuellement. Ils sont des créatures quasi saintes avec lesquelles nous partageons nos péchés lors de la confession. Ils ont pour mission de répandre la parole de Dieu et de son fils Jésus Christ : les femmes qui désirent un curé se voient, en raison de leur transgression, transformées en « mules sans tête ».

Melina me jura qu'elle avait vu ce genre de mule rôder autour du château dans lequel elle était confinée. Les raisons pour lesquelles elle se trouvait confinée ne sont pas notre sujet de l'instant. La mule arborait un pelage brun, à la place de sa tête sourdait une flamme, ses sabots étaient ferrés d'argent. Elle hennissait si fort que l'on pouvait l'entendre de la station de métro Bakerloo de Londres : c'était impressionnant. La mule sans tête apparaissait la nuit, surtout les vendredis de pleine lune. On ne la voyait jamais le jour. Pour la libérer du sortilège et la ramener à la normale, il fallait arracher son licou et l'immobiliser avec une épingle. Mais Melina, imaginant pouvoir dompter la bête, choisit de siffloter «Tico-tico no fubá», le choro de Zequinha de Abreu. La mule cessa aussitôt ses hennissements. Melina se jeta alors du haut de la tour et retomba, en impeccable posture, sur l'échine de l'animal, prête à le chevaucher. Toutes deux s'en furent au trot et disparurent à l'horizon.

Je change de sujet ; je veux vous dire ce qui m'est le plus agréable dans mon commerce avec Monsieur Akounine : son amour pour les bibliothèques. La plus grande partie de nos rencontres eurent lieu dans de grandes bibliothèques. Le Russe avait remarqué mon intérêt pour ces lieux et essayait toujours de m'être agréable. Un jour, par exemple, comme nous devions nous rencontrer pour discuter de ses recherches généalogiques, j'avais mentionné au téléphone, me semble-t-il, Dostoïevski et *Les Frères Karamazov*. Quelques jours plus tard, je reçus une carte postale où trônait la statue de celui qui, selon Akounine, était « la figure majeure de la littérature russe ». Il m'y enjoignait de le retrouver devant la Bibliothèque Lénine de Moscou. Je me souviens que, le jour suivant, je pris un avion de l'Aeroflot et débarquai le soir même à Moscou. Je descendis à l'hôtel Four Seasons, en plein cœur de la Place Rouge. Le lendemain matin, il passa me chercher à l'hôtel et nous nous rendîmes à la fameuse bibliothèque. Comme nous marchions tous deux par les rues de la ville, mon ami me dit que nous étions tous deux férus du même genre de littérature : j'étais son Aliocha. Selon lui, personne ne décrivit comme sut le faire Dostoïevski, notamment, à l'évidence, dans *Les Frères Karamazov* la complexité des rapports entre pères et enfants et entre frères. Nous nous tenions là, Akounine et moi, immobiles au cœur d'une immense place, tout près de l'imposante statue de Lénine et d'une autre que je considère très évocatrice, celle de Fiodor Dostoïevski lui-même.

Cette Bibliothèque de l'État de Russie, ou, comme beaucoup l'appellent encore, cette « Bibliothèque Lénine » — qu'il ne faut pas confondre avec la Bibliothèque Nationale de Russie, localisée à Saint-Pétersbourg — est l'une des plus grandes au monde et elle est la plus grande de Russie, elle accueille près de dix-sept millions de livres. Elle fut fondée en 1862 lors de l'ouverture de la première bibliothèque publique de Moscou. Après la Révolution de 1917 débutèrent des projets d'agrandissement et on s'en fut à la recherche d'un terrain plus spacieux pour la loger. En 1925, on la nomma « Bibliothèque Lénine de l'Union des Républiques Socialistes Soviétiques », nom qui fut le sien jusqu'en 1991, date de la chute du régime soviétique. La bibliothèque fut alors rebaptisée de son nom actuel. Akounine spécifia avec beaucoup de fierté qu'elle occupait plusieurs bâtiments et regroupait de nombreuses collections, dont près de treize millions de périodiques, cent cinquante mille cartes, trois cent cinquante partitions musicales et autres enregistrements sonores.

Dès les premières décennies du XXe siècle, sous le régime soviétique, il devint obligatoire de déposer un exemplaire de tout texte édité sur le territoire national près les archives de la grande bibliothèque. Quand nous nous fûmes installés dans l'un de ses salons, Akounine me montra un schéma détaillant les recherches qu'il avait réalisées sur le nom de Shachtman au sein des catalogues de l'institution. Il m'annonça qu'il existait un département du fonds qui contenait de nombreux livres publiés par des auteurs issus de régions correspondant aux actuelles Bessarabie, Moldavie et Roumanie et qu'il pensait y dénicher encore des informations fort intéressantes. Il avait déjà découvert qu'au début du XVIIIe siècle la vie en Allemagne était très difficile pour les familles à petits revenus, tout spécialement pour les Juifs, ce qui fut cause de leur émigration vers d'autres pays.

Un groupe d'Allemands se dirigea vers la Pologne mais la langue polonaise constituait pour eux un obstacle d'importance. À cette époque la tsarine avait proposé aux émigrants allemands de venir vivre au sud de la Russie, ce sud fertile des bords de la mer Noire. Un grand nombre d'entre eux, des Juifs y compris, émigrèrent dans cette région. En 1917, juste après la révolution, une prise en main soviétique eut lieu, qui imposa de nouveaux décrets contre les Juifs. Mais en 1918, les Roumains reconquirent la Bessarabie, conditionnant son adoption à la naturalisation roumaine de sa population. Cette époque d'accalmie antisémite permit à la communauté juive de vivre relativement en paix.

Le gouvernement roumain octroya la citoyenneté aux Juifs du pays et ils y créèrent immédiatement des écoles où seraient enseignées leur culture et leurs langues, le yiddish et l'hébreu. Cette période de paix attira en Bessarabie des Juifs d'autres régions d'Europe. Selon les données qu'Akounine me présenta, lors du recensement réalisé en 1922, la population judaïque de Bessarabie comptait près de trois cent mille personnes. Dans certaines petites villes, c'étaient les Juifs qui constituaient le plus gros de la population. Il m'informa aussi qu'il avait trouvé le nom de Shachtman sur les registres d'une école sise près de Soroca et d'une autre sise à Ormei. Dans la localité d'Hotim, une institutrice portait le nom d'Eva Shachtman. Je lui demandai s'il y avait par hasard aussi un Schwartsmann ou un Chwartzman : en effet. Akounine avait découvert plusieurs familles de ce nom, l'une d'entre elles était la propriétaire d'un commerce de peaux situé aux environs de Tiomina. Je fus enthousiasmé par ces découvertes. Il m'informa cependant qu'au cours des années 1930, la démocratie s'était effondrée en Roumanie et qu'y avait émergé une forte vague fasciste qui généra beaucoup d'insécurité au sein des communautés juives. Les nationalistes profitèrent de ces mouvements politiques pour instiller la haine entre les Roumains et les Juifs, réifiant notamment la peur du communisme. Ils alléguaient que les Juifs voulaient dominer le pays. Sur la base de ces éléments, Akounine identifia un jeune Juif qui avait pris part à un mouvement clandestin en défense de sa communauté et qui avait été assassiné par une milice fasciste roumaine. Son nom était Avram Schwarzman. J'étais pétrifié. Avram était un membre de ma famille, cela ne faisait aucun doute. Akounine ajouta que son père était un rabbin du nom d'Itzhaak et que sa mère s'appelait Sara.

Il me montra des clichés sur lesquels Avram apparaissait avec un groupe d'amis. Il ressemblait beaucoup à la famille de mon père. Je fus encore plus surpris lorsque le Russe m'indiqua qu'il pensait que le fameux ténor italien Luciano Pavarotti était en réalité le roumain Victor Schwarzman, mon oncle ! Il ne serait pas né à Modène, comme il le disait dans la presse, mais dans un village des environs de Craiova, en Roumanie. La Bessarabie, terre de mes ancêtres du côté de mon père, n'était pas située loin de là. Akounine dit qu'il était aussi en possession de certains documents de l'époque sur lesquels le nom d'Avram était écrit de manières différentes : « Chvartman », « Shvartzman », « Shachtzman ». J'imaginai alors naturellement que le « Shachtman » de Max pourrait être de même origine. À compter du déclenchement la Seconde Guerre mondiale, la

Roumanie avait cessé d'être un lieu où il faisait bon vivre pour les Juifs. En 1940, les nazis envahirent la région avec l'appui des nationalistes. L'année suivante, Hitler rompit le pacte de non-agression avec Staline, marcha sur la frontière polo-soviétique et envahit la Bessarabie et, plus au nord, la Bucovine.

Akounine rappela qu'il y avait aussi quelques Schwartzman dans le ghetto de Kichinev et qu'ils avaient été maltraités par les nazis et par le dictateur roumain Ion Antonescu — allié d'Hitler — qui perpétra divers assassinats de Juifs à Bucarest et s'allia à des groupements nazis placés à la tête des villes soviétiques d'Odessa et de Stalingrad. Le Russe était un homme très benoît : il évitait autant que possible les commentaires susceptibles de m'attrister. Mais il n'omit pas pour autant de me dire qu'au cours de la guerre, l'alliance d'Antonescu avec Hitler fut à l'origine d'un martyre journalier pour les Juifs. Il ordonna que la banque de Roumanie confisquât tous les biens et toutes les propriétés des Juifs roumains et autorisa l'extermination des habitants de Bessarabie.

Lorsque les nazis entrèrent dans la ville de Kichinev, près de vingt mille Juifs furent tout bonnement mitraillés dans leur propre foyer, en plein jour. Le même nombre de Juifs furent isolés dans un ghetto dans lequel professeurs, avocats, journalistes, médecins, philosophes et toute personne capable, d'une manière ou d'une autre, d'ourdir une révolte, furent assassinés. Les autres, ils les laissèrent mourir de faim, de maladie, sous la torture ou en firent des esclaves qui moururent au travail. Pour survivre, une seule issue : la fuite en Ukraine qui supposait la traversée du Dniestr. Je veux signaler que je ne me souviens pas d'une seule fois où Akounine ou Melina auraient évoqué de manière irrespectueuse la souffrance de mes ancêtres, persécutions bibliques, romaines, russes ou nazies : mes deux démons étaient des personnes respectueuses.

Il me semble me souvenir d'un jour où nous étions tous trois réunis, Akounine, Melina et moi, assis sur le sable d'une plage de la mer Noire. Akounine portait un costume de batiste gris, une chemise de lin blanche et une cravate chocolat. Il adorait cette couleur. Melina me provoquait comme à son habitude, vêtue d'un maillot transparent qui laissait presque affleurer ses tétons (comme je l'ai déjà indiqué, ils étaient quatre : « anatomie naturelle des sorcières », disait-on au Moyen Âge).

À voix basse et sur un ton solennel, Akounine m'informa qu'il avait découvert des documents dans une synagogue de Lapushna, qui mentionnaient de façon très laudative un certain David Shachtzman, un Juif âgé de quarante ou cinquante ans, très intelligent et de belle apparence. David était décrit comme une personne généreuse, il avait aidé de nombreux Juifs à quitter la Bessarabie et à traverser des forêts dans lesquelles rôdait en permanence le danger présenté par les ours et les loups, les guidant par des chemins tortueux et boueux qui menaient à la frontière avec l'Union Soviétique, puis le Kazakhstan.

On disait qu'il avait été assassiné lors d'un passage, probablement par l'une de ces bandes de bandits qui errent par les chemins. Plus de trois cent mille Juifs de Bessarabie furent exterminés dans les camps d'extermination et sous le régime des travaux forcés. Le camp qui compta le plus de morts fut celui de Transnistrie, sous contrôle des autorités roumaines, alliées des nazis. Là, plus de cent cinquante mille Juifs furent exécutés, et seules vingt-cinq mille personnes survécurent. Dans la seule ville de Kichinev, sur une population de soixante-dix mille Juifs, moins de dix mille individus réchappèrent au massacre. Après la bataille finale contre les nazis d'août 1944, les Russes s'emparèrent de la Bessarabie qui fut soumise à l'URSS en tant que « République Socialiste Soviétique de Moldavie » : la capitale en devint Kishinev, l'actuelle Chisinau. Pourtant, malgré le changement de régime, la condition des Juifs ne s'améliora pas. Même après la guerre, les communistes promulguèrent des lois bridant la liberté des fêtes juives, la pratique religieuse et ils détruisirent les synagogues, celle de Kishinev à part. Ce n'est qu'à la fin du régime communiste et à la chute de Nicolae Ceausescu, dictateur communiste de la Roumanie socialiste de 1965 à son exécution en 1989, qu'un arc en ciel illumina enfin le ciel du pays.

La révolution roumaine s'acheva en 1992 et donna naissance à la République de Moldavie, immédiatement reconnue par l'ONU en tant que nation autonome, libre et indépendante. Je le répète : Akounine se montra très humain avec moi, lorsque nous abordâmes ensemble la question de l'extermination des Juifs, en particulier en Bessarabie. En effet, un certain nombre des martyrs provenaient sans aucun doute de ma famille. Akounine me confia qu'il avait localisé certains documents, près de la Bibliothèque Nationale de Roumanie, qui fournissaient des preuves irréfragables des horreurs engendrées par l'antisémitisme. Le détective ne manqua pas de m'informer que cette bibliothèque avait vu le jour en 1859 dans celle qui se trouvait dans le Collège de Santo Sava et qu'elle contenait près de mille œuvres en langue française. Elle fut ensuite baptisée «Bibliothèque centrale de l'État» et, au début du XXe siècle, l'ensemble de ses collections furent transférées dans la Bibliothèque de l'Académie Roumaine. En 1955, la Bibliothèque nationale centrale fut restructurée et en 1989, avec la chute du communisme, elle fut réouverte au sein d'un nouveau bâtiment. Elle comptait alors près de treize millions de documents dans ses archives et fut baptisée «Bibliothèque nationale de Roumanie». C'est là que se trouvait le fameux *Codex Aureus Laurensius* ou Évangéliaire de Lorsch. Il s'agit d'un évangile enluminé conçu entre 778 et 820, sous le règne de Charlemagne. Aux Xe et XIe siècles, l'Abbaye de Lorsch, en Allemagne, possédait l'une des meilleures bibliothèques du monde. En 2010, une copie du précieux document fut offerte par le pape Benoît XVI à la reine Elizabeth II qui, pour sa part, lui offrit une série de gravures d'Hans Hölbein le Jeune issue des collections royales.

Pardonnez-moi la noirceur du présent chapitre… je ne pouvais guère passer sous silence une information généalogique d'une aussi grande portée… ne s'agit-il pas ici de ce grand Charlemagne dont Leonor et moi, nous avons eu l'honneur de voir de nos propres yeux les ossements dans la Cathédrale d'Aachen, en Allemagne. Les chercheurs teutons engagés par Akounine confirmèrent que les ossements conservés en ces lieux depuis des siècles dans leurs urnes et leurs reliquaires sont bien ceux de Charlemagne. Si Gengis Khan fut le père de l'Asie, Charlemagne fut celui de l'Europe. Après avoir vaincu Maures, Bretons, Slaves, les Frisons, Huns et tant d'autres, tels le duc de Toscane et le roi des Lombards — Didier de Lombardie —, il fut le grand unificateur de l'Europe chrétienne au VIIIe siècle de notre ère.

Les chercheurs ont compté quatre-vingt-quatorze fragments d'os et os entiers du grand Empereur, rois des Francs, couronné par le pape saint Léon III. Lorsque je vis le buste–reliquaire contenant une partie de la calotte crânienne de Charlemagne, je manquai défaillir. Le grand Empereur est révéré dans de nombreux diocèses de France, d'Allemagne et de Belgique : on y entend des messes et des prières et on y voit de nombreuses effigies de l'empereur en béatitude. Quand le sarcophage principal de la Cathédrale de Aachen fut ouvert, en 1988, le professeur Frank Rühli, chef du centre de médecine évolutive de l'Université de Zurich, en Suisse, s'évanouit lui aussi — c'était bien Charlemagne. L'image des os de sa main me hante : impressionnant.

Ne me demandez pas comment, mais le Russe parvint à obtenir des échantillons d'ADN d'une partie des ossements de l'empereur. Le couple de chercheurs Jobinovich y détecta des séquences génétiques strictement identiques à celles de la famille du père de Leonor, le grand historien Fernando Baptista, descendant de Dona Maria I «la Pieuse» puis «la Folle», qui fut Reine du Portugal et d'Algarve et aussi du Royaume uni du Portugal, du Brésil et d'Algarve, dans la première moitié du XIXe siècle. Ces découvertes de l'équipe d'Akounine vinrent confirmer les liens de parenté qui apparentaient Leonor à Charlemagne — ceux qui l'unissaient à la Reine Dona Maria I, nous les connaissions.

Mon Russe de détective avait découvert divers documents appartenant à Pépin III dit «le Bref», le père putatif de Charlemagne. Le père de Pépin, Charles Martel, le grand-père de Charlemagne, était duc d'Austrasie. Charlemagne serait né en 742 et mort en 814. Après la chute de l'Empire Romain d'Occident, au début du Vème siècle, l'Europe était divisée en plusieurs royaumes. Charlemagne devint Roi des Francs et des Lombards. Après de nombreuses entreprises de conquêtes menées au nom de la foi catholique, il forma le fameux «empire carolingien» — terme dérivé de son nom et qui, selon certains historiens, fut aussi appelé «empire baptistique», en hommage à la famille de mon épouse.

Charlemagne était un grand défenseur du dogme catholique. En l'an 800, il fut couronné empereur, chef du Saint-Empire romain germanique, par le pape Léon III. Des siècles plus tard, ce pape participa lui aussi aux rencontres médiumniques que je tenais avec mon ami Léon IX, celui avec qui j'ai eu l'honneur de causer littérature, entre autres sujets, et à qui j'ai appris l'existence des œuvres de Cervantès et d'Euclides da Cunha. Vous vous rappelez sans doute ces conversations avec certains de ses seconds qui se tinrent via un canal métaphysique spécialement créé par nous dans un temple d'ubamda de la Cidade Baixa de Porto Alegre.

Charles Martel, le grand-père de Charlemagne, était juif, mais il dissimulait ses origines. Blessé lors d'une bataille, il fut transporté dans un monastère de Bavière où il fut opéré d'une profonde blessure à la cuisse gauche — dans des circonstances obscures, dit-on — : les sœurs qui le soignaient furent surprises quand, examinant son organe génital, elles y constatèrent une circoncision. L'enquête secrète immédiatement diligentée au sein de la curie révéla qu'il était en réalité Joshuá Kaufman, un rabbin, chantre de la synagogue clandestine d'une province allemande. Des siècles plus tard, on apprit qu'un des Kaufman, nommé Israël, avait opté pendant l'inquisition pour le nom « Baptista Soares da Silveira e Souza », devenu patrimonial au sein du commerce des olives portugais. Le nom « Martel » s'était substitué à « Kaufman » en hommage au cracheur de feu d'un cirque ambulant qui passait alors dans la région.

Charlemagne était donc bel et bien le petit-fils de Joshuá Kaufman, ou de « Charles Martel », comme il se faisait alors appeler. Tous les Baptista Soares da Silveira e Souza qui vinrent au monde par la suite descendaient de cette auguste lignée. Je sais l'amour de Leonor pour les livres, et je comprends à présent d'où elle le tient. Charlemagne introduisit dans le champ culturel des changements aussi profonds que ceux qu'il avait introduits dans le domaine de la stratégie militaire d'expansion. Sa vocation profonde était cet enseignement des textes sacrés qui fut décisif pour la réunification de cette Europe divisée depuis la chute de l'Empire romain d'occident, en 476. N'oubliez pas que c'est le vieux Martel qui fut l'instigateur des réalisations de son petit-fils dans le domaine des arts et des lettres. Charlemagne réforma totalement l'éducation européenne. Les écoles commencèrent à foisonner : on enseignait à la cour, dans les monastères, dans les évêchés, on enseignait la grammaire, la rhétorique, la dialectique, l'arithmétique, la géométrie et la musique... Leonor est sans aucun doute l'héritière de cet atavisme éducateur. Cette époque fut certes une période de grand épanouissement pour les arts et la culture : ne la nomme-t-on pas « renaissance carolingienne », ou parfois, en Bulgarie ou en Corée du Nord, « renaissance baptistique » ?

# Dimitri

Lors d'un dîner qui se tenait près la Société bulgaro-péruvienne de psychanalyse (qui associait expérience psychiatrique européenne et culture maya), et auquel Melina m'avait demandé de l'accompagner, Freud affirma qu'à ses yeux, trois œuvres littéraires illustrent les fondements du «complexe d'Œdipe». Vous l'avez sans doute deviné : il faisait référence à l'Œdipe Roi de Sophocle, à l'*Hamlet* de Shakespeare et, en hommage à la littérature russe, aux *Frères Karamazov* de Dostoïevski.

Je possède une version d'Œdipe Roi publiée par les éditions Clássicos Zahar, dans une traduction de Gama Cury. C'est une pièce que Sophocle a composée quatre cents ans notre ère. Elle constitue l'ouverture de sa première «Trilogie thébaine», qui inclut *Antigone* et Œdipe à Colone. Elle se fonde sur une prophétie touchant à la naissance d'Œdipe, roi de Thèbes, condamné pour avoir, sans le savoir, tué son père, le roi Laïos, et épousé sa propre mère. Jocaste était sa mère biologique, mais elle fut aussi son épouse. Freud s'appuya sur cette construction pour élaborer les fondements de son concept psychanalytique de «complexe d'Œdipe». Pour résumer, sa théorie veut que le petit garçon développe un sentiment amoureux possessif à l'endroit de sa mère et que cette relation, «mise en péril» par le père, provoque une haine refoulée du fils pour ce géniteur qui lui «dérobe» sa mère.

Œdipe signifie «pieds enflés» : ce nom est donné au protagoniste en raison du fait qu'il est demeuré pendu à un arbre par les pieds. La tragédie débute sur la naissance d'Œdipe, fils du roi Laïos de Thèbes et de sa femme Jocaste. Selon la légende, Laïos a été avisé par l'oracle de Delphes — celui de Melina — qu'une malédiction pesait sur sa famille. Son fils Œdipe le tuerait et épouserait Jocaste, sa propre mère. Choqué par cette révélation, Laïos décide de faire tuer Œdipe à sa naissance, de sorte que la prophétie ne se réalise point. Il ordonne à un serviteur d'emmener Œdipe sur le mont Cithéron, de lui percer les pieds pour le pendre à un arbre et de l'y abandonner jusqu'à ce que la mort advienne.

Or, l'enfant est sauvé par un pasteur puis adopté par Polybe, roi de Corinthe. Des années plus tard, Œdipe va consulter l'oracle de Delphes qui réitère la prophétie. Aussi s'exile-t-il loin de la ville. Au cours de ses pérégrinations, il rencontre un groupe d'hommes guidé par un vieillard avec lequel il se dispute et qu'il tue. Le vieillard n'était autre que Laïos, dont le jeune homme ignorait l'apparence. Ainsi se réalisa la première partie de la prophétie. Sur le chemin de Thèbes, Œdipe rencontre la Sphinge, qui lui demande de résoudre une énigme encore irrésolue. La Sphinge terrorisait les habitants de Thèbes, elle dévorait tous ceux qui n'apportaient point réponse à l'énigme ; la voici : « *quel est l'animal qui a quatre pattes le matin, deux à midi, et trois le soir ?* ».

Œdipe répond : « C'est l'homme : il se traîne à quatre pattes lorsqu'il est enfant, marche sur ses deux pieds lorsqu'il est adulte, et va avec une canne lorsqu'il est vieux ». Notre héros fut le seul qui sut donner la bonne réponse : il sauva ce faisant tous les citoyens de Thèbes. Un jour, Melina m'avait confié que cette histoire était inspirée d'un épisode qu'elle avait elle-même vécu : celui qui lui avait posé la fameuse question était un de ses amants, un sénateur grec dont elle se contenta de marmotter le nom (c'était quelque chose comme « Juremius Machadus Silvius »).

Œdipe fut révéré en héros : il avait percé à jour l'énigme cruelle. En récompense, il reçut de Créonte, le frère de la reine et le régent, le droit de se marier avec Jocaste, la veuve du roi Laïos, mystérieusement assassiné. C'est ainsi qu'il devint roi de Thèbes. Mais il avait épousé à son insu sa propre mère, réalisant ainsi la seconde partie de la terrible prophétie. Ensemble, ils eurent quatre enfants. Les années passèrent et une épidémie de peste dévasta Thèbes. Après avoir consulté un oracle, Créonte informa le roi que l'unique manière de sauver la ville consistait à retrouver l'assassin du roi Laïos et à le punir. Œdipe jura à ses sujets que le responsable serait puni. Tirésias, un devin aveugle, fut appelé pour aider à la découverte de l'assassin. Il révéla à Œdipe que l'assassin se trouvait plus près de lui qu'il ne l'imaginait.

Lorsqu'un messager lui apprit la mort de son père putatif Polybe, roi de Corinthe, Œdipe découvrit qu'il n'était pas son fils légitime, mais bien le fils de Laïos. Il se souvint alors de la prophétie et, désespéré, se creva les yeux. Apprenant la vérité, Jocaste, épouse et mère d'Œdipe, se donna la mort. Œdipe quitta Thèbes en maudissant ses fils et, tel un vagabond, il reprit son errance, accompagné de sa fille Antigone, qui veillait sur lui, bien qu'elle sût qu'il allait mourir dans les bois de Colone, lieu désormais sacré.

Je pense fondamental que vous lisiez cette œuvre magistrale : elle est en effet l'une des pièces les plus représentatives de l'esthétique tragique grecque. Pour Freud, la confrontation psychique du petit garçon avec son père dans le cadre de sa lutte pour une place aux côtés de sa mère fait partie du développement humain et elle se résout imperceptiblement chez la majorité des sujets. Mais quand tel n'est pas le cas, elle peut être cause de difficultés majeures à l'âge d'adulte.

Pour moi, nos sentiments les plus primitifs, la souffrance liée à la trahison, par exemple, peu d'auteurs les ont aussi bien exprimés que Shakespeare. Je vous suggère vivement de lire *Hamlet*. Cette œuvre me fut offerte enfant par mon professeur particulier d'anglais, un diplomate irlandais en poste à Porto Alegre nommé Imanol O'Tugny, qui, sa carrière achevée, s'y établit comme proxénète avant de disparaître corps et biens dans la montagne gaùcha de Valle Veneto où, éperdu d'amour, il avait rejoint Melina. *Hamlet*, composée à la fin du XVIe, est douée d'une fraîcheur immarcescible. C'est sans doute la pièce la plus représentée au monde, un classique universel. On dit qu'elle emprunte aux *Histoires Tragiques* de François de Belleforest, je ne sais si c'est vrai. D'autres affirment qu'elle fait fond sur *The Spanish Tragedie* de Thomas Kyd, composée des décennies avant *Hamlet*. Il plane sur ce texte et sur son auteur comme une aura de mystère.

En 1564, Leonor et moi, nous avons passé notre lune de miel à Stratford-upon-Avon, dans le comté de Warwick, en Angleterre, là même où est né William Shakespeare. Ce choix constituait un hommage. Shakespeare, dramaturge et poète, fut aussi l'auteur d'autres classiques, *Othello*, *Macbeth*, *Romeo et Juliette*, *Le Marchand de Venise*, *La Tempête*... C'est assurément un des plus grands dramaturges de tous les temps. Il était le fils de John Shakespeare et de Mary Arden, son père était un marchand de laine qui fut aussi maire de sa ville. Je veux signaler ici à titre de curiosité que sa femme s'appelait Anne Hathaway, comme l'actrice américaine qui gagna l'Oscar de la meilleure actrice dans un second rôle pour son interprétation de Fantine, dans le spectacle musical *Les Misérables* d'après Hugo. On dit que c'est en hommage à Shakespeare que ses parents lui avaient donné le nom de la femme du barde. Parvenu à ce point, je me sens contraint de vous révéler — j'y mets une bonne dose de vanité — que, selon les recherches réalisées par Akounine dans les registres de la doyenne des chapelles de Stratford, les Arden, des Anglais, étaient apparentés à une famille écossaise du nom de « Chwartzman ». Shakespeare et moi, mesdames et messieurs, nous sommes donc parents.

Mais revenons à *Hamlet*. Cette œuvre réinterprète un ancien mythe scandinave dans lequel un prince solitaire du Danemark abandonne ses études pour aller vivre à la cour après la mort de son père. Lorsqu'il découvre que ce dernier a été victime d'un complot ourdi par son oncle, il se sent obligé de venger la mort de son progéniteur, mais n'a pas la moindre vocation pour le crime. « Être ou ne pas être, c'est la question » est cité par le prince pour traduire son désespoir et ses doutes. La trame se déroule aux alentours du château d'Elseneur, au Danemark. Les gardes du château croient avoir vu le fantôme du roi Hamlet, récemment décédé. Ils avisent le prince Hamlet, le fils du roi, que le fantôme de son père rôde aux alentours.

Le jeune homme erre dans le parc en espérant y rencontrer son père. Et lorsque le mort lui apparaît, il lui révèle que, contrairement à la version officielle, il n'est pas mort du venin d'un serpent mais de celui que Claudius, son propre frère, lui a inoculé. Le prince est accablé. Son oncle en personne a versé le venin dans l'oreille du roi tandis qu'il dormait. La raison en est évidente : le prince est encore jeune, la mort du roi laisserait le champ libre à Claudius pour épouser la reine et pour s'asseoir sur le trône du Danemark. Le prince est horrifié par cette révélation et promet au fantôme de son père qu'il vengera sa mort.

Hamlet n'est pas d'une nature violente, mais la situation l'oblige à planifier la mort de son oncle. Se font alors jour les dilemmes moraux et éthiques qui caractérisent l'œuvre. On y le prince entrant en conflit avec soi-même, tout au long de la douloureuse élaboration de sa vengeance. Hamlet simule la folie et parvient à en convaincre toute la famille et jusqu'au bourreau, son oncle Claudius. Il trompe sa mère, la Reine Gertrude, sa fiancée Ophélie et se joue aussi de Polonius, le père de la jeune femme. Hamlet vit dans un deuil permanent de son père et sa folie prétendue finit par se confondre avec la réalité. Il doit pourtant modifier ses plans. Sans le vouloir, il tue Polonius qui l'épiait à la demande du roi. Laërte, le fils de Polonius, rentre au Danemark pour venger la mort de son père, évidemment encouragé par Claudius. Pour parfaire sa tragédie, Shakespeare fait se noyer Ophélie dans une rivière. Claudius donne à Laërte une épée empoisonnée afin qu'il tue Hamlet au cours d'une banale partie d'escrime. C'est inouï ce que ce récit peut nous enseigner, pas à pas, à travers cette lutte pleine de noblesse entre Hamlet et Laërte, jusqu'à ce point de l'action où ils échangent leurs armes et où l'épée empoisonnée blesse Laërte au lieu d'Hamlet. La reine meurt elle aussi en buvant accidentellement du vin empoisonné que Claudius, devenu le roi et son mari, avait préparé pour Hamlet.

Hamlet est blessé par Laërte mais il se reprend et le tue avec l'épée empoisonnée qui lui était destinée. Avant de mourir, Laërte révèle le piège ourdi par Claudius. Bien que blessé, Hamlet tue son oncle. Les trois personnages meurent mais avant de périr, Hamlet choisit le jeune Fortinbras comme futur roi du Danemark. Shakespeare manifeste tout son génie dans la célèbre phrase « il y a quelque chose de pourri au royaume du Danemark », qui renvoie aux conflits de pouvoir ancestraux qui minent la famille royale. C'est finalement le prince lui-même, qui n'a pas été élevé au sein de la violence, qui apprendra à exercer l'art de la vengeance avec une prudente mélancolie.

Des salves de canon sont tirées en hommage au prince Hamlet qui a su faire prévaloir la justice et préserver l'espérance en un avenir meilleur. L'œuvre nous montre que dans le cadre des rapports de pouvoir, les flatteurs prospèrent, qui s'évertuent à nous présenter ce que nous voulons voir, à offusquer nos défauts et nos vices, pour notre plus grand plaisir. Hamlet simule la folie et cette démence inventée nous enseigne à quel point il nous est difficile de prendre conscience que nous faisons partie du *Theatrum mundi*. Shakespeare nous montre la relativité du bonheur et nous fait réfléchir sur le fait que la limite entre le bien et le mal est extrêmement ténue. L'homme, en son état naturel, peut se révéler une créature particulièrement mortifère.

*Hamlet* nous montre combien il est difficile de demeurer moralement inattaquable, même quand on apprend que son oncle a tué son père pour se marier avec sa mère et ravir le trône. Tuer ou non son oncle, c'est-à-dire venger la mort de son père ou pardonner : quel plus profond dilemme ?

Les personnages de la pièce nous font courir des frissons dans l'échine : ne sont-ils pas des hommes comme nous, ces monstres ? Leurs modes de penser et d'agir balancent entre des extrêmes, de la largesse à l'égoïsme et à la férocité. Shakespeare veut rassurer son lecteur : justice sera faite. Après plusieurs morts nécessaires, son royaume se délivre de son tyran. Il y a de nombreuses similitudes entre les êtres du commun et ceux qui peuplent les œuvres du grand dramaturge anglais.

Puisque j'ai des liens de parenté avec William Shakespeare, je m'autorise à vous faire l'offrande de quelques commentaires d'ordre personnel bien sentis sur celui qui est sans aucun doute le plus grand dramaturge de langue anglaise. Il eut une enfance pleine d'émotions. Son père était un homme d'origine modeste, mais très entreprenant. Il s'enrichit et devint maire de Stratford-Upon-Avon. Enfant, Shakespeare l'accompagnait lorsqu'il se rendait solennellement de leur résidence à la mairie. Il fabriquait des gants de peau très fine, d'une élégance que reconnaissaient les grandes dames de Londres. On dit pourtant qu'il fut dénoncé pour avoir fraudé le fisc en dissimulant le produit de la vente d'étoffe : il fit faillite.

Bien qu'il eût perdu énormément d'argent, John Shakespeare conserva sa fameuse résidence de l'Henley Street. La famille vécut aussi les aléas de cette époque qui vit l'Angleterre passer du catholicisme au protestantisme. Certains historiens murmurent que les Shakespeare pratiquaient secrètement le catholicisme. John ne négligea jamais les études de son fils, qui fréquenta la meilleure école locale, école dans laquelle il put découvrir les grands auteurs et apprendre le grec et le latin. Shakespeare adorait Sénèque, Virgile et Ovide — surtout *Les Métamorphoses*. Il était fasciné par les *Chroniques de l'Angleterre, l'Écosse et l'Ir-*

*lande*, dont il s'inspira pour nombre de ses œuvres : *Le Roi Lear, Richard III, Henri VIII…*

Shakespeare partit vivre à Londres après avoir été très impressionné par les «Queen's Men», une troupe de théâtre qui se présenta à Stratford. On ne sait pas si ce fut sur leur conseil ou seul qu'il décida de tenter sa chance dans la capitale qui était déjà à l'époque une considérable métropole. Il se mit à partager la vie d'artistes, avec certains desquels il fonda le «Globe Theater», dans ce quartier bohème situé un peu en dehors de la ville, sur les bords de la Tamise. On y accédait en bateau ou en bac. C'est un peu l'équivalent de l'actuel Soho. Il devint alors un dramaturge célèbre, au point d'être invité à donner des représentations exclusives pour la reine. Sous le règne d'Elizabeth, sa compagnie théâtrale se nomme «Lord Chamberlain's Men» puis, à l'avènement de Jacques Ier, elle devient «The King's Men». C'était la compagnie anglaise la plus réputée de ce temps. Il est important de noter que ses œuvres, à l'instar de celles de Molière, subissent l'influence de sa fréquentation de ses royaux soutiens. Shakespeare s'enrichit grâce à ses œuvres et investit tous ses gains dans l'achat de terres de sa chère Stratford-Upon-Avon : ses biens atteignirent la superficie d'une ville. Après *La Tempête*, il mit fin à sa carrière, laissant un juteux héritage à sa famille et jusqu'à de l'argent pour les nécessiteux.

Selon moi, et ainsi que l'affirmaient nos parents communs, les souffrances provoquées par la peste qui ravagea Stratford-Upon-Avon marquèrent profondément la vie de notre auteur. Il perdit ses deux sœurs puis sa fille de onze ans : toutes moururent de la peste. La ville subit de plein fouet l'épidémie. Près d'un septième de la population périt à son acmé. C'est à cela, sans doute, qu'on doit le rejet perceptible du dramaturge à l'endroit des valeurs religieuses et de ces thaumaturges que la peste avait mis en échec. Pour lui, aucun doute : l'homme était le centre du monde. Comme les artistes de la Renaissance, Shakespeare s'attache à enrichir le plus possible sa typologie humaine et à explorer aussi profondément que possible l'intimité de ses congénères : leurs haines, leurs jalousies, leur cupidité… Dans son *Shakespeare : l'invention de l'être humain*, Harold Bloom montre à quel point le barde a contribué, d'enquête en enquête sur la condition humaine, à la création de l'humanité moderne. Après Shakespeare, l'homme est devenu le pivot de la création littéraire, il a pris la place de la religion et des divinités. Peu d'écrivains s'étaient avant lui livrés à une description aussi approfondie des types humains.

Quant au dernier roman de Dostoïevski, *Les Frères Karamazov*, c'est à mon avis le plus complexe. Sa qualité principale réside dans sa capacité à conjoindre des éléments distincts au sein d'un même contexte. Le livre examine les diverses facettes de la vie d'un homme. L'une d'elles est le libre arbitre. En l'absence de règles ou de lois morales, l'homme est livré à sa propre discrétion. Le roman conte l'histoire d'une famille en proie à d'infinies tensions émotionnelles. Le père, Fiodor Karamazov, est un homme sans vertu, égoïste, corrompu et immoral, qui n'a en tête que la satisfaction de ses instincts. Il se marie deux fois par intérêt avec des femmes pour qui il n'éprouve aucune forme de respect : il veut juste de gagner de l'argent pour attirer des femmes plus jeunes. Fiodor est le père de Dimitri, le fils qu'il a eu avec sa première épouse Adelaïde, une belle aristocrate. Dostoïevski s'interroge sur les raisons qui ont pu pousser une femme comme celle-là à choisir un homme comme Fiodor. Peut-être voyait-elle initialement en lui quelqu'un de plus complexe…

Très vite, cela dit, Adelaïde apprend à mieux connaître Fiodor et à le mépriser. À la naissance de Dimitri, elle s'enfuit avec un autre homme, abandonnant le fils à son géniteur. Fiodor se met à boire et à courir la gueuse avec l'argent de la dot. Peu de temps après, Adelaïde meurt. Dimitri est délaissé par son père et il sera élevé par Grigory, l'un des domestiques de la famille. Puis Pyotr Miusov, riche cousin d'Adelaïde, commence à lui venir en aide, mais il va très vite chercher à se débarrasser de lui, le confiant à d'autres membres de la famille vivant à Moscou.

Dimitri grandit solitaire. Fiodor se remarie avec Sofia Ivanovna avec qui il aura deux fils, Ivan et Alexis ou Aliocha, le cadet. Fiodor s'intéresse à Sofia pour sa beauté et son innocence et la soumet à de nombreuses humiliations. Elle succombe à une maladie nerveuse. C'est une ancienne tutrice qui va désormais s'occuper des enfants. Quand elle meurt, chacun d'entre eux reçoit mille roubles pour mener à bien ses études.

C'est une histoire absolument fascinante. Les frères Karamazov, Dimitri et ses demi-frères Ivan et Aliocha, sont des individus très dissemblables. Dimitri compte sur l'héritage qu'il recevra à sa majorité. Il n'achève pas ses études et s'engage dans l'armée. Il mène une vie dissolue, entre boisson et dépenses inconsidérées. Sa majorité venue, il retourne chez son père pour exiger son héritage. Mais son père le dupe, ne lui envoyant que de petites parcelles et le laissant sans ressources. Ivan est un personnage tout à fait passionnant. C'est un brillant élève, un élève d'une grande intelligence. Il est cartésien et doute de l'existence de Dieu et de l'immortalité de l'âme. Il rejette Dieu et la notion de bien et de mal : pour lui, « si Dieu n'existe pas, tout est permis ». Aliocha, le plus jeune, est au contraire gentil et conciliant, il croit en Dieu et en l'humanité. À vingt ans, il commence à se consacrer à la vie spirituelle. Il connaît le prix du péché et croit dans le pardon universel. Il devient disciple de Zosime, un moine qui l'incite à transmettre ce message d'espérance aux jeunes étudiants de la ville qui l'adorent.

Cette structure familiale complexe comprend un autre membre, Smerdiakov, un domestique qui ne porte pas le nom de la famille mais qui est le bâtard de Fiodor et d'une innocente du village qu'il a violée. Smerdiakov est épileptique, il est décrit comme un personnage repoussant. Il a été élevé par un domestique de la maison, mais Fiodor ne l'a jamais reconnu comme son fils. Il est très influencé par Ivan. Le conflit de Dimitri avec son père commence lorsque qu'il réclame cet héritage que son père refuse de lui concéder. Fiodor se sert de cet argent pour séduire Grushenka, une femme dont et le père et son fils sont très amoureux, quoique Fiodor soit fiancé d'une autre femme, Katerina Ivanovna.

Ivan aussi aime Katerina et il aimerait au fond que son frère tuât son père afin de l'épouser. Aliocha tente de résoudre le conflit, mais il doit retourner au monastère. L'inévitable se produit : Fiodor est assassiné et les soupçons se tournent vers Dimitri. Ivan rencontre Smierdiakóv, qui confesse avoir assassiné Fiodor et volé son argent. Il dit que c'est à cause d'Ivan : dans un monde sans Dieu, tout est permis. Ivan a une hallucination dans laquelle il est visité par le diable qui le tourmente, daubant sur ses croyances. Dimitri est jugé pour l'assassinat de son père par des gens haineux et vindicatifs.

Les femmes semblent attirées par le triangle amoureux composé par Dimitri, Katerina et Gruchenka. Ivan sombre dans la folie. Katerina l'incrimine. On déclare Dimitri coupable. Mais le doute demeure, puisque tous sont libres de croire ou non en Dieu ou au bien et au mal. Un poème d'Ivan intitulé «Le grand Inquisiteur» est au centre d'un chapitre de l'œuvre. Ce chapitre mérite qu'on lui applique une réflexion profonde. Si Ivan croit bien en ce qu'il dit à propos de la vanité du sens des responsabilités, il ne doit pas se sentir coupable de la mort de ce père qu'il détestait : quid alors du pauvre Dimitri ?

*Les Frères Karamazov* met en scène des personnages qui ont adopté des points de vue différents sur le monde. La peinture de la complexité infinie des relations humaines est le point fort de l'œuvre. Personne n'y est digne de confiance. J'irai même bien plus loin : je dirai de l'œuvre qu'elle laisse entendre que Dieu peut être un miroir aux alouettes créé par l'homme pour s'assurer le contrôle de ses semblables, comme l'écrivait Freud dans *Totem et tabou*.

Les analyses réalisées par le couple de chercheurs Jobinovich à l'aide d'acide nucléique extrait des cheveux du grand auteur russe furent très significatives. Elles révélèrent une totale compatibilité entre les gènes de Dostoïevski et les échantillons extraits de la pulpe d'une canine de mon arrière-grand-mère, dont les ossements avaient été exhumés dans un cimetière situé près de Vilnius, en Lituanie. Ils étaient aussi compatibles avec ceux de Max et le cheveu de Monsieur Gutterrez. Dostoïevski, Gutterrez, Max et moi, nous étions donc membres de la même famille. De plus, les analyses indiquaient qu'à travers les chromosomes Y de la lignée paternelle, nous avions aussi des liens de parenté avec Abraham Lincoln et le pharaon Thoutmosis III d'Égypte, fils de Thoutmosis II et gendre de Hatshepsout. C'est ce Thoutmosis III qui imposa l'hégémonie égyptienne au Moyen-Orient. Ses pieds, comme ceux des deux nains et de Melina, présentaient, soit dit en passant, une polydactylie.

Parler de Dostoïevski, de la Russie, de batailles, et ne pas évoquer la plus cruelle de toutes celles qui eurent lieu durant la Seconde Guerre mondiale serait une faute impardonnable. Je ne puis manquer de parler ici de la bataille de Stalingrad. La France était occupée. Les Allemands progressèrent et s'en prirent à la Grande-Bretagne. Mais je veux décrire ici la débâcle subie par les nazis en Union soviétique. Ils entretenaient leur vieux rêve délirant de dominer l'Europe orientale, où se trouvait un immense empire, richissime de matières premières. Ils considéraient les peuples slaves comme des « inférieurs », comme des agrégats d'« *untermenschen* », comme le disait Hitler. En sus, l'idéologie communiste était frontalement opposée à l'idéal nazi. Avec l'invasion du territoire soviétique par les Allemands,

Staline n'avait pas d'autre option que de se joindre aux alliés pour gagner la guerre. Ce rapprochement inattendu fut fondamental pour la défaite des nazis. Comme d'autres l'avaient jadis appris, tel mon parent éloigné, le grand Napoléon Bonaparte, Hitler savait que vaincre les Russes sur leur propre territoire était une prouesse dont l'histoire n'avait encore jamais été le témoin.

La cause principale de la victoire des Soviétiques lors de la bataille de Stalingrad fut le rigoureux hiver russe, prétend-on, mais ce n'est pas totalement vrai. Certes, le général Hiver pointa bien son nez, handicapant considérablement les Allemands, mais la glorieuse résistance des soviétiques au cours des combats incessants qui firent rage au milieu des décombres de la ville, fut également déterminante. La quasi-impossibilité du ravitaillement des troupes allemandes fut un autre facteur décisif : en effet, alors que pour nourrir les troupes il aurait fallu acheminer près de huit cents tonnes de vivres par jour, les avions n'en pouvaient livrer que dix à quinze tonnes. Ajoutons à cela l'encerclement des troupes nazies par l'infanterie russe et l'intervention de la force aérienne à l'arrière-garde. Le piège s'était refermé : les trois cent mille soldats allemands étaient acculés par les Russes. Lorsque le stock de viande de bœuf des nazis fut épuisé, les soldats commencèrent à abattre les chevaux ; enfin les troupes succombèrent à l'inanition. De nombreux soldats moururent gelés : pour se convaincre de la dureté de la situation, il n'est que d'observer l'aspect squelettique du maréchal von Paulus lors de la signature de la capitulation.

La bataille terminée, lorsque la grande armée allemande qui luttait à Stalingrad se retira, seuls cinq mille hommes étaient encore vivants. Lors de la période qui suivit, l'Allemagne céda beaucoup de terrain en Europe occidentale. C'est aussi l'entrée en guerre des Américains qui, depuis le début de la guerre, apportaient leur appui aux alliés en leur fournissant de l'équipement lourd, qui fit pencher la balance en leur faveur.

Juste une incise, je vous prie : Akounine put aussi attester que j'avais des liens de parenté avec le général japonais Tomoyuki Yamashita, conquérant de la Malaisie et de Singapour. On surnommait cette sommité de l'armée impériale «le tigre de la Malaisie». Selon mon Russe, Yamashita était le fils du médecin Toshiro Chuatimu, qui vivait dans l'île de Shikoku et était un cousin éloigné de mon grand-père. D'après Akounine, certains fabricants de yakitoris sont des membres de notre famille qui émigrèrent au Japon vers le milieu du XIXe siècle. Akounine identifia une branche importante de notre famille dans les régions de Tokyo et d'Osaka. L'idée du «shinkansen», ce train à grande vitesse qui effectue le trajet entre les deux villes en à peine trois heures, fut d'un de mes cousins. Mais revenons à mon parent, le général Yamashita : il fut condamné pour les atrocités qu'il avait commises durant la guerre et pendu. Vous comprendrez, partant, que je ne souhaite pas m'appesantir en public sur ce lien de parenté.

## Agnès

Mais parlons tout de même un peu de mon parent Yamashita. Les Japonais envahirent la Chine et s'imposèrent comme une grande puissance en Asie, mettant en péril la stabilité de la région. En représailles, les Américains interrompirent la vente de pétrole au Japon, qui représentait 8 % de la demande générale. Comme je l'ai déjà indiqué, les Américains ne s'attendaient pas à l'attaque de Pearl Harbour, qui eut lieu un dimanche matin avant 8 heures, le 7 septembre 1941, et dont le prix fut la destruction de la flotte du Pacifique. Comme le Japon avait déclaré apporter son appui aux puissances de l'Axe en s'alliant à l'Allemagne et à l'Italie, les États-Unis se virent dans l'obligation d'entrer en guerre.

Pour le Premier ministre britannique Winston Churchill, un autre de mes parents éloignés, cet événement changea le dénouement de la guerre. Les États-Unis commencèrent à affronter les Japonais dans le Pacifique et entrèrent en même temps corps et âme dans le conflit européen. Avec l'appui des Américains, des alliés de l'Europe occidentale et l'avance soviétique venue de l'est, les nazis perdirent du terrain. Le débarquement des troupes alliées sur les plages de Normandie, le fameux « Jour J » fut déterminant pour la défaite de l'armée nazie.

J'eus un nouveau délire : je vis Satan, cet ange du mal qui lutte contre Dieu pour la domination du ciel et dont le nom signifie « l'adversaire », « l'accusateur » ou le « tentateur », en hébreu. Mais je dois revenir à la Seconde Guerre et au « Jour J » dont Melina me fournit tous les détails, non sans m'avoir préalablement révélé une information explosive au sujet de notre dévouée mère Teresa de Calcutta. Melina l'avait incorporée : elle était vêtue d'une blouse d'une grande simplicité — à mon avis un peu transparente pour une religieuse — et affirmait être la religieuse qui aida la Croix rouge à soigner des blessés au cours de la Seconde Guerre mondiale. Melina était bel et bien devenue mère Teresa, celle qui était entrée dans une congrégation religieuse où l'on pratiquait le jeûne, la méditation et les dialogues atemporels.

Elle me raconta en détail ce qui s'était passé le 6 juin 1944, ce débarquement qui marqua le début de la libération de la France sous domination nazie. Un front occidental se mit en branle, qui causa d'énormes dégâts au sein de l'armée allemande déjà engagée dans d'intenses combats contre les Soviétiques sur le front de l'est et en Italie. L'opération fut rendue possible par l'alliance du Royaume-Uni, des États-Unis et, dans une moindre mesure, du Canada. Près de cinquante mille hommes furent mobilisés et transportés par mer dans cinq mille trois cents embarcations, avec l'appui de mille deux cents tanks et douze mille avions. Dans certaines régions de Normandie, les hommes furent parachutés pour ne pas devenir les cibles faciles des forces nazies postées sur les plages.

Melina, qui allait incorporer deux semaines durant l'esprit de celle qui serait connue comme mère Teresa de Calcutta et qui mourut en 1997, avait des informations inouïes à me fournir. Cette femme était une missionnaire catholique originaire de Macédoine. Elle fut, des années après le conflit mondial, renommée pour son dévouement auprès des pauvres du tiers-monde. Mère Teresa, adombrée par Melina, me raconta qu'elle était entrée à dix-huit ans à la sainte maison de Lorette, et qu'elle avait fondé juste après une congrégation appelée « Les Missionnaires de la Charité ». En 1979, elle reçut le prix Nobel de la Paix, fut béatifiée en 2003 et canonisée en 2016 par l'Église catholique.

Son vrai nom était Anjeze Gonxhe Bojaxhiu — ou Agnès Gonxhe Bojaxhiu —, elle était originaire de Skopje, en Macédoine. Ses parents étaient albanais. Selon Melina, les Bojaxhiu étaient de la même lignée que les Zvarzman de cette région, mes parents éloignés. Agnès fut élevée dans l'actuelle Croatie, puis fut missionnaire à Darjeeling. Cela fit suite à une grande déception amoureuse. Son mariage avec le leader spirituel arménien Rogerius Gastaliar Chavyerian était programmé, mais l'homme disparut la veille des noces et ne réapparut jamais plus. On dit qu'il devint médecin et poète et vécut à Pelotas, localité du sud du Brésil. Agnès décida aussitôt, en 1931, de prononcer ses vœux de pauvreté, de chasteté et d'obéissance, et prit le nom de mère Teresa. De Darjeeling à Calcutta, il n'y eut qu'un pas. À Patna, elle suivit une brève formation d'infirmière et prit la nationalité indienne. Elle commença à donner des cours à des enfants déshérités et ce projet caritatif prit vite un tour extraordinaire. Elle abandonna les rites de la congrégation de Lorette et commença à porter un sari blanc bordé de bleu et une petite croix sur son épaule. Je trouvais cette histoire fabuleuse. Enfant, j'avais vaguement entendu parler de nos parents de Macédoine, mais qui ne se serait ému en apprenant qu'il était apparenté à mère Teresa ? Melina poursuivait : après la confirmation de la suprématie de l'armée rouge sur le front russe, on commença à envisager la défaite des nazis. L'affaiblissement des Allemands se confirma lorsqu'ils furent expulsés d'Afrique du Nord et que les alliés débarquèrent en Italie.

J'interrompis brusquement son récit de Melina : j'étais submergé par un de mes délires. Cette fois, je ne vis aucun démon, tout au contraire : mon corps avait pris la forme de celui de Léon Tolstoï. Les scènes que je vécus alors en songe étaient issues de l'invasion par Napoléon Bonaparte de la Russie, en 1812. Melina m'assura que je devais tirer parti de cette opportunité et jouir des surprises qu'offre l'expérience littéraire. J'étais littéralement immergé dans *Guerre et paix*, j'y étais un membre de la cour. La haute société russe, ses fêtes fastueuses contrastant avec la misère du petit peuple des rues m'apparaissait avec une netteté sidérante.

L'aristocratie m'apparaissait clairement divisée entre horreur, fantasmes napoléoniens et religion. J'assistais à des mouvements politiques, à des intrigues de cour, à des mariages arrangés et à des romances secrètes. Je voyais la guerre du dedans, à travers le regard des plus hauts dirigeants russes, dont la foi en Dieu et en le Tsar était irrévocable. Je fus Piotr Bezukhov, je reçus un immense héritage et pus jouir alors des grandes fêtes de la cour à Moscou et à Saint-Pétersbourg.

Napoléon avait envahi Moscou et moi, Piotr, je fus fait prisonnier. Lorsque je recouvrai la liberté, je pris conscience que tout à la cour était vide, comme en un «temps retrouvé» proustien. Je compris le sens de la vie en reprenant ma routine quotidienne aux côtés de Natasha Rostov, mon aimée. Mais je coudoyai aussi Andrei Bolkonski, le fils d'un prince au passé militaire glorieux. Lorsque la Russie fut envahie, il voulut lutter pour la patrie et pour le Tsar, mais fut blessé et mourut dans les bras de sa sœur Maria et de son ex-femme, ma bien-aimée Natasha Rostov. Quelle merveille de pouvoir vivre un roman de l'intérieur! C'est ce qui m'arriva avec *Guerre et paix*.

Cette œuvre met au jour le fait qu'en temps de guerre ou en temps de paix, les gens sont toujours mus par les mêmes sentiments et que les intérêts personnels et financiers supplantent toujours l'amour et le bonheur. Quand je m'éveillai, il me parut clair que Tolstoï voulait me faire penser la question des valeurs les plus élevées de l'existence humaine. S'il est un cadeau que je n'oublierai jamais et pour lequel je serais éternellement reconnaissant à Monsieur Aleksander Akounine, c'est cette copie de la correspondance entre Tolstoï et Gandhi qu'il m'offrit un jour. L'écrivain russe s'intéressait beaucoup à l'Inde et fut l'un des penseurs occidentaux qui contribuèrent à «la théorie de la non-violence». L'Indien Tarak Nath Das, mort en 1958, fut d'abord opposé à ce principe : il désirait libérer l'Inde des

Anglais par la force. Mais son commerce avec Gandhi le fit totalement changer de point de vue.

En 1908, Das, alors éditeur de la revue révolutionnaire *The Free Hindustan*, écrivit à Tolstoï au sujet des injustices imposées par l'Angleterre à des millions d'Indiens. Selon lui, seul un mouvement militaire pourrait un jour affranchir son pays. Tolstoï lui répondit dans la fameuse *Lettre à un hindou*, véritable traité de non-violence. Tolstoï y parlait de l'amour et de l'ancienne sagesse indienne, tout à l'idée que les erreurs de l'occident ne devaient point se rééditer. Il citait le livre sacré des Vedas, il évoquait Krishna. Gandhi avait lu une bonne partie de l'œuvre de Tolstoï et, après avoir eu entre les mains sa *Lettre* dans une traduction de Tchekhov, il lui écrivit, lui demandant l'autorisation d'en imprimer vingt mille copies dans son journal *Indian Opinion*.

Nous étions en 1910, peu de temps avant la mort de Tolstoï. Gandhi lui relata ce qui se passait en Afrique du Sud et lui fit part de ses idées de résistance passive. Tolstoï et Gandhi échangèrent ainsi une intense correspondance qui ne s'interrompit qu'au décès de l'écrivain. Akounine réunit à mon intention quatre de ces lettres : la première datait d'octobre 1909, la seconde du mois de novembre de cette même année, la troisième d'avril et la dernière d'août 1910. Dans l'une d'elles, Tolstoï écrivait : « ... j'ai mal dormi. Je me suis promené. J'ai écrit une lettre à l'hindou du Transvaal... ». Gandhi répondit : « ... Je vous conjure de me donner votre opinion sur le concept de moralité... ». Ils discutaient de l'importance pour les Indiens de la foi en la réincarnation et en l'éternité qui donnent accès au bonheur. Ces documents, témoins des échanges entre ces deux géants, furent sans doute les plus beaux cadeaux que j'eusse reçus de ma vie. Et que dire de ce moment bouleversant où Akounine m'apporta des documents témoignant de l'enfance de Gandhi ?

Gandhi naquit en 1869 et mourut assassiné en 1948. Il fut le leader non-violent de la lutte contre les impérialistes anglais. Il fut la figure principale de ce mouvement d'indépendance indien contre la domination britannique qui triompha en 1947. Akounine me présenta des clichés réalisés par les parents de mon grand-père paternel qui, au début du XIXe siècle, s'était consacré au commerce international des épices. Les photographies avaient été prises à Porbandar et l'on pouvait y voir l'un de mes oncles, Zalman Schwartzman en compagnie d'une famille de négociants locaux membres de la caste des « vaishya ». Ces Indiens étaient élevés selon les préceptes du dieu Vishnu, divinité de la non-violence. Le détective russe avait découvert que cet oncle de mon grand-père Zalman s'était épris des jeunes filles de la famille de Karamchand Gandhi.

Notre leader pacifiste était né lui aussi à Porbandar et il descendait de cette famille : j'étais donc assurément apparenté au grand Gandhi. Mon parent se maria à treize ans par convenance puis alla étudier le droit à Londres et revint en Inde en 1891. Deux ans plus tard, en 1893, il partit vivre en Afrique du Sud, alors colonie britannique.

Après l'indépendance, Gandhi tenta en vain de conjurer les affrontements entre hindous et les musulmans. Le gouvernement décida de diviser l'Inde en deux nations, l'Inde à majorité hindoue et le Pakistan à majorité musulmane. Gandhi fut tué par balles par un hindou de New Delhi. Ses cendres furent jetées dans les eaux du Gange, le fleuve sacré des hindous. La découverte de mes liens de parenté avec Gandhi a sans aucun doute transformé ma vie pour toujours. Le « Mahatma » de « Mahatma Gandhi » signifie « grande âme » : les positions de Gandhi concernant la non-violence, la discipline qu'il s'imposait pour la libération de son âme, à travers méditation, jeûne et prière, est aujourd'hui adoptée par des millions de gens de par le monde.

Mais revenons un peu à la Seconde Guerre mondiale : Hitler fut obligé d'affaiblir ses positions en Union Soviétique pour éviter une défaite en Italie qui aurait pu avoir pour conséquence l'invasion de l'Allemagne. Les nazis subissaient la pression de l'URSS à l'est, celle des Britanniques au sud et celle des Américains en Italie. La défaite nazie sur les côtes françaises allait leur porter le coup de grâce. Hitler espérait une attaque par la Normandie, mais n'en savait pas la date : il comptait sur l'efficacité de son « mur de l'Atlantique », cette ligne de défense allemande qui s'étendait tout au long du littoral.

Le débarquement commença le soir du 5 juin 1944 avec l'appui de parachutistes qui sautaient par toute la région. Le climat affecta un peu sa précision. De nombreux soldats furent abattus par les Allemands ou moururent noyés dans les régions marécageuses. Un mouvement de diversion fut aussi lancé en direction du Pas-de-Calais pour dérouter l'attention des nazis de la Normandie, point central de l'invasion, on fit même à cette occasion rouler de faux tanks, des jouets d'enfant gonflables qui imitaient les vrais engins. On y employa de faux parachutistes, des poupées gonflables qui descendaient du ciel et qui, de loin, paraissaient des êtres humains. Le jour J, les alliés conquirent les plages de Normandie. Des cinq sources de débarquement, deux étaient américaines, deux anglaises et une canadienne. Les combats engagés sur les plages furent cruels, mais le pire allait se dérouler plus tard, quand survint la réaction inattendue et extrêmement violente des nazis dans les terres.

Alors qu'ils semblaient presque vaincus, les Allemands réagirent magistralement en concentrant une grande quantité de troupes, de tanks issus des divisions Panzer et d'avions de combat. Ils surprirent les alliés et provoquèrent de nombreuses pertes pendant les combats terrestres. L'idée d'Hitler était de prendre le contrôle du port d'Anvers et de l'utiliser comme point de ravitaillement et de logistique. Mais la victoire des

Alliés ne laissa pas d'être au final assurée sur le front ouest grâce au débarquement en Normandie et sur le front est grâce à l'action des soviétiques.

Je cesse un instant ici de parler Histoire pour vous raconter une visite de Melina à mon domicile. Elle vint accompagnée d'un esprit se disant celui de Mata Hari, une espionne exécutée à Vincennes en 1917. Je détaillerai plus avant l'itinéraire de cette femme. L'esprit avait un magnifique timbre de voix et ses descriptions historiques me semblaient bien plus fines que celles que l'on rencontrait dans tels textes réputés. Prenant la voix de la fameuse espionne, il me donna des détails sur les vraies raisons pour lesquelles les soldats nazis s'étaient montrés si opiniâtres. Un élément qui fit une grande différence entre les parties prenantes : un médicament nommé « pervitine ».

Melina interrompit notre causerie : elle avait déjà testé des comprimés de ce produit, des décennies avant sa synthèse, un soir où elle était en compagnie de Rudolph Valentino. Ce dernier mourut à New York en 1926. Sa mort à vingt et quelques années provoqua chez ses jeunes admiratrices une hystérie qui allait parfois jusqu'au suicide. Melina m'avoua qu'elle s'était suicidée deux fois. L'acteur fut l'époux de deux femmes connues pour leur homosexualité, Jean Acker, avec qui il ne consomma pas le mariage (elle se serait dédite pendant la lune de miel), et Natacha Rambova, qu'il épousa avant même d'avoir divorcé d'Acker, ce qui lui valut un procès pour bigamie. Rudolph mourut célibataire, mais il eut une liaison avec Pola Negri, une actrice polonaise que Melina détestait. Fait intéressant, on disait que son esprit hantait le cimetière et qu'une dame vêtue de noir errait autour de sa tombe. De nombreuses femmes vêtues de noir et couvertes de longs voiles apparurent dans le cimetière où il reposait au long des années.

Melina confessa qu'elle était l'une d'elles et qu'elle s'y rendait toujours porteuse d'une rose rouge. Marion Benda, une jeune danseuse du Ziegfeld Follies, fut également la maîtresse de l'acteur, puis elle se maria avec Zeppo, l'un des Marx Brothers. Plus tard, on dit que la pianiste Florence Harrison avait été elle aussi la maîtresse de Valentino. Anna Maria Carrascosa en fut une autre. Elle l'avait connu à treize ans dans un restaurant où il lui avait baisé la main. Après sa mort, il ne se passa pas un jour sans qu'elle se rendît sur sa tombe mais un jour, elle mourut renversée par une voiture.

Revenons-en à l'esprit de Mata Hari : il continua à me parler de l'effet de la pervitine consommée à haute dose. La « discipline » notoire des soldats allemands durant la Seconde Guerre mondiale n'était pas seulement le fait de l'idéalisme et de la résistance physique, c'était aussi celui de l'usage excessif de drogues qui amélioraient leur potentiel physique et mental, telle la pertivine. Les nazis avaient fait des recherches sur l'effet des amphétamines sur l'efficacité des soldats et avaient observé que sous stress, ils étaient bien plus efficaces quand on leur administrait des composés chimiques. Sous l'effet de la pervitine, ils pouvaient être employés au-delà des limites naturelles d'un être humain normalement constitué : ils pouvaient être placés en état de combattre deux ou trois jours durant sans dormir, avec une énergie nonpareille, presque à l'instar d'automates.

La vérité est que les pilules amphétaminiques furent utilisées des deux côtés. Les Britanniques utilisaient la benzédrine pour rester vigilants là où les troupes allemandes, une fois encore, étaient galvanisées grâce à la pervitine qui leur était administrée à doses massives. Ces substances chimiques maintenaient les troupes en état d'alerte, les soldats éprouvaient une sensation d'euphorie et avaient moins d'appétit, ce qui est important en contexte de combat.

Melina confia qu'à l'occasion d'une de ces nuits de délire où elle avait mélangeait cannabis, alcool et pervitine, elle avait subi les assauts sexuels conjoins de Pablo Neruda, Piotr Tchaïkovski,

Igor Stravinsky et même du violoniste Itzhak Perlman, en chaise roulante. Elle insistait pesamment sur le fait qu'ils avaient tous des liens de parenté avec moi, ou en tout cas que leurs organes génitaux à tous ressemblaient fort aux miens. Melina et moi, nous rîmes beaucoup de sa petite plaisanterie. Melina prétendit aussi avoir entretenu une relation amoureuse de quelque vingt ans avec Attila, le roi des Huns, au Vème siècle, quand ce grand conquérant menait les attaques du peuple issu de Mongolie contre l'Empire romain. Attila avait en effet terrorisé une partie de l'Europe et de l'Asie avec ses chevaux, ses arcs et ses flèches. En 453 après Jésus-Christ, au cours de la préparation d'une attaque contre l'Empire romain d'Orient, Attila mourut à moins de soixante ans, de mort naturelle semble-t-il, dans les bras de ma Melina.

Sa causerie sur l'usage de la pervitine par les soldats nazis achevée, Melina disparut avec l'esprit de Mata Hari. Le jour s'était levé et Akounine m'avait donné rendez-vous dans une bibliothèque très singulière. Il me rappela la phrase d'Albert Einstein : « lorsqu'on visite une ville, l'unique chose que l'on doit savoir, c'est où se trouve la bibliothèque ».

Le Russe suggéra que notre rencontre eût lieu à la Bibliothèque municipale de Stuttgart, construite en 2011, un immense cube de huit étages dont les murs extérieurs sont édifiés en pavés de verre légèrement grisés. L'intérieur en est totalement blanc et les livres bondent les parois de cinq étages d'un lumineux espace vide. Lorsque la nuit tombe, la bibliothèque s'irise de diverses couleurs. Je proposai pour lieu de rencontre alternatif la Bibliothèque Anna Amalia de Weimar, un petit bijou qui compte dans son fonds des cartes, des partitions et des registres ancestraux. Elle tient son nom de la duchesse Anna Amalia qui, en 1766, décida que la bibliothèque de la cour d'Allemagne fût transférée dans un immeuble de style rococo. L'édifice est classé au patrimoine de l'humanité. En 2004, il a subi de considérables dommages du fait d'un incendie qui a détruit une partie de la précieuse collection, mais une importante restauration s'y est opérée ces dernières années. Je me souvins aussi en ces instants de la bibliothèque du duc Auguste, sise à Wolfenbüttel, qui est une des plus anciennes du monde et compte parmi les bibliothèques qui ont su conserver intactes leurs collections jusqu'à nos jours. Elle devint une des meilleures bibliothèques européennes de son temps grâce au duc Auguste, grand bibliophile des XVIe et XVIIe siècles. De nombreux intellectuels tiraient profit des collections de cette bibliothèque pour y faire des recherches, en particulier en ce qui regarde la littérature médiévale. Akounine, pour sa part, mentionna la Bibliothèque Foster, avec sa forme de crâne, celle que les Berlinois nomment fort à propos « le cerveau ». Elle réunit les collections des bibliothèques des départements de philosophie et de littérature grecque et latine de l'Université libre de Berlin. Son architecture est également remarquable. Elle fut inaugurée en 2005. Son projet est l'œuvre de l'architecte britannique Norman Foster.

Akounine et moi, nous nous retrouvâmes finalement à la Bibliothèque des sciences d'Oberlausitz, implantée à Görlitz, tout près de la frontière avec la Pologne, l'une des plus belles d'Allemagne. Cette bibliothèque date de 1806. C'est l'un des exemples les plus typiques de bibliothèque classique. Elle possède plus de cent quarante mille ouvrages consacrés à l'Histoire de la région qui s'étend entre Dresde et Wroclaw. C'est là que nous nous rendîmes.

Mais le souvenir me vint toutefois aussi du Centre Jacob et Wilhelm Grimm, un département de l'Université Humboldt de Berlin. Lorsqu'il fut construit, en 2009, il abritait la bibliothèque et les services d'informatique et de communication de l'université. Sa salle de lecture se trouve au centre de l'édifice, elle donne au visiteur la sensation de lire à ciel ouvert. Akounine voulait toujours avoir le dernier mot lorsque nos discussions couraient sur les bibliothèques. Il dit sentencieusement que nous avions omis la Bibliothèque de l'État de Bavière et ses fonds colligés depuis le XVIe siècle. Entre 1832 et 1843, sa collection fut transférée dans l'immeuble où elle se trouve actuellement, immeuble qui fut partiellement détruit durant la Seconde Guerre mondiale et dont la restauration, entamée en 1946, s'est achevée en 1970. L'institution accueille une collection de plus de dix mille volumes, elle s'appelait jadis «Bibliothèque Regia Monacensis».

Je défiai Akounine à la fin de notre conversation sur les bibliothèques allemandes : connaissait-il la salle de lecture Kolumba, à Cologne ? C'est un espace propice à la contemplation, aux murs recouverts de bois nervuré, et qui offre au regard une vue parfaitement éblouissante. Cette bibliothèque abrite des catalogues d'expositions, des monographies et une collection de romans, de livres d'art et d'ouvrages pour enfants triés sur le volet par ses employés. Comme je l'ai déjà mentionné, nous choisîmes, d'un commun accord, la Bibliothèque des sciences d'Oberlausitz, la plus belle, qui est située à Görlitz, près de la frontière avec la Pologne. Mais l'heure était arrivée de reparler de Staline.

# Castorp

Il m'est tout à fait impossible, vous le comprendrez, de parler de Max et de Trotski sans mentionner le plus grand assassin de masse de l'histoire russe : Staline. Le monstre fut littéralement obsédé par la geste de l'exil de son rival Trotski. Selon de nombreux historiens, la machine criminelle destinée par Staline à l'élimination de ses ennemis politiques n'avait jamais connu de précédent historique. *L'Archipel du Goulag*, le chef-d'œuvre d'Alexandre Soljenitsyne — prix Nobel de Littérature en 1970 et mort en 2008 — écrit clandestinement, relate les massacres d'hommes et de femmes perpétrés par Staline dans les nombreuses prisons du pays.

L'ouvrage contient le témoignage de plus de deux cents survivants des goulags, ces camps de prisonniers dont l'économie reposait sur le travail forcé. Soljenitsyne tenait le totalitarisme soviétique pour un entreprise d'anéantissement des libertés individuelles. Cette conviction conduisit à son expulsion du pays et à la perte de sa nationalité en 1974. L'écrivain se cacha en Estonie, où il écrivit la plus grande partie de son œuvre.

Il acheva son manuscrit en 1968, dans une datcha des environs de Moscou où il vivait clandestinement : il en fit un microfilm. Il en remit une copie à une amie française qui l'emporta de l'autre côté du rideau de fer. La première édition de L'Archipel du Goulag fut publiée à Paris en 1973, année où le manuscrit fut découvert par le KGB. Soljenitsyne fut arrêté pour haute trahison et sa citoyenneté russe lui fut retirée. Il fut contraint de quitter le pays. Son livre fut traduit dans le monde entier et vendu à des millions d'exemplaires. Les trois volumes de l'œuvre furent réduits à un seul, qui en préservait la structure originale, afin de ne pas rebuter le lecteur.

Alexandre Soljenitsyne est né en 1918 à Kislovodsk, à la frontière avec la Géorgie. Sa mère était ukrainienne et son père un riche agriculteur et officier de l'Armée impériale russe. Dès son plus jeune âge, il entretint une relation orageuse avec les bolchéviques. Il admirait Lénine, mais n'avait pas les mêmes sentiments à l'endroit de Staline, avec lequel il rompit définitivement à l'époque de la Seconde Guerre mondiale. En 1945, déçu par la ligne suivie par l'Union Soviétique de Staline, il écrivit à un ami une lettre où il le critiquait le maître du Kremlin, le qualifiant péjorativement de « grand patron ». La correspondance fut interceptée et Soljenitsyne fut condamné à huit ans de prison. Des années plus tard, en 1962, il publia *Une journée de la vie d'Ivan Denissovitch*, œuvre dans laquelle il décrit sa vie de maçon et d'ouvrier d'usine dans un goulag de Staline. Le livre secoua l'Union Soviétique et fit de lui une icône de la littérature poststalinienne.

Après la publication de son premier livre, de nombreux anciens prisonniers des goulags cherchèrent à entrer en contact avec lui pour échanger leur expérience au sein de ce singulier système pénitentiaire : il en tira une « enquête artistique », *L'Archipel du Goulag*. Il ne s'agit là pas seulement d'un récit historique, mais aussi d'un traité politico-philosophique. Dans ce livre, les personnages ont de la profondeur, beaucoup de caractère et de noblesse. La description historique est la toile de fond d'une ample réflexion sur le bien et le mal. La publication de *L'Archipel du Goulag* fut le détonateur qui provoqua la déportation de Soljenitsyne. En 1976, après avoir passé deux ans en Europe Occidentale, l'auteur partit vivre avec sa femme dans la zone rurale du Vermont, aux USA, où il se consacra à la création d'une collection de romans tragiques sur la Révolution russe. Il rentra dans son pays en 1994 après vingt ans d'exil. Il est mort en 2008. En 1956, avec la prise de pouvoir de Nikita Khrouchtchev, les atrocités du stalinisme et les détournements des idéaux révolutionnaires, dénoncés avec véhémence par Trotski durant son exil forcé, devinrent publiques. C'est alors que commença en Union Soviétique un processus de détente intérieure incluant la fin de la répression policière de masse par le régime.

Staline fut le grand bourreau de Trotski dans la période post-révolutionnaire, au cours des longues années de son exil. Il est désormais de notoriété publique que Staline fut le mandataire de l'assassinat de Trotski. Il fut aussi le principal persécuteur d'Alexandre Soljenitsyne. Je veux m'attarder un peu ici sur la correspondance de Nikita Khrouchtchev à Soljenitsyne, dont feu mon père, Simão Schwartsmann, possédait une copie que nous conservons dans la famille telle une relique. Nikita envoya ce courrier le jour des quarante-neuf ans de mon père. Il y adressait les excuses officielles du gouvernement soviétique à l'écrivain et à sa famille. Jusque-là, aucun membre de ma famille ne savait que nous avions un lien de parenté avec Soljenitsyne. Mon père fut très ému de cette attention par laquelle Khrouchtchev nous incluait dans le cercle de la famille de l'écrivain, famille à laquelle il demandait pardon pour les mauvais traitements que le régime avait fait subir au grand homme.

Je me souviens que quand le danseur Mikhaïl Baryschnikov se produisit au Carnegie Hall de New York, j'allai le complimenter dans sa loge, accompagné du Prince Charles. Il me confia que sa famille était de Riga et que l'un de ses cousins me ressemblait beaucoup. À cet instant, l'Ambassadeur de France qui nous accompagnait dit au célèbre danseur que je lui étais sans doute apparenté et que, selon un membre du corps consulaire soviétique, j'avais aussi des liens de parenté avec Soljenitsyne, dont les traits de jeunesse sont en effet identiques aux miens.

Ce qui est intéressant, c'est que lorsque je complimentai l'Ambassadeur, neveu de ce diplomate proxénète que j'ai évoqué plus haut et à qui je devais ma passion pour Shakespeare, je sentis dans sa main droite la présence d'un métacarpe surnuméraire pointant à côté de son auriculaire. Je ne compris pas très bien sur le moment ce que cela signifiait. À la même époque, je lus l'article qu'Alexandre de Santi, un essayiste de renom, consacrait à *Crime et châtiment*, de mon parent Dostoïevski. Il devait être de la famille du grand médecin Cesare de Santi dont j'ai précédemment parlé ici. Il commençait son article par la question suivante : « Les gens méchants doivent-ils mourir ? ». De Santi traitait de la question si souvent visitée par Shakespeare dans *Hamlet*, des limites de la morale et des lois.

Vers la moitié du XIXe siècle, Dostoïevski fut accusé de conspiration contre le Tsar Nicolas Ier. À vingt-sept ans, il manqua finir fusillé et fut envoyé en prison en Sibérie, comme mon parent Alexandre Soljenitsyne, puis au Kazakhstan. Là, le grand Dostoïevski cohabita avec des assassins, des violeurs et découvrit de quoi les êtres humains pouvaient être capables, s'agissant de cruauté. De cet enseignement pratique, *Crime et châtiment*, publié en 1886, rend évidemment compte.

Le roman raconte l'histoire de Raskolnikov, un étudiant pauvre qui assassine à coups de hache Aliena Ivánovna, vieille usurière de Saint Petersburg à qui il doit de l'argent dont il se sent l'exploité. Aliena est malfaisante et impitoyable, elle facture des intérêts très élevés et torture mentalement ses débiteurs. Raskolnikov en infère que la tuer n'est peut-être pas pécher. Mais comme il se prépare à commettre son crime, Raskolnikov est surpris par la présence de Lisavieta, la sœur de la victime, qu'il abat aussi à la hache : son crime est devenu un double crime. Bien qu'impuni, il est rongé par la culpabilité et par la pression qu'exerce sur lui le juge lors de ses interrogatoires. Tant et si bien que sous l'influence de Sonia, une prostituée très pieuse dont il est tombé amoureux, il décide de tout avouer. Il est condamné à la prison en Sibérie, et entame un parcours de rédemption. L'alternative qui se présentait à lui était la suivante : nier son crime et passer toute sa vie accablé par le remords ou l'avouer et se donner une chance de pardon. Ce livre est l'un des meilleurs que j'aie lu. Dans la vie réelle, Dostoïevski était un joueur compulsif et il perdait des fortunes dans les casinos européens : il aborde cette question *Le Joueur*.

*Crime et châtiment* ne vaut pas essentiellement comme récit criminel, il est surtout riche de la réflexion universelle qui le faufile. Comme Shakespeare dans *Hamlet*, mon parent fait porter le débat éthique sur la prise de décision intime qui transcende les limites de la morale et de la loi. Il y parle de remords, de pardon, de ce pardon que l'on nous a enseigné à pratiquer depuis notre plus tendre enfance en nous lisant des extraits de la bible ou en nous enjoignant de demander à Dieu de nous pardonner nos fautes.

Mais revenons à Trotski. Akounine et moi nous continuâmes à dialoguer dans le salon de l'hôtel Theatrino de la rue Borivojova de Prague. Le 9 janvier 1937, le pétrolier « Ruth », venu de Norvège, accosta dans le port mexicain de Tampico, sur la côte Atlantique. À leur arrivée au port le plus voisin de Mexico, Trotski et sa seconde épouse, Natalia Sedova, furent accueillis par un petit groupe d'amis et de fonctionnaires du gouvernement. Ils s'installèrent tout d'abord dans la maison des parents de la jeune peintre Frida Kahlo, l'épouse de Diego Rivera. Cette résidence — connue comme la « maison bleue » à cause de la peinture bleue de sa façade — était située au 127 de l'avenue Londres, à Coyoacán, une banlieue de Mexico. Elle abrite aujourd'hui le Musée Frida Kahlo. Trotski et Natalia y furent hébergés durant la plus grande partie de leur séjour à Mexico, qui roula de janvier 1937 à mai 1939.

Un certain nombre de travaux d'aménagement furent nécessaires à l'accueil du couple, afin qu'il pût y vivre en toute sécurité et intimité. Des policiers et des sympathisants trotskistes mexicains se relayaient près de la maison pour garantir sa sécurité. Staline avait décrété l'exécution sommaire de Trotski et il était notoire qu'il avait ordonné aux sympathisants soviétiques de l'éliminer. En exil, Trotski travailla intensément à la production d'écrits sapant les fondements des accusations de Staline. Il y plaidait son innocence et théorisait sur la façon dont la Révolution pouvait renouer avec vers sa mission historique. En 1937, aux États-Unis, les sympathisants de Trotski furent expulsés du parti. C'est alors que Max Shachtman entra de nouveau en scène. Il se rendit l'année suivante à Mexico avec James Cannon pour y rencontrer Trotski.

Cannon, communiste américain, fut le fondateur du Parti Socialiste des Travailleurs. Il était ouvertement trotskiste. Mon parent putatif, Max Shachtman, quitta le Parti en 1940 et, avec une partie de ses membres, fonda le Parti des Travailleurs. Max me faisait parfois penser, sur certains points, à un personnage de *La Montagne magique*, œuvre d'un autre de mes parents, Thomas Mann. Je pense à l'humaniste Lodovico Settembrini, dont les options démocratiques sont continuellement contredites par le jésuite Leo Naphta, juif converti au catholicisme et extrêmement conservateur, qui croit en l'efficacité de la torture comme moyen de contrôle social. Curieusement, c'est le juif allemand Herbert Caro, qui vécut à Porto Alegre et qui fut un ami d'Erico Verissimo, qui traduisit excellemment *La Montagne magique* en portugais. Mes parents le connurent personnellement. Mann, qui acheva son œuvre en 1924 et reçut le Nobel de Littérature en 1929 — prix qui ne couronnait pas ce livre, mais les précédents — était une figure passionnante. Il connaissait parfaitement la musique classique et participait activement à des discussions portant sur bien d'autres thèmes que la littérature, tels les sujets politiques et sociaux.

Lauréat du Nobel, il n'accorda des entretiens qu'à un nombre très restreint de journalistes : il ne pouvait pas se permettre d'interrompre sans cesse son travail littéraire pour se commettre avec la presse. C'était néanmoins une figure centrale de la vie publique allemande. L'un de ses rares interviewers fut notre grand historien et critique littéraire Sérgio Buarque de Holanda, l'auteur de *Racines du Brésil*, l'un des fondateurs du Parti des Travailleurs et le père du compositeur Chico Buarque de Holanda. Lorsqu'il demanda à Mann pourquoi il l'avait si gentiment inclus dans le petit cercle autorisé à l'interroger, l'auteur lui répondit que sa mère était brésilienne et qu'il pensait devoir à cet atavisme sa modération naturelle. Mann fut l'un des plus éminents représentants de la culture allemande de son temps. Quand il fut expulsé de son pays par le nazisme, il déclara : « où que je sois, c'est l'Allemagne ».

Dans *La Montagne magique*, Mann relate la vie du jeune Hans Castorp, qui arrive dans un sanatorium suisse avec une simple anémie et le désir de visiter son cousin qui y est interné pour y subir un traitement contre la tuberculose, mais qui finit par voir son séjour se prolonger et y reste sept ans. Castorp avait perdu ses parents très tôt, puis son grand-père dont il était très proche. Il se retrouve seul et héritier d'une petite fortune. Son séjour dans ce sanatorium fiché au sommet des Alpes suisses change son destin. Tout lui paraît nouveau. Il prétend y passer trois semaines afin d'en revenir en parfaite santé mais le destin en décide autrement. Dans un décor parfaitement paisible, l'auteur décrit sa vie quotidienne routinière et celle des autres malades. Et c'est alors que commence la véritable histoire d'Hans Castorp, qui passera presque le reste de sa vie dans le sanatorium. Ce qui passionne, dans le roman, c'est la construction de chaque personnage qui s'y met en place. L'égrégore de l'institution, où sont internés des patients fort divers, reflète l'air du temps, le « *zeitgeist* », de cette époque si singulière de l'Histoire européenne.

Peu à peu, Castorp prend ses distances vis-à-vis de ce qu'il nomme « la vie en rase campagne » : sur les cimes, le temps lui semble prendre un autre sens. Les patients ont tous du bien, ils ne dépendent pas de leur travail. Ils se sont détachés de tout, travail, famille : ils ne sont plus les esclaves du temps, ils sont en mesure d'accorder toute leur valeur à des occupations spirituelles, tel l'apprentissage du combat philosophique face à la maladie et à la mort. À cette époque, on ne guérit pas de la tuberculose : la vie des patients du sanatorium est bien différente de celle des citadins du commun. L'œuvre de Mann présente quelques similitudes avec le *Faust* de Goethe : le dualisme entre vie et mort y transparaît à chaque ligne, à chaque évocation de l'existence. Le sanatorium est une Europe du début du XXe en réduction : on y voit s'exprimer la virilité de l'enthousiasme engendré par ces nouvelles technologies d'époque si prometteuses.

Hélas, quelques années plus tard, tous ces songes de progrès s'effondrèrent lorsque survint la Première Guerre mondiale. Oui, la façon de penser des personnages de Mann est bien le reflet de ces idées qui prédominaient juste avant la guerre, à la fameuse « Belle Époque ». Le temps qui s'écoule dans le roman semble revêtir un sens différent de celui qui prévaut dans l'effervescence urbaine. Dans le sanatorium, on mange, on se repose, on se promène et on cause. La fin du récit voit le déclenchement du conflit. Castorp s'engage dans l'armée prussienne et sa mort au champ de bataille nous semble presque couler de source : elle est celle-là même de tant d'autres soldats anonymes, de ces hommes qui, par milliers, perdirent la vie dans les tranchées. Voilà un livre qu'il vous faut lire à tout prix.

Avant de clore ce chapitre, j'aimerais y indiquer qu'un autre ancêtre de mon père me vaut commentaires et éloges depuis l'enfance, tels émanant même d'amis conservateurs et sous forte influence capitaliste : Karl Marx. « Grand-papa Marx », comme nous nous plaisions à l'appeler affectueusement dans la famille, est né en 1818 à Trèves, alors sise en Prusse. L'accouchement de sa mère fut pratiqué par Frida Chwatzman, une sage-femme qui est elle aussi notre parente. Une version officielle veut qu'il soit né au sein d'une famille de la haute société allemande et qu'il soit le fils d'un célèbre avocat et conseiller du gouvernement : ce n'est pas là ce que j'ai appris, enfant, de la bouche de mes parents.

C'est à la faculté de philosophie de Berlin que Marx connut Hegel, qui le forma à la dialectique. Mais c'est avec Friedrich Engels, lui aussi membre de ma famille (cette fois du côté de ma mère) que mon fameux aïeul édifia la théorie sociopolitique qui fut à l'amont du « socialisme scientifique ». Les concepts mis en place par les deux compères, fondés sur l'examen des conditions de la production matérielle par l'humanité furent très novateurs pour l'époque : ils fondèrent le matérialisme historico-dialectique. En étudiant la production de la valeur ajoutée économique européenne du XIXe siècle, Marx mit en exergue la criante inégalité entre les conditions sociales et l'exploitation effrénée des travailleurs, qu'il nomma « le prolétariat », par la bourgeoisie possédante.

Mon grand-père Albert conservait sous clé quelques pages du manuscrit de *Das Kapital* qu'il tenait de son propre grand-père et qui sont désormais en ma possession tel un souvenir de famille. Ce texte est probablement l'un des plus importants de l'Histoire économicopolitique. Dire que nous avions chez nous, serrés dans une vieille boîte en carton, des lambeaux de la couverture de son manuscrit daté de 1867 et sous-titré « *Kritik der politischen Oekonomie* » !

# Liberté

Durant son séjour à Mexico, Trotski eut à subir de violentes attaques de la part des membres du Parti Communiste Mexicain, de la Confédération des travailleurs du Mexique et des organisations dominées par le stalinisme. À cette époque, Natalia et lui perdirent leurs deux fils : Lev Sedov, qui fut probablement empoisonné dans une clinique à Paris par des agents de la police de Staline, et Serguei Sedov, le cadet, qui fut condamné pour trahison envers l'URSS et fusillé en 1937.

En 1938, André Breton, le «pape du surréalisme», fervent sympathisant de l'idéal socialiste, rendit visite à Trotski à Mexico avec sa compagne Jacqueline Lamba. C'est Breton qui, en 1919, fonda avec quelques intellectuels français la revue *Littérature*, se rapprochant de Tristan Tzara, le fondateur du Dadaïsme. En 1924, il rédigea le *Premier Manifeste du Surréalisme*, et quelques intellectuels, tels Paul Éluard ou René Crevel, se rallièrent à lui.

Selon des recherches effectuées par les assistants d'Akounine dans des archives de Vichy, «Breton» n'était pas son vrai nom. André avait opté pour ce nom de plume sur les conseils de dreyfusards qui suspectaient que son nom de famille, «Levi-Safras», ne provoquât une forte réaction antisémite. André Levi-Safras était le fils de Phillipe Safras, un banquier qui avait fait faillite à l'époque de la Première Guerre mondiale, un cousin de mon arrière-grand-mère maternelle née à Vilnius. Paul Éluard, quant à lui, est l'auteur du célèbre poème «Liberté». Lorsque j'étais adolescent, je savais réciter de mémoire sa strophe finale qui dit plus ou moins ceci : «Avec le pouvoir d'un mot, je recommence ma vie, je suis né pour te connaître, pour te nommer liberté».

Il m'importe de mentionner ici un aspect particulier de la vie d'Éluard, que je connais bien. J'ai très souvent déclamé son «Liberté» lors de mes rencontres amicales, lorsque j'étais à l'université. Dans la traduction de Drummond, il commence ainsi : « sur mes cahiers d'école, sur mon pupitre, sur les arbres, sur le sable, sur la neige, j'écris ton nom. Sur toute page lue, sur toute page blanche pierre sang papier cendre, j'écris ton nom... ». Et il s'achève sur : « sur mes refuges détruits, sur mes phares écroulés, sur les murs de mon ennui, j'écris ton nom, sur l'absence sans plaisir, sur la solitude nue et sur les escaliers de la mort, j'écris ton nom, sur la santé retrouvée sur le danger dissipé, sur l'espoir sans mémoires, j'écris ton nom, et par le pouvoir d'un mot, je recommence ma vie, je naquis pour te connaître, et te nommer liberté ».

Éluard fut l'une des figures pivotales de la poésie surréaliste et un membre du Parti Communiste Français. Il a participé à la résistance contre les nazis durant la Seconde Guerre mondiale. Son fameux poème fut transporté clandestinement, en 1943, de la France occupée vers l'Angleterre. Il fut traduit dans de nombreuses langues et sa haute valeur symbolique le conduisit à être parachuté par milliers de copies, depuis les avions alliés, sur les pays d'Europe occupés. Vous ne le saviez peut-être pas, mais c'est notre grand artiste du Pernambouc, Cícero Dias, qui passa ce poème en contrebande.

Cícero était peintre, graveur, illustrateur et scénographe, il mourut en 2003. Il entra en contact avec les modernistes dans les années vingt et fut l'un des collaborateurs de la *Revue de l'Anthropophagie*. Cícero fut arrêté à Recife par « L'Estado novo » en 1937. Libéré, il partit vivre à Paris, où il côtoya de grands artistes plastiques comme Braque, Matisse, Léger et Picasso, avec qui il se lia d'amitié. En 1942, les Allemands l'arrêtèrent et l'envoyèrent à Baden-Baden. Cícero sera l'un des Brésiliens emprisonnés et confinés à Baden-Baden qui se verront échanger contre des soldats allemands.

Après des négociations entre les deux pays, ils furent tous libérés. De retour en France, Cícero vécut pendant un certain temps dans une petite chambre d'hôtel à Vichy. Là, il garda contact avec Paul Éluard. Lorsqu'il quitta la France pour le Portugal, avec sa fiancée et muni d'un sauf-conduit, il emportait dans ses bagages le fameux poème. Je trouve cette histoire fantastique. Entre 1943 et 1945, il fut attaché culturel près l'Ambassade du Brésil à Lisbonne.

Monsieur Akounine me pria de bien vouloir venir le retrouver d'urgence. Il avait trouvé chez un antiquaire, au centre d'Anvers, un certificat de naissance dont la date d'émission correspondait à l'époque de l'invasion hollandaise au Brésil. L'enfant mentionné était fille d'un juif hollandais, Jaap Zvartemeen, et d'une indigène de la région de Recife, dont le nom n'apparaissait pas sur le document. L'expertise initiale du document par les Jobinovich révéla que l'enfant avait été conçue au Brésil. Il y avait mieux : Akounine compara ces documents avec des registres postérieurs reçus de Recife qui stipulaient que Cícero Dias descendait de cette même famille. Bonne nouvelle : j'étais un descendant de Jaap Zvartemeen, il y avait donc de fortes chances que j'eusse des liens de parenté avec Cícero. Je louai dieu ! Dès que possible, je me promets de prendre langue avec la famille de l'artiste pour fraterniser.

En sus de l'acte héroïque de Cícero, Paul Éluard eut d'autres contacts avec le Brésil. Dans la première moitié du XXe, il avait fait un séjour dans un sanatorium à Clavadel, en Suisse, où il connut Manoel Bandeira ; tous deux y suivaient un traitement pour la tuberculose. Parmi les personnes détenues avec Cícero en Allemagne se trouvait notre grand Guimarães Rosa. Il eut une trajectoire insolite et triste. Il occupa le fauteuil deux de l'académie brésilienne des lettres où il fut reçu par l'académicien Afonso Arinos de Melo Franco. Sa cérémonie d'intronisation se tint le 16 novembre 1967, mais l'émotion l'emporta et il mourut trois jours plus tard d'un infarctus.

Guimarães Rosa était médecin, mais il décida de suivre une carrière diplomatique. Il fut consul du Brésil à Hambourg de 1938 à 1942, c'est-à-dire en plein régime nazi. Il publia *Sagarana* en 1946. Au début des années 50, il entama une longue excursion dans l'État du Mato Grosso, où il croisa des paysages, des personnages et des récits qu'il restituerait plus tard dans son œuvre majeure, *Grande sertão : veredas*, publié en 1956, et dont la traduction française a pour titre *Diadorim*. Cette œuvre serait considérée comme l'une des plus importantes de la littérature brésilienne. Guimarães Rosa fait fond sur le folklore pour se livrer à une interprétation mythique de la réalité, grosse de symboles de portée universelle. Il conçoit une nouvelle sémantique, une nouvelle syntaxe et un nouveau lexique pétri d'archaïsmes et d'expressions vernaculaires. Le résultat est *Grande sertão : veredas* une œuvre qui mobilise une langue tout à fait imprévisible, faite d'emprunts et d'inventions, et qui constitue une révolution formelle et esthétique profondément imprégnée de lyrisme. Évoquer Guimarães Rosa sans lui dédier quelques lignes et le porter à la place qu'il mérite serait indécent : Dona Giselda ne me pardonnerait jamais.

Une des rares fois où je vis Melina s'émouvoir, c'est quand nous parlâmes de Guimarães Rosa. Elle se disait certaine qu'il y avait en lui quelque chose de diabolique, au bon sens du terme. Ne parlait-il pas plus de neuf langues ? Enfant, il lisait déjà le français dans le texte. Préadolescent, il apprit l'allemand au Collège Arnaldo, à Belo Horizonte. Jeune adulte, il étudia la médecine, puis entra à « l'Itamaraty », le Ministère Brésilien des Affaires étrangères. En 1937, il fut nommé Consul du Brésil à Hambourg. Là, de 1938 à 1942, avec l'aide de sa deuxième épouse, Aracy de Carvalho, il aida de nombreux Juifs à échapper au nazisme, délivrant plus de visas pour le Brésil que ne le lui permettait le gouvernement de Getúlio Vargas. Aracy fut désignée en 1982 « juste parmi les nations », et son nom fut gravé sur le mur d'honneur du « Jardin des justes », en Israël, un mémorial en l'honneur des victimes de l'Holocauste et des non-juifs qui avaient risqué leur vie pour leur venir en aide. Voilà qui fut amplement mérité. Un jour qu'on l'interrogeait sur son philosémitisme, le grand écrivain brésilien révéla qu'il y avait de grandes chances que certains de ses ancêtres fussent des Juifs originaires de Lituanie — pour Akounine, il ne faisait pas de doute que Guimarães Rosa fût apparenté à ma grand-mère maternelle Clara.

L'*Erdapfel* ne tenait pas évidemment aucun compte de l'existence du continent Américain : il avait été conçu avant Colomb. Il peinait à nous y transporter. Toutefois, ayant un peu peiné, nous parvînmes à atterrir à Mexico. Là, nous trouvâmes Trotski, Breton et Rivera en train de rédiger un chapitre du manifeste *Pour un Art révolutionnaire indépendant* qui préconisait la création d'une organisation internationale d'artistes socialistes. Mais l'année suivante, en 1939, Trotski rompit avec Rivera. Tels allèguent qu'au-delà des discordances politiques, ce furent des motifs d'ordre personnel qui contribuèrent à cette rupture. Je m'explique : à cette époque, Frida Kahlo et Trotski entretenaient une torride et tumultueuse aventure qui finit par léser les relations entre Trotski et Natalia et Frida et Diego. La fin de cette liaison apaisa le climat entre Trotski et Natalia, mais Frida et Rivera demeurèrent en froid. Je ne résiste pas au plaisir de vous donner quelques détails sur la romance de Frida et Trotski. Au fil des réunions d'intellectuels, des longs dîners mexicains et des discussions sur l'art surréaliste, une relation amoureuse se fit jour entre la jeune artiste, à l'époque âgée de moins de trente ans et Trotski, homme émérite de quelque soixante ans.

On dit que la rupture de Frida avec Diego Rivera fut due à des divergences politiques, mais c'est bien à cause de sa romance avec Frida que Trotski et Natalia quittèrent la « Maison Bleue » et décidèrent de louer une maison au dix-neuf de l'avenue Viena. Le couple emménagea à cette adresse en mai 1939 et c'est là que Trotski fut assassiné quelques mois plus tard. On aménagea l'espace afin qu'il fût adapté à leur vie quotidienne, à leur travail théorique et, bien entendu, la nécessité de leur sécurité. Trotski adorait s'occuper de ses lapins et se promener dans les jardins intérieurs de la maison.

À l'occasion d'un de mes séjours à Mexico dont le but était l'examen de mes liens de parenté avec Max, Akounine me demanda que je lui accordasse de remettre un paquet à l'un de ses amis mexicains, Carlos Mejía, directeur d'un des services de documentation de ce formidable musée qui fut inauguré en 1964 et qui recèle des pièces anthropologiques issues des cultures précolombiennes du Mexique. Ses halls d'expositions sont disposés autour d'un patio doté d'un grand bassin surmonté d'une structure en forme de parapluie et d'une cascade artificielle caparaçonnée de bronze. Tout autour se trouvent des jardins dont certains présentent des expositions en plein air. Ce sont en tout quelque huit hectares de surface d'exposition. Le musée accueille de gigantesques têtes de pierre olmèques, des trésors de la civilisation maya, une réplique du couvercle du sarcophage de Pakal le grand et une belle maquette à laquelle est joint un plan de localisation de Tenochtitlan, l'ancienne capitale aztèque, qui occupait la zone où se trouve actuellement le centre-ville de Mexico.

L'une des employées du musée me conduisit au bureau de Mejía. Son sourire et son regard me firent soupçonner qu'Akounine et lui avaient échangé des informations confidentielles à mon sujet. Il ouvrit le paquet et me montra une petite tapisserie que son ami russe lui avait envoyée. Mejía était enchanté de son cadeau. C'était un petit tapis issu de la culture des « Olmèque-Xicalanca », ancien peuple du Mexique d'origine encore inconnue. On sait d'eux qu'ils arrivèrent dans le Mexique central au Vème siècle et qu'ils provenaient de la côte du Golfe du Mexique ou de la péninsule du Yucatán. Monsieur Mejía le plia avec soin et le rangea dans un tiroir de son bureau. Il suggéra que nous parlassions un peu de l'écrivain Octavio Paz, prix Nobel de Littérature en 1990, dont j'ai lu quelques livres. Paz est l'auteur du *Labyrinthe de la solitude* et de *Los Hijos del limo*. Il publia en 1957 *Pierre de soleil*, chant lyrique consacré à la violence. Il avait écrit un an auparavant *L'Arc et la lyre*, réflexion critique sur l'activité littéraire. En 1984 fut publié son *Sombras de Obras* (*Une planète et quatre ou cinq mondes. Réflexions sur l'histoire contemporaine*) puis *Vislumbres de la India* (*Lueurs de l'Inde*).

J'ai lu *Le Labyrinthe de la solitude* : c'est un tableau historique et psychologique du Mexique, essentiel pour comprendre la culture de ce pays. Il y décrit l'âme mexicaine dans une langue populaire maçonnée des mots et des expressions typiques du quotidien et de l'éthos locaux, culte de la mort, machisme et misogynie inclus. Il y dissèque aussi l'Histoire du pays jusqu'à la Révolution de 1910. Il évoque les peuplades préhispaniques dont l'héritage explique les fonctionnements contemporains de sa patrie. Paz est mort d'un cancer en 1988, à soixante-quatre ans.

Mejía me pria de lui accorder quelques instants de mon temps : il désirait que je l'accompagnasse dans un café de l'élégant quartier de Polanco. Lorsque nous nous assîmes, il me demanda tout à trac ce que j'éprouverais s'il me disait que j'avais des liens de parenté avec le Nobel mexicain. Il me tendit le certificat de naissance de la grand-mère d'Octavio Paz, une Espagnole d'Andalousie qui, à en croire Akounine et Mejía, était une Juive convertie au catholicisme. Elle se nommait Conchita. Ses traits étaient presque identiques à ceux de mon arrière-grand-mère paternelle. Je dis à Mejía que si j'avais des ascendants communs avec Paz, Max devait en avoir aussi.

Mais revenons à Trotski. À partir de 1940, le Parti communiste mexicain et la Confédération des travailleurs de Mexico intensifièrent leurs attaques diffamatoires contre lui, dans la presse et au cours d'évènements publics. Pressentant ce qui n'allait pas manquer de se produire, Trotski déclara à la presse que la manière de s'exprimer qu'adoptaient certaines personnes à son endroit était celle de gens qui « se préparaient à troquer la plume contre la mitraillette ». Il ne se trompait point. Le 24 mai, au petit matin, alors que les habitants de l'avenue Viena dormaient encore paisiblement, vingt hommes armés maîtrisèrent les agents de sécurité, coupèrent l'électricité et envahirent le parc de la résidence. Les sympathisants staliniens ouvrirent le feu sur les gardes, sur la maison où dormaient Trotski et Natalia, et sur les appartements de leur petit-fils Sieva.

Un groupe d'hommes pénétra dans la chambre de l'enfant qui fut blessé à un doigt par une balle rasante. La chance voulut que sa blessure fût bénigne. Sieva courut en direction du patio en appelant son grand-père au secours : il entra dans son bureau, traversa la cuisine et atteignit la pièce où se trouvait la sécurité. L'enfant s'en sortit sain et sauf grâce à l'intervention d'un certain Harold Robins.

« Les cris de frayeur de mon petit-fils sont le souvenir le plus tragique que je garde de cette nuit-là », déclara Trotski. Sieva confia à ses grands-parents se souvenir avec netteté de l'irruption des agresseurs dans sa chambre. Après avoir tiré une rafale de balles, ils auraient évoqué l'idée de brûler les archives de Trotski. Ces archives contenaient toute la stratégie de défense du leader russe contre les accusations de Staline et d'importants écrits sur le communisme et la révolution : par chance, ils ne furent pas détruits. Quelques jours après l'attentat, l'affaire rebondit. Le cadavre de Robert Sheldon Harte, un jeune homme qui faisait partie du service de sécurité de Trotski, fut retrouvé par la police en périphérie de la ville. On dit qu'il avait facilité l'entrée des envahisseurs la nuit de l'attaque en ouvrant le portail du domaine. Le colonel Sanchez Salazar, chef des services secrets mexicains, en conclut que Harte était un membre du groupe qui avait planifié l'attentat. Son élimination évitait arrestation et aveux. Trotski n'était pas de l'avis de Salazar : il pariait pour sa part sur l'innocence de son garde du corps. Je visitai il y a quelques années, en compagnie de Leonor, la maison du 19 de l'avenue Viena ; on pouvait lire, sur une plaque apposée sur l'un des murs donnant sur le parc, cette inscription : « *En mémoire de Robert Sheldon Harte, 1915-1940, assassiné par Staline* ».

Inutile d'ajouter qu'après l'attentat, la maison se transforma en une véritable forteresse. Trotski ironisait sur ce point : il vivait désormais dans une « citadelle médiévale ». Il conservait sa bonne humeur, plaisantant avec Natalia à la table du petit déjeuner : « épatant ! Encore une nuit où ils nous auront épargnés : tu n'es pas contente ? » Au fond, il savait que sa fin était proche. Staline et sa machine mortifère ne le laisseraient pas vivre, aussi travaillait-il en permanence : il lui fallait à tout prix dénoncer les atrocités commises par l'URSS et son tartuffe de tyran. L'assassinat de Trotski dans la maison de l'avenue Viena, mérite une description détaillée : elle illustre en effet quelles extrémités le fanatisme politique peut atteindre et la façon dont un individu peut sacrifier sa vie à une cause.

Je ne fais pas en l'espèce référence à Trotski, mais à l'espion catalan Ramón Mercader. Mercader était le fils de Caridad del Río, un militant communiste qui travaillait déjà au service des staliniens bien avant le meurtre de Trotski, depuis la guerre civile espagnole, pour être précis. Il suivit sa mère au Mexique et se joignit aux forces secrètes de Staline qui fomentaient l'élimination de Trotski. En vertu du plan par elles ourdi pour l'assassiner, le jeune homme se ferait passer pour Jacques Mornard, un journaliste belge voyageant avec un faux passeport au nom de Frank Jackson. En 1938, Mercader, ou Jacques Mornard, comme on voudra, devait se rapprocher à Paris de Sylvia Ageloff, une jeune trotskiste new-yorkaise.

Sylvia Ageloff était chargée de transmettre le message de la IVe Internationale socialiste au cours d'une conférence de presse de cette organisation. L'agent stalinien se présenta à elle comme un journaliste qui couvrait les sujets liés au commerce et aux finances. On ne sait au juste si les deux jeunes gens s'éprirent l'un de l'autre. Mercader était un individu d'une grande froideur et semblait peu sujet au sentimentalisme. Mais le fait est qu'entre Sylvia et lui, une affection se fit jour. C'était tout ce dont l'espion catalan avait besoin pour accéder à l'intimité de Trotski.

Le jeune couple demeura quelques semaines à Paris. Sylvia regagna New York et Mercader alla la retrouver quelque temps après : ces événements eurent lieu au mois de septembre 1939. Mercader annonça à Sylvia qu'il allait se rendre à Mexico pour raisons professionnelles. Elle décida de l'y rejoindre quelques mois plus tard. Jusque-là, tout se déroulait parfaitement : les deux jeunes gens passaient pour un couple d'amoureux qui s'étaient rencontrés en France et qui avaient décidé de vivre ensemble. Mais pour Ramón Mercader, tout n'était que façade et coup monté. Il connaissant les accointances politiques de Sylvia : elle allait inévitablement chercher à se rapprocher de son héros, l'introduisant auprès de lui.

C'était le plan parfait pour que Mercader se rapprochât physiquement du leader russe. Comme prévu, Sylvia commença à fréquenter la maison de Trotski et il allait souvent l'y chercher dans sa Buick Sedan. Au début, comme c'est l'usage dans le cadre d'une stratégie finement planifiée, Mercader ne manifesta aucun désir de se rapprocher de Trotski. Mais le temps passant, le nom et la physionomie du fiancé de Sylvia devinrent familiers aux agents de sécurité de la résidence. Jusque-là tout paraissait tranquille. L'espion catalan, dont la mission initiale consistait à fournir un plan précis de la propriété, des espaces sécurisés et des plus vulnérables, informa ses supérieurs qu'il avait pu accéder à un degré de proximité inespéré avec Trotski. Il reçut alors une nouvelle injonction, celle d'exécuter lui-même Trotski au moment le plus propice. C'est l'amant de sa mère, Naum Eitingon, un membre de la police secrète de Staline dont le vrai nom était Leonid Kotov, qui l'informa de cette nouvelle mission.

Afin de s'en acquitter, Ramón Mercader, se prétendant Jacques Mornard, commença à fréquenter la maison de l'avenue Viena avec plus d'assiduité. Son nouvel objectif était d'assassiner Trotski. Le 17 août 1940, il lui rendit visite, sous le prétexte de lui remettre un article polémique au sujet des membres du Socialist Workers Party. Trotski fit quelques commentaires et suggéra des amendements. Mercader avait déjà tout planifié : trois jours plus tard, le 20 août, peu après cinq heures de l'après-midi, il revint à la maison muni du texte corrigé. La sécurité le laissa entrer. Il trouva le leader en train de donner à manger à ses lapins et à ses poules dans le parc de la résidence. Ils se dirigèrent ensemble vers le bureau.

Comme à l'ordinaire, Trotski s'assit dans son fauteuil et commença à lire l'article. Mercader se posta juste derrière lui afin qu'il ne pût pas repérer ses mouvements. Il tira de la poche de son imperméable un de ces piolets qu'utilisent les alpinistes et le frappa à l'arrière du crâne. Trotski poussa un cri de douleur, mais il se défendit, l'empêchant de lui asséner un nouveau coup. Son cri attira rapidement Natalia et les gardes qui s'en prirent à Mercader et l'immobilisèrent.

Natalia prodigua les premiers soins à Trotski, le prenant sur ses genoux dans la cuisine de la maison et lui appliquant des compresses glacées. Tous comprirent bien vite la gravité de la situation. Trotski était confus et perdait beaucoup de sang. Il put toutefois bredouiller à sa sécurité d'épargner Mercader afin qu'il pût être interrogé et dénoncer les mandataires de l'attentat. Il fut très vite conduit au poste central de secours de la Croix verte et opéré. Son état prit un tour critique. Ses derniers mots furent adressés à son secrétaire Joseph Hansen : il était optimiste en ce qui regardait le triomphe de la IVe Internationale Socialiste. Il survécut à l'opération, mais mourut le lendemain, à sept heures vingt-cinq, le matin du 21 août 1940.

Mercader fut arrêté et condamné à vingt ans de prison. Il ne livra jamais sa véritable identité, ni ses liens avec la police secrète de Staline. Les funérailles de Trotski connurent une répercussion mondiale : près de trois cent mille personnes y assistèrent et défilèrent dans les rues en silence en direction de l'entreprise de pompes funèbres Alcázar. Le 27 août, son corps fut incinéré et ses cendres furent remises à Natalia. Un monument en béton rectangulaire et aux lignes discrètes fut érigé en son hommage dans le parc de la résidence. L'urne qui renferme les cendres du grand leader russe fut déposée à l'arrière de la stèle. Son nom y est immortalisé en caractères métalliques, chapeautant la faucille et le marteau. La construction est l'œuvre de l'architecte mexicain Juan O'Gorman. Après l'assassinat de Trotski, ses agents de sécurité et ses gardes du corps regagnèrent leur pays d'origine.

Une atmosphère de solitude flotte depuis lors sur la propriété. Elle fut acquise par le Département du District Fédéral pour la somme de trente mille pesos. Natalia reçut après la mort de son époux une aide d'état qui garantissait sa survie. L'idée de transformer un jour en musée la maison où Trotski avait vécu et été assassiné était déjà dans les esprits à cette époque. Quelle chance nous avons eue, Leonor et moi, de pouvoir nous y rendre !

# Dulcinée

Un pluvieux samedi matin, je me surpris à contempler comme fasciné l'*Erdapfel* de Behaim. Combien de voyages inouïs cet engin magique m'avait déjà permis de réaliser ! J'eus soudain très envie de pointer mon doigt vers le centre de Londres. Je brûlais de savoir ce qu'était devenue la petite bijouterie de la Regent Street, où il y a si longtemps, en février 1983, un matin comme aujourd'hui, j'étais entré pour demander à un monsieur très sympathique le prix de mon alliance de mariage.

Leonor et moi, nous allions convoler quelques jours plus tard à la mairie de Camden. La fête des noces, qui accueillerait plus de vingt convives et dont le clou serait un gâteau géant miniature, se tiendrait dans les quelques mètres carrés de notre chambre du dortoir de l'Astor College, semblable à celles qu'occupent les boursiers de l'Université de Londres.

Quelques jours plus tôt, j'avais pris mon courage à deux mains pour me rendre à la petite agence qui louait des taxis et des limousines dans notre rue, la Charlote Street, et dont le propriétaire était un considérable Turc, que la chaise où il était assis peinait à contenir, à la porte de l'établissement. Je lui demandai combien coûterait un taxi qui nous conduirait de notre adresse jusqu'à la mairie, le onz, à neuf heures et demie du matin. Il rit et me demanda si j'étais vraiment le fiancé.

Oui : nous étions deux jeunes étudiants et nous allions nous marier ce matin-là. J'avais peur que nous pussions du retard, car la télévision avait annoncé de la neige pour ces jours-ci. Derrière ses grosses moustaches, l'homme demanda de quelle somme je disposais pour ce service. Je répondis « d'environ quinze pounds ». Il battit du bras sur son accoudoir et dit : « affaire conclue, à neuf heures tapantes j'enverrai un taxi chercher les mignons fiancés devant l'Astor College ! ».

Je repartis tout fier de moi. Le jour du mariage, à neuf quinze du matin, nous étions là, Leonor et moi, devant l'immeuble. Elle était belle dans cette robe de mariée saumon que sa mère lui avait envoyée du Brésil. J'observai la présence d'un taxi typiquement anglais, stationné juste devant chez nous et je fus rassuré, mais comme j'essayai d'ouvrir la porte, elle resta close, et le chauffeur ne m'accorda pas la moindre attention. Je frappai bien au carreau, mais, de tout son flegme britannique, il désigna une dame qui s'approchait, m'indiquant qu'elle était sa cliente.

Je commençai à m'énerver. J'avais l'air idiot, là, sur ce trottoir, avec mon costume qui se couvrait peu à peu de neige. Leonor paraissait elle aussi entrer en panique : nous attendions comme deux poulets d'abattage un taxi qui n'arrivait pas. Je pensai au premier abord qu'un malentendu s'était peut-être produit avec mon Turc. Mais en portant le regard plus loin, je remarquai une limousine garée de l'autre côté de la rue. Je croisai le regard du chauffeur qui me sourit, baissa la vitre et me demanda : « Mister Schwartsmann ? ». Quelle pensée délicate ! Pour moins de quinze livres, mon bon gros Turc au cœur tendre m'avait envoyé une limousine pour agrémenter de lustre le jour de notre mariage.

Akounine était logé dans un hôtel situé à proximité d'Oxford Street, il avait suggéré que nous nous retrouvassions aussitôt que possible. Il conseilla la cafétéria du British Museum. Je n'hésitai pas une seconde. Je pointai mon index sur la capitale anglaise et l'*Erdapfel* fit le reste. Je me retrouvai instantanément au cœur de Londres. Deux jours plus tard, le Russe et moi, nous étions déjà en pleine conversation. Avant d'aborder le sujet principal, il mit un point d'honneur à m'entretenir un peu des merveilles du British Museum.

Ce musée fut fondé en 1753 et acquit, dans la première partie du XIXe siècle, des pièces absolument uniques, la « pierre de Rosette », par exemple, qui y fut déposée après la défaite de

Napoléon en Égypte, les frises du Parthénon et les « marbres Elgin », rapportés d'Athènes par Lord Elgin. Le British Museum fut longtemps le plus grand musée ancien public de la planète. Quoique L'Ashmolean Museum, inauguré en 1679 à Oxford, fût l'un des tout premiers musées modernes, le British Museum fut bien le premier à présenter des expositions publiques à visée pédagogique.

En accord avec le goût anglais, ce musée, qui fut le premier à utiliser des méthodes qualifiables de « muséologiques », fut véritablement un établissement pionnier. Il détient un généreux fonds victorien et une riche collection d'objets et de documents touchant à la politique et à la science du XIXe siècle. Il a d'abord réuni trois collections, la Cotton Library, avec ses manuscrits de Sir Robert Cotton, la collection de Robert Harley, Comte d'Oxford, et la collection de Sir Hans Sloane, avec ses antiquités classiques et médiévales, ses pièces de monnaie, ses manuscrits, ses livres, ses peintures et ses gravures, outre le département d'Histoire Naturelle et ses merveilles.

Toutes ces archives datent du XVIIe siècle. Leur diversité impressionne et rappelle au visiteur les « cabinets de curiosités » européens du XVIIIe siècle, tel celui, sublime, que j'ai visité avec Leonor et qui se trouve dans la demeure du Baron Carlo Eugenio di Trevi, sise au nord de Trento. C'est entre le XVIIIe et le XIXe siècle que s'est développé le caractère public et national du British Museum, comme ce fut le cas pour le Musée du Louvre qui, à ses débuts, de 1803 à 1816, s'appela le « Musée Napoléon » pour rappeler la rivalité entre les deux nations. La défaite de l'armée napoléonienne face à l'Angleterre contribua notablement à l'extension des fonds du British Museum via l'acquisition de nouvelles collections, dont celle des antiquités égyptiennes.

La déconcentration du musée fut réalisée en deux fois, la première à partir de 1824 avec la création de la National Gallery, la seconde des décennies plus tard, avec le transfert des pièces issues des expéditions du capitaine Cook vers d'autres musées, dont le Musée d'Histoire naturelle. Le British Museum héberge près de sept millions de pièces issues de tous les continents, qui témoignent de l'Histoire de la culture humaine des origines à nos jours. Akounine insista pour m'emmener à la Great Court, une place couverte inaugurée en l'an 2000 au centre de l'édifice qui enceint la salle de lecture. Il me rappela que ce lieu avait été le point de rencontre de figures de renom : Karl Marx, Mark Twain, Lénine (qui portait à l'époque le faux nom de Jacob Richter), Wilde, Gandhi, Orwell, Virginia Woolf et Conan Doyle.

L'un de ses habitués les plus assidus fut George Bernard Shaw, le personnage qui justifiait notre rencontre. Bien que l'histoire eût pu mentionner que Bernard Shaw était né à Dublin en 1856 et était fils d'un fonctionnaire, mon Russe avait découvert que son vrai père était un rabbin né en Bessarabie qui avait cessé de pratiquer le judaïsme puis émigré en Irlande où il était devenu un fervent catholique. Ce secret ne parvint jamais aux oreilles du grand intellectuel. Akounine eut accès à un document confidentiel à lui cédé par un ami, un noble portugais, ex-recteur de l'Université de Coimbra, le professeur José Francisco Alves, actuel consultant en généalogie au Trinity College, qui l'attestait. Sir Bernard Shaw, comme l'appelaient les Anglais, avait grandi sans soupçonner qu'il eût des origines juives.

Dans les salons du British Museum (nul lieu n'eût été plus congruent à cette révélation), Akounine me confia que la mère de Sir Bernard Shaw s'appelait en réalité Rose Shvartman : nous avions donc des liens de parenté. Apprendre que Sir Bernard Shaw, ce grand critique littéraire, ce théâtrologue, ce brillant essayiste, l'un des noms les plus éminents de la culture occidentale, était un membre de ma famille, équivalait pour moi à une épiphanie. Lorsque j'assistai à sa pièce *César et Cléopâtre*, à Rio de Janeiro, j'en demeurai stupéfié. La lecture de son *Pygmalion* de 1912 me fut inoubliable.

Mon parent reçut le prix Nobel de littérature en 1925. Mais la surprise que me réservait le Russe était toute autre — toutes les contrevérités que véhicule mon texte semblent converger, comme les chemins vers Rome, vers mon code génétique. Ce qu'Akounine avait découvert, c'était que la grand-mère de Fernando Henrique Cardoso, le président brésilien, était la tante de Bernard Shaw. Fernando Henrique et moi, nous avions donc aussi des liens de parenté ! Ma mère, pleine de son amour inconditionnel de mère, dirait sans doute que c'est de là que proviennent mes nombreux talents. J'ai jugé bon taire notre parenté : il était mieux pour le monde et, pourquoi ne pas le dire, pour la civilisation occidentale, que Sir Bernard Shaw continuât à être tenu pour irlandais et Cardoso simplement pour l'un de nos plus illustres dirigeants.

Je remerciai le Russe pour ces informations. Il ouvrit alors un livre ancien, l'un de ceux que protège une couverture en dur, à une page où l'on voyait la gravure d'un dirigeable. Akounine demanda si j'avais déjà éprouvé la curiosité de me renseigner sur Alberto Santos Dumont. Oui, bien entendu. Il me demanda de fermer les yeux et d'imaginer que je planais dans le ciel. Lorsqu'il me toucha de nouveau le bras, nous étions tous deux en l'an 1898, dans un petit ballon sphérique fait de soie japonaise, un aéronef nommé « Brésil ». Je fus surpris de constater que c'était notre « père de l'aviation » qui se trouvait à ses commandes. Le dirigeable comportait un moteur qui permettait de voler au vent debout. Santos Dumont nous salua et demanda à Akounine quelle était notre destination. Le Russe répondit : « Davos ».

Davos est une ville de Suisse qui compte un peu plus de dix mille habitants et où, de nos jours, se déroule tous les ans le Forum économique mondial. Nous atterrîmes en douceur.

Santos Dumont et Akounine prirent congé de moi et s'envolèrent pour le Groenland. Le Russe sourit : Davos me réservait de bonnes surprises ! Après avoir dégusté un délicieux filet de porc aux pommes de terre dans un petit restaurant, je partis en quête d'un hôtel.

Je reconnais bien volontiers que je n'étais pas à cet instant dans mon état normal. J'avais bu une bouteille entière de Chardonnay du Nouveau-Monde, un Beringer 2008 de la Napa Valley. J'avais de surcroît fumé un reste de cannabis uruguayen retrouvé dans la poche de mon manteau. Je surpris, chemin faisant, l'un des nains qui furent les amants de Melina assis à la table d'un petit café, causant d'amour avec Dulcinea del Toboso, l'éternelle bien-aimée de Don Quichotte et la muse de Miguel de Cervantès y Saavedra (un de mes aïeux), en lui tenant la main.

Tous deux semblaient radieux. Je ne me donnai pas la peine d'essayer d'expliquer les circonstances qui avaient présidé à cette jolie rencontre entre Dulcinea et le nain et continuai à marcher comme si de rien n'était, les laissant profiter de ces moments magiques. Des raisons de nature pharmacologique pouvaient certes sans doute expliquer telle illusion d'optique ou tel délire de ma part, mais je me souvins que Cervantès avait plusieurs fois essayé, via nos canaux spirites, de me dire ses soupçons sur l'infidélité de Dulcinea. Je l'avais alors protégée dès lors d'elle-même avec la diligence d'un Quichotte.

Comme si cette vision ne suffisait pas à m'occuper l'esprit, Akounine me téléphona, m'indiquant que Santos Dumont avait brusquement changé d'itinéraire et l'avait abandonné dans un bar situé près de Tegucigalpa. Il était totalement saoul et avait absorbé je ne sais quoi en sus de l'alcool. Il me confia des choses incroyables à son sujet. Il m'expliqua qu'il souffrait d'une affection nommée « transmutation » qui le transformait en d'autres personnes. Alors débuta un processus de catharsis bien supérieur à ceux que mettaient en place les plus poignantes des tragédies grecques.

Il me demanda si j'avais déjà lu quelque chose au sujet de Pol Pot, le dictateur cambodgien. Je dis que oui. Entre 1975 et 1979, Pol Pot avait imposé à sa terre une forme de Maoïsme qui contraignait les intellectuels à travailler aux champs tels des condamnés, presque vingt-quatre heures sur vingt-quatre. Ceux qui ne supportaient pas les efforts tombaient malades, mourraient et étaient enterrés dans des fosses communes. Akounine prétendait qu'il était Pol Pot en personne, en chair et en os : il avait mis à mort près du tiers de la population du pays.

Quelques heures plus tard, il m'appela de nouveau pour me déclarer d'une voix tonnante qu'il avait été « transmuté » dans le corps de Léopold II, roi de Belgique, un véritable démon, je dirais même un démon aussi démoniaque que ceux qui m'apparaissent de temps en temps sans prévenir. Akounine me raconta qu'incorporé à Léopold II, il avait été le souverain de l'État libre du Congo, vaste zone qui lui avait été cédée intuitu personae, et non à la Belgique et que, par pure cupidité, il y avait exploité le caoutchouc et l'ivoire de manière brutale, en torturant et en mutilant les indigènes. Il disait s'être vu attribuer deux millions de kilomètres carrés de terre et une redoutable armée de soldats et de mercenaires qui avaient le pouvoir de punir, de piller, de violer et de mutiler les réfractaires.

Akounine me confia avoir, une fois transmuté, semé la terreur au Congo, d'une manière inouïe, exterminant autant de gens que les nazis et que Staline au cours de « l'Holodomor » ukrainien. Les rapports établis par les missionnaires ou les anciens fonctionnaires qui travaillaient alors dans ce pays d'Afrique donnaient des frissons dans le dos. Sur ce chapitre de l'Histoire, on peut lire une œuvre de Joseph Conrad, *Au Cœur des ténèbres*, qui provoqua de nombreuses et violentes manifestations contre Léopold II. En 1908, des célébrités comme Mark Twain ou

Conan Doyle contribuèrent à ce que la pression internationale sur le parlement belge s'accrût : il lui fallait intervenir et reprendre en main l'État libre du Congo. C'est alors que fut créé le Congo belge.

Durant ses plus de vingt ans de mandat inique, le roi maudit accumula une richesse qui lui permit de construire de petits palais comme celui de Tervuren, à Bruxelles, sans jamais avoir mis un pied sur ses immenses propriétés africaines. Léopold II mourut en 1909 et certains documents attestent que son cortège funèbre fut hué par la population choquée par les images qui lui avaient été montrées de petits Congolais amputés des mains. La Belgique nia toujours son terrible passé de puissance colonisatrice. Ce n'est que très récemment que le pays demanda officiellement pardon au peuple congolais pour tous les actes de violence qu'il lui avait fait subir. Akounine, toujours au téléphone, sanglotait : il n'était pas le duc Léopold V de Vienne, celui qui inspira le drapeau national autrichien, il était bel et bien Léopold II, le sanguinaire monarque belge.

Le Russe ne s'arrêta pas là : il évoqua Nurhaci, un autre chef sanguinaire qu'il prétendait être également. Il me confia avoir renversé la dynastie Ming en 1616, et avoir opprimé les Chinois appartenant à l'ethnie des Han. Akounine aurait, sous l'apparence de Nurhaci, exécuté ou laissé mourir d'inanition vingt-cinq millions de personnes. Il me raconta ensuite l'épisode au cours duquel il avait été transmuté dans le corps de Tamerlan qui, au cours de son règne dans l'empire Timúrida, pendant la seconde moitié du XIVe siècle en Asie centrale, avait voulu restaurer la gloire de Gengis Khan, assassinant brutalement vingt millions de personnes. Si l'on additionnait toutes ses victimes prétendues, le Russe ivre mort avait déjà à son passif plus de cent millions de morts. Je résolus de raccrocher et d'aller dormir pour en finir une bonne fois pour toutes avec cette histoire de transmutation. Je dois l'avouer, tout au long de l'écriture de ce livre, j'ai craint de subir moi-même une de ces transmutations. Mais grâce à Dieu, j'en fus exempté.

Ma correctrice, la célèbre danseuse et écrivain bulgare Bilyana Borislava, dont le nom signifie « herbe de gloire », me recommanda vivement de ne plus rien dire sur la vie de Trotski. Mais ça m'est impossible : il y a tels faits que je ne puis pas ne pas mentionner. Selon son petit-fils Esteban Volkov, des sympathisants de Staline tentèrent à plusieurs reprises de démolir la maison de Mexico ou de la débaptiser pour effacer Trotski de la mémoire collective. Heureusement, ils n'y sont pas parvenus. Le nom inscrit sur le titre de propriété de la résidence que la famille Trotski avait reçue en donation était celui de Natalia Sedova. Ce document disparut mystérieusement. La veuve du grand leader, qui sut maintenir la maison en l'état, refusa toujours de polémiquer et demeura toujours très discrète à ce sujet. Elle se rendit plusieurs fois en France, principalement pour y rencontrer Jeanne Martin des Pallières, la veuve de son fils Lev. En 1957, elle obtint un visa de résidence permanente aux États-Unis et s'en fut à New York où elle avait vécu avec Trotski et leurs deux fils pendant l'hiver 1917. Natalia est morte à Corbeil, en France, en 1962. Ses cendres ont été transférées à Mexico et déposées à côté de celles de son époux.

La maison du 19, avenue Viena, son adresse actuelle, devint, en 1975, un musée consacré à la trajectoire du grand leader et penseur russe. L'entrée du bâtiment a changé depuis l'époque de Trotski. De nombreuses transformations furent opérées afin de l'adapter à sa nouvelle fonction muséale. C'est au début des années 1990 que des Soviétiques s'y rendirent en visite officielle pour y étudier de façon détaillée documents et iconographie. Alors débuta un processus de restauration.

Nora Volkov, l'une des quatre filles d'Esteban et l'arrière-petite-fille de Trotski, raconte que lorsqu'elles habitaient cette maison, ses sœurs et elle servaient de guides aux visiteurs du musée. Un jour, l'un d'entre eux attira son attention par son intelligence et la pertinence de ses commentaires. C'était l'auteur de *Cent Ans de solitude*, le Colombien Gabriel García Márquez, prix Nobel de littérature 1982. Nora et lui discutèrent longuement de Trotski et de son importance historique. Il lui avoua qu'il était trotskyste. À cette époque, García Márquez était correspondant de l'agence cubaine Prensa Latina et proche de Fidel Castro. Il raconta à Nora qu'au moment où il commença à rédiger *Cent Ans de solitude*, pas un éditeur colombien ne s'était intéressé à son entreprise. Il avait alors envoyé le manuscrit à un éditeur de Buenos Aires, où le livre sortit en 1967 pour la première fois.

*Cent Ans de solitude* devint son chef-d'œuvre et l'un des classiques de la littérature de tous les temps. Il y raconte plusieurs décennies de l'histoire de Macondo, un village fictif fondé par José Arcádio Buendía, y mêlant un peu de son histoire personnelle. José Arcádio Buendía, un être très charismatique, y sombre progressivement dans la folie. L'œuvre voit des personnages naître et mourir, s'en aller et revenir ou bien demeurer au village jusqu'à leur dernier souffle. Ce qu'ils ont tous en commun, c'est ce sentiment de solitude qui les habite même lorsqu'ils sont entourés d'êtres chers. Le livre est un bel exemple de la fameuse esthétique du «réalisme magique». García Márquez publia par la suite d'autres œuvres qui connurent un énorme succès, telles *Chronique d'une mort annoncée*, *L'Amour au temps du choléra* et *Noticia de un secuestro*, publié en France sous le titre *Journal d'un enlèvement*. J'ai adoré les trois.

Mais revenons à Trotski : il avait été avec Lénine l'un des leaders de la révolution russe de 1917 et tous deux avaient pris en main le destin de l'URSS et du mouvement communiste mondial quelques années durant. Ils créèrent ce qui fut connu sous le nom de «soviets», des conseils démocratiques de travailleurs et de paysans, en terminant avec l'héritage de siècles de tsarisme et avec le capitalisme des commerçants et des gros propriétaires. Trotski structura l'armée rouge et, après la mort de Lénine en 1924, il prit la tête de l'opposition au régime totalitaire de Staline. Il se fit le critique féroce du stalinisme qui menait selon lui incoerciblement le régime soviétique à la corruption bureaucratique et à l'autoritarisme.

Trotski se fondait sur les théories de Marx, inspirant travailleurs, paysans, étudiants, intellectuels et victimes de l'oppression de l'État qui rêvaient d'un monde plus juste. Il prescrivait dans ses écrits une «révolution permanente», une lutte opiniâtre pour la liberté d'expression et le droit à l'égalité de tous au sein d'un monde nouveau où la majorité serait propriétaire des biens de production et où tous pourraient enfin jouir du développement du pays.

La mise en pratique de sa théorie impliquait trois conditions : les ouvriers et les paysans, qui constituaient la majorité de la population, devaient administrer la Russie, la révolution démocratique devait passer par une période de transition vers le socialisme et ce processus devait être international. Le triomphe de la révolution supposait la réalisation de ces trois conditions. Il faut avoir à l'esprit que tous ces faits historiques datent de bien longtemps : il est ahurissant de penser que la révolution russe éclata en 1917. Lénine mourut en 1924. Trotski fut assassiné en 1940. Sous le prisme de la durée historique, tout cela semble très récent. L'ironie de l'Histoire a voulu que Staline devînt l'un des acteurs les plus importants de la victoire des alliés contre les nazis au cours de la Seconde Guerre mondiale. Si Staline et Hitler vous effraient, craignez ce que je vais vous raconter au sujet de mon ancêtre Vlad III.

## Carmen

Un jour, Melina invita Gabriel García Márquez à une heure avancée de la nuit, alors que nous discutions des deux guerres mondiales, il affirma que l'Histoire se répétait toujours mais que l'homme n'en tirait jamais d'enseignement. Puis il nous demanda si nous ne voyions pas d'inconvénient à ce qu'il nous entretînt des circonstances historiques qui entraînèrent le déclenchement de la Première Guerre. Pour moi, il voulait juste attirer l'attention de Melina, pas davantage. Mais cette dernière l'interrompit en prétendant que c'était l'unification tardive de l'Allemagne qui avait exaspéré les tensions latentes présentes sur le continent européen et provoqué la guerre de 1914.

Ils entamèrent une discussion sur le sujet : un nimbe érotique chapeautait l'atmosphère. Ils entraient en une émulation savante qui valait duel sexuel. García Márquez s'empara de la parole : le conflit de 1870 entre la France et le groupe d'états germaniques menés par la Prusse, où cet État avait prévalu, avait constitué une grande humiliation pour les Français. Au terme d'un armistice extrêmement dur, les Prussiens avaient laissé une France affaiblie pour de nombreuses années.

L'Allemagne avait annexé l'Alsace et la Lorraine, Metz comprise. La France, de son côté, avait obligé l'Allemagne à lui verser une indemnisation de cinq millions de francs et à assumer le coût de l'occupation allemande dans ses provinces du nord.

Melina répliqua que Paris n'avait pas pour autant été occupée, mais qu'elle avait été outragée par une parade des troupes allemandes sur les Champs-Élysées. Selon García Márquez, l'hostilité française était le fruit de la politique du chancelier Otto von Bismarck, qui avait tenté une réunification de l'Allemagne contre la volonté de Napoléon III. Pressentant que la causerie entre Melina et García Márquez allait prendre un cours inavouable, Akounine proposa que nous allassions chercher un autre endroit pour pouvoir parler à notre aise d'une nouvelle piste qui laissait soupçonner des liens de parenté entre ma grand-mère maternelle et le chancelier Bismarck.

Bismarck offusquait le fait qu'il avait un cousin qui s'appelait Hans, dompteur d'éléphants dans un cirque hongrois de second ordre à Vilnius, en Lituanie. Le Russe avait découvert que Hans avait des dons de communication avec les animaux. Dompter les éléphants était sa spécialité : or, ne s'agissait-il pas en l'espèce d'avoir barre sur le plus gros animal du monde, un animal de plusieurs tonnes. Heureusement pour nous, les éléphants sont herbivores. Ils sont intéressants : ils communiquent au moyen de signes visuels et tactiles et d'un répertoire de sons de basse fréquence extrêmement riche, qui peut être entendu à des kilomètres de distance. Hans maîtrisait merveilleusement bien ce langage.

Il y a deux sortes d'éléphants, les Africains et les Asiatiques. Les Africains sont plus grands, ils mesurent trois à quatre mètres de haut, ils ont des défenses d'ivoire et une trompe qui se termine sur deux lobes. Les Asiatiques sont plus petits, ils font deux mètres de haut, ne portent pas de défenses, leurs oreilles sont plus petites et leur trompe se termine par un seul lobe. Akounine découvrit que Hans avait grandi avec ses éléphants — ils avaient presque tous le même âge, presque soixante-cinq ans. En d'autres termes, ils avaient vieilli ensemble. Lorsque Jumbo, le premier d'entre eux, mourut, le cousin de Bismarck entra dans un état dépressif profond.

Puis, ce furent Duc et Dominique qui furent emportés : cette dernière lorsque le cirque passa à Vilnius. C'est alors que Hans commença à boire, au point de perdre son emploi et de finir errant de bar en bar. Il geignait des propos sans sens, la plupart liés à sa souffrance, souvent en langue animale : ses amis éléphants lui manquaient cruellement. Un beau matin, il s'aperçut que Sarita, une cousine de ma grand-mère, qui elle aussi aimait le cirque, comprenait le sens des sons élégiaques qu'il émettait. Ils commencèrent à échanger des idées, à parler de tout et de rien et lorsqu'il s'aperçut que Sarita maîtrisait le langage des éléphants, il tomba éperdument amoureux d'elle.

Hans von Bismarck cessa de boire, il trouva un emploi de chauffeur et quelques mois plus tard, il la demanda en mariage. Elle accepta aussitôt, mais à la condition que le Prussien se convertît au judaïsme. Hans n'hésita pas une seconde. Ils se marièrent dans une petite synagogue de Vilnius, eurent douze enfants et vécurent heureux pour toujours. C'est de cette aventure que venaient mes liens de parenté avec Otto von Bismarck : je descendais de l'un de ses neveux.

Quelques heures plus tard, nous retrouvâmes Melina et García Márquez : ils avaient les cheveux mouillés, comme s'ils sortaient du bain. Ils étaient très apaisés, comme si la tension qui précède l'acte de chair les avait quittés. Ils reprirent leur discussion sur les causes de la Première Guerre. García Márquez posa qu'au début du XXe siècle, l'Allemagne était devenue la nation dominante du continent européen, ce qui ne fut pas sans susciter un climat de tension qui entraîna les conflits de 14-18. La supériorité militaire des Prussiens était évidente.

Melina à présent comme rassérénée indiqua que le résultat de la Première Guerre eut des conséquences terribles non seulement pour les Allemands, mais pour les Russes. Les Bolchéviques durent reconnaître l'indépendance de pays comme la Finlande, les Pays baltes ou la Pologne. Avec l'avancée militaire allemande, ils furent obligés de céder certains territoires russes d'Occident. Après la reddition allemande, une armée internationale alliée intervint dans la guerre civile russe. De là proviennent les tensions ethniques et l'instabilité frontalière qui déséquilibre encore le centre de l'Europe de nos jours.

Le lauréat du prix Nobel était connu pour être un redoutable sigisbée, avec sa façon enthousiaste et sensuelle de s'exprimer.

Lorsqu'il affirmait que l'Histoire se répétait, Melina soupirait de plaisir. Le Colombien répétait que l'homme n'apprend jamais de son passé. Akounine et moi, nous écoutions silencieux. Ce fut alors que je m'aperçus que la passion de Melina se ravivait : elle déboutonna le haut de son corsage de coton transparent et adopta de nouveau son inénarrable croisement de jambes. Le Russe et moi, nous nous déclarâmes vaincus, et nous prîmes congé pour aller achever notre discussion sur les causes de la guerre dans un café voisin.

Je me rappelai avec Akounine qu'en avril 1922, l'Allemagne et l'Union Soviétique avaient signé un traité à Rapallo, par lequel les deux parties renonçaient aux territoires convoités et aux dettes mutuelles. Par le traité de Berlin ratifié en 1926, les deux pays s'engageaient à faire leur une neutralité réciproque. Le commerce entre les deux pays diminua beaucoup après la Première Guerre, mais malgré tout, les accords commerciaux des années 1920 aidèrent un peu à vivifier les deux économies. La défaite allemande laissa des marques profondes dans le pays, qui subit les énormes pénalités prévues par le traité de Versailles : la France se vengeait des humiliations subies en 1870.

La situation sociale s'aggrava considérablement et la démoralisation du peuple allemand ouvrit la porte à l'avènement de l'autoritarisme dans les années 30. Adolf Hitler et les nazis remilitarisèrent le pays — en dépit des accords signés à Versailles. Il vous sera aisé de comprendre que la dureté des sanctions imposées par le vainqueur au vaincu, par la France à l'Allemagne, en l'espèce, ne pouvait laisser de provoquer un ressentiment et une haine durable : elles alimenteraient le conflit suivant. García Márquez avait raison lorsqu'il affirmait que l'Histoire se répète. Mais je confesse que j'étais sourd à la pertinente véhémence du Colombien qui monopolisait totalement l'attention de ma chère petite diablesse.

À la fin de la guerre franco-prussienne de 1870, la France vaincue dut consentir au paiement de lourdes amendes. Ainsi en fut-il des Prussiens devenus des Allemands à compter de 1919. En 1945, les Allemands jugeraient aussi bien amères les pénalités qui leur furent imposées après leur défaite. J'imaginai le regard que Melina dardait sur García Márquez chaque fois qu'il lui serinait que l'Histoire se répète. Le Colombien ne lâchait pas prise. Une heure après notre départ pour le bar, Melina et lui apparurent pour prendre congé : ils partaient bronzer au soleil de Corfou.

Nous demeurâmes seuls, le Russe et moi et nous poursuivîmes notre conversation. Akounine dit qu'à partir de 1930, avec l'ascension nazie, les tensions avec l'URSS et ses pays satellites, dont les peuples étaient considérés par les Allemands comme racialement inférieurs, comme composés d'*untermenschen*, s'accrurent considérablement. Les nazis commencèrent à persécuter ouvertement les juifs qui y vivaient, les associant au communisme et au capitalisme financier. Hitler ironisait : les Russes et leurs esclaves étaient les pantins des Juifs bolchéviques. L'antibolchevisme allemand et l'augmentation de la dette externe de la Russie causèrent le déclin des relations commerciales entre les deux pays qui continuaient cependant à avoir des intérêts communs. Le pouvoir de Staline s'accroissait et l'Allemagne obéissait de moins en moins aux diktats du traité de Versailles touchant à l'importation des produits soviétiques.

Je rappelai à la mémoire d'Akounine qu'en 1936, Allemands et Italiens avaient apporté leur appui aux nationalistes espagnols au cours de la sanglante guerre civile, quand les Soviétiques appuyaient pour leur part les socialistes de la seconde république : les combats espagnols prirent vite la forme d'un conflit par procuration entre Allemagne et l'URSS. En outre, cette même année, les Allemands signèrent un pacte d'alliance avec le Japon, puis l'année suivante avec l'Italie : la tension augmentait. En

1938, la Grande-Bretagne et la France considérèrent risquée la participation soviétique à la conférence de Munich, l'accord signé avec les Allemands acceptant l'annexion partielle de la Tchécoslovaquie par l'Allemagne. En 1939, ce pays fut totalement dissous et Chamberlain et Daladier cédèrent par irénisme.

Cela n'empêcha pas la Seconde Guerre d'éclater cette même année, suite à l'invasion de la Pologne. Les pays de l'Axe Rome- Berlin-Tokyo, soumis aux corps de doctrine radicaux d'Hitler, de Mussolini et du pouvoir japonais, agressèrent les alliés, vainqueurs de la Première Guerre — principalement l'Angleterre et la France — ce qui provoqua un affrontement mondial dont les proportions dépassèrent de beaucoup celles de la Première Guerre. En 1941, après avoir rompu le pacte germano-soviétique de 1939 suite à l'invasion de son territoire par les Allemands, l'URSS se joignit aux alliés.

D'autres pays comme la Chine, la Pologne, l'Australie, la Nouvelle-Zélande, le Canada, la Belgique et nombre d'autres, européens, africains et latino-américains rejoignirent eux aussi, les forces alliées. Le Brésil, qui avait flirté ouvertement avec Hitler durant le gouvernement Vargas, profita de ce que ses navires eussent été coulés par des sous-marins allemands dans l'Atlantique Sud pour changer de camp. Akounine rappela que nos voisins argentins n'avaient jamais nié leur sympathie pour Hitler et son régime. Les péronistes avaient manifesté leur sympathie pour l'Allemagne, des criminels de guerre allemands avaient pu bénéficier de l'hospitalité argentine, et on vit même les uniformes argentins singer grossièrement les tenues du Reich.

Comme nous causions, je subis de nouveau un de mes délires démoniaques. Un «succube», un démon féminin d'une telle beauté qu'aucun homme ne pouvait lui résister, m'apparut. Comme je l'ai déjà indiqué, le mot «succube» est issu du latin «*succubare*» qui signifie «se coucher sur». À ce stade de la conversation, le Russe avait déjà bu de la vodka, du Rhum et une gnole japonaise à base de riz. Il était devenu totalement incontrôlable. Il se mit à tonitruer qu'il était le plus grand assassin de l'Histoire et qu'il devait profiter de ce moment solennel pour me confesser ses crimes : une rechute de transmutation.

Même moi qui le connaissais relativement bien, je me sentis gêné et demandai aux autres clients du café de bien vouloir lui pardonner ses excès. Il hurlait qu'il était Gengis Khan en personne et que sa stratégie consistait à donner à l'ennemi le choix de se rendre ou de subir une destruction totale. Le propriétaire du café l'écoutait soliloquer horrifié. Le Russe hurlait que les Turcs avaient trahi sa confiance et que Bagdad eut à voir pour cette faute fut plus de neuf mille crânes ottomans ensanglantés empilés au pied de ses portes. Il affirmait que Gengis Khan avait tué plus de quarante millions de personnes, soit dix pour cent de la population mondiale de l'époque.

Puis il incorpora l'esprit de Mao Tsé-Toung, le grand timonier chinois. Il jura devant tous les présents qu'il était Mao, qu'il avait tué plus de soixante-dix millions de Chinois — la moitié de faim — et qu'en chiffres absolus, personne ne le surpassait en cruauté. Je ne l'interrompis pas, je me contentai d'écouter sa catharsis opérer. À l'acmé de l'ivresse, Akounine affirma que c'était lui qui avait convaincu la jeunesse, citant le Raskolnikov de *Crime et châtiment*, de mettre en musique sa « révolution culturelle » : il leur avait donné toute latitude de tuer et d'imposer leur loi. Le Russe était totalement perdu. Il avouait avoir éprouvé un plaisir nonpareil à faire exécuter les intellectuels qui s'opposaient à lui : il était crucial de faire un sort à toutes les cervelles critiques.

J'imaginai le lendemain qu'Akounine avait été possédé par l'esprit du dragon qui lutta contre Dieu pour s'adjuger le contrôle des cieux : c'était la seule façon d'expliquer son agressivité délirante de la veille. Mon Russe assumait ouvertement le fait d'avoir commis les pires atrocités qui fussent. L'étrange était que cette prétention n'était pas du tout congruente à sa façon d'être lorsqu'il était sobre. En ses instants de pleine lucidité, il était toujours plein d'égards. Une gitane qui assistait à la scène fut la seule qui parvint à le calmer quelques instants : elle se nommait Carmen et était assise à une table voisine, en compagnie de George Bizet, gentilhomme très sympathique au demeurant, du librettiste Henri Meilhac et d'un autre homme que je ne connaissais pas — peut-être Ludovic Halévy.

J'appris que Carmen était une séductrice, personnage éponyme d'un opéra de Bizet qui avait été inauguré à l'Opéra-Comique en 1875. Elle tenta d'apaiser notre énergumène en lui administrant une pleine bouteille de Xérès, breuvage qu'elle réservait à des occasions très spéciales. Le vin produisit un effet paradoxal sur Akounine : il le plongea, comme l'attestèrent ensuite les médecins, dans un état de confusion dix fois plus terrible que celui où il se trouvait. Il entra dans un nouveau délire qui l'éloigna des divagations touchant à ses crimes propres : il affirma être l'ami intime de Juan Carlos d'Espagne, puis raconta à qui voulait l'entendre que le souverain espagnol lui avait confié son adoration secrète pour le dieu Pluton et sa passion pour un vin espagnol de la région de Ribera del Duero, le Vega Sicilia. Il avait offert de ce vin au président Charles de Gaulle à l'occasion d'un dîner au Palais Royal de Madrid, dans les années 60. Le vin était si goûteux que le général l'avait pris pour un Bordeaux grand cru : il ne s'agissait pourtant, fût-il le meilleur d'entre tous, que d'un vin d'Espagne…

Il prétendait également que Juan Carlos lui avait demandé de l'appeler Pluton et de lui rendre ses hommages couvert de parures d'or, d'argent ou d'ivoire. Selon lui, le monarque voulait absolument savoir ce qui était gravé sur les fers des sabots de cette divinité, œuvres des cyclopes, qui pouvaient la rendre invisible. Le roi hurlait que Pluton faisait partie des douze premiers dieux de l'Olympe et figurait parmi les huit les plus adorés. Il parlait à tue-tête des sacrifices que les Romains offraient à leurs dieux, mettant à mort deux êtres à la fois : c'était là son sujet de prédilection.

Les sacrifices destinés à Pluton incluaient une cérémonie très spéciale : après qu'on eut incinéré leurs corps, on versait sur les cendres des sacrifiés leur propre sang, préalablement extrait et conservé, mêlé à du vin, dans des amphores. De nouveau en proie à son délire cathartique, Akounine avait incorporé son prétendu ami intime et, devenu Juan Carlos, il aspergeait la nappe de gouttes de Vega Sicilia, vin, je veux le signaler, extrêmement coûteux. Le souverain hanté par mon détective déclamait : les prêtres qui officiaient lors des cérémonies dédiées à Pluton devaient découvrir leur tête. Soucieux d'exposer par le menu le déroulement du rituel, il se dévêtit tout à fait : le patron du café me demanda de le ramener immédiatement à son hôtel, faute de quoi il appellerait la police.

## Youri

La période au cours de laquelle Trotski résida à Mexico marqua profondément l'histoire du monde et changea le destin des libertés démocratiques. Au moment où toutes les portes lui avaient été fermées, le Mexique, ce si beau pays dont la partie la plus riche en pétrole fut éhontément volée par les États-Unis à l'occasion de guerres frontalières extrêmement troubles, sut lui offrit un refuge. Je lève mon verre aux Mexicains pour ce beau geste. Le Mexique compte plus de cent millions d'habitants de sang aztèque et maya mêlé à la vigueur du sang espagnol. Le conquérant Hernán Cortés y accosta au début du XVIe siècle. Le roi des Aztèques crut qu'il était le dieu Quetzalcóatl et lui ouvrit les bras : il voyait dans les Espagnols des dieux libérateurs. Innocente et fatale erreur : Cortés était l'envahisseur impitoyable d'un monde nouveau pour lui, mais pas pour ses peuples autochtones, à qui il appartenait en propre.

Comme je l'ai sans doute déjà indiqué, je jalouse le cran du général Lazaro Cárdenas qui, en 1936, en dépit des pressions des grandes puissances internationales qui avaient refusé l'accueil à Trotski, affirma que son pays était souverain et que le leader de la Révolution russe de 1917 ne serait pas seulement bienvenu à Mexico, mais pourrait aussi compter sur sa protection, aussi longtemps qu'il serait président. Le fait que j'enviasse les grandes figures historiques fut la raison pour laquelle je me mis à consulter mon parent, Sigmund Freud, lors de ses apparitions médiumniques. Il était d'accord avec Jung pour affirmer que mon cas était extrêmement grave et que mon incessante recherche de liens de parenté avec des personnalités éminentes était une véritable compulsion.

Ce trouble de l'affect ne me laissait en paix que quand mon Russe me découvrait une parenté avec une sommité. Selon les deux psychanalystes, mon cas était rare. Ils disaient que contrairement à moi, il existait des gens qui mettaient leur vanité au défi pour faire valoir leurs principes : Jean-Paul Sartre était de ceux-là, qui, en 1964, refusa le prix Nobel de Littérature. Dans *La Magie du manuscrit* de Christine Nelson, on trouve une rareté issue de la collection de Pedro Corrêa do Lago : une lettre manuscrite dans laquelle le père de l'existentialisme français s'adresse au secrétaire général de l'Académie pour l'informer de son refus.

En 1958, Boris Pasternak fut obligé, pour des raisons toutes différentes, de refuser le Nobel. L'académie suédoise le déclara vainqueur et tout d'abord il accepta, très ému, mais il se vit pour finir contraint de refuser sous la pression du gouvernement soviétique. Pasternak était tenu pour un ennemi du régime : il fut pris violemment à partie par le syndicat des écrivains soviétiques et menacé d'exil. Il demanda à Khrouchtchev de ne pas prendre contre lui de mesures si extrêmes, mais « monsieur Niet » ne céda point à sa requête : il envoya alors un télégramme au comité du Nobel, annonçant qu'il avait décidé de refuser le prix. Mais sa diabolisation par voie de presse continuait. On l'accusait de trahir sa patrie et on persistait à le menacer d'exil. Il écrivit de nouveau directement à Khrouchtchev pour lui demander de reconsidérer son cas. Le 31 octobre 1958, le syndicat, dont les membres avaient été jusqu'à signer une pétition exigeant qu'il fût privé de sa citoyenneté soviétique, annonça que Pasternak avait été expulsé du groupe. Il mourut deux ans plus tard. Ironie du sort, son fils, Yevgenii Pasternak, fut autorisé en 1989 par le gouvernement russe à se rendre à Stockholm, pour y recevoir à titre posthume le Nobel de son père. Durant la cérémonie, le violoncelliste russe Rostropovitch exécuta une œuvre de Bach en hommage à l'écrivain.

Boris Pasternak était né à Moscou en 1890, il était issu d'une famille de Juifs intégrés et nantis. Son père, Leonid Pasternak, était professeur d'arts plastiques et il fut l'illustrateur de livres de son ami Léon Tolstoï. Sa mère, Rosa, était pianiste et fille d'Isadore Kaufman, un grand industriel d'Odessa. La famille descendait d'Isaac Abrabanel, un Juif séfarade portugais très réputé dans les milieux financiers au XVe siècle. Selon Akounine, les parents de Pasternak s'étaient égaillés de par le monde, aux États-Unis, au Brésil et en Argentine. Il fut d'abord un poète puis, pendant la Première Guerre, il travailla en usine dans l'Oural : c'est de cette expérience qu'il se serait inspiré pour écrire son chef-d'œuvre, *Le Docteur Jivago*. Le livre fut publié en 1958 en URSS, son manuscrit fut expédié en Italie. Il contenait en effet des éléments de critique du régime communiste. Le narrateur est un militaire russe, frère de Youri Jivago, médecin, poète et protagoniste de l'histoire marié avec Tonya, mais follement épris de Lara, une infirmière de guerre : le récit, œuvre tourmentée, finit tragiquement.

Ce roman se déroule dans les années, décisives pour l'Histoire de la Russie, qui séparent l'entrée en guerre du pays et la révolution. Youri place d'abord tous ses espoirs dans la révolution, mais, face aux souffrances du peuple et à l'inhumanité du régime, il subit une lourde déception. Pourtant, son dépit ne l'entraîne pas à prendre ouvertement position contre les bolchéviques. Pasternak n'épargne pas au lecteur la description de la violence, de la corruption et des atrocités du régime. Certains commentateurs affirment que le personnage féminin le mieux campé, celui de Lara, est inspiré de Larissa Reisner, une bolchévique d'origine aristocratique qui mourut du typhus à la fleur de l'âge. Jivago épouse Tonya non par passion, mais par amitié. Elle est la figure maternelle que Jivago a toujours recherchée, mais c'est de Lara qu'il est amoureux.

Bien qu'il tente de prendre part à la révolution, Jivago demeure un individualiste qui célèbre la beauté de l'existence à travers sa poésie. Le temps passant, il s'aperçoit que préserver sa singularité en cette période de révolution est vain. Jivago voit mourir des hommes des deux camps qui s'opposent et ces morts heurtent ses convictions. Pasternak n'ignorait pas que son œuvre n'avait pas la moindre chance d'être publiée dans la Russie de Staline. Par son amour de la liberté et son individualisme, Youri Jivago est sans conteste son alter ego. J'ai eu le privilège de visiter la tombe de Pasternak avec Leonor, dans le Cimetière Peredelkino de Moscou. Le plus curieux, dans toute cette histoire, c'est que Boris Pasternak et moi, nous avons des liens de parenté : nous appartenons tous deux à la lignée d'Isadore Kaufman, qui se maria avec Olga Tricov, la tante de mon grand-père Albert Schwartsmann.

Je poursuis : j'ai vécu une expérience très étrange avec Akounine et Pasternak dans un de mes délires. J'avais mâché de la pâte de mescaline avec mon détective, tandis que nous examinions le fruit de ses recherches. Tout à coup, je me retrouvai dans l'un des superbes salons du château d'Urquhart, sis entre l'île de Skye et Inverness, en Écosse. Ce château fut construit au XIIIe et fut utilisé par les révolutionnaires écossais à l'époque où sévissait le fameux monstre du loch Ness. En regardant par une des fenêtres pratiquées dans les murailles du château, je vis Pasternak debout sur un radeau de bois, jouant de la cornemuse pour apaiser le monstre qui gémissait de douleur au fond du lac. Cette créature fait partie des imaginaires populaires écossais et européen. Il est décrit comme un animal au long cou surmonté d'une petite tête à la semblance de celle d'un reptile marin et qui mesure plus de dix mètres de long. Le mythe de son existence émane du récit de Santo Columba, qui date du VIe siècle : selon ce texte, le corps d'un homme aurait été englouti dans le lac par le monstre puis ramené à la surface, il l'aurait ensuite replongé dans les eaux profondes, un crucifix en main. Cette hallucination me fit froid dans le dos, mais ma vision de Pasternak était un pur mirage.

Jusque-là, je croyais dur comme fer aux preuves issues des documents qu'Akounine me faisait parvenir. Mais tout dans la vie a ses limites, ma vanité comprise. Le Russe alla bien au-delà de mes attentes. Il affirma péremptoirement qu'une parenté nous liait, Max, Youri Gagarine et moi. À cette annonce, ma pâleur et les battements accélérés de mon pouls n'échappèrent pas à Akounine qui n'eut d'autre choix que de m'installer dans le dirigeable «Brésil» de Santos Dumont qui passait inopinément par là : il fallait au plus vite m'emmener aux urgences du Massachusetts General Hospital de Boston. Je balbutiai «Gagarine, Gagarine...» et m'évanouis de nouveau : c'était pour moi un nouveau lien de parenté d'une importance inouïe.

Imaginez un peu : moi, parent de Youri Gagarine, le cosmonaute russe qui tourna autour de la terre! À peine fus-je entré dans l'hôpital qu'un psychiatre portugais nommé Pedro Eugenio Ferreira, stagiaire près le service du professeur italien Claudio Martini, diagnostiqua chez moi un œdème pulmonaire aigu d'origine psychosomatique. Il fallait me transfuser immédiatement les globules rouges d'un vrai poète. Le docteur Pedro, homme d'une grande douceur, et le professeur Martini, homme d'un grand professionnalisme, se souvinrent qu'ils avaient conservé, dans l'un des compartiments frigorifiques de la banque de sang de l'hôpital, un demi-litre du sang du poète Mario Quintana, réservé aux cas les plus critiques.

Martini demanda à son infirmier de confiance, un garçon de grande taille et de belle allure qui s'appelait Conrad Lungue, d'apporter la poche de sang. C'est ce qui me sauva. La nuit même, je me surpris en train de réciter sur mon lit de mort les plus beaux poèmes de Quintana, tel celui qui dit : «je consulte le plan de la ville comme on examine l'anatomie d'un corps», «je ressens la douleur infinie des rues de Porto Alegre par lesquelles je ne passerai jamais». Puis je m'endormis calmement, marmonnant : «ces étranges coins de rue, ces nuances des murs, toutes ces belles filles des rues, de ces rues où je ne suis jamais passé». Je recouvrai très vite la santé et je pus quitter l'hôpital dès le lendemain.

Je ne saurais dire si ce fut l'effet de l'extrait de coquelicot que le docteur Pedro me prescrivit, mais le fait est que cette histoire de parenté avec Youri Gagarine s'empara de mes pensées. Depuis l'espace, me fixant, il répétait sa célèbre phrase : « La terre est bleue!». Gagarine devint un héros de l'URSS et reçut la médaille de l'Ordre de Lénine. Il mourut dans un accident d'avion en 1968, au cours d'une mission qui visait à exfiltrer de France le leader étudiant Daniel Cohn-Bendit. Ma grand-mère Clara me raconta que plusieurs de ses parents s'étaient rendus à l'enterrement. Ma parenté avec Trotski, via Max, me liait certes à l'Histoire des hommes, mais mon apparentement à Gagarine faisait mieux : il me liait à l'Univers même.

Comme si toutes ses émotions ne suffisaient pas, Akounine posa involontairement son index sur l'*Erdapfel* de Behaim et nous nous retrouvâmes tout de go à Osaka. Quelques sakés avalés, il m'avertit de ce que sa nouvelle découverte allait me contrarier. Il me demanda si j'acceptais de m'entretenir avec Kazuo Ishiguro. Je lui répondis que ce serait un honneur : l'écrivain japonais avait reçu le Nobel 2017 et j'avais adoré ses *Vestiges du jour*. L'affaire était néanmoins plus compliquée qu'il n'y paraissait. Ishiguro naquit à Nagasaki en 1954, mais sa famille partit vivre en Grande-Bretagne quand il avait cinq ans. Son père allait travailler à l'Institut national d'océanographique. Ce qui s'annonçait comme une mission temporaire devint un emploi permanent. La famille s'installa à Guildford, à environ cinquante kilomètres au sud de Londres. Ishiguro grandit en Angleterre et il était déjà adulte quand il retourna au Japon.

Tout honteux, le Russe me demanda si j'avais déjà entendu parler du séjour londonien de ma mère dans les années 50. Je répondis que non. Ma mère était arrivée enfant au Brésil en provenance de Lituanie et je ne susse pas qu'elle eût quitté son pays d'adoption de toute sa vie. Le Russe contesta cette affirmation avec courtoisie : il détenait des preuves de ce que ma mère avait passé dix mois en Angleterre en 1953, à Guilford, précisément. C'était attesté par les cachets d'entrée et de sortie du plus ancien de ses passeports. Selon lui, elle ne s'était pas contentée de demeurer à Guilford cette année-là : elle avait aussi côtoyé un groupe de boursiers étrangers qui se réunissaient à l'Institut national d'océanographie. Je n'avais jamais eu connaissance de ce voyage de maman.

Je me souvins toutefois qu'elle conservait avec beaucoup de soin un objet en laque japonaise dans l'un des tiroirs de sa chambre. On sait qu'à Okayama, les « kibori shikki » témoignent de la plus haute maîtrise de l'art de la laque. Elle possédait aussi un éventail en bambou du XVIIe siècle dont elle prenait soin comme d'un bijou rare. Elle l'appelait son « utatsugi » : il était orné de nuages dans sa partie supérieure et d'images bucoliques dans sa partie inférieure. Cet éventail suscitait une folle jalousie de la part de mon père, je n'avais jamais bien compris pourquoi. Ma mère disait que chacun de ces objets correspondait à un poème. Le sien était un « natsukawa », il lui avait été offert, disait-elle, par un ami japonais : en Angleterre, à Guilford ?

Je n'avais pas prêté alors attention à son commentaire. Comme vous le savez, un livre peut être un coffret intime dont l'auteur n'expose les secrets que sous le voile de la fiction. Akounine me laissait entendre avec finesse que Kazuo Ishiguro et moi, nous étions peut-être être demi-frères. C'était cela : Akounine m'affirma que maman avait eu une aventure avec le père d'Ishiguro durant ce séjour en Angleterre dont je n'avais rien su. Quand j'ai vu la transposition cinématographique de *Vestiges du jour*, avec Anthony Hopkins, j'ai pleuré d'émotion. Leonor et mes fils, qui m'accompagnaient, ne comprirent pas très bien — comment l'auraient-ils pu — la cause de mes sanglots.

# Maria Szymborska

Un dimanche matin, comme je sirotais une tasse de thé à l'Ambassade de Géorgie à Paris, sise au numéro 104 de l'avenue Raymond Poincaré, en compagnie de l'ambassadeur Ekaterine Siradze et de sa maîtresse Daria Phan, danseuse lyrique contemporaine, Akounine m'appela au téléphone. Il me pria de bien vouloir prendre immédiatement un vol pour Rome. Nous aurions, le lendemain après-midi, une rencontre de la plus haute importance avec le pape François et d'autres autorités ecclésiastiques. Je pris congé de l'ambassadeur Siradze et de sa séduisante petite amie et me rendis sans plus tarder à l'aéroport Charles de Gaulle.

La réunion était sans précédent. Le Saint-Père, l'imam Ahmed al-Tayeb de la mosquée Al-Azhar du Caire, la plus haute autorité de l'Islam sunnite, le patriarche œcuménique Barthélémy Ier, chef de l'Église Orthodoxe, et le grand-rabbin Israël Meir Laub étaient réunis dans la chapelle Sixtine. Parmi les témoins se trouvaient certaines de ces entités hindoues célestes que l'on appelle les « devas », un représentant d'Ishvara, Dieu suprême vénéré, et deux avatars de dieux descendus sur terre sous leur forme charnelle, Rama et Krishna.

La réunion avait été organisée précipitamment en raison d'une information apportée au Pape par le détective russe : elle concernait des liens de parenté aux conséquences historiques. Le couple Jobinovich avait effectué gratis pro Deo une analyse complète du génome des invités, y compris celui de François. Les résultats en étaient stupéfiants.

Selon les recherches d'Akounine et de quelques-uns de ses assistants — dont les plus fiables à mes yeux étaient les deux nains polydactyles et ce Japonais aveugle que le Russe avait engagé au tout début de son enquête — ma grand-mère maternelle, Maria Schwartsmann, née en Bessarabie, avait eu beaucoup de mal à tomber enceinte. L'oracle de Delphes qu'elle avait consulté lors d'une séance médiumnique organisée par le dibbouk — le démon des Juifs, certes, mais un démon saisi de remords à Yom Kippour, le Jour du pardon — lui prescrivit de boire six gorgées d'une certaine infusion. La mixture était composée des pires poisons que la botanique ait produits : *Nerium oleander*, *Actaea pachypoda* (le fameux œil de poupée), *Strychnos nux-vomica* (la noix vomique, ou vomiquier), *Taxus baccata* (ou if à baies, un cytotoxique), *cicuta*, *Aconitum*, *Abrus precatorius* (l'abrus à chapelet, pois rouge ou haricot paternoster) et *Atropa belladonna* (belle dame ou cerise du diable). Vingt-quatre heures après le rapport sexuel avec mon grand-père Albert, elle ressentait déjà les premiers symptômes de la grossesse. Et quinze mois plus tard, soit le temps de gestation d'une girafe, ma grand-mère donna le jour à des quadruplés.

Le pape François écouta en silence, puis, après quelques instants de réflexion, il s'adressa à l'auditoire en disant que le moment était de la plus haute importance pour l'humanité. Ils étaient frères jumeaux, oui, tous les quatre, lui, l'imam al-Tayeb, Barthélémy Ier et le rabbin Lau. Ils étaient tous les fils de ma grand-mère Maria, une Juive entre les Juives de Bessarabie, une simple maîtresse de maison, dont le seul rêve était d'élever sa progéniture en paix et en pleine santé. Le pape déclara, les larmes aux yeux, que cette révélation pourrait avoir une importance spirituelle comparable à la venue au monde du Messie. Cet épisode est bien le reflet de la réalité, contrairement à une grande partie de ce récit bondé de contrevérités. En raison de son caractère transcendant, le Saint-Père me demanda de ne jamais évoquer cette journée : c'est la première fois que je manque à mon serment.

Malheureusement, comme tant de gens de bonne foi, je fus la victime de profiteurs, d'êtres moins humains qu'ils ne semblaient l'être et qui allaient exploitant mon irrépressible vanité. Leonor et moi, nous logions dans la suite de l'Athénée Palace Hotel, de la Strada Episcopiei de Bucarest, quand je reçus une lettre d'Interpol, l'organisation internationale de police criminelle.

On m'informait de ce que des agents avaient finalement retrouvé et arrêté un couple d'escrocs. Ce couple était connu pour avoir extorqué d'énormes sommes d'argent à des personnes innocentes en leur laissant accroire qu'ils étaient parents de personnages illustres. La femme se présentait sous le nom de Melina Antoniades, fausse identité parmi d'autres : elle se faisait aussi appeler Laura Karoline Chivartman, Valery Baptiste et Tania Karvalovski. Sa technique de prédilection consistait à repérer des personnes vaniteuses et sottes, de préférence dans des salons de thés ou les lobbies de grands hôtels, et à les présenter à son amant, un gangster international du nom d'Aleksander Akounine. Je perdis connaissance.

Son vrai nom était Maria Szymborska, elle était née à Kórnik en Pologne. Elle était la cousine de Wislawa Szymborska, lauréate du prix Nobel de Littérature en 1996, et qui n'était en rien impliquée dans les exactions de sa cousine. La biographie de Wislawa est passionnante. Elle débuta sa carrière littéraire au cours de la Seconde Guerre mondiale, durant les années difficiles de résistance culturelle des Polonais à l'occupation nazie. En 1962, elle attira l'attention de la communauté littéraire avec son œuvre poétique *Sel* puis avec divers recueils de poésie, tels *Deux points*.

Selon Interpol, Maria descendait du côté de sa mère de Margaretha Gertruida Zelle, plus connue sur le nom de Mata Hari, une danseuse originaire des Pays-Bas qui était devenue un symbole de l'audace féminine. En 1895, elle s'était mariée à Amsterdam avec le capitaine Rudolf MacLeod, puis était partie vivre à Java, où elle avait appris les danses indigènes et ces techniques sexuelles toutes orientales grâce auxquelles elle devint, plus tard, une courtisane de luxe. Entre 1914 et 1916, Mata Hari se produisit avec succès dans plusieurs villes européennes puis se rendit à Berlin où elle devint la maîtresse du chef de la police locale. Celui-ci l'introduisit auprès d'Eugen Kraemer, consul allemand à Amsterdam et membre éminent de l'intelligentsia. Elle devint alors «l'agent H-21» et commença à travailler comme espionne des forces prussiennes. Selon le service d'Interpol chargé des recherches sur les sujets sensibles, elle était, du côté maternel, la grand-mère de Wladimir Schwartzman, qui répondait aussi au nom d'Edgar Hoover, et qui allait devenir pour longtemps le directeur du FBI. Selon les enquêteurs chargés de traiter la forfaiture dont j'avais été victime, nous avions sans aucun doute, lui et moi, des liens de parenté. En 1917, Mata Hari fut arrêtée par la police française dans sa chambre de l'hôtel Élysée Palace de Paris. Elle fut fusillée dans la forteresse de Vincennes en octobre de la même année.

Son corps fut ensuite utilisé lors de séances d'anatomie de la Faculté de Médecine et sa tête embaumée fut exposée jusqu'en 1958 au musée de la Préfecture de Police de Paris où elle fut finalement dérobée par un admirateur nommé Salomon Schwartzmann, lequel, selon Interpol, était aussi un membre de ma famille. Mata Hari avait pris part à certains de mes récits et ses mânes furent parfois invoquées par mon couple de crapules au cours de leurs sinistres entreprises. Guy Zwartzman, le mari de Maria Szymborska, qui était aussi son complice, utilisait plusieurs noms, dont le plus populaire était celui d'Aleksander Akounine, mais il y avait aussi Markito Mayer, Sergius Savitsky, Krisztof de Rocancourt, le baron Antoni Sartouris, Hippolyte Rossignol : il s'était même fait passer pour le vétérinaire hongrois Maurus Biazulis. Guy aussi était mon cousin. J'éprouvai tout de même un certain plaisir quand j'appris qu'il était un descendant direct du grand Winston Leonard Spencer

Churchill, l'un des principaux leaders politiques du XXe siècle, Premier ministre du Royaume-Uni pendant la Seconde Guerre mondiale. Churchill était né en novembre 1874, il mourut en janvier 1965. En 1953, il reçut le prix Nobel de Littérature bien que nombre d'écrivains considérassent qu'il méritait plutôt celui de la paix. Son talent littéraire est pourtant digne d'éloges : en témoignent en particulier son *Histoire des peuples de langue anglaise* et ses récits sur la Seconde Guerre.

Maria et Guy avaient été arrêtés après des décennies de recherches et une spectaculaire série d'évasions. Guy s'était enfui de la prison de l'île du Diable en Guyane, en compagnie du fameux « Papillon ». Ce dernier était un prisonnier français qui, dit-on, vécut au Brésil sur ses vieux jours et fut enterré à Vila Surumú, au nord de l'État de Roraima. L'histoire de son évasion fut volée par l'écrivain Henri Charrière à René Belbenoît, autre fugitif, un intellectuel polyglotte qui avait décrit la trajectoire du bagnard. Maria, pour sa part, s'était échappée de la prison d'Alcatraz, au large de São Francisco. Les deux crapules étaient considérées par Interpol comme un des couples de délinquants les plus éhontés en activité dans les bas-fonds criminels. Ils se plaisaient à attaquer les veuves bien nanties, les millionnaires solitaires, les maris en manque d'affection, ou tout simplement ceux que leur infatuation rendait idiots, des gens ordinaires victimes de leur futilité et qui étaient en quête de qui liât leur destinée au monde de la notabilité. Les deux complices furent arrêtés comme ils étaient en train de prendre le thé à la terrasse du Crillon, Place de la Concorde à Paris, en compagnie de Lucianna Calzini, riche veuve italienne à la redoutable haleine. La dame cherchait désespérément à localiser son héritier, le poète portugais Josias Cristus Camargo, qui s'était enfui de l'infirmerie d'une maison de santé de Davos censée être celle-là même qui avait hébergé Castorp, le personnage de Thomas Mann dont j'ai parlé plus haut.

Interpol trouva dans les bagages du couple un classeur contenant des dizaines de notes de frais parmi lesquelles se trouvaient des reçus de transferts bancaires réalisés en mon nom. Ils en déduisirent que j'avais été la victime la plus récente des deux acolytes. Guy et Maria, ou Akounine et Melina, possédaient les faux passeports de plus de trente pays. Quant aux deux nains turcs, ils n'existaient tout bonnement pas. Leur rôle était joué par le très talentueux Louis Antoine Gomez Paím, l'éditeur de *L'Illustration*, revue fondée à Paris le 4 mars 1843.

Guy utilisait aussi les noms de Karl Menk, Antón Renér, Santus Vitolus et, croyez-le si vous le voulez, celui de Charles Robert Chwartzman, mon propre frère ! Il n'est pas jusqu'au nom d'Hiroito Kazaki qui n'apparût sur l'un des passeports, sous une photographie savamment orientalisée. Le service des cas psychocriminels d'Interpol attira mon attention sur le fait que Guy et Maria possédaient, comme le Christ et le Roi Pelé, le don d'ubiquité. Ils avaient aussi d'autres dons dont on pouvait dire qu'ils frisaient le surnaturel. Ils disparaissaient et apparaissaient lorsqu'ils le voulaient, ce qu'aucune explication scientifique ne pouvait justifier. Lui empestait le souffre et elle le parfum français de très haut aloi.

Ils étaient aussi capables de repentir et pouvaient même pleurer en certaines circonstances. Maria, ou Melina, présentait une singularité des plus intéressantes : lorsqu'elle montait sur une balance, la diablesse défiait les lois de la gravité, elle ne pesait rien. Mais ce qui préoccupait le plus les agents d'Interpol, c'est que le couple était capable de résurrection.

Vous me pardonnerez de continuer à parler d'eux comme d'Akounine et de Melina : ne plus le faire me serait par trop cruel. Je dois ici confesser ma sympathie paradoxale pour ces deux êtres. Je regrette qu'Akounine et Melina aient inventé mes émouvantes racines communes avec Max, des lauréats du prix Nobel de Littérature, tous les liens de parenté qu'ils prétendaient avoir découverts. Je déplore aussi que le couple de faussaires ait échafaudé la torride histoire d'amour entre maman et le Nobel 2017 Kazuo Ishiguro : j'avais adoré l'idée de cette romance. Et que dire des grandes figures de l'Histoire avec lesquels j'avais censément des liens de parenté !

Les policiers d'Interpol me firent remettre plusieurs paquets, dont Akounine, ou qui diable il était, voulait absolument me faire présent, avec ses plus sincères regrets. J'eus accès à une révélation d'une considérable gravité contenue dans les confessions du couple. L'information me fut envoyée dans une enveloppe cachetée à l'adresse de ma mère, au 353, Rua Fernandes Vieira, dans le quartier de Bom Fim de Porto Alegre, résidence principale de ma génitrice. La résidence d'hiver de maman se trouvait à Gstaad, dans la municipalité de Saanen, la partie germanophone de Berne, au sud-ouest de la Suisse : elle y avait un chalet sis entre ceux de Madonna et de Roman Polanski.

Interpol devait compter sur la noblesse d'âme de ma très chère mère qui n'eût jamais ouvert une lettre qui ne lui fût point adressée. L'enveloppe contenait une confession détaillée d'Akounine et de Melina. Ils s'y disaient deux « anges déchus », deux démons, certes, mais qui jouaient un rôle ambivalent dans la lutte du diable et de l'Archange Saint Michel pour la domination du Ciel. Akounine confessait qu'une nuit, il avait incorporé Dracula et sucé une partie du sang de ma jugulaire gauche tandis que je dormais dans un hôtel parisien. Quelque temps plus tard, Melina sirota celui de ma jugulaire droite comme je dormais paisiblement dans une chambre de Machu Picchu.

L'un des documents trouvés par Interpol attestait un lien de parenté direct entre ma trisaïeule maternelle Sofia Gerson et le naturaliste italien Antonio Raimondi qui, en 1865, visita pour la première fois les ruines péruviennes. C'est lui qui confia les secrets de Machu Picchu à l'Allemand August Berns, un parent lui aussi, qui découvrit ces ruines en 1867, quatre décennies avant la création de la compagnie minière *Compañía anónima explotadora de las huacas del Inca*. À la même époque, en 1870, l'Américain Harry Singer décrivit le mont Machu Picchu et le dénomma « Punta Huaca del Inca », « huaca » désignant, dans les Andes anciennes, un site sacré. Une décennie plus tard, le Français Charles Wiener confirma l'existence de restes archéologiques dans les ruines de Machu Picchu, après avoir retrouvé les restes de la mère de ma trisaïeule à côté de l'os du sacrum d'Américo Vespúcio.

C'est Hiram Bingham, de l'université de Yale, (en réalité Hirum Mesonave, un parent de ma femme), qui révéla au monde en 1911 les richesses de Machu Picchu. Hirum et son collaborateur scientifique, le Comte Luigi Bataglia, cousin de l'écrivain Giorgio Bataglia, lui donnèrent le surnom de « ville perdue des Incas ». Leur fameuse expédition fut sponsorisée par la National Geographic Society et une juteuse donation du Comte, elle fit l'objet d'un numéro spécial de la revue de la NGS en 1913, numéro qu'Akounine m'offrit.

Le Russe — qui n'était rien moins que russe, mais qui était un Juif issu d'un père de Bessarabie, c'est-à-dire un parent à moi, et d'une mère française, ce qui expliquait qu'il se prénommât Guy — m'avait toujours donné l'impression d'avoir passé un pacte avec le diable, mais j'avais néanmoins nourri une grande sympathie et une grande admiration pour lui en dépit de cette hypothèse mentale. En vérité je ne vois aucun empêchement, moral ou de quelque ordre qu'il soit, à commercer avec des êtres venus d'autres mondes. Au contraire, je juge ces interactions très saines. Le contenu documentaire que le faux Russe m'avait envoyé était de la plus haute importance : le Vatican m'informa plus tard de ce qu'une demande de rançon d'un million de dollars avait concerné certains de ses éléments.

L'un des lots contenait des documents rarissimes rédigés par Michel-Ange et qui avaient été volés dans les archives papales cinq cents ans auparavant. Ils étaient bien signés de la main de l'auteur du *David*, de la *Pietà*, du plafond de la chapelle Sixtine, qui fut aussi le concepteur l'auteur d'une partie du projet de la Basilique Saint-Pierre de Rome. Akounine voulait me faire plaisir : entre nous s'était nouée une solide affection que ses fausses recherches sur une parenté me liant à Max Schachtman avaient consolidée. Le porte-parole du Vatican affirma qu'une religieuse affectée aux archives du pape avait daté ces documents de 1554, c'est-à-dire de dix ans avant l'année de la mort de l'artiste. Ils contenaient des détails sur un projet de Michel-Ange visant à fabriquer des chaussures volantes dotées d'une autonomie de dix-sept heures et trente minutes. Je n'ai pas conservé ce document-là : j'ai décidé de le renvoyer à Rome à mes frais.

Le démon russe m'avait aussi envoyé un immense coffre accompagné d'un mot m'indiquant qu'il me faisait don des bijoux dont il était empli afin de m'exprimer toute son affection et son admiration. C'était là des faux presque parfaits : il était presque impossible de les distinguer des pièces originales. Ils avaient été réalisés par l'un de ses meilleurs amis, un Juif d'Amsterdam, David Chwartzman, qui était certainement mon parent : quand il le voulait, Akounine savait se montrer très spirituel. Les bijoux originaux faisaient partie des parures les plus convoitées de la reine Elizabeth II d'Angleterre. Ils avaient été volés dans le coffre d'une banque de Londres et valaient plus de cinquante millions de dollars. Mais peu importe ici leur valeur numéraire. C'étaient des tiares, des colliers, des bagues, des boucles d'oreille, des bracelets, et des broches au goût sûr de la reine, dont une grande partie provenaient de dons ou d'héritages.

Je tiens pour l'une des composantes les plus émouvantes de toute cette histoire cette confession écrite d'Akounine dans laquelle il affirmait avoir été l'ange en gabardine mastic qui m'avait consolé, le matin où je m'étais rendu au service d'État-civil de Porto Alegre pour y déclarer le décès de mon père. Il m'expliquait qu'en raison de leur constante ambivalence, Melina et lui avaient bien souvent pris le parti de Dieu et de la grandeur céleste, aux côtés de l'archange saint Michel, contre la cruauté du diable. Ce n'est qu'en second lieu qu'ils l'avaient rejoint mais ils balançaient toujours, en une interminable psychomachie, entre le bien et le mal.

Un présent d'Akounine m'avait ému plus que les autres : il s'agissait d'une première édition de *Madame Bovary*, par conséquent datée de 1857. La couverture avait été partiellement restaurée, à l'en croire, par madame Zuneide Britto Velho, une amie à lui d'origine luso-italienne, qui possédait une boutique spécialisée en livres anciens, rue Bonaparte dans le Quartier latin. Il était accompagné d'un message original de Flaubert à sa Louise Colet, daté du 14 août 1853, dans lequel il écrivait : « tout ce que nous inventons est véritable », et : « la poésie est une affaire aussi précise que la géométrie ». À la sortie du roman, Flaubert dut subir un procès pour offense à la morale publique. Le personnage d'Emma Bovary ébranla la société française du XIXe siècle. Elle attira l'attention des psychanalystes, qui en vinrent même à créer le terme de « bovarysme ».

Le personnage construit par Flaubert est celui d'une provinciale, d'une bourgeoise typique de son temps, produit d'une société médiocre et moraliste mue par l'obsession de l'ascension économique et sociale. Il évolue au sein de la société patriarcale du XIXe siècle où l'Église et l'État observaient la femme avec suspicion. Cette œuvre est une acmé de réalisme et constitue un soufflet administré à son temps. On y voit une jeune fille élevée en province par des religieuses dans un couvent s'adonner compulsivement à la lecture et rêver ses rêves de bourgeoise. Elle se marie avec un médecin très ambitieux, Charles. Bien vite, Emma constate que sa vie de femme mariée ne ressemble en rien aux vies livresques. Même la naissance de sa fille ne la rend pas heureuse. Elle expérimente dans l'adultère la liberté et l'enchantement dont elle rêvait tant. On dit qu'à l'image de celle de Balzac, l'œuvre de Flaubert a été fondamentale pour l'éclosion du réalisme littéraire : l'auteur s'y livre en effet à des descriptions minutieuses et raisonnées sur personnages et situations.

Un jour, Rodolphe Boulanger, un jeune homme riche et séduisant, fait par hasard la connaissance d'Emma à l'occasion d'une visite chez le médecin. Il la séduit et Emma commence à éprouver les vives émotions de l'adultère. Mais les extravagances d'Emma l'amoureuse sont coûteuses et cette aventure ne sera que passagère. Emma tombe malade et se tourne vers la religion. Charles est écrasé sous les dettes qu'elle lui a laissées. Emma tombe alors follement amoureuse de Léon, jeune homme qu'elle a rencontré à son arrivée à Yonville. Mais elle se rend compte que cette relation ne répond pas davantage à ses aspirations romanesques : elle est de nouveau déçue. Elle s'endette et va même jusqu'à emprunter de l'argent à des gens qu'elle connaît à peine. Son désespoir s'accroît et, prenant conscience qu'elle est prise en étau entre frustration conjugale et dépit adultérin, elle se suicide en absorbant du poison.

Charles Bovary sombre dans la misère et découvre les trahisons de sa femme. Il est bouleversé, tombe malade et meurt. Quant à Berthe, la fille du couple, elle va vivre chez une tante et est obligée de travailler pour survivre. Flaubert et le propriétaire de la revue qui publia le roman furent estés en justice pour offense à la morale et à la religion, ce qui ne fut pas sans éveiller un vif intérêt du public pour le livre.

Flaubert fut acquitté, mais les conservateurs ne l'absolurent jamais. Chose intéressante, Guy, ou Akounine, avait glissé en toute discrétion, entre les pages 83 et 84 du volume, un message dans lequel il affirmait que Flaubert, lui et moi avions des liens de parenté, que ce fût du côté paternel ou maternel. L'argument de l'œuvre emprunte à un fait réel : Flaubert s'était inspiré d'un article sur le suicide commis, en Normandie, par la femme adultère d'un notable. Je ne peux omettre de mentionner ici que l'un des plus beaux contes que j'aie lus dans ma vie est du même Flaubert : il s'intitule *Un Cœur simple* et figure dans le recueil *Trois contes*. Il décrit la vie de Félicité, une femme modeste qui rêve de se marier un jour et d'être heureuse et qui, n'y parvenant pas, trouve un emploi dans une maison de famille, emploi auquel elle se voue corps et âme. Elle ne prend goût à la vie que lorsqu'elle commence à prendre soin d'un perroquet que la famille a adopté puis oublié. À la mort de l'animal, elle le fait empailler et le garde auprès d'elle. Dans la scène finale, Félicité, en proie au délire de l'agonie, voit Lulu, son oiseau chéri, défiler au cœur d'une procession. C'est réellement là une scène anthologique !

Déchiré entre déceptions et surprises liées aux menées de mon couple d'imposteurs, je me souvins d'un autre parent illustre dont Akounine m'avait juré sur ses grands dieux qu'il était le cousin de mon arrière-grand-mère : Honoré de Balzac. Balzac est né le 20 août 1850 et il a décrit la nature humaine comme peu l'ont fait. Il a influencé Proust, Zola, Dickens, Dostoïevski, Flaubert, et même Italo Calvino et Machado de Assis.

Rodin mit sept ans pour achever la sculpture de Balzac que lui avait commandée la Société des gens de lettres et qui provoqua une grande indignation. On ne pouvait concevoir de présenter une telle horreur : ne s'agissait-il pas d'honorer celui qui, survivant à ses manies, à sa vanité et à ses naufrages financiers et amoureux, avait, avec un talent prodigieux, conçu une œuvre qui, par son ampleur et sa profondeur, transcendait celles de ses contemporains ?

Si vous ne l'avez pas encore fait, je vous suggère de lire tout ou partie de *La Comédie humaine* de Balzac, ce colossal ensemble de romans, de nouvelles et de contes consacrés à une bourgeoisie en pleine ascension à l'époque de la Révolution française et de la Restauration. Je serre précieusement l'une de ses parties dans ma bibliothèque, *La Femme de trente ans*, roman dont est issue l'expression « femme balzacienne », qui renvoie aux femmes mûres. Dans ce livre, comme s'il anticipait le féminisme, Balzac pénètre aux tréfonds de la psyché féminine par le biais de l'histoire, scandaleuse pour l'époque, de la triste Julie, tenaillée par des problèmes sentimentaux et un mariage malheureux.

*Eugénie Grandet*, son plus grand roman, propose une analyse de la futilité des petits-bourgeois, de la puissance téléologique de l'argent, des frustrations amoureuses : en un mot, de la condition humaine. C'est un remarquable portrait de la France du XIXe siècle. J'ai aussi lu, sur les conseils de mon cher professeur Dona Giselda, *Illusions perdues*, et puis *Le Père Goriot*.

Dans ce livre, on découvre le mystérieux Vautrin, grand séducteur de dames de la haute société. Mais son protagoniste est Eugène de Rastignac, un étudiant venu de province à la recherche de ce Paris rêvé qui le soumet à toutes les tentations et à leurs périls. Selon Akounine, la forme du crâne de Balzac était identique à celle du crâne de ma sœur Margareth et ses fosses nasales identiques à celles de mon frère Carlos Roberto. Le Russe d'opérette disait que l'observation des photographies de parents de Clara, ma grand-mère maternelle, avait chassé tous ses doutes : Balzac et moi, nous étions bien parents. Je me souviens du petit air narquois qu'il arborait en me l'annonçant. Il dissimulait sans doute une tenace envie de rire quand il allait me flattant en m'inventant sans cesse de nouveaux liens de parenté illustres, suscitant chez moi plaisir aveugle et assentiment quasi mécanique.

## L'Albatros

Je pensais innocemment que les démons m'avaient oublié mais voici qu'un autre d'entre eux fit soudain irruption dans mon esprit. C'était Koschei, personnage malfaisant issu de la mythologie slave et dont le nom russe dérive du mot «os». Il est immortel et aime asservir de jeunes et belles créatures femmes. Pour le conjurer, il faut trouver une aiguille celée dans un œuf celé dans le sein d'un animal celé dans un bahut amarré à un chêne, dans une île nommée Buyan sise au milieu de l'océan : Pouchkine l'a évoqué dans un de ses poèmes.

Akounine m'avait aussi confié, dans une enveloppe cachetée, les résultats d'une analyse des cheveux et des gencives d'Hitler, accompagnés d'une théorie d'études génétiques sur ma possible consanguinité avec des individus de ma connaissance. Il m'enjoignait de ne jamais ouvrir l'enveloppe : elle contenait des informations aux conséquences imprévisibles et possiblement des plus graves. Il me le recommandait au nom de l'immense considération qu'il affirmait avoir pour moi.

L'un des examens d'ADN réalisés sur les restes d'Adolf, confirmait leur compatibilité génétique avec le génome des bonobos, des chimpanzés nains. Ces animaux présentent de longues pattes et une toute petite tête. En 1995, le primatologue Frans de Waal expliqua que les bonobos types ont des lèvres rouges, de petites oreilles et la raie du pelage divisé. En cela, Hitler leur ressemblait certes. Les bonobos se différencient des chimpanzés de taille normale par la domination qu'exercent les femmes au sein de leur population. Dans le cas d'Eva Braun, c'était l'inverse.

Je niais obstinément que cela fût possible, Akounine se pourprait d'un rouge sombre et commençait à empester. Au bas de son dos s'érigeait une protubérance : une queue de bouc.

L'adorable coccyx de Melina laissait lui aussi apparaître un appendice sinueux et beau qui le prolongeait et se mouvait avec la discrétion d'un serpent venimeux. Tous trois, nous feignions de ne point remarquer ces transformations physiques qui s'observaient parfois sur leurs corps. Elles n'étaient au fond peut-être qu'une mienne impression. Peu à peu, j'appris qu'elles étaient consubstantielles à leur personnalité. Cependant, ces queues n'apparaissaient chez eux que dans certaines circonstances : chez Melina, c'était à ses moments de plus vive sensualité. Les appendices ne suffisaient pas à offusquer leurs autres caractéristiques : c'étaient des êtres sensibles et amusants qui adoraient la littérature.

Akounine et Melina daubaient sans cesse sur moi en raison de cette manie qui m'envoyait toujours voir ailleurs si j'y étais à d'un bout à l'autre de la planète à la recherche de mon « identité universelle ». C'était des démons, j'en suis convaincu. En faisant usage de mes aptitudes mentales, il ne me paraissait pas si difficile de dompter certains de leurs traits diaboliques. Mon parent Sigmund Freud dirait à cet instant que la dénégation est un mécanisme inconscient. Lorsque je le désirais, je niais leur inhumanité. Les alcooliques nient l'être. Un optimiste peut faire comme si les choses ne pouvaient en aucun cas pas mal se passer. Je les ai aimés et j'ai nié ce qui m'inquiétait en eux. Le déni est un moyen de répression des pensées que notre mémoire peine à tolérer, nous donnant ainsi la fausse sensation que ne pas penser à un problème revient à le maîtriser.

Le prix psychique peut être extrêmement élevé lorsque notre énergie mentale est totalement canalisée par un déni. Je ne considère pas Akounine comme un démon comme Koschei, le vilain des mythes slaves. Il ne remplit pas les conditions requises pour être ce séquestreur sadique qui viole les femmes et dont nous ne pouvons nous délivrer qu'en détruisant l'âme. Koschei se muait en aiguille et demeurait planté dans un œuf d'oie. L'oie pénétrait un lièvre enfermé à double tour dans une boîte de fer. La boîte était enterrée à l'ombre d'un chêne dans une île du nom de Buyan. Mon Dieu, cela ne ressemblait en aucun cas à Akounine, ça! Lui, il avait une âme d'artiste. Je ne suis jamais allé dans cette île. Elle apparaît dans de nombreuses œuvres littéraires et folkloriques et conserve son caractère de mystère. Elle apparaît dans des contes de fées du grand auteur russe de l'époque romantique, Alexandre Sergueïevitch Pouchkine, connu pour s'être battu en duel vingt et une fois. La dernière, il fut blessé au ventre par Georges d'Anthès, qui avait fait la cour à son épouse Natalia Nikolayevna Pushkina-Lanskaya. Pouchkine mourut quelques jours plus tard. J'ai noté que le record du nombre de duels était détenu par le comte portugais Mario Rocha Teixeira, lui aussi mon parent, qui a défendu l'honneur des femmes qu'il aimait quarante-neuf fois et a gagné tous ses combats. Si Pouchkine a évoqué Buyan, c'est qu'elle a quelque chose de poétique : Koschei aussi. Dans l'un de ses textes, Buyan était un sanctuaire de l'antique civilisation Arata des Aryens d'Ukraine, de Biélorussie et du sud de la Russie. Dans d'autres, elle était le symbole géographique de Ra et du dieu du soleil Svyatovid.

Les démons, Akounine et Melina en particulier, me paraissaient supportables et en de nombreuses occasions formidables. Ils étaient d'excellents compagnons de ces aventures oniriques dont la plupart ne ressemblent souvent en rien à celles à quoi dispose le monde réel. C'était simple : nous profitions de mon désir de parenté pour causer Bible, Histoire, littérature, bibliothèques et bien entendu du diable. Je trouvais tout cela proprement merveilleux. Une fois, Melina entra dans ma chambre d'un hôtel de Naypyidaw en Birmanie (de nos jours le «Myanmar») et elle me surprit tout nu, sortant de la douche. Tandis que je m'essuyais sans lui prêter attention, Melina me regarda des pieds à la tête et éclata de rire. Je lui demandai la raison de cette hilarité.

Observant ma nudité, elle darda son regard sur mes pieds et me dit qu'elle comprenait finalement certaines de mes attitudes : mon pied droit avait un métatarse de trop. Je me souviens qu'afin d'éviter de susciter mon trouble et de me maintenir en état de concentration sur la recherche de mes liens de parenté, Melina changea de sujet et se mit à me parler sans transition de la vie de Max Shachtman et de Trotski. Je confesse que j'ai toujours éprouvé un plaisir sans égal à prendre connaissance de ce genre d'informations que je jugeais délectables, sussé-je qu'elles étaient mensongères, inventées de toutes pièces pour me berner par ce couple d'escrocs internationaux qui servent aussi bien Dieu que le diable.

Mais revenons à notre visite au musée de la Ville de Mexico : mon analyse de l'arbre généalogique de Léon Trotski me révéla l'existence d'un de ses descendants issus de la lignée de Serguei Sedov, le cadet de Trotski et Natalia Sedova. Je parle de David Akselrod, né en 1961 et fils de Yulia Sedova, la petite fille de Serguei. Je me suis intéressé à son cas car je connais plusieurs « Axelrud » à Porto Alegre. Mais je ne saurais établir s'ils ont un lien quelconque avec l'Akselrod qui figure dans la lignée des descendants de Trotski. Il y a aussi un David Axelrod compositeur, arrangeur et producteur musical, mort il y a deux ans aux États-Unis. Un autre est né la même année que moi, en 1955, et il fut le conseiller de Barak Obama. Le David Akselrod, arrière-petit-fils de Trotski et de Natalia, que je vis paraître sur l'arbre généalogique de la famille, est le fils de sa petite fille, Yulia Sergueevna Sedova dont le nom patronymique signifie « fille de Sergueï ». J'ai découvert qu'il était né en 1961. Il vit à New York et est le discret rabbin d'une des communautés locales.

Je pense qu'il jugerait improbable que j'eusse consacré tellement de temps et d'énergie à établir l'histoire de l'assassinat de son ancêtre Léon Trotski. Le fait est pourtant que savoir d'où l'on vient agit sur nos sentiments les plus intimes et nous bouleverse. C'est un peu comme plonger dans notre passé et retrouver les vestiges de l'origine du monde. Si nous découvrons d'où nous venons, qui sont nos ancêtres, nous créons un lien au-delà du temps. David est un rabbin et les rabbins aiment rêver. Ils savent que l'histoire de l'homme est commune et que si, au fil des siècles, apparaissent des peuples distincts, ils ne le sont qu'en apparence. Nous, les êtres humains, nous sommes tous égaux, égaux d'une égalité quasi monotone. Nos différences seront toujours moindres que nos similitudes : nous sommes des êtres qui aiment, qui souffrent, qui éprouvent la « saudade » brésilienne, qui se souviennent et qui gardent en eux le profond désir de se réconcilier avec leur passé. La vie humaine pourrait être beaucoup plus substantielle, conséquente, si l'on prenait conscience des interconnexions qu'elle recèle, de la génétique à l'Histoire.

Nos croyances, nos déductions et nos suppositions peuvent n'être que de simples conjectures. Elles peuvent n'être que le fruit d'un désir d'appartenance, de la sensation déplaisante que tout est désunion et que nous ne sommes que le fruit de coïncidences, dans un monde où rien ne correspond à rien. Les corrélations sophistiquées que nous établissons pour pallier cette sensation peuvent ne correspondre en rien à la réalité et nous mener à cette dangereuse et décevante conclusion qu'une personne donnée n'a en effet rien à voir avec l'autre. J'ai voulu que ma voie ne soit pas celle-là, comme dans le *Cantique Noir* de José Régio, « Je sais que ce n'est pas là que je vais ! » Mais les circonstances de mes « mille et une nuits » ne me guideront pas vers le but espéré.

Lors d'une visite aux Catacombes de Domitilla, via Ardeatina 282 et via delle Sette Chiese, tout près des catacombes de Calisto, à Rome, je découvris l'existence des « missionnaires du Verbe divin ». Il s'agit d'une confrérie de prêtres et de dévots qui ont accepté de prendre soin des lieux à la demande du Saint-Père. Les catacombes se situent à l'emplacement de l'ancien « praedium domitillae », comme il est indiqué dans les sources littéraires anciennes et dans les découvertes épigraphiques. Au Ier siècle, dans la famille des Flaviens, l'on trouvait deux « Flavia Domitilla » : l'une était l'épouse du consul Flavio Clémente et l'autre sa petite fille, qui fut vénérée comme martyre au IVe siècle.

Dans ces catacombes, j'eus une nouvelle vision, il me sembla avoir vu une âme issue d'un autre monde. C'était Akounine : il me disait avoir commis une énorme erreur qu'il convenait de réparer. Il faisait référence à mes liens de parenté avec Charles Baudelaire. Akounine désirait me tromper avec douceur, aussi veillait-il à ne jamais oublier de me faire parent d'un de mes auteurs de chevet : n'était-ce pas là ce qu'on appelle de l'amour ? Le Russe d'apparat me raconta qu'après la mort du père putatif de Baudelaire, sa mère s'était remariée avec un militaire, qui lui imposa une éducation extrêmement rigide et puritaine qui provoqua en lui une grande révolte. Sa mère l'aida à partir vivre à Paris dans un petit appartement qui appartenait à son père véritable, un antiquaire juif très cultivé, dont elle s'était jadis éprise.

L'homme, alors âgé de cinquante ans, le reçut avec beaucoup de tendresse. Selon Akounine, il s'appelait Jacques Levi-Schwatzman. Il venait de Pologne, mais était issu d'une famille originaire de Moldavie. Selon lui, Baudelaire et moi, nous étions parents via la lignée de mes ancêtres juifs français. Songez quelle merveille ! Le souhait de ce démon attendri était de me mentir exactement comme l'avait enseigné Oscar Wilde :

il faisait du mensonge un art. À Paris, Baudelaire se rapprocha des intellectuels français mais aussi de l'alcool, des drogues et des prostituées. De là lui vint cette syphilis qui allait l'emporter. Qu'il fût mon parent ou pas m'importait peu ! Sa célébrité littéraire débuta avec Les Fleurs du mal, recueil paru en 1857 qui lui valut d'être accusé d'immoralité. Il publia plusieurs œuvres importantes telles *Les Paradis artificiels* et *Le Spleen de Paris*.

Baudelaire, avec Aloysius Bertrand, est le précurseur de la poésie en prose, cette poésie sans succession logique et qui peut être lue de façon aléatoire. Lors d'une fête des pères, je récitai « L'Albatros » à l'école. C'est un poème que l'on pourrait qualifier d'élégiaque. Le poète y devient oiseau, il évoque sa douleur de « prince des nuées » quand, « exilé sur le sol, au milieu des huées », il s'aperçoit que « ses ailes de géants l'empêchent de marcher ». Les thèmes préférés de Baudelaire sont la mélancolie, le plaisir, l'effroi face au temps qui passe, et l'opposition à la religion et aux coutumes. Il fut déifié par les plus jeunes, qui voyaient en lui le fils du romantisme et du symbolisme.

Je me souviens qu'une nuit, comme je dormais tranquillement chez moi, l'archange saint Michel vint me visiter. Il ressemblait à l'albatros du poème. Il posa ses ailes sur mon lit et me pria de lui accorder un peu de mon temps. Il m'expliqua que de nombreuses choses qu'Akounine m'avait mises en tête étaient fausses. Il n'était qu'un avatar du diable, toujours gentil et flagorneur. L'Archange me dit que j'avais été victime d'une tentation du diable et que je n'avais jamais eu aucun lien de parenté avec Baudelaire. Ce n'était pas possible. Melina aussi était le diable. Je répondis à Michel que je savais déjà tout à son sujet : elle n'avait en effet rien d'une innocente.

Ma complicité avec Akounine m'avait permis de me délecter de ses mensonges tout comme mon corps avait très souvent joui des séductions de Melina, dont les courbes de sirène ensorcelleraient n'importe qui. Je m'étais rendu compte dès l'orée que le sieur Akounine fourbissait toujours avec soin ses arguments de sorte que je fusse convaincu que ce qu'il me disait était véridique. Il n'était pas possible d'avoir autant de liens de parenté avec des gens importants. Mais à peine en avait-il terminé avec une histoire qu'il me faisait miroiter un autre lien de parenté plus spectaculaire encore. Je dois l'avouer : en dépit de tous mes efforts, Max Shachtman et moi, nous n'avons jamais eu confirmation ferme de nos liens de parenté.

Tel le serpent des folklores, Akounine et Melina utilisèrent la tentation pour m'aveugler. Max et moi, nous n'avons rien à voir l'un avec l'autre. Mais cela n'ôte rien au fait que toutes ces histoires étaient merveilleuses. Le serpent ne nous tente que pour nous donner accès à la connaissance. C'est ce que fit Prométhée lorsqu'il apporta le feu à l'humanité. Je vous demande bien pardon de vous avoir engagés à mes côtés dans cette recherche maniaque de liens de parenté entre Schwartsmann et Shachtman. Peut-être le moment est-il venu de vous en informer une bonne fois pour toutes : jamais aucun membre de ma famille, fût-il très éloigné, n'a eu la moindre intimité avec Trotski ou quelque leader révolutionnaire russe que ce fût. Max et moi, nous n'avons aucun lien généalogique.

Pourtant, il y a peut-être une autre manière de considérer la question. Il y a peut-être bien une parenté entre nous mais, pour la trouver, il faudrait remonter à la fin du XIIe siècle et pénétrer à nouveau dans l'*Hortus deliciarium*. J'adorerais que cela fût possible. Je fais ici référence à la page fameuse où est représenté l'arbre généalogique supposé de Jésus Christ. Peut-être nous enseigne-t-il que l'on peut être parent de qui bon nous semble. Peut-être est-ce là le contenu profond de cette parole glorieuse du fils de Dieu : «pour Jésus Christ, avec lui et en lui, à vous, Dieu le Père Tout-Puissant», qui figure à la fin de l'oraison eucharistique. Quel mal y aurait-il si, à la fin de mon long cheminement, le Christ en personne attestait devant moi que nous avons bien une commune origine, Max et moi ? Et si ma conviction sans preuve n'était que la conséquence d'un désir tout humain de croire, de croire tout bonnement ?

Qui sait si je ne pourrais pas attester ces liens familiaux que je pressens sur la base de la « généalogie de Jésus » ? Un jour, Akounine sous-entendit qu'il était prêt à réaliser n'importe lequel de mes désirs, il voulait même bien unir mon sang à celui du « Roi des Juifs ». Je n'ai jamais su si cette affirmation était à prendre au premier degré ou s'il s'agissait d'une métaphore. En réalité, c'était lui qui se cachait sous les apparences du guide du Musée de l'Hermitage qui avait attisé ma curiosité pour la généalogie du Christ. Ce qui est sûr, c'est que, bien longtemps plus tard, l'un des fameux nains turcs aux traits semblables à ceux de mon père, l'un ou l'autre, qu'importe, me contacta.

Il m'offrit un document qui avait appartenu à un maharadja du clan des Rathore qui vit dans la région de la forteresse Mehrangarh, aussi appelée « citadelle du Soleil », maharadja dont le palais se trouvait en haut d'une falaise. Je ressentis de nouveau cette merveilleuse sensation, intacte, renouvelée. Ah, de nouveaux liens de parenté ! La forteresse était sous le contrôle des Rathore depuis le XVe siècle. Elle avait été fondée en 1459 par un chef du nom de Rao Jodha. Elle est encore utilisée de nos jours pour la célébration des mariages princiers. En Inde, bien que l'indépendance date de 1947, certaines familles de maharadjas demeurent un symbole d'autorité. Gaj Singh II, le maharadja de Jodhpur, a étudié à Oxford, puis il est devenu diplomate et ses photographies parent encore les murs de nombreux Indiens. Le document du maharadja peut indiquer que Joseph, père de Jésus, aurait eu un parent dont la graphie du nom, dans une version de l'Ancien Testament, en ferait un équivalent du mien. Si je me fonde sur la Bible, sur les preuves contenues dans *Le Jardin des Délices*, même dans cette version russe que le faux guide du musée de l'Hermitage m'a montrée, ou sur le document du maharadja du clan Rathore remis par l'un des nains turcs, ma conviction est faite.

Nos liens généalogiques ne sont donc pas seulement un objet de curiosité, mais ils attestent une complicité universelle que nous ne parvenons pas à expliquer consciemment. Il serait peut-être beaucoup plus simple de considérer que Mahomet, Jésus Christ, Luther ou le calife Hârûn al-Rasid et son fils, Al-Ma'mûn, Max et moi, Origines, Homère, James Joyce, Trotski et, qui sait, le pape François, nous descendons tous d'une même humanité. Ainsi nous serait-il loisible de croire que la mer Rouge s'est ouverte devant Moïse, pendant la fuite d'Égypte. Tout serait plus chargé de sens si nous croyions à l'existence de cette force majeure qui a présidé à l'avènement de ce moment magique de Saint-Pétersbourg. Ce ne serait plus un hasard si le guide du musée m'a regardé au fond des yeux et m'a permis d'admirer cette relique, ce document doré, riche de symboles, qui révèle la possibilité d'une généalogie de Jésus, consignée sur l'enluminure du XVIe.

La foi demeure le lien principal entre les individus. Des données archéologiques prouvent l'existence de l'expression religieuse dès les prémices de l'humanité. Des religions comme le judaïsme, l'islamisme ou le christianisme sont extrêmement récentes : elles ont moins de deux mille ans. Nous savons très peu de choses sur la façon dont le fait religieux opérait plus loin dans le passé. C'est peut-être en somme ce que l'artiste russe du Musée de l'Hermitage voulait dire. Peut-être voulait-il nous donner l'espoir de ce qu'entre nous, un lien d'humanité transcende le temps. En d'autres termes, tous les humains de la planète vivraient sans en avoir conscience en état de connexion.

Ne méprisons pas la foi : plus de 80 % de la population mondiale croit en quelque chose qui dépasse l'homme et la science. Les entités et les objets qui peuplent notre imaginaire déjouent toujours les attentes que nous fondons sur l'étude des propriétés et de l'ordre naturel des choses. Pour celui qui croit, le vin peut se transformer en sang lors d'une prière et les morts peuvent ressusciter et retrouver leurs êtres chers à la suite d'une prière ou d'un rituel. Pour celui qui croit, les pêcheurs peuvent aller leur chemin sur les eaux des mers et des océans. Les textes religieux présentent Moïse comme le chef des Juifs qui fuyaient l'armée du pharaon, près de trois mille ans avant Jésus-Christ. À son arrivée devant la mer Rouge, les eaux s'ouvrirent, permettant à son peuple de traverser en sécurité, puis elles se refermèrent sur ses bourreaux égyptiens.

Dans les versets du Coran, les musulmans reconnaissent la parole d'Allah, révélée au prophète Mahomet pendant vingt-deux années. Mahomet apporte aux hommes un message semblable à ceux de Jésus et Moïse. C'est Gabriel qui transmet au prophète les révélations d'Allah, et tâche est confiée à Mahomet de les répandre dans la communauté. Cette sainte transmission aurait eu lieu entre le VIe et le VIIe siècle. Mahomet était originaire de La Mecque, en Arabie Saoudite et, lorsqu'il devint adulte, il se mit à prêcher. Il fut persécuté et se réfugia à Medina au début du VIIe, en 622, date à laquelle débute le calendrier musulman. C'est le Coran qui est à la base de l'Islam, qui compte actuellement plus d'un million de fidèles. Il est le fondement des lois et de la morale de plus de quarante pays, véhiculant de très beaux messages à mon avis dénaturés par quelques fanatiques égarés.

L'appel à la guerre religieuse n'est pas et n'a jamais été recommandé par le Coran. Bien qu'on y relate des épisodes au cours desquels entrer en lutte fut nécessaire, on ne peut en aucun cas considérer qu'il prescrit la violence religieuse. Les textes anciens — comme les modernes — génèrent parfois des interprétations erronées qui peuvent être malfaisantes et servir de justification aux méchants et aux opportunistes. Ce qui domine dans le Coran, ce sont ces versets dans lesquels la paix et la compréhension forment la recommandation fondamentale des pratiques de l'Islam. Lorsqu'il a écrit sous la divine dictée, Mahomet était le témoin d'épisodes guerriers sur sa terre, et c'est sans doute pourquoi on y trouve des passages consacrés à des conflits armés et à des exécutions pratiquées par des bourreaux. L'homme semble avoir un besoin natif de foi ou de religion, que cette religion se nomme Islam, christianisme, judaïsme ou porte un autre nom.

Voilà qui pourrait répondre à mon questionnement : l'universalité pourrait tout rendre possible. Je pourrais grâce à elle être le descendant de qui je veux, même du général Lazaro Cárdenas, ce président que j'ai appris à admirer pour le courage dont il a fait preuve en offrant l'asile à Trotski en territoire mexicain alors que le monde entier lui avait tourné le dos. Je crois bien que c'est cela qui m'enchante : cette sensation que ma parenté avec Max est *nécessaire,* fût-elle fausse. Cela relève peut-être de la foi, peu importe. Si tout est lié à tout, si tout est dans tout, que telle chose soit ou ne soit pas n'a pas la moindre importance et ma quête généalogique n'en est que plus merveilleuse.

# Grigori

J'ai gardé précieusement pour les derniers instants de ce récit ce que j'avais à y dire sur une œuvre que Dona Giselda jugeait indispensable à ma formation de lecteur. Il s'agit de *Moby Dick* d'Herman Melville, l'illustre romancier maritime né en 1819 et mort en 1891 à New York. Moby Dick est le nom d'un cachalot blanc, d'un cétacé géant. Le capitaine Achab commande le Pequod, il part chasser l'animal. Son acharnement à le tuer le conduit à devoir affronter avec son équipage de terribles tempêtes et des périls de haute mer. C'est Ismaël, l'un des Marins, qui relate les événements.

Le livre apparut dans les librairies en 1851, il foisonne de symboles. Certains pensent que les personnages sont des allégories bibliques, d'autres qu'ils renvoient à la mythologie grecque. C'est la lutte de l'homme contre les éléments naturels qui fait tout le sel de cette œuvre fantastique. La chasse à la baleine était une activité économique très lucrative à l'époque. En sus de sa viande et de ses os, l'huile de cet animal était d'une grande utilité car elle servait de combustible aux lampes à pétrole qui éclairaient rues et foyers. Elle était aussi un ingrédient précieux dans le cadre de la production du matériel de construction : ce n'est pas un hasard si les Anglais affichaient un vif intérêt pour la région des Malouines.

Après avoir affronté les éléments pendant des jours en dépit des supplications de ses marins qui lui demandent de renoncer, Achab s'acharne à traquer l'animal, qui finit par s'en prendre au navire, projetant les marins par-dessus bord. Moby Dick démantèle le navire. Ismaël est l'unique survivant de la lutte finale entre les deux ennemis jurés. La fin du livre nous révèle que le destin d'Achab ne pouvait être que tragique. Son ambition lui coûte la vie. L'histoire de Moby Dick nous montre combien un être humain peut être trahi par son obsession outrecuidante de défier l'animalité, bravant les lois de la Nature.

J'ai entendu parler de l'histoire de « Mocha Dick », un cachalot blanc qui croisait près des côtes du Chili et était réputé pouvoir résister à l'agression de n'importe quel être humain. Ce fait divers a peut-être inspiré Herman Melville, ancien de la marine marchande qui connaissait parfaitement la chasse à la baleine et tout ce qui concernait la mer. Il est également probable que Melville se soit inspiré de *Revenge of the Essex* de Nathaniel Philbrick, livre qui décrit l'épisode bien réel au cours duquel un navire fut détruit par l'attaque d'un cachalot.

Lorsqu'elle me parla de Moby Dick, Dona Giselda me fournit plusieurs explications sur la signification de la lutte à mort que peint l'œuvre de Melville. Elle était pour elle l'allégorie du désir d'emprise de l'homme sur une nature d'une force instinctive et presque indomptable, celle que symbolise ce taureau d'Hemingway qui transperce le corps du torero sans savoir pourquoi, juste pour assurer mécaniquement sa survie. D. H. Lawrence prétendait que Moby Dick représentait l'élite blanche dominatrice des États-Unis, ce gigantesque cachalot dont le harcèlement ne laisserait au bout du compte subsister que le nègre Ismaël. Il était commun que les mères afro-américaines donnassent à leur fils le nom d'Ismaël, le fils biblique d'Agar, la servante d'Abraham. Dona Giselda me dit que c'était là une interprétation toute personnelle de l'auteur de *L'Amant de Lady Chatterley*.

Mon premier contact avec *Moby Dick* fut une version résumée de l'œuvre écrite par Monteiro Lobato, que ma mère m'avait offerte. Je me souviens que ma sœur Margareth me lut l'histoire. Je sais qu'il en existe une très belle édition de 1956 qui contient des reproductions des illustrations originales de Rockwell Kent, et que je découvris à la bibliothèque publique de Porto Alegre, il y a des décennies. Une autre, plus récente, a paru aux éditions Cosac & Naify. Je veux me souvenir aussi ici du *Vieil Homme et la mer* d'Hemingway. Il y est question du vieux Santiago, qui a passé 84 jours sans rien pêcher et qui a même vu s'en aller le jeune Manolin, son compagnon de pêche.

Quelle beauté dans la façon dont Hemingway construit sa prose ! Il méritait certes ce Nobel de littérature reçu en 1954. Je n'oublierai jamais ce moment où le vieux pêcheur revient au port agonisant, ne rapportant du large que la carcasse d'un immense poisson amarrée au bateau. Manolin s'empresse de lui porter remède : il a tant à apprendre de Santiago ! Hemingway écrivit aussi *Pour qui sonne le Glas*, *L'Adieu aux armes* et *Les Neiges du Kilimandjaro*, mais de toutes ses œuvres, *Le Vieil Homme et la mer* est celle qui m'impressionna le plus. Akounine jura qu'Hemingway était juif et qu'il était mon parent. J'espère que c'est vrai. Je prie toujours pour que ses enquêtes donnent des résultats positifs.

Les scientifiques prétendent que la théorie mathématique est en mesure de prouver que si chaque individu remontait soixante-quinze générations en arrière, l'arbre généalogique de toute l'humanité pourrait être observé dans son entier. Nous nous y trouverions en lien avec tous les autres humains du monde, depuis ceux de la diaspora des premiers Homo sapiens apparus au nord de l'Afrique aux hommes qui émigrèrent dans le détroit de Béring et s'égaillèrent sur le reste de la planète. Tout indique que nous sommes tous amarrés les uns aux autres : nous sommes tout ensemble l'aborigène australien, l'Européen, l'indigène sud-américain ou l'esquimau de l'Arctique. J'avoue ici ma dilection pour les Esquimaux. Ces indigènes vivent à l'extrême nord de la planète. Leur nom d'« esquimau » est dérivé d'une expression utilisée par les Algonquins, des Indiens d'Amérique du Nord, qui désigne les peuples qui vivent « plus au nord ». Certains les appellent les Inuits, pour les différencier des Yupiks de Sibérie. J'ai connu un Yupik au Canada qui me confia que le mot « *kulangeta* », avait le sens de « psychopathe » chez les Esquimaux. Voyez comme nous sommes égaux, nous les humains : l'on trouve des psychopathes jusque dans les glaces de l'Arctique !

Soixante-quinze générations, cela nous donne à peu près deux mille ans, soit la durée qui nous sépare de la naissance de Jésus-Christ. Ah, j'oubliais : Akounine m'a fait jurer que je ne terminerais pas ce livre sans y consacrer deux ou trois paragraphes aux fonds bibliothécaires de l'Université d'Harvard. L'architecture de cette bibliothèque universitaire subsume près de soixante-seize unités comprenant plus de dix -huit millions de volumes. C'est la bibliothèque la plus ancienne des États-Unis : elle accueille des livres, des partitions musicales, des cartes, des gravures, des enregistrements et nombre d'autres pièces. Elle fut mise sur pied grâce aux donations d'évergètes et d'institutions.

John Harvard, ministre puritain, fut l'un des premiers mécènes qui s'engagèrent pour l'implantation de la bibliothèque. Elle était à l'origine localisée dans l'édifice du Old College et fut transférée en 1676 dans le Harvard Hall, où elle demeura jusqu'à ce qu'en 1764 l'immeuble subît un incendie. Les flammes détruisirent toute la collection, mais un nouveau Harvard Hall fut construit, hôte de quinze mille livres. Thomas Hollis V était le petit-neveu d'un des premiers mécènes. Plongé dans mes pensées, encore absorbé par la description de la magnifique bibliothèque, j'ai omis de signaler que, bien qu'incarcéré, Aleksander Akounine avait envoyé à mon adresse un autre message de la plus haute importance.

Il y disait que l'analyse des acides nucléiques de Raspoutine, réalisée par le couple Jobinovich, attestait de grandes similitudes entre son génome et ceux de ma famille, soumis à analyse au laboratoire du Massachusetts Institute of Technology. Je me souviens que les échantillons avaient été livrés au FBI par le biais de Rugero Tovar, un médecin espagnol naturalisé américain, porteur de moustaches et d'épaisses lunettes noires. C'était un disciple d'Hoover, le premier directeur de l'institution, aux travaux de laquelle il présida dès 1935.

Tovar se rendit célèbre en démasquant un démon qui habitait le corps d'une fouine qui passait ses à gémir dans le grenier d'une masure de Transylvanie. Ses études démontrent statistiquement que quand on les laisse tranquilles, les fouines n'ont pas coutume de faire étalage de leur nature monstrueuse, mais que si on les importune, elles se transforment en « *ichneumon* », une sorte de démon du folklore médiéval. Dans leur état démoniaque, ces petites bestioles sont capables de défaire un dragon de cinq mètres. Elles se barbouillent de boue et pénètrent les narines du dragon, éteignent les flammes qui en sourdent, triomphant de la sorte de la légendaire chimère.

Raspoutine, qui est donc probablement mon parent, est né en 1863 et a reçu le nom de baptême de Grigori Efimovich Novykh. Il vivait à Pokrovskoïe en Sibérie. Dès son enfance, il commença à prêcher. À l'âge de dix-huit ans, il fut envoyé dans un monastère. Là, il entra en contact avec la secte Khlysty, qui recommandait paradoxalement la pratique des plus affreux péchés pour le salut de l'âme. Dans certains vieux dictionnaires russes, j'ai pu consulter le sens du mot « Raspoutine », qui peut signifier « dépravation ». Notre homme se maria avec Proskovia Fyodorovna, dont il eut deux filles et un fils, mais il décida d'abandonner son foyer pour partir en pèlerinage entre la Grèce et Jérusalem.

En 1903, de retour en Russie, il se rendit à Saint-Pétersbourg, où il se fit « staretz », c'est-à-dire voyant ou thaumaturge. Grâce aux liens qu'il entretenait avec l'Église, il put se rapprocher de la tsarine, femme d'origine germanique, arrière-petite-fille de la reine Victoria, dont le fils Alexis était né en 1904, après trois filles. L'hémophilie d'Alexis provoqua une grande anxiété au sein de la cour. Raspoutine profita de la situation pour devenir l'intime de la souveraine tsarine : il entretint chez elle l'espoir de voir Alexis guérir. Comme par magie, il parvint à interrompre les saignements de l'enfant. Il commença alors à exercer une grande influence sur la tsarine cependant qu'à la cour, on méprisait ses habitudes extravagantes. Nombreux sont ceux qui prétendent qu'il était l'amant d'Alexandra. Il alimentait avec ardeur une réputation de Dom Juan auprès des dames de la cour.

Le service secret de Nicolas II informa le Tsar des rumeurs d'adultère Alexandra eut beau supplier son mari, le scandaleux staretz dut s'en retourner à Pokrovskoïe. Pourtant, en 1912, au cours d'une partie de chasse des Romanov à Spala, en Pologne, la santé d'Alexis connut une sévère aggravation. Les médecins prédisaient qu'il ne survivrait pas. Désespérée, Alexandra envoya un télégramme à Raspoutine, qui apaisa par retour ses alarmes : l'enfant allait survivre. Quelques jours plus tard, Alexis allait mieux. Raspoutine recouvra sa réputation, auprès de la Tsarine, notamment, et il revint à la cour.

Mais en décembre 1916, mon parent Raspoutine, victime d'un guet-apens, fut empoisonné, abattu de trois balles tirées à bout portant et jeté dans le fleuve, peut-être même castré, à en croire certains. C'est de nature à surprendre, mais les recherches réalisées sur son matériel génétique qu'avait commandées Rugero Tovar au laboratoire des Jobinovich, à Cracovie, attestaient bien nos liens de parenté. Cela pouvait d'autant plus être mensonger que ce livre se nourrit principalement de mensonge, mais Akounine n'en affirma pas moins que les conséquences de cette nouvelle pouvaient être de terrible conséquence pour les miens. Il me conseilla de consulter un de ses grands amis, descendant d'un des dignitaires les plus importants de l'Église orthodoxe de Russie, homme dont je ne devais jamais révéler le vrai nom, ce que je vais pourtant faire, ne renonçant à aucun sacrifice pour vous, amis lecteurs.

Il s'agit du patriarche Kirill I, ou « Cyrille », de Moscou, le patriarche de la plus grande Église orthodoxe de Russie. C'est lui qui alerta l'humanité sur la proximité de l'apocalypse et déclara que l'humanité devait impérativement avancer unie à cette étape critique de son Histoire. Kirill I est le dernier représentant de la lignée de sang orthodoxe la plus respectée de Russie. Il sait tout sur ce grand schisme d'Orient dont j'ai parlé plus haut. La chrétienté russe remonte à l'époque apostolique, quand saint André planta une croix à son arrivée dans Kiev et prophétisa l'émergence d'une ère chrétienne. Au temps de la guerre russo-byzantine de 860, Cyrille (ou Constantin le Philosophe) et son frère Méthode avaient traduit la Bible afin d'aider à la conversion des ecclésiastiques slaves au christianisme.

Au Xème siècle, on constatait déjà l'existence d'une communauté chrétienne au sein de la noblesse locale, grâce à la conversion de sainte Olga. Afin de mieux vous faire comprendre l'importance de Kirill I, il est important que j'indique qu'il est le descendant direct de cette sainte. Le rendez-vous secret avec Kirill I me coûta la modique somme de 136 000 dollars américains que j'obtins grâce à une donation du Sultan d'Oman. Le patriarche me confia qu'il avait la conviction profonde que nous étions parents et que si j'étais celui de Raspoutine, il l'était aussi : il avait compulsé des ouvrages datant de dix-huit siècles qui l'attestaient irréfutablement. Il m'avoua que son grand-père au quatrième degré était un Juif converti à l'Orthodoxie. À mon grand étonnement, il me murmura à l'oreille que son ami Vladimir Poutine lui-même était d'origine juive et fréquentait avec assiduité une synagogue, grimé en juif orthodoxe.

D'ailleurs, une analyse des photos de Raspoutine enfant, qu'il avait lui-même prises, révélait que son visage, ses mains et ses pieds étaient identiques aux miens et à ceux de Leonid

Brejnev. Mon entretien avec Kirill I dura moins de cinq minutes : il l'interrompit, m'ordonnant de cesser sur le champ mes recherches sur une parenté avec Raspoutine ou au demeurant avec qui que ce fût. C'était une entreprise totalement vaine. Si j'y songeais vraiment, je comprendrais que renoncer était la voie droite. C'est ce que je fis : je mis définitivement fin à mes recherches sur telle parenté avec Raspoutine, Max, Vargas Llosa, Machado de Assis ou avec toute personne qui apparaîtrait désormais dans mon existence, porteur de la bonne nouvelle d'une parenté avec moi.

Kirill I me dit que science et religion sont des éléments apaisants que nous utilisons pour alléger nos souffrances et apaiser notre solitude existentielle. Il me confia qu'il avait suivi dix ans durant une thérapie avec mon parent Sigmund Freud, grâce à un canal de communication médiumnique semblable à celui que j'avais plusieurs fois utilisé avec le pape Léon IX. Le vieux Freud le considérait complètement guéri. J'en conclus qu'être ou non le parent de Max ou de toute autre personne n'avait pas la moindre importance. Savoir pourquoi j'avais pris en compte les absurdes allégations d'Akounine concernant mon apparentement à Max ou à l'interminable liste de Nobel ne changerait pas davantage ma vie.

Cependant, comme j'allais sortir de chez moi, par une de ces froides matinées de juillet de Porto Alegre, le concierge de mon immeuble me fit signe de ne pas sortir. L'un des nains turcs, mon parent, m'attendait pour me remettre en main propre une enveloppe. Il venait de la part d'Aleksander Akounine, qui était mort et avait déjà ressuscité deux fois en prison. C'était un pli portant le cachet de la Prison Diyarbakir, en Turquie. J'étais terrorisé : c'était l'une des pires prisons du monde, les droits de l'homme y étaient tout à fait ignorés. Je regardai le nain : son nez me rappelait celui de mon père. Il paraissait le jumeau monozygote de l'autre nain que j'avais connu auparavant, l'amant de la faussaire Melina Antoniades et de Dulcinée del Toboso, la muse de Don Quichotte.

Avant même que j'eusse évoqué l'hypothèse d'une parenté, il me confirma qu'il était le jumeau de l'autre nain. Il affirma être parent de tous les Schwartsmann et Shachtman de Bessarabie, principalement de ceux qui avaient émigré au sud du Brésil au début du XXe siècle : je l'embrassai, tout ému. Il ajouta que si j'étais de ceux qui croient à l'existence des démons, je devrais me préparer à entendre la nouvelle qu'il m'apportait : il se pouvait qu'Akounine fût l'un des membres du clan Schwartsmann, mort jadis, mais ressuscité dans un nouveau corps et vivant une nouvelle existence terrestre. Le nain poussa même plus loin ses conjectures : il se pouvait que je fusse l'hôte de l'âme en peine du Russe. Un frisson me parcourut l'échine.

Le nain avait de la famille à Buenos Aires, l'un de ses membres était professeur de tango qui officiait dans le quartier de San Telmo. En d'autres termes, les nains étaient mes cousins et ils étaient les proches d'un grand nombre des membres de ma famille. Nous étions tous parents. La lettre qu'il apportait était signée de la main d'Akounine, qui me parut profondément affligé. Un démon aussi débonnaire que lui ne me semblait pas mériter tant de souffrance. Il me demandait de nouveau de lui pardonner et disait que j'étais quelqu'un de bien, que je n'avais pas mérité qu'un être de sa sordide espèce eût profité de moi.

Il confessait que c'était lui qui avait eu l'idée de demander à Maria Szymborska, c'est-à-dire à Melina, de m'approcher à l'hôtel d'Amsterdam pour me convaincre de l'engager pour enquêter sur Max Shachtman. L'homme dont le cou était aussi épais que la tête, celui qui vint chercher Melina à l'hôtel ce jour-là n'était autre que Méphistophélès, le personnage de *Faust*, ce livre tant chéri. Le nain me dit que, quelques minutes avant son exécution, Akounine lui avait demandé de m'informer de ce qu'Ernest Hemingway et moi, nous étions certainement parents : il savait combien j'aimais *Le Vieil Homme et la mer*.

Le nain m'expliqua que cette recherche maniaque de liens de parenté était davantage l'obsession de Guy, ou Akounine, que la mienne et qu'il l'avait d'ailleurs héritée de son père, un descendant d'Henri VIII. Il me rappela que l'Angleterre avait eu huit rois Henri. Le dernier se maria six fois. C'est lui qui devint célèbre pour avoir fait tuer ses femmes et rompu avec l'Église catholique. Il devint roi au début du XVIe siècle, à moins de dix-huit ans. La même année, il épousa Catherine d'Aragon qui lui donna six enfants dont un seul, Marie, parvint à l'âge adulte. Henri voulait qu'un fils lui succédât sur le trône et il pensa que se remarier serait la solution. Or, la famille royale et le peuple étaient catholiques et le pape se refusait à accepter l'annulation du mariage. Henri VIII rompit avec l'Église Catholique, assuma lui-même le leadership de la nouvelle Église d'Angleterre rebaptisée Église anglicane et décréta l'interdiction de la pratique du catholicisme dans le royaume. Il se maria avec Anne Boleyn, qui lui donna Elizabeth. Puis il fit décapiter Anne et se Maria avec Jeanne Seymour, qui lui donna Édouard, qui mourut peu de temps après sa naissance. Henri se maria alors avec la princesse allemande Anne de Clèves qu'il abandonna quelques jours plus tard pour épouser Catherine Howard, qui connut le même sort qu'Anne Boleyn. Il se maria pour finir avec Catherine Parr, sa sixième et dernière épouse, qui lui survécut. C'est sous son règne que l'Angleterre s'unit au Pays-de-Galles et s'empara de l'Irlande. Trois de ses enfants, Édouard, Marie et Elizabeth I, régnèrent sur l'Angleterre : ce fut une histoire bien tumultueuse que celle d'Henri. Guy, ou Akounine, était un cousin éloigné des nains, il avait été expulsé de chez lui à dix-huit ans en raison de sa tendance compulsive à exploiter les gens qui cherchaient à savoir avec qui ils avaient des liens de parenté. À ma connaissance, il connut Maria, ou Melina, lors d'une rencontre des « anges déchus » à laquelle ils avaient tous deux été invités par le dieu grec des morts, Hadès — le Pluton des Romains —. Ce raout infernal se tint dans les huitième et neuvième cercles de l'Enfer de Dante, où se retrouvent respectivement les fraudeurs et les traîtres.

Ils tombèrent follement amoureux et décidèrent d'aller se balader dans le monde des vivants pour y commettre quelques maléfices. De là aux bas-fonds du crime il n'y avait qu'un pas. Mais ils n'étaient pas tout à fait mauvais : ce qui prévalait chez eux, c'étaient les bons sentiments. Dans sa lettre, Akounine racontait qu'il avait coutume de pratiquer de petites escroqueries auprès des visiteurs des musées de plusieurs capitales du monde. Quand il fut à Mexico, il décida de visiter le musée Trotski. Au cours de cette visite, il nota ma pâleur à la vue du nom de Max Shachtman sur la légende d'une photographie de Bronstein et il se mit à me filer. Il demanda immédiatement à Maria, ou Melina, de découvrir mes prochaines destinations afin de pouvoir m'escroquer. Voilà toute l'histoire.

Dans sa lettre, il disait aussi que son incarcération avait été pour lui l'occasion d'une reprise en main morale. Cette « restructuration », comme il l'appelait, consistait en une sorte d'exorcisme réalisé sous la supervision d'un détenu de la terrible prison turque, un prêtre catholique condamné pour pédophilie. Je restai perplexe à la lecture des quelques lignes où il évoquait Maria Szymborska, ou Melina Antoniades, avec qui j'avais eu une relation très intense. Je confesse qu'à certains moments, nous avons, Melina et moi, excédé les limites du professionnalisme. Elle était une façon de transmutation de diverses femmes du passé, dont Cléopâtre. Melina avait pénétré l'esprit de quelqu'un pour qui j'avais une folle admiration et un infini respect, de quelqu'un que je tenais pour une quasi-divinité. Tenez-vous bien : Maria, ou Melina, était une incorporation médiumnique de mon cher professeur Dona Giselda.

Le nain me confia un secret un peu délicat : Melina ne savait pas si Achille, celui qui deviendrait plus tard le grand guerrier vainqueur d'Hector lors de la guerre de Troie, était le fruit de ses relations intimes avec moi, ou avec lui, le nain. Pour elle, le plus important était l'éducation de l'enfant, fondé sur la sagesse hellène mâtinée d'amour chrétien et de jurisprudence judaïque. Elle pensait que le jeune Achille devait apprendre à aimer comme nous aime Jésus, à se soumettre à la discipline dictée par les Tables de la loi de Moïse et à faire sienne la pensée socratique. C'était ainsi qu'une mère zélée devait éduquer son enfant. Je me trouvais à Vienne où je m'étais rendu au moyen de l'*Erdapfel* de Behaim : j'étais accoté dans le grand escalier du Palais de Schönbrunn, un des principaux monuments historiques et culturels d'Autriche. En recevant cette information, je défaillis et, comme d'habitude, je tombai à la renverse et dévalai l'escalier de cette merveille architecturale qui fut la résidence de l'impératrice Leonor Gonzaga au milieu du XVIe siècle et fut ensuite partiellement détruite en 1683 durant le siège de Vienne par les Turcs.

Imaginez : je pouvais être le père d'Achille ! Et si c'était Melina et pas la Néréide Thétis qui avait, à sa naissance, plongé Achille dans les eaux protectrices du Styx et avait laissé son talon hors de l'eau par inadvertance, créant un point de vulnérabilité qui allait le conduire à sa perte à Troie ? Que son vrai père fût Pélée, ou même le nain, peu importe : cela n'affectait en rien mon amour et ma dévotion pour ce grand guerrier, chef des terribles Myrmidons. La possibilité que Melina et Dona Giselda fussent les avatars phénotypiques distincts d'une même entité spirituelle était en revanche pour moi une chose impensable. Je dois néanmoins avouer que, dans mon for intérieur, je fus ravi qu'Akounine m'en eût informé. C'est peut-être de nature à expliquer pourquoi un ange déchu comme Melina peut être en même temps un bon ange. Je ne sais pourquoi cette pensée me vint tout à coup.

Le nain compléta son récit : ce fameux prêtre de la prison turque était un Juif dont la famille s'était convertie au catholicisme pendant l'inquisition. Sa famille était originaire de Transylvanie, elle avait émigré en Bessarabie, comme mes grands-parents. Je ne veux omettre aucun détail : nos noms étaient identiques. N'importe quelle analyse génétique ou généalogique aurait aisément mis à jour un lien de parenté entre le prêtre et moi. Si Max n'était pas mon parent, le prêtre l'était sans aucun doute. Je demandai discrètement au nain s'il avait une photo du prêtre dans la prison. Il m'en montra une sur laquelle il était en soutane, de dos, pendant une session journalière de torture.

Sa colonne vertébrale était semblable à celle de mes cousins Jaime Ades et Abraão Safras, de même que le coccyx, les hanches et les omoplates. Pour être juste, elle était aussi semblable à celle d'Albert Camus, d'Albert Einstein, de José Agrippino de Paula, d'Hélio Jaguaribe et d'Ernest Hemingway. Pour moi — comme je ne cesse de le répéter — le fait qu'Akounine et Melina m'eussent révélé qu'ils avaient tous deux lutté aux côtés de saint Michel était la circonstance atténuante que je cherchais pour parvenir à leur pardonner. L'archange apparaît dans le Judaïsme, le christianisme et l'Islam en tant qu'« Archange Michel », « Ange Michel » ou « saint Michel ». En hébreu, le mot « Michel » signifie « semblable à Dieu », il désigne donc une figure éminente. La proximité de Michel avec Dieu le rend supérieur aux autres anges. C'est lui qui commande l'armée de Dieu, il est l'une des entités les plus révérées après Dieu et Jésus car il est le bretteur qui affronte les forces du mal.

La Bible ne mentionne pas d'autre archange que Michel : il est l'unique figure de son rang. À la mort de Moïse, la Bible raconte que Satan est défait par les forces de Dieu commandées par l'archange Michel. Il revêt une armure et brandit une grande épée avec laquelle il vient à bout du dragon, symbole du diable. Notre couple de faussaires, les nains et tout le reste de la famille étaient donc de belle extraction. La lettre d'Akounine me souhaitait bonne chance, elle était cosignée : « *Votre ami Aleksander Akounine* » et « *Ta Melina* ». La partie signée par Melina exhalait un arôme sucré de salive sèche. Le pape Léon IX, mon ami médiumnique, me garantit qu'il résoudrait la question du salut des âmes d'Akounine et Melina, mais il n'en démordit pas : ils devaient néanmoins être punis d'une façon ou d'une autre. Selon le religieux, les contraindre à aller les pieds tordus vers l'arrière pouvait être une option. Ah, j'allais oublier : le nain me confia aussi une boîte à musique qui jouait les « danses polovtsiennes » du *Prince Igor* de Borodine : Akounine savait que j'adorais cette composition.

# Orbis sensualium pictus

Dans un vieux coffre appartenant à Akounine, Interpol trouva une enveloppe adressée à « Manzoni ». Alessandro Manzoni est un écrivain de la première moitié du XIXe siècle, dont l'œuvre *I Promessi Sposi*, *Les Fiancés* en français, fut la première lecture qui me fut recommandée par Dona Giselda quand j'étais au collège. L'histoire se déroule au XVIIe siècle, au nord de l'Italie, pendant la domination espagnole. Deux jeunes gens humbles, Lucia Modella et Lorenzo Tramaglino, veulent se marier, mais rencontrent mille problèmes. Dom Rodrigo, puissant noble espagnol, aime aussi Lucia et engage deux bandits pour intimider le père Dom Abbondio, qui doit célébrer les noces. Face au refus du prêtre de les marier, Lucia et Lorenzo ont recours au Frère Cristóforo, un prêtre sagace qui découvre que Don Rodrigo est à la manœuvre et qu'il a planifié de kidnapper la jeune fille.

Avec son aide, Lorenzo et Lucia s'enfuient du village. Lorenzo se rend à Milan où il est impliqué dans plusieurs aventures et est presque emprisonné par erreur. Lucia, de son côté, manque être séquestrée par Don Rodrigo. Elle décide de renoncer au mariage avec Lorenzo et de prononcer des vœux de chasteté. Milan vivait à l'époque des moments de grande turbulence, provoqués par le manque de vivres et par l'arrivée dans la région des lanciers prussiens, alliés aux Espagnols dans la guerre de Trente Ans. On disait que c'était eux qui avaient apporté la peste qui décimait la population. Mais, grâce au soutien de gens généreux, les fiancés finissent par se retrouver. Quant à la peste, elle va en finir avec les méchants de l'histoire. Comme dans toutes les histoires d'amour qui finissent bien, Lucia survit à la peste. Elle retrouve Lorenzo et le Frère Cristóforo parvient à annuler les vœux de chasteté qu'elle a prononcés. Elle peut enfin se marier avec Lorenzo et vivre heureuse avec lui pour toujours.

Comme il le confirma lui-même, la raison pour laquelle Akounine enquêta sur mes liens de parenté avec Manzoni était d'ordre littéraire. Le faux détective avait bien conscience qu'il était l'un des principaux personnages de mon récit et il décida de m'envoyer une traduction du livre par Marina Guaspari, publiée à Rio par les Frères Pongetti Éditeurs, dans laquelle le poète allemand Victor Wittkowski, qui vivait au Brésil où il avait été engagé pour aider à la diffusion du livre, mentionne des commentaires de Goethe sur Manzoni. L'auteur de *Faust* faisait l'éloge de l'Italien mais lui conseillait de renoncer à ses interminables descriptions sur la guerre, la pénurie et la peste, sujets en soi antipathiques et insupportables. Le message m'était par contrecoup adressé : mon cher démon m'alertait par son biais sur l'excès de ces informations inutiles et lassantes que je m'évertuais à inclure dans mon propre livre pour étaler une feinte érudition. Il n'était d'ailleurs pas le seul : Melina, plusieurs amis et jusqu'à Simonova Ceretzkaya, ma relectrice de Moscou, m'avaient déjà alerté sur le manque de linéarité et de logique de plusieurs de mes chapitres. Mon ancêtre Platon lui-même affirmait que c'était l'un des pires défauts de mon écriture, il ajoutait que je devais absolument éviter d'apporter des solutions simplistes à des problèmes complexes. Parvenu aux derniers chapitres de mon ouvrage, je m'aperçois que ma quête de liens de parenté le cède à la recherche de réponses universelles à la question de l'humanité. Ce serait si épatant qu'au bout du compte, Max, Trotski, Frida, Natalia et même le traître et assassin Ramón Mercador, le monde entier, pût recevoir, même de loin, le regard benoît et tendre d'une force supérieure. J'adorerais être parent de Melina et d'Akounine, en dépit de leurs trahisons. Pour moi, tous deux sont déjà pardonnés. Dieu, dans son immense générosité, en fera de même. Nous devrons croire en la présence d'un être supérieur placé au-delà de la condition humaine, en une force supérieure qui nous dise que nous faisons tous partie d'un même monde. Je ne parle pas de religion : je parle d'amour. Cela nous permettrait de nous unir enfin aux êtres du passé, du présent et du futur.

Alors l'artiste russe qui réalisa la «généalogie de Jésus» au XVIe siècle, Cicero Dias, Dostoïevski, Staline et le rabbin Judah Löw Bem Bezaleel seraient tous parents. Sacco et Vanzetti, Soljenitsyne, Éluard, André Breton et Hernán Cortes, de même. Notre arbre généalogique s'en verrait simplifié : nous serions tous les rejetons d'un même tronc, alimenté par les mêmes racines. Ne serait-ce pas plus beau de concevoir l'homme de cette façon ? Ce que nous sommes en l'existence pourrait provenir de l'Esprit, qui sait, de quelqu'un d'ineffable qui n'aurait même pas besoin de nom. Il pourrait par exemple être le premier archevêque anglican de la ville du Cap, Desmond Tutu, prix Nobel de la Paix en 1984, qui a toute sa vie durant lutté contre le racisme, la pauvreté, l'homophobie et contre tout ce qui attente à la dignité de l'homme.

Il pourrait être l'Indien Deepak Chopra, gourou de la médecine alternative, qui a introduit la tradition ayurvédique en Occident et est vénéré par des milliers de personnes qui croient en une vie plus saine. Il pourrait être le maître Zen, ce Vietnamien dont le vrai nom est Thich Nhat Hanh et à qui son action, pendant le conflit entre les deux Vietnam, valut une nomination au prix Nobel de la Paix 1967 que soutint Martin Luther King. Et pourquoi ne serait-il pas Jorge Mario Bergoglio, le pape François, celui qui a fait turbuler l'Église Catholique pour en humaniser les positions sur des sujets comme l'homosexualité ou l'avortement ? N'est-ce pas formidable, pour les catholiques, d'avoir à leur tête un pape sympathique et humble, un pape qui se refuse à occulter les centaines de cas d'abus d'enfants perpétrés par des prêtres pédophiles, un pape qui non seulement prêche la tolérance, mais la pratique aussi, comme peu d'autres hommes en ce monde ?

Et si c'était Tenzin Gyats, le quatorzième Dalaï-Lama du Tibet, l'un des chefs spirituels les plus populaires de la planète, qui propose la compassion comme principe existentiel et a apporté un appui inconditionnel à l'indépendance de son pays, alors sous le joug de la Chine, ce Dalaï-Lama dont la contribution à la spiritualité mondiale est considérable, cet homme ouvert et généreux qui place toujours les principes éthiques au-dessus des postulats institutionnels ? Cela pourrait même être un mort illustre, car peu importe la temporalité. Oui, cela pourrait parfaitement être un grand être humain du passé. Nelson Mandela, par exemple, cet avocat, leader des mouvements rebelles d'Afrique du Sud, qui apprit en prison à céder et à pardonner aux plus terribles de ses bourreaux, Mandela, le plus important des leaders noirs africains du XXe siècle, ce président, pour finir, qui reçut le prix Nobel de la paix en 1993. Pourquoi ne serait-ce pas lui ? Qu'y a-t-il de plus beau qu'un homme qui a appris à pardonner ?

Et Platon, qui vécut à Athènes trois cents ans avant notre ère et qui fonda l'Académie, si c'était lui ? Si c'était celui-là qui nous a fait don du « mythe de la caverne », dans lequel on voit les hommes vivre prisonniers d'un monde où règnent les ombres, sans accès à la lumière de la réalité. N'a-t-il pas décrit ce que vivons pour nous sauver ? N'est-ce pas lui Platon qui engendra Aristote, Saint Augustin, tant d'autres ? Et si c'était Léonard de Vinci, cette âme inquiète et visionnaire ? Observez la beauté de *La Joconde*, de *La Cène* ou du *Baptême du Christ* ! Voyez ses croquis anatomiques, son prototype d'hélicoptère qui, des siècles plus tard, influencerait les frères Louis et Jacques Breguet qui en construiraient un modèle qui, dit-on, s'éleva à cinq centimètres du sol !

Et Galilée, si c'était lui ? Ne conçut-il pas dès le XVIe siècle la méthode scientifique ? Ne créa-t-il pas un télescope qui permettait d'examiner les cratères de la lune, les anneaux de Saturne et les étoiles de la Voie lactée ? N'inspira-t-il pas Isaac Newton, qui découvrit la gravitation ? Ne mit-il pas au point un embryon de fusée capable d'aller à la conquête de l'espace ? Ne commit-il pas le divin sacrilège de prouver que la Terre n'était point ronde, le payant très cher ? Et si c'était Newton en personne, avec sa longue crinière ébouriffée, celui qui, au XVIIe siècle, sut expliquer les conditions de l'équilibre des corps ? N'est-ce pas lui qui a circonscrit les causes de l'incoercible attraction ? Et ne serait-ce pas cette femme incroyable que le XVIIIe siècle nous a offerte, Olympe de Gouges, cette pure visionnaire qui fit valoir les droits bien avant Simone de Beauvoir ? Pourquoi ne serait-ce pas elle ?

Et Madame Curie, dont le nom de jeune fille était Maria Salomea Sklodowska, cette opiniâtre Polonaise qui découvrit la radioactivité, ne serait-ce pas elle ? Cela se pourrait : n'a-t-elle pas été l'unique femme à recevoir deux fois le prix Nobel ? Et que dire de Charles Darwin, de ce naturaliste du XIXe siècle qui choqua son monde avec les conclusions de ses études sur les origines des espèces, rompant en visière la thèse selon laquelle la vie est une création divine ? N'est-ce pas celui que je cherche ? Et Tesla, ne serait-ce pas lui ? Oui, Nikola Tesla, cet Autrichien né à Siljan qui inventa, entre autres, le courant alternatif, la lumière fluorescente et la télécommande ! Imaginez-vous seulement bras ballants devant votre poste de télévision, sans télécommande : ne serait-ce pas pathétique ? Et si c'était Alexander Fleming, celui qui nous donna la pénicilline et qui permit ainsi à ses semblables de voir croître leur espérance de vie à partir des années 1950 ?

Et Albert Einstein, hein, Albert Einstein, n'est-ce pas lui ? N'a-t-il pas offert au monde la théorie de la relativité qui nous permet d'embrasser le temps, l'espace, la masse et la gravité ? Sans lui, nous ne saurions rien des atomes, du Big Bang. Sans lui et ses continuateurs — la sublime actrice Hedy Lamarr, qui ressemble tant à ma Melina, par exemple — nous n'aurions pas ce GPS pour nous guider quand nous louons une voiture pendant les vacances pour aller à la découverte des beautés de la province française! Oh, j'allais oublier Iohannes Amos Comenius, l'auteur de *Orbis sensualium pictus*, *Le Monde des images*, dont la première édition est de 1658, et qui a peut-être été la première œuvre imprimée à visée pédagogique! Cette œuvre contient des images et des définitions portant sur les éléments les plus névralgiques de la vie de l'homme et du monde. Grâce à elle, les enfants peuvent développer leur sens du beau et aiguiser leur curiosité et leur imagination. Ils apprennent à identifier et à nommer tout ce qu'il y a de plus crucial sur la terre qu'ils ont reçue en partage : Dieu, le monde, le ciel, le feu, l'air, l'eau, les êtres vivants et les autres créations de la nature.

Et mes écrivains favoris, ne serait-ce pas eux? Notre soif spirituelle ne peut-elle pas s'étancher aux sources qui jaillissent de l'esprit de Shakespeare, de Cervantès, de Dante, de Flaubert, de Machado de Assis, de Camões, de Dostoïevski, de Baudelaire, de Gogol, de Tchekhov, d'Italo Calvino, d'Umberto Eco, de Fernando Pessoa, de Guimarães Rosa, de tant d'autres maîtres qui sont bien souvent mes parents? Et les génies de la musique, de la peinture, de la sculpture, du cinéma et de tant d'autres formes d'art, ne sont-ils pas ce premier père ineffable? Tant d'êtres humains sont capables de nous faire un de si belle et généreuse manière!

Ils sont ces instruments éminents par lesquels nous gagnons cette sorte d'union universelle que je cherche en nos noms à tous. Dans l'une de ses si nombreuses tentatives de me séduire par la beauté de la culture et des arts, Aleksander Akounine, dont je sais maintenant que tout en lui est mensonge et qu'il a quelques traits du diable, me fit cadeau d'un disque. Il connaissait mes goûts sur le bout des griffes et m'offrit l'enregistrement d'un concert de Chostakovitch.

Oui, de Dmitri Chostakovitch. Il y avait apposé un autographe : « d'un ami pour toujours, Akounine » — rien ne m'aurait fait plus plaisir que d'écouter encore Chostakovitch. Il est mort à Moscou le 9 août 1975 et je me souviendrai toujours de cette date car mes amis et moi, nous organisâmes une brève cérémonie funéraire en son hommage, à Porto Alegre, par contumace, bien sûr. Il était originaire de Saint-Pétersbourg, la ville de mes rêves, celle du Musée de l'Hermitage et de ces rues où Dostoïevski conçut le double assassinat de Raskolnikov.

Le cadeau d'Akounine était un enregistrement original de sa première symphonie russe, composée à dix-neuf ans. Elle est si belle, si forte, qu'elle fut incluse dans le répertoire de maîtres tels que Bruno Walter, Leopold Stokowsky ou Arturo Toscanini. Sa seconde symphonie, très populaire en Russie, est intitulée *Symphonie d'octobre*, il la composa à vingt et un ans et la dédia à la révolution russe qui fêtait ses dix ans. Mais ma plus grande émotion demeure la découverte de sa *Valse n° 2*.

Dans les années 1930, ses harmonies audacieuses et son langage sarcastique furent réprouvés par le régime stalinien. Mais sa *Quinta Sinfonia*, de style purement soviétique, fut acclamée par le public et la critique. La *Quarta Sinfonia* resta ininterprétée pendant presque trente ans. La *Sétima*, œuvre grandiose dédiée à sa ville natale et à la résistance à l'invasion nazie, ainsi que sa *Décima Sinfonia*, sont inoubliables.

Akounine était déjà incarcéré, mais il n'aurait pas pu faire preuve de plus de délicatesse envers moi. Il s'était souvenu de ma passion pour Chostakovitch. Isolé du monde extérieur par les barreaux de sa cellule, il me démontra que l'art ignorait les barrières. Ma quête incessante de liens m'unissant à Max avait cessé de se résumer au désir d'appartenir à ce qui me dépassait. La question que je me posais, un simple rabbin ou un prêtre aurait pu y répondre. Et pourquoi pas David Akselrod ? C'était peut-être lui la personne qui allait nous réunir, un inconnu qui n'aurait jamais pu imaginer qu'il existât sur terre un être tel que moi. Peu importe qu'il fût ou non l'arrière-petit-fils de Trotski : il suffisait qu'il fût un homme bon. N'importe quel individu doté d'élévation d'âme nous eût appris que l'important dans la vie est d'aimer son prochain. Nul besoin que son visage nous fût familier : il suffisait qu'il fût humain et sache percevoir le maillon magique qui nous unit.

Voilà cela la réponse : le grand facteur d'unité, le grand facteur d'humanité pouvait être n'importe quel individu. Un homme triste, en haillons, qui erre par la Cinquième Avenue de New York, par les rues du Quartier latin ou par les ruelles crasseuses de New Delhi eût fait l'affaire. Après tant de recherches futiles, de vaines réflexions sur tel ou tel, j'avais découvert le meilleur usage que l'on puisse faire de la généalogie. Si nous nous sentions tous fils d'un même père éternel, nous nous sentirions tous parents. En cela même, nous serions complices ou auxiliaires des actes bons ou mauvais qu'engendre le bref passage des humains sur terre. Chacun de nous se sentirait responsable du devenir des autres. Je me souviens de la *Septante* et des efforts herculéens qui s'y déploient pour que la traduction de la Bible rende sensible l'idée que spiritualité et bonne conduite des hommes sont insécables de l'esprit d'unité.

Écrite par soixante-douze mains sous le regard de Dieu, la Bible a su forcer le respect d'hommes tels que Philon d'Alexandrie, l'admiration de tant d'autres. Selon Akounine, Philon était mon parent : il m'en vit très honoré. Le rôle de Philon fut fondamental pour l'imposition de la Bible comme texte doctrinal de référence, s'agissant de l'existence et des œuvres de Dieu. C'est Philon qui a créé le concept de « logos » pour désigner l'intelligence divine du père de la création qui, répandue parmi les hommes, est seule garante de leur éternelle union. Il affirmait que les hommes devaient vivre l'esprit fixé sur la perfection divine et tenter de s'unir à Dieu, se libérant de leur matière corporelle, comme dans le « *trasumanar* » dantesque. Pour moi, ce chemin d'élévation en passe par la primauté accordée à l'idée de fraternité telle qu'elle est décrite dans le « mythe de la caverne », ce chapitre de *La République*.

Mais terminons-en avec ce thème de l'inutilité des noms : à partir du moment où j'ai pu présupposer que nous pouvions tous nous considérer comme des parents, j'ai revécu ces pages comme une longue théorie de « déjà vu ». Ce fut très intense. Ce fut une sensation inouïe. Je me suis senti transporté au *Paradis* de Dante, dans un endroit indicible, un havre de béatitude fait pour le commerce des bienheureux et de Dieu, où se succèdent dissertations théologiques et autres gloses savantes des élus. J'étais là, transmué comme mon ami Akounine, en des lieux irradiant de cette lumière qui sait faire battre le cœur des âmes bonnes, de ceux qui contribuent au bonheur et à l'illustration de la beauté du monde et de l'humanité. J'avais la sensation de m'imprégner de toute cette énergie solaire qui émane des doux yeux de Béatrice, des sphères qui se meuvent dans l'orbe des cieux. « *Daimon* », dans la translittération du grec, est un esprit ou bon ou mauvais, mais au fil du temps, son équivalent latin « *daemon* » a pris le sens négatif de « démon » ou de « diable ». Fort bien : dorénavant, « *Daimon* » ne sera plus associé pour moi qu'à la bonté. Je pardonne aux démons, je leur tends les bras. Quant à vous, lecteurs, préparez-vous à plonger dans les secrets des abysses.

# Les Héptapla

Melina et Akounine avaient été exécutés, mais ils avaient aussitôt ressuscité : c'étaient des démons et les démons ne meurent pas. Mais qu'adviendrait-il du prêtre, mon parent embastillé ? Je sais bien que l'omerta prévaut en prison, mais il me semblait correct de faire en sorte que le religieux échappât à une exécution sommaire et reçût une peine. Il s'appelait « Schwartsmann », comme moi. Akounine m'avait dit avoir rencontré, au cours de ses déplacements par notre vaste monde, de nombreux Chvartman, Schwartsmann, Shachtman et autres variantes. Ils étaient tous de la même famille. Je me fis la réflexion que lorsque tout serait réglé, je pourrais utiliser mon *Erdapfel* de Behaim et envoyer le prêtre en Transylvanie. Il n'eût pas été difficile de lui trouver un emploi à la banque de sang où travaillait une de mes nièces, le docteur Carlota Zvartman, qui adorait la boisson vermeille. Comme je l'ai déjà indiqué, selon les informations confidentielles émanant du cœur de la prison turque, je serais le descendant, du côté paternel, du comte Vlad III, ou, comme il est écrit sur sa pierre tombale, de Vlad Tepes. Je tiens à vous indiquer que « *tepes* » signifie « empaleur », mais vous verrez en temps utile de quoi il est ici question.

« Vlad III, Dracula » est un comte que ses prérogatives plaçaient au rang d'un Prince et dont le nom resta dans l'Histoire comme celui d'un défenseur obstiné de son royaume engagé dans une lutte sans répit contre les attaques de l'Empire ottoman. Cela se passait au XVe siècle. Il gouvernait la Valachie, une province sise au sud de la Roumanie. Après avoir été expulsé plusieurs fois de la région par les Turcs, Vlad III fut vaincu par les Ottomans. Toutefois, même blessé, et même mort, à en croire le folklore, il assassina de façon particulièrement cruelle des milliers de Turcs. La légende qui voulait qu'il aimât sucer le sang de ses victimes pour voler leur vitalité était infondée.

Ma nièce hérita de ce tropisme. Ce que l'oncle Vlad III adorait vraiment, c'était pratiquer l'empalement. Au prochain paragraphe, je vais vous expliquer en quoi consistait cette technique.

L'empaleur usait d'un pal de bois d'environ trois mètres, qu'il introduisait dans le rectum de sa victime. Puis il tirait profit de la gravité et attendait que le pal traversât entièrement le corps de la victime jusqu'à ce que mort s'en suivît, lentement, au bout de longues heures d'épouvantable souffrance. Le nom « Dracula » vient du latin *draco*, qui signifie dragon. « Dracula » serait étymologiquement le « fils du dragon ». Quant au mot « dracul », il désigne le diable. Tous ces noms désignent le démon, d'une façon ou d'une autre. Vlad II appartenait à un ordre religieux dont la mission était de défendre l'Europe chrétienne contre les attaques de l'Empire ottoman. Tio Vlad III, son fils, mourut mystérieusement à l'âge de quarante-cinq ans.

On dit que cela eut lieu lors d'une bataille contre les Turcs. Selon tels, il serait tombé dans une embuscade de bourgeois mécontents de leur roi, comme cela s'était passé avec son père Vlad II. Ses restes mortels sont enterrés dans l'île de Snagov, près de Bucarest, mais certains prétendent que sa tête fut emportée à part à Constantinople par les Turcs. Tels autres affirment qu'elle serait tombée en poussière, ce que suggère Bram Stoker, l'auteur qui s'est intéressé au sujet. Tous ceux qui ont un lien de parenté avec moi, même Max, descendent de Vlad III, le « comte Dracula », fils de Vlad II. Si nous préférons dire que nous sommes les descendants du fils, ce n'est pas est parce qu'il était plus pervers, c'est parce qu'il est plus célèbre que son père.

Mon parent le prêtre avait aussi eu la gentillesse de m'envoyer quelques portraits de Vlad III, de face et de profil, peints par des artistes turcs de l'époque. Sa ressemblance avec ma mère et mes oncles, en particulier l'oncle Rubem Safras, originaire d'Erechim, était stupéfiante. Disons une bonne fois pour toutes la vérité, laissons de côté les balivernes : il y a entre Akounine et moi une admiration mutuelle, remarquée par tous les membres de ce réseau consanguin. Il est indéniable que Guy est fils de Satan et frère des démons. Il a confessé être aussi le parent de Staline, Mercader, Néron, Caligula et de divers autres fils du diable.

J'ai en effet eu cette impression la première fois que j'ai senti cette forte odeur de soufre qui s'exhalait de lui et de Melina. Cette dernière, pour sa part, incorporait aussi l'une des fameuses « dames blanches » de la mythologie de France. Si celles-ci n'étaient point de véritables monstres, elles n'en agissaient pas moins comme tels. Les dames blanches étaient très belles et s'habillaient toujours de couleurs claires. Elles épiaient les hommes qui traversaient les ponts et les invitaient à danser. Ceux qui acceptaient repartaient libres, un beau sourire aux lèvres. Mais ceux qui les rejetaient subissaient un destin plus cruel. Ils étaient jetés du pont et attaqués par des hiboux, des chats ou des gnomes jusqu'à périr. Melina devait être apparentée à ces dames blanches, mais je ne sache pas qu'elle eût jamais pratiqué ce genre de rituel.

Tout comme le Faust de Goethe, mes deux démons, Melina et Akounine, désiraient en savoir plus sur le sens de la création. Aussi goûtaient-ils les livres, les bibliothèques, les musées et s'intéressaient-ils à moi, à Max et aux grands noms de l'Histoire. Ils m'épargnèrent aussi de lourdes désillusions ; j'étais peut-être apparenté à des individus dont la trajectoire sur terre n'était pas des plus recommandables. Je rappelle que dans *L'Enfer*, Dante se trouve aussi confronté à nombre de gens qui l'ont déçu au cours de son séjour terrestre.

Dans le second cercle de l'enfer, celui de la luxure, il rencontre Sémiramis, Cléopâtre, Hélène, Pâris et d'autres âmes contristées d'amour. Il prend aussi en flagrant délit d'adultère Francesca de Rimini et son amant, Paulo Malatesta, son beau-frère. Dans le troisième cercle, il rencontre le gourmand Sémiramis, fameux politicien. Dans le sixième cercle, celui des hérétiques qui partagent la même sépulture, Dante repère un autre politicien de Florence, Farinata degli Ubertiberti, Frédéric II, et le cardinal Ottaviano degli Ubaldini. Et plus loin, dans un autre caveau, le pape Anastase II.

Dans le septième cercle, celui où sont relégués les brutaux, il reconnaît les plus fameux janissaires de Florence à leurs arcades sourcilières : c'est en effet tout ce qui en émerge de la fange. Il avise par exemple Riniero de Corneto. Dans les environs immédiats, il croise aussi Attila, roi des Huns. Au huitième cercle, celui des faussaires, il identifie dès l'orée quelques simoniaques, de ceux qui s'enrichissent peccamineusement de la vente d'objets sacrés. Il entrevoit le pape Nicolas III, les pieds dévorés par une flamme, il lui semble aussi reconnaître Clément V.

Dès l'abord du dernier cercle, celui des traîtres, il aperçoit le comte Ugolino della Gherardesca et l'archevêque Rogerio, deux crapules de la pire espèce. Tous deux sont immergés dans la glace du Cocyte et sont maintenus conscients, de sorte que leur supplice soit plus douloureux. C'est là la demeure de Lucifer, le roi des démons, celui qui assista le dragon dans sa lutte contre Dieu pour la domination des cieux. Il voit là Judas, Brutus et Cassius, tous trois déchirés par l'une des gueules de Cerbère, la terrible créature infernale.

Il ne me restait plus en somme qu'à ouvrir le coffre qui contenait le reste des objets appartenant à Akounine que l'un des nains polydactyles, mon parent, m'avait fait remettre en main propre : ce que j'y trouvai n'était rien moins qu'indifférent. Je fus soudain la proie d'hallucinations : Camos, membre du conseil des princes de l'enfer, me faisait face. C'est ainsi que se nommait le démon de la flagornerie, cité par Milton dans son *Paradis perdu* : il comblait d'effroi les enfants d'une région située sur les rives de la mer Morte. Même s'il y avait en lui une part diabolique, le cœur d'Akounine et de Melina tenait en réserve un espace de bonté qui m'était agréable. Akounine me faisait présent de tout le contenu de la boîte. Ce qui attira tout de suite mon attention, c'est une enveloppe cachetée d'un cachet peu ordinaire. Il était d'un alliage doré qui attestait son importance. Les ciseaux qui lui étaient adjoints étaient d'un modèle rare qui mérite d'être décrit dans un paragraphe ad hoc.

Ils avaient été fabriqués en Angleterre, mais pas par des Anglais natifs. On dit qu'à la fin du XVIIe siècle, un forgeron de Solingen, en Allemagne, réputé depuis les temps médiévaux pour sa technique très singulière, révéla son secret de fabrication à un ami de Shotley Bridge. Ces ciseaux étaient l'une de ses productions traditionnelles : ils étaient splendides. C'est avec eux que j'ouvris l'enveloppe au cachet d'or. Elle contenait une lettre dont le contenu était si sidérant qu'il provoqua chez moi une durable catatonie. Elle relatait une rencontre entre Akounine et Trotski au Procope, l'un des plus anciens cafés de Paris. Le Procope était l'endroit idoine : n'était-il pas le lieu de rencontre patrimonial d'intellectuels tels que Voltaire ou Balzac, de politiciens célèbres comme Benjamin Franklin ou Thomas Jefferson, toutes figures apparentées, d'une manière ou d'une autre, à la famille Schwartsmann ?

Le Procope est bien plus qu'un café, avec son restaurant, son bar et son salon de thé : c'est un lieu où, avec un peu d'imagination, on peut revivre en songe l'atmosphère du temps jadis, de ce temps où y commerçaient d'illustres figures de l'Histoire. Akounine et Trotski s'y étaient entretenus de documents obtenus en sous-main par le Russe, documents dont certains avaient été arrachés dans les registres d'églises et de services d'état civil, l'ensemble contenant aussi des certificats issus des archives de l'École d'économie de Paris. Au cœur de la discussion des deux hommes, un manifeste écrit par Trotski et divers économistes et penseurs qui voulaient changer l'ordre du monde, manifeste auquel quelques intellectuels et tels visionnaires avaient apporté une contribution plus marginale. Le Russe avait annexé à la lettre des éléments prouvant de façon incontestable que l'économiste contemporain Thomas Piketty était le petit-fils de Trotski et le lointain descendant du père du libéralisme, Adam Smith.

Ces documents suggéraient en outre que Piketty était un cousin de mon père. Les Piketty faisaient partie de la branche anglaise de ma famille, qui émigra à Dijon deux ans avant la Révolution française, en 1787. Keynes était aussi notre parent. En apprenant son lien à Piketty, Trotski, fou de rage, s'était jeté sur la table voisine où un couple savourait un plat d'escargots au beurre « maître d'hôtel », une spécialité de Bourgogne. Les couverts à escargot avaient volé de toute part et les verres avaient maculé la candeur de la nappe. Il avait ses raisons : Piketty était l'auteur d'études qui contestaient les concepts classiques de l'économie, en particulier celui de la remédiation à l'inégalité des classes, si on ne changeait pas la forme actuelle de distribution des richesses. En 1997, Piketty avait publié *L'Économie de l'inégalité* et en remit une couche en 2013, avec Le Capital au XXIe siècle. Pour lui, il était évident que l'inégalité de revenus et leur concentration ne pourraient que s'accroître si un changement économique radical ne s'opérait pas : si 1 % de riches régnaient aujourd'hui sur la planète, la situation ne pouvait qu'empirer si une telle révolution n'avait pas lieu.

L'une des causes de ce déplorable état des choses est le fait que l'argent est le meilleur aimant de l'argent. J'ai beaucoup aimé *Pourquoi sauver les blancs* et le plus récent *Capital et idéologie*, qui détaille les facteurs qui ont provoqué les inégalités entre riches et pauvres en Europe et aux États-Unis. Pour moi, le plus préoccupant fut de constater qu'en quelque façon, les débats sur les inégalités économiques, occultent l'enrichissement des plus riches et l'accroissement des revenus des cadres et des banquiers au cours du siècle dernier.

Aux USA, avant la Première Guerre mondiale, 1 % des plus riches détenaient 20 % des revenus nationaux. Il en était de même au Royaume-Uni. Dans les années 1950, cette proportion diminua de moitié. Malheureusement, au cours des dernières décennies, ce fameux 1 % regagna son pourcentage de richesse nationale. Pour Piketty, non seulement nous en sommes revenus au modèle inégalitaire du XIXe siècle, mais en sus à une forme de capitalisme patrimonial au sein duquel les plus grosses affaires ne sont plus contrôlées par ceux qui sont les plus susceptibles de les mener à bien, mais par une dynastie d'actionnaires anonymes. Je me suis vraiment régalé, en particulier quand il évoque la « passion infantile de la plupart des économistes pour les mathématiques ».

Autre aspect intéressant, Piketty s'est plongé dans les registres tributaires, les croisant avec d'autres sources telles que les biens patrimoniaux. À la fin du XIXe siècle, on note que les actifs sont inégaux au regard de la propriété, mais pas sur le plan salarial, cette dernière déterminant de façon principale la disparité des revenus. Piketty juge que nous en sommes grosso modo revenus à cette situation. Rien d'étonnant à ce que, dans les romans de jadis, les personnages soient totalement obsédés par la question de l'héritage. Lisez plutôt *Le Père Goriot* : on y voit Vautrin, une canaille, affirmer à Rastignac à l'occasion d'une discussion que la meilleure des professions ne saurait rapporter plus que l'héritage qui lui échoirait en une fois s'il épousait la fille de quelque rupin. Gageons que s'il vivait encore, Vautrin conseillerait à Rastignac d'administrer un fonds d'investissement !

Sachez-le : cette œuvre merveilleuse vous apprendrait beaucoup. Rastignac est un étudiant de province qui débarque à Paris plein d'illusions. Dans la pension de famille où il est hébergé, il rencontre divers types d'hommes, dont le Père Goriot, un vieillard qu'obsède l'amour de ses filles qui l'ont abandonné. Désireux de vivre une ascension sociale, comme le Julien Sorel de Stendhal, Rastignac voit dans le sort du vieil homme l'occasion de réaliser son rêve, mais dans sa trajectoire marquée par l'élévation, il se trouve tout de même en butte à la cruauté du monde, à la terrible influence que l'argent exerce sur les caractères et aux jeux d'intérêts les plus vils.

Balzac brosse avec un talent et une vigueur nonpareils le portrait du Paris du début du XIXe siècle, avec ses rues, ses îlots de verdure et sa population, au cœur d'un nuancier social qui nous mène de la pension de famille la plus modeste aux plus élégants hôtels particuliers, des parias aux intellectuels, des plus purs aux plus mesquins. Il nous conte une histoire d'une grande actualité, dans laquelle les valeurs et les sentiments de Goriot forment le contrepoint des vices liés à la cupidité. C'est dans la pension de famille que Rastignac rencontre Vautrin, le caïd des bas-fonds parisiens, un escroc quasi professionnel qui s'est évadé de prison. C'est Vautrin qui ouvre les yeux du jeune provincial sur les usages de la société, des salons à la mode et des dames françaises en vue.

Dans la conclusion du *Capital au XXIe siècle*, Thomas Piketty lance un appel aux gouvernements pour qu'ils augmentent l'imposition des très riches. Akounine me révéla qu'à la table du Procope, Trotski l'avait autorisé à me faire remettre, le moment venu, la proposition commune de divers experts en économie qui en représentaient les différentes tendances. Si je voulais que cette proposition fît l'objet de rencontres et véhiculer ses signataires dans le temps et l'espace, mon *Erdapfel* me serait d'une grande utilité ; les temples d'umbanda et autres centres spirites ne le seraient pas moins.

Ce qui devait arriver arriva. Quelques jours plus tard, un messager, le frère du nain coureur de jupons — je savais déjà les distinguer — me remit en main propre l'unique exemplaire d'une version augmentée des *Hexapla* d'Origène : les *Heptapla*. En sus des six traductions sacrées disposées en colonnes des

*Hexapla*, cette rareté, tenue rigoureusement au secret, contenait une septième colonne intitulée — je traduis ici du latin — *De L'Économie d'un monde heureux*. Selon le Russe de carnaval, le texte proposait une approche révolutionnaire, radicalement séditieuse, des questions économiques, qui plaçait en son cœur le bien-être et le bonheur de l'espèce humaine. Il me supplia de ne jamais dévoiler l'existence de l'occulte ouvrage aux puissants de ce monde : ils le détruiraient sans l'ombre du commencement du début d'un doute.

Akounine me certifia que la relique était inconnue des muséologues. Le contenu des *Heptapla* avait été consigné sur l'ouvrage avec du sang d'aigle par un ange déchu qui se repentait d'avoir trahi Dieu et abandonné les cieux. Le texte, rédigé en esperanto, n'avait jamais été diffusé. Akounine décida de me le laisser : j'étais sans doute de taille à lui offrir le destin qu'il méritait. L'inclusion du traité aux côtés des six versions du livre sacré réalisait le beau rêve d'*Heptapla* de Socrate. Les sept colonnes incluaient donc l'Ancien Testament dans ses versions en hébreu et en grec, le Nouveau Testament traduit en grec, les autres livres sacrés et leurs interprétations, et *De L'Économie d'un monde heureux*, conçu par un merveilleux aréopage d'esprits bons, libres et éminents, et fidèlement transcrit par l'ange repenti.

Jésus-Christ, Mahomet, Moïse, Rabbi Akiva, saint Thomas d'Aquin, Adam Smith, Lénine, Marx, Fernando Henrique Cardoso, Jean Jaurès, Trotski, Luc Ferry, Mère Teresa de Calcutta, Thomas Piketty et beaucoup d'autres, philosophes, penseurs, savants, contribuèrent à la réalisation de cette œuvre. Elle ajoute à toutes ces œuvres que des bienveillants édifièrent afin que l'homme et le monde fussent pensés pour leur bien. Dans les annotations qu'il annexait au volume, Akounine rappelait que Max Weber avait aussi participé à la composition de son contenu, y incluant quelques insertions notables. Il avait épousé une tante de mon arrière-grand-père paternel, à l'époque secrétaire d'un juriste de Dresde.

Weber était issu d'une famille nantie. Il se fit connaître en tant que sociologue, juriste et économiste, à la fin du XIXe siècle et au début du XXe. Comme il était issu d'une famille protestante et que mon ancêtre était juive, leur union se heurta à une grande résistance familiale des deux côtés. Jeune homme, Weber assista au processus d'unification de l'Allemagne mené par Otto von Bismarck. D'aucuns disent que la sociologie classique a été fondée à partir des théories de Karl Marx, Émile Durkheim et de mon très cher parent éloigné Max Weber.

La méthode sociologique fondée sur l'action sociale est aussi de son cru. Son ouvrage *L'Éthique protestante et l'esprit du capitalisme* fut fondamental pour la compréhension des relations entre la formation du capitalisme et la diffusion du protestantisme. Le fameux danseur italo-allemand Roberto Weber est son descendant. Dans les *Hexapla* se trouvaient incluses les contributions de poètes, de rêveurs, de musiciens, de guides spirituels, de sportifs et même de menteurs débonnaires. Le diable et les démons repentis apportèrent aussi quelques ajouts au texte. Seul Dieu n'y a pas participé : l'on dit que c'est parce que Zeus y avait contribué.

Ce livre aurait été le fruit d'une discussion entre Lénine, Trotski, Piketty, Weber, Keynes et Smith : elle aurait eu lieu un jour où j'avais accidentellement fait tourner l'*Erdapfel* de Behaim en sens contraire, les projetant tous dans le même chronotope. Ils n'eussent pas pu se rencontrer dans un lieu plus idoine, l'Académie de Platon. Le philosophe les reçut avec beaucoup d'attention, les salua avec un sourire alors qu'il discutait avec Aristote sur l'importance qu'il y avait à penser plus et mieux. Le vieux Socrate épiait tout de loin. Au reste, les *Hexapla* enseignaient la vie économe de pensée ne valait rien. Lorsqu'on ne pense pas, on risque de tomber dans un néant existentiel.

L'ouvrage secret soumettait à son lecteur une théorie qui permettait une distribution des richesses plus juste sur notre planète. Il s'agissait d'impliquer gens et pays les plus puissants dans l'instauration d'une vie collective plus juste et plus digne. Il proposait que les riches issus de familles qui leur avaient légué de coquets héritages, que les nouveaux riches, que les plus nantis, concédassent une part de leurs gains astronomiques pour contribuer à l'amélioration du sort des plus nécessiteux. En résumé, ils devaient partager un peu, oui, tout simplement partager, pas prêter, partager, pas exempter d'impôts — cette forme de générosité m'a toujours paru suspecte — : partager pour que les enfants des misérables pussent étudier, manger des protéines, des graisses et de l'hydrate de carbone en quantité suffisante pour connaître un développement normal et, de temps en temps, une glace, vivre dans des logements plus confortables, chauds en hiver et agréables en été, sentant bon et ne laissant pas pénétrer la pluie, munis de robinets d'où jaillît de l'eau propre ou froide ou chaude, de draps empesés et d'oreillers revêtus de taies impeccables et d'un bon système d'évacuation, ouvrant sur un petit jardin donnant roses, camélias et tournesols, bénéficier des soins de bons médecins qui soulageassent leurs peines et de bons dentistes qui leur assurassent un éternel beau sourire. Les plus humbles devaient aussi pouvoir aller au cinéma et au théâtre, aller danser, participer à des fêtes et dîner dans de bons restaurants. Leurs enfants devaient pouvoir apprendre à jouer de plusieurs instruments de musique, pas seulement du tambourin, de la cuíca ou des chocalhos, mais aussi du piano, de la flûte, du hautbois et du violoncelle. Selon le « septième livre », les pauvres devaient avoir assez d'argent en poche pour jouir des mêmes distractions que les riches, prendre un taxi ou acheter des chaussures neuves, par exemple, de sorte que personne ne pût dire que leurs enfants fussent victimes de l'injustice du système : tous les enfants doivent pouvoir étudier dans les meilleures conditions. Le septième livre posait en somme les conditions d'un état utopique du monde.

Quant à ceux qui feraient preuve de paresse ou de malveillance, qui détourneraient l'argent d'autrui, ils perdraient tout crédit auprès de l'État et de la société, et si un jugement équitable attestait leur délinquance et leur constante nuisance, ils seraient envoyés en prison. Pour finir, Saint Michel et les anges du bien chassèrent le dragon et les anges déchus loin des cieux, tout comme Jésus Christ, dans le Nouveau Testament, expulse les marchands du temple à coups de fouet.

J'ai trouvé l'idée des *Heptapla* très simple et très remarquable : oui, il fallait partager, surtout si l'on était nanti, pour un enseignement public de qualité, une santé publique efficace et l'octroi de logements décents à ceux qui n'en ont pas. J'adore la clause qui stipule que l'on doit contraindre à accorder les surplus financiers aux plus pauvres afin qu'ils puissent se divertir un peu, comme le font les riches. Une autre préconisait que les membres du gouvernement et les bureaucrates travaillassent bénévolement, de sorte que leur fût épargnée la tentation de s'approprier le bien commun.

Akounine avait rédigé une petite note à mon intention : il m'y annonçait que j'allais adorer les *Heptapla* : l'ouvrage ne ressemblait-il pas à cet addendum perdu de *La Septante* qu'avait composé Théodose, à Éphèse, en l'an 150, une nuit où il avait englouti six jarres de vin rouge ?

Le septième livre — ou la septième colonne —, n'exclut point rémunération des fonctions officielles pourvu qu'elle soit d'intérêt public et d'un montant consensuellement fixé. Il s'agissait en somme d'allier le meilleur des théories économiques de Smith, Lénine, Trotski, Piketty et d'autres bienveillants pour que s'instaure une harmonie et la paix universelles fondées sur des visées plus saines, telles l'amour ou la fraternité. Serait ainsi instaurée une moderne « république » au sens de Platon.

J'ignore jusqu'à quel point le livre secret pourra nous aider à réduire les inégalités, mais elle propose des pistes extrêmement sérieuses à ceux qui ont le bien commun au cœur. C'est pour ça qu'Akounine m'avait confié ce document qui réconcilie Trotski, Adam Smith, et les radicaux de gauche, du centre et de droite. Lénine affirmait avec beaucoup de douceur que *La Richesse des nations* d'Adam Smith défendait une économie de marché à des années-lumière de cette forme de capitalisme sauvage que pratiquent de nos jours les spéculateurs et les hommes d'affaires : il faisait l'éloge de l'économiste.

À la page 182 du « septième livre », Keynes déclare sa flamme à Bakounine. Dans son préambule, des 20 à 43, Trotski dit qu'il comprend parfaitement la position de Smith et qu'il le voit comme un ardent chercheur. Piketty avait en Lénine un grand admirateur. Ils affirmaient tous les deux que la *Théorie des sentiments moraux* de 1759 et le traité d'économie politique *Enquête sur la nature et les causes des richesses des nations* de 1774, étaient d'une richesse folle.

Trotski considérait que les œuvres de Smith constituaient un parfait épitomé des positions des grands intellectuels de son temps, s'agissant de société et d'économie. Smith démontrait que la division du travail avait engendré de considérables gains de productivité : là où un individu seul mettait trois jours à fabriquer une chaussure, la division du travail conduisait au même résultat en infiniment moins de temps. Les premiers entrepreneurs s'en aperçurent très vite et la production de richesse devint bien meilleure. Smith avait découvert que les sociétés qui ignoraient la division du travail étaient moins développées. Il parvint à la conclusion que si l'individu ne produisait qu'une partie de tel ou tel objet, les échanges devenaient nécessaires et le pouvoir d'achat congruent à la quantité de richesse produite. Conséquemment, le pouvoir d'achat se verrait converti en monnaie, favorisant l'achat et les échanges en retour : en effet, l'achat en numéraire est plus aisé à pratiquer que le troc. Le prix des produits pourrait inclure le montant du salaire des travailleurs, les bénéfices du patron et les coûts fixes. Smith définit le capital comme « ce qui peut générer des rendements » : Lénine détesta cette définition.

Smith disait que le capital immédiat serait celui que l'on utiliserait pour la consommation des biens de première nécessité, le capital en circulation celui dont on userait pour l'achat et la vente de produits générant des bénéfices après vente et le capital fixe celui qui serait réinvesti dans les affaires pour augmenter la compétitivité de la chaîne de valeurs. À la lecture de ce dernier point, Marx fit la grimace. Dans les livres suivants, Smith chercha à justifier la conception qu'il prônait et cette justification fut trop souvent oubliée : les excédents économiques générés par son système devaient être investis par les gouvernements dans la promotion du bien commun. Trotski concordait en tout point avec cette idée.

Trotski me confia que si gouvernements et nantis décidaient d'utiliser l'excédent de richesse pour améliorer les conditions de vie communes, ils réduiraient les tensions sociales, ôtant leur objet aux mouvements révolutionnaires. Melina m'avait pour sa part expliqué que contrairement à Smith, libéral authentique, John Keynes était un étatiste pur jus. Selon Akounine, Trotski voulait tirer parti de quelques-unes des idées de Keynes : n'était-il pas le fondateur de la macroéconomie moderne, n'avait-il pas écrit la *Théorie générale de l'emploi, des intérêts et de la monnaie* ? Ce n'était pas rien ! Keynes reconnaissait la nature instable du capitalisme et son incapacité à garantir le bien-être des individus.

Trotski confessa une certaine sympathie pour Keynes. Melina disait qu'il s'était révélé quand il dirigeait la banque centrale d'Angleterre et qu'il aimait beaucoup la littérature. La création du Fonds monétaire International était son idée, ce que Trotski contestait. Permettez-moi une confidence : Melina et Keynes avaient eu une aventure et l'économiste ne cessait de causer économie pendant leurs ébats. Asmodée, l'un des démons, me souffla à l'oreille que Trotski, Lénine et Staline se retournaient dans leur tombe quand ils entendaient parler de libre initiative.

Keynes pensait que le système capitaliste était le plus efficace, mais qu'il revenait à l'État de le perfectionner en minimisant les impacts des cycles économiques, en offrant un niveau de vie et de bien-être social minimum à la population : Lénine et Trotski le suivaient sur ce point. Akounine me raconta alors une histoire qu'il tenait de Trotski. Autrefois, à New York, dans Manhattan, près de Wall Street, il y avait un platane dont l'ombre fut témoin, au XVIIIe siècle, des premières grandes transactions financières américaines. C'est à cet emplacement précis que fut construit l'immeuble de la bourse. Le nom de Wall Street vient de ce qu'au XVIIe siècle, les Hollandais avaient construit là un mur de protection démoli par les Anglais quelques décennies plus tard.

Une nuit, Melina incorpora Karl Marx, qui avait lui aussi été son amant. Ils déterrèrent les restes de Trotski de Mexico et les réenterrèrent par jeu en plein cœur du centre financier de New York. Marx avait à cette occasion déclamé *Das Kapital*, nu et passablement éméché, en plein Wall Street. Trotski était un coureur de jupons compulsif. Melina et lui avaient eu une relation amoureuse tumultueuse. La manière dont il regardait ma Jézabel trahissait son désir persistant. Pour sa part, Melina détestait Frida Kahlo : elle avait toujours soupçonné une liaison entre Bronstein le peintre, qu'elle appelait « l'autre moustachue ». La seule qualité qu'elle lui concédait était d'être communiste. Ma sorcière se jugeait bien plus attirante qu'elle. Si le grand leader russe était si désireux de discuter avec Smith, Keynes, Marx et Piketty de solutions visant la résolution des problèmes du monde, cela ne pouvait provenir que d'une influence de l'Empyrée, le dixième cercle du paradis de Dante, ou des appâts de la diabolique Melina Antoniades : je suis reconnaissant aux deux.

Je tiens à attirer votre attention sur un chapitre de la « septième colonne » secrète : je me souviens que notre ancien président, Fernando Henrique Cardoso, le résuma de façon très claire à l'occasion d'un discours qu'il prononça lorsqu'il reçut le doctorat honoris causa de l'Université libre de Lisbonne. Il porte sur la question de la paix sur la terre. Cardoso décrivait le XXe siècle guerrier comme le produit d'une géopolitique européenne dont l'Allemagne était l'épicentre. Il évoquait la guerre froide qui avait fondé la paix sur la dissuasion nucléaire et la multipolarisation contemporaine. S'agissant de paix mondiale, le « septième livre » des *Heptapla* contient un chapitre intitulé « Les cinq contrats de mariage », fondé sur l'anthropologie et l'Histoire, et dont les visées sont sociales, politiques et économiques : il fait du contrôle des richesses la clé de l'extinction des conflits mondiaux. C'est sans doute une farce de l'auteur, successivement incorporé à Akounine, Melina, aux démons et à tant d'autres personnalités importantes de l'Histoire, que de présenter comme une trouvaille ce qui est sans doute la plus ancienne méthode de contrôle des pulsions après la transmission à l'homme du pouvoir divin par l'onction ! Je vous rappelle que le verbe « oindre » se dit « *christos* » en grec, et que ce « *christos* » désigne la cérémonie au cours de laquelle le corps de celui qui reçoit des pouvoirs divins est oint avec des huiles sacrées. Selon cet obscur auteur, le prolongement naturel de l'onction est le mariage en tant que garantie de la continuité linéaire du pouvoir, le mariage d'amour, comme l'écrit Luc Ferry, n'étant apparu que très récemment. La règle historique chez les puissants est l'union politique arrangée qui assure le lignage. L'Église, pour sa part, fit de même en instaurant le célibat des prêtres, ce « mariage avec Jésus » conjurant le risque de dispersion des biens cléricaux. Pour l'Église Catholique, l'obligation des prêtres de prononcer des vœux de chasteté ne ressortit pas au dogme, mais à la règle. Les dogmes sont des vérités absolues, indiscutables, immodifiables, la résurrection du Christ et la Sainte Trinité, par exemple, la règle, en revanche est une conduite prescrite au champ séculier.

Les premiers prêtres catholiques n'étaient pas célibataires, la règle du célibat s'est imposée peu à peu. Les orthodoxes autorisent le mariage des prêtres. Vers les IIIe et IVe siècles, on observait déjà la pratique du célibat. Les papes Sixte, au IVe siècle, puis Innocent, le préconisaient. L'abstinence sexuelle des prêtres et le mariage des moines et des sœurs étaient alors recommandés. C'est au cours du XIIe siècle, lors des premier et second conciles de Latran, que le caractère obligatoire du célibat fut officialisé et généralisé à tous les officiers du culte.

L'auteur de la septième colonne était convaincu que les questions patrimoniales avaient été déterminantes pour l'institution du célibat des prêtres, mais c'était seulement sa vision des choses. Pour moi, le seul auteur du présent livre — dont je confesse que je n'impute souvent le contenu à Akounine, à Melina ou à d'autres démons que par lâcheté ou pudeur — c'est une motivation d'ordre patrimonial qui a présidé à l'inclusion dans le « septième livre » du chapitre des « les cinq contrats de mariage » qui vise à l'instauration d'une concorde entre les puissances potentiellement génératrices de conflits.

Inspirées de l'antique tradition royale du mariage arrangé qui permettait la continuité du pouvoir et de la propriété, les unions forcées se sont imposées dans d'autres sphères sociales ou politiques. Le respect des prescriptions du « septième livre » imposerait par exemple de nos jours que la jeune Ivanka, fille de l'abject Donald Trump, divorçât de son époux, le très controversé Jared Kushner, pour épouser le président de la République populaire de Chine, Xi Jinping, une fois son divorce d'avec

Peng Liyaun, avec qui il vit un mariage heureux depuis 1987, prononcé. Ce contrat de mariage est peut-être, qui sait, le premier des cinq que mentionne le chapitre où le livre secret traite de la paix du monde. Quant au président de la Russie, Vladimir Poutine, séparé de son épouse Lyudmila Putina depuis 2014, il demanderait la main d'Angela Merkel à l'occasion d'une séance extraordinaire du Bundestag. Cette dernière romprait alors la relation stable qu'elle entretient depuis 1998 avec son compagnon Joachim Sauer. Voilà peut-être le « deuxième contrat ». Kim Jong-un épouserait Swati Kovind, la fille de Ram Nath Kovind, le président de l'Inde : voilà pour le « troisième contrat », qui sait. Sara Netanyahou abandonnerait son mari, le Don Juan Benjamin, pour s'unir à Mahmoud Abbas et Nicolas Maduro, président « de fait » de la République bolivarienne du Venezuela, convolerait en justes noces avec Mariam Ghani, fille d'Ashraf Ghani, le président de l'Afghanistan : cela ne ferait-il pas de parfaits quatrième et cinquième contrat ? La lettre du chapitre des *Heptapla* ne nommait pas les époux dont le mariage garantirait la paix mondiale : l'on pouvait tout imaginer. Pourquoi ne pas préférer à l'un des contrats précédemment cités par votre serviteur celui qui unirait le leader Kurde Abdullah Öcalan, dit « Apo », fondateur du Parti des travailleurs du Kurdistan, à la superbe Emine, l'épouse du président de Recep Tayyip Erdogan, après leur divorce ? Pourquoi ne pas imaginer qu'un des cinq contrats unisse Zein al-Assad, la fille de Bashar al-Assad, au petit-fils de Golda Meir ? Leur mariage, pour des raisons symboliques obvies, pourrait fort bien être célébré dans les jardins suspendus de Haïfa !

La bonne nouvelle portée par les *Hexapla*, dont les répercussions sur la vie des populations seraient considérables, vaudrait assurément qu'on lui dédiât une célébration mondiale. J'étais entré en possession de ce livre sacré : il fallait que je le dissimulasse à l'endroit le moins évident possible. Je le serrai dans le piano qui se trouve encore dans le salon de la maison de mes parents, celle où j'ai passé mon enfance et mon adolescence, au 353 de la rue Fernandes Vieira, à Porto Alegre. Ce moment puissamment émouvant fut le premier d'une série que je veux partager avec vous. Je fus par exemple bouleversé en découvrant le contenu d'une boîte qu'Akounine me fit parvenir par le truchement du nain numéro deux, mon parent : Dieu, qu'elle en disait long, cette boîte !

# Mer salée

Le Russe savait très bien comment me toucher. Après les précieuses informations sur le « septième livre » d'Heptapla, qui, je n'en doutais pas, allait changer le destin de l'humanité, voici qu'il me destinait, protégée par une bourse de velours à cordons dorés, la boîte apportée par le nain ! À l'intérieur étaient soigneusement disposés des présents d'une valeur inestimable. Dès son enfance, Jean-Sébastien Bach se plaignit de problèmes de vue, qu'aggravèrent les longues heures qu'il passa, tout au long de sa vie, à copier des partitions musicales, à la pauvre lueur d'une chandelle. Le Russe eut la délicatesse de m'envoyer les pupilles du compositeur, enveloppées dans un mouchoir de soie qui avait appartenu à son père, Johann Ambrosius, qui fut trompettiste et flûtiste à Eisenach, une ville qui fait maintenant partie de l'État de Thuringe.

Dans un minuscule écrin d'opaline, je découvris l'oreille entière de Numa Wolfgang Amadeus Mozart, fondamental fragment grâce auquel le système auditif du compositeur fut en mesure de capter les sons. Le monde de la musique a toujours su que son oreille gauche avait un défaut anatomique. Elle était anormalement grande, large et plate et avait la forme d'un fer à cheval — un véritable trésor. Dans un petit flacon à médicament transparent, plongés dans l'alcool, se trouvaient en outre les deux tympans malades de Ludwig van Beethoven, qui firent de sa vie un martyre. Ils étaient accompagnés de l'ensemble des six « appareils auditifs », fabriqués par Johann Nepomuk Mälzel en 1812, qu'utilisait le génie de la musique, quoiqu'il confessât lui-même que cela ne diminuait en rien sa terrible surdité.

Pour compléter cette inégalable série de reliques de la plus grande importance, deux cylindres transparents y étaient joints, délicatement attachés avec un lacet d'une botte d'hiver du grand compositeur russe Piotr Ilitch Tchaïkovski. Dans le premier cylindre, on pouvait voir un fragment de macaron plongé dans l'alcool. Dans l'autre, un liquide légèrement trouble. Le premier était un échantillon du dîner savouré par l'auteur du *Lac des Cygnes,* au restaurant Leitner, près du Théâtre Alexandrinsky, à Saint Petersburg, la veille de son empoisonnement. L'autre était un peu de l'eau qu'il avait ingérée le jour suivant. Ces deux éléments avaient été suspectés d'avoir transmis un « vibrion cholérique » au génie de la musique. Les échantillons ne furent jamais testés, et ce n'est certes pas moi qui révélerai si la présence de ce terrible micro-organisme fut « causa mortis ».

Il est superflu que je vous détaille l'émotion qui m'étreignit lorsque j'eus en main ces joyaux rares de l'histoire de l'humanité. Akounine était réellement un individu unique et, en dépit de toutes les accusations dont il fit l'objet, je ne verrai jamais en lui, pour ma part, que l'homme cultivé et le compagnon que j'ai appris à admirer.

Quant à Adam Smith, Trotski m'avait confié, dans un message secret, que si les nantis avaient traité pauvres et travailleurs avec davantage de compassion, nombre de décès auraient pu être évités à tout moment de l'Histoire. Le leader révolutionnaire russe avait poursuivi en affirmant la nécessité, pour les hommes d'État, d'échanger avec leurs concitoyens et de s'enquérir sérieusement de ce qu'ils pouvaient faire pour les aider. Ainsi seulement, il leur serait possible de garantir que soit respectée la dignité humaine.

Lors de l'une de nos rencontres, alors que la nuit était déjà bien avancée, Akounine et Melina lancèrent en l'air un commentaire sur certains aspects anatomiques communs à Trotski et à Adam Smith — quelque chose de secret. Ils se référaient aux pieds des deux hommes, dont le rôle historique fut d'une énorme importance pour le destin de l'humanité. Tous deux étaient polydactyles. Melina suggéra que c'était peut-être parce qu'ils étaient eux aussi des démons, mais bien intentionnés. Mais l'anomalie de ces pieds ne correspondait pas à leurs convictions politiques. Trotski avait un métatarse en plus au pied droit, alors que Smith l'avait au pied gauche, ce qui entrait en choc frontal avec la défense de leurs positions sur le travail, la propriété et le capital.

J'avais été très impressionné par les livres du philosophe français Luc Ferry, ex-ministre de l'Éducation du gouvernement de Jacques Chirac, de 2002 à 2004, qui, dans une Europe en proie à des problèmes d'émigration et de multiculturalisme, défendait l'humanisme sans limite. Pour Ferry, il peut coexister différentes vérités; ce que je crois être un concept fondamental. Il gagna en notoriété lorsqu'en 1985 il publia, en partenariat avec Alain Renaut, *La pensée 68*, dans lequel tous deux critiquaient les penseurs issus du mouvement de mai 68. Juste après, Ferry publia un livre très agréable qui s'appelait « Apprendre à vivre », dans lequel il expliquait que le savoir peut mener au bonheur. Ce qui attira mon attention chez Ferry, c'est son optimisme. Pour lui, la philosophie peut nous apporter des réponses qui nous aident à surmonter nos peurs. Je dois confesser qu'à ce moment de mon récit, j'avais déjà décidé d'envoyer un message à mon compagnon russe, pour lui faire une demande personnelle, priant Akounine de me trouver, d'urgence, des liens de parenté, même éloignés, avec Luc Ferry. Et, à ma grande joie, l'investigateur concorda et alla même plus loin : il me dit qu'il avait déjà des documents qui confirmaient très clairement ces liens de parenté — Ferry et moi, nous étions cousins. Il est l'un des bienheureux du dixième cercle du Paradis.

Je fus alors assailli par une de mes hallucinations : Nosferatu apparut devant moi. C'était un vampire issu de la « graine de Belial », qui survivait en s'alimentant de sang humain. Il habitait dans des cavernes sinistres, des tombes et des cercueils des cimetières de la Peste noire, dans les montagnes des Carpates.

Dans la réponse que j'adressai à Akounine, logé dans la cellule trois cent seize de l'humide prison turque, j'affirmais que je continuerais à croire en lui et au futur de l'humanité. J'assurais au Russe qu'à mon avis, tout dans la vie pouvait être pardonné, même ses mensonges et ceux du grand Oscar Wilde. Je lui rappelais que même le Saint-Père Francisco, le pape argentin, avait péché : cela s'était produit sous la dictature. Mais le suprême pontife finit par être pardonné par le Vatican et par les Argentins, car rien n'est plus noble qu'un être humain sachant pardonner.

Jean Valjean, dans *Les Misérables*, de Victor Hugo, et Raskolnikov, de Dostoïevski, dans *Crime et Châtiment*, rêvaient d'être pardonnés, tout au contraire de Meursault, dans *L'Étranger*, d'Albert Camus. Je mentionnai aussi le cas de Ratzinger, le pape allemand, qui, ne parvenant pas à gérer les irrégularités de la Sainte Église, décida d'abandonner sa charge de pape avant l'échéance et se retira en Allemagne dans le plus grand anonymat. On le dit coupable de ne pas avoir puni les innombrables méfaits des prêtres catholiques pédophiles, ni les illégalités de la Banque du Vatican, sur lesquelles il omit délibérément de diligenter une enquête. Or, finalement, je lui ai pardonné. Le rabbin Sobel, de la Congrégation Israélite Pauliste, qui, en état de transe, vola des cravates de différentes couleurs et aux imprimés variés dans une boutique aux États-Unis, j'ai réussi à lui pardonner. C'était un homme bon, et avoir soudain douté de sa foi devait l'avoir ébranlé. J'expliquai à Akounine que le pardon est toujours un bien, qu'il vienne de l'homme ou de Dieu, à partir du moment où, parallèlement, nous n'oublions pas qu'il est moralement injuste de ne pas payer pour nos délits.

Nos visites aux plus belles bibliothèques, nos conversations sur les classiques de la littérature, les récits relatifs à mes liens de parenté avec de grands hommes de l'humanité, en particulier les lauréats du prix Nobel, enfin, tous les moments dont j'avais joui en sa compagnie avaient été inoubliables. C'est grâce à ses précisions méticuleuses sur les circonstances dans lesquelles les bibliothèques avaient été créées, à la découverte des lieux spectaculaires par lesquels nous étions passés, que j'ai la sensation de faire partie de l'humanité. Je dis à mon ami que nous, humains, adorons être trompés, et rêver de faire partie d'un monde qui n'appartient qu'à d'autres. Au fond de moi, je savais tout depuis que nous avions été présentés.

Je confesse qu'en lisant l'édition portugaise de 1958 du *Faust* de Goethe, publié par l'Acta Universitatis Coninbrigensis de l'Université de Coimbra, j'avais eu la certitude de mes affinités avec le diable. Il était comme l'âme jumelle de Dona Giselda. Depuis très longtemps, je luttais pour mettre fin à mes hésitations relatives au le sens de la vie, à mes questions incessantes sur le savoir, mais je restais perdu dans un vaste vide. Délibérément, j'utilise ce même terme, « vaste, » qu'a employé Borges, après que le grand écrivain argentin a hésité entre deux adjectifs dans la version originale de « La bibliothèque de Babel ». Et, comme Faust, j'ai décidé de faire un pacte de sang avec Méphistophélès. Durant les vingt-quatre ans qu'aura pris l'élaboration de ce livre, je me suis juré d'expérimenter toutes les tentations du monde. Toujours avec l'espoir, cependant, qu'un jour, les « gardiens de la caverne » m'aideraient.

Ce que nous désirons tous, dans notre for intérieur, c'est faire face à la terrible solitude qui caractérise notre passage sur la Terre. Pour adoucir mes douleurs et mes anxiétés, j'ai moi-même largement usé de mensonges dans ce récit. C'est pourquoi j'ai pardonné ses trahisons à Emma Bovary, dans le livre de Flaubert, ainsi que le double assassinat de Raskolnikov dans *Crime et Châtiment*, de Dostoïevski. Et rien ne m'a davantage diverti que de faire en sorte que le lecteur puisse s'apercevoir que certaines affirmations sont mensongères — juste quelques-unes. J'ai appris la valeur du mensonge dans l'art grâce à la fine ironie d'Oscar Wilde. Qui veut connaître la vérité, qu'il la cherche dans une image individuelle et secrète, comme mon parent Gagarine le fit à travers l'espace sidéral.

Séparer les mensonges de la vérité est un talent que nous devons développer tout seuls. Les inventions des poètes et des artistes servent à rendre la vie possible. Les œuvres littéraires les plus critiques nous aident à percevoir les injustices du monde. Trouver normal de vivre dans l'opulence alors que les autres souffrent est une maladie. Manger ce qu'il y a de meilleur alors que les autres n'ont rien à manger et accepter cela comme un simple fait de la vie est immoral. L'art nous aide à gagner ce discernement.

Tout comme, dans les *Mille et une Nuits*, Shéhérazade ne livrait que petit à petit les récits qu'elle destinait au sultan Shahryar, le Russe m'envoya, après le précieux coffret, une dernière malle contenant des cadeaux. Mais avant, il demanda à Melina de me donner le nom d'une œuvre qu'elle avait lue en entier — de la première à la dernière page. Sans mentir. Melina lui confessa que lorsqu'elle avait lu *L'Iliade* et *L'Odyssée*, attribuées à Homère, elle n'avait pas été plus loin que la page vingt-six, mais qu'elle avait lu *L'Enéide*, de Virgile, en entier. Et que ce fut elle, et non le poète qui écrivit ce grand classique. J'étais son Enée, et je surmontais les douleurs de la défaite de Troie. C'est pourquoi je devais lutter pour la survie des bons livres, et fuir les émanations létales de Wikipédia, où les écrivains mineurs se mêlaient aux auteurs majeurs, contribuant à consolider l'illusion qu'on y découvrirait tout sur tout. Bernard Shaw disait qu'en savoir toujours moins, sur chaque fois un plus grand nombre de sujets, était finalement risquer de ne rien savoir sur quoi que ce soit. On n'est jamais assez méfiant avec Wikipédia. Les «pilules» d'information ne sont que pure illusion de connaissance, elles ne remplaceront jamais l'expérience de la lecture des classiques.

Dans le coffre de cadeaux, il y avait un exemplaire de *Romeo et Juliette*, de William Shakespeare. Les familles Montecchio et Capuleto existeraient. Les passions tragiques s'emparent de notre imaginaire, les amants qui se tuent sont irrésistibles. Akounine avait compris que Léon Trotski ne pouvait avoir pour moi autant d'importance que Dona Giselda.

Je fus l'un de ceux qui furent séduits par Wikipédia, mais ces articles sont des « kelpies », des êtres ressemblants à des chevaux, qui effrayent les gens sur les rivières et les lacs d'Écosse et d'Irlande, et ces « kelpies » me jouèrent une farce. Avec leur crinière mouillée et leur peau de phoque glacée, ils attirent les hommes avec leurs légendes, pour qu'ils galopent sur leur croupe et plongent avec eux au fond des rivières et des mers. Ce sont les « kelpies » qui me montrèrent combien il était facile de trouver des réponses en lisant des résumés et non les originaux. Je confesse que j'ai adoré le faire. Que Dostoïevski me pardonne, mais c'était si facile de chercher des informations d'un simple coup de doigt sur mon ordinateur ! Dans « Mer salée », Fernando Pessoa dit que tout vaut la peine tant qu'on y décèle de la grandeur d'âme. Par divers chemins, sinueux pour la plupart, on peut parvenir à la connaissance. Cessons d'être arrogants. Certains êtres humains sont capables de saisir le sens du « mythe de la caverne » de Platon, même en empruntant un itinéraire impropre. Tous les chemins qui nous font sortir de l'ignorance valent la peine.

Comme Guimarães Rosa, l'auteur de *Grande Sertão : Veredas*, je plaçai mon Russe de compagnie dans le rôle de Quelemén de Góis. Et tous deux nous parcourûmes le passé d'un garçonnet qui s'appelait Reinaldo, que j'avais connu lorsque j'étais petit et qui était différent — mais ce qu'il avait de différent, à l'époque, je n'en rêvais même pas.

Dans mon rêve, ma mère mourait, en l'occurrence, la sienne et moi, Riobaldo, j'allais habiter chez mon parrain, dans une ferme, à São Gregório, où je connaissais Joca Ramiro, le chef des sbires. Le parrain m'envoyait étudier et plus tard enseigner les lettres à un fermier du nom de Zé Bebelo, qui voulait liquider les hommes de main de la région. Riobaldo — moi, en l'occurrence — entrait dans son gang. Et c'est ainsi que commençait mon rêve de *Grande Sertão : Veredas*, ce récit dont on tira le célèbre mini-feuilleton. Ensuite, après quelques combats, des morts et des changements de gang, déjà adulte, je retrouvais Reinaldo. Notre amitié se renforçait et il me confiait, me recommandant le secret, qu'il avait changé de nom et que maintenant il s'appelait Diadorim. De nouvelles luttes, de nouvelles accolades de Nhorinhá et Otacília plus tard, je réalisai cependant qu'il portait sur moi un regard jaloux.

Je faisais alors le fameux pacte avec le diable, comme Faust et Méphistophélès, et devenais le leader de la bande de Joca Ramiro. Lors d'un nouveau combat, mon Diadorim et un certain Hermognes s'affrontèrent ; tous deux moururent. Voilà que je reçus alors d'incroyables révélations sur le sexe. Diadorim n'était pas un homme, c'était Maria Deodorina da Fé Bittencourt Marins, la fille de Joca Ramiro. Le petit Reinaldo de mon enfance n'était pas un garçon, mais une fille. Les sentiments qui naquirent alors en moi, j'ignore ce qu'ils devaient à l'ivresse qui, à ce moment-là, était la mienne. Ce qui est sûr, c'est que Riobaldo — moi, en l'occurrence — aimait Diadorim. Un amour qui ne pouvait être dévoilé, car il s'agissait d'un homme aimant un autre homme, chose impensable à l'époque, même en rêve. Guimarães Rosa m'enseigna ainsi l'amour pur.

Voilà pourquoi, chers lecteurs, je fais avec vous comme le faisait avec moi Dona Giselda. Je partage de bonnes lectures ! Rosa, par exemple. Il était médecin, diplomate, avait étudié plusieurs langues et aimait les mots. Il savait toutes les langues, le russe, l'arabe, le sanscrit, le lituanien, le polonais, le tupi, l'hébreux, le japonais, le tchèque, le finlandais, le danois, et j'en passe. Rosa parlait même l'esperanto. Il aida à écrire le «septième livre» de l'*Hexaples*, qu'Akounine m'envoya pour que je le joigne à l'*Hexaples* d'Origène. Pour écrire, il parcourut les *sertões*, nos campagnes, en quête de noms. Bien plus encore, il chercha des expressions, des faits et des histoires d'hommes quelconques, pour rendre compte de l'univers de son enfance.

Pour que vous compreniez jusqu'où peut arriver l'amour des mots, Rosa fut élu à l'unanimité à l'Académie Brésilienne de Lettres, mais il demanda plusieurs fois à reporter la cérémonie de réception, car il avait peur que l'émotion le tue. Et en vérité elle le tua. Il surmonta son appréhension et finit par y aller ; le lendemain, un infarctus du myocarde aigu le frappa. Il mourut littéralement d'émotion, la mort préférée de ceux qui aiment les livres. Pour moi, j'ai essayé de mille manières de vous faire prendre goût aux bonnes lectures. Rien de mieux que de choisir quelqu'un qui accepte de mourir pour elle. Mais si Akounine a ressuscité, Rosa le peut, lui aussi. D'ailleurs il l'a fait à travers ses œuvres.

Il y a tant de dieux du Mot que le Russe m'a aidé à connaître! Le calife Harune Arraxide et son fils Almamune, deux âmes généreuses, créèrent une merveilleuse Maison du Savoir, au milieu des sables de Bagdad... Ici, maintenant, un nouveau raisonnement me vient à l'esprit. Imaginez : un juif comme moi est frère de Max, soit. Mais nous descendons aussi d'Ismaël car dans la Genèse, les enfants d'Ismaël sont tous du sang de l'aîné d'Abraham. Agar, son esclave égyptienne lui a donné cet héritier. C'est écrit en toutes lettres dans le Coran. On peut donc dire que Max et moi, nous sommes parents de Mahomet.

Tout comme Jésus de Nazareth, fils de Dieu, qui, selon l'Ancien Testament, était un prédicateur juif, qui fut ensuite baptisé chrétien par Jean-Baptiste. Ceci me mène à conclure que Max et moi, qui sommes juifs, nous sommes aussi parents de Mahomet, de Jésus, et de n'importe quel chrétien ou musulman. Akounine disait aussi que j'appartenais à la famille de Mahatma Gandhi, la «grande âme», qui naquit à Guzerate, à l'ouest de l'Inde, c'est pourquoi j'inclurais tous les hindous dans mon interminable liste de liens de parenté. Ensuite, inclure les Chinois et tous ceux qui manquent dans ce clan n'est plus qu'une formalité. En vérité, nous sommes tous parents — à travers Dieu.

J'en devine la preuve dans la *Création d'Adam*, de Michel-Ange, qui recouvre les plafonds de la chapelle Sixtine : le doigt de l'homme touche presque le doigt divin. C'est la révélation de la liaison entre les hommes et le Dieu de l'univers. Dans la Genèse, la vie vient de la poussière et se propage par l'union entre le père et le fils, sous la protection du Saint-Esprit. Les anges qui entourent Dieu dans les cieux protègent tous les humains de toutes origines ou religion. Si, un jour, la science prouve que la vie vient d'un autre endroit, je n'en serai pas moins le premier à croire dans la nouvelle fraternité universelle. La science nous éclairera sur nos origines, mais ne modifiera en rien notre fraternité. Les liens de parenté sont les maillons qui nous unissent. Et il est bon que les êtres humains se considèrent comme des frères. C'était cela que ma relation avec Max visait à prouver aux lecteurs. C'est pour cela qu'Akounine et Melina me mirent sous les yeux la photographie sur laquelle mon ancêtre se trouvait aux côtés du grand révolutionnaire russe Léon Trotski.

C'est incroyable, mais le Russe surgit pour une dernière fois, alors que je m'étais permis de sommeiller quelques instants, les doigts encore sur les touches de l'ordinateur. Alors mon histoire s'envola par les salons du Musée du Louvre, où nous nous rendîmes, lui et moi, assis sur l'un des jolis tapis des histoires de Shéhérazade

. Lorsque nous eûmes atterri, Akounine se mit à cabrioler, radieux, à travers les salles du musée. Sa camisole un peu courte me laissait entrevoir son anatomie. Elle n'arrivait pas à dissimuler l'abondante pilosité de son dos, et ses chaussures qui avaient du mal à contenir les sabots de bouc de mon démon préféré. Radieux, il me montra où se trouvait la *Mona Lisa*, de Léonard de Vinci, *La liberté guidant le peuple,* de Delacroix, et la *Vénus de Milo*.

Le Russe ne put se retenir de me parler de sa nouvelle découverte. C'était à propos de Marcel Proust. Il me raconta que mes liens de parenté avec Proust étaient les derniers qu'il avait eu l'honneur d'identifier. Or, s'il y avait quelqu'un, au cours de ces deniers siècles qui, pour lui, représentait la beauté suprême de la construction littéraire, c'était bien l'auteur du livre *À la recherche du temps perdu*. Akounine mentit effrontément, disant que Proust était le fils du médecin Adrien Proust et de Jeanne Weil, une juive très cultivée, venue d'Alsace. C'était son ami, un chat égyptien qui vivait caché à l'intérieur de la pyramide de Gizé, qui lui avait révélé cette information. Je souris lorsqu'il me dit que j'étais parent avec Proust. Mon démon me confessa que c'était lui qui avait mis le « sonho da vovó » dans mon assiette, dans le salon de thé de l'Hôtel Le Meurice, à Paris. Akounine imaginait qu'il me ferait plaisir en me faisant penser que Proust et moi, nous partagions le même goût pour la « madeleine » avec du thé. Le Russe savait atanyser ma sensibilité.

## Les sables du Maroc

J'ai rêvé qu'une colombe blanche se posait sur le rebord de la fenêtre de ma chambre du Savoy Hotel de Londres. Elle ne différait pas de ses semblables mais elle avait les yeux d'Akounine et prit bien vite apparence humaine. Akounine me suppliait de lui pardonner. Il me demanda si j'avais apprécié ses cadeaux. Il me dit que mon idée du « septième livre » occulte était « divine », qualificatif qui, venant d'un démon, était le plus élogieux qui fût : l'occasion valait certes qu'on la célébrât. Nous allions nous offrir tous les deux, lui en colombe et moi en corbeau de chez Allan Poe, une petite excursion au château de Windsor. Le Russe voulait que j'allasse avec lui avec lui voler des études atomiques de Vinci datant du début du XVIe siècle qui y étaient conservées. Il lança quelques tonitruants éclats de rire en direction des cieux : si je pensais que les escaliers du Musée Guggenheim étaient de conception récente, je me trompais lourdement. Il y a cinq siècles, le grand Leonardo avait déjà imaginé un escalier en colimaçon !

Il avait raison. Si vous me demandiez quelle est la partie la plus profonde de mon récit, je répondrais que c'est celle qui regarde le « septième livre », les « *Heptapla* ». Les *Hexapla* d'Origène, mon ancêtre, contient les six plus importantes traductions et adaptations de la Bible. L'ajout du « septième livre », ou de la « colonne » de texte supplémentaire, nous propose une alternative de bonheur tirée des esprits humains les plus éminents, si différents et pourtant si semblables : ceux de Trotski, Lénine, Smith, Keynes, Piketty et de tant d'autres. Grâce aux sept livres sacrés, nous entrevoyons un espoir de réduction des abîmes d'inégalité qui séparent et parfois opposent les habitants de notre planète. Le « septième livre » des *Heptapla* nous offre la clé de cette dignité collective dont nous rêvons tant : de cette justice que Socrate enseigna à Platon. Lorsque les fils des pauvres auront accès aux mêmes avantages que les fils des riches, logement, alimentation, éducation, nous aurons accompli au mieux notre mission en l'existence. Quel dommage que mon livre n'ait vocation à être lu que par ma famille et mes amis !

Proust, Dante, Goethe, Cervantès, Shakespeare, Flaubert, Dostoïevski, Balzac et beaucoup d'autres jetèrent sur le papier les mystères qui peuplent nos âmes. Nous, les êtres humains, nous sommes des créatures prévisibles et routinières. Dans les dernières pages de *Pères et fils* d'Ivan Tourgueniev, le personnage de Bazarov, qui de toute sa vie n'a émis que des opinions fondées en raison scientifique, daubant sur la spiritualité, accepte l'extrême-onction à ses derniers instants, en repoussant simplement l'échéance. Dona Giselda me confia un jour quelque chose que je n'ai jamais oublié. Elle avait connu mes parents lors d'une fête de l'école et me dit quelques jours plus tard, que tous deux me regardaient avec le même amour et la même douceur que Vassili Ivanovitch et Arina Vassilievna leur fils Bazarov. Melina ajouta pour sa part que j'étais à ses yeux un parfait mélange de mes parents. Mon père était un homme d'une immense générosité : cela n'était pas loin d'en faire la proie idéale des méchants. Il aurait tué pour me défendre. Ma mère était une amoureuse, une femme sensible et elle avait un talent unique pour établir la justice sans peiner. Non seulement elle n'aurait tué en aucune circonstance, mais elle aurait dit avec clarté pourquoi elle ne le faisait pas. À la lecture de *Pères et fils*, j'ai senti que ce livre allait influencer considérablement ma vie. Je lus en parallèle *Le Crépuscule des idoles* de Nietzsche, qui m'aida à mieux comprendre Tourgueniev. Bazarov se disait « nihiliste ». Tourgueniev a utilisé le mot avant Nietzsche. Je crois que c'est le personnage de Nicolaï qui dit que « nihil » signifie « rien » en latin. J'aurais aimé être le Zarathoustra de Nietzsche, « l'*übermensch* », qui a vu, qui a souffert, qui a aimé, qui a expérimenté mort et vie, « l'homme supérieur » capable de surmonter les ressentiments et la culpabilité, regardant la vie en face, sans détour, sans hésitation, libre «d'être», comme dans le mythe de Platon. Nietzsche a construit Zarathoustra comme un «homme-au-delà», qui ironise sur les idéaux de l'homme moderne, rompant radicalement avec l'hypocrisie : voilà ce qu'est le «nihilisme». De la bouche de Zarathoustra sort la phrase «*Gott ist tot*», «Dieu est mort», que Melina adorait.

Bazarov est un être froid, son nihilisme se fait jour quand il refuse de céder devant l'autorité et n'admet rien sans preuve. Il prétend qu'un bon cordonnier est plus utile que Goethe, car le monde a plus besoin de chaussures que de poésie. Voilà bien une erreur de jugement. Il a suffi d'un amour pour qu'explose en son for intérieur un monde de contradictions. Dans la partie finale de *Pères et fils*, Tourgueniev décrit un cimetière de campagne dans lequel se trouve une tombe «qu'aucun homme ne touche et qu'aucun animal ne foule». C'est la tombe de Bazarov, le jeune nihiliste. Quand ses parents visitent sa tombe, «ils tombent à genoux et pleurent très longtemps». La souffrance du couple est à l'opposé du nihilisme du fils mort et enterré là. «Est-il donc possible que les prières et les larmes soient inutiles?», demande l'auteur. Il répond : «quel que soit le cœur qui se cache dans un tombeau, les fleurs y poussent et parlent de paix et de vie éternelle».

Ma quête de parentés fut l'équivalent cosmique de mon désir de fraternité entre les hommes. Ce fut un peu pour moi comme retrouver les traces du clan originel, les ossements des cinq premiers spécimens d'Homo sapiens déterrés dans les sables du Maroc. Si les dieux, les rois, les clercs et les sages ont reçu l'onction sacrée qui élève en Dieu, cela devrait valoir aussi pour les hommes du commun, pour les poètes, les menteurs, les fragiles, les affligés, tous les autres. Borges disait que les poètes sont de petits «créateurs» faits à l'image de Dieu : le mot prend en effet ici tout son sens. Mais l'écrivain est aussi celui qui sait exprimer sa perplexité devant le pouvoir des mots qui nous transmettent le savoir immémorial. Il est inouï, ce pouvoir humain de transmission de la mémoire de génération en génération, à travers la voix, les parchemins, les pages noircies des livres. Le langage est au fond l'outil d'un état d'esprit directement inspiré par Dieu.

Pour Borges, ce qui importe dans la poésie des choses, c'est qu'elle éveille en nous passion et jouissance. Le premier choc ressenti à la lecture d'un poème ne se rééditera jamais. C'est ce qui se produisit pour moi avec la scène d'*Amarcord* de Fellini où les personnages prennent la mer dans la brume pour voir passer un immense transatlantique et s'exclament d'émotion en l'apercevant. Un aveugle, aveugle comme Borges, implore les autres : « Dites-moi comment il est ! ». Les classiques ne sont rien de plus que des histoires humaines joliment et intelligemment contées. Comme le disait Wilde, l'art nous révèle les beaux mensonges que l'âme humaine est capable d'édifier et que la Nature semble imiter. Borges aimait les allégories et il avait raison : ce sont elles qui résistent le mieux au temps, à celui de la solitude et de la nuit, par exemple. Mais il disait priser aussi une vision juste et généreuse de la réalité, comme celle de Martin Buber dans *Toi et moi* ou celle de Walt Whitman dans *Feuilles d'herbe*.

Akounine me garantit que les hommes dont je descendais étaient les « Cro-Magnon », dont les coutumes étaient nourries d'union et de camaraderie et qui, de ce fait, survécurent là où les hommes de Néandertal, plus égoïstes, et qui s'entretuaient les uns les autres, mangeaient la chair de leurs frères, disparurent. Les Cro-Magnon, eux, surent trouver la condition de leur adaptation : ils étaient darwiniens sans le savoir. Ils chassaient en groupe et habitaient dans des cavernes. Ils utilisaient des outils et apprirent que le feu volé à Zeus par Prométhée sur l'Olympe donnait du goût aux aliments, protégeait du froid, éloignait les animaux sauvages et éclairait les nuits. Leur sagesse leur permit de se réserver du temps pour l'amour et pour la pratique de l'art rupestre : ils peignaient sur les parois des cavernes objets, personnages et animaux avec des pigments végétaux qu'ils trouvaient chemin faisant. C'était là, déjà, de l'art à plein titre.

La Pythonisse avait bien raison, celle-là qui respirait les vapeurs divines : ses prophéties mettaient dans le mille. J'ai trouvé l'amour, je suis devenu un médecin réputé et j'ai perdu mon père. J'ai lu de bons livres et j'ai beaucoup appris de l'Histoire et des arts. J'ai laissé les démons entrer dans ma vie, c'est vrai, mais je leur ai donné une chance de rédemption comme Abraham dans l'épisode du *Décaméron*, je suis devenu un bon chrétien, protégé de mes erreurs par une représentation judaïsée du Saint-Esprit. Dieu est un et nos saints sont des égaux. Pourtant, je dois avouer qu'il ne m'a pas été facile de reconnaître en moi les traits de mes ancêtres les moins recommandables. Je pense ici en particulier à Raspoutine ou au redoutable Vlad III.

Vous vous souvenez sans doute de ce que le Russe m'avait envoyé une enveloppe cachetée, maudite enveloppe, qui contenait les analyses génétiques réalisées sur des cheveux et de la pulpe dentaire d'Hitler. Vous vous rappelez sans doute également qu'il m'avait enjoint de ne jamais l'ouvrir. Eh bien, je jugerais déshonnête de parvenir à la fin de mon récit sans dévoiler son contenu. Quand Akounine avait sucé mon sang, il l'avait corrompu en y insinuant des éléments génétiques du maudit nazi. Mais le démon faussaire eut tout de même pitié de moi : sa salive contenait aussi de bons gènes, au premier rang desquels son amour de la lecture. Il adorait les classiques, les bibliothèques, les beautés que la culture dispense dans le monde. Cet héritage fut ma rédemption. Boccace, Dante, Cervantès, Shakespeare, Dostoïevski et tant d'autres m'aidèrent à raconter mes *Mille et une nuits*. Les livres invisibles de ma « bibliothèque de Babel » et les récits des voyages d'Akounine et Melina empêchèrent

Shahryar d'exécuter ma Shéhérazade. Borges aimait les métaphores simples : le fleuve pour le temps, la mer pour l'infini, la fleur pour la femme. Ma métaphore à moi, c'est peut-être « le livre pour le monde ». *Le Nom de la rose* d'Eco, c'est ma bibliothèque. Quoi qu'il en soit, je sais de la littérature qu'elle a su apaiser un peu mes démons.

# Commentaire final de l'auteur

Je n'eusse jamais imaginé qu'en 2020, à l'heure où je composais ce récit, nous vivrions une épidémie semblable à celle qui fut si bien décrite par Boccace dans son *Décaméron*, au XIVe siècle. Je pensais qu'au contraire de la peste, cette créature minuscule et virale que nous affrontions, invisible à l'œil nu mais perceptible au cœur, sans vie propre et nécessitant l'incorporation à un être vivant, ne ferait trembler personne.

Montaigne appellerait le nouveau virus «*Alii*», en hommage aux «autres» du latin. Dans mon imagination, ceux qui seraient infectés par le virus, que ce fussent des individus, des animaux, des plantes ou des pays, subiraient une inversion de perspective. Si c'étaient des hommes, ils commenceraient par se sentir femmes. Si la personne infectée était malfaisante, elle deviendrait généreuse. Si elle avait des préjugés, elle s'ouvrirait aux différences et si elle était avare, elle se détacherait des biens matériels.

Cette maladie permettrait qu'une personne pût se mettre à la place d'autrui afin de voir le monde avec un nouveau regard, elle donnerait à l'humanité une chance unique de réunion. De la pandémie découlerait la possibilité d'une nouvelle fraternité universelle. Dans mes rêves fous, le virus n'opérerait que des conversions au meilleur. Chez les animaux, le prédateur embrasserait sa proie en un geste d'amour. Au règne végétal, les pollens de telle espèce féconderaient les autres, produisant des combinaisons de beautés et de parfums inimaginables. Au plan géopolitique, un pays dirigé par un tyran deviendrait un pays libre. Telle contrée mue par un esprit rétrograde et raciste changerait du tout au tout : l'on s'y mettrait à adorer la nouveauté et à respecter les différences.

Le peuple des infectés ne jugerait jamais plus les autres sans les connaître. La couleur de la peau, la religion ou les opinions politiques ne seraient plus autant de motifs d'animosité ou de rejet. Les individus seraient jugés sur leurs propres valeurs, leur caractère et leur grandeur d'âme et manifesteraient une compréhension de l'autre. S'instaurerait une complicité cosmique semblable à celle qui m'unissait à mon parent Youri Gagarine. Le virus Alii en finirait avec la pauvreté, les inégalités et les injustices et se multiplierait dans les cœurs tendres et aimants à vive intensité. Lorsqu'il atteindrait une population, il en finirait avec la solitude, tout le monde se trouvant aimé par quelqu'un. Les plus laids, les acariâtres, les maladroits, n'attendraient pas plus de quelques jours pour trouver l'âme sœur.

Le bon côté de ce genre de peste, c'est qu'elle n'est pas vraiment une maladie, plutôt une espérance, celle que tous les êtres humains peuvent se racheter et ont droit au bonheur, comme mes démons. Nul besoin de vaccin ou de thérapies spécifiques : les infections seraient toujours bénéfiques et quand le climat changerait, au début du printemps, époque habituelle de contagion, l'humanité entrerait en extase à la pensée d'une reverdie d'amour. Ce serait un monde dans lequel, une fois infectés, Akounine et Melina verraient leur corps et leur esprit humanisés pour jamais.

Mais tel ne fut pas le cas. Ce que mes doigts tapent maintenant, ce n'est pas ce que mon cœur voudrait dire. Le monde et mon pays ont subi une terrible pandémie comme on n'en avait pas connu depuis des décennies. Au début, nous pensions que ce serait facile et passager. Mais il n'en fut pas ainsi. Beaucoup sont morts et l'on meurt encore. J'ai perdu des amis. À l'heure où j'écris ces lignes, le Brésil compte déjà plus de cent mille morts et le monde dix fois plus.

Le silence des rues désertes témoigne de la disparition d'un nombre effrayant d'êtres humains misérables qui nous étaient invisibles. Ils n'ont pas pu s'échapper : ils tiraient leur subsistance et celle de leur famille de nos restes. Ramasseurs de papiers, errants du jour et de la nuit, ils habitent le dehors pour ne pas mourir de faim. Les drogués, les abandonnés de toujours, nous les voyons davantage à présent qu'ils n'y sont plus : la pandémie nous a ouvert les yeux sur ce peuple des misérables qui vit de ce que leur concède une richesse aveugle.

Mon réflexe naturel consisterait à proposer une solution littéraire dans laquelle pauvreté et souffrance seraient éliminées par le virus. Les tenants de l'humaine perversité souhaitent peut-être inconsciemment que le virus soit un moyen d'éliminer les pauvres de cette terre. Ainsi pensent-ils peut-être ne plus avoir à y songer. Régnerait alors chez nous le même silence que celui des rues de l'Allemagne nazie, bassinées de paix et de joie apparentes quand au loin beaucoup savaient que de cheminées s'exhalait l'odeur de la chair humaine faite fumée.

Le virus, quoi que nous en ayons, nous montre la vérité dans sa crudité. Le monde est beau, mais il comporte aussi cette dose de laideur que la pandémie étale de plus en plus au grand jour. Elle nous révèle la perversité de cette société dans laquelle les différences s'accentuent de jour en jour. Et nous ne pouvons que rester perplexes : ce qui rendrait les choses plus justes, ce sont des changements profonds et des abandons personnels et matériels de la part de chacun, des contrariétés apportées au confort et aux intérêts des puissants de cette terre. Malheureusement, nous ne sommes pas les « gardiens » dont Socrate et Platon rêvaient dans leur utopie d'une société heureuse. Nous sommes des êtres humains du commun, qui s'entendent comme ils peuvent.

Dans *L'Aveuglement* de José Saramago, un homme remarque tout à coup qu'il a perdu la vue. Certains l'aident. Tel lui offre de le raccompagner chez lui mais lui vole sa voiture. Le voleur devient aveugle lui aussi. Le premier homme est traîné par la main chez le médecin par son épouse. Le médecin est aussi pris d'une cécité « blanche comme le lait », il finit par contaminer ses patients et la cécité tourne vite épidémie. Seule la femme du médecin conserve la vue. Débute alors une série de péripéties qui mettent la population au désespoir et font perdre aux habitants le peu d'humanité qui leur restait. L'instinct triomphe de la raison. La dignité et le respect d'autrui sont piétinés. Les pénuries s'accumulent : eau potable, nourriture, abris pour les pauvres.

Tous sont privés de la lumière du jour, comme dans le mythe de la caverne de Platon. Il y a une partie du livre où l'épouse du médecin se rend compte que feindre d'être aveugle comme les autres n'a pas de sens, car nul ne saurait survivre où il n'y a plus d'espoir. Certains, dont je fais partie grâce à Dieu, se rendent bien compte de la cruauté du système dans lequel nous vivons.

C'est ce monde-là qui s'est étalé au grand jour pendant la pandémie. Il détermine la volonté presque irrépressible de changer de réalité. J'aimerais être de ceux qui rêvent encore de changement. Les aveugles de Saramago perdirent ce qui leur restait d'humanité. Ils se transformèrent en autre chose, en animaux s'entre agressant, révélant ce qu'il y a en nous de plus sombre, nos «appétits barbares», comme dit l'auteur. Dona Giselda, mon professeur, mourut avant la publication de *L'Aveuglement* mais j'ai la certitude qu'elle eût aimé ce livre et qu'elle en aurait recommandé la lecture.

Dans la quatrième nouvelle de la dixième journée du *Décaméron*, Giovani Boccaccio raconte, par la voix de la jeune Lauretta, l'histoire de la belle Catalina, épouse de Nicoluccio Caccianemico de Bologne, qui agonise, atteinte par la peste. De crainte que son fils ne contracte la maladie, Dona Lucrezia, sa mère, ne le laisse même pas caresser le visage de son épouse. Elle ordonne que sa bru soit évacuée dans une maison de campagne, loin de la ville, pour y passer ses derniers jours sans infecter personne.

Le jeune seigneur Gentile de Carisendi, qui a toujours été fou amoureux de Catalina, suit de loin sur son cheval, le carrosse qui emmène la moribonde. Au milieu du chemin, la tenant pour morte, les deux valets de Nicoluccio décident d'abandonner le corps de Catalina dans une chapelle. Après leur départ, Gentile s'approche : il ne peut s'empêcher de baiser les lèvres déjà froides de son amour et de poser sa main sur son sein gauche. Il est alors bien : le cœur de sa dame bat toujours. Il l'emmène chez lui et, avec l'aide de sa famille, parvient à la guérir.

Gentile invite alors plusieurs notables de la région, dont Nicoluccio, à une réunion amicale dans son domaine. Pendant la rencontre, il demande aux éminences de trancher la question suivante : si un serf qui agonise est pour cette raison même abandonné par son seigneur, puis recueilli par un autre seigneur qui lui rend la vie, qui détient les droits sur le serf, celui qui l'abandonna, ou celui qui l'accueillit ? Après mûre réflexion, chacun donne son opinion, que consigne un greffier : Nicoluccio déclare que selon lui, le serf est devenu la propriété de celui qui a su le guérir.

Gentile fait alors entrer Catalina, le visage couvert d'un voile, la tenant par la main. Révélant son identité, il déclare publiquement sa flamme mais indique qu'il lui laisse le droit de choisir si elle désire rester avec lui ou retrouver les bras de son époux. La voyant en vie, tous sont terrifiés et s'exclament qu'il ne peut s'agir que d'un fantôme. Nicoluccio s'approche pour lui caresser le visage comme il avait voulu le faire ce jour d'agonie où sa mère ne l'avait pas laissé la toucher. Catalina écarte vigoureusement son bras, comme l'avait fait sa belle-mère. Nicoluccio s'écrie : « Tu reviens des Enfers ! » Et elle : « Non, du Paradis ». L'histoire se termine heureusement : Catalina et Gentile coulent un éternel bonheur.

Voici venu le moment de prendre congé de vous. J'espère vous avoir dit tout mon amour des livres. Dans ma vie, je me suis fait de nombreux amis, mais peu de vrais amis. Ils furent bien peu, oui, ceux que j'ai connus profondément. Elle est là, la magie littéraire : les livres nous permettent de nous reconnaître dans des individus que nous connaissons par le menu, de vivre des expériences complexes, familières ou que nous jugions à jamais inaccessibles. Ils créent entre nous et les humanités les plus variées une intimité qui, pour être fictive, n'en est pas moins profonde. La littérature nous enseigne à vivre ce que nous n'avons point vécu, ce que nous ne saurions vivre. Ne nous y trompons pas : c'est le paradis vrai.

## Deux lettres...

Traduction d'une lettre que Sir Isaac Newton adressa à un ancêtre de l'auteur et qui fut tenue secrète pendant des siècles.

Cette correspondance a été cédée au Musée britannique par la branche autrichienne de la famille Schwartzman le 27 juin 1914, veille de l'assassinat à Sarajevo de l'archiduc Franz Ferdinand Karl Ludwig Joseph Maria von Österreich, qui fut l'élément déclencheur de la Première Guerre mondiale.

*Très honorable Professeur Markus Hans Schwartzman,*
*Suite à nos vives discussions sur les éléments de cosmologie contenus dans les trente-quatre chants de L'Enfer de Dante Alighieri — en réalité ils ne sont que trente-trois, car le premier est une introduction qui décrit l'avancée du poète dans la forêt obscure, je vous indique que mes théories concernant cette force que je prends la liberté de dénommer « gravité », m'autorisent à produire quelques considérations sur la formation de l'Enfer. J'imagine qu'en raison de la « loi de la gravité », la matière tend naturellement à s'agglutiner, permettant la formation des planètes, des étoiles et de tout ce qui se trouve dans l'univers, orbite de la terre et des autres planètes, déclenchement des marées, inclus.*
*J'en conclus que le fait que la demeure de Lucifer, le diable, soit située au plus profond de la fosse de l'Enfer, comme le rapporte Dante, répond bien à la logique de cette loi physique que je prends la liberté d'appeler « loi de Newton », vous me passerez cette coquetterie. Je rappelle au très honorable professeur qu'aux yeux des Grecs jusqu'à l'époque classique, des civilisations du bronze et du fer en Orient, de l'Inde des premiers siècles après Jésus-Christ et des Chinois jusqu'au XVIIe siècle, notre planète était plane et avait*

*la forme d'un disque. L'idée que la terre fût ronde est beaucoup plus récente.*

*J'ai également souhaité me pencher sur quelques aspects médico-légaux relatifs à la question suivante : qu'est-il donc advenu de Lucifer après la défaite qu'il a essuyée, sous la forme du colossal dragon que vous savez, devant Dieu et l'archange Saint Michel, et son expulsion du ciel ? Si j'applique à son cas ma « loi de Newton » — pardonnez-moi encore — j'en déduis qu'en descendant en chute libre vers la terre, le démon doit avoir subi une considérable accélération, conséquence de cette même force que j'ai appelée « gravité ». Il en résulte que le choc de son corps avec la surface terrestre l'a sans doute entraîné vers la partie la plus profonde de la planète, générant une énorme crevasse : il ne s'agit ici que de balistique cosmique élémentaire.*

*Je suis convaincu que c'est de là que vient la géographie de l'Enfer telle que la décrit Dante. Les limbes, que peuplent les vertueux païens et les enfants mort-nés qui n'ont pu connaître le baptême, se formèrent dans le cercle le plus superficiel. Plus en dessous se succèdent jusqu'au centre de la Terre, sous l'effet de la « gravité », les huit autres cercles de l'Enfer, où expient les âmes pécheresses-ceux qui ont opté pour une conversion tardive se voyant allouer une dernière chance de salut au Purgatoire, cette montagne également générée par la chute du dragon —. Au plus profond, comme il est bien naturel, se trouve la demeure de Lucifer, le roi des démons.*

*Cette obscure contrée fut fort bien décrite par Homère dans L'Odyssée. Virgile en fit de même dans L'Énéide. Ces deux auteurs ne firent au fond rien d'autre que d'emprunter à L'Épopée de Gilgamesh des Perses zoroastriens qui évoquait un « monde souterrain sans retour ». Les livres sacrés des Juifs, les Évangiles et les épîtres apocryphes donnèrent une forme nouvelle à cette description. Voilà, cher ami, comment je conçois l'origine de l'Enfer.*

*Votre Isaac*

## Note de l'éditeur

Dans une malle retrouvée dans la région du Bosphore à une date indéterminée et qui leur a été dûment transmise, les éditions Ardavena ont trouvé ce message dans une pile de documents laissés là par Monsieur Aleksander Akounine. Il est probable que l'auteur n'y ait jamais eu accès.

P. P.

*Cher Gilberto,*

*Il est impensable que je meure dans cet humide cachot de Turquie sans évoquer la date et l'heure de votre naissance. Vous êtes né à sept heures quinze du matin le 18 août 1955. Ce même 18 août, en 1850, votre ancêtre Honoré de Balzac trouvait la mort. Selon mes recherches, le décès du grand écrivain français est intervenu à huit heures quarante-quatre. Dans l'index de sa Comédie Humaine, daté de 1845, il planifiait une composition incluant cent trente-sept titres mais il changea de pied sans motif apparent et opta finalement pour un ensemble de quatre-vingt-neuf œuvres comprenant romans, nouvelles et histoires plus brèves.*

*Hasard ? Non : préméditation. Le chiffre 89 a fait l'objet d'un choix délibéré de la part de votre trisaïeul le fondateur du réalisme moderne . en effet, il a choisi de mourir le même jour que vous, certes, mais quatre-vingt-neuf minutes plus tard, quatre-vingt-neuf comme les quatre-vingt-neuf œuvres qui composent la Comédie Humaine ! Que voulait-il vous dire à distance ? Peut-être vous confiait-il tout simplement le soin de poursuivre son œuvre splendide...*

*Akounine*

# Postface : D'un livre insolent

> « *La Nature a lieu, on n'y ajoutera pas ;* »
> *Mallarmé, La Musique et les lettres*

Que serait un homme taraudé par l'idée qu'il est parent, sinon de tous les hommes, du moins de tous ceux en qui s'est faite chair, pour le meilleur ou le pis, l'idée d'humanité ?

Ce serait sans doute mon cousin, votre frère, notre neveu, son oncle d'Amérique : le torrentueux, le démesuré, l'irrésistible Gilberto Schwartsmann, qui livre ici un monument du baroque post-moderne et du réalisme magique que cher Brésil a si souvent illustré au champ littéraire.

Certes, le roman de Schwartsmann est une « œuvre totale » au sens où Wagner l'entendait, certes, elle établit un lien de parenté entre toutes les formes consacrées du littéraire, du mythe à l'essai, du conte à la chronique.

Mais *Le Parent d'Humanité* ne vaut sans doute pas uniquement, pas principalement, par le credo qu'il met en place tout au long de son galopant développement, de ce développement dans quoi il s'excède lui-même, s'affranchissant de l'empire auctorial.

Certes, l'humanité est une, certes, la littérature est une, certes, le savoir est un, mais un être qui est leur condition, leur « préexistence » forme le contrepoint ontique de leur croissance savamment immaîtrisée, mais c'est bien la capacité du Pic de la Mirandole de Porto Alegre à fonder une esthétique sur la rupture de la longe créatrice qui constitue sa vertu et son succès principaux.

*Le Parent d'Humanité* va par bonds et gambades où bon lui semble, il est cet « ange déchu » que Schwartsmann laisse tomber, planer, se heurter à la physis, combattre, investir ses terres d'hospitalité préconçues, depuis un « laisser être » qui fait de son œuvre le diamétral opposé de ces textes où la fiction s'asservit à la pensée, à l'engagement conceptuel dans l'écriture qui forme son premier principe : Schwartsmann défie Borges...

S'il demeure un talentueux allégoriste, un remarquable bibliophile qui part à la recherche, à l'atelier, de la substance unificatrice qui fait du monde des hommes et des livres un univers moniste, il est surtout l'amoureux fou de ces livres dans lesquels il ne voit rien moins que le prolongement d'une décision, d'une *prohairesis* d'auteur.

En somme, le texte de Schwartsmann s'écrit seul, ou « comme de soi ». Ce faisant, il se présente comme pouvant être l'œuvre du premier auteur venu, puisque son « auctorialité » lui est immanente, puisqu'il est son propre scribe, puisqu'il est ce Bartleby paradoxal qui « préférerait ne pas » pour mieux « préférer que », qui échappe comme une lave rétive à la coercition, à la mainmise de son créateur pour se faire lui-même voie, pour accueillir à bras ou à livre ouverts toutes les influences adventices qui le « tentent » comme un démon le narrateur ou l'Antoine de Flaubert, dussent-elles, dans un même mouvement insolent, surprendre le lecteur et l'auteur, certes réunis, apparentés par le projet d'écriture, mais bien plus encore cantonnés en fraternité par tel ébaubissement à voir une œuvre d'homme se passer d'homme pour fleurir, croître et multiplier « sans maître » !

Oui, *Le Parent d'Humanité* est un « marteau sans maître » où tous les hommes et tous les livres, où la cité et la bibliothèque, fraternisent devant le constat que l'évolution des choses leur échappe sans les abandonner, qu'il est une création à qui appartient en propre sa source jaillissante : en un mot, si nous sommes parents, si tous les livres forment un livre, c'est que l'humanité et le livre sont « à venir » ou plus exactement, sont conçus pour émaner d'eux-mêmes.

De sorte qu'un credo platonicien majeur faufile et bonde le roman : les créations de la condition d'homme, ses dits, ses gestes et ses œuvres ne sont en quelque sorte que la réplique dérisoire d'une création supérieure — «éminente», dirait Deleuze — dans laquelle la matière abonde de soi, s'extravase, s'épand, s'irrigue, bourgeonne, sans qu'aucune volonté circonscriptible ne le lui alloue ou le lui refuse.

*Le Parent d'Humanité* est plus qu'un livre sur les livres ou sur l'homme, il est un livre sur cette création éminente, cette création de la création, dont les produits de l'art et de la vie en société s'évertuent à retrouver la clé de l'opiniâtre générosité, à reconnaître en tout la présence sidérante.

Et c'est cette création éminente, toujours et jamais là, absence et présence sourde du bouquet romanesque, qui conduit le livre, au cœur d'un vibrant capharnaüm, d'une marqueterie enfiévrée, à garantir, en tant que présence de toujours, que le roman n'exaspère pas l'âme, ne la condamne pas à souffrir des gesticulations de l'esthétique, mais lui concède d'éprouver la paix de celui à qui est assurée l'éternelle présence.

Akounine, Melina, Leonor, l'auteur ne cherchent pas : ils trouvent. S'ils sont des démons, c'est pour constater que leurs menées, que leurs entreprises, ne valent qu'en tant qu'elles manifestent en creux la suprématie d'une création sans nécessité de figuration du créateur, sans nécessité de dissociation du créateur du créé.

En somme, nous dit Schwartsmann comme l'avait dit Mallarmé dans *La Musique et les lettres*, «la Nature a lieu, on n'y ajoutera pas» : on ira en admirer l'affranchissement de tout au secret de l'atelier, depuis cette forme modeste de la mimèsis par laquelle, imitant la création, l'on ne s'adjuge jamais que le spectacle de son impuissance à en être l'émule.

Lisez et relisez *Le Parent d'Humanité*, dirait Dona Giselda : c'est un peu de littérature et c'est infiniment d'être !

Emmanuel Tugny, Saint-Malo, 11 février 2023.

| | |
|---|---|
| Note liminaire de l'auteur | 9 |
| Petrus Lombardus | 15 |
| Max | 29 |
| Les Rothe | 45 |
| Byblos | 61 |
| Les Hexapla d'Origène | 73 |
| Hortus deliciarum (Le Jardin des délices) | 91 |
| L'œuf | 103 |
| Mensonge | 111 |
| Hybris | 129 |
| Leon Davidovich Bronstein | 147 |
| Addis Abeba | 171 |
| La Septante | 197 |
| Ézéchiel | 217 |
| Léopold | 229 |
| Cum nimis absurdum | 245 |
| Schwarzbigz | 261 |
| Le grand schisme | 271 |
| Geli Raubal | 289 |
| Josef Vissarionovitch | 299 |
| Pema Jigme | 307 |
| William de Baskerville | 315 |
| L'Évangéliaire de Lorsch | 323 |
| Dimitri | 335 |
| Agnès | 349 |
| Castorp | 361 |
| Liberté | 371 |
| Dulcinée | 383 |
| Carmen | 395 |
| Youri | 405 |
| Maria Szymborska | 413 |
| L'Albatros | 427 |
| Grigori | 439 |
| Orbis sensualium pictus | 453 |
| Les Héptapla | 463 |
| Mer salée | 483 |
| Les sables du Maroc | 495 |
| Commentaire final de l'auteur | 501 |
| Deux lettres… | 507 |
| Postface : D'un livre insolent | 511 |

Achevé d'imprimer en février 2023

Directrice des publications
**Pascale Privey**
Assistants de publication
**Catherine Delvigne, Jeanne Richomme, Emmanuel Tugny**
Conception graphique
**Julien Vey - Atelier Belle lurette**
**Maxence Biemel - Studio Contrefaçon**

Dépôt légal en février 2023

Imprimé et relié par
**BoD – Books on Demand,**
**In de Tarpen 42, Norderstedt (Allemagne)**
Impression à la demande

**ISBN 978-2-494506-05-3**

Titre original : *Max e os demonios*
©2023, **Gilberto Schwartsmann**
©2020, **Editora Meridional/Sulina**

©2023, **Ardavena Éditions**
pour la traduction française

www.ardavena.com